KB155614

삼산재집

이 책은 2015~2017년도 정부(교육부)의 재원으로 한국고전번역원의 지원을 받아
수행된 '권역별거점연구소협동번역사업'의 결과물임.

This work was supported by Institute for the Translation of Korean Classics - Grant funded by
the Korean Government.

한국고전번역원 한국문집번역총서

삼산재집 3

三山齋集

김이안 지음
金履安

이상아 옮김

일러두기

1. 이 책의 번역 대본은 한국고전번역원에서 간행한 한국문집총간 238집 소재 《삼산재집(三山齋集)》으로 하였다. 번역 대본의 원문 텍스트와 원문 이미지는 한국고전종합DB(http://db.itkc.or.kr)에서 확인할 수 있다.
2. 내용이 간단한 역주는 간주(間註)로, 긴 역주는 각주(脚註)로 처리하였다.
3. 한자는 필요한 경우 이해를 돕기 위하여 병기하였다.
4. 맞춤법과 띄어쓰기는 한글 맞춤법과 표준어 규정을 따랐다.
5. 이 책에서 사용한 부호는 다음과 같다.
   ( ) : 번역문과 음이 같은 한자를 묶는다.
   〔 〕 : 번역문과 뜻은 같으나 음이 다른 한자를 묶는다.
   " " : 대화 등의 인용문을 묶는다.
   ' ' : " " 안의 재인용 또는 강조 문구를 묶는다.
   「 」 : ' ' 안의 재인용을 묶는다.
   《 》 : 책명 및 각주의 전거(典據)를 묶는다.
   〈 〉 : 책의 편명 및 운문·산문의 제목을 묶는다.

삼산재집 제5권

서 書

삼산재집 제6권

서 書

삼산재집 제7권

서 書

삼산재집

제5권

書서

서書

유경여 현주 ○초명은 악주이다 에게 답하다 1[1]
答兪擊汝 憲柱○初名嶽柱

세모에 그리움이 더욱 간절했는데, 홀연 편지를 받으니 후련하고 위안이 되는 마음을 알 수 있을 것이네. 다만 부친의 병이 한결같이 그대로라는 것을 알았으니 변변치 못한 나는 우려를 금할 수 없네. 이안(履安)은 병과 우환이 이어져서 괴롭게도 한가롭게 앉아 책을 볼 날이 없으니, 한 해가 끝나가는 이때에 마음이 이래저래 즐겁지 않지만 어찌하겠는가.

언급한 정자(程子 정호(程顥))의 성설(性說)[2]에 대해서는 주 부자(朱

---

1 유경여(兪擊汝)에게 답하다 1 : '경여'는 유헌주(兪憲柱, 1747~?)의 자로, 본관은 기계(杞溪)이며, 저자보다 25세 아래이다. 1777년(정조1) 생원시에 합격하고, 전설사 별제(典設司別提), 울산 감목관(蔚山監牧官) 등을 역임하였다. 유헌주의 아버지 유한정(兪漢禎)은 저자의 아버지 김원행(金元行, 1702~1772)의 문인이었는데, 유헌주가 사서(四書) 구절에 대해 질문하자 이에 답한 편지가 김원행의 문집인 《미호집(渼湖集)》에 6통 실려 있는 것을 보면 유헌주 역시 김원행의 문인이었던 듯하다. 또 《삼산재집》에 실린 18통의 편지를 보면 저자의 문인으로도 보인다. 이 편지는 본연지성(本然之性)과 기질지성(氣質之性)에 대해 정자(程子)와 주자(朱子)의 설을 근거로 자세히 논하고 있다.
2 정자(程子)의 성설(性說) : 《근사록》에 "생을 성이라고 이르는 것은, 사람과 사물

夫子 주희(朱熹))가 일찍이 "‘성’이라고 말하는 순간 이 ‘성’ 자는 기질의
성과 본래의 성을 섞어서 말한 것이니 이미 ‘성’이 아니다. 이때의 ‘성’
자가 도리어 본연의 성이다.〔才說性, 此性字是雜氣質與本來性說, 便已
不是性. 這性字却是本然性.〕"라고 하였네.[3] 이 몇 구절에 그 뜻이 이미
지극히 명백하니 굳이 많은 변석을 할 필요가 없네. 고명은 어찌 아직
살피지 않아서가 아니겠는가.

　비록 그렇다고는 하나, 이른바 ‘본연(本然)’과 ‘기질(氣質)’이란 것이
또한 어찌 두 가지 성(性)이 있겠는가. 단지 한 가지 면에만 나아가서
리(理)와 기(氣)를 섞어서 말하기를 ‘기질지성’이라 하고, 기를 제거하
고 단지 리만 가리켜서 말하기를 ‘본연지성’이라 한다면, 이것은 또
주 부자의 "비록 서로 떨어져 있지도 않지만 또한 서로 섞여 있지도
않다.〔雖不相離, 亦不相雜.〕"라는 설이네.[4]

이 태어나기 전의 고요한 상태 이상은 성이라고 말할 수 없으니, 성이라고 말을 하기만
하면 곧 이미 성이 아니다.〔蓋生之謂性, 人生而靜以上, 不容說. 才說性時, 便已不是性
也.〕"라는 내용이 보인다. 《近思錄 卷1 道體》
3 주 부자(朱夫子)가……하였네 : 《주자어류》에 "정 선생이 말한 성에는 본연의 성이
있고 기질의 성이 있다. 사람이 이 형체를 갖추고 있는 것이 바로 기질의 성이다. ‘성’이
라고 말을 하는 순간 이 ‘성’ 자는 기질과 본래의 성을 섞어서 말하는 것이니 이미 성이
아니다. 이 ‘성’ 자가 도리어 본연의 성이다. 기질을 말하기만 하면 본연이 아니다.〔程先
生說性有本然之性, 有氣質之性. 人具此形體, 便是氣質之性. 才說性, 此性字是雜氣質
與本來性說, 便已不是性. 這性字却是本然性. 才說氣質底, 便不是本然底也.〕"라는 내
용이 보인다. 《朱子語類 卷95 程子之書1》
4 주 부자의……설이네 : 《주자어류》에 "《주역》에서 ‘형이상의 것을 도라 이르고 형이
하의 것을 기라 이른다.’라고 하였는데, 명도는 이와 같이 말해야 한다고 생각하였다.
그러나 기 역시 도이며 도 역시 기이다. 도는 일찍이 기와 떨어진 적이 없으며, 도
역시 단지 기의 리일 뿐이다.〔形而上者謂之道, 形而下者謂之器, 明道以爲須著如此說.

그런데 종래의 한 가지 의론은, 다만 '떨어져 있지 않은 것'이 '성'이라는 것만 알고 '섞여 있지 않은 것'이 '순수하고 지극한 선의 본체〔純粹至善之本體〕'라는 것은 알지 못한 것이네. 또 "떨어져 있지 않은 것은 기질의 성이다.〔不離底是氣質之性.〕"라고 말하지 않고 곧바로 '본연'이라고만 하였으니, 이것은 정자와 주자의 뜻에 비추어보면 과연 어떠한가? 그러나 이러한 설들은 갈등이 생겨나기 쉬운 것들이니 굳이 눈을 어지럽힐 필요가 없네.

《중용장구(中庸章句)》에 이르기를 "성과 도는 비록 같지만 기품이혹 다르다.〔性道雖同, 氣稟或異.〕"라고 하였으니,[5] 여기의 '동(同)' 자와 '이(異)' 자가 만약 사람과 사물을 가리켜서 말한 것이라면 사물의도와 사람의 도가 같은 부분을 정확하게 가리킬 수 있겠는가? 바라건

然器亦道, 道亦器也. 道未嘗離乎器, 道亦只是器之理.〕", "태극은 리이며 동정은 기이다. 기가 운행하면 리 역시 운행하니, 이 둘은 늘 서로 의지하여 운행하며 일찍이 서로 떨어진 적이 없다.〔太極理也, 動靜氣也. 氣行則理亦行, 二者常相依而未嘗相離也.〕" 등의 내용이 보이는데, 이것은 리와 기가 일찍이 떨어진 적이 없음을 말한 것이다. 또 유숙문(劉叔文)에게 답한 편지에서는 "이 기가 있기 이전에 이미 이 성이 있어서 기는 존재하지 않을 때가 있지만 성은 오히려 늘 존재한다. 비록 성이 기 안에 있는 때라도 기는 기이고 성은 성이어서 또한 본래 서로 섞여 있지 않다.〔未有此氣, 已有此性, 氣有不存, 性却常在. 雖其方在氣中, 然氣自氣, 性自性, 亦自不相夾雜.〕"라고 하여, 성(性)즉 리)과 기가 서로 섞이지 않음을 말하였다.《朱子語類 卷77 易13 說卦, 卷94 周子之書太極圖》《晦菴集 卷46 答劉叔文》

5 중용장구(中庸章句)에……하였으니 :《중용장구》제1장 제1절 "하늘이 명한 것을성이라 이르고, 성을 따름을 도라 이르고, 도를 품절해놓음을 교라 이른다.〔天命之謂性, 率性之謂道, 修道之謂敎.〕"라는 구절에 대한 주희(朱熹)의 주에, "성과 도는 비록같지만 기품이 혹 다르기 때문에 지나치거나 미치지 못한 차이가 없지 못하다.〔性道雖同, 而氣品或異, 故不能無過不及之差.〕"라는 내용이 보인다.

대 일전어(一轉語)[6]를 내려주어 어두운 이 무지함을 깨뜨려주는 것이
어떻겠는가? 눈이 아파 어렵사리 불러 쓰네. 격식을 펴지 않겠네.

---

6 일전어(一轉語) : 선가(禪家)에서 쓰는 용어로, 번뜩이는 한마디 말로 사람을 깨우
치게 하는 것을 이른다.

유경여에게 답하다 2[7]

答兪擎汝

[문 1] 널을 청사(廳事)로 옮기고 고하는 말[8]은 지금 옮겨갈 만한 청사가 없으니, 이 절차를 생략하는 것이 어떻겠습니까?

[답] 비록 옮겨갈 만한 청사가 없다 하더라도 마땅히 《가례의절(家禮

7 유경여(兪擎汝)에게 답하다 2 : 이 편지는 《가례(家禮)》에 보이는 상례(喪禮) 의식과 변례(變禮)에 대해 모두 15조목의 문답으로 이루어져 있다. (1) 널을 청사(廳舍)로 옮긴 뒤에 조전(祖奠)을 올리면서 고하는 축문을 청사가 없을 경우에도 반드시 독축(讀祝)해야 하는가 (2) 견전(遣奠)을 올리고 수레에 오른 뒤 반드시 분향해야 하는가 (3) 풍속과 달리 《가례》에 따라 반드시 하관(下棺) 전에 빈객이 돌아가야 하는가 (4) 제주(題主)한 뒤 축문을 품에 안는 이유 (5) 우제(虞祭) 때 분향이나 모사(茅沙)에 술을 부을 때 곡을 하는가 (6) 우제 때 주부가 면식(麵食)과 미식(米食)을 올리는 의식을 반드시 반드시 행해야 하는가 (7) 우제, 졸곡, 연제(練祭), 상제(祥祭) 때 사신(辭神)의 의식 여부 (8) 부제(祔祭) 때 새 신주 앞에 향안과 모사(茅沙)의 진설 여부 (9) 부제의 축문에 대해 (10) 부제 때 최복(衰服)을 벗고 제사를 올려야 하는가 (11) 청사가 없을 경우 부제를 궤연(几筵)이 있는 방에서 지내도 되는가 (12) 반곡(反哭)한 뒤에 신주를 주독(主櫝)에 넣는 이유 (13) 부제를 지내기 하루 전에 합부할 감실(龕室)에 반드시 고해야 하는가 (14) 파토(破土) 때 주인의 복색 (15) 관직이 없었을 경우 이 사람을 위한 명정(銘旌)에 '학생(學生)'과 '처사(處士)' 중 어느 것을 써야 하는가에 대해 논하고 있다.

8 널을……말 : 발인 전날 널을 사당에 알현시킨 뒤 청사(廳事)로 옮겨 조전(祖奠)을 올릴 때 고하는 축문(祝文)을 이른다. 《가례》에 따르면 발인 전날 포시(晡時, 오후 3시~5시)에 청사에 조전을 진설하고 술을 올린 뒤, 북향하고 꿇어 앉아 고하기를 "영원히 옮겨가는 예에 가는 세월 머물지 않아 이제 영구차를 모시고 길 떠날 의식을 준행합니다.〔永遷之禮, 靈辰不留, 今奉柩車, 式遵祖道.〕"라고 한다. 《家禮 喪禮 祖奠》

儀節)》의 "조금 이동시킨다.〔略移動.〕"라는 설[9]을 써야 할 것이니, 고하는 말은 빠트려서는 안 되네.

〔문 2〕 견전(遣奠)을 올린 뒤에 축이 혼백(魂帛)을 받들고 수레에 올라 분향하는 것[10]을 지금 따라서 행해야 합니까?

〔답〕 분향하는 이유는 혼기(魂氣)로 하여금 이에 의지하게 하려는 것이네. 예(禮)에 분명한 글이 있으니 어찌 따르지 않을 수 있겠는가.

〔문 3〕 빈객이 작별하고 돌아가는 것은 "이어서 하관(下棺)한다."라는 의식 전에 있습니다.[11] 지금 풍속에 하관하는 것을 보는 것을 중요하게 여기고 있고 인정(人情)으로 보아도 그러한데 예(禮)의 뜻이 이와 같으니 의심스럽습니다.

---

9 가례의절(家禮儀節)의……설 : 명(明)나라 구준(丘濬)의 《가례의절》〈상례(喪禮) 조전(祖奠)〉의 '마침내 널을 청사로 옮긴다〔遂遷于廳事〕' 조에 "지금 사람들 집에는 반드시 청사도 있고 당도 있는 것은 아니다. 그 널을 머물러 둔 곳이 바로 청사이니, 조금 이동시키기만 해도 된다. 그러나 만약 두 장소가 모두 있다면 당연히 예에 따라 널을 옮겨야 한다.〔今人家未必有廳又有堂, 其停柩之處, 卽是廳事, 略移動可也. 若有兩處者, 自合依禮遷之.〕"라는 내용이 보인다.

10 견전(遣奠)을……것 : 《가례》〈상례(喪禮) 견전(遣奠)〉에 "이튿날 널을 상여로 옮긴다. 이어서 견전을 진설한다. 축이 혼백을 받들고 수레에 올라 분향한다.〔厥明, 遷柩就轝. 乃設遣奠. 祝奉魂帛, 升車焚香.〕"라는 내용이 보인다.

11 빈객이……있습니다 : 《가례》〈상례(喪禮) 급묘하관(及墓下棺)〉에 "널이 도착하면 주인과 남녀가 각각 자리에 나아가 곡을 한다. 빈객이 절하여 작별하고 돌아간다. 이어서 하관한다.〔柩至, 主人男女各就位哭. 賓客拜辭而歸. 乃窆.〕"라는 내용이 보인다.

〔답〕 빈객이 장송(葬送)하는 것은 상여 끈 잡는 것을 의미로 삼으니,[12] 이미 묘소에 도착했다면 그 일은 끝난 것이네. 그러므로 작별하고 돌아가는 것이 하관하기 전에 있는 것이네. 그러나 정이 두터운 자가 그대로 남아서 하관을 보고자 하는 것도 어찌 안 될 것이 있겠는가. 이런 부분들은 지나치게 구애될 필요도 없으며, 또한 상주의 집에서 상관할 일도 아니네.

〔문 4〕 제주(題主)할 때 축문을 다 읽고 나서 이것을 품에 안는 것[13]은 무슨 뜻입니까?

〔답〕 축문을 품에 안는 뜻은, 선배 중에 혹자는 돌아가 우제를 지내는 것이 급하여 축문을 태울 겨를이 없어서라고 말하네.[14] 그러나

---

12 빈객이……삼으니 : 《예기》〈곡례 상(曲禮上)〉에 "장례를 도울 때는 반드시 상여 끈을 잡아준다.〔助葬必執紼.〕"라는 내용이 보인다. 공영달(孔穎達)의 정의(正義)에 "장례를 도울 때 반드시 상여 끈을 잡는 것은, 장례를 돕는 것이 본래 객을 위한 것이 아니고 바로 상사를 도울 뿐이기 때문이다. 그러므로 반드시 상여 끈을 잡아야 한다.〔助葬必執紼者, 助葬本非爲客, 正是助事耳, 故宜必執紼也.〕"라고 하였다.

13 제주(題主)할……것 : 《가례》〈상례(喪禮) 제목주(題木主)〉'신주를 쓴다〔題主〕' 조에 "축이 손을 씻고 신주를 꺼내어 탁자 위에 누여놓고, 글씨를 잘 쓰는 사람에게 손을 씻고 서향하여 서서 먼저 함중에 글을 쓰게 한다.……쓰는 일이 끝나면 축이 신주를 받들어 영좌에 놓고 혼백을 상자 안에 넣어 그 뒤에 둔다. 향을 피우고 술을 따른 다음 축판을 들고 주인의 오른쪽으로 나와 무릎을 꿇고 읽는다.……축문 읽는 것을 마치면 축문을 품에 안고 일어나서 자리로 돌아간다.〔祝盥手出主, 臥置卓上, 使善書者盥手西向立, 先題陷中.……題畢, 祝奉置靈座, 而藏魂帛於箱中, 以置其後. 炷香斟酒, 執板出於主人之右, 跪讀之曰……畢, 懷之興, 復位.〕"라는 내용이 보인다.

14 선배……말하네 : '선배'는 사계(沙溪) 김장생(金長生, 1548~1631)을 이른다.

《가례》의 이 글은 실은《서의(書儀)》의 내용을 차용한 것[15]이며,《서의》는 일반적으로 다른 고하는 일과 시제(時祭)에도 모두 축문을 품에 안는다고 하고 태운다는 글이 없으니,[16] 유독 여기에서만 태울 겨를이 없어 품에 안은 것이라고 말하는 것은 거의 옳게 보이지 않네. 단지《서의》가 늦게 나와 아직 보지 못해서 그런 듯하네. 그러나《가례》의 글이 이미 이와 같으니, 우선 축문을 품에 안고 있다가 뒤에 태우는 것이 또한 무슨 문제가 되겠는가.

〔문 5〕 우제(虞祭)에 강신(降神)할 때 곡하는 사람을 그치게 하는데,

《가례집람(家禮輯覽)》〈상례(喪禮) 제목주(題木主)〉 '축문을 읽기를 마치면 품에 넣는다〔讀畢懷之〕' 조에 "반혼하는 데 급할 뿐 아니라 또한 들에서 행하는 예는 항상 소략하기 때문에 축문을 미처 태울 겨를이 없는 것이니, 별다른 뜻은 없는 듯하다.〔急於返魂, 且原野之禮常略, 故祝未暇焚, 恐無他意也.〕"라는 내용이 보인다.

15 서의(書儀)의……것 : 송(宋)나라 사마광(司馬光)의《서의(書儀)》〈상의4(喪儀四) 제우주(題虞主)〉에 "축이 향을 사르고 술을 따라 고수레한다. 끝나면 축문을 잡고 영좌 동남쪽에 꿇어앉아 서향하고 다음과 같이 읽는다.……축문을 품에 안고 일어나 자리로 돌아간다.〔祝炷香, 斟酒酹之. 訖, 執辭, 跪於靈座東南, 西向讀之曰……懷辭興, 復位.〕"라는 내용이 보인다.《사고전서총목제요》에서는 주희(朱熹)가 채원정(蔡元定)에게 보낸 편지에 "〈제의〉는 단지 온공의《서의》안에서 조금 증감했을 뿐이다.〔祭儀只是於溫公書儀內少增損之.〕"라는 내용이 있는 것을 근거로 주희가《서의》를 매우 중시했음을 알 수 있다고 말하고 있다.《四庫全書總目提要 卷22 經部22 禮類4 書儀十卷》

16 서의는……없으니 :《서의》〈상의6(喪儀六) 제(祭)〉에 "축이 축문을 품에 안고 주인의 왼쪽으로 나와 동향한다. 홀을 꽂고 축문을 꺼내어서 꿇어앉아 다음과 같이 읽는다.……축문을 말아서 품에 안고 홀을 잡고 일어나 자리로 돌아간다.〔祝懷辭, 出於主人之左, 東向, 搢笏, 出辭, 跪讀之曰……卷辭, 懷之, 執笏興, 復位.〕"라는 내용이 보이며, 이 밖에도《서의》에서는 다른 고유(告由)하는 예에도 이와 같이 축문을 품에 안는다고 말하고 있다.

향을 사를 때나 모사(茅沙)에 술을 부을 때에 모두 곡하고 재배한다
는 글이 없으니,[17] 곡하지 않는 것이 옳은 것입니까?

〔답〕 강신은 전헌(奠獻)[18]과 다르니 곡하지 않는 것이 옳네.

〔문 6〕 진찬(進饌) 때 주인이 생선과 고기를 올리고, 주부가 면식(麵
食)과 미식(米食)을 올리는 것을 졸곡(卒哭)부터 시작하는 것[19]은
무슨 뜻입니까? 그리고 민가(民家)의 부녀자들이 진헌(進獻)에 익

---

17 우제(虞祭)에……없으니 : 《가례》〈상례(喪禮) 우제(虞祭)〉 '강신(降神)' 조에
"축이 곡하는 사람을 그치게 한다. 주인이 서쪽 계단으로 당을 내려가 손을 씻고 손을
닦은 뒤 영좌 앞에 나아가 분향하고 재배한다.……주인이 잔에 술을 따르고 주전자를
집사자에게 준 뒤, 왼손으로 잔 받침을 잡고 오른손으로 잔을 들어 띠풀 위에 붓는다.
잔 받침과 잔을 집사자에게 준다. 부복하고 일어난다. 조금 물러나 재배하고 자리로
돌아간다.〔祝止哭者, 主人降自西階, 盥手帨手, 詣靈座前, 焚香再拜.……主人斟酒於
盞, 以注授執事者, 左手取盤, 右手執盞, 酹之茅上. 以盤盞授執事者. 俛伏興. 少退, 再
拜復位.〕"라는 내용이 보인다.

18 전헌(奠獻) : 초상부터 장례 이전까지 지내는 제사를 이른다. 장례 전에는 시동이
없어 음식을 신(神) 앞에 두기만 하기 때문에 '전'이라고 하며, 장례 뒤에 돌아와 우제
(虞祭)를 지내면서부터 '제'라고 칭한다. 시사전(始死奠), 습전(襲奠), 소렴전(小斂
奠), 대렴전(大斂奠), 조석전(朝夕奠), 삭망전(朔望奠), 계빈전(啓殯奠), 조전(祖
奠), 견전(遣奠), 제주전(題主奠) 등이 있으며, 대체로 축(祝)이 손을 씻고 향을 사른
뒤 술을 따라 올리면, 주인 이하의 사람들이 재배하고 곡을 하여 애통함을 지극히 하는
의식이 있다.

19 진찬(進饌)……것 : 《가례》〈상례(喪禮) 졸곡(卒哭)〉 '주인주부진찬(主人主婦進
饌)' 조에 "주인은 생선과 고기를 올리고, 주부는 손을 씻고 손을 닦은 뒤 면식과 미식을
올린다. 주인은 국을 올리고 주부는 밥을 올린다.〔主人奉魚、肉, 主婦盥帨, 奉麪、米食.
主人奉羹, 主婦奉飯以進.〕"라는 내용이 보인다.

숙하기가 쉽지 않으니, 이런 의절들은 굳이 일일이 예(禮)대로 할 필요가 없을 듯한데, 어떻게 생각하십니까?

〔답〕 졸곡에 이르러서야 비로소 길례(吉禮)로 행하기 때문에[20] 반드시 부부가 직접 지내는 것이네. 부녀자가 비록 예에 익숙하지 않더라도 예를 아는 친척이 도와서 행한다면 무슨 어려울 일이 있기에 굳이 예대로 할 필요가 없다고 하는가.

〔문 7〕 우제(虞祭), 졸곡(卒哭), 연제(練祭 소상(小祥)), 상제(祥祭 대상(大祥))에 모두 참신(參神)하는 의절이 없습니다. 사옹(沙翁 김장생(金長生))은 효자가 늘 그 곁에 거처하기 때문에 참신할 의리가 없다고 하였으니,[21] 이것은 옳은 말입니다. 이미 늘 모시는 뜻이 있다면 사신

---

20 졸곡에……때문에 : 《가례》〈상례 졸곡〉 원주에 "《예기》〈단궁〉에 이르기를 '졸곡을 성사라고 하니, 이날 길제로 상제를 바꾼다.'라고 하였다. 그러므로 이 제사에 점차 길례를 쓰는 것이다.〔檀弓曰: 卒哭曰成事, 是日也, 以吉祭易喪祭, 故此祭漸用吉禮.〕"라는 내용이 보인다.

21 사옹(沙翁)은……하였으니 : 사계(沙溪) 김장생(金長生)의 《상례비요(喪禮備要)》〈우제(虞祭) 초우(初虞)〉 '강신(降神)' 조 원주에 "《가례》에는 우제·졸곡·대상·소상·담제에는 모두 참신의 문구가 없고 부제에만 참신이 있다. 그런데 그 아래 주에 특별히 '조고와 조비에게 참신한다.'라고 하였으니, 새 신주에게는 참신의 예가 없는 것이 분명하다. 생각건대 3년 안에는 효자가 늘 그 곁에 거처하기 때문에 참신할 의리가 없고, 단지 들어가서 곡하여 애통함을 지극히 할 뿐이다. 구준(丘濬)이 《가례의절(家禮儀節)》에 참신하는 의절을 보충해 넣은 것은 《가례》의 본뜻은 아닌 듯하다.〔家禮虞、卒哭、大、小祥、禫, 竝無參神之文, 只於祔祭有之, 而其下註特言參祖考、妣, 則其於新主無參神之禮明矣. 意者, 三年之內, 孝子常居其側, 故無可參之義, 只入哭盡哀而已. 丘氏補入, 恐非家禮本意.〕"라는 내용이 보인다.

(辭神)하는 의절도 함께 없어야 할 듯한데, 어떻게 생각하십니까?

〔답〕 참신과 사신을 하나는 행하고 하나는 행하지 않는 것은 비록 의심스러운 것 같지만, 신주를 꺼낸 뒤에 들어가 곡하는 것이 바로 참신이니,[22] 제사가 끝난 뒤에는 또 절하여 작별하는 의절이 없어서는 안 되기 때문에 이와 같을 것이네. 그러나 감히 단정 짓지는 못하겠네.

〔문 8〕 부제(祔祭) 때 참신(參神)을 단지 조고(祖考)와 조비(祖妣)에게만 하였는데,[23] 강신(降神)은 새 신주에게도 함께 행합니까? 〈부제도(祔祭圖)〉에서 망자(亡者) 앞에 향안(香案)과 모사(茅沙)가 없는 것[24]이 의심스럽습니다.

〔답〕 강신은 새 신주에게도 함께 행하지만, 이른바 '함께 행한다'고 하

---

22 신주를……참신이니 : 우암(尤庵) 송시열(宋時烈, 1607~1689)이 문인 민원중(閔元重)에게 보낸 편지에 "내 생각에는 축이 신주를 꺼낸 뒤에 주인 이하의 사람들이 들어가 곡하는 것이 참신의 의미일 듯하다.〔竊意祝出主後主人以下入哭者, 恐是參神之義也.〕"라는 내용이 보인다. 《宋子大全 卷117 答閔元重》

23 부제(祔祭)……하였는데 : 《가례》〈상례(喪禮) 부(祔)〉 '참신(參神)' 조 원주에 "자리에 있는 사람들이 모두 재배하는데, 조고와 조비에게 참배한다.〔在位者皆再拜, 參祖考、妣.〕"라는 내용이 보인다.

24 부제도(祔祭圖)에서……것 : 〈부제도〉는 김장생(金長生)의 《가례집람도설(家禮輯覽圖說)》〈부제우사당도(祔祭于祠堂圖)〉를 이른다. 그림을 보면 북쪽에서 남향하는 조고와 조비의 신주 앞에는 향안(香案)과 모사(茅沙)가 있으나 동쪽에서 서향하는 망자(亡子)의 신주 앞에는 향안과 모사가 없다. 저자는, 향안은 없는 것이 당연하지만 모사는 술을 고수레하는 의절이 있기 때문에 그림이 빠진 듯하다고 보았다.

는 것이 또한 각각 향을 사르고 술을 모사에 붓는 것을 말하는 것은 아니니, 그렇다면 망자의 신위 앞에 향안을 진설하지 않은 것은 참으로 마땅한 것이네. 그러나 모사는 술을 고수레하는 의절이 있으니 각각 진설하지 않을 수 없네. 〈부제도〉에서는 우연히 빠트린 듯하네.

[문 9] 부제(祔祭)의 축문[25] 중 간지(干支) 다음에 '효증손 아무개는……[孝曾孫某云云]'이라고 써야 합니까? '적(適)' 자는 무슨 뜻입니까? 망자(亡子)에게 고할 때에는 '삼가……으로[謹以]' 이하의 여섯 글자를 쓰지 않아야 합니까?

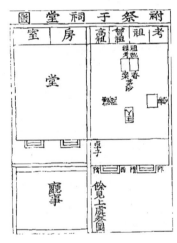

25 부제(祔祭)의 축문 : 《가례》〈상례(喪禮) 부(祔)〉 '초헌(初獻)' 조에 따르면 부제의 축문은 다음과 같다. "축판에는 다만 '효자 아무개가 삼가 결생유모와 자성예제를 가지고 모고 모관 부군에게 나아가 손 모관을 올려 합부하오니 부디 흠향하소서.'라고 한다.[祝版但云: 孝子某謹以 潔牲柔毛、粢盛醴齊, 適于某考某官府君, 隮祔孫某官, 尙饗.]" '결생유모(潔牲柔毛)'는 '정결한 희생인 양'이라는 뜻이며, '자성예제(粢盛醴齊)'는 '찰기장과 메기장과 단술'이라는 뜻이다.

〔답〕 증조에게 고하는 축문은, 《서의(書儀)》에서는 '효손(孝孫)'으로 썼는데[26] 《가례》에서는 '효자(孝子)'로 고쳤고, 구씨(丘氏 구준(丘濬))의 《가례의절(家禮儀節)》에서는 또 '효손'이라고 하였으니, 참으로 무엇을 따라야 할지 모르겠네.

그러나 '효자'라는 호칭은 실로 《의례》에 근본을 둔 것이네. 그 축문에 이르기를 "효자 아무개는 제사를 도와주는 사람들과 아침 일찍 일어나서부터 저녁에 잠들 때까지 조심하고 두려워하며 감히 게을리하지 못하고 슬픈 생각에 편안하지 못했습니다. 삼가 육포, 채소절임과 젓갈, 메기장과 찰기장, 채소국과 고깃국, 새 물로 빚은 술을 가지고 제사를 올리오니 당신(망자)의 할아버지인 아무보에게 나아가시고, 황조께서는 당신의 손자(망자)인 아무보를 올려서 합부하도록 해주소서. 부디 흠향하소서.〔孝子某, 孝顯相, 夙興夜處, 小心畏忌, 不惰其身, 不寧. 用尹祭、嘉薦、普淖、普薦、溲酒, 適爾皇祖某甫, 以隮祔爾孫某甫, 尙饗.〕"[27]라고 하였는데, 그 소(疏)에 이르기를 "새로 돌아가신 분을 할아버지에게 합부시키고, 또 할아버지를 새로 돌아가신 분과 합식시키고자 하기 때문에 양쪽에 고해야 한다. 이 때문에 새로 돌아가신 분에게 고하기를 '당신의 할아버지인 아무보에게 나아가소서.'라고 하고, 할아버지에게 말하기를 '당신의 손자 아무보를 올려 합부하도록 해주소서.'라고 하여 두 신에게 모두 흠향하도록 하는 것이다.……〔欲使死者祔於皇祖, 又使

---

26 서의(書儀)에서는……썼는데 : 《서의》〈상의4(喪儀四) 부(祔)〉에는 증조와 망자(亡子)에게 각각 고하는 축문이 실려 있는데, 증조에게는 '자증손모(子曾孫某)', 망자에게는 '효자모(孝子某)'로 자칭하고 있다. 저본에서 '효손(孝孫)'이라고 한 것은 착오로 보인다.

27 효자 아무개는……흠향하소서 : 《의례》〈사우례(士虞禮) 기(記)〉에 보인다.

皇祖與死者合食, 故須兩告之. 是以告死者曰適爾皇祖某甫, 謂皇祖曰隮
祔爾孫某甫, 二者俱饗云云.〕"라고 하였네.

이에 따르면 할아버지와 손자에게 애초부터 각각 제사를 올리지 않
고 함께 하나의 축문을 사용하니, '효자'라고 칭하는 것이 참으로 마땅
하네. 그러나 지금은 이미 각각 제사하고 있고 또 각각 축문을 읽는데,
여전히 '효자'라는 호칭을 할아버지에게 고하는 축문에 함부로 쓰는
것이 감히 어떨지 모르겠네.

그러나 주자처럼 취사를 세밀히 살핀 분이 어찌 뜻이 없이 홀로 앞
사람들이 이미 정해놓은 예(禮)를 바꾸어서 후세를 그르쳤겠는가. 부
제(祔祭)는 본래 돌아가신 분을 위해서 행하는 것이네. 그러므로 그
입는 옷은 최마(衰麻 상복(喪服))를 입고 제사를 올리는 것이며,[28] 그
함께 제사를 올리는 축문은 '효손'이라 하지 않고 '효자'라고 하는 것이
니, 그 뜻을 알 수 있네. 지금은 비록 각각 제사를 올리지만 이 뜻을

---

28 그 입는……것이며 : 《예기》〈상복소기(喪服小記)〉에 "우제를 지낸 뒤에는 상장
을 짚고 실에 들어가지 않고, 부제를 지낸 뒤에는 상장을 짚고 당에 올라가지 않는다.
〔虞, 杖不入於室; 祔, 杖不升於堂.〕"라고 하고, 《의례》〈사우례(士虞禮) 기(記)〉에
"부인은 삼으로 만든 수질을 벗어 칡으로 만든 수질로 바꾸어 착용하고 요질은 벗지
않는다.〔婦人說首経, 不說帶.〕"라는 구절에 대한 정현(鄭玄)의 주에 "부제를 올릴 때가
되면 칡으로 만든 요질을 착용하고 자리에 나아간다.〔至祔, 葛帶以卽位.〕"라는 내용이
보인다. 우암(尤庵) 송시열(宋時烈) 역시 "부제를 올릴 때 오복을 입는 사람들이 각각
자신의 복을 입는 것은 의심의 여지가 없다. 《가례》에 '동이 트면 주인 이하의 사람들'이
라는 구절에 대한 원주에 '상장을 계단 아래에 기대어 놓는다.'라고 하였는데, 그다음
구절에 여전히 '사당에 나아가서 신주를 받든다.'라는 글이 있으니, 여기에서 저마다
자신의 상복을 입는다는 것을 알 수 있다.〔祔祭時, 五服之人各服其服無疑矣. 蓋家禮,
質明, 主人以下. 註言倚杖于階下, 而其下仍有詣祠堂奉神主之文, 此可見仍服其喪服
矣.〕"라고 하였다. 《宋子大全 卷98 答李仲深〔壬子十二月二十日〕》

완전히 없앨 수는 없으니, 이것이 바로 주자가 그 사이에서 가늠하여 따르기도 하고 따르지 않기도 한 이유일 것이네.

사옹(沙翁 김장생(金長生))의 《상례비요(喪禮備要)》에도 역시 삼가 지키고 다른 말이 없으니, 내 생각에는 이에 대해 감히 왈가왈부하지 못할 듯하네. 부디 예를 아는 분에게 다시금 문의하여 다시 가르쳐 주는 것이 어떻겠는가.

'적(適)' 자의 뜻은 "이러한 차림으로 부모와 시부모가 있는 곳으로 나아간다.〔以適父母、舅姑之所.〕"[29]라고 할 때의 '적(適)' 자와 같은 듯하네. 망자에게 고할 때 역시 '삼가……으로〔謹以〕' 이하 여섯 글자를 써야 할 것이네.

〔문 10〕 부제(祔祭)에 세상 사람들은 대부분 최복(衰服 상복(喪服))을 입고 제사를 올리는데, 저는 거상하는 사람이 사당에 들어갈 때에는 반드시 최복을 벗어야 한다고 생각합니다. 주 선생(朱先生 주희(朱熹)) 역시 묵최(墨衰) 차림으로 사당에서 제사를 올렸으니,[30] 최복

---

29 이러한……나아간다 : 《예기》〈내칙(內則)〉에 "며느리가 시부모를 모시되 부모를 섬기듯이 하여 닭이 처음 울면……왼쪽에는 수건 · 작은 칼 · 숫돌 · 작은 뿔송곳 · 금수를 차고 오른쪽에는 바늘 · 바늘통 · 실 · 솜을 차되 반과 질에 넣어 차며, 큰 뿔송곳과 목수를 차며, 향주머니를 차고 신을 신고 신 끈을 매고서 부모와 시부모가 계신 곳으로 나아간다.〔婦事舅姑, 如事父母, 鷄初鳴……左佩紛帨、刀、礪、小觿、金燧, 右佩箴管、線纊, 施繋袠, 大觿木燧, 衿纓, 綦屨以適父母、舅姑之所.〕"라는 내용이 보인다. '반(繋)'과 '질(袠)'은 모두 주머니이다. '금수(金燧)'는 날이 맑을 때 햇빛에서 불을 취하는 구리 재질의 거울같이 생긴 도구이고, '목수(木燧)'는 날이 흐릴 때 불을 취하는 나무 재질의 도구이다.

30 주 선생(朱先生)……올렸으니 : 《가례》〈상례(喪禮) 담(禫)〉 주에 "근년에 거상

차림으로 조고(祖考)에게 참알(參謁)하는 것은 매우 온당치 않은 듯합니다. 베로 만든 직령(直領)에 효건(孝巾)을 쓰고 참례(參禮)를 행하는 것이 이미 선유(先儒)의 설에 있으니[31] 이를 따라 행하는 것이 온당할 듯합니다.

할 때 사시의 정제는 감히 거행하지 못하였으나 속절의 천향은 묵최를 입고 거행하였다.……거상하는 3년 동안은 길제를 지내지 않는다. 다만 옛사람들은 거상할 때 최마복을 몸에서 벗지 않았는데……지금 사람들은 거상할 때 옛사람과 달라서 졸곡한 뒤에는 마침내 그 최복을 검게 물들여서 입는다.……졸곡한 뒤에는 대략《좌전》중 두예의 설을 따라서 사시의 제삿날을 만나면 최복을 입고서는 궤연에만 제사하고 사당에는 묵최를 입고 정해진 제사를 지내면 될 것이다.〔頃年居喪, 於四時正祭則不敢擧, 而俗節薦享則以墨衰行之.……喪三年不祭. 但古人居喪, 衰麻之衣, 不釋于身……今人居喪, 與古人異, 卒哭之後, 遂墨其衰.……卒哭之後, 可以略做左傳杜註之說, 遇四時祭日, 以衰服特祀于几筵, 用墨衰常祀於家廟可也.〕"라는 내용이 보인다. '묵최(墨衰)'는 '검은색 상복'이라는 뜻으로,《좌전》희공(僖公) 33년 조 두예(杜預)의 주에 "진 문공을 아직 장례하기 전이었기 때문에 진 양공을 '자'라고 칭한 것이고, 상복을 입고 전쟁에 나가는 것이었기 때문에 상복을 검은색으로 물들인 것이다.〔晉文公未葬, 故襄公稱子, 以凶服從戎, 故墨之.〕"라는 내용이 보인다.

31 베로……있으니 : '선유의 설'은 사계(沙溪) 김장생(金長生)의 설을 이른다.《의례문해(疑禮問解)》〈상례(喪禮) 거상잡의(居喪雜儀)〉'상중에 선조에게 제사 지낼 때 입는 옷〔喪中祭先之服〕'조에 "장례 뒤 사당에 제사 지낼 때 베로 만든 직령에 효건 차림을 하는 것은 온당치 못한 듯합니다.《가례》에 나오는 묵최의 제도를 오늘날 회복할 수 있습니까?〔葬後廟祀, 用布直領, 孝巾, 似未安. 家禮墨衰, 可復於今耶?〕"라는 물음에 대해, "마땅히 베로 만든 직령에 효건 차림으로 제사를 지내야 할 것이니, 이외에는 달리 입을 만한 옷이 없다. 묵최는 바로 진(晉)나라 양공이 진(秦)나라를 칠 때 입었던 옷인데 주자 때 이를 인하여 세속의 제도로 삼은 것으로, 본래 고례가 아니라 오늘날 풍속에서 이른바 심의 같은 것일 뿐이다.〔當用布直領, 孝巾行祀, 此外無佗可服. 墨衰是晉襄公伐秦之服, 而朱子時因爲俗制, 本非古禮, 不過如今俗所謂深衣而已.〕"라는 내용이 보인다.

〔답〕 이에 대한 내용이 앞 단락에 보이니,[32] 다른 때 사당에 제사를 올리는 예(禮)와는 본래 다른 것이네.

〔문 11〕 부제(祔祭) 때 신위를 사당이나 청사(廳事)에 설치하는 것이 예(禮)입니다. 그러나 저희 집은 사당이 협소할 뿐 아니라 제사를 행하기에 합당한 청사도 없습니다. 궤연(几筵 영좌(靈座))이 있는 방이 조금 넓으니 선조의 신주를 모셔 내와서 이곳에서 제사를 행하는 것이 그렇게 크게 예에 어긋나는 것은 없겠습니까?

〔답〕 비록 달리 제사를 지낼 곳이 없다 하더라도 선조의 신판(神版)을 강등하여 그 손자의 궤연에 나아가게 하는 것은 굽힌다는 혐의가 있네. 굳이 의견을 낸다면, 우선 궤연을 다른 곳에 모셨다가 제사를 행한 뒤에 도로 원래의 장소에 안치하는 것이 어떻겠는가?

〔문 12〕 "신주를 쓴 뒤에 축이 이를 받들어 영좌에 둔다.……〔題主後, 祝奉置靈座云云.〕"라고 하고,[33] 반곡(反哭)하고 들어와서 자리에 나아간 뒤에 비로소 '주독에 넣는다〔櫝之〕'고 하였으니,[34] 사계(沙溪

---

32 이에……보이니 : 24쪽 주28 참조.

33 신주를……하고 : 《가례》〈상례(喪禮) 제목주(題木主)〉에 "신주 쓰는 것이 끝나면 축이 신주를 받들어 영좌에 두고 혼백을 상자 안에 넣어서 그 뒤에 둔다.〔題畢, 祝奉置靈座, 而藏魂帛於箱中, 以置其後.〕"라는 내용이 보인다.

34 반곡(反哭)하고……하였으니 : 《가례》〈상례(喪禮) 반곡(反哭)〉에 "집에 도착하여 곡을 한다. 축이 신주를 받들고 들어가 영좌에 둔다. 주인 이하의 사람들이 청사에서 곡을 하고 마침내 영좌 앞에 나아가서 곡한다.〔至家哭. 祝奉神主入置於靈座. 主人以下

김장생(金長生)) 역시 이에 대해 의심스럽다고 하였습니다. 그리고 또 "어찌 묘소에서 올 때부터 주독에 넣지 않았다가 지금에야 비로소 주독에 넣는가?……〔豈有自墓來不櫝, 而今始櫝之哉? 云云.〕"라고 하였으니,[35] 반드시 반곡할 때까지 기다린 뒤에 주독을 닫는 것은 정미한 뜻이 있는 듯합니다.

〔답〕 옛날에 선대인께서도 이에 대해 선친에게 의문을 표하셨는데,[36]

哭於廳事, 遂詣靈座前哭.〕"라고 하였는데, 원주에 "집사자가 먼저 원래 있던 곳에 영좌를 설치한다. 축이 신주를 받들고 들어와 자리에 나아가서 주독에 넣는다. 아울러 혼백 상자를 꺼내 신주 뒤에 둔다.〔執事者先設靈座於故處. 祝奉神主入就位櫝之. 幷出魂帛箱置主後.〕"라고 하였다.

35 어찌……하였으니 : 사계(沙溪) 김장생(金長生)의 《의례문해(疑禮問解)》〈상례 (喪禮) 반곡(反哭)〉 '신주를 받들고 자리에 나아가 주독에 넣다〔奉主就位櫝之〕' 조에 "평소의 제사 때는 신주를 넣은 독을 받들어 서쪽 계단의 탁자 위에 놓았다가 주독을 열어 신주를 받들어 꺼내어서 자리로 나아간다. 이 경우는 평소 제사를 지낼 때와 같지 않으므로 신주를 받들고 곧장 들어가서 자리로 나아간 다음 이어서 주독에 넣는다고 이른 것인가? 어찌 묘소에서 올 때부터 주독에 넣지 않았다가 지금에야 비로소 주독에 넣겠는가. 융통성 있게 보아야 한다.〔常時祭祀, 奉主櫝置西階卓上, 啓櫝奉主出就位. 此則非若有事時, 故奉主直入就位仍櫝之謂歟? 豈有自墓來不櫝, 而今始櫝之哉? 活看可也.〕"라는 내용이 보인다.

36 선대인께서도……표하셨는데 : '선대인'은 유헌주(兪憲柱)의 아버지 유한정(兪漢禎)을 가리킨다. 《미호집(渼湖集)》 권9 〈유한정에게 답하다〔答兪漢禎〕〉라는 글에, 유한정이 저자의 아버지 김원행(金元行)에게 "《가례》에서 집에 돌아와 우제를 지낸 뒤에 비로소 주독에 신주를 넣는다고 한 것이 매우 의심스러웠기 때문에 지난날 삼가 여쭈었는데, '매우 정미한 뜻이 있으니 어겨서는 안 된다.'라고 답하셨습니다. 제가 어리석어 이해하지 못하겠으니 그 이유를 듣고 싶습니다.〔家禮反虞後始櫝, 極有可疑, 故頃日仰問, 則答以極有精義不可違. 愚昧未曉, 願聞其故.〕"라고 문의한 내용이 보인다. 《渼湖集

선친께서 대답하시기를 "발인 때에는 상자에 신주를 담아 혼백(魂帛) 뒤에 놓고, 반곡(反哭) 때에는 혼백상자를 꺼내 신주 뒤에 놓으니,[37] 옛것을 버리고 새것을 따르는 때에 그 뜻을 씀이 지극히 정미하다. 신주를 반드시 집에 이른 뒤에 주독에 넣는 것은 그 뜻이 아마도 여기에 있지 않겠는가."라고 하였네. 지금 보내온 편지에서 이른바 '정미한 뜻이 그 사이에 있다'고 한 것은 이미 그 뜻을 얻은 듯하네.

〔문 13〕 부제(祔祭)에 대해 《의례문해(疑禮問解)》에는 "기일 하루 전에 술과 과일을 진설하고 합부할 감실(龕室)에 고한다.〔前期一日, 以酒果告所祔之龕.〕"라는 글이 있는데[38] 《상례비요(喪禮備要)》에는 없습니다. 그런데도 이를 행해도 되겠습니까? 고하는 말은 어떻게 해야 합니까?

〔답〕《의례문해》의 내용은 종자(宗子)가 거상하는 지손(支孫)을 위하여 부제를 지내는 경우를 위하여 말한 것뿐이니, 만약 거상하는 사

卷9 答兪漢禎》

37 발인……놓으니 : 《가례》〈상례(喪禮) 견전(遣奠)〉에 "별도로 상자에 신주를 담아 혼백 뒤에 둔다.〔別以箱盛主, 置帛後.〕"라는 내용이 보인다. 반곡한 뒤에 혼백상자를 신주 뒤에 놓는 것은 27쪽 주34 참조.

38 부제(祔祭)에……있는데 : 사계(沙溪) 김장생(金長生)의 《의례문해(疑禮問解)》〈상례(喪禮) 부(祔)〉'부제를 지낼 때 종자가 사당에 고한다〔祔祭宗子告祠堂〕' 조에 "부제를 지낼 때 종자가 사당에 고하는 것은, 기일 하루 전에 술과 과일을 진설하고 합부할 감실에 고해야 합니까?〔祔祭, 宗子告祠堂, 當前期一日, 以酒果口告所祔之龕耶?〕"라는 송준길(宋浚吉)의 물음에 대해, 사계 김장생이 "그렇다.〔是.〕"라고 대답한 내용이 보인다.

람이 종자라면 굳이 그럴 필요가 없네.

〔문 14〕 "묘지로 쓸 곳의 풀을 베고 흙을 파낼 때 주인이 집사들을
인솔한다.〔斬破土, 主人率執事.〕"[39] 운운한 것에 대해

〔답〕 묘지로 쓸 곳의 흙을 파낼 때 주인이 집사자들을 인솔하여 묘혈
을 파지만, 후토신(后土神)에게 제사하는 것은 따로 고하는 사람이
있으니[40] 주인이 무슨 하는 일이 있겠는가. 그렇다면 복색은 논할 것
이 아니네.

〔문 15〕 전에 보낸 편지에서 명정(銘旌)을 '학생(學生)'으로 써주시
길 청하여 선생님께서 써서 보내주셨는데, 어떤 사람이 말하기를
"선대인께서는 덕을 감추고 벼슬하지 않으셨으니 의당 '처사(處士)'
로 써야 한다."라고 하였습니다.

---

39 묘지로……인솔한다 : 《가례》〈상례(喪禮) 치장(治葬)〉'날을 가려 묘지로 쓸 곳
의 땅을 파고 후토신에게 제사하다〔擇日開塋域祠后土〕' 조에 "주인이 조곡을 마친 뒤
집사들을 인솔하여 구해놓은 땅에 가서 묘혈을 파는데, 네 귀퉁이는 그 흙을 바깥으로
내보내고 가운데를 판 것은 그 흙을 가운데의 남쪽에 둔다. 각각 푯말을 하나씩 세우며,
남문에 해당되는 곳에는 두 개의 푯말을 세운다.〔主人旣朝哭, 帥執事者於所得地掘兆,
四隅外其壤, 掘中南其壤, 各立一標, 當南門立兩標.〕"라는 내용이 보인다.
40 후토신(后土神)에게……있으니 : 《가례》〈상례 치장〉'날을 가려 묘지로 쓸 곳의
땅을 파고 후토신에게 제사하다〔擇日開塋域祠后土〕' 조에 "먼 친척이나 빈객 중 한 사람
을 택하여 후토씨에게 고한다.……고하는 사람은 길복을 입고 들어와 신위 앞에 북향하
여 선다.〔擇遠親或賓客一人, 告后土氏.……告者吉服入, 立於神位之前北向.〕"라는 내
용이 보인다.

'학생'과 '처사'는 모두 관직이 없는 사람의 호칭이지만[41] '학생'은 지금 풍속에 관직이 없는 사람의 통칭이고, '처사'라는 호칭은 세속에서 상용하는 것이 아니니 이런 호칭은 선친께서 평소 좋아하던 호칭이 아닙니다.

  지난날 애통하고 경황이 없는 와중에 급히 청했던 것인데 지금 저를 만족하게 여기지 않는 사람도 있으니, 이제 제주(題主)할 때에는 명정에 따라 쓰지만, 지석(誌石)은 '처사'로 쓰는 것이 이치에 매우 어긋남은 없겠습니까?

  〔답〕지난번에 명정을 써서 보내준 뒤에 한 사우(士友)가 와서 어찌하여 '처사'로 쓰지 않았느냐고 묻기에, 나는 그저 우리 집에서는 '학생'으로 써왔기 때문에 이에 따라 쓴 것이라고만 대답하였네. 이를 계기로 다시 생각해보니 그의 말도 참으로 좋기는 하였네. 다만 선대인의 평소 범절이 겉만 화려하고 명예를 추구하는 모든 일에 대해 늘 좋게 생각하지 않으셨다는 것을 생각하면 이 점이 가장 따라가기 어려운 부분이네. 지금 이렇게 쓴 것이 선대인의 남기신 뜻을 받드는 도리에 해가 되지 않으니, 후회스러운 일이라고는 생각하지 않네. 이제 보내준 편지를 읽어보니 바로 내 마음과 같으니, 어떤 사람이 운

  ---

  41 학생과……호칭이지만 : 사계(沙溪) 김장생(金長生)의 《의례문해(疑禮問解)》〈상례(喪禮) 제주(題主)〉'관직이 없는 경우 신주에 쓰는 칭호〔無官者神主稱號〕' 조에 "관직이 없이 죽은 경우에는 학생이라고 칭하지 않으면 달리 칭할 호칭이 없으니, 형세상 부득이 학생이나 처사나 수재라고 쓰되, 각각 그 마땅함을 따라서 쓰면 된다.〔無官而死者, 不稱學生, 則無他稱號, 勢不得已當書學生、處士、秀才, 各隨其宜可也.〕"라는 내용이 보인다.

운한 것은 혹 이 점을 미처 생각하지 못해서가 아니겠는가. 이미 이 호칭으로 명정을 쓴다면, 지석의 경우 또 어찌 굳이 고쳐 쓸 필요가 있겠는가. 오직 깊이 헤아려 처리하는 데 달려 있을 뿐이네.

유경여에게 답하다 3[42]

答兪擎汝

보내준 편지를 받고 수일 사이 기력이 신의 도움으로 건강을 지탱하고 있음을 알았으니 위안이 되고 다행스러운 마음 어찌 그지 있겠는가. 장례일을 잡은 것이 더욱 가까운 시일 내로 결정되었다는 말을 들었는데, 혹여 극심한 추위를 피할 수 있겠는가? 제반 장례 도구들은 어떻게 마련하였는가? 그저 매우 슬플 따름이네.

선영(先塋)에 고하는 말은 망자(亡子)의 이름을 써야 할 것이니, 선조의 앞에서 감히 휘(諱)하는 바가 있어서는 안 되기 때문이네. 연월일 역시 후토신(后土神)에게 제사할 때의 격례[43]를 따라 모두 갖추어

---

42 유경여(兪擎汝)에게 답하다 3 : 이 편지는 예(禮)에 관하여 모두 5조목의 대답으로 이루어져 있다. (1) 선영에 고할 때 망자(亡子)의 이름을 쓰고 휘(諱)하지 말 것 (2) 널 위쪽에 검은색과 붉은색 폐백을 놓을 것 (3) 방제(旁題)에서 '봉사(奉祀)'의 '봉' 자 앞에 공간을 비워둘 것 (4) 반곡(反哭) 후에 오복(五服)의 친척도 조문할 수 있다는 것 (5) '주부(主婦)'는 초상 때는 망자(亡子)의 처를 지칭하고 우제(虞祭)와 부제(祔祭) 이후에는 상(喪)을 주관하는 자의 처를 지칭한다는 것을 논하고, 아울러 널 위에 폐백을 놓는 위치에 대해 저자의 아버지 김원행(金元行)이 논한 것을 부기(附記)하고 있다.

43 연월일……격례 : 《가례》〈상례(喪禮) 치장(治葬)〉'날을 가려 묘지로 쓸 곳의 땅을 파고 후토신에게 제사하다[擇日開塋域祠后土]' 조에 따르면, 후토신에게 제사 지낼 때의 축문은 다음과 같다. "모년 모월 초하루 모일에 모관 아무개가 감히 후토신에게 아룁니다. 지금 모관 아무개를 위해 묘역을 조성하오니 신께서는 보우하사 훗날의 어려움이 없도록 해주소서. 삼가 맑은 술과 포와 젓갈을 공경히 신에게 올립니다. 부디 흠향하소서.〔維某年歲月朔日子某官姓名, 敢告於后土氏之神. 今爲某官姓名, 營建宅兆,

써야 할 듯하네.

현훈(玄纁)에 대한 설은 고금의 예제(禮制)가 같지 않지만, 선친께서는 매번 《의례》의 "폐백을 널의 뚜껑 가운데에 채운다.〔實于蓋中.〕"[44]라는 글을 위주로 하였네. 그러므로 집안에서 행하는 예(禮)는 널의 위쪽 가운데 부분에 검은색 비단을 오른쪽에 올리고 붉은색 비단을 왼쪽에 올렸네. 선친의 유고(遺稿) 중에 이 물음에 대해 다른 사람에게 답한 구절이 있어 여기에 베껴서 보내니 가려서 행하는 것이 어떻겠는가.

방제(旁題)의 '봉사(奉祀)'라는 글자는 사람들이 모두 '봉' 자 앞에 공간을 비워두니 지금 이를 따르는 것이 마땅할 듯하네.

반곡(反哭) 후에 오복(五服)의 친척이 서로 조문하는 것은 예서(禮書)에는 비록 그러한 글이 없지만,[45] 빈객도 오히려 서로 조문하는데

神其保佑, 俾無後艱. 謹以淸酌醴齊, 祗薦於神. 尙饗.〕"

44 폐백을……채운다 : 《의례》〈기석례(旣夕禮)〉에 "상축이 대공포를 들고 구거를 지휘한다.……구거가 도성 북문에 이르렀을 때 임금이 재부를 시켜 검은색과 붉은색 비단 5필을 보낸다.……빈(재부)이 영구차에 올라가 폐백을 널의 뚜껑 위에 채우고 내려온다.〔商祝執功布以御柩.……至于邦門, 公使宰夫贈玄纁束.……賓升, 實幣于蓋, 降.〕"라는 내용이 보인다.

45 반곡(反哭)……없지만 : 이와 관련하여 《의례》〈기석례(旣夕禮)〉에는 "이어 조묘(祖廟)로 돌아와 곡한다.……조문 온 빈이 서쪽 계단으로 당에 올라 북향하고 말하기를 '다시는 뵐 수 없다니 이 일을 어찌합니까?'라고 한다. 이에 주인이 배수(拜手)하고 계상한다.〔乃反哭.……賓弔者升自西階, 曰: 如之何! 主人拜稽顙.〕"라는 구절이 있고, 《예기》〈단궁 하(檀弓下)〉에는 "반곡할 때 조문하는 것은 애통한 마음이 지극해서이다. 돌아왔을 때 어버이가 없어서 허전하니, 이때에 애통한 마음이 심한 것이다.〔反哭之弔也, 哀之至也, 反而亡焉, 失之矣, 於是爲甚.〕"라는 구절이 있다. 또한 《가례》〈상례(喪禮) 반곡(反哭)〉에는 "주인은 조문 온 사람이 있으면 처음과 같이 절한다.〔有弔者拜之如初.〕"라는 구절에 대한 원주에 "빈객 중에 친밀한 사람이 장례 때 먼저 돌아갔다가

더구나 복이 있는 친척에게 있어서이겠는가.

《가례》에서는 '주부'에 대해 초상과 장례 뒤를 구분하고 있지는 않지만,⁴⁶ "우제(虞祭)와 부제(祔祭) 이후 제사하는 예는 반드시 부부가 직접 거행한다."라고 한 것은 예의 뜻으로 헤아려보면 전혀 의심할 것이 없네. 어찌 살피지도 않고 사옹(沙翁 김장생(金長生))께서 단정하기를 그와 같이 했겠는가.⁴⁷ 다른 논의를 해서는 안 될 듯하네. 격식을 펴지 않네.

주인의 반곡을 기다려 다시 와서 조문하는 것을 이른다.〔謂賓客之親密者旣歸, 待反哭而復弔.〕라는 구절이 있다. 모두 오복의 친척 외의 빈객이 조문하는 예를 말하고 있다.

46 가례에서는……않지만 : 《가례》〈상례(喪禮) 초종(初終)〉 '주부(主婦)' 조에 "주부는 망자의 처를 이른다. 망자의 처가 없으면 상을 주관하는 자의 처를 이른다.〔謂亡者之妻, 無則主喪者之妻.〕라는 내용이 보인다.

47 우제(虞祭)와……했겠는가 : 사계(沙溪) 김장생(金長生)의 《의례문해(疑禮問解)》〈상례(喪禮) 주부(主婦)〉 '주부의 호칭에 대하여〔主婦稱謂〕' 조에 "초상에는 망자의 처가 주부가 되어야 하니, 이때에는 아직 맏며느리에게 가사를 넘기지 않았기 때문이다. 우제와 부제 이후에는 상을 주관하는 자의 처가 주부가 되어야 하니, 제사하는 예는 반드시 부부가 직접 거행하기 때문이다.〔初喪, 則亡子之妻當爲主婦, 時未傳家於家婦故也. 虞、祔以後, 則主喪者之妻當爲主婦, 祭祀之禮, 必夫婦親之故也.〕라는 내용이 보이며, 김장생의 《상례비요(喪禮備要)》〈우제(虞祭) 설소과주찬(設蔬果酒饌)〉 '아헌(亞獻)' 조에 "3년 상기 안에 '주부'라고 말한 것은 모두 망자의 처를 가리키는 듯하다. 다만 횡거(橫渠 장재(張載))는 '동쪽에서는 희준에 술을 따르고 서쪽에서는 뇌준에 술을 따라 모름지기 부부가 함께 제사를 지내야 하니, 어찌 모자가 함께 제사를 지낼 수 있겠는가.'라고 하였다.〔三年之內凡言主婦者, 似皆指亡者之妻. 而但橫渠云東酌犧尊, 西酌罍尊, 須夫婦共事, 豈可母子共事?〕라는 내용이 보인다.

〔부기(附記)〕[48]

검은색과 붉은색 비단을 널의 뚜껑 가운데에 채우는 것은 《의례》이고,[49] 널 옆에 두는 것은 《가례》이며,[50] 널의 동쪽인 널과 덧널 사이에 두는 것은 《개원례(開元禮)》입니다.[51]

우옹(尤翁 송시열(宋時烈))이 사용한 예는 《가례》입니다.[52] 다만 '양방(兩旁)'의 '방'을 널과 덧널 사이라 하고[53] 널 위의 좌우가 아니라고

---

48 부기(附記) : 이하의 내용은 《미호집(渼湖集)》 권5 〈유이천에게 답하다〔答兪伊天〕〉 네 번째 편지에도 보인다.

49 검은색과……의례이고 : 34쪽 주44 참조.

50 널……가례이며 : 《가례》〈상례(喪禮) 하관(下棺)〉 '주인이 폐백을 바친다〔主人贈〕' 조에 "검은색 비단 3필과 붉은색 비단 2필이니, 각각 길이가 1길 8자이다. 주인이 폐백을 받들어 널 옆에 둔다.〔玄六纁四, 各長丈八尺. 主人奉置柩旁.〕"라는 내용이 보인다.

51 널의……개원례(開元禮)입니다 : 《대당개원례(大唐開元禮)》 권141 〈흉례(凶禮) 개장(改葬) 도묘(到墓)〉에 "국관의 장이 검은색과 붉은색의 비단 5필을 주인에게 주면 주인이 받아서 축에게 준다. 주인이 계상하고 재배하면 축이 폐백을 받들고 들어가 널의 동쪽에 올린다.〔國官之長奉玄纁束帛授主人, 主人受以授祝. 主人稽顙再拜, 祝奉以入, 奠於柩東.〕"라는 내용이 보인다.

52 우옹(尤翁)이……가례입니다 : 우암(尤庵) 송시열(宋時烈)이 유억(柳億)에게 보낸 편지에 "만약 당나라 제도를 쓴다면 널 위에 두어야 할 것입니다. 그러나 《가례》에서 널 옆에 둔다고 분명히 말했으니, 응당 널의 양옆에 두어야 할 것입니다.〔若用唐制, 則置於柩上. 然家禮明言置柩旁, 當置於棺兩旁矣.〕"라는 내용이 보인다. 《宋子大全 卷115 答柳子壽〔億〕》

53 양방(兩旁)의……하고 : 우암 송시열의 이러한 주장은 여러 글에 보이는데, 예를 들면 이석견(李碩堅)에게 보낸 편지에 "검은색과 붉은색 비단은 고례에서 널 동쪽에 놓았고, 《개원례》에서도 그대로 따랐습니다. 《가례》에는 널 옆에 놓는데, 이미 '옆'이라고 했다면 널과 덧널 사이를 가리킨 듯합니다. 그리고 모든 절목에 이미 고례를 따르지 않고 있으니, 지금 이 검은색과 붉은색 비단만이 어찌 그렇지 않겠습니까.〔玄纁, 古禮置柩東, 開元禮因之. 家禮則置于柩旁, 旣曰旁, 則似指棺槨之間矣. 且凡節目, 旣不

한 것은 조금 의심스럽습니다. 예컨대 '제주좌방(題主左旁)'[54]의 '방'
또한 신주의 분면(粉面)을 기준으로 말한 것이니, 그렇다면 지금
널 위의 좌우를 반드시 '방'이라 이를 수 없겠습니까.

그리고 《의례》의 "널의 뚜껑 위에 채운다.〔實于蓋.〕"라는 구절의
뜻에 대해 주(注)와 소(疏) 모두 "직접 이를 주는 것처럼 한다.〔若親
受之然.〕"라고 하였으니,[55] 이 뜻이 참으로 정미합니다. 《가례》의
뜻이 또 어찌 반드시 널 위의 양옆이 아니라고 장담하겠습니까. 이것
은 오늘날 반드시 이렇게 행하고자 해서가 아니라, 평소 다른 사람에
게 한번 질정하고 싶었던 것이기 때문에 여기에서 말씀드리는 것뿐
입니다.

從古禮, 則今此玄纁, 何獨不然也?〕"라는 내용이 보이며, 이담(李橝)에게 보낸 편지에
도 "검은색과 붉은색 비단은 《가례》에서 널 옆에 놓았기 때문에 우리 집에서도 널과
덧널 사이에 둡니다. 《개원례》에서 널의 동쪽에 올린다고 한 것은 고례를 따른 것뿐입
니다.〔玄纁, 家禮置柩傍, 故賤家置柩槨之間矣. 開元禮奠柩東云者, 從古禮耳.〕"라는 내
용이 보인다. 《宋子大全 卷79 答李聖彌, 卷80 答李廈卿〔橝〕》

54 제주좌방(題主左旁) : '신주의 왼쪽에 쓴다'는 뜻으로, 이를 '방주(旁註)' 또는 '방
제(旁題)'라고 한다. 일반적으로 신주의 분면(粉面) 가운데에는 아버지인 경우에는 '고
모관 모공 휘 아무개 자 아무개 몇 번째의 신주〔故某官某公諱某字某第幾神主〕'와 같이
당사자의 신분과 성명을 쓰고, 분면의 아래 왼쪽에는 '효자 아무개 봉사〔孝子某奉祀〕'와
같이 이 제사를 받드는 후손의 이름을 쓴다. 《家禮 喪禮 題木主》

55 의례의……하였으니 : 정현(鄭玄)의 주에 "구거 앞쪽에 올라가 폐백을 류 안의 관
뚜껑 위에 채워놓아 마치 직접 주는 것과 같이 하는 것이다.〔升柩車之前, 實其幣於棺蓋
之柳中, 若親受之然.〕"라고 하였고, 가공언(賈公彦)의 소에도 "그러므로 널의 뚜껑 가
운데에 채워서 마치 직접 주는 듯이 하는 것이다.〔故實于蓋中, 若親授之然.〕"라고 하였
다. '류(柳)'는 '바깥을 포로 에워싼 나무틀'로, 상여의 골격이다. 이에 대한 《의례》
경문은 34쪽 주44 참조.

'검은색 비단을 오른쪽에 두고 붉은색 비단을 왼쪽에 둔 것'에 대해서는 이미 우옹의 논의가 있습니다.[56] 대개 땅의 도(道)는 오른쪽을 숭상하기 때문에 검은색은 양(陽)에 속하지만 반대로 오른쪽에 두고 붉은색은 음(陰)에 속하지만 반대로 왼쪽에 둔 것이니, 그 뜻이 이와 같을 듯합니다.

---

56 검은색……있습니다 : 송시열이 족손(族孫) 송삼석(宋三錫)에게 보낸 편지에 "만약 널 위에 두는 것이라면 어찌하여 널의 옆이라고 했겠는가? 널 위에 둔다는 설은 매우 근거가 없는 것이니, 의당 주자의 예를 따라 널 옆에 두되, 검은색 비단을 오른쪽에 두고 붉은색 비단을 왼쪽에 두어야 할 것이다.〔若置柩上, 則何謂柩傍? 柩上之說, 甚無據, 當從朱子禮, 置于柩傍, 玄右纁左.〕"라는 내용이 보인다.《宋子大全 卷129 答三錫》

유경여에게 답하다 4[57]

答兪擊汝

눈이 쌓여 추위가 더해가는 이때 강을 사이에 두고 멀리 바라만 보며 장례 치를 일을 몹시 걱정하고 있었는데, 홀연 이렇게 편지를 보내주어 기력이 유지되고 있음을 알았으니 이 점은 위안이 되지만, 묘혈을 파는 일이 금명간에 있다 하니 제반 의절에 여전히 황망함이 많을 것이네. 어찌 슬픔과 탄식을 이길 수 있겠는가.

지난번에 보낸 예설(禮說)은 엉성하여 필시 오류가 많을 것임을 스스로 잘 알고 있는데도 마침내 하나같이 모두 받아주니 매우 부끄럽네.

부제(祔祭) 때 각각 강신(降神)하지 않는 것은 부제만 그런 것이 아니네. 시제(時祭)나 속절(俗節)·삭참(朔參)과 같은 경우에도 언제 신위마다 각각 행한 적이 있는가. 이것은 의심할 것이 아니네. 고례(古禮)에 합사(合祀)하는 것은 다른 상고할 근거가 없고 다만 앞에서 고하는 축문[58]과 소(疏)의 설[59]의 뜻이 이와 같기 때문이네. 담제(禫祭)

---

57 유경여(兪擊汝)에게 답하다 4 : 이 편지는 〈유경여에게 답하다 3〉에서 논한 예설(禮說) 중 미진한 부분에 대하여 다시 상세히 언급하고 있다. 강신(降神)하지 않는 것은 부제(祔祭)만이 아니라 사시제(四時祭), 속절(俗節), 삭참(朔參) 때도 그렇다는 것, 합사(合祀)에 대한 근거는 고례(古禮)에 없으며 담제(禫祭) 후 지내는 협제(祫祭)는 합사가 아니라는 것, 종자의 호칭은 친속에 따라 해야 한다는 것에 대해 논하였다.

58 축문 : 부제의 축문은 23쪽 본문 참조.

59 소(疏)의 설 :《의례》〈사우례(士虞禮)〉 "졸곡제를 지낸 다음 날 소목(昭穆)의 항렬에 따라 부제(祔祭)를 지낸다.〔明日, 以其班祔.〕"라는 구절에 대한 가공언(賈公彦)의 소에 "살펴보면, 문공 2년 조《춘추공양전(春秋公羊傳)》에 이르기를 '대사란 무

후 지내는 협제(祫祭)[60]의 예(禮)와 같은 것은, 바로 각각의 신위에 제사를 지내는 것이며 합사하는 것이 아니네. 《가례》에서 각각 제사 지낸 것은,[61] 이것이 이른바 "고금이 마땅함을 달리한다.〔古今異宜..〕"

엇인가? 큰 협제이다. 큰 협제란 무엇인가? 합제이다. 체천한 묘의 신주를 태조묘에 진열하고 아직 체천하지 않은 신주를 모두 올려 태조묘에서 합사하는 것이다.'라고 하였다. 또 살펴보면, 《예기》〈증자문(曾子問)〉에 이르기를 천자와 제후는 협제가 끝나고 나면 '신주를 각각 그 묘로 되돌려놓는다.'라고 하였으니, 이제 묘에서 부제를 지냈으니 부제가 끝나면 정침으로 되돌려놓는 것이다. 신주가 없는 대부와 사의 경우에는 폐백으로 그 신을 주관하게 한다. 신주가 있는 천자와 제후는 신주로 부제를 지내는데, 부제가 끝나면 신주를 정침으로 되돌려놓아서 마치 협제가 끝난 뒤 신주를 묘로 되돌려놓는 것처럼 하기 때문에 이를 인용하여 증거로 삼은 것이다.〔案: 文三年公羊云: 大事者何? 大祫也. 大祫者何? 合祭也. 毁廟之主, 陳于太祖, 未毁廟之主皆升, 合食于太祖. 又案: 曾子問云: 天子、諸侯旣祫祭, 主各反其廟, 今祔于廟, 祔已, 復于寢. 若大夫、士無木主, 以幣主其神. 天子、諸侯有木主者, 以主祔祭訖, 主反于寢, 如祫祭訖. 主反廟相似, 故引爲證也.〕라는 내용이 보인다.

60 담제(禫祭)……협제(祫祭) : 여기에서 말하는 '협제'는 상(喪)을 마치는 별제(別祭)이다. 예서(禮書)에는 명문이 없으나, 우리나라에서는 이를 길제(吉祭)라고 하여 별도로 지내고 이때 비로소 새로운 신주를 사당에 합부하였다. 주희(朱熹)는 "길제는 이른바 체제사나 협제사와 같은 등속인 듯하다. 그러나 이 또한 명확한 근거가 없으니, 이제 의리로 예를 일으키는 것이 좋을 것이다.〔吉祭者, 疑所謂禘、祫之屬, 然亦無明據, 今以義起可也.〕"라고 하여 이를 체(禘)제사나 협(祫)제사와 같은 종류로 보았다. 《朱子全書 卷38 禮2 喪》

61 가례에서……것은 : 《가례》〈상례(喪禮) 대상(大祥)〉에 "대상제를 지내기 하루 전날……사당으로 옮겨가려 한다는 것을 고한다. 그다음 날 대상제를 지내는데, 모두 소상제 때의 의절과 같이 한다. 대상제가 끝나면 축이 새로운 신주를 받들어 사당에 들인다. 영좌를 치운다. 상장(喪杖)을 부러뜨려 구석진 곳에 버린다. 체천한 신주를 받들어 묘소 옆에 매안한다.〔前期一日……告遷於祠堂. 厥明行事, 皆如小祥之儀. 畢, 祝奉神主入於祠堂. 徹靈座. 斷杖, 棄之屛處. 奉遷主, 埋於墓側.〕"라는 구절에 대한 원주에 "고하기를 마치면 증직을 더할 때의 의절처럼 신주를 고쳐 쓰고 신주들을 체천하여

라는 것일 것이네.

거상하는 사람이 이미 '효자(孝子)'라고 칭했다면 종자(宗子) 역시 마땅히 그 친속에 따라 호칭해야 한다는 것은 보내준 편지의 말이 옳은 듯하네. 다만 이것은 예(禮)의 근간이 되는 법칙이니, 부디 한때의 귀먹고 눈먼 자의 설을 채택할 만하다고 여기지 말고 반드시 예를 아는 사람에게 다시 문의하여 예를 잘못 그르치는 죄를 면하게 해주는 것이 어떻겠는가? 손이 얼어 겨우 이 정도로만 쓰고 격식을 펴지 않네.

서쪽으로 이동시켜서 동쪽의 감실 하나를 비워두어 새로운 신주를 기다린다.〔告訖, 改題神主, 如加贈之儀, 遞遷而西, 虛東一龕, 以俟新主.〕라는 내용이 보인다. 또한 "모두 소상제 때의 의절과 같이 한다."라는 구절에 대한 보주(補註)에 "조고에게 다른 사당으로 옮겨가야 한다는 것을 고한다.〔告祖考當遷他廟也.〕"라는 내용이 있다. 이를 종합하면 대상제를 지내기 하루 전날 새로운 신주에게 고하고, 대상제를 지내는 날 체천할 신주에게 고하여 각각 고한다는 것을 알 수 있다.

유경여에게 답하다 5[62]

答兪擎汝

세월이 멈추지 않아 선대인의 장례가 문득 지났으니, 생각건대 효성스러운 마음에 애통함을 어떻게 견딜 수 있겠는가. 병을 앓고 있어 묘소에 가서 영결하는 예를 펴지 못하였으니, 그래도 대신 위문하는 편지를 보내야 했건만 강이 얼어 건너기 어려워서 생각만 하고 이루지는 못하였네. 그런데 뜻밖에도 편지가 먼저 와서 이미 삼우제(三虞祭)를 모두 마쳤을 뿐 아니라 기력을 신의 도움으로 지탱하고 있음을 삼가 알았으니, 보잘것없는 마음에 몹시 부끄럽고 고맙네. 그러나 대부인의 환후가 그동안 가볍지 않았다고 하니 또 몹시 놀랍고 염려스럽기 그지없네.

별지는 삼가 읽고서 눈물이 더욱 흘렀네. 평소 그간의 정을 생각하면 참으로 내가 할 수만 있다면 어찌 번거롭게 부탁하기를 기다려서 하겠

---

62 유경여(兪擎汝)에게 답하다 5 : 이 편지는 부친상을 당한 유경여를 위로하고 아울러 거상(居喪) 중의 예(禮)에 관한 유경여의 물음에 간략히 대답하는 내용으로 이루어져 있다. 부제(祔祭) 때 분향(焚香)의 예가 없는 것은 상중의 예는 간소함을 숭상하기 때문이라는 것, 우제(虞祭) 이후 소찬(素饌)을 올려서는 안 된다는 것, 3년 상기(喪期) 동안 새벽마다 사당에 문안하는 예는 폐해야 한다는 것, 선조의 묘소와 새로운 산소가 한곳에 있을 경우 두루 문안하는 것도 무방하다는 것, 우제나 상식(上食)을 올릴 때 당 위에서는 상장(喪杖)을 짚는다는 것, 해산(解産) 때에는 제사를 일시 폐해야 한다는 것, 상중의 제사 때 신주를 거둔 뒤에 사신(辭神) 의식이 있는 것은 길흉(吉凶)의 예를 달리하기 때문이라는 것, 아버지의 상중에 어머니의 대상(大祥)이 되면 대상복을 입고 대상제를 지낸 뒤 다시 아버지를 위한 상복을 입는다는 것 등이다.

는가. 더구나 부탁하기를 이처럼 간절하게 함에 있어서이겠는가. 다만 최근 몇 년 동안 오랫동안 붓을 들지 않은 데다 병중에 정신까지 혼미하다 보니 몇 줄 뇌문(誄文)도 실로 시간에 맞추어 얽어낼 방법이 없네. 조금만 너그러이 기다려주면 혹여 기대를 저버리지는 않을 수 있을 듯하네. 그러나 유당(幽堂)의 글[63]은 사체(事體)가 더욱 중하니 감히 부탁한 청을 따르지 못하겠네. 양해해주는 것이 어떻겠는가?

부제(祔祭) 때 신주를 꺼낸 뒤 향을 사르는 등의 의절이 없는 것은, 대체로 상중(喪中)의 제사여서 평상시의 제사에 비해 예를 줄이고 생략하는 것이 많기 때문이고 다른 뜻은 없을 듯하네.

상식(上食)에 소찬(素饌)을 올리는 것은, 우제(虞祭)를 올릴 때부터 이미 신을 섬기는 예를 사용하였으니 지금은 더 이상 논해서는 안 될 것이네.[64]

---

63 유당(幽堂)의 글 : 묘지문을 이른다.

64 상식(上食)에……것이네 : 사계(沙溪) 김장생(金長生)의 《상례비요(喪禮備要)》 〈성복(成服) 심상삼년(心喪三年)〉 '식사할 때 상식을 올린다〔食時上食〕' 조에 "부모의 상중에 죽은 자는 장례 전에는 평소 살아 있을 때를 본떠서 소찬을 올리고, 우제에 이르러 비로소 신으로 섬겨 고기를 쓰는 것이 타당할 듯하다.〔父母喪中死者, 葬前象平生, 奠以素饌, 至虞, 始以神事, 用肉似當.〕"라는 내용이 보인다. '상식'은 조전(朝奠)과 석전(夕奠) 외에 망자에게 별도로 올리는 궤사(饋食)이다. 《의례》〈기석례(旣夕禮) 기(記)〉에 "망자가 살아 있을 때 망자에게 평소 올렸던 음식과 궤사와 사철의 맛있는 음식과 따뜻한 목욕물 등은 평소와 같이 연침(燕寢)에 진설한다.〔燕養, 饋, 羞, 湯沐之饌, 如他日.〕"라는 구절이 있는데, 이에 대한 정현(鄭玄)의 주에 "연양(燕養)은 망자의 생전에 평소 올렸던 음식이다. 궤(饋)는 아침저녁의 식사이다.……효자는 하루도 그 어버이를 섬기는 예를 차마 폐할 수 없기 때문에 생전과 같이 하실(下室 연침)에 날마다 음식을 올린다.〔燕養, 平常所用供養也. 饋, 朝夕食也.……孝子不忍一日廢其事親之禮, 於下室日設之如生存也.〕"라고 하고, 가공언(賈公彥)의 소에 "하루에 세 끼 식사를 하는

3년 상기(喪期) 동안 새벽마다 사당에 문안하는 것은 잠시 폐하는 것이 마땅할 듯하네. 비록 초하루나 보름이라 할지라도 이미 참례(參禮)를 행할 수 없다면 배례와 아울러 정지하는 것이 옳지 않겠는가.

　선조의 묘소와 새로운 산소가 다 같이 한곳에 있으면 두루 문안하는 것도 문제 되지 않을 듯하니, 이는 단지 묘소와 사당이 같지 않아서인 듯하네.

　우제(虞祭) 때 상장(喪杖)을 짚고 실(室)에 들어가지 않으니,[65] 당 위에서는 여전히 상장을 짚는 것이네. 상식(上食)을 올릴 때에도 이에 비추어 의절을 삼는 것이 좋을 듯하네.

　해산(解産)하는 것 때문에 제사를 폐하는 것은 예서(禮書)에는 그러한 내용이 없지만,[66] 정결하게 할 수 있는 다른 곳이 없다면 부득이 폐하는 것이 또한 형세에 맞네. 그렇다면 고유례(告由禮)는 뒤로 미루

데 지금 정현의 주에서 '아침저녁'이라 말하고 점심을 말하지 않은 것은 정현이 생략해서 말한 것일 터이니, 또한 점심 식사도 있는 것이다.〔一日之中, 三時食, 今注云朝夕, 不言日中者, 或鄭略言, 亦有日中也.〕"라고 한 것에서 유래하였다. 《가례》에는 조전과 석전 사이에 상식의 예를 두었고, 《가례의절(家禮儀節)》에도 하루 세 번의 전(奠)을 올리도록 하였다.

65　우제(虞祭)……않으니 : 《예기》〈상복소기(喪服小記)〉에 "우제에는 상장을 짚고 실에 들어가지 않으며, 부제에는 상장을 짚고 당에 오르지 않는다.〔虞杖不入於室, 祔杖不升於堂.〕"라는 내용이 보인다.

66　해산(解産)하는……없지만 : 이와 관련하여 《예기》〈내칙(內則)〉에 "아내가 장차 자식을 낳기 위해 산달이 되었을 때 측실에 거하면……남편은 재계할 경우에는 측실의 문에 들어가지 않는다.〔妻將生子, 及月辰居側室……夫齊則不入側室之門.〕"라는 내용이 보이는데, 이를 근거로 남계(南溪) 박세채(朴世采, 1631~1695)는 제사 지내는 자가 산실에 들어가지 않으면 그만이고 제사는 그대로 지내도 된다고 말하고 있다. 《南溪集 卷49 答李仁甫問〔祭禮○己未七月二十二日〕》

어 행하는 것이 마땅할 듯하네.

상중(喪中)의 여러 제사들에서 사신(辭神)의 의절이 신주를 거두는 의절 뒤에 있어[67] 사시제(四時祭)와 같지 않은 것은 그 뜻을 잘 알지 못하겠네. 그러나 참신(參神)하는 의식부터 이미 같지 않으니,[68] 대체로 길흉에 예를 달리하는 것을 굳이 일일이 비교하여 논할 필요는 없네. 어떨지 모르겠네.

아버지의 상중에 어머니의 대상(大祥)이 되어 변제(變除)하는 의절은, 보내준 편지에서 인용한 '무거운 복을 벗기 전에[重喪未除]'라는 한 단락이 본래 분명한 글이니[69] 또 어찌 다른 것을 상고할 필요가 있겠

---

67 상중(喪中)의……있어 : 《가례》〈상례(喪禮) 우제(虞祭)〉의 "축이 문을 열면 주인 이하의 사람들이 들어가 곡하고 신에게 작별 인사를 한다.〔祝啓門, 主人以下入哭辭神.〕"라는 구절에 대한 원주에, "축이 주인의 오른쪽에 서서 서향하고 공양하는 예가 모두 끝났음을 고한 뒤에 신주를 거두어서 갑을 닫고 원래 있던 곳에 둔다. 주인 이하의 사람들이 곡을 하고 재배한다. 슬퍼하기를 다한 뒤에 곡을 그치고 문을 나가서 상차(喪次)로 나아가면, 집사자가 제물을 거둔다.〔祝立於主人之右, 西向, 告利成, 斂主匣之置故處. 主人以下哭再拜. 盡哀止, 出就次. 執事者徹.〕"라는 내용이 보인다. 《가례》에는 담제(禫祭)만 조금 다를 뿐 졸곡(卒哭), 부제(祔祭), 소상(小祥), 대상(大祥) 때에도 우제와 같이 신주를 거둔 뒤에 사신(辭神)하도록 하고 있다.

68 참신(參神)하는……않으니 : 《가례》〈상례 우제〉에는 참신하는 의절이 없고 단지 주인 이하의 사람들이 들어가 곡한 뒤 바로 강신(降神)하도록 하고 있는 데 비해, 〈제례(祭禮) 사시제(四時祭)〉에는 참신 뒤에 강신을 하도록 하고 있다. 20쪽 주21 참조.

69 아버지의……글이니 : 《가례》〈상례(喪禮) 성복(成服)〉에 "일반적으로 무거운 복을 아직 벗지 않았는데 가벼운 상을 만나면 가벼운 복을 입고 곡하며, 매달 초하루에는 신위를 설치하고 그에 해당하는 복을 입고 곡한다. 곡이 끝나면 다시 무거운 복을 입는다.〔凡重喪未除而遭輕喪, 則制其服而哭之. 月朔設位, 服其服而哭之. 旣畢, 返重服.〕"라는 내용이 보인다. 또한 《예기》〈잡기(雜記)〉에 "3년의 상중에……만일 새로운 상이 있어 가서 곡을 하게 되면 새로운 상의 복을 입고 간다.〔三年之喪……如有服而將往哭

는가.

　나의 의견은 이와 같네. 《예기》 5책을 먼저 보내니 다 읽은 뒤에 다시 말해주는 것이 어떻겠는가. 어렵게 이 정도로만 쓰고 격식을 펴지 않네.

<hr />

之, 則服其服而往.〕", 《예기》〈상복소기(喪服小記)〉 공영달(孔穎達)의 소(疏)에 "만약 본래 중한 상복을 입고 있는데 새로 죽은 사람을 위한 복이 가벼우면, 새로 죽은 사람을 위해 한 번 복을 입어준 뒤에 다시 전에 입던 복을 입는다.〔若本有服重而新死者輕, 則爲一成服而反前服也.〕"라는 구절이 있다.

유경여에게 답하다 6[70]

答兪擎汝

〔문 1〕 '명덕(明德)'이 '마음[心]'이 되고 '본성[性]'이 되는 것은 굳이 많은 변석을 할 필요가 없습니다. 그러나 명덕을 본성으로 삼는 것도 안 될 것이 없는데, 주 선생(朱先生 주희(朱熹))이 반드시 '허령(虛靈)'으로 해석한 것[71]은 무엇을 근거로 한 것입니까?

〔답〕 범범하게 '명덕'을 말할 때에는 본성이라고 하는 것도 괜찮네. 그러나 이편에서 논한 치지(致知)나 성의(誠意)나 정심(正心)이란 것을 보면 모두 마음을 위주로 하여 말을 하고 있으니,[72] 그렇다면 여

---

70 유경여(兪擎汝)에게 답하다 6 : 이 편지는 《대학장구(大學章句)》 구절에 관하여 모두 11조목의 문답으로 이루어져 있다.

71 주 선생(朱先生)이……것 : 《대학장구》 경(經) 1장 주희(朱熹)의 주에 "명덕은 사람이 하늘에서 얻은 것으로, 허령하고 어둡지 않아서 온갖 이치를 구비하고 만사에 응하는 것이다.〔明德者, 人之所得乎天而虛靈不昧, 以具衆理而應萬事者也.〕"라는 내용이 보인다.

72 이편에서……있으니 : 《대학장구》 경 1장 주희의 주에 "'성(誠)'은 성실하다는 뜻이고 '의(意)'는 마음이 발하는 것이니, 그 마음이 발한 것을 성실히 하여 반드시 스스로 만족하고 스스로 속임이 없고자 하는 것이다. '치(致)'는 미루어 지극히 한다는 뜻이고 '지(知)'는 '식(識)'과 같으니, 나의 지식을 미루어 지극히 하여 그 아는 바가 다하지 않음이 없고자 하는 것이다.……'지지(至知)'는 내 마음의 아는 바가 극진하지 않음이 없는 것이다. 지식이 이미 극진해지면 뜻이 성실해질 수 있고, 뜻이 이미 성실해지면 마음이 바루어질 수 있다.〔誠, 實也. 意者, 心之所發也, 實其心之所發, 欲其必自慊而無自欺也. 致, 推極也. 知, 猶識也, 推極吾之知識, 欲其所知無不盡也.……知至者, 吾心之

기에서 이른바 '명덕'이라는 것을 알 수 있네. 주자의 해석이 어찌 근거도 없이 그렇게 했겠는가.

〔문 2〕 옛사람이 학문을 하는 것은 참으로 대부분 동용(動用)에 힘을 썼으니, '명덕을 밝힘〔明明德〕'을 반드시 '발하는 바〔所發〕'로 말한 것[73]은 뜻이 또한 이와 같습니다. 그러나 《대학》의 도는 바로 옛 성인(聖人)의 전체(全體)와 대용(大用)의 학문이니, 의당 《중용》의 '중화(中和)의 공부'[74]와 도가 같을 것입니다. 그런데 주자가 딱 잘라서 발하는 곳으로 말을 한 것은, 또한 어찌 근본을 둔 바 없이 그렇게 말하였겠습니까.

〔답〕 경문에서는 일찍이 미발(未發)의 공부를 논한 적이 없으니, 어떻게 별도로 뜻을 보태 이를 위해 해석할 수 있겠는가. 주자의 이 장

所知無不盡也. 知旣盡, 則意可得而實矣, 意旣實, 則心可得而正矣.〕"라는 내용이 보인다.

73 명덕(明德)을……것 : 《대학장구》경 1장 주희의 주에 "그 본체의 밝음은 일찍이 쉰 적이 없기 때문에 배우는 자는 그 발하는 바를 인하여 마침내 밝혀서 그 처음을 회복해야 한다.〔其本體之明, 則有未嘗息者, 故學者當因其所發而遂明之, 以復其初也.〕"라는 내용이 보인다.

74 중화(中和)의 공부 : 《중용장구(中庸章句)》제1장 제4절에 "기뻐하고 노하고 슬퍼하고 즐거워하는 정이 발하기 이전을 '중(中)'이라 이르고, 발하여 모두 절도에 맞는 것을 '화(和)'라 이르니, '중'은 천하의 큰 근본이며 '화'는 천하의 공통된 도이다. '중'과 '화'를 지극히 하면 천지가 제자리를 편안히 하고 만물이 잘 생육된다.〔喜怒哀樂之未發, 謂之中; 發而皆中節, 謂之和. 中也者, 天下之大本也; 和也者, 天下之達道也. 致中和, 天地位焉, 萬物育焉.〕"라는 내용이 보이는데, 주희의 주에 따르면 '큰 근본'은 도의 체(體)이며, '공통된 도'는 도의 용(用)이다.

구(章句)를 자세히 살펴보면 실로 〈반명(盤銘)〉의 '날로 새롭게 하라〔日新〕'는 뜻[75]에 근본을 둔 것이네. 그러나 그 배우는 자에게 단서를 찾아 힘을 쓰는 방도를 가리켜 보여준 것이 가장 참되고 절실하니, 이에 대해 체험하고 수용하는 것이 가장 좋으며 핵심 밖에서 풀기 이려운 의심을 하여 공연히 말을 낭비할 필요가 없네.

〔문 3〕'치지(致知)'의 '지'와 '지각(知覺)'의 '지'는 오상(五常)의 '지'와 그 경계가 참으로 분명하지만, '지'와 '지각'은 그 경계를 구분하기가 가장 어렵습니다. 주자의 인설(仁說)에 이르기를 "지각은 바로 지의 일이다.〔知覺乃知之事.〕"라고 하였으니,[76] 그렇다면 마음〔心〕과 본성〔性〕이 이미 섞이지 않겠습니까.

---

75 반명(盤銘)의……뜻 : 《대학장구》 전(傳) 2장에 "탕왕의 〈반명〉에 이르기를 '진실로 어느 날 새로워졌거든 날로 새롭게 하고 또 날로 새롭게 하라.'라고 하였다.〔湯之盤銘曰 : 苟日新, 日日新, 又日新.〕"라는 내용이 보인다. '반명'은 목욕할 때 사용하는 그릇에 경계하는 글귀를 새긴 것으로, 주희의 주에 "탕왕은 사람이 마음을 깨끗이 씻어서 악을 제거하는 것을 마치 몸을 씻어서 때를 버리는 것과 같다고 여겼기 때문이다.〔湯以人之洗濯其心以去惡, 如沐浴其身以去垢.〕"라고 하였다.

76 주자의……하였으니 : 《주자어류》에 "인은 참으로 지각이 있지만, 지각을 인이라고 부를 수는 없다.〔仁固有知覺, 喚知覺做仁却不得.〕", "명의로 말한다면 인은 본래 사랑의 체이고 지각하는 것은 본래 지의 용이어서 본래는 서로 같지 않다. 다만 인은 네 가지 덕을 포함하고 있으니, 진실로 인하다면 어찌 지각하지 못하는 자가 있겠는가.〔以名義言之, 仁自是愛之體, 覺自是智之用, 本不相同. 但仁包四德, 苟仁矣, 安有不覺者乎?〕", "지각은 본래 지의 일이니, 네 가지 덕에 있어서는 '정' 자에 해당한다.〔知覺自是智之事, 在四德是貞字.〕"라는 내용이 보인다. 《朱子語類 卷6 性理三仁義禮智等名義, 卷20 論語2 學而篇上 有子曰其爲人也孝弟章》

〔답〕 주자의 인설에서는 비록 지각을 지(智)의 일로 보았으나, 반겸지(潘謙之 반병(潘柄))에게 답한 편지에서는 또 마음과 본성을 매우 분명하게 분별하고 있으니, 어느 것이 정론(定論)인지 알 수 없네. 이것은 선배들이 결론을 내리지 못한 사안이니 감히 경솔하게 입을 열지 못하겠네. '치지'의 '지'는 주자가 곧장 "식과 같다.〔猶識也.〕"라고만 해석하였으니,[77] '지각' 운운한 것과는 또 조금 구별되네. 반겸지에게 답한 편지를 살펴보고 싶어할 듯하여 아래에 기록하네. 부디 다시 생각해보고 가르쳐주기 바라네.

〔부기(附記)〕

주자는 반겸지에게 다음과 같이 답하였다.[78]

"성(性)은 단지 리(理)일 뿐이며 정(情)은 리가 흘러나와 운용하는 곳이니, 마음의 지각은 바로 이 리를 구비하고서 이 정을 행하는 것이다. 지(智)를 가지고 말한다면, 옳음과 그름의 리를 아는 것은 지이니 성이고, 옳음과 그름을 알아 옳게 여기고 그르게 여기는 것은 정이며, 이 리를 구비하여 그것이 옳거나 그르다는 것

---

77 치지의……해석하였으니 : 《대학장구》경 1장 주희의 주에 "치(致)는 미루어 지극히 하는 것이고, 지(知)는 식(識)과 같으니, 치지는 나의 지식을 미루어 지극히 하여 그 아는 바가 다하지 않음이 없고자 하는 것이다.〔致, 推極也. 知, 猶識也, 推極吾之知識, 欲其所知無不盡也.〕"라는 내용이 보인다.

78 주자는……답하였다 : 《회암집(晦庵集)》권55 〈반겸지에게 답하다 1〔答潘謙之〕〉에 보인다. '겸지(謙之)'는 반병(潘柄)의 자이다. 송나라 복주(福州) 회안(懷安) 사람으로, 주희의 문인이다. 과산선생(瓜山先生)으로 불리며, 《역해(易解)》·《상서해(尙書解)》등의 저술이 있다.

을 지각하는 것은 마음이다. 이 부분의 구별은 단지 털끝 사이에 있으니, 정밀하게 살펴야만 알 수 있다.〔性只是理, 情是流出運用處, 心之知覺, 卽所以具此理而行此情者也. 以智言之, 所以知是非之理則智也, 性也; 所以知是非而是非之者, 情也; 具此理而覺其爲是非者, 心也. 此處分別只在毫釐, 精以察之, 乃可見耳.〕"

〔문 4〕《대학장구》전(傳) 5장의 '전체(全體)'와 '대용(大用)'에 대해 노선생(老先生 김원행(金元行))은 신안(新安 진력(陳櫟))의 설을 옳지 않다고 보았지만[79] 다시 결론을 내리는 가르침이 없으니, 그 뜻은 어디에 있습니까?

---

79 대학장구……보았지만 : 저자의 아버지 김원행(金元行, 1702~1772)이 "'내 마음의 전체와 대용'을 신안 진씨는 각각 '뭇 이치를 구비한 것'과 '만사에 응하는 것'에 해당시켰는데, 그 설이 옳습니까?〔吾心之全體、大用, 陳新安以具衆理、應萬事當之, 其說爲是否?〕"라고 묻는 유헌주(兪憲柱, 1747~?)의 물음에 대해, "신안의 설은 옳지 않은 듯하다.〔新安說恐未然.〕"라고 대답한 것을 가리킨다. '신안(新安)의 설'은 원대(元代)의 유학자인 신안 진씨(新安陳氏) 진력(陳櫟, 1252~1334)의 설을 가리킨다. 《대학장구》전 5장에서 주희가 "힘쓰기를 오래 해서 하루아침에 활연히 관통함에 이르면, 모든 사물의 표리와 정추가 이르지 않음이 없게 될 것이고, 내 마음의 전체와 대용이 밝지 않음이 없게 될 것이다.〔至於用力之久而一旦豁然貫通焉, 則衆物之表裏精粗無不到, 而吾心之全體、大用無不明矣.〕"라고 한 것에 대해, 진력이 "'내 마음의 전체'는 바로 '명덕'을 해석한 것이니 장구에서 이른바 '뭇 이치를 구비한 것'이며, '내 마음의 대용'은 바로 장구에서 이른바 '만사에 응하는 것'이다.〔吾心之全體, 卽釋明德, 章句所謂具衆理者; 吾心之大用, 卽所謂應萬事者也.〕"라고 말한 것을 이른다. 주희는 《대학장구》경 1장의 주에서 "'명덕'은 사람이 하늘에서 얻은 것으로, 허령하고 어둡지 않아서 뭇 이치를 구비하고 있고 만사에 응하는 것이다.〔明德者, 人之所得乎天而虛靈不昧, 以具衆理而應萬事者也.〕"라고 하였다. 《渼湖集 卷12 答兪憲柱》《大學章句大全 傳5章 小注》

〔답〕'뭇 이치를 구비한 것〔具衆理〕'과 '만사에 응하는 것〔應萬事〕'을 명덕(明德)의 체(體)와 용(用)으로 보는 것은 괜찮네. 그러나 이 장에서는 이제 한창 '치지(致知)'를 말하고 일에 응하는 부분을 아직 말하지 않고 있는데, 진씨(陳氏 진력)가 '만사에 응하는 것'으로 대용을 삼았으니 과연 온당치 않은 듯하네. 진씨가 '뭇 이치를 구비한 것'을 체로 본 것 역시 여기에서는 조금 느슨하네.

〔문 5〕'성의(誠意)'를 '성정(誠情)'이라고 하지 않은 것에 대해서는 선유(先儒)들이 과연 운운하였지만 반드시 정말 그런 것은 아닙니다. 아니면 의(意)를 성실하게 한 뒤에는 정(情) 역시 저절로 성실해지는 것입니까? 별도로 정을 다스리는 도가 있는 것입니까?

〔답〕'정'은 갑자기 발로되는 것이니 간사함이나 올바름은 말할 수 있지만 진실이나 거짓은 말할 수 없네. 《대학》에 '성의'만 있고 '성정'이 없는 것은 아마도 이 때문일 것이네. 그러나 '격물(格物)'과 '치지(致知)'를 먼저 하고 '성의(誠意)'와 '정심(正心)'으로 뒤이었으니,[80] 그렇

---

80 격물(格物)과……뒤이었으니 : 《대학장구》경 1장에 "옛날에 명덕을 천하에 밝히고자 하는 자는 먼저 그 나라를 다스리고, 그 나라를 다스리고자 하는 자는 먼저 그 집안을 가지런히 하고, 그 집안을 가지런히 하고자 하는 자는 먼저 그 자신을 닦고, 그 자신을 닦고자 하는 자는 먼저 그 마음을 바르게 하고, 그 마음을 바르게 하고자 하는 자는 먼저 그 뜻을 성실히 하고, 그 뜻을 성실히 하고자 하는 자는 먼저 그 앎을 지극히 하였으니, 앎을 지극히 함은 사물의 이치를 궁구함에 있다.〔古之欲明明德於天下者, 先治其國, 欲治其國者, 先齊其家, 欲齊其家者, 先修其身, 欲修其身者, 先正其心, 欲正其心者, 先誠其意, 欲誠其意者, 先致其知, 致知在格物.〕"라는 내용이 보인다.

다면 '정' 역시 저절로 그 올바름을 얻게 되기 때문에 주자가 '정심'에 대한 주에서 처음으로 '정' 자를 언급했던 것이네.[81]

〔문 6〕'자기(自欺)'에 대한 훈에 '선을 행하고 악을 제거할 줄 아는 것〔知爲善去惡〕'이라고 한 것[82]은 바로 앞의 '치지(致知)'를 이어서 말한 것입니다. 수신장(修身章)[83]에 이르기를 "좋아하면서도 그의 나쁜 점을 알고, 미워하면서도 그의 좋은 점을 아는 자는 천하에 드물다.〔好而知其惡, 惡而知其美者, 天下鮮矣.〕"라고 하였으니, 앞 글과 모순되지 않습니까?

---

81 주자가……것이네 : 《대학장구》 전 7장의 "이른바 몸을 닦음이 그 마음을 바르게 하는 데 있다는 것은, 마음에 성내는 바가 있으면 그 바름을 얻지 못하며, 두려워하는 바가 있으면 그 바름을 얻지 못하며, 좋아하는 바가 있으면 그 바름을 얻지 못하며, 근심하는 바가 있으면 그 바름을 얻지 못한다.〔所謂修身在正其心者, 身有所忿懥則不得其正, 有所恐懼則不得其正, 有所好樂則不得其正, 有所憂患則不得其正.〕"라는 구절에 대한 주희의 주에, "이 네 가지는 모두 마음의 용(用)이어서 사람에게 없을 수 없는 것이다. 그러나 한번 이것을 두고 살피지 못하면, 욕심이 동하고 정이 치우쳐서 그 용의 행하는 바가 간혹 올바름을 잃지 않을 수 없기도 한다.〔蓋是四者, 皆心之用而人所不能無者. 然一有之而不能察, 則欲動情勝, 而其用之所行, 或不能不失其正矣.〕"라는 내용이 보인다.

82 자기(自欺)에……것 : 《대학장구》 전 6장 "이른바 '그 뜻을 성실히 한다'는 것은 스스로 속이지 말라는 것이다.〔所謂誠其意者, 毋自欺也.〕"라는 구절에 대한 주희의 주에 "'자기(自欺)'는 선을 행하고 악을 제거해야 함을 알지만 마음의 발하는 바가 진실하지 못함이 있는 것이다.〔自欺云者, 知爲善以去惡, 而心之所發有未實也.〕"라고 한 것을 이른다.

83 수신장(修身章) : 《대학장구》 전 8장을 이른다.

〔답〕 "좋아하면서도 그의 나쁜 점을 알고, 미워하면서도 그의 좋은 점을 아는 자는 천하에 드물다."라는 구절은, 이것은 보통 사람의 일을 말한 것이네.

〔문 7〕 '적자를 보호하듯이 한다〔如保赤子〕'는 것은 앞의 '효(孝)'·'제(弟)'·'자(慈)'를 이어받으면서 '자'의 관점에서만 말한 것이니,[84] 나라를 다스리는 도는 중점이 '자'에 있어서입니까?

〔답〕 이 장의 대의는 윗사람이 행하면 아랫사람이 본받는다는 점에 있네. 지금 "나라를 다스리는 도는 중점이 '자'에 있다."라고 한 것은 단지 백성을 보호하는 일일 뿐이니, 전문(傳文)의 본래 뜻이 아니네.

〔문 8〕 이 책은 성의장(誠意章)에서 처음 호오(好惡)를 언급한 뒤로[85] 마지막 장에 이르기까지 그 뜻이 갈수록 더욱 넓고 구비되었으

---

84 적자를……것이니 : 《대학장구》 전 9장에 "이른바 '나라를 다스림이 반드시 먼저 그 집안을 가지런히 함에 있다'는 것은, 그 집안을 가르치지 못하고 능히 남을 가르치는 자는 없기 때문이다. 그러므로 군자는 집을 나가지 않고 나라에 가르침을 이루는 것이다. 효(孝)는 군주를 섬기는 것이며, 제(弟)는 장관을 섬기는 것이며, 자(慈)는 백성들을 부리는 것이다. 《서경》〈강고〉에 이르기를 '적자(갓난아이)를 보호하듯이 한다.'라고 하였으니, 마음에 진실로 구하면 비록 꼭 들어맞지는 않더라도 멀지 않을 것이니, 자식 기르는 것을 배운 뒤에 시집가는 자는 있지 않다.〔所謂治國必先齊其家者, 其家不可敎而能敎人者無之, 故君子不出家而成敎於國. 孝者所以事君也, 弟者所以事長也, 慈者所以使衆也. 康誥曰如保赤子, 心誠求之, 雖不中, 不遠矣, 未有學養子而后嫁者也.〕"라는 내용이 보인다.

85 성의장(誠意章)에서……뒤로 : 《대학장구》 전 6장에 "이른바 '그 뜻을 성실히 한

니, 사람을 등용하고 재물을 운용하는 것에 대해 말한 것[86]은 모두 호오를 같이한다는 뜻입니까?

〔답〕 성의장의 호오는 선을 좋아하고 악을 미워하는 것이며, 평천하장(平天下章)의 호오는 빈부(貧富)와 고락(苦樂)에 따라 향하거나 등지거나 달려가거나 피한다는 뜻이 많으니, 글자는 비록 같지만 뜻은 본래 다른 것이라 똑같은 사례로 볼 수 없네. 다만 평천하장의 '진서(秦誓)'한 단락[87]만은 또한 선을 좋아하고 악을 미워하는 것이네.

다'는 것은 스스로 속이지 말라는 것이다. 악을 미워하기를 악취를 미워하는 것과 같이 하며 선을 좋아하기를 호색을 좋아하는 것과 같이 하는 것이니, 이를 일러 '자겸'이라 한다.〔所謂誠其意者, 毋自欺也, 如惡惡臭, 如好好色, 此之謂自謙.〕"라는 내용이 보인다.

86 사람을……것 : 《대학장구》전 10장에 "백성들이 좋아하는 것을 좋아하며 백성들이 싫어하는 것을 싫어하는 것을 일러 백성들의 부모라 한다.……그러므로 재물이 모이면 백성이 흩어지고 재물이 흩어지면 백성들이 모이는 것이다.……어진 이를 보고도 능히 들어 쓰지 못하며 들어 쓰되 먼저 하지 못하는 것은 태만함이고, 불선(不善)한 자를 보고도 능히 물리치지 못하며 물리치되 멀리하지 못하는 것은 잘못이다. 남이 미워하는 것을 좋아하며 남이 좋아하는 것을 미워하는 것을 일러 사람의 성품을 어긴다고 하니, 이러한 자는 재앙이 반드시 그 몸에 미치게 된다.……재물을 생산하는 데 큰 도가 있으니, 생산하는 자는 많고 먹는 자는 적으며, 생산하는 것은 빨리 하고 쓰는 것은 느리게 하면 재물이 항상 풍족하게 된다.〔民之所好好之, 民之所惡惡之, 此之謂民之父母.……是故財聚則民散, 財散則民聚.……見賢而不能擧, 擧而不能先, 命也; 見不善而不能退, 退而不能遠, 過也. 好人之所惡, 惡人之所好, 是謂拂人之性, 菑必逮夫身.……生財有大道, 生之者衆, 食之者寡, 爲之者疾, 用之者舒, 則財恒足矣.〕"라는 내용이 보인다.

87 평천하장의……단락 : 《대학장구》전 10장에 "《서경》〈진서〉에 이르기를 '만일 어떤 한 신하가 성실하고 한결같으며 다른 재주가 없으나, 그 마음이 곱고 고와 용납함이 있는 듯하여 남이 가지고 있는 재주를 자기가 소유한 것처럼 여기며, 남의 훌륭하고

〔문 9〕 '혈구(絜矩)'에는 두 가지 뜻이 있는데 모두 주자의 말입니다.[88] 감히 여쭙겠습니다. 어느 설을 종주로 삼아야 합니까?

〔답〕 '혈구'의 뜻은 마땅히 본주(本註)를 따라야 할 것이네.[89] 그 강덕

성스러움을 그 마음에 좋아함이 자기 입에서 나온 것보다도 더한다면, 이는 능히 남을 포용하는 것이어서 능히 나의 자손과 백성을 보전할 것이니 행여 또한 이로움이 있을 것이다. 남이 가지고 있는 재주를 시기하고 미워하며 남의 훌륭하고 성스러움을 어겨서 통하지 못하게 하면, 이것은 능히 포용하지 못하는 것이어서 나의 자손과 백성을 보전하지 못할 것이니 또한 위태롭도다.'라고 하였다.〔秦誓曰: 若有一个臣斷斷兮無他技, 其心休休焉其如有容焉, 人之有技, 若己有之, 人之彦聖, 其心好之, 不啻若自其口出, 寔能容之, 以能保我子孫黎民, 尙亦有利哉! 人之有技, 媢疾以惡之, 人之彦聖, 而違之俾不通, 寔不能容, 以不能保我子孫黎民, 亦曰殆哉!〕"라는 내용이 보인다.

88 혈구(絜矩)에는……말입니다 : 《대학장구》전 10장에 "윗사람에게서 싫었던 것으로써 아랫사람을 부리지 말며, 아랫사람에게서 싫었던 것으로써 윗사람을 섬기지 말며, 앞사람에게서 싫었던 것으로써 뒷사람에게 가(加)하지 말며, 뒷사람에게서 싫었던 것으로써 앞사람에게 따르지 말며, 오른쪽에게서 싫었던 것으로써 왼쪽에게 사귀지 말며, 왼쪽에게서 싫었던 것으로써 오른쪽에게 사귀지 말 것이니, 이것을 일러 혈구의 도라고 한다.〔所惡於上, 毋以使下; 所惡於下, 毋以事上; 所惡於前, 毋以先後; 所惡於後, 毋以從前; 所惡於右, 毋以交於左; 所惡於左, 毋以交於右, 此之謂絜矩之道.〕"라는 내용이 보인다. '혈구'에 대해 주자는, 문인 주필(周弼, 1194~1255)에게 답한 편지에서는 "'혈구' 두 자의 뜻은 구로 재서 그 방정함을 취한다는 말이다.〔二字文義, 蓋謂度之以矩而取其方耳.〕"라고 하고, 강묵(江默)에게 보낸 편지에서는 "혈구는 물을 재서 그 방정함을 얻는 것이니, 아래의 글을 가지고 따져보면 알 수 있습니다. 지금 구로 물을 잰다고 한다면 마땅히 '구혈'이 되어야 그 뜻이 맞을 것입니다.〔絜矩者, 度物而得其方也, 以下文求之可見. 今日度物以矩, 則當爲矩絜, 乃得其義矣.〕"라고 하여, '구로 재서 그 방정함을 취한다'와 '사물을 재서 그 방정함을 얻는다'는 두 가지 뜻으로 해석하였다. 《朱子大全 卷44 答江德功, 卷51 答周舜弼》

89 혈구의……것이네 : 《대학장구》전 10장 주희의 주에 "'혈'은 헤아린다는 뜻이고,

공(江德功 강묵(江默))에게 답한 편지는 선친께서 일찍이 주자의 초년 설이라고 말씀하셨네.[90]

[문 10] 9장에 처음으로 '시(恕)'를 말하였고,[91] 10장에 '혈구(絜矩)'를 말하였는데 또한 '서'입니다.[92] 무릇《대학》의 도는 충서(忠恕)일 뿐입니다. 명명덕(明明德)은 '충'이고 신민(新民)은 '서'이니 대본(大本)과 달도(達道)입니다.[93] 저는《대학》이라는 이 책이 단연코 충서

'구'는 네모진 것을 만드는 기구이다.〔絜, 度也; 矩, 所以爲方也.〕"라는 내용이 보인다.

90 그……말씀하셨네 : 저자의 아버지 김원행(金元行)이 "'혈구'에 대하여《대학장구언해(大學章句諺解)》에서는 '구로 잰다.'라는 것으로 해석하였는데, 혹자 중에는 '재서 방정하게 한다.'라는 것으로 해석하는 사람도 있습니다. 두 설이 어떠한지 모르겠습니다.〔絜矩. ○諺解以以矩絜之釋之, 而或者有以絜之矩之釋之者, 未知如何?〕"라는 김정운(金鼎運)의 물음에 대해, "두 설 모두 주자의 설이 있는데, 아래의 설은 주자 초년의 논의입니다.〔二者皆有朱子說, 而下說是初年之論.〕"라고 대답한 것을 이른다.《대학장구언해》에 "君子ㅣ 矩로 絜ᄒᆞᄂᆞᆫ 道ㅣ 인ᄂᆞ니라"로 되어 있다.《渼湖集 卷12 答金鼎運》

91 9장에……말하였고 :《대학장구》전 9장에 "자기 몸에 간직하고 있는 것이 서(恕)하지 못하고서 능히 남을 깨우치는 자는 있지 않다.〔所藏乎身不恕, 而能喩諸人者, 未之有也.〕"라는 구절이 보이는데, 주희의 주에 "자기 몸에 선이 있은 뒤에 남의 선을 책할 수 있고, 자기 몸에 악이 없는 뒤에 남의 악을 바로잡을 수 있다. 이는 모두 자기를 미루어 남에게 미치는 것이니, 이른바 '서'라는 것이다.〔有善於己, 然後可以責人之善; 無惡於己, 然後可以正人之惡. 皆推己以及人, 所謂恕也.〕"라고 하였다.

92 10장에……서입니다 : 56쪽 주88 참조.

93 명명덕(明明德)은……달도(達道)입니다 : 이와 관련하여《논어집주》〈이인(里仁)〉제14장에 "증자가 대답하기를 '부자의 도는 충과 서일 뿐이다.'라고 하였다.〔曾子曰: 夫子之道, 忠恕而已矣.〕"라는 구절이 보이는데, 이에 대한 주희의 주에 정자(程子)의 말을 인용하여 "충은 천도이고 서는 인도이며, 충은 거짓이 없는 것이고 서는 충을 실천하는 것이다. 충은 체이고 서는 용이니, 대본과 달도이다.〔忠者, 天道; 恕者, 人

의 도라고 생각하는데, 어떨지 모르겠습니다.

〔답〕 그저 이처럼 큰소리로만 뭉뚱그리는 것은 도리어 의미가 없네.
모름지기 삼강령(三綱領)과 팔조목(八條目)을 구절구절 미루어서 궁
구하여 그 순서와 과정을 참으로 매우 분명히 알아야 비로소 진보하
는 점이 있을 것이네.

〔문 11〕 "나라는 이로움을 이로움으로 여기지 않고 의를 이로움으로
여긴다.〔國不以利爲利, 以義爲利.〕"라고 하였으니, 《대학》이 이 구
절로 끝맺은 것은 그 뜻이 지극합니다. 이것은 자사(子思)가 "인의가
이들을 이롭게 하는 방법이다.〔仁義所以爲利之〕"라고 한 뜻이며,[94]
맹자의 "하필 이로움을 말씀하십니까?〔何必曰利?〕"라는 설[95]이 유래

道. 忠者, 無妄; 恕者, 所以行乎忠也. 忠者, 體; 恕者, 用, 大本、達道也.〕"라는 내용이
보인다.

94 자사(子思)가……뜻이며 : 이와 관련하여 《자치통감》에 다음과 같은 내용이 보인
다. "당초에 맹자가 자사를 스승으로 모셨는데, 한번은 백성을 다스리는 도는 무엇을
급선무로 여겨야 하느냐고 물은 적이 있다. 이에 자사는 '그들을 이롭게 하는 것이 급선
무이다.'라고 대답하였다. 맹자가 '군자가 백성을 가르치는 방법은 또한 인의(仁義)일
뿐이니, 어찌 이로움을 먼저 할 필요가 있겠습니까?'라고 하자, 자사는 '인의야말로
참으로 그들을 이롭게 하는 방법이다. 윗사람이 불인하면 아랫사람이 제자리를 얻지
못하고, 윗사람이 의롭지 않으면 아랫사람이 속이는 것을 좋아하게 되니, 이것은 이롭
지 않음이 큰 것이다.'라고 대답하였다.〔初, 孟子師子思, 嘗問牧民之道何先. 子思曰:
先利之. 孟子曰: 君子所以敎民者, 亦仁義而已矣, 何必利? 子思曰: 仁義固所以利之也.
上不仁則下不得其所, 上不義則下樂爲詐也, 此爲不利大矣.〕"《資治通鑑 卷2 周紀2 顯王
33年》

95 맹자의……설 : 맹자가 양(梁)나라 혜왕(惠王)을 만나러 갔을 때, 혜왕이 대뜸

가 있는 것입니다. 그러므로 이 책의 전(傳)이 확실히 누구의 손에서 나왔는지는 알 수 없지만 또한 자사가 전한 것이 아니겠습니까.

〔답〕 '의(義)'와 '리(利)' 두 글자는 반드시 증자(曾子)의 문하에서만 전수한 설은 아니네.[96] 예컨대 《주역(周易)》에서 "리는 의에 화합하는 것이다.〔利者, 義之和也.〕"[97]라고 말한 것도 이미 이 뜻이네. 지금 자사가 노(魯)나라 임금에게 대답한 말[98]을 가지고 전문(傳文)이 그의 손에서 나왔다고 말한다면, 감히 반드시 그렇다라고 믿지 못하겠네.

"노인께서 천 리를 멀리 여기지 않고 오셨으니, 또한 장차 우리나라를 이롭게 함이 있겠습니까?〔叟不遠千里而來, 亦將有以利吾國乎?〕"라고 묻자, 맹자가 "왕께서는 하필 이로움을 말씀하십니까? 또한 인의가 있을 뿐입니다.〔王何必曰利? 亦有仁義而已矣.〕" 라고 대답한 것을 이른다.《孟子 梁惠王上》

96 증자(曾子)의……아니네 : 주희에 따르면《대학》은 '공자가 옛사람들이 학문하던 큰 방법을 말한 것〔孔子說古人爲學之大方〕'을 증자가 기술한 것으로, 증자의 문인들이 또 전술(傳述)하여 그 뜻을 밝힌 것이다. 이후 맹자가 이를 전하였고, 중간에 전수가 끊겼다가 송대(宋代)에 와서 정자(程子)가 다시 그 맥을 이었다고 한다.《大學章句序, 讀大學法》

97 리(利)는……것이다 :《주역》〈건괘(乾卦) 문언전(文言傳)〉에 보인다.

98 자사가……말 : 자사는 공자의 손자이다. 증자에게 배웠으며 노(魯)나라 목공(繆公)의 스승이었다고 한다. 자사와 목공의 문답은《예기》등 여러 문헌에 보이는데, 예를 들면《맹자》〈만장 하(萬章下)〉에 다음과 같은 일화가 전한다. 제후가 사(士)를 벗으로 삼는 것에 대해 어떻게 생각하느냐는 목공의 물음에, 자사는 불쾌해하며 "지위로 보면 그대는 군주이고 나는 신하인데 내가 어떻게 감히 군주와 벗할 수 있겠으며, 덕으로 보면 그대는 나를 섬기는 사람인데 그대가 어떻게 나와 벗할 수 있겠습니까.〔以位則子君也, 我臣也, 何敢與君友也? 以德則子事我者也, 奚可以與我友?〕"라고 대답하고 있다.

유경여에게 답하다 7[99]

答兪擎汝

〔문〕 '명덕(明德)'을 장구(章句)에서 오로지 발하는 곳으로만 말한
것[100]은 어떤 은미한 뜻이 있습니까? '치지(致知)'의 '지'와 '사덕(四
德)'[101]의 '지'는 그 경계를 분명하게 말할 수 있습니까?

〔답〕 전에 문의한 《대학》의 의의(疑義) 중 이른바 "그 발하는 바를
인하여 마침내 밝힌다.〔因其所發而遂明之.〕"라는 구절은, 성현이 사
람들을 가르칠 때 대부분 발하는 곳에서부터 공부를 시작하도록 한
것이니, 《논어》와 《맹자》를 보면 알 수 있네. 더구나 처음 배우는 선
비가 여기에서 단서를 찾지 않고 장차 무엇을 가지고 공부하겠는가.
그러나 처음에 이미 "그 본체의 밝음은 쉬지 않는다.〔本體之明, 有未
甞息.〕"라는 말로 이 구절을 창도하고, 끝에는 또 '마침내 밝힌다'는
말로 이어받았으니, 그렇다면 '마침내 밝힌다〔遂明之〕'는 이 세 글자
가 또한 이미 통체(統體) 공부를 포괄하고 있어 부족함이 없다고 생
각하네.

---

99 유경여(兪擎汝)에게 답하다 7 : 이 편지는 《대학장구(大學章句)》에서 명덕(明德)
을 이발(已發)의 측면에서만 논한 이유 및 치지(致知)와 사덕(四德)에서 '지(知)'의
의미에 대해 논하고 있다.

100 명덕(明德)을……것 : 48쪽 주73 참조.

101 사덕(四德) : 인(仁), 의(義), 예(禮), 지(智)를 이른다.

〔답〕'치지'의 '지'를 이미 '식(識)'으로 해석하였으니,[102] 여기의 '지'는 '지(智)' 자로 뜻을 삼지 않은 것이 분명하네. '지(智)'는 즉 성(性)이니, '성'에는 '추극(推極)'이라는 글자를 놓을 수 없네.[103]

---

102 치지의……해석하였으니 : 50쪽 주77 참조.

103 성에는……없네 :《대학장구》경 1장 주희의 주에 "치(致)는 미루어 지극히 하는 것이다.〔致, 推極也.〕"라는 내용이 보이는데, 이에 근거하면 '치지(致知)'는 '추극지(推極知)'라고 할 수 있으나 본성인 지(智)는 이와 같이 미루어서 지극히 할 수 있는 것이 아니라는 말이다.

유경여에게 답하다 8[104]

答兪擊汝

〔문 1〕 '지(智)'와 '지(知)'의 구분은 반겸지(潘謙之 반병(潘柄))에게
답한 편지[105]에 과연 분명하고 극진합니다. 그러나 지각(知覺)을 지
(智)의 일로 삼는 것 역시 통할 수 있을 듯합니다. 마음의 기(氣)는
지극히 허령(虛靈)하여 본래 지각이 있으니, 그 능히 지각할 수 있는
것은 또한 어찌 근본하는 바가 없겠습니까. 지각하는 이치를 그 안에
갖고 있기 때문입니다. 만일 안에 근본이 없다면 무지한 목석(木石)
일 뿐이니, 어찌 마음을 귀하게 여기겠습니까. 그러므로 능히 알고
능히 지각하는 것은 마음이고 정(情)이며, 알고 지각하는 대상은
성(性)이고 지(智)입니다. 그렇다면 지각을 지(智)의 일로 삼는 것
역시 어찌 불가할 것이 있겠습니까.

〔답〕 '지각'에 대한 설은 이해할 수 없는 것이 많네. 원래 이 부분은
지극히 정미(精微)하여 알기 어려우니 우리가 너무 성급하게 말해서
는 안 될 것이네. 잠시 내버려두었다가 다시 생각하는 것이 무방할

---

104 유경여(兪擊汝)에게 답하다 8 : 이 편지는《대학장구(大學章句)》구절에 관하여
5조목,《논어집주》에서 어머니의 상(喪)에 노래를 부른 원양(原壤)을 공자가 벗으로
둔 이유와 '내외빈주(內外賓主)'의 변석에 대해 2조목, 모두 7조목의 문답으로 이루어져
있다.
105 반겸지(潘謙之)에게 답한 편지 : 〈유경여에게 답하다 6〔答兪擊汝〕〉의 〔부기〕 및
50쪽 주78 참조.

것이네.

〔문 2〕'치지(致知)'의 '지'가 '지각(知覺)'과 조금 구별된다는 가르침[106]은 무엇 때문입니까?

〔답〕 선친께서 일찍이 다른 사람의 물음에 답하여 "치지(致知)의 지(知)는 단지 지의 용(用)일 뿐인 듯합니다. 장구(章句)에서 지(知)는 각(覺)과 같다 하지 않고 식(識)과 같다고 하였으니, 그 은미한 뜻을 알 수 있을 듯합니다."라고 하신 적이 있는데,[107] 이것이 바로 내 말의 근원이네.

〔문 3〕'전체(全體)'와 '대용(大用)'에 대해 '뭇 이치를 구비하다〔具衆理〕'와 '만사에 응하다〔應萬事〕'를 가지고 해당시켜서는 안 된다는 것[108]에 대해서는 이미 알겠습니다. 그렇다면 '전체'와 '대용', 이 네 글자는 어떻게 말하면 좋겠습니까?

〔답〕'내 마음의 전체'는 바로 이른바 "인심의 허령함은 알지 않음이 없다.〔人心之靈, 莫不有知.〕"[109]라는 것이 바로 이것이니, 전체가 이

---

106 치지(致知)의……가르침 : 50쪽 주77 참조.

107 선친께서……있는데 : 저자의 아버지 김원행(金元行)이 이상목(李商穆)에게 답한 편지에 보인다. '지(知)는 식(識)과 같다'는 50쪽 주77 참조. 《渼湖集 卷6 答李敬思》

108 전체(全體)와……것 : 51쪽 주79 참조.

109 인심의……없다 : 《대학장구》전 5장 주희의 주에 "인심의 허령함은 알지 않음이 없고 천하의 사물은 이치가 있지 않음이 없지만, 다만 이치에 대해 궁구하지 않기 때문

미 밝아졌다면 대용 역시 그 안에 있을 뿐이네.

〔문 4〕'성의(誠意)'를 '성정(性情)'이라고 하지 않은 것에 대해서는 내려주신 가르침110이 또한 마땅하지만, 선유(先儒)가 '정으로 인하여 비교하고 따지는 것〔緣情計較〕'을 의(意)라고 하였으니,111 반드시 모두 옳은 것 같지는 않습니다.

이제 내 마음에서 이를 구한다면, 한 생각이 이제 막 고요한〔靜〕 가운데에서 싹튼 것은 '의'입니까? '정'입니까? '성의'는 자신을 닦는 첫 단계입니다. 선악이 이제 막 싹트는 기미의 시점에 이를 자세히 살펴야 할 것이니, 만약 '의'가 '정'으로 인하여 나올 때에 이 '의'를 성실히 하여 한결같이 그 처음 발한 대로 내버려두고 자세히 살필 줄을 모른다면 그 과정이 혹여 소루함이 없겠습니까?

제 생각에 '정'과 '의'는 은미함〔微〕과 드러남〔顯〕의 구분이 있으니, '성의'는 '홀로를 삼가는 것〔愼獨〕'이고, '정심(正心)'은 '그 정을

에 그 앎이 다하지 못함이 있는 것이다.〔人心之靈莫不有知, 而天下之物莫不有理, 惟於理有未窮, 故其知有不盡也.〕'라는 내용이 보인다.

110 성의(誠意)를……가르침 : 〈유경여에게 답하다 6〔答兪擎汝〕〉 참조.

111 선유(先儒)가……하였으니 : '선유'는 율곡(栗谷) 이이(李珥, 1536~1584)를 가리킨다. 율곡이 문인 안천서(安天瑞)에게 답한 편지에 "동(動)이 미세할 때에 벌써 선악의 기미가 있으니 바로 정(情)이며, 의(意)는 정으로 인하여 비교하고 따지는 것이네. 정은 자유롭게 갑자기 발동될 수 없지만 의는 이 정으로 인해 생각하여 운용하는 것이네. 이 때문에 주자가 '의는 이 정이 있음으로 인해 그 뒤에 작용하는 것이다.'라고 했던 것이네.〔動之微也, 已有善惡幾, 乃情也. 意者, 緣情計較者也. 情則不得自由驀地發動, 意則緣是情而商量運用. 故朱子曰 : 意緣有是情而後用.〕"라는 내용이 보인다. 《栗谷全書 卷12 答安應休》

단속하는 것[約其情]'인 듯합니다. 어떻게 생각하십니까?

〔답〕 주자가 말하기를 "정은 배나 수레와 같고, 의는 사람이 그 배나 수레를 모는 것과 같다.〔情如舟車, 意如人使那舟車一般.〕"라고 하였고, 또 말하기를 "정은 할 수 있는 것이고, 의는 백방으로 따지고 비교하여 하는 것이니, 의는 이 정이 있음으로 인하여 그 뒤에 작용하는 것이다.〔情是會做底, 意是去百般計校做, 意因有是情而後用.〕"라고 하였네.[112] 이것은 바로 '정으로 인하여 비교하고 따지는 것'을 말하니, 비록 완전히 쓸어 없애고자 하더라도 그럴 수 있겠는가.

이른바 '정과 의는 은미함과 드러남의 구분이 있다' 이하 몇 구절은 더욱 엉성하고 오류가 많네. 대체로 전후의 논설을 본다면, 마음을 비우고 뜻을 겸손히 하여 본문의 의미를 깊이 탐구하려 하지 않고 곧장 밖에서 끌어온 의리를 가지고 따지는 것이 많네. 또 간혹 앞의 주장을 몰아서 자신의 뜻에 편한 데로 나아가기도 하니, 이는 작은 병통이 아니네. 부디 고치는 것이 어떻겠는가.

〔문 5〕 '유소(有所)'[113]의 '유'는 마땅히 '유' 자의 원래 뜻으로 보아야

---

112 주자가……하였네 : 두 인용문 모두 《주자어류(朱子語類)》 권5 〈성리2(性理二) 성정심의등명의(性情心意等名義)〉에 보인다.

113 유소(有所) : 《대학장구》 전 7장에 "마음에 성내는 바가 있으면 그 바름을 얻지 못하며, 두려워하는 바가 있으면 그 바름을 얻지 못하며, 좋아하는 바가 있으면 그 바름을 얻지 못하며, 근심하는 바가 있으면 그 바름을 얻지 못한다.〔心有所忿懥則不得其正, 有所恐懼則不得其正, 有所好樂則不得其正, 有所憂患則不得其正.〕"라는 내용이 보이는데, 이 구절의 네 군데 '유소(有所)' 자를 가리킨다.

할 것입니다. 그러나 《주자어류(朱子語類)》의 설들은 '치(置 머물러두다)' 자의 뜻으로 말하는 경우가 많으니,[114] 아마도 모두 초년의 설인 듯합니다.

〔답〕 '유소'의 '유' 자는 내가 들은 것도 바로 말한 것과 같네. 다만 《주자어류》의 여러 설들은 과연 차이가 있지만, 후대의 선유(先儒)들 역시 '치' 자의 뜻으로 본 경우가 많으니, 과연 어떻게 보아야 할지 모르겠네. 요컨대 다만 《대학장구》나 《대학혹문(大學或問)》, 손수 쓴 편지에서 말하는 뜻을 올바른 뜻으로 보아야 할 것이네.

〔문 6〕 원망을 감추고 그 사람과 사귀는 것을 부자(夫子 공자)는 부끄럽게 여겼으며,[115] 원양(原壤)은 어머니가 죽자 노래를 불렀

---

114 주자어류(朱子語類)의……많으니 : 《주자어류》에 '유소(有所)'와 관련하여 "성냄·두려움·좋아함·근심 이 네 가지는 사람에게 없을 수 없는 것이다. 다만 이러한 것들을 머물러두지 말아서 떠나가지 않도록 하지 말아야 한다.〔四者人不能無, 只是不要它留而不去.〕", "근심은 당연히 있는 것이지만, 만약 이 일로 인해 항상 가슴속에 머물러둔다면 이것이 바로 있는 것이다.〔憂患是合當有, 若因此一事而常留在胸中, 便是有.〕", "일에는 당연히 성내야 할 것이 있고 근심해야 할 것이 있다. 다만 지나가면 그만이며 늘 마음속에 머물러두어서는 안 된다.〔事有當怒當憂者, 但過了則休, 不可常留在心.〕" 등의 구절들이 보이는데, 대체로 '유소(有所)'를 '머물러두다〔留〕'의 뜻으로 보고 있다. 그러나 "다만 이 마음에 먼저 성냄이 있을 때에는 이다음에는 그 올바름을 얻을 수 없게 된다.〔但此心先有忿懥時, 這下面便不得其正.〕"와 같은 구절에서는 원래의 뜻인 '있다'의 뜻으로 보고 있다. 《朱子語類 卷16 大學3 傳七章釋正心脩身》

115 원망을……여겼으며 : 《논어집주》〈공야장(公冶長)〉 제24장에 "원망을 감추고 그 사람과 사귐을 좌구명이 부끄럽게 여겼는데, 나 또한 이를 부끄러워한다.〔匿怨而友其人, 左丘明恥之, 丘亦恥之.〕"라는 내용이 보인다.

으니[116] 대악(大惡)입니다. 그런데 부자는 "벗은 그 벗으로서의 우정을 잃지 말아야 한다.〔故者, 無失其爲故也.〕"라고 하였으니,[117] 성인(聖人)이 교제하는 정밀한 의리는 진실로 감히 측량할 수 없으나, 과연 그 예전의 악을 잊어버리고 허여한 것입니까? 아니면 원망과 미워함에 구별이 있는 것입니까?

〔답〕 부자는 원양에 대해 오랜 벗이었고 붕우는 아니었으며, 원양의 사람됨을 보면 또 세속의 예법에 얽매이지 않는 부류였으니, 대번에 예법으로 그를 규율하기는 어려운 사람이었네. 그러므로 부자의 대응 역시 그 사람에게 맞는 방법으로 대한 것뿐이네. 그런데 지금 이 일을 가지고 '원망을 감추고 사귄다'는 조목에 비견한다면 맞지 않는 것이 아니겠는가. 예컨대 후세의 불자(佛子)들은 군신(君臣)과 부자(父子)가 없으니,[118] 또한 어찌 윤기(倫紀)의 죄인이 아니겠는가. 그

---

116 원양(原壤)은……불렀으니 : 《논어집주》〈헌문(憲問)〉 제46장 주희의 주에 "원양은 공자의 옛 벗으로, 어머니가 죽자 노래를 불렀다. 노자의 부류로, 스스로 예법의 밖에 있는 방탕한 자일 것이다.〔原壤, 孔子之故人, 母死而歌. 蓋老氏之流, 自放於禮法之外者.〕"라는 내용이 보인다.

117 부자는……하였으니 : 이와 관련하여 《예기》〈단궁 하(檀弓下)〉에 다음과 같은 일화가 전한다. 공자는 벗 원양(原壤)이 모친상을 당하자 그를 도와 곽(槨)을 손질하였는데, 원양이 곽 위에 올라가 노래를 부르자 공자가 못 들은 척하고 지나갔다. 이에 제자들이 원양과 왜 절교하지 않느냐고 묻자, 공자는 "친척은 그 친척으로서의 정을 잃지 말아야 하고, 벗은 그 벗으로서의 우정을 잃지 말아야 한다.〔親者, 毋失其爲親也; 故者, 無失其爲故也.〕"라고 하였다.

118 불자(佛子)들은……없으니 : 불교도들이 벼슬하지 않고 결혼하지 않으니 군신과 부자의 도리를 모른다는 말이다. 이와 관련하여 《맹자집주》〈등문공 하(滕文公下)〉

런데도 이들을 끊고 만나지 않는다는 자가 있다는 말을 듣지 못하였네. 이것으로 미루어본다면 의심이 없을 것이네.

〔문 7〕 '3개월 동안 인(仁)을 떠나지 않은 것'과 '하루나 한 달에 한 번 인에 이르는 것'에 대한 내외(內外)와 빈주(賓主)의 변석에 주자는 집을 가지고 이를 비유하였습니다.[119] 빈주는 마음으로 말한 것이지만, 집의 내외는 무엇으로 말한 것입니까? 소주(小註)에 보이는

제9장 제8절에 "양주(楊朱)는 자신만을 위하니 임금이 없는 것이며, 묵가(墨家)는 두루 사랑하니 아비가 없는 것이다. 아비가 없고 임금이 없는 것은 금수이다.〔楊氏爲我, 是無君也; 墨氏兼愛, 是無父也. 無父無君, 是禽獸也.〕"라는 내용이 보인다.

119 3개월……비유하였습니다 : 《논어집주》〈옹야(雍也)〉제5장에 "안회는 그 마음이 3개월 동안 인(仁)을 떠나지 않았고, 그 나머지 사람들은 하루나 한 달에 한 번 인에 이를 뿐이다.〔回也, 其心三月不違仁, 其餘則日月至焉而已矣.〕"라는 구절이 있다. 이에 대해 주희는 주에서 "초학자의 요점은 마땅히 3개월 동안 인(仁)을 떠나지 않음과 하루나 한 달에 한 번 인에 이름의 내외와 빈주의 구별을 알아야 한다. 그리하여 마음으로 하여금 힘쓰고 힘쓰며 순서에 따라 그치지 말게 해야 할 것이니, 이 경지를 지나면 거의 자신에게 있는 것이 아니다.〔始學之要, 當知三月不違與日月至焉內外賓主之辨, 使心意勉勉循循而不能已. 過此, 幾非在我者.〕"라는 장재(張載)의 말을 인용하고 있다. 또 집을 가지고 이를 해석하여 "집을 가지고 비유하면, 3개월 동안 인을 떠나지 않은 것은 마음이 항상 안에 있어 간혹 외출할 때가 있다 하더라도 결국은 밖에 있는 것이 편안하지 않아 나가자마자 바로 들어오는 것이다. 이는 마음이 안에 있을 때 편안한 것이니, 바로 주인이 되는 이유이다. 하루나 한 달에 한 번 인에 이르는 것은 마음이 항상 밖에 있어 간혹 들어올 때가 있다 하더라도 결국은 안에 있는 것이 편안하지 않아 들어오자마자 바로 나가는 것이다. 이는 마음이 밖에 있을 때 편안한 것이니, 바로 손님이 되는 이유이다.〔以屋喩之, 三月不違者, 心常在內, 雖間或有出時, 然終是在外不穩, 纔出便入, 蓋心安於內, 所以爲主. 日月至焉者, 心常在外, 雖間或有入時, 然終是在內不安, 纔入便出, 蓋心安於外, 所以爲賓.〕"라고 말하고 있다. 《論語集註大全 雍也 小註, 朱子語類 卷31 論語13 雍也2 子曰回也章》

면재(勉齋 황간(黃榦))의 설[120]이 옳습니까?

〔답〕 내외와 빈주에 대해 주자가 집으로 이를 비유한 것은 면재의 설이 그 뜻을 얻은 듯하네.

---

120 면재(勉齋)의 설 : 대전본(大全本) 소주에 주희의 제자이자 사위인 면재 황간(黃榦, 1152~1221)의 설이 실려 있는데, 다음과 같다. "인(仁)은 사람이 편안히 거처하는 집과 같다. 집으로 이를 비유하면, 3개월 동안 인을 떠나지 않은 것은 마음이 주인이 되어 인의 안에 있는 것이니 마치 자신이 주인이 되어 집의 안에 있는 것과 같으며, 하루나 한 달에 한 번 인에 이르는 것은 마음이 손님이 되어 인의 밖에 있는 것이니 마치 자신이 손님이 되어 집의 밖에 있는 것과 같다.〔仁, 人之安宅也. 以宅譬之, 三月不違, 則心爲主, 在仁之內, 如身爲主, 而在宅之內也. 日月至焉, 則心爲賓, 在仁之外, 如身爲賓, 在宅之外也.〕"

유경여에게 답하다 9[121]

答兪擎汝

'정(情)'과 '의(意)'에 관한 설은, 그 당시 보내온 편지를 언뜻 보니 애초에 의리와 명목은 변석하지 않고 갑자기 치우친 견해를 주장하여 주자 이후 전해 내려온 이미 확정된 설을 굽히려는 듯하였네. 바로 이 기상이 이미 좋지 않았기 때문에 약간 바로잡는 말만 하고 그 논한 설의 득실에 관해서는 일일이 대꾸할 겨를이 없었네. 지금 거듭되는 질문을 받으니 대답하지 않을 수 없네.

보내준 편지에서 말하기를, '성의(誠意)'는 자신을 닦는 첫 단계이니 생각이 이제 막 싹트는 초기에 이를 자세히 살피지 않고 정(情)으로 인하여 나오는 뒤에까지 미룬다면 그 공부가 엉성하게 될 것이라고 하였는데,[122] 이것은 그 뜻이 또한 정밀하지만 이 장의 뜻을 말한 것은 아니네.

학문을 하는 방도를 총괄적으로 논한다면, 진실로 한 생각이 처음 싹틀 때 자세히 살펴서 그 선악을 아는 것보다 더 급선무는 없네. 그 뒤에 '사욕을 이겨 예에 돌아가는[克己復禮]'[123] 공을 펼 수 있으니, 《서

---

121 유경여(兪擎汝)에게 답하다 9 : 이 편지는 《대학장구(大學章句)》에 보이는 '정(情)'과 '의(意)'의 구분, '치지(致知)'에서 '지'의 의미, 《논어집주(論語集註)》에 보이는 '내외빈주(內外賓主)'의 의미에 대해 상세히 논하고 있다.

122 성의(誠意)는……하였는데 : 〈유경여에게 답하다 8[答兪擎汝]〉 참조.

123 사욕을……돌아가는 : 《논어집주》〈안연(顏淵)〉 제1장에 "자기의 사욕을 이겨 예에 돌아감이 인을 하는 것이니, 하루 동안이라도 사욕을 이겨 예에 돌아가면 천하가 인을

경》에서 이른바 "오직 정밀하게 살피고 오직 한결같이 지켜야 한다.〔惟精惟一〕"[124]는 것이 바로 이것이네. 바로 이 성의장(誠意章)은 앞의 격치장(格致章)을 이어서 차례로 삼았는데, '격치'는 바로 '유정(惟精)'의 일이기 때문에 여기에 이르러서는 곧바로 '선을 좋아하고 악을 미워하는 것〔好善惡惡〕'[125]으로부터 말을 시작한 것이네. 장구(章句)에서는 비록 '기미를 살펴야 한다〔審幾〕'는 말이 있지만, 그 '의'가 진실한가 진실하지 않은가를 살피는 것이며 그 '정'의 선악을 살펴야 한다는 말이 아니네. 지금 이를 살피지 않고 별도로 전문(傳文) 밖에서 말을 보태었으니, 이것이 내가 말한 "본문의 의미를 깊이 탐구하려 하지 않고 곧장 밖에서 끌어온 의리를 가지고 따진다."[126]라는 것이네.

그리고 그대가 말한 '연정(緣情 정으로 인하여 나오는 것)'은 무엇을 말하는가? 그다음 글에서 인용한 '인욕을 이제 막 싹틀 때 막는다〔遏人慾於方萌〕'[127]라는 구절로 보면, '정'이 흘러서 불선(不善)에까지 이른 것을

허여하는 것이다.〔克己復禮爲仁, 一日克己復禮, 天下歸仁焉.〕"라는 내용이 보인다.

124 오직……한다 : 《서경집전(書經集傳)》〈우서(虞書) 대우모(大禹謨)〉제15장에 "인심은 위태롭고 도심은 은미하니, 오직 정밀하게 살피고 오직 한결같이 지켜야 진실로 그 중도를 잡을 것이다.〔人心惟危, 道心惟微, 惟精惟一, 允執厥中.〕"라는 내용이 보인다. 이를 유가(儒家)에서는 요(堯)·순(舜)·우(禹) 세 성인이 서로 도통(道統)을 주고받은 '십육자심전(十六字心傳)'이라고 한다.

125 선을……것 : 54쪽 주85 참조.

126 본문의……따진다 : 〈유경여에게 답하다 8〔答兪擎汝〕〉참조.

127 인욕을……막는다 《중용장구》제1장 제3절 주희의 주에 "그러므로 군자가 이미 항상 경계하고 두려워하며 이에 더욱 삼감을 더하는 것이니, 인욕을 장차 싹틀 때에 막아서 인욕이 은미한 가운데 남몰래 불어나고 자라지 않도록 하여, 도를 떠남이 먼 데까지 이르지 않도록 하는 것이다.〔是以君子旣常戒懼, 而於此尤加謹焉, 所以遏人欲

'연정'으로 본 듯하니, 이것은 더욱 잘못이네. 사물에 감응하여 곧바로 발로되는 것은 '정'이고, 이 발로됨으로 인해 생각하고 운용하는 것이 바로 이른바 '정으로 인하여 나오는 의〔緣情而意〕'라고 들었네. 곧바로 발로되기 때문에 막을 수 없고, 생각하여 운용하기 때문에 마침내 그 성실함을 지극히 하는 공부를 할 수 있는 것이네. 이미 '의'를 성실히 하였다면 '정' 역시 바르게 될 수 있을 것이니, 어찌 그 정욕(情欲)이 제멋대로 행해지도록 내버려두어 결국 불선(不善)에까지 이르도록 하는 것을 말하겠는가.

'연정'을 이미 '불선'한 것으로 잘못 알았기 때문에 '이제 막 싹트는 것〔方萌者〕'을 '의'로 보아야 했던 것이며, '이제 막 싹트는 것'은 '정'이고 '의'가 아님을 알지 못하였던 것이네. 이로 말미암아 갈수록 더욱 천착하여, 심지어는 '자신만이 홀로 아는 것〔己所獨知者〕'은 '의'이고, '마음이 사물과 접하는 것〔心與物接者〕'은 '정'이기 때문에 '의'는 은미하고 '정'은 드러난다고 생각하여, '의'를 미루어서 '정'의 앞에 두고자 하였네.

나는 마음이 사물을 접하기 이전에 또 자신만이 홀로 아는 경지가 있다는 것을 알지 못하겠네. 자사(子思)는 "희로애락이 발로되기 전을 '중'이라 하고, 발로되어 모두 절도에 맞는 것을 '화'라고 한다.〔喜怒哀樂之未發謂之中, 發而皆中節謂之和.〕"[128]라고 하였네. 즉 그대의 말대로라면 발로된 뒤와 발로되기 전 사이에 또 한 곳을 마련하여 자신만이 홀로 아는 생각을 처리한 뒤에야 가능할 것이니, 어찌 그러하겠는가?

於將萌, 而不使其潛滋暗長於隱微之中, 以至離道之遠也.〕"라는 내용이 보인다.
128 희로애락이……한다 : 《중용장구》 제1장 제4절의 내용이다.

비록 그렇다고는 하나, 이것은 우선 대략을 논한 것뿐이네. 참으로 하나하나 지적하고자 한다면 그 번다하기가 이를 데 없을 것이니, 병들어 혼몽한 나의 정력으로는 이렇게까지 할 방법이 없네. 오직 자신에게 돌이켜 구하는 데 달려 있을 뿐이네.

'내외(內外)'와 '빈주(賓主)'의 뜻은 면재(勉齋 황간(黃榦))가 주자의 '집의 비유'를 해석한 것[129]이 참으로 《논어혹문(論語或問)》과는 같지 않으나,[130] 주자는 또한 일찍이 "3개월 동안 인(仁)을 떠나지 않은 것은 내가 주인이 되어 항상 그 집 안에 있는 것이다. 인은 집과 같고 마음은

---

129 면재(勉齋)가⋯⋯것 : 68쪽 주119 및 69쪽 주120 참조.

130 논어혹문(論語或問)과는 같지 않으나 : 《논어혹문》 권6 〈옹야(雍也)〉에 "인(仁)은 사람의 마음이니 그렇다면 마음과 인은 의당 같아야 할 것입니다. 그런데 또 '마음이 인에서 떠나지 않는다'라고 하였으니, 마음이 인과 또 두 가지 별개의 것인 듯 말한 것은 무엇 때문입니까?〔仁, 人心也, 則心與仁宜一矣. 而又曰心不違仁, 則心之與仁, 又若二物焉者, 何也?〕"라는 혹자의 물음에, 주희가 다음과 같이 대답한 말이 보인다. "맹자의 말은 인(仁)으로써 마음을 풀이한 것이 아니다. 맹자는 인을 마음의 덕으로 본 것이니, 사람에게 이 마음이 있으면 이 덕이 있다는 것이다. 그러나 사욕이 이를 어지럽히면 때때로 이 마음은 있으나 이 덕은 있지 못할 수도 있으니, 이것이 바로 보통 사람들의 마음이 매번 인을 떠나는 데에까지 이르는 이유이다. 사욕을 이기고 예(禮)로 돌아가서 사욕이 싹트지 않으면 바로 이 마음이어서 이 덕이 보존되니, 이것이 바로 안자의 마음이 인에서 떠나지 않았던 이유이다. 그러므로 이른바 '인을 떠난다'는 것은 두 가지 별개의 것이 있어서 서로 떠난다는 말이 아니며, 이른바 '떠나지 않는다'는 것은 두 가지 별개의 것이 있어서 서로 의지한다는 말이 아니다. 깊이 체득하여 언외의 뜻을 묵묵히 안다면 아마도 거의 참된 뜻을 얻게 될 것이다.〔孟子之言, 非以仁訓心也. 蓋以仁爲心之德也, 人有是心, 則有是德矣. 然私欲亂之, 則或有是心, 而不能有是德, 此衆人之心所以每至於違仁也. 克己復禮, 私欲不萌, 則卽是心而是德存焉, 此顏子之心所以不違於仁也. 故所謂違仁者, 非有兩物而相去也; 所謂不違者, 非有兩物而相依也. 深體而默識於言意之表, 則庶乎其得之矣.〕"

나와 같다.〔三月不違者, 我爲主而常在內也. 仁猶屋, 心猶我.〕"라고도 하였으니,[131] 이것은 바로 면재의 해석과 같네. 또 "3개월 동안 인을 떠나지 않은 것은 인이 항상 안에 있어서 주인인 것은 아닙니까?〔三月不違, 莫是仁常在內爲主?〕"라는 물음에, 주자는 답하기를 "이것은 반대로 말한 것이다. 마음이 항상 안에 있기 때문에 항상 주인인 것이니, 마치 이 한 칸의 집에 주인이 항상 이곳에 거처하는 것과 같다.〔此倒說了. 心常在內, 常爲主, 如這一間屋, 主常在此居.〕"라고 하였네.[132] 이를 본다면 《대학혹문》의 설은 이미 버려야 하는 쪽에 있다는 것을 또 알수 있네. 다만 면재의 '인의 안〔仁之內〕'과 '인의 밖〔仁之外〕' 등 몇 구절의 말은 조금 생경한 듯하니, 이것은 유연하게 보는 것이 좋을 듯하네.

원양(原壤)의 일은 그가 세속의 예법에 구애받지 않는 부류이기 때문에 그 도가 본래 이와 같았던 것이네. 그러므로 부자(夫子 공자)가 못 들은 척하고 지나갔던 것이네.[133] 만약 보통 사람이 이런 도리에 어긋난 행동을 하였다면 본래 별도로 치린(緇磷)의 설[134]을 논했을 것

---

131 주자는……하였으니 : 《주자어류(朱子語類)》 권31 〈논어13(論語十三) 옹야편(雍也篇) 자왈회야장(子曰回也章)〉에 "3개월 동안 인(仁)을 떠나지 않은 것은 내가 주인이 되어서 항상 그 안에 있는 것이고, 하루나 한 달에 한 번 인에 이르는 것은 내가 손님이 되어서 항상 그 밖에 있는 것이다. 인은 집과 같고 마음은 나와 같으니, 항상 집 안에 있으면 주인이며, 출입이 일정하지 않은 것이 주가 되면 손님이다.〔三月不違, 我爲主而常在內也; 日月至焉者, 我爲客而常在外也. 仁猶屋, 心猶我, 常在屋中則爲主, 出入不常爲主則客也.〕"라는 내용이 보인다.

132 3개월……하였네 : 《주자어류》 권31 〈논어13 옹야편 자왈회야장〉에 보인다.

133 원양(原壤)의……것이네 : 67쪽 주117 참조.

134 치린(緇磷)의 설 : 군자가 비록 탁하고 어지러운 속에 있더라도 더럽혀지지 않음을 비유한다. 《논어집주》〈양화(陽貨)〉 제7장에 "단단하다고 말하지 않겠는가. 갈아도

이니, 그다지 꼭 들어맞지는 않은 듯하네.

　'치지(致知)'의 '지'는, 장구(章句)에서는 곧바로 "식과 같다.〔猶識也.〕"라고만 하였으나,[135] 보망장(補亡章)에서 반드시 '인심의 허령함〔人心之靈〕'을 든 것은,[136] 아마도 '지'가 유래되어온 근원을 미루어 밝혀서 갖추어 말한 것이고 곧바로 '허령한 것〔靈〕'을 '지'로 본 것은 아닌 듯하네. 어떻게 생각하는가? 어떻게 생각하는가? 근근이 이 정도로만 쓰고 격식을 갖추지 않네.

얇아지지 않으니, 희다고 말하지 않겠는가. 검은 물을 들여도 검어지지 않으니.〔不曰堅乎? 磨而不磷. 不曰白乎? 涅而不緇.〕"라는 내용이 보인다.

135　장구(章句)에서는……하였으나 : 47쪽 주72 참조.

136　보망장(補亡章)에서……것은 : '보망장'은 《대학장구》전 5장 격물치지장(格物致知章)을 이른다. 63쪽 주109 참조.

유경여에게 답하다 10[137]

答兪擎汝

〔문 1〕인(仁)을 말할 때 전적으로 말하거나 한 측면을 말하는 차이
가 있는 것[138]은 무엇 때문입니까?

〔답〕《논어》와 《맹자》에서 '인'을 논할 때 비록 전적으로 말하거나
한 측면을 말하는 차이가 있기는 하지만, 전적으로 말한 것이 넉넉한
것이 아니며 한 측면을 말한 것이 부족한 것이 아님을 알아야 할 것
이네. 마땅히 각각 가리키는 바를 따라 보아야 하며 대번에 이에 대
해 이러쿵저러쿵하는 일이 있어서는 안 될 것이네.

---

137 유경여(兪擎汝)에게 답하다 10 : 이 편지는 《논어집주(論語集註)》의 구절에 대
해 모두 10조목의 문답으로 이루어져 있다.

138 인(仁)을……것 : 예를 들면 《논어집주》〈학이(學而)〉 제2장의 "군자는 근본을
힘쓰니, 근본이 확립되면 도가 생긴다. 효도와 공경은 아마도 인을 행하는 근본일 것이
다.〔君子務本, 本立而道生, 孝弟也者, 其爲仁之本與!〕"라는 구절이 있다. 이에 대한
주희의 주에 "인은 사랑의 이치이고 마음의 덕이다.〔仁者, 愛之理, 心之德也.〕"라는
내용이 보이는데, 주희가 서거보(徐居甫)의 물음에 답하여 "'마음의 덕'은 전적으로 말
한 것이고, '사랑의 이치'는 한 측면을 말한 것이다. 전적으로 말한 근본은 한 측면을
말한 작용으로 발현되고, 한 측면을 말한 작용은 전적으로 말한 근본과 합일되니, 대소
와 본말이라는 것을 가지고 두 가지로 보아서는 안 된다.〔心之德, 以專言; 愛之理, 以偏
言. 專言之本則發爲偏言之用, 偏言之用則合于專言之本, 不可以小大本末二之也.〕"라고
한 글을 보면, 인(仁)을 전적으로 말한 경우와 한 측면을 말한 것으로 구분하고 있음을
알 수 있다. 《朱子大全 卷58 答徐居甫》

〔문 2〕 '인(仁)'과 '예(禮)'는 모두 본성입니다. 그런데 부자(夫子 공자)는 '예에 돌아가는 것〔復禮〕'을 '인'으로 여겼으니,[139] 이를 미루어 논한다면 어찌 유독 '예'만 그러하겠습니까. '의(義)'와 '지(智)'도 단지 하나의 '인'을 성취하는 것일 뿐입니다.

〔답〕 '자기의 사욕을 이겨 예에 돌아가는 것〔克己復禮〕'이 '인'은 아니며, 능히 자기의 사욕을 이겨 예에 돌아가면 '인'이라는 것이니, 이른바 '인을 하는 방법〔仁之方〕'[140]이라는 것이네. '예' 역시 곧바로 본성의 체(體)를 가리킨 것이 아니니, 이는 사람이 잡고서 따라 행하는 측면에서 말한 것이네. 그런데 보내준 편지에서는 '위인(爲仁)'의 뜻을 잘못 본 데다[141] 또 '예' 자를 본 것이 너무 정의(情意)가 없네. 심지어 '의'와 '지' 역시 하나의 '인'을 성취하는 것이라고까지 여기니, 너무 잘못 본 것이네.

〔문 3〕 '지(智)'는 '시비의 이치〔是非之理〕'이고 본성의 덕입니다. 그

---

139 부자(夫子)는……여겼으니 : 《논어집주》〈안연(顔淵)〉 제1장에 "자기의 사욕을 이겨 예에 돌아감이 인을 하는 것이니, 하루 동안이라도 사욕을 이겨 예에 돌아가면 천하가 인을 허여하는 것이다.〔克己復禮爲仁, 一日克己復禮, 天下歸仁焉.〕"라는 내용이 보인다.

140 인(仁)을 하는 방법 : 《논어집주》〈옹야(雍也)〉 제28장에 "가까운 데에서 취해 비유할 수 있으면 인을 하는 방법이라고 말할 만하다.〔能近取譬, 可謂仁之方也已.〕"라는 내용이 보인다.

141 위인(爲仁)의……데다 : 유헌주(兪憲柱)가 '극기복례위인(克己復禮爲仁)'을 "자기의 사욕을 이겨 예에 돌아가는 것이 인이다."라고 본 것을 이른다. 즉 '위(爲)'를 '하다'가 아닌 '된다'로 본 것이다.

런데 《논어》에서 '지(知)'를 언급한 것이 모두 그 용(用)을 말하고 있어서, 마치 '지식(知識)'의 '지'와 구별이 없는 것처럼 보이는 것은 무엇 때문입니까?

[답] 공자의 문하에서 본성을 논할 때 용처(用處)에 나아가 말한 것이 많으나, 지(知)와 지(智)의 구분은 또한 혼동해서는 안 될 것이네. 예를 들면 번지(樊遲)가 '지를 물은 것〔問知〕'은 사덕(四德)의 '지(智)'이고,[142] 공자가 '사람을 알아보는 것〔知人〕'으로 대답한 것[143]은 '지식'의 '지'이네. 이것으로 구한다면 다른 것도 유추할 수 있을 것이네.

[문 4] 《논어》에서 '인(仁)'을 말한 것이 매우 많은데 주자(朱子 주희 (朱熹))는 모두 '마음〔心〕'으로 말하였습니다.[144] 그런데 '예(禮)'와 '의

---

142 번지(樊遲)가……지(智)이고 : 《논어집주》〈옹야(雍也)〉 제20장에 "번지가 '지'를 묻자 공자가 대답하기를 '사람이 지켜야 할 도리를 힘쓰고, 귀신을 공경하되 멀리한다면 지라 말할 수 있다.'라고 하였다.〔樊遲問知, 子曰: 務民之義, 敬鬼神而遠之, 可謂知矣.〕"라는 내용이 보인다. 대전본(大全本) 소주(小注)에 "'지'와 '원'은 모두 거성이다.〔知、遠皆去聲.〕"라고 되어 있는데, 이에 따르면 여기의 '지(知)' 자는 '지혜'라는 뜻의 '지(智)' 자와 통용된다. '사덕(四德)'은 본성의 네 가지 덕으로, 즉 인(仁), 의(義), 예(禮), 지(智)를 가리킨다. 《맹자집주》〈진심 상(盡心上)〉 제21장 주희의 주에 "인·의·예·지는 본성의 네 가지 덕이다.〔仁義禮智, 性之四德也.〕"라는 내용이 보인다.
143 공자가……것 : 《논어집주》〈안연(顏淵)〉 제22장에 "번지가 '인'을 묻자 공자가 대답하기를 '사람을 사랑하는 것이다.'라고 하였다. '지'를 묻자 공자가 대답하기를 '사람을 아는 것이다.'라고 하였다.〔樊遲問仁, 子曰愛人. 問知, 子曰知人.〕"라는 내용이 보인다. 대전본 소주에 "앞에 나오는 '지' 자는 거성이다.〔上知字, 去聲.〕"라고 되어 있는데, 이에 따르면 두 번째 나오는 '지인(知人)'의 '지' 자는 평성으로, '알다'는 뜻으로 쓰인 것을 알 수 있다.
144 주자(朱子)는……말하였습니다 : 《논어집주》의 주희 주를 살펴보면 예컨대 〈학

(義)'와 '지(智)'에 대해서는 그렇지 않으니, 무슨 뜻입니까?

[답] '인', '의', '예', '지'는 모두 마음에 구비된 것이지만 '의', '예', '지'는 각각 일종의 도리여서 마음의 온전한 덕이라고 할 수 없네. 오직 '인'만이 이 네 가지를 포괄하는 것이기 때문에 맹자가 "인은 사람의 마음이다.[仁, 人心也.]"[145]라고 한 것이네. 주자가 '인'을 풀이한 것은 또한 이것을 조술(祖述)한 것뿐이네.

[문 5] 안자(顔子 안회(顔回))의 '우러러볼수록 더욱 높고, 뚫을수록 더욱 견고하다[仰高鑽堅]'라는 말에 대해, 주자는 "이것은 아직 확실하게 보지 못한 것이다. '내 앞에 우뚝 서 있는 듯하다'고 해야 비로소 확실하게 본 것이다.[此是見未親切. 如有所立, 方始親切.]"라고 하였습니다.[146] 제 생각에는 굳이 두 단계로 구분할 필요가 없을 듯합니다.

이(學而)〉제2장에서는 "인은 사랑의 이치이고 마음의 덕이다.[仁者, 愛之理, 心之德也.]"라고 하고, 〈옹야(雍也)〉제5장에서는 "인은 마음의 덕이다.[仁者, 心之德.]"라고 하고, 〈태백(泰伯)〉제7장에서는 "인은 사람 마음의 온전한 덕이다.[仁者, 人心之全德.]"라고 하고, 〈안연(顔淵)〉제1장에서는 "인은 본래 마음의 온전한 덕이다.[仁者, 本心之全德.]"라고 말하고 있다.

145 인(仁)은 사람의 마음이다 : 《맹자》〈고자 상(告子上)〉제11장에 "인은 사람의 마음이고, 의는 사람의 길이다.[仁, 人心也; 義, 人路也.]"라는 내용이 보인다.

146 안자(顔子)의……하였습니다 : 《논어집주》〈자한(子罕)〉제10장에 "선생님의 도는 우러러볼수록 더욱 높고, 뚫을수록 더욱 견고하며, 바라봄에 앞에 있더니 홀연히 뒤에 있도다. 선생님께서는 차근차근히 사람을 잘 이끄시어 문(文)으로써 나의 지식을 넓혀주시고 예(禮)로써 나의 행동을 요약하게 해주셨다. 공부를 그만두고자 해도 그만둘 수 없어 이미 나의 재주를 다하니, 선생님의 도가 내 앞에 우뚝 서 있는 듯하여

〔답〕 '우러러볼수록 더욱 높고 뚫을수록 더욱 견고하며 바라봄에 앞에 있더니 홀연히 뒤에 있다〔仰鑽瞻忽〕'와 '내 앞에 우뚝 서 있는 듯하다〔卓然有立〕'는, 이 두 구절만 하더라도 기상이 이미 같지 않네. 더구나 그 사이에 '문으로써 나의 지식을 넓혀주시고 예로써 나의 행동을 요약하게 해주셨다〔博文約禮〕'나 '이미 나의 재주를 다하였다〔旣竭吾才〕'와 같은 몇 마디 말들이 있으니, 선후의 내력이 더욱 명백하네. 지금 반드시 한때의 일로 간주하여 도리어 주자의 말을 의심하는 것은 이해하지 못하겠네.

〔문 6〕 "이기기를 좋아하고 자기의 공로를 자랑하며 원망하고 욕심내는 것을 행해지지 않게 한다.〔克伐怨欲不行.〕"[147]라는 구절에 대해, 정 선생(程先生 정이(程頤))은 "어찌 자기의 사욕을 이기는 것과 인을 구하는 것이라고 말할 수 있겠는가. 배우는 자들이 자기의 사욕

따르고자 하나 어디로부터 시작해야 할지 모르겠다.〔仰之彌高, 鑽之彌堅, 瞻之在前, 忽焉在後. 夫子循循然善誘人, 博我以文, 約我以禮, 欲罷不能, 旣竭吾才, 如有所立卓爾, 雖欲從之, 末由也已.〕'라는 내용이 보이는데, 이에 대해 주자는 "'우러러볼수록 더욱 높고 뚫을수록 더욱 견고하며 바라봄에 앞에 있더니 홀연히 뒤에 있다'는 것은, 아직 확실하게 보지 못한 것이다. '내 앞에 우뚝 서 있는 듯하다'고 해야 비로소 확실하게 본 것이다. '따르고자 하나 어디로부터 시작해야 할지 모르겠다'는 것은, 단지 발걸음이 아직 이르지 못한 것뿐이니 성인처럼 저절로 도에 들어맞지는 못한 것이다.〔仰高鑽堅, 瞻前忽後, 此猶是見得未親切. 如有所立卓爾, 方始親切. 雖欲從之末由也, 只是脚步未到, 蓋不能得似聖人從容中道也.〕'라고 해석하고 있다. 《朱子語類 卷36 論語18 子罕篇上 顔淵喟然嘆章》

147 이기기를……한다 : 《논어》〈헌문(憲問)〉 제2장에 원헌(原憲)이 공자에게 "이기기를 좋아하고 자기의 공로를 자랑하며 원망하고 욕심내는 것을 행해지지 않게 한다면 '인'이라고 말할 수 있습니까?〔克伐怨欲, 不行焉, 可以爲仁矣?〕"라고 질문한 내용이 보인다.

을 이기는 공부가 어찌 병의 뿌리를 뽑아버리는 것처럼 쉽겠는가.〔豈克己求仁之謂哉? 學者克己之工, 豈其拔去病根之易哉?〕"라고 하였으니,[148] 또한 장차 점진적으로 없애나가서 없는 데에까지 이르게 하는 것입니까?

〔답〕'자기의 사욕을 이겨서 병의 뿌리를 뽑아버리는 것〔克己而拔去病根〕'은 참으로 어렵네. 그러나 배우는 자가 마음을 확립하여 공부하는 것은 반드시 이것을 기준으로 삼아야 할 것이네. 만약 그것이 어렵다는 것만 알아서 안에 잠복하는 것을 용납하고 단지 밖에서 억지로 제어하여 행해지지 못하게만 한다면, 어찌 자기의 사욕을 이기는 것이라고 말할 수 있겠는가. 병의 뿌리를 뽑아버리는 데 열심히 노력은 하지만 힘이 미치지 못하는 자도 이 노력을 계속 쌓아나간다면 결국에는 뽑아버리는 날이 있게 될 것이네. 지금 원헌(原憲)은 행해지지 않게 하는 것을 '인(仁)'이라고 여겼으니,[149] 애초에 뽑아버리

---

148 정 선생(程先生)은……하였으니:《논어집주》〈헌문(憲問)〉제2장 주희의 주에 "자기의 사욕을 이겨서 제거하고 예로 돌아간다면 사욕이 남아 있지 않아서 천리의 본연을 얻게 될 것이다. 그러나 단지 제어하여 행해지지 못하게 할 뿐이라면, 이는 병의 뿌리를 뽑아버리는 뜻이 있지 않아서 가슴속에 잠복시키는 것을 용납하는 것이니, 어찌 자기의 사욕을 이기는 것과 인을 구하는 것이라고 말할 수 있겠는가. 배우는 자들이 이 둘 사이를 세심히 살핀다면 아마도 '인'을 구하는 공부가 더욱 가깝고 절실하여 빠짐이 없게 될 것이다.〔克去己私, 以復乎禮, 則私欲不留而天理之本然者得矣. 若但制而不行, 則是未有拔去病根之意, 而容其潛藏隱伏於胸中也, 豈克己求仁之謂哉? 學者察於二者之間, 則其所以求仁之功, 益親切而無滲漏矣.〕"라고 정이(程頤)의 말을 인용한 내용이 보인다.

149 원헌(原憲)은……여겼으니:80쪽 주147 참조.

는 데에 뜻이 없었음을 알 수 있네. 이것은 단지 '인'이 될 수 없을 뿐 아니라 또한 '인'을 구하는 방법도 될 수 없으니, 정자의 말이 참으로 믿을 만하지 않는가.

〔문 7〕 진항시군장(陳恒弑君章)[150]에 대해 정자(程子 정이(程頤))는 좌씨(左氏 좌구명(左丘明))의 기록을 따라 부자(夫子 공자)의 말이 아니라고 하였습니다.[151] 성인(聖人)은 거사에 도모하기를 좋아하여

---

150 진항시군장(陳恒弑君章) : 《논어집주》〈헌문(憲問)〉 제22장을 이른다. 내용은 다음과 같다. "진성자가 간공을 시해하자 공자가 목욕하고 조회하여 애공에게 아뢰었다. '진항이 그 군주를 시해하였으니 토벌하소서.' 애공이 말하였다. '저 삼가(三家)에게 말하라.' 공자가 말하였다. '내가 대부의 말석을 따랐기 때문에 감히 아뢰지 않을 수 없었는데, 임금께서는 저 삼가에게 말하라 하시는구나.' 삼가에게 가서 말하자 불가하다고 하였다. 공자가 말하였다. '내가 대부의 말석을 따랐기 때문에 감히 말하지 않을 수 없었다.'〔陳成子弑簡公, 孔子沐浴而朝, 告於哀公曰 : 陳恒弑其君, 請討之. 公曰 : 告夫三子. 孔子曰 : 以吾從大夫之後, 不敢不告也, 君曰告夫三子者. 之三子告, 不可. 孔子曰 : 以吾從大夫之後, 不敢不告也.〕' '삼가'는 삼환(三桓), 즉 춘추 시대 노(魯)나라 환공(桓公)의 후손으로 노나라의 대부였던 맹손씨(孟孫氏), 숙손씨(叔孫氏), 계손씨(季孫氏)를 이른다. 노나라 문공(文公)이 죽은 뒤 이들의 세력이 날로 강성하여 삼군(三軍)을 나누어 호령하고 실제적으로 노나라의 정권을 장악하였다.

151 정자(程子)는……하였습니다 : 《논어집주》〈헌문(憲問)〉 제22장 주희의 주에 "좌씨가 공자의 말을 기록하기를 '진항이 그 군주를 시해하였는데 제나라 백성 중에 편들어주지 않는 자가 반이나 됩니다. 노나라의 많은 무리에 제나라의 반을 보태면 제나라를 이길 수 있습니다.'라고 하였는데, 이는 공자의 말이 아니다. 만일 이 말과 같다면 이것은 힘으로 한 것이지 의리로 한 것이 아니다. 공자의 뜻으로 말하면, 반드시 장차 그 죄를 바로 지목하여 위로는 천자에게 아뢰고 아래로는 방백에게 아뢴 다음 동맹국을 거느리고 토벌하려 하였을 것이니, 제나라를 이길 수 있는 것에 대해서는 공자의 여사에 해당된다. 어찌 노나라 사람이 많고 적음을 계산하겠는가.〔左氏記孔子之言曰 : 陳恒弑其君, 民之不予者半. 以魯之衆, 加齊之半, 可克也. 此非孔子之言. 誠若

공을 이루며[152] 또한 헛되이 의롭다는 명성만 믿고 경솔하게 흉봉(兇鋒)을 범하여 천하의 웃음거리가 되지도 않습니다. 호씨(胡氏 호인(胡寅))의 '먼저 토벌한다〔先發〕'는 말[153]에 이르러서는 또 유자(儒者)의 과장하기를 좋아하는 논의처럼 보이는데, 어떻게 생각하십니까?

〔답〕 '노(魯)나라의 많은 무리에 제(齊)나라의 반을 보태면 제나라를 이길 수 있다'는 것은 당시의 일의 형세가 어쩌면 이와 같았을 수도 있네. 그러나 그 말이 세세하게 따지고 있어 전국 시대 책사(策士)의 논의와 같은 점이 있으니, 정자가 공자의 말이 아니라고 한 것은 바로 이 때문이네.

그러나 정자의 뜻이 또한 보내온 편지의 말처럼 어찌 헛되이 의롭다

此言, 是以力, 不以義也. 若孔子之志, 必將正名其罪, 上告天子, 下告方伯, 而率與國以討之. 至於所以勝齊者, 孔子之餘事也, 豈計魯人之衆寡哉?"라는 정자의 말이 인용되어 있다. '좌씨의 기록'은《춘추좌씨전(春秋左氏傳)》애공(哀公) 14년(기원전 481) 조에 자세하다.

152 성인(聖人)은……이루며 :《논어집주》〈술이(述而)〉제10장에 "맨손으로 범을 잡으려 하고 맨몸으로 강을 건너려 하여 죽어도 후회함이 없는 자를 나는 함께하지 않을 것이다. 나는 반드시 일에 임하여 두려워하며 도모하기를 좋아하여 성공하는 자와 함께할 것이다.〔暴虎馮河, 死而無悔者, 吾不與也. 必也臨事而懼, 好謀而成者也.〕"라는 공자의 말이 보인다.

153 호씨(胡氏)의……말 :《논어집주》〈헌문(憲問)〉제22장 주희의 주에 호인(胡寅, 1098~1156)의 말을 인용하여 "《춘추》의 법에 군주를 시해한 역적은 사람마다 모두 토벌할 수 있었으니, 공자의 이 일은 먼저 토벌하고 뒤에 천자에게 아뢰더라도 괜찮다.〔春秋之法, 弑君之賊, 人得而討之, 仲尼此擧, 先發後聞可也.〕"라고 한 것을 이른다.

는 명성만 믿고 경솔하게 흥봉을 범한다는 것이겠는가. 참으로 '위로는 천자에게 아뢰고 아래로는 방백에게 아뢴 다음 동맹국을 거느리고 토벌하려 하였음'을 말한 것일 뿐이네. 이렇게 했는데도 나를 따라주지 않는다면 또한 어찌할 수 없는 것이네. 그러나 성인이 하는 일에는 틀림없이 고무되어 메아리처럼 합하는 오묘함이 있을 것이니, 저 천하의 똑같이 이러한 마음을 가진 자들이 어찌 모두 노나라의 삼가(三家)처럼 남몰래 간사한 마음을 품고서 이를 저지하였겠는가.

호씨의 '먼저 토벌하고 뒤에 천자에게 아뢴다〔先發後聞〕'는 설에 대해서는 변변찮은 내가 또한 감히 확신하지는 못하지만, 지금 곧바로 '유자가 과장하기를 좋아한다〔儒者好大〕'는 것으로 비판하는 것은 말뜻이 경솔하게 내뱉은 것이어서 선현(先賢)을 경외하고 사문(斯文 유학(儒學))을 존숭하는 것이 아니니 온당치 않은 것이 아니겠는가.

그리고 그대는 이제 막 정자의 '위로 아뢰고 아래로 아뢰는〔上告下告〕' 계책에 대해 의심을 하더니, 또 호씨의 '먼저 토벌하고 뒤에 천자에게 아뢰는' 설을 배척하였네. 그렇다면 그대의 뜻에는 어떻게 대처하는 것이 좋다는 말인가? 듣고 싶네.

〔문 8〕 "정직함으로 원한을 갚고 덕으로 덕을 갚아야 한다.〔以直報怨, 以德報德.〕"[154]는 것은, 원한에 대해 원수로 여기지 않는다면 정직한 것이며, 덕에 대해 갚지 않음이 없다면 덕이 있는 것입니다. 그러나 '밥 한 끼의 작은 은혜를 반드시 갚는 것〔一飯必償〕'[155]을 군자는 비웃

---

154 정직함으로……한다 : 이 내용이 《논어집주》〈헌문(憲問)〉 제36장에 공자의 말로 보인다.

으며, '은혜와 원수를 분명히 하는 것〔恩讐分明〕'은 또 도(道)를 지닌 자의 말이 아닙니다.[156] 그렇다면 '덕을 갚는 것〔報德〕' 역시 '정직함〔直〕'을 함께 가지고서 말해야 할 것입니다. 어떻게 생각하십니까?

〔답〕 "밥 한 끼의 작은 은혜를 반드시 갚는다."라는 것은 병통이 '반드시〔必〕'에 있고, "은혜와 원수를 분명히 한다."라는 것은 병통이 '분명히 하는 것〔分明〕'에 있으니, 성인(聖人 공자)의 "덕으로 덕을 갚고 정직함으로 원한을 갚아야 한다."라는 것과 기상이 완전히 다르네.

〔문 9〕 "성인은 의를 말하고 명을 말하지 않는다.〔聖人言義, 不言命.〕"라는 것은 정자(程子 정이(程頤))와 주자(朱子 주희(朱熹)) 이전에도 이러한 설이 있었습니까?[157] 성인이 도가 행해지지 못할 것을 알면서도

---

155 밥……것 :《사기(史記)》 권79 〈범수열전(范雎列傳)〉에 "범수는 이에 집안의 재물을 흩어 일찍이 궁박하고 곤궁했을 때 자신을 도와주었던 사람들에게 모두 보답하였다. 그리하여 밥 한 끼의 작은 은혜도 반드시 갚았으며 눈 한 번 노려본 작은 원한에도 반드시 되갚아주었다.〔范雎於是散家財物, 盡以報所嘗困厄者. 一飯之德必償, 睚眦之怨必報.〕"라는 내용이 보인다.

156 은혜와……아닙니다 :《소학》 〈가언(嘉言)〉에 북송의 학자 여희철(呂希哲, 1036~1114)이 "은혜와 원수를 분명히 한다는 말은 도를 지닌 자의 말이 아니며, 좋은 사람이 없다는 말은 덕을 지닌 자의 말이 아니다. 후생들은 경계하라.〔恩讐分明此四字, 非有道者之言也. 無好人三字, 非有德者之言也. 後生戒之.〕"라고 한 말이 보인다.

157 성인(聖人)은……있었습니까 : 정이(程頤)의 설은《맹자집주》〈공손추 상(公孫丑上)〉 제2장 제24절에 대하여《이정외서》에 "성인의 경우에는 오직 의(義)만 있고 명(命)이 없으니, '한 가지 일이라도 불의를 행하고 한 사람이라도 죄 없는 이를 죽이고서 천하를 얻는 것은 하지 않는다'는 것은, 의를 말한 것이고 명을 말하지 않은 것이다.〔至於聖人, 則惟有義而無命, 行一不義, 殺一不辜而得天下, 不爲也, 此言義, 不言命

여전히 이처럼 연연해 마지않았던 것은 또한 '명을 말하지 않는' 일단 입니까? '하늘을 원망하지 않고 사람을 탓하지 않는 것[不怨天, 不尤 人]'¹⁵⁸ 역시 스스로 한 말인 듯하니, 성인은 의(義)대로 행할 뿐 원망 하거나 탓하는지의 여부는 굳이 논할 필요가 없을 듯합니다.

[답] '의를 말하고 명을 말하지 않는 것'은 《근사록(近思錄)》에 실린 정자(程子 정이(程頤))의 설이 매우 분명하니,¹⁵⁹ 의심하는 것이 어느

也.]"라는 내용이 보인다. 〈공손추 상〉 제2장 제24절 경문은 121쪽 주233 참조. 주희(朱
熹)의 설은 《논어집주》〈술이(述而)〉 제11장의 "부유함을 만일 구해서 될 수 있다면
말채찍을 잡는 자의 일이라도 내가 또한 하겠다. 그러나 만일 구하여 될 수 없다면
내가 좋아하는 바를 따르겠다.[富而可求也, 雖執鞭之士, 吾亦爲之, 如不可求, 從吾所
好.]"라는 구절에 대해 《논어혹문》에 "의를 말하고 명을 말하지 않는 것은 성현의 일이
다. 혹 다른 사람을 위하여 말할 때에는 그 고하에 따라 가르침을 베풂이 다른 점이
있으니 어찌 일률적으로 구속하겠는가. 그러므로 이 장의 뜻은 또한 중등의 사람을
위하여 말한 것뿐이다.[言義而不言命者, 聖賢之事也. 其或爲人言, 則隨其高下而設教
有不同者, 豈可以一律拘之哉? 故此章之意, 亦爲中人而發耳.]"라는 내용이 보인다.《二
程外書 卷3 陳氏本拾遺》

158 하늘을……것 : 《논어집주》〈헌문(憲問)〉 제37장에 "나는 하늘을 원망하지 않고
사람을 탓하지 않으며 아래로 인간의 일을 배우면서 위로 천리를 통달하니, 나를 알아주
는 것은 아마도 하늘일 것이다.[不怨天, 不尤人, 下學而上達, 知我者, 其天乎!]"라는
내용이 보인다.

159 근사록(近思錄)에……분명하니 : 《근사록》권7 〈출처(出處)〉에 "현자는 오직 의
를 알 뿐이니 명이 이 가운데 들어 있으며, 중인 이하는 명으로써 의에 대처한다.
'구함에 방도가 있고 얻음에 명이 있으니, 이 구함은 얻음에 유익함이 없다.'고 말한
것은, 명은 구할 수 없다는 것을 알기 때문에 구하지 않는 것으로 자처하는 것이다.
현자로 말하면 구하기를 도로써 하고 얻기를 의로써 하니, 굳이 명을 말할 필요가 없
다.[賢者惟知義而已, 命在其中, 中人以下, 乃以命處義. 如言求之有道, 得之有命, 是求

부분인지 모르겠네. '성현이 도가 행해지지 못할 것을 알면서도 연연해 마지않았던 것'은 또 다른 설이네. '하늘을 원망하지 않고 사람을 탓하지 않는 것'은 비록 이것으로 성인을 말할 수는 없을 듯하지만, 성인의 말은 지극히 평이한 곳에 절로 불가사의한 것이 있으니, 요컨대 묵묵히 이를 아는 데에 달려 있네. 예컨대 《주역》에서 "세상에 은둔하되 근심하지 않으며 남으로부터 인정을 받지 못하여도 번민하지 않는다.〔遯世無悶, 不見是而無悶.〕"라고 한 것[160] 역시 스스로 한 말이라고 할 수 있겠는가.

〔문 10〕 부자(夫子 공자)는 이미 "너는 내가 많이 배우고 그것을 기억하는 자라고 여기느냐?〔女以予爲多學而識之者歟?〕"라고 하고, 또 "나는 하나의 이치가 만사를 꿰뚫은 것이다.〔予一以貫之.〕"라고 하

無益於得, 知命之不可求, 故自處以不求. 若賢者, 則求之以道, 得之以義, 不必言命.〕"라는 내용이 보인다. 이와 관련하여 《맹자집주》〈진심 상(盡心上)〉제3장에 "구하면 얻고 버리면 잃는다. 이 구함은 얻음에 유익하니 자신에게 있는 것을 구하기 때문이다. 구함에 도가 있고 얻음에 운명이 있다. 이 구함은 얻음에 무익하니 밖에 있는 것을 구하기 때문이다.〔求則得之, 舍則失之, 是求有益於得也, 求在我者也. 求之有道, 得之有命, 是求無益於得也, 求在外者也.〕"라는 내용이 보인다.

160 주역에서……것 :《주역》〈건괘(乾卦) 문언전(文言傳)〉에 "초구에 말하기를 '잠겨 있는 용이니 쓰지 말라'고 한 것은 무슨 말인가? 공자가 말하였다. '용의 덕을 가지고 은둔한 자이다. 세상에 따라 변치 않으며 명성을 이루려 하지 않아서, 세상에 은둔하되 근심하지 않으며 남으로부터 인정을 받지 못하여도 번민하지 않는다. 그리하여 즐거운 세상이면 도를 행하고 걱정스러운 세상이면 떠나가서 그 뜻이 확고하여 뽑을 수 없는 것이 잠겨 있는 용이다.'〔初九曰潛龍勿用, 何謂也? 子曰: 龍德而隱者也. 不易乎世, 不成乎名, 遯世无悶, 不見是而无悶, 樂則行之, 憂則違之, 確乎其不可拔, 潛龍也.〕"라는 내용이 보인다.

였습니다.[161] 부자의 '하나의 이치가 꿰뚫었다[一貫]'는 것은 마치 '많이 배운 것[多學]'을 말미암지 않은 듯한데, 그 은미한 뜻을 들을 수 있겠습니까?

[답] 성인(聖人)은 참으로 배우지 않은 적이 없지만, 여기에서 말한 '많이 배웠다'는 것은 그 말뜻을 음미해보면 '많이 듣고 보았을 뿐이다.[多聞見爾]'라고 말한 것과 같네. 성인의 학문이 어찌 '많이 듣고 보아서 기억하는 것'에 그치겠는가. 자공(子貢)은 하나를 들으면 둘을 알았던 자이니,[162] 이는 '듣고 보는 것'을 학문이라고 생각하여 일본만수(一本萬殊)[163]의 오묘함을 통달하지 못했기 때문에 이것으로 일러주었던 것이네.

---

161 부자(夫子)는……하였습니다 : 두 인용문 모두 공자가 제자 자공(子貢)에게 한 말로, 《논어집주》〈위령공(衛靈公)〉 제2장에 보인다.

162 자공(子貢)은……자이니 : 《논어집주》〈공야장(公冶長)〉 제8장에 자공이 자신을 안회와 비교하여 "회는 하나를 들으면 열을 알고, 저는 하나를 들으면 둘을 압니다.〔回也, 聞一以知十; 賜也, 聞一以知二.〕"라고 말한 내용이 보인다.

163 일본만수(一本萬殊) : 근본 이치는 하나이지만 발현되는 것은 만 가지 다른 모습이라는 말로, 천도(天道)의 체용(體用)을 이른다. 《논어집주》〈이인(里仁)〉 제15장에 "선생님의 도는 충과 서일 뿐이다.〔夫子之道, 忠恕而已矣.〕"라는 증자(曾子)의 말이 보이는데, 이에 대한 주희의 주에 "지극히 성실하여 쉼이 없는 것은 도의 체이니 만 가지 다름이 하나의 근본인 것이며, 만물이 각기 제 곳을 얻는 것은 도의 용이니, 하나의 근본이 만 가지 다름이 되는 것이다. 이것으로 본다면 '하나의 이치가 모든 사물을 꿰뚫은 것'의 실제를 알 수 있을 것이다.〔至誠無息者, 道之體也, 萬殊之所以一本也; 萬物各得其所者, 道之用也, 一本之所以萬殊也. 以此觀之, 一以貫之之實, 可見矣.〕"라고 하였다.

유경여에게 답하다 11¹⁶⁴

答兪擎汝

〔문 1〕 정자(程子 정호(程顥))는 "증자가 마침내 노둔함으로써 도를
얻었다.〔曾子竟以魯得之.〕" 운운하였는데,¹⁶⁵ 무릇 오직 그 노둔함
때문에 성실하고 독실할 수 있었던 것이며, 성실하고 독실했기 때문
에 능히 도를 얻어서 그 도를 전했던 것입니다. 만일 명민하고 통달
한 자로서 성실하고 독실하다면 노력은 반만 들이고도 공은 배가
되어 도를 얻는 것이 쉬울 것입니다. 그런데도 끝내 노둔한 자보다
못하게 된 것은 그 병통이 어디에 있습니까?

〔답〕 그 자질은 노둔하지만 그 배움이 성실하고 독실한 자는 이러한
단점으로 인해 이러한 장점을 갖게 된 것이네. 노둔함에는 얕고 깊음

---

164 유경여(兪擎汝)에게 답하다 11 : 이 편지는 《논어집주》의 구절에 대해 모두 6조
목의 문답으로 이루어져 있다.

165 정자(程子)는……운운하였는데 : 《논어집주》〈선진(先進)〉 제17장에 "삼은 노
둔하다.〔參也魯.〕"라는 구절에 대한 주희의 주에 "정자가 말하기를 '삼은 마침내 노둔함
으로써 도를 얻었다.'라고 하였다. 또 말하기를 '증자의 학문은 성실함과 독실함뿐이었
다. 성인 문하의 배우는 자들이 총명하고 재주 있으며 말을 잘한 자가 많지 않은 것이
아니었으나 끝내 그 도를 전수한 것은 바로 질박하고 노둔한 사람이었다. 그러므로
학문은 성실함을 귀하게 여기는 것이다.'라고 하였다.〔程子曰: 參也, 竟以魯得之. 又
曰: 曾子之學, 誠篤而已. 聖門學者, 聰明才辨, 不爲不多, 而卒傳其道, 乃質魯之人爾,
故學以誠實爲貴也.〕"라는 내용이 보인다. 첫 번째 인용문은 정호(程顥)의 말이며, 두
번째 인용문은 정이(程頤)의 말이다. '삼(參)'은 증자의 이름이다.

이 있으며 성실함과 독실함에도 지극함과 지극하지 못함이 있네. 또 단지 이러한 단점만 있고 이러한 장점은 없는 자가 있네. 사람이 태어나면서 품부 받은 것이 본래 고르지 않으니 무슨 의심할 것이 있겠는가.

증자(曾子)의 노둔함은 진실로 다른 사람의 노둔함과는 다르며 그 성실함과 독실함은 지극하였네. 이 때문에 끝내 성인(聖人 공자)의 도를 전했던 것이네. 그러나 그 노둔함이 증자보다 더 심하다 하더라도 증자와 같이 성실하고 독실할 수 있다면 또한 틀림없이 도달하는 바가 있을 것이네. 자사(子思)가 이른바 "남이 한 번에 능하거든 나는 백 번을 하면 비록 어리석다 할지라도 반드시 밝아지게 된다.〔人一能之, 己百之, 雖愚必明.〕"라는 것이[166] 어찌 사람을 속인 것이겠는가.

영민한 데다 또 성실하고 독실한 것으로 말하면, 이것은 참으로 좋은 것 중에서도 좋은 것이네. 다만 영민한 사람은 으레 뜻이 뜨고 기(氣)가 가벼워서 능히 성실하고 독실하기가 쉽지 않으니, 도에 깊이 나아가서 이룸이 있는 데에 도달하기에는 부족하네. 옛사람이 이르기를 "기질의 작용은 작고 학문의 힘은 크다.〔氣質之用小, 學問之功大.〕"라고 하였으니,[167] 참으로 이러하네.

---

166 자사(子思)가……것이 :《중용장구》제20장 제19절에 "남이 한 번에 능하면 나는 백 번을 하며, 남이 열 번에 능하면 나는 천 번을 하여야 한다. 과연 이 도에 능하다면 비록 어리석다 할지라도 반드시 밝아지며, 비록 유약하다 할지라도 반드시 강해진다. 〔人一能之, 己百之, 人十能之, 己千之. 果能此道矣, 雖愚, 必明, 雖柔, 必强.〕"라는 내용이 보인다.

167 옛사람이……하였으니 : '옛사람'은 원나라의 학자 오징(吳澄, 1249~1333)을 이른다. 오징의 문집에 "기질의 작용은 작고 학문의 힘은 크다. 능히 학문할 수 있다면

〔문 2〕 증점(曾點)은 아는 것은 매우 높았으나 행실이 아는 것을 덮지 못하였는데, 정자(程子)는 "행실은 미치지 못하였고 앎은 진실하지 못하다.〔行之不及, 知之不眞.〕"라고 하였습니다.[168] 증점이 각자의 포부를 얘기할 때 했던 대답이 얼마나 높은 의견이었습니까.

기질이 바뀌어서 나의 천지 본연의 성을 더럽히거나 무너뜨릴 수 없게 되어 나의 성은 더 이상 예전처럼 기질에 더럽혀지거나 무너지는 것이 아니게 된다. 그러므로 '기질의 성을 군자는 성으로 여기지 않는다.'라고 한 것이다.〔氣質之用小, 學問之功大. 能學, 氣質可變而不能汚壞吾天地本然之性, 而吾性非復如前汚壞於氣質者矣, 故曰氣質之性, 君子有弗性者焉.〕"라는 내용이 보인다. '기질의 성을……않는다'는 송나라의 학자 장재(張載, 1020~1077)의 말로, "형체가 있고 난 뒤에 기질의 성이 있으니, 이것을 잘 회복시키면 천지의 성이 그대로 보존되므로 기질의 성을 군자는 성으로 여기지 않는다.〔形而後有氣質之性, 善反之則天地之性存焉, 故氣質之性, 君子有弗性者焉.〕"라는 구절에서 온 것이다. 《吳文正集 卷2 答人問性理》《張子全書 卷2 正蒙1》

168 증점(曾點)은……하였습니다 : 《논어집주》〈선진(先進)〉제25장에 자로(子路), 증석(曾晳), 염유(冉有), 공서화(公西華)가 공자를 모시고 앉아 자신들의 포부를 얘기할 때, 증석이 "늦봄에 봄옷이 이미 이루어지면 관을 쓴 어른 5, 6명과 동자 6, 7명과 함께 기수에서 목욕하고 무우에서 바람 쐬고 노래하면서 돌아오겠습니다.〔莫春者, 春服旣成, 冠者五六人、童子六七人, 浴乎沂, 風乎舞雩, 詠而歸.〕"라고 하자, 공자가 감탄하며 이를 허여하는 내용이 보인다. 저본에 인용된 정자의 말은 자세하지 않다. 이와 관련하여 《논어정의(論語精義)》에 "공자가 증점(曾點)을 허여한 것은 아마도 성인의 뜻과 똑같이 요순(堯舜)의 기상이어서 참으로 다른 세 사람의 포부와는 달랐기 때문일 것이다. 다만 증점은 행실이 말을 덮지 못했던 것뿐이니, 이것이 이른바 광자(狂者)라는 것이다.……다른 세 사람은 모두 나라에서 벼슬을 얻어 백성을 다스리길 원하였기 때문에 부자(공자)가 취하지 않은 것이다. 증점은 광자였으니 반드시 능히 성인의 일을 행하고 부자의 뜻을 능히 알지는 못하였을 것이다.〔孔子與點, 蓋與聖人之志同便是堯舜氣象也, 誠異三子者之撰. 特行有不掩焉耳, 此所謂狂也.……三子皆欲得國而治之, 故夫子不取, 曾點狂者也, 未必能爲聖人之事而能知夫子之志.〕"라는 정호(程顥)의 말이 보인다. 증석의 이름은 점(點)이다.

그런데도 여전히 본 것이 진실하지 않은 것이 있단 말입니까?

〔답〕 증점은 본 것이 비록 높기는 하지만, 생각건대 그 하학(下學) 부분에 있어서는 틀림없이 능히 일에 따라 정밀히 살펴서 다하지 않음이 없었던 것은 아니었을 것이네. 이것이 바로 그 앎이 진실하지 못한 것이며 행실이 따라가지 못했던 이유이네. 주자(朱子 주희(朱熹)) 역시 일찍이 말하기를 "증점은 단지 그 정화만 보았고 그 거친 것은 보지 못하였다.〔曾點只見他精英底, 却不見那粗底.〕"라고 하였으니,[169] 정자의 말만 그런 것은 아니었네.

〔문 3〕 '자기의 사욕을 이겨 예에 돌아가는 것〔克己復禮〕'[170]은 '발하기 이전〔未發〕'과 '이미 발한 뒤〔已發〕'의 공부를 겸한 것이니, 배우는 자의 마음을 쓰는 공부에 대해 지극히 정밀하게 말한 것입니다.

---

169 주자(朱子)……하였으니 : 《주자어류》에, 문인 환연(晏淵)이 "증점은 보았으니, 만약 안자처럼 진실 되게 공부를 해갈 수 있었더라면 어떻게 되었겠습니까?〔曾點見得了, 若能如顏子實做工夫去, 如何?〕"라고 묻자, 주희가 "증점과 안자는 본 것이 다르다. 증점은 단지 그 정화만 본 것이며 그 거친 것은 보지 못하였다. 안자는 타고난 자질이 뛰어나서 정추와 본말을 일시에 확실히 보았기 때문에 도는 응당 그렇게 아래로 인간의 일을 배워 위로 천리에 통달해가야 한다는 것을 알았던 것이다.〔曾點與顏子見處不同, 曾點只是見他精英底, 却不見那粗底. 顏子天資高, 精粗本末一時見得透了, 便知得道合恁地下學上達去.〕"라고 대답한 내용이 보인다.《朱子語類 卷41 論語23 顏淵篇上 顏淵問仁章》

170 자기의……것 :《논어집주》〈안연(顏淵)〉제1장에 "자기의 사욕을 이겨 예에 돌아감이 인을 하는 것이니, 하루 동안이라도 사욕을 이겨 예에 돌아가면 천하가 인을 허여하는 것이다.〔克己復禮爲仁, 一日克己復禮, 天下歸仁焉.〕"라는 내용이 보인다.

그러나 네 가지 조목[171]을 가지고 본다면 오로지 동(動)하는 곳에서만 말한 듯합니다.

〔답〕 '자기의 사욕을 이기는 것〔克己〕'이 '발할 때〔發〕'와 '발하기 이전〔未發〕'을 통틀어 말했다는 것은, 주자가 진실로 이러한 논의를 한 것이 있지만[172] 이른바 '발할 때'와 '발하기 이전'이라는 것은 범범히 '동함〔動〕'과 '고요함〔靜〕'을 가리킨 것뿐이네. 고요할 적에 고요하게 된 그 공부를 잃는 것은 마치 꾸벅꾸벅 졸아 몽롱한 것과 같은 것이어서 또한 이 '자기의 사욕〔己〕'이 해가 된 것이니, 이때 참으로 놓쳐 지나

---

171 네 가지 조목 : 공자가 안연(顏淵)에게 대답해준 극기복례(克己復禮)의 네 가지 조목으로, '예가 아니면 보지 않는 것〔非禮勿視〕', '예가 아니면 듣지 않는 것〔非禮勿聽〕', '예가 아니면 말하지 않는 것〔非禮勿言〕', '예가 아니면 동하지 않는 것〔非禮勿動〕'을 이른다. 《論語 顏淵》

172 주자(朱子)가……있지만 : 《주자어류》에 임안경(林安卿)이 "극기복례의 공부는 전적으로 '극' 자에 달려 있습니다. 이것은 발하여 동하는 곳에 나아가 이겨나가는 것이니, 반드시 동함이 있음을 기인한 뒤에야 천리와 인욕의 기미가 비로소 나뉘어져 그때서야 선택하여 힘을 쓸 바를 알게 될 것입니다.〔克復工夫, 全在克字上. 蓋是就發動處克將去, 必因有動, 而後天理、人欲之幾始分, 方知所決擇而用力也.〕"라고 하자, 주희(朱熹)가 "공이 어젯밤에 말한 것처럼 단지 발하여 동해야만 이겨나가는 것이라고 한다면, 발하기 이전에는 그저 여기에서 몽롱하게 졸고 있다가 사욕이 다가올 때를 기다려서 이를 잡아 이긴다는 말이 아니겠는가. 이렇게 해도 되겠는가?……만일 사욕이 발현되기를 기다린 뒤에 이겨나간다면 또한 늦지 않겠는가. 발할 때는 참으로 '이겨나감'을 써야 하겠지만, 발하기 이전에도 그 정명함을 지극히 하여 마치 맹렬한 불을 범할 수 없는 것처럼 해야 될 것이다.〔如公昨夜之說, 只是發動方用克, 則未發時, 不成只在這裏打瞌睡懵懂, 等有私欲來時, 旋捉來克? 如此得否?……若待發見而後克, 不亦晚乎? 發時固是用克, 未發時也須致其精明, 如烈火之不可犯, 始得.〕"라고 대답한 내용이 보인다. 《朱子語類 卷41 論語23 顏淵篇上 顏淵問仁章》

쳐서는 안 되네. 그러나 자사(子思)가 이른바 '정(情)이 발하기 이전의 중[未發之中]'[173]의 상태에는 이곳에 또한 이길 만한 자기의 사욕이 있겠는가. 일단 '이겨나가는 공부'를 하기만 하면 또 발하기 이전이 아니니, 주자의 뜻은 이것을 말하지 않은 듯하네. 대체로 본문의 바른 뜻만 논한다면 '자기의 사욕을 이기는 것[克己]'은 동(動)할 때의 공부이니, 주자는 그 근원을 여기에까지 미루어 밝힌 것이네.

〔문 4〕 '자기의 사욕을 이기면[克己]' '예(禮)'는 저절로 회복되게 됩니까?[174] 아니면 '예에 돌아간다[復禮]'는 뜻 역시 네 가지 조목[175] 안에 포함되어 있는 것입니까?

〔답〕 '봄[視]'과 '들음[聽]'과 '말함[言]'과 '동함[動]'에 '예'가 아닌 것을 이겨나간다면 '예'에 돌아가는 것은 그 안에 있을 뿐이네.

〔문 5〕 '예에 돌아가는 것'이 바로 '인(仁)'이니,[176] '예'에 돌아가는 것 외에 다시 별도로 '인'이 있는 것은 아니지 않습니까? 오덕(五德)[177]은

---

173 자사(子思)가……중(中) : 《중용장구》 제1장 제4절에 "기뻐하고 노하고 슬퍼하고 즐거워하는 정이 발하기 이전을 '중'이라 이른다.[喜怒哀樂之未發, 謂之中]"라는 구절을 가리킨다. 48쪽 주74 참조.

174 자기의……됩니까 : 92쪽 주170 참조.

175 네 가지 조목 : 93쪽 주171 참조.

176 예에……인(仁)이니 : 77쪽 주139 및 주141 참조.

177 오덕(五德) : 사람의 다섯 가지 덕으로 인(仁), 의(義), 예(禮), 지(智), 신(信)을 이른다.

혼연히 한 몸인데 굳이 '예'를 가지고 말을 한 것은 무엇 때문입니까?

〔답〕 '인'은 천리(天理)이고 '예' 역시 천리이니 진실로 두 가지가 아니네. 그러나 여기에서 말하는 '예'는 바로 '봄'과 '들음'과 '말함'과 '동함'에 나아가서 말한 것이니, 사람이 능히 자기의 사욕을 이겨나가서 동용주선(動容周旋)에 한결같이 예의 당연함을 따를 수 있다면 마음의 덕이 이에 온전해지게 되네. 바로 이것이 자기의 사욕을 이겨 '예'에 돌아가는 것이 '인'을 하는 중요한 방법이 되는 이유이네. 만약 단지 '인'과 '예'는 같은 것이며 '예'에 돌아가는 것이 바로 '인'이라고 한다면 성인(聖人 공자)이 곧바로 "자기의 사욕을 이겨 인에 돌아간다.〔克己復仁〕"라고 말했을 것이니, 어찌 굳이 '예'를 말할 필요가 있었겠는가. 이로 인해 또 "오덕이 모두 한 몸이다."라고 한 것은 가면 갈수록 더욱 멀어져서 아무런 상관도 없게 된 것이네. 지난번 편지에 이미 이에 대해 자세히 말하였으니 다시 살펴보는 것이 어떻겠는가.

〔문 6〕 〈시잠(視箴)〉과 〈청잠(聽箴)〉에서 '마음〔心〕'과 '성(性)'을 구분하여 말한 것[178]은 무엇 때문입니까? '습관이 성과 더불어 이루어진

---

178 시잠(視箴)과……것 : 《논어집주》〈안연(顏淵)〉 제1장 주희의 주에, 정이(程頤)의 사잠(四箴) 중 〈시잠(視箴)〉을 인용하여 "마음은 본래 허하니 사물을 응함에 자취가 없다. 마음을 잡는 데는 요점이 있으니 보는 것이 그 법이 된다. 사물의 가리움이 눈앞에서 사귀면 마음은 그리로 옮겨간다. 이것을 밖에서 제재하여 그 안을 편안히 해야 한다. 극기복례하면 오래되었을 때 자연스럽게 될 것이다.〔心兮本虛, 應物無迹. 操之有要, 視爲之則. 蔽交於前, 其中則遷. 制之於外, 以安其內. 克己復禮, 久而誠矣.〕" 라고 하고, 〈청잠(聽箴)〉을 인용하여 "사람이 타고난 양심을 지키는 것은 천성에 근본

다.〔習與性成.〕'[179]라고 할 때의 '성'은 기질을 가지고 말한 것입니까?

〔답〕 '보는 것〔視〕'과 '듣는 것〔聽〕', '마음'과 '성'은 또한 서로 바꾸어
말할 수도 있네. 그러나 자세히 논한다면, 보는 것은 발산하는 것이
어서 '마음'의 용(用)이 외부에 행해지는 것이고, 듣는 것은 수렴하는
것이어서 '성'의 체(體)가 안에 보존되는 것이니, 이것이 아마도 각각
마음과 성에 나누어서 소속시킨 이유일 것이네. '습관이 성과 더불어
이루어진다'라고 할 때의 '성'은, 율곡(栗谷 이이(李珥))이 〈태갑(太甲)〉
의 본문을 인용하여 그것이 '기질의 성〔氣質之性〕'이라는 것을 증명하
였는데,[180] 그 말이 매우 분명하네.

을 둔 것이다. 지각이 외물에 유혹되고 외물과 동화하여 마침내 그 바름을 잃게 된다.
드높으신 저 선각자들은 그칠 데를 알아 정함이 있었다. 간사함을 막고 성실함을 보존해
서 예가 아니면 듣지 않으셨다.〔人有秉彝, 本乎天性. 知誘物化, 遂亡其正. 卓彼先覺,
知止有定. 閑邪存誠, 非禮勿聽.〕"라고 한 것을 이른다.
179 습관이……이루어진다 :《논어집주》〈안연〉제1장 주희의 주에서 인용한 정이
(程頤)의 사잠(四箴) 중 〈동잠(動箴)〉에 "철인은 기미를 알아 생각할 때에 성실히 한
다. 지사는 행실을 힘써 행위에 지킨다. 천리를 순종하면 여유가 있고 인욕을 따르면
위험하다. 잠깐 동안에도 능히 생각해서 전전긍긍하여 스스로 잡아라. 습관이 성과 더불
어 이루어지면 성현과 함께 돌아갈 것이다.〔哲人知幾, 誠之於思. 志士勵行, 守之於爲.
順理則裕, 從欲惟危. 造次克念, 戰兢自持. 習與性成, 聖賢同歸.〕"라는 내용이 보인다.
180 율곡(栗谷)이……증명하였는데 : 율곡 이이(李珥, 1536~1584)가 송익필(宋翼
弼, 1534~1599)에게 보낸 편지에 "'습관이 성과 더불어 이루어진다'는 설은, 다시 〈상
서〉를 검토해보니 '이윤이 말하기를「이 의롭지 못함은 습관이 성과 더불어 이루어졌기
때문이다.」라고 하였다.'라고 하였습니다. 이미 '의롭지 못한 것은 성이 이루어진 것이
다.'라고 하였으니, 이 '성'은 기질의 성이 분명합니다. '이루어져 있는 성'의 논의는,
주자가 '본래의 천성을 따라서 행하는 것과 같다.'라고 하였으니, 그렇다면 '성이 이루어

진 것이다'라고 할 때의 '성'은 기질의 '성'이고, '이루어져 있는 성'이라고 할 때의 '성'은 본연의 성입니다.〔習與性成之說, 更檢看商書, 則曰伊尹之言曰: 慈乃不義, 習與性成. 旣云不義性成, 則其爲氣質之性明矣. 成性之論, 則朱子以爲如踐形云, 然則性成之性, 氣質之性也; 成性之性, 本然之性也.〕"라는 내용이 보인다. '〈상서〉'는 《서경》〈상서(商書) 태갑 상(太甲上)〉을 이른다. '이루어져 있는 성'은 《주역》〈계사상전(繫辭上傳)〉에 "천지가 자리를 베풀면 역이 그 가운데 행해지니, 이루어져 있는 성에 보존하고 보존함이 도의의 문이다.〔天地設位, 而易行乎其中矣. 成性存存, 道義之門.〕"라는 내용이 보이는데, 이에 대해 주희는 "'이루어져 있는 성'이라는 것은 본래 이루어져 있는 성이다.〔成性, 本成之性也.〕"라고 하였다. 《栗谷全書 卷11 與宋雲長》《周易傳意 繫辭上傳 本義》

유경여에게 답하다 12[181]

答兪擎汝

〔문 1〕이 장은 오직 '립(立)' 자만이 '행(行)'으로 말한 것이고 그 아래 세 구절은 모두 '지(知)'로 말하고 있는데,[182] 성인(聖人)의 학문은 먼저 마음에서 밝혀 참으로 그것이 그러하다는 것을 알면 행하는 것은 절로 여유 있게 되어서인 듯합니다. 《서경》에 이르기를 "아는 것이 어려운 것이 아니라 행하는 것이 오직 어렵다.〔非知之艱, 行之惟艱.〕"라고 하였는데,[183] 저는 감히 "오직 행하는 것이 어려운

---

181 유경여(兪擎汝)에게 답하다 12 : 이 편지는 《논어집주》의 구절에 대해 모두 13조목의 문답으로 이루어져 있다.

182 이……있는데 : 《논어집주》〈위정(爲政)〉제4장의 "나는 열다섯 살에 학문에 뜻을 두었고, 서른 살에 확립되었고, 마흔 살에 사리에 의혹하지 않았고, 쉰 살에 천명을 알았고, 예순 살에 귀로 들으면 그대로 이해되었고, 일흔 살에 마음에 하고자 하는 바를 좇아도 법도에 넘지 않았다.〔吾十有五而志于學, 三十而立, 四十而不惑, 五十而知天命, 六十而耳順, 七十而從心所欲不踰矩.〕"라는 공자의 말이 보이는데, '세 구절'은 '마흔 살에 사리에 의혹하지 않았고, 쉰 살에 천명을 알았고, 예순 살에 귀로 들으면 그대로 이해되었다.'의 세 구절을 가리킨다. 이에 대해 주희는 "뜻을 둔 것은 도를 구하는 것이어서 여전히 두 가지 일이다. 그러나 확립되었을 때는 바로 발아래 이미 밟고 있는 것이다.〔志是要求箇道, 猶是兩件物事. 到立時, 便是脚下已踏著了也.〕"라고 하고, 또 "의혹하지 않은 것은 일에서 안 것이고, 천명을 안 것은 이치에서 안 것이다. 귀로 들으면 이해되지 않은 것이 없는 것은 일과 이치에 모두 통한 것이다.〔不惑是事上知, 知天命是理上知, 耳順是事、理皆通.〕"라고 말하고 있다. 《朱子語類 卷23 論語5 爲政篇上 吾十有五而志于學章》

183 서경에……하였는데 : 상(商)나라의 재상 부열(傅說)이 고종(高宗)에게 진계(進戒)한 내용 중 일부로, 《서경》〈상서(商書) 열명 중(說命中)〉에 보인다.

것은 아는 것이 어렵기 때문이다.〔惟行之艱, 以知之艱.〕"라고 말하
겠습니다. 어떨지 모르겠습니다.

〔답〕'지' 공부와 '행' 공부 중 어느 것이 어렵고 쉬운가는 오직 자신이
직접 힘을 써본 뒤에 알 수 있네. 그렇게 하지 않고 그저 성인의 몇
마디 말귀에만 기대어 결론을 내린다면 또한 잘못이네. 더구나 이 장
의 '마음에 하고자 하는 바를 좇아도 법도에 넘지 않는다〔從心所欲不
踰矩〕'는 구절 역시 '행' 공부의 일을 말하고 있는데, 어찌 오직 '립
(立)' 자만이 '행'으로 말한 것이라고 하는가?

〔문 2〕"은나라는 하나라의 예를 이어받았다.〔殷因於夏禮.〕"라는 구
절에서, '예(禮)'는 삼강(三綱)과 오상(五常)인데[184] 굳이 '예'로 말을
한 것은 무엇 때문입니까?

〔답〕삼강오상은 존비(尊卑)의 대체(大體)이니, 이것을 일러 '예'라고

---

184 은(殷)나라는……오상(五常)인데 :《논어집주》〈위정(爲政)〉제23장에 "은나
라는 하나라의 예를 이어받았으니 그 가감한 것을 알 수 있으며, 주나라는 은나라의
예를 이어받았으니 그 가감한 것을 알 수 있다. 혹 주나라를 잇는 자가 있다면 비록
백세 뒤라 할지라도 알 수 있을 것이다.〔殷因於夏禮, 所損益可知也; 周因於殷禮, 所損
益可知也. 其或繼周者, 雖百世可知也.〕"라는 내용이 보이는데, 주희의 주에 "마씨가 말
하기를 '이어받은 것은 삼강과 오상을 이르며, 가감한 것은 문ㆍ질ㆍ삼통을 이른다.'라고
하였다. 내가 생각건대 '삼강'은 임금은 신하의 벼리가 되고, 아비는 자식의 벼리가 되고,
남편은 아내의 벼리가 됨을 이르고, '오상'은 인ㆍ의ㆍ예ㆍ지ㆍ신을 이른다.〔馬氏曰:
所因謂三綱五常, 所損益謂文質三統. 愚按: 三綱謂君爲臣綱, 父爲子綱, 夫爲妻綱. 五常謂
仁義禮智信.〕"라고 하였다. '마씨(馬氏)'는 후한의 학자 마융(馬融)을 이른다.

하네.

〔문 3〕 "인색함은 교만의 뿌리이고 교만은 인색함의 지엽이니, 교만
하고서 인색하지 않은 자와 인색하고서 교만하지 않은 자는 없다.〔吝
者, 驕之本根; 驕者, 吝之枝葉, 未有驕而不吝, 吝而不驕者也.〕"라고
하였습니다.[185] 자로(子路)는 비록 인색함을 제거하였지만 《논어》에
기록된 것으로 논한다면 여전히 '자랑하는〔矜〕' 뜻이 많습니다.[186]

〔답〕 교만과 인색함은 진실로 서로 연관이 있지만 본래 서로 다른 별
개의 병통이니, 어떻게 그 중 하나를 제거하면 곧바로 동시에 깨끗이
다 없어질 수 있겠는가. 이러한 논란들은 단지 과장(科場)의 의제(疑

185 인색함은……하였습니다 : 《논어집주》〈태백(泰伯)〉제11장의 "만일 주공과 같
은 아름다운 재주를 가지고 있더라도 만일 교만하고 인색하다면 그 나머지는 볼 것이
없다.〔如有周公之才之美, 使驕且吝, 其餘不足觀也已.〕"라는 구절에 대한 주희의 주에,
"교만과 인색함은 비록 기운이 차고 부족한 차이는 있으나 그 형세는 항상 서로 연관이
되니, 교만은 인색함의 지엽이고 인색함은 교만의 근본이다. 그러므로 일찍이 천하
사람들에게 징험해보니, 교만하고서 인색하지 않은 자가 없었으며 인색하고서 교만하
지 않은 자가 없었다.〔驕、吝, 雖有盈歉之殊, 然其勢常相因, 蓋驕者吝之枝葉; 吝者驕之
本根. 故嘗驗之天下之人, 未有驕而不吝, 吝而不驕者也.〕"라는 내용이 보인다.
186 자로(子路)는……많습니다 : 《논어집주》〈공야장(公冶長)〉제25장에 공자가 제
자들에게 뜻을 얘기해보라고 하자, 자로(子路)는 "수레와 말과 가벼운 갖옷 입는 것을
벗들과 함께 사용하여 해지더라도 유감이 없고자 합니다.〔願車馬、衣輕裘, 與朋友共,
敝之而無憾.〕"라고 하고, 안연(顔淵)은 "자신이 잘하는 것을 자랑함이 없으며 공로를
과장함이 없고자 합니다.〔願無伐善, 無施勞.〕"라고 한 내용이 보이는데, 이에 대해 주
희는 "안자는 교만을 다스린 것이고, 자로는 인색함을 다스린 것이다.〔顔子是治箇驕字,
子路是治箇吝字.〕"라고 해석하였다. 《論語集註大全 公冶長 小注》

題)와 유사하여 시관(試官)은 본래 깊이 의심하는 것이 없는데 과거 응시자들이 그저 쓸데없는 말을 지껄이는 것뿐이니, 그 유익한 바를 보지 못하겠네.

〔문 4〕 내외(內外)와 빈주(賓主)의 변석에 집으로 '인(仁)'을 비유한 것은[187] 제 어리석은 견해로는 끝내 온당치 않다고 생각됩니다.

〔답〕 집으로 '인'을 비유한 뜻은 주자의 말로 주자의 뜻을 해석한 것인데 여전히 이해되지 않는 점이 있다면 또한 말을 하기가 어렵네. 이제 또 공자가 이른바 "그 마음이 3개월 동안 인을 떠나지 않았다. 〔其心三月不違仁〕"라는 것은, 마음이 '인'을 떠나지 않은 것인가? '인'이 마음에서 떠나지 않은 것인가? "하루나 한 달에 한 번 인에 이른다.〔日月至焉〕"라는 것은, 마음이 '인'에 이른 것인가? '인'이 마음에 이른 것인가? 이를 변별할 수 있다면 거의 이를 이해한 것이네.

〔문 5〕 '가는 것〔逝〕'은 천명(天命)의 성(性)이고, '이와 같다〔如斯〕'는 것은 성실함〔誠〕이니,[188] 여기에서 봄이 있다면 '하나의 이치가 꿰뚫었다〔一貫〕'는 오묘함[189]을 혹 거의 알 수 있을 듯합니다.

---

187 내외(內外)와……것은 : 68쪽 주119 참조.
188 가는……성실함〔誠〕이니 : 《논어》〈자한(子罕)〉에 "공자가 시냇가에서 말하였다. '가는 것이 이 물과 같구나. 밤낮을 그치지 않는도다.'〔子在川上曰 : 逝者如斯夫, 不舍晝夜.〕"라는 내용이 보인다. 또 《중용장구(中庸章句)》제20장에 "성실히 함은 하늘의 도이고, 성실히 할 것을 생각함은 사람의 도이다.〔誠者, 天之道也 ; 誠之者, 人之道也.〕"라는 내용이 보인다.

〔답〕 '가는 것이 이와 같다[逝者如斯]'는 곳에서 천명의 유행(流行)을 알 수 있다고 말한다면 괜찮지만, 곧장 '가는 것'으로 천명의 성을 삼는 것은 과연 그렇게 말할 수 있겠는가. 이로 인해 '하나의 이치가 꿰뚫었다'는 오묘함을 얻는다는 것은 더욱 모호하여 이해하기 어렵네.

〔문 6〕 이 장《집주(集註)》의 세 개의 '체(體)' 자[190]는 같은 뜻입니까? '여도위체(與道爲體)'의 뜻을 분명하게 말할 수 있습니까?

〔답〕 이 집주의 세 개의 '체' 자 가운데 '여도위체'의 '체'는 같은 예로 보기 어려울 듯하네. '여도위체'는 소주(小注)의 여러 논의들이 이미 절로 명백한데, 오직 주자의 골자설(骨子說)[191]만은 평소 이해되지

---

189 하나의……오묘함 : 88쪽 주161 참조.

190 이……자 : 관련 경문은 101쪽 주188 참조. 주회의 주에 "천지의 조화는 가는 것은 지나가고 오는 것이 이어져서 한순간의 그침이 없으니, 바로 도체의 본연이다.〔天地之化, 往者過, 來者續, 無一息之停, 乃道體之本然也.〕"라는 내용이 보이고, 또 정이(程頤)의 말을 인용하여 "이는 도체이다. 하늘의 운행은 쉼이 없어서 해가 지면 달이 뜨고 추위가 가면 더위가 오며, 물은 흘러 끊임이 없고 물건은 생겨나 다하지 않으니, 모두 도와 일체가 되어 밤낮으로 운행하여 일찍이 그침이 없다.〔此道體也, 天運而不已, 日往則月來, 寒往則暑來, 水流而不息, 物生而不窮, 皆與道爲體, 運乎晝夜, 未嘗已也.〕"라는 내용이 보인다. '세 개의 체(體) 자'는 '도체지본연(道體之本然)'의 '체', '도체(道體)'의 '체', '여도위체(與道爲體)'의 '체'를 이른다.

191 주자의 골자설(骨子說) : 대전본(大全本) 소주(小注)에 "해가 지고 달이 뜨는 등은 아직 도는 아니다. 그러나 이 도가 없으면 이 현상도 없게 되며, 이 도가 있어야 비로소 이 현상이 있게 된다. 이미 이 현상이 있으면 그 위에 나아가서 도를 볼 수 있으니, 이것이 도와 더불어 뼈대가 된다. 만일 하늘이 단지 이처럼 높기만 하고 땅이 이처럼 두텁기만 하다면 말할 것도 없겠지만, 모름지기 그것이 이와 같은 이유가 어떤

않은 부분이네.

〔문 7〕성인(聖人)의 말은 도를 밝히는 것이니, 이 말이 없으면 도가 밝혀지지 않습니다. 말을 그만둘 수 없는 것이 이와 같은데 부자(夫子 공자)의 '말을 하지 않으려고 한다〔無言〕'는 뜻[192]은 어디에 있는지 알지 못하겠습니다.

〔답〕부자의 '말을 하지 않으려고 한다'는 탄식은, 아마도 문하의 제자들이 성인의 동정(動靜)과 어묵(語默)은 지극한 가르침이 아닌 것이 없다는 것을 알지 못하고 단지 언어를 통해 구할 뿐이었기 때문일

것인지를 보아야 한다.〔日往月來等, 未是道. 然無這道, 便無這箇了; 有這道, 方有這箇. 旣有這箇, 就上面, 便可見得道, 是與道做箇骨了. 若說天只如此高, 地只如此厚, 便也無說了, 須看其所以如此者如何.〕라는 주희의 설이 보인다.《주자어류》에는 '이것이 도와 더불어 뼈대가 된다〔是與道做箇骨了〕'라는 구절이 '이러한 현상은 도와 더불어 골자가 된다〔這箇是與道做骨子〕'로 되어 있다.《朱子語類 卷36 論語18 子罕篇上 子在川上章》

192 부자(夫子)의……뜻 :《논어》〈양화(陽貨)〉에 "공자가 '나는 말을 하지 않으려고 한다.'라고 하자, 자공이 '선생님께서 말씀하지 않으시면 저희들이 어떻게 도를 전하겠습니까.'라고 하였다. 공자가 '하늘이 무슨 말씀을 하시는가. 사시가 운행되고 온갖 만물이 생장하는데, 하늘이 무슨 말씀을 하시는가.'라고 하였다.〔子曰: 予欲無言. 子貢曰: 子如不言, 則小子何述焉? 子曰: 天何言哉? 四時行焉, 百物生焉, 天何言哉?〕"라는 내용이 보인다. 주희는 이에 대해 "배우는 자들이 대부분 언어를 통해 성인을 관찰하고, 천리가 유행하는 실제는 말을 기다리지 않고도 드러나는 것을 살피지 못하였다. 그러므로 한갓 그 말만 알고 그 말한 이유는 알지 못하였기 때문에 공자가 이것을 말하여 깨우쳐준 것이다.〔學者多以言語觀聖人, 而不察其天理流行之實, 有不待言而著者. 是以, 徒得其言而不得其所以言, 故夫子發此以警之.〕"라고 해석하였다.

것이네. 이미 성인에게 직접 가르침을 받을 수 없는 후학의 경우는 진실로 언어에서 이를 구해야 할 것이나, 이를 진실한 마음으로 강구하고 실천하는 자는 또 드물어서 왕왕 구이지학(口耳之學)[193]의 자료로 삼을 뿐이네. 요즘 와서는 그 폐단이 더욱 심해졌으니, 이것은 참으로 우려스럽네. 그러나 진실로 위기지학(爲己之學)[194]에 뜻을 둔 자가 있다면 단지 묵묵히 스스로 이를 징험해야 할 것이니, 과연 그와 같은 폐단이 있다면 힘써 고쳐서 이를 돌이킬 뿐, 굳이 시끄럽게 언설을 늘어놓아 자기 밭은 버리고 남의 밭을 김매는 것과 같은 짓[195]은 할 필요가 없네.

또 보면 원(元)ㆍ명(明) 이래로 일부 사람들이 번번이 주자 문하의 말류의 폐단을 헐뜯곤 하는데, 주자 문하에 진실로 말류의 폐단이 있는 것은 본래 그 사람이 잘 배우지 못해서일 뿐이네. 주자와 무슨 상관이 있기에 저들은 남몰래 주자에게 불만을 품고서 가탁하여 설을 지어내 육구연(陸九淵)[196]과 왕수인(王守仁)[197]의 무리에 스스로 붙는단 말인

---

193 구이지학(口耳之學) : 귀로 들으면 곧바로 말하는 얕은 학문을 이른다. 《순자》 〈권학(勸學)〉의 "소인의 학문은 귀로 들어오면 입으로 나간다. 입과 귀의 거리는 4치뿐이니, 어떻게 7자의 몸을 아름답게 할 수 있겠는가.〔小人之學也, 入乎耳, 出乎口, 口耳之間則四寸耳, 曷足以美七尺之軀哉?〕"라는 구절에서 유래하였다.

194 위기지학(爲己之學) : 남의 인정을 받기 위해 공부하는 위인지학(爲人之學)과 상대되는 말로, 도를 자기 몸에 얻기 위해 하는 공부를 이른다. 《논어》 〈헌문(憲問)〉의 "옛날에 배우는 자들은 자신을 위한 학문을 하였는데, 지금에 배우는 자들은 남을 위한 학문을 한다.〔古之學者爲己, 今之學者爲人.〕"라는 구절에서 유래하였다.

195 자기……짓 : 《맹자》 〈진심 하(盡心下)〉에 "사람들의 병통은 자기 밭을 버려두고 남의 밭을 김매는 데에 있으니, 남에게 요구하는 것은 중하고 스스로 책임지는 것은 가볍다.〔人病, 舍其田而芸人之田, 所求於人者重, 而所以自任者輕.〕"라는 내용이 보인다.

가. 또 그보다 더 심한 경우에는 도학(道學)을 미워하는 세속의 무리가 이 도학에 얼추 뜻은 있지만 그 번거롭고 어려울 것을 꺼리는 자들과 함께 한목소리로 창화하여 저들의 형세를 더해주고 있으니, 어찌 통탄스럽지 않겠는가. 그대의 말이 혹 저들과 가깝다고 말한 것이 아니라, 늘 근심되고 개탄하는 것이어서 나도 모르게 말이 여기까지 나오게 된 것이네. 밝은 그대는 어떻게 생각하시는가?

〔문 8〕 "가한 것도 없고 불가한 것도 없다.〔無可無不可〕"[198]라는 구절

---

196 육구연(陸九淵) : 1139~1192. 자는 자정(子靜), 호는 상산옹(象山翁)으로, 송나라 무주(撫州) 금계(金溪) 사람이며, 시호는 문안(文安)이다. 주희(1130~1200)와 이름을 나란히 하였으나 그 견해는 매우 달라 "마음이 곧 이치이다.〔心卽理〕"라는 설을 주장하였다. "우주는 바로 나의 마음이며, 나의 마음은 바로 우주이다.〔宇宙便是吾心, 吾心卽是宇宙.〕", "배워서 진실로 도를 안다면 육경은 모두 나의 주석이다.〔學苟知道, 六經皆我注脚.〕" 등의 말을 하였다. 주희와 편지를 통해 논란을 벌이기도 하고 아호(鵝湖)에서 만나 변론하기도 하였다. 명나라 왕수인(王守仁)이 이를 계승, 발전시켜 육왕학파(陸王學派)를 이루었다. 《상산선생전집(象山先生全集)》이 있다.

197 왕수인(王守仁) : 1472~1528. 초명은 운(雲), 자는 백안(伯安), 별호는 양명자(陽明子)이며, 명나라 절강(絶江) 여요(餘姚) 사람이다. 학문은 치양지(致良知)를 위주로 하여, 격물치지(格物致知)는 스스로 마음에서 구해야 하며 외물(外物)에서 구해서는 안 된다고 주장하였다. 제자들이 매우 많아 세상에서 요강학파(姚江學派)라고 불렀다. 일찍이 양명동(陽明洞)에 집을 짓고 살았기 때문에 양명선생(陽明先生)이라고 부른다. 《왕문성공전서(王文成公全書)》가 있다.

198 가한……없다 : 《논어》〈미자(微子)〉에 "일민은 백이, 숙제, 우중, 이일, 주장, 유하혜, 소련이었다. 공자가 말하기를 '그 뜻을 굽히지 않고 그 몸을 욕되게 하지 않는 자는 백이와 숙제이다.'라고 하였다. 유하혜와 소련을 평하여 '뜻을 굽히고 몸을 욕되게 하였으나, 말이 윤리에 맞으며 행실이 사려에 맞았으니, 이런 점뿐이다.'라고 하였다. 우중과 이일을 평하여 '숨어 살면서 말을 함부로 하였으나, 몸은 깨끗함에 맞았고 벼슬

에 대해 《집주(集註)》에서는 맹자의 말을 인용하여 실증하였는
데,[199] 맹자의 네 개의 '가(可)' 자는 단지 '의를 따른다[義比]'는 뜻일
뿐이니 "가한 것도 없고 불가한 것도 없다."라는 뜻은 말 밖에서 찾아
야 할 듯합니다. 옳습니까?

〔답〕 단지 '가한 것도 없고 불가한 것도 없다'의 뜻만 해석한다면 '오
로지 주장함도 없으며 그렇게 하지 않는다는 것도 없는 것[無適無
莫]'[200]이 참으로 적절하겠지만, 부자(夫子 공자)의 이 말은 바로 앞에
나온 은일(隱逸)의 부류와 서로 대조하여 말한 것이네. 이 때문에 반
드시 성인이 벼슬하거나 그만두거나 오래 머무르거나 속히 떠나는
의리를 밝힌 뒤에야 그 의리가 비로소 드러나게 되네. 주자가 맹자의
이 말을 인용한 것은 아마도 이 때문인 듯하네. 그리고 벼슬하거나
그만두는 것으로 말한다면, 때로는 벼슬하기도 하니 이는 벼슬하는

하지 않음은 권도에 맞았다. 나는 이와 달라서 가한 것도 없고 불가한 것도 없다.'라고
하였다.〔逸民, 伯夷、叔齊、虞仲、夷逸、朱張、柳下惠、少連. 子曰: 不降其志, 不辱其
身, 伯夷、叔齊與! 謂柳下惠、少連, 降志辱身矣, 言中倫, 行中慮, 其斯而已矣. 謂虞
仲、夷逸, 隱居放言, 身中淸, 廢中權. 我則異於是, 無可無不可.〕라는 내용이 보인다.
199 집주(集註)에서는……실증하였는데 : 주희의 주에 "맹자는 '공자는 벼슬할 만하
면 벼슬하고 그만둘 만하면 그만두었으며, 오래 머무를 만하면 오래 머물고 속히 떠나야
하면 속히 떠났다.'라고 하였으니, 이른바 '가한 것도 없고 불가한 것도 없다'는 것이다.
〔孟子曰: 孔子可以仕則仕, 可以止則止, 可以久則久, 可以速則速. 所謂無可無不可也.〕"
라는 내용이 보인다. 인용한 맹자의 말은 《맹자》〈공손추 상(公孫丑上)〉에 보인다.
200 오로지……것 : 《논어》〈이인(里仁)〉에 "군자는 천하의 일에 있어 오로지 주장함
도 없으며 그렇게 하지 않는다는 것도 없어서, 의를 따를 뿐이다.〔君子之於天下也,
無適也, 無莫也, 義之與比.〕"라는 내용이 보인다.

데 불가한 것이 없는 것이며, 때로는 그만두기도 하니 이는 벼슬하는데 가한 것이 없는 것이네. 오래 머물거나 속히 떠나는 것 역시 그러하니, 이것으로 '가한 것도 없고 불가한 것도 없다'는 구절을 해석하는 것이 또 어찌 부족함이 있겠는가.

〔문 9〕 자유(子游)가 그 근본이 없음을 기롱한 것에 대해[201]

〔답〕 물 뿌리고 청소하고 응낙하고 대답하는 것이 반드시 동자의 일인 것만은 아니며, 자하(子夏)의 문인이 성동(成童) 전인지 후인지는 또 상고할 수 없네. 다만 그 말을 가지고 음미해보면, 요는 후생(後生)으로 처음 배우는 자가 대번에 멀고 큰 것을 말해서는 안 된다는 것뿐이니 굳이 억지로 단정하여 말할 필요는 없네.

〔문 10〕 주자(朱子 주희(朱熹))는 "지엽이 곧 근본이어서 단지 지엽만 배우면 근본이 곧 여기에 있다고 말한 것은 아니다.〔非謂末卽是本, 但學其末而本便在此.〕"라고 하였는데[202] 이것은 일을 가지고 말한 것입니까?

---

201 자유(子游)가……대해 : 《논어집주》〈자장(子張)〉 제12장에, 자유가 자하(子夏)의 제자들에 대해 "자하의 제자들은 물 뿌리고 청소하며 응낙하고 대답하며 나아가고 물러나는 예절을 당해서는 괜찮으나 이는 지엽적인 일이다. 그 근본을 미루어보면 없으니, 어찌하여 이러한가.〔子夏之門人小子當灑掃, 應對, 進退則可矣, 抑末也, 本之則無, 如之何?〕"라고 비판한 내용이 보인다.
202 주자(朱子)는……하였는데 : 《논어집주》〈자장〉 제12장 주희(朱熹)의 주에 보인다.

〔답〕 일을 가지고 말한 것과 이치를 가지고 말한 것은 구분이 매우 분명하니, 주자가 본(本)과 말(末) 자들을 말한 것은 모두 일을 가지고 말한 것이네.

〔문 11〕 "'우'는 여력이 있는 것이다.〔優, 有餘力也.〕"라고 하였는데,[203] 벼슬할 때에는 당연히 여력이 있겠지만 배움의 여력은 언제 있습니까? 배움은 자기에게 달려 있고 벼슬은 남에게 달려 있으니, 배움에 여력이 있다 하더라도 또 어찌 벼슬을 기필하겠습니까?

〔답〕 배움의 여력은 참으로 어느 때라고 꼭 집어 말하기가 어렵지만, 부자(夫子 공자)는 자공(子貢)·염유(冉有)·계로(季路)의 무리에 대해 모두 "정사에 종사하는 데 무슨 어려울 것이 있겠는가.〔於從政乎何有?〕"라는 말로 허여하였으니,[204] 여기에서 알 수 있을 것이네. 배움에

---

203 우(優)는……하였는데 : 《논어집주》〈자장〉 제13장 "벼슬하면서 여력이 있으면 학문을 하고, 학문을 하고서 여력이 있으면 벼슬을 한다.〔仕而優則學, 學而優則仕.〕"라는 자하(子夏)의 말에 대한 주희의 주에 보인다.

204 부자(夫子)는……허여하였으니 : 《논어집주》〈옹야(雍也)〉 제6장에 "계강자가 물었다. '중유(仲由)는 정사에 종사하게 할 만합니까?' 공자가 답하였다. '유(由)는 과 단성이 있으니 정사에 종사하는 데 무슨 어려움이 있겠습니까.' '사(賜)는 정사에 종사하게 할 만합니까?' '사는 사리에 통달했으니 정사에 종사하는 데 무슨 어려움이 있겠습니까.' '구(求)는 정사에 종사하게 할 만합니까?' '구는 다재다능하니 정사에 종사하는 데 무슨 어려움이 있겠습니까.〔季康子問: 仲由可使從政也與? 子曰: 由也果, 於從政乎何有? 曰: 賜也可使從政也與? 曰: 賜也達, 於從政乎何有? 曰: 求也可使從政也與? 曰: 求也藝, 於從政乎何有?〕"라는 내용이 보인다. 유(由), 사(賜), 구(求)는 각각 자로(子路), 자공(子貢), 염유(冉有)의 이름이다.

비록 여력이 있더라도 어찌 벼슬을 기필한다고 하겠는가. 다만 아직 여력이 되지 않는다면 벼슬해서는 안 된다는 것뿐이네. 질문이 너무 거칠고 엉성하네.

[문 12] 백성들이 법을 범하는 것은 평소에 가르치고 기르지 않음으로 말미암은 것이니, 법을 범한 것을 따라서 형벌한다면 참으로 백성을 그물질하는 것에 가까울 것입니다. 그러나 법을 굽혀 멋대로 용서해주는 것 역시 형벌을 분명히 하는 선왕(先王)의 도가 아닙니다. 그 경중에 따라 법을 공평하게 하고 형벌을 신중히 적용하면서도 항상 불쌍히 여기는 마음을 보존하고 그 이반한 실정을 안 것으로 기뻐하지 않는다면[205] 거의 백성을 사랑하는 성인(聖人)의 정사에 가까울 것입니다.

[답] 논한 것이 참으로 좋네. 다만 "윗사람이 도리를 잃어 백성들이 이반한 지가 오래되었다.〔上失其道, 民散久矣.〕"라는 두 구를 다시 익숙히 음미하면 부득이 법을 집행해야 할 때 관대하게 할 것인지 엄하

---

205 항상……않는다면 : 《논어》〈자장(子張)〉에 "윗사람이 도리를 잃어 백성들이 이반한 지가 오래되었다. 만일 이반한 실정을 알았다면 불쌍히 여기고 기뻐하지 말아야 한다.〔上失其道, 民散久矣. 如得其情, 則哀矜而勿喜.〕"라는 증자(曾子)의 말이 보인다. 이에 대한 주희의 주에 "백성들이 이반하는 것은 부리기를 무도하게 하고 가르치기를 평소에 하지 않았기 때문이다. 그러므로 그들이 법을 범한 것은 어쩔 수 없는 상황에 몰려서 한 것이 아니라면 무지에 빠져서이다. 그러므로 그 실정을 알면 불쌍히 여기고 기뻐하지 말아야 한다.〔民之散也, 以使之無道, 教之無素. 故其犯法也, 非迫於不得已, 則陷於不知也. 故得其情, 則哀矜而勿喜.〕"라는 사량좌(謝良佐)의 말이 인용되어 있다.

게 할 것인지에 대해 절로 마땅함이 있을 것이니, 태평성세의 백성들과는 어쩌면 같지 않을 듯하네.

[문 13] 이 장[206]은 요(堯)임금, 순(舜)임금, 탕왕(湯王), 무왕(武王) 등 어질었던 선왕들의 대경대법(大經大法)을 차례로 기술하고 있으나 그 말이 번갈아 나와서 두서가 없는 듯하니, 무엇 때문입니까?

[답] 이것은 부자(夫子 공자)가 평소에 했던 말을 문하의 제자들이 차례로 기록해두었다가 이편의 끝에 붙인 듯하네. 그 문체로 말하면 참으로 다른 장과 차이가 있네.

---

206 이 장 : 《논어집주》〈요왈(堯曰)〉제1장을 이른다.

유경여에게 답하다 13[207]

答俞擎汝

〔문 1〕 "저울질을 한 뒤에 경중을 알며 재어본 뒤에 장단을 알 수 있다.〔權然後知輕重, 度然後知長短.〕"[208]라는 구절에 대한 소주(小註)에 "주자(朱子 주희(朱熹))가 말하였다. '본연의 저울과 자는 단지 마음일 뿐이다.〔朱子曰: 本然權度只是心.〕"라고 하였는데, 이것은 《집주(集註)》의 뜻[209]과 같지 않은 듯합니다.

〔답〕 주자의 이 조항은 배우는 자들이 이른바 '저울과 자'라는 것을 잘못 이 마음의 밖에서 구할까 염려하였기 때문에 "본연의 저울과 자는 또한 이 마음일 뿐이다.〔本然之權度, 亦只是此心.〕"라고 한 것이네. 그러나 그다음에 바로 이어서 "이 마음의 본연에는 온갖 이치가 모두 구비되어 있다.……〔此心本然, 萬理皆具.……〕"라고 하였으니,[210] 이것은 바로 《집주》의 설이네. 무슨 차이가 있는가.

---

207 유경여(俞擎汝)에게 답하다 13 : 이 편지는 《맹자집주(孟子集註)》의 구절에 대해 모두 19조목의 문답으로 이루어져 있다.

208 저울질을……있다 : 《맹자집주》〈양혜왕 상(梁惠王上)〉 제7장 제13절에 보인다.

209 집주(集註)의 뜻 : 주희(朱熹)의 주에 "물건의 경중과 장단은 사람들이 똑같이 하기가 어려운 것이니, 반드시 저울과 자를 가지고 헤아린 뒤에야 그 경중과 장단을 알 수 있음을 말한 것이다.〔言物之輕重長短, 人所難齊, 必以權度度之而後可見.〕"라는 내용이 보인다.

210 그다음에……하였으니 : 《맹자집주》 대전본(大全本) 소주에 "본연의 저울과 자는 또한 이 마음일 뿐이다. 이 마음의 본연에는 온갖 이치가 모두 구비되어 있으니,

〔문 2〕공손추(公孫丑)가 부동심(不動心)의 방도에 대해 묻자 맹자
는 먼저 북궁유(北宮黝)와 맹시사(孟施舍)의 용맹으로 고해주었습
니다.²¹¹ 이에 대해 소주에 허씨(許氏 허겸(許謙))가 운운한 바²¹²가

외물에 응할 때 어떻게 해야 할지 자세히 보는 것이 바로 본연의 저울과 자이다.〔本然之
權度, 亦只是此心. 此心本然, 萬理皆具, 應物之時, 須是子細看合如何, 便是本然之權度
也.〕"라는 주희의 말이 보인다.

211 공손추(公孫丑)가……고해주었습니다 :《맹자집주》〈공손추 상(公孫丑上)〉제
2장 제3절에 "공손추가 '부동심이 방법이 있습니까?'라고 묻자, 맹자가 대답하였다.
'있다. 북궁유가 용맹을 기른 것은 살갗이 찔려도 움츠리지 않으며 눈동자가 찔려도
피하지 않았다. 생각하기를 털끝만큼이라도 남에게 좌절을 당하면 마치 시장과 조정에
서 종아리를 맞는 것처럼 여겨서 갈관박에게서도 모욕을 받지 않고 만승의 군주에게서
도 모욕을 받지 않았다. 그리하여 만승의 군주를 찌르는 것 보기를 마치 갈부를 찔러
죽이는 것처럼 생각하여, 무서운 제후가 없어서 험담하는 소리가 이르면 반드시 복복하
였다. 맹시사의 용맹을 기른 것은 「이기지 못함을 보되 이기는 것과 같이 여기노니,
적을 헤아린 뒤에 전진하며 승리를 생각한 뒤에 교전한다면 이것은 적의 삼군을 두려워
하는 자이다. 내 어찌 필승을 할 수 있겠는가. 두려움이 없을 뿐이다.」라고 하였다.'〔曰:
不動心有道乎? 曰: 有. 北宮黝之養勇也, 不膚撓, 不目逃, 思以一毫挫於人, 若撻之於市
朝, 不受於褐寬博, 亦不受於萬乘之君, 視刺萬乘之君, 若刺褐夫, 無嚴諸侯, 惡聲至, 必
反之. 孟施舍之所養勇也, 曰視不勝猶勝也, 量敵而後進, 慮勝而後會, 是畏三軍者也, 舍
豈能爲必勝哉? 能無懼而已矣.〕"라는 내용이 보인다.

212 허씨(許氏)가 운운한 바 :《맹자집주》대전본(大全本) 소주에 "북궁유(北宮黝)
와 맹시사(孟施舍)의 부동심은 본래 또 고자의 부동심을 일러준 다음에 있어야 한다.
그러나 공손추가 또 맹분을 맹자에 비견하였기 때문에 맹자 역시 용사의 부류로 말한
것이다.〔黝、舍不動心, 本又在告子之下, 公孫丑又以孟賁比孟子, 故孟子亦以勇士之類
言之.〕"라는 원대(元代)의 학자 허겸(許謙, 1270~1337)의 말이 보인다. 이것은 〈공손
추 상〉 제2장 제2절에 "공손추가 말하기를 '이와 같다면 부자께서는 맹분보다 크게 뛰어
나신 것입니다.'라고 하자, 맹자가 대답하였다. '이것은 어렵지 않다. 고자도 나보다
먼저 마음을 동요하지 않았다.'〔曰: 若是則夫子過孟賁遠矣. 曰: 是不難, 告子先我不動
心.〕"라는 내용이 보이는데, 이 구절 다음에 바로 이어서 북궁유와 맹시사의 부동심에

있으나 그 은미한 뜻은 이것만이 아닐 듯합니다.

〔답〕 맹자가 먼저 북궁유와 맹시사의 용맹에 대해 일러준 것은 허씨의 설 외에 다른 뜻이 있다고 보이지 않네.

〔문 3〕 맹시사와 북궁유는 두 사람에 비견하여 동일 선상에서 논할 수 없다고 이를 만한데도 맹자가 굳이 그렇게 말했던 것은,[213] 또한 문장가들이 말하는 '나운수(拏雲手)'[214]라는 것처럼 먼저 북궁유와 맹시사의 거칠고 사나운 기(氣)를 말한 뒤에 장차 성현의 의리의 용기를 말하고자 해서가 아니겠습니까?

〔답〕 북궁유와 맹시사가 두 현자(賢者)에 비견하여 동일 선상에서 논할 수 없다는 것은 어느 누가 모르겠는가. 요컨대 그 기상이 비슷한 점이 있기 때문에 맹자의 말이 이와 같았던 것이네. 그다음에야 마침내 성현의 의리의 용기를 말한 것은 문장을 이어받는 오묘함이 약속이나

대해 먼저 일러주고 제9절에 와서야 고자의 부동심에 대해 일러준 것을 말한다.

213 맹시사와……것은 : '두 사람'은 증자(曾子)와 자하(子夏)를 이른다. 《맹자집주》〈공손추 상(公孫丑上)〉 제2장 제6절에 "맹시사는 증자와 유사하고 북궁유는 자하와 유사하니, 이 두 사람의 용기는 누가 나은지는 알지 못하겠으나 맹시사는 지킴이 요약되었다.〔孟施舍似曾子, 北宮黝似子夏, 夫二子之勇, 未知其孰賢, 然而孟施舍守約也.〕"라는 맹자의 말이 보인다.

214 나운수(拏雲手) : '구름을 잡는 손'이라는 말로, 기예(技藝)의 극치나 구름을 찌르는 기개를 뜻한다. 여기에서는 능운필(凌雲筆)과 같은 뜻으로 쓰여 시문(詩文)에 뛰어난 재질을 갖춘 것을 말한다.

한 듯 저절로 그런 것이니, 어찌 공연히 빈말을 늘어놓아 저 이른바
'나운수'라는 것을 따라 했겠는가.

〔문 4〕 "그 의지를 잘 잡아 지키면서도 또 그 기를 사납게 하지 말라.
〔持其志, 無暴其氣.〕"[215]라는 것은 이른바 '호연지기를 잘 기르는 것
〔善養浩氣〕'이 이와 같은 데 지나지 않은 것입니다. 다만 이것은 이미
의지를 잘 잡아 지킨 뒤에 또 기(氣)를 사납게 하지 말아야 하는
것이니 두 가지 일임이 분명합니다. 그런데 다음에 이어지는 글에서
호연지기(浩然之氣)를 기르는 방법이 의리를 축적하되 잊지도 말고
조장하지도 말라는 데에 있다고 한 것[216]은 또 호연지기를 기르는
절도(節度)이니, 그렇다면 이것은 진실로 의지를 잡아 지켜서 호연
지기를 기르는 것이 본래 하나의 일관된 공부라는 것입니다. 앞뒤의
말이 부합하지 않은 듯합니다.

〔답〕 의지를 잡아 지키는 것과 호연지기를 기르는 것은 본래 두 가지
일인데도, 지금 '의지를 잡아 지키는 것'과 '기를 사납게 하지 말라는

---

215 그……말라 : 《맹자집주》〈공손추 상(公孫丑上)〉제2장 제9절에 보인다. 115쪽
주217 참조.

216 호연지기(浩然之氣)를……것 : 《맹자집주》〈공손추 상(公孫丑上)〉제2장 제15
절과 제16절에 "이 호연지기는 의리를 많이 축적하여 생겨나는 것이니, 의리가 하루아침
에 갑자기 엄습하여 와서 취하는 것이 아니다.……반드시 호연지기를 기르는 데에 종사
하되 효과를 미리 기대하지 말아서, 마음에 잊지도 말며 억지로 조장하지도 말아서
송나라 사람과 같이 하지 말아야 한다.〔是集義所生者, 非義襲而取之也.……必有事焉
而勿正, 心勿忘, 勿助長也, 無若宋人然.〕"라는 맹자의 말이 보인다.

것'을 함께 들어서 호연지기를 잘 기르는 것이 여기에서 벗어남이 없다고 하였으니, 이것은 이미 정밀함과 정확함이 부족하네. 비록 '기를 사납게 하지 말라'는 것으로 말한다 하더라도 이것은 단지 호연지기를 잘 기르는 복선으로 삼을 수 있을 뿐이니, 마침내 이것을 일러 '저 호연지기를 잘 기르는 것을 다한 것이다.'라고 말할 수는 없네. 다시 한 번 생각해보는 것이 어떻겠는가?

대체로 이 장은 전적으로 호연지기를 기르는 것에 대해서만 논하고 있는 장이어서 의지를 잡아 지키는 것에 대해서는 본래 언급할 겨를이 없네. 다만 고자(告子)의 "마음에서 알려고 구하지 말며 기에서 도움을 구하지 말라.〔勿求於心, 勿求於氣.〕"라는 말[217] 때문에 두 가지로 나누어서 말해야 했던 것이지만 이후로는 또 더 이상 언급하지 않고 있네. '잊지도 말고 조장하지도 말라'는 것은 단지 의리를 축적하여 호연지기를 기르는 절도일 뿐, 의지를 잡아 지키는 것을 말한 것이 아니네.

〔문 5〕 '의지를 동요시킨다〔動志〕'와 '기를 동요시킨다〔動氣〕'[218]의

---

217 고자(告子)의……말 : 《맹자집주》〈공손추 상(公孫丑上)〉 제2장 제9절에 "고자가 말하기를 '말에 이해되지 못하거든 마음에 알려고 구하지 말며, 마음에 편안함을 얻지 못하거든 기운에 도움을 구하지 말라.'고 하였다. 마음에 편안함을 얻지 못하거든 기운에 도움을 구하지 말라는 것은 괜찮지만, 말에 이해되지 못하거든 마음에 알려고 구하지 말라는 것은 안 된다. 의지는 기의 장수이고 기는 몸에 꽉 차 있는 것이니, 의지가 최고이고 기가 그다음이다. 그러므로 말하기를 '그 의지를 잡아 지키고도 또 그 기를 사납게 하지 말라.'고 한 것이다.〔告子曰: 不得於言, 勿求於心, 不得於心, 勿求於氣. 不得於心, 勿求於氣, 可; 不得於言, 勿求於心, 不可. 夫志, 氣之帥也; 氣, 體之充也. 夫志至焉, 氣次焉, 故曰持其志, 無暴其氣.〕"라는 맹자의 말이 보인다.
218 의지를……동요시킨다 : 《맹자집주》〈공손추 상(公孫丑上)〉 제2장 제10절에 "의

'동(動)' 자는 지난번 훌륭한 가르침을 받고서 마땅히 선과 악을 겸한 설로 보아야 한다고 생각했습니다. 그러나 제 미욱한 소견으로는 그 이유를 알지 못하겠습니다.

[답] 의지가 기를 동요시키는 것과 기가 의지를 동요시키는 것은 모두 선과 악을 겸하여 말한 것이니, 사계(沙溪 김장생(金長生))의 설[219]이 이와 같은 것은 필시 이유가 있을 것이네. 이제 또 《집주(集註)》를 가지고 보면 의지가 있는 곳에 기가 반드시 따른다고 한 것[220]은 어찌 악 한쪽만을 가리킨 것이겠는가.

　　기가 의지를 동요시키는 것으로 말하면 대체로 순하지 않은 일이네. 그러나 정자(程子 정호(程顥))는 이에 대해 일찍이 술과 약을 가지고 말하였네.[221] 예컨대 사람이 술에 취했을 때에는 평소 감히 하지 못하던

지가 한결같으면 기를 동요시키고 기가 한결같으면 의지를 동요시키니, 지금 넘어지는 것과 달리는 것은 바로 기이지만 도리어 그 마음을 동요시킨다.〔志壹則動氣, 氣壹則動志也, 今夫蹶者趨者, 是氣也而反動其心.〕"라는 맹자의 말이 보인다.

219　사계(沙溪)의 설 : 사계 김장생이 "모두 선과 악을 겸하여 말한 것이니, 기가 한결같으면 의지를 동요시킨다는 것은 예를 들면 먹고 마시고 남녀의 일과 같은 것이 또한 이런 경우이다.〔皆兼善惡言之, 氣壹動志, 如飮食男女之類, 亦是也.〕"라고 한 것을 가리킨다. 《經書辨疑 孟子 公孫丑上 2章》

220　의지가……것 : 《맹자집주》〈공손추 상(公孫丑上)〉제2장 제10절 주희(朱熹)의 주에 "의지의 향하는 바가 전일하면 기는 진실로 그 뜻을 따르나, 기의 있는 바가 전일하면 의지가 또한 도리어 동요된다.〔志之所向專一, 則氣固從之. 然氣之所在專一, 則志亦反爲之動.〕"라는 내용이 보인다.

221　정자(程子)는……말하였네 : 《이정유서》등에 "의지가 한결같으면 기를 동요시킨다. 그러나 또한 기가 한결같으면 의지를 동요시키는 것도 생각하지 않으면 안 되니, 달리는 것과 넘어지는 것만 아니라 약이나 술도 역시 이러하다. 그러나 의지가 기를

말을 하고 평소 감히 하지 못하던 일을 하는데, 이런 것은 선과 악을 겸한 것이라고 말해도 어찌 불가하겠는가. 다만 맹자가 말한 '의지를 동요시킨다'는 것은 바로 그 불선(不善)한 곳을 말한 것일 뿐이네.

〔문 6〕 호연지기(浩然之氣)와 혈기(血氣)는 분명 똑같은 기(氣)입니다.[222] 사람은 천지의 정기(正氣)를 얻어서 태어나니, 이른바 '심기(心氣)'라는 것 역시 별다른 기가 아니라 단지 몸에 충만한 것으로 가장 정(精)하고 맑은 기일 뿐입니다. 사람이 일마다 이치를 따라서 실제로 그 형색(形色)을 실천할 수 있다면[223] 마음속에 주장하는 바가 있어서 그 기가 이에 성대하게 될 것이니, 순(舜)임금의 이른바 "정밀하게 살피고 한결같이 지켜서 그 중도를 잡는다.〔精一執中〕"[224]

동요시키는 것은 많고 기가 의지를 동요시키는 것은 적으니, 비록 기 역시 의지를 동요시킬 수 있지만 또한 그 의지를 잘 잡아 지키는 데 달려 있을 뿐이다.〔志壹則動氣. 然亦不可不思氣壹則動志, 非獨趨蹶, 藥也酒也亦是也. 然志動氣者多, 氣動志者少, 雖氣亦能動志, 然亦在持其志而已.〕"라는 정호(程顥)의 말이 보인다. 이 말과 관련하여 《맹자집주》〈공손추 상(公孫丑上)〉 제2장 제10절 주희(朱熹)의 주에 "의지가 기를 동요시키는 것은 열에 아홉이고, 기가 의지를 동요시키는 것은 열에 하나이다.〔志動氣者什九, 氣動志者什一.〕"라는 정호의 말이 보인다. 《二程遺書 卷1 端伯傳師說》《孟子精義 卷3 公孫丑章句上》

222 호연지기(浩然之氣)와……기(氣)입니다 : 141쪽 주273 참조.

223 형색(形色)을……있다면 : 《맹자집주》〈진심 상(盡心上)〉 제38장에 "형색은 천성이니, 오직 성인인 뒤에야 형색을 실천할 수 있다.〔形色, 天性也, 惟聖人然後可以踐形.〕"라는 내용이 보인다. 주희는 이에 대해 "형은 귀, 눈, 입, 코와 같은 유이고, 색은 예컨대 한 번 찡그리고 한 번 웃는 것이 모두 지극한 이치가 있는 것이다.〔形是耳目口鼻之類, 色如一矉一笑皆有至理.〕"라고 하였다. 《朱子語類 卷60 孟子10 盡心上 形色天性章》

224 정밀하게……잡는다 : 71쪽 주124 참조.

와, 부자(夫子 공자)의 이른바 "자기의 사욕을 이기고 예에 돌아
간다.[克己復禮]"²²⁵와, 자사(子思)의 이른바 "중과 화를 지극히
한다.[致中和]"²²⁶는 것은 모두 기를 기르는 생생한 모습일 것입
니다.

[답] 이른바 '호연지기'라는 것은 사람이 하늘에서 품부 받은 정기로,
한 몸 안에 가득 차서 두루 흐르는 것이니, 이것은 성인(聖人)이나
범인(凡人)이나 모두 같은 것이네. 그러나 혈기로 말하면 바로 의가
(醫家)에서 말하는 영위(榮衛)²²⁷이니, 그 강약과 성쇠가 사람마다 다
른데 어떻게 합쳐서 하나로 볼 수 있겠는가.
　"심기 역시 별다른 기가 아니라 단지 몸에 충만한 것으로 가장 정(精)
하고 맑은 기일 뿐이다."라고 한 것은 맞는 말이네. 그러나 형색(形色)
을 실천하여 마음을 기르는 것을 가지고 기를 기른다고 말하는 것은
또 정밀함이 부족하네. '정밀하게 살피고 한결같이 지켜서 그 중도를

225　자기의……돌아간다 : 《논어집주》〈안연(顔淵)〉 제1장에 "자기의 사욕을 이기고
예에 돌아가는 것이 인을 하는 것이니, 하루 동안이라도 사욕을 이겨 예에 돌아가면
천하가 인을 허여한다. 인을 하는 것은 자신에게 달려 있으니 남에게 달려 있겠는가.[克
己復禮爲仁, 一日克己復禮, 天下歸仁焉, 爲仁由己, 而由人乎哉?]"라는 내용이 보인다.
226　중(中)과……한다 : 《중용장구》 제1장 제4절에 "기뻐하고 노하고 슬퍼하고 즐거
워하는 정이 발로하지 않은 것을 '중(中)'이라 이르고, 발로하여 모두 절도에 맞는 것을
'화(和)'라 이른다. '중'은 천하의 큰 근본이고 '화'는 천하의 공통된 도이다. '중'과 '화'를
지극히 하면 천지가 제자리를 편안히 하고 만물이 잘 생육된다.[喜怒哀樂之未發謂之
中, 發而皆中節謂之和. 中也者, 天下之大本也; 和也者, 天下之達道也. 致中和, 天地位
焉, 萬物育焉.]"라는 내용이 보인다.
227　영위(榮衛) : 한의학 용어로, '영'은 피의 순환을, '위'는 기의 흐름을 가리킨다.

잡는 것'과, '자기의 사욕을 이기고 예에 돌아가는 것'과, '중과 화를 지극히 하는 것'을 가지고 모두 기를 기르는 생생한 모습으로 삼은 것은 전혀 말이 안 되네.

〔문 7〕 맹자와 고자(告子)의 학문은 정반대입니다. 저는, 맹자는 말에서 이해되지 않으면 마음에서 이치를 구하였기 때문에 말을 알았고, 마음에서 편안함을 얻지 못하면 기에서 도움을 구하였기 때문에 호연지기를 잘 길렀다고 생각합니다.[228] 어떨지 모르겠습니다.

〔답〕 이렇게 보는 것도 좋네. 다만 맹자 같은 경지라면 굳이 말에서 이해되지 못하거나 마음에서 편안함을 얻지 못했을 때를 기다린 뒤에야 비로소 말을 알거나 기를 기르는 공부를 하지는 않았을 것이니, 이 점에서 말이 조금 소루하네.

〔문 8〕 '잊지도 말고 조장하지도 말라〔勿忘勿助〕'는 것[229]은 마음을 기르는 요결입니다. 그러나 초학자들은 마음을 잡아 지키는 것이

---

228 맹자는……생각합니다 : 관련 경문은 115쪽 주217 참조. 여기에서는 맹자가 말에서 이해되지 못하고 마음에서 편안함을 얻지 못했을 때 고자와 달리 각각 마음에서 구하지 않고 기운에서 도움을 구하지 않았기 때문에 맹자의 특장인 '말을 아는 것〔知言〕'과 '호연지기를 잘 기르는 것〔善養浩然之氣〕'을 잘할 수 있었다는 말이다. 《맹자집주》〈공손추 상(公孫丑上)〉 제2장 제11절에 '선생님은 어떤 점이 뛰어나시느냐'고 묻는 공손추에게, 맹자가 "나는 말을 알며, 나는 나의 호연지기를 잘 기른다.〔我知言, 我善養浩然之氣.〕"라고 대답한 내용이 보인다.

229 잊지도……것 : 114쪽 주216 참조.

익숙하지 않아서, 조금만 잊지 않고자 하면 이내 조장하기가 쉽고 조금만 조장하지 않고자 하면 곧 잊는 데로 돌아가기가 쉽습니다. 어떻게 하면 좋겠습니까?

〔답〕 이것은 심학(心學)의 지극히 정밀하고 은미한 부분이네. 어리석은 나 같은 사람은 하루도 힘쓴 실제가 있지 않으니 어찌 감히 그 뜻을 짐작하여 논하겠는가. 다만 잊는 것과 조장하는 것은 사람의 품성에 따라 각각 편중된 곳이 있을 것이니, 모름지기 스스로 어떠한지를 보아서 그 급히 힘써야 할 부분을 먼저 힘써야 할 것이네. 그런 뒤에 이 경지가 혹 차츰차츰 이르러 올 수도 있으리라 생각되는데, 어찌 생각하는가?

〔문 9〕 '말을 아는 것〔知言〕'은 천하의 말을 아는 것이니,[230] 천하의 말을 알고자 한다면 의당 먼저 나의 말을 알아야 할 것입니다. 그런데 바로 앞글에서 이미 의리를 축적하여 호연지기를 기르는 방법을 말하였으니,[231] 그렇게 하면 마음이 도를 통하여 절로 평정하고 통달

---

230 말을……것이니 : 《맹자집주》〈공손추 상(公孫丑上)〉 제2장 제17절에 공손추가 "말을 안다는 것은 무엇을 말합니까?"라고 묻자, 맹자가 "치우친 말에 그 가린 바를 알며, 방탕한 말에 빠져 있는 바를 알며, 정도에서 벗어난 말에 괴리된 바를 알며, 도피하는 말에 논리가 궁함을 알 수 있다. 마음에서 생겨나 정사에 해를 끼치며, 정사에 발로되어 일에 해를 끼치나니, 성인이 다시 나오셔도 반드시 내 말을 따르실 것이다.〔詖辭, 知其所蔽; 淫辭, 知其所陷; 邪辭, 知其所離; 遁辭, 知其所窮. 生於其心, 害於其政, 發於其政, 害於其事, 聖人復起, 必從吾言矣.〕"라고 대답한 내용이 보인다.

231 바로……말하였으니 : 114쪽 주216 참조.

하여 가려짐이 없을 수 있기 때문에[232] 오로지 '다른 사람의 말을 아는 것'으로만 말을 한 듯합니다.

〔답〕'말을 아는 것'은 이치를 궁구하는 일이니, 이것 외에 어찌 별도로 나의 말을 아는 공부가 있겠는가. 말을 안 뒤에 의리를 축적하여 호연지기를 기를 수 있으니, 지금 "의리를 축적하여 호연지기를 길렀기 때문에 마음이 도를 통하였다."라고 말하는 것은 또한 전도된 것이네.

〔문 10〕 한 가지라도 불의를 행하여 천하를 얻는 것은 하지 않을 것이라는 점은 세 성인(聖人)의 공통점입니다.[233] 만일 세 성인이

---

232 마음이……때문에 : 《맹자집주》〈공손추 상(公孫丑上)〉제2장 제17절 주희의 주에 "사람의 말은 모두 마음에서 나오니, 마음이 올바른 이치에 밝아서 가려짐이 없은 뒤에야 말이 공평하고 올바르며 통달하여 병통이 없으니, 만일 그렇지 못하다면 반드시 이 네 가지의 병통이 있게 된다. 말의 병통에 나아가 마음의 잘못을 알며, 또 정사에 해됨이 결정적이어서 바꿀 수 없음을 앎이 이와 같았으니, 마음이 도를 통달하여 천하의 이치에 의심이 없는 자가 아니면 그 누가 이에 능하겠는가.〔人之有言, 皆出於心, 其心明乎正理而無蔽然後, 其言平正通達而無病, 苟爲不然, 則必有是四者之病矣. 卽其言之病而知其心之失, 又知其害於政事之決然而不可易者如此, 非心通於道而無疑於天下之理, 其孰能之?〕"라는 내용이 보인다.

233 한……공통점입니다 : 《맹자집주》〈공손추 상(公孫丑上)〉제2장 제24절에 "백리 되는 땅을 얻어서 군주가 된다면 모두 제후들을 조회 오게 하여 천하를 소유할 수 있지만, 한 가지 일이라도 불의를 행하고 한 사람이라도 죄 없는 이를 죽여서 천하를 얻는 것은 모두 하지 않을 것이니, 이것은 공통점이다.〔得百里之地而君之, 皆能以朝諸侯有天下, 行一不義, 殺一不辜而得天下, 皆不爲也, 是則同.〕"라는 내용이 보인다. '세 성인(聖人)'은 백이(伯夷), 이윤(伊尹), 공자를 가리킨다.

모두 같은 시대에 살아 각각 백 리의 땅을 얻어서 군주가 된다면 누가 통일시킬 수 있겠습니까? 아니면 세 분이 정립(鼎立)하여 서로 겸병하지 않겠습니까?

〔답〕 왕이 위에 있고 세 성인이 다 같이 제후로 있다면 자연히 각각 자신의 영지를 지킬 것이네. 그러나 만일 하(夏)나라나 상(商)나라 말기 또는 유방(劉邦)과 항우(項羽)의 시대를 만났다면, 천하에 임금이 없어서는 안 되니 또한 천명과 인심이 돌아가는 곳을 보아 서로 도와서 백성들을 구할 것이네. 어찌 후세에 영웅들이 할거하는 것처럼 하겠는가.

〔문 11〕 "3개월 동안 섬기는 군주가 없으면 황황한 듯이 여겼다.〔三月無君, 皇皇如也.〕"[234]라고 하였는데, 이 말은 어떤 책에 보이는지 알지 못하겠습니다. "등용해주면 도를 행하고 버리면 은둔한다.〔用行舍藏〕"[235]라는 성인(聖人)의 말로 보면 '황황(皇皇)'이란 두 글자는

---

234 3개월……여겼다 : 《맹자집주》〈등문공 하(滕文公下)〉 제3장 제1절에 '옛날 군자들은 벼슬을 하였느냐'는 위(魏)나라 사람 주소(周霄)의 물음에, 맹자가 "벼슬하였다. 옛 기록에 이르기를 '공자는 3개월 동안 섬기는 군주가 없으면 황황한 듯이 여겨 국경을 나갈 적에 반드시 폐백을 싣고 갔다.' 하였고, 공명의가 말하기를 '옛사람은 3개월 동안 군주가 없으면 사람들이 위문을 했다.' 하였다.〔仕. 傳曰: 孔子三月無君, 則皇皇如也, 出疆必載質. 公明儀曰: 古之人, 三月無君則弔.〕"라고 답한 내용이 보인다. '황황(皇皇)'은 구함이 있으나 얻지 못하는 것처럼 한다는 뜻이다.

235 등용해주면……은둔한다 : 《논어집주》〈술이(述而)〉 제10장에 공자가 안연(顏淵)에게 "등용해주면 도를 행하고 버리면 은둔하는 것을 오직 나와 너만이 가지고 있다.〔用之則行, 舍之則藏, 惟我與爾有是夫.〕"라고 말한 내용이 보인다.

끝내 천리(天理)를 즐기는 모습은 아닙니다. 어떨지 모르겠습니다.

〔답〕 "3개월 동안 섬기는 군주가 없으면 황황한 듯이 여겼다."라는 것
은 맹자의 답한 말을 보면 본래 이런 의리가 있으며 이록(利祿)에 급
급하여 그런 것은 아니네.[236] 맹자가 "사(士)가 제전(祭田)이 없으면
감히 제사 지내지 못한다.〔惟士無田, 則不敢以祭.〕"라고 말한 것[237]은
아마도 후세의 사례와는 다른 점이 있을 듯하네.

236 3개월……아니네 : 《맹자집주》〈등문공 하〉제3장 제3절에 "사가 지위를 잃는
것은 제후가 나라를 잃는 것과 같다. 예에 이르기를 '제후가 밭을 갈면 백성들이 도와서
자성을 바치고, 제후의 부인이 누에를 치고 실을 켜서 제복을 만든다. 희생이 이루어지
지 못하고 자성이 정결하지 못하며 제복이 구비되지 못하면 감히 제사 지내지 못하고,
사가 제전이 없으면 또한 제사 지내지 못한다.' 하였다. 희생과 기물과 제복이 구비되지
못하여 감히 제사 지내지 못하면 감히 잔치하지 못하게 되니, 또한 조문할 만하지
않은가.〔士之失位也, 猶諸侯之失國家也. 禮曰 : 諸侯耕助, 以供粢盛, 夫人蠶繅, 以爲衣
服. 犧牲不成, 粢盛不潔, 衣服不備, 不敢以祭, 惟士無田, 則亦不祭. 牲殺, 器皿, 衣服不
備, 不敢以祭, 則不敢以宴, 亦不足弔乎?〕"라는 맹자의 말이 보인다. '자성(粢盛)'은
'제기에 담은 찰기장〔黍〕과 메기장〔稷〕'이라는 뜻으로, 여기에서는 제사에 사용하는
곡식을 이른다.
237 맹자가……것 : '사(士)가 제전(祭田)이 없으면 감히 제사 지내지 못한다'는 위의
주236 참조. 이와 관련하여 《예기》〈왕제(王制)〉에 "대부와 사의 종묘 제사는, 제전이
있으면 희생을 쓰는 제사를 지내고, 제전이 없으면 희생을 쓰지 않는 천신(薦新)을
지낸다.〔大夫, 士宗廟之祭, 有田則祭, 無田則薦.〕"라는 내용이 보인다. 가공언(賈公
彦)에 따르면 대부와 사(士)가 하사받는 땅에는 네 가지가 있다. 예를 들어 대부의
경우, 채지(采地)인 가읍(家邑) 외에도 상전(賞田), 가전(加田), 사전(仕田)이 있다.
특히 '사전'은 규전(圭田)이라고도 하는 제전(祭田)을 이른다. 제사 비용 목적으로 둔
땅으로, 경(卿) 이하 사(士)에 이르기까지 모두 50묘(畝)씩을 받는다. 규전이 있는
경우에는 희생을 쓰는 제사〔祭〕와 희생 없이 제철 음식만 올리는 천신을 모두 지낸다.
《周禮注疏 夏官司馬 司勳 賈公彦疏》

〔문 12〕 사람들은 어진 부형이 있는 것을 좋아하는데,[238] 맹자는 일찍이 "군자가 직접 자식을 가르치지 않는 것은 세가 행해지지 않기 때문이다.〔君子之不敎子, 勢不行.〕"라고 하였습니다.[239] 그러나 옛사람은 자식을 올바른 의리로 가르쳤으니, 그렇다면 또한 자식을 가르치지 않은 적이 없는 것입니다. 은혜를 상하지도 않고 가르침을 잃지도 않아서 부자간의 은혜와 의리를 모두 온전하게 하는 것은 그 방법을 어찌해야 합니까?

〔답〕 스승의 도는 엄함을 위주로 하고 아버지의 도는 은혜를 위주로 하니, 이것이 옛사람이 자식을 바꾸어 가르쳤던 이유이네.[240] 그러나

---

238 사람들은……좋아하는데 : 《맹자집주》〈이루 하(離婁下)〉 제7장에 "도에 맞는 자가 도에 맞지 않는 자를 길러주며 재주 있는 자가 재주 없는 자를 길러주기 때문에 사람들이 어진 부형이 있는 것을 좋아하는 것이다.〔中也養不中, 才也養不才, 故人樂有賢父兄也.〕"라는 내용이 보인다.

239 맹자는……하였습니다 : 《맹자집주》〈이루 상(離婁上)〉 제18장에 공손추(公孫丑)가 "군자가 직접 자식을 가르치지 않는 것은 어째서입니까?〔君子之不敎子, 何也?〕"라고 묻자, 맹자가 "세가 행해지지 않기 때문이다. 가르치는 것은 반드시 올바름으로 하는데, 올바름으로써 가르쳐 행해지지 않으면 노함이 뒤따르고, 노함이 뒤따르면 도리어 자식의 마음을 상하게 된다. 자식이 생각하기를 '아버지께서 나를 올바름으로써 가르치시지만 아버지도 행실이 바름에서 나오지 못하신다.' 한다면 이는 부자간에 서로 의를 상하는 것이니, 부자간에 서로 의를 상하는 것은 나쁜 것이다. 옛날에는 자식을 바꾸어 가르쳤다. 부자간에는 선으로 책하지 않는 것이니, 선으로 책하면 정이 떨어지게 된다. 정이 떨어지면 불길함이 이보다 더 큼이 없는 것이다.〔勢不行也. 敎者必以正, 以正不行, 繼之以怒, 繼之以怒, 則反夷矣. 夫子敎我以正, 夫子未出於正也, 則是父子相夷也. 父子相夷則惡矣, 古者易子而敎之. 父子之間, 不責善, 責善則離, 離則不祥, 莫大焉.〕"라고 답한 내용이 보인다.

이것은 큰 요지가 그렇다고 말한 것이니, 아버지가 또한 어찌 스스로 가르쳐서는 안 되겠는가. 가르칠 때 또한 어찌 엄하게 하지 않을 수 있겠는가. 오직 은혜를 상하게 할지도 모른다는 경계를 늘 염두에 둘 뿐이네. 대체로 자신이 솔선하는 것으로 가르치는 것이 가장 좋네.

〔문 13〕 유공사(庾公斯)가 자탁유자(子濯孺子)를 죽이지 않은 일을 맹자가 취한 것은 단지 그 벗을 취하는 것이 올바라서일 뿐이었으니,[241] 정자(程子 정이(程頤))와 주자(朱子 주희(朱熹)) 등 여러 선생들은 모두 그 의(義)를 허여하지 않았습니다.[242] 그러나 불행히 나라의

---

240 스승의……이유이네 : 이와 관련하여 《맹자집주》〈이루 상〉제18장 주희(朱熹)의 주에 "자식을 바꾸어 가르치는 것은 부자간의 은혜를 온전히 하고 또한 가르침을 잃지 않게 하는 것이다.〔易子而教, 所以全父子之恩, 而亦不失其爲教.〕"라는 내용이 보인다.

241 유공사(庾公斯)가……뿐이었으니 : 춘추 시대 정(鄭)나라가 위(衛)나라를 침략했을 때 정나라의 장수 자탁유자(子濯孺子)는 위나라의 장수 유공사(庾公斯)에게 추격을 당하게 되었다. 자탁유자는 병이 나서 활을 잡을 수 없었기 때문에 죽을 상황이었으나, 추격해오는 자가 자신이 활쏘기를 가르친 윤공타(尹公他)의 제자인 유공사라는 말을 듣고 "저 윤공타란 자는 바른 사람이라 벗을 취할 때에도 반드시 올바르게 취했을 것이다.〔夫尹公之他, 端人也, 其取友必端矣.〕"라고 예상하였다. 과연 유공사는 자신이 배운 자탁유자의 기술로 자탁유자를 해칠 수 없다고 하여 살촉을 뺀 화살을 네 발 쏜 뒤 돌아갔다고 한다.《孟子集註 離婁下 第24章》《春秋左氏傳 襄公 14年》

242 정자(程子)와……않았습니다 : 이에 대해 주희(朱熹)는 "유공사(庾公斯)는 비록 사사로운 은혜를 온전히 하였으나 또한 공의를 폐하였으니,〈군주를 시해하고 찬탈한 이예(夷羿)나 역적의 무리인 방몽(逢蒙)과 함께〉그 일이 모두 논할 만한 것이 못 된다. 맹자는 단지 벗을 취한 것을 가지고 말했을 뿐이다.〔庾斯雖全私恩, 亦廢公義, 其事皆無足論者. 孟子蓋特以取友而言耳.〕"라고 하였으며, 정이(程頤)는 "자탁유자(子濯孺子)의 일에서 맹자는 단지 스승을 배신하지 않은 것을 취했던 것뿐이다. 만일 나라

존망을 만났는데 임금과 스승의 사이에 처하였다면 어떻게 처신해야 떳떳한 도를 잃지 않을 수 있겠습니까? 정 선생(程先生 정이(程頤))은 조모(趙某 조포(趙苞))가 어미를 버리고 성(城)을 온전히 보전한 것을 불효라고 하였습니다.[243] 분명한 가르침을 듣고 싶습니다.

의 안위가 여기에 달려 있다면 일거에 죽이는 것이 옳다. 내버려두어도 나라에 해가 없다면 경중을 저울질하는 것이 옳으니, 어찌 공연히 화살 네 발을 쏠 필요가 있겠는가.〔孺子事, 孟子只取其不背師耳. 若國之安危在此, 一擧則殺之可也. 舍之而無害於國, 權輕重可也, 何用虛發四矢哉?〕"라고 하여, 이 일에 대해 모두 비판적인 입장을 취하였다. 《孟子集註 離婁下 第24章 朱熹注, 大全本小注》

243 정 선생(程先生)은……하였습니다 : 후한의 장수인 조포(趙苞)에 관한 일화이다. 조포가 요서 태수(遼西太守)로 있을 때 선비족(鮮卑族)이 쳐들어와 조포의 어머니와 처자를 납치하여 인질로 삼고 협박을 하였다. 조포가 어머니에게 "예전에는 어머니의 아들이었으나 지금은 황제의 신하이니 의리상 사사로운 은혜를 돌아보아 충절을 훼손할 수 없습니다.〔昔爲母子, 今爲王臣, 義不得顧私恩毀忠節.〕"라고 하고서 선비족을 공격하여 대파하였다. 전투가 끝난 뒤 조포는 어머니와 처자의 시신을 수습하여 고향으로 돌아와 장례를 마치고는 "국록을 먹으면서 국난을 피하는 것은 불충이며 어머니를 죽여서 의를 온전히 하는 것은 불효이다. 이와 같이 하고서 무슨 면목으로 천하에 서겠는가.〔食祿而避難, 非忠也; 殺母以全義, 非孝也. 如是有何面目立於天下?〕"라고 하고서 피를 토하고 죽었다고 한다. 이에 대해 정이(程頤)는 "동한의 조포는 변방의 군수로 있을 때 적이 자신의 어머니를 붙잡아간 뒤에 성을 들고 항복할 것을 꾀자 대번에 싸워서 자신의 어머니를 죽게 만들었으니 잘못한 것이다. 군주의 성을 들어 항복함으로써 자신의 어머니를 살릴 것을 구하는 것은 참으로 안 되는 일이다. 그러나 또한 어머니를 살릴 방도를 찾아야 했을 것이다. 어떻게 대번에 싸운단 말인가. 부득이 그 자신만 항복하는 것도 괜찮았을 것이다.〔東漢趙苞爲邊郡守, 虜奪其母, 招以城降, 苞遽戰而殺其母, 非也. 以君城降而求生其母, 固不可. 然亦當求所以生母之方, 奈何遽戰乎? 不得已身降之, 可也.〕"라고 평가하였다. 《後漢書 卷111 獨行列傳 趙苞》《二程遺書 卷24 鄒德久本》

〔답〕 군자는 상도(常道)를 말하고 변괴(變怪)를 말하지 않는 법이
네.[244] 이런 일들은 비록 자신이 그런 처지를 당하여 정도(正道)와 권
도(權道)를 헤아려서 행하더라도 오히려 들어맞지 않을까 두렵거늘,
더구나 아무 일도 없이 말을 할 수 있겠는가. 조포(趙苞)가 지킨 성
은 한(漢)나라의 일개 변방 고을이었기 때문에 정자의 말이 이와 같
았던 것이네. 이런 부분은 털끝만큼이라도 잘못이 있으면 강상(綱常)
의 죄인이 되니 가볍게 논할 수 없네.

〔문 14〕 이 장에서 논한 사덕(四德)은 마치 예(禮)와 지(智)로 인
(仁)과 의(義)를 이루는 것 같습니다.[245] 그러나 어찌 말한 입장이

---

244 군자는……법이네 : 《논어집주》〈술이(述而)〉 제20장에 "공자는 괴이함과 용력
과 패란의 일과 귀신의 일을 말하지 않았다.〔子不語怪力亂神.〕"라는 내용이 보인다.
이에 대해 주희는 사량좌(謝良佐)의 말을 인용하여 "성인은 상도를 말하고 괴이한 일을
말하지 않으며, 덕을 말하고 힘을 말하지 않으며, 다스려짐을 말하고 패란의 일을 말하
지 않으며, 인간의 일을 말하고 귀신의 일을 말하지 않는다.〔聖人語常而不語怪, 語德而
不語力, 語治而不語亂, 語人而不語神.〕"라고 하였다.

245 이 장에서……같습니다 : '이 장'은 자세하지 않다. 다만 앞뒤의 질문 차례로 볼
때 《맹자집주》〈이루 하(離婁下)〉 제24장을 이르는 듯하다. 이와 관련하여 《춘추좌씨
전(春秋左氏傳)》 양공(襄公) 14년(기원전 559) 조에 "윤공타(尹公佗)는 유공차(庾公
差)에게 활쏘기를 배웠고, 유공차는 공손정(公孫丁)에게 활쏘기를 배웠다. 윤공타와
유공차가 위(衛)나라 헌공(獻公)을 추격할 때 공손정이 위나라 헌공의 수레를 몰았다.
자어(子魚, 유공차)가 '활을 쏘는 것은 스승을 배반하는 것이고 쏘지 않으면 죽임을
당하니 쏘는 것이 예에 맞을 것이다.'라고 하고서 두 마리 말의 멍에를 쏘아 맞히고
물러갔다.〔尹公佗學射於庾公差, 庾公差學射於公孫丁. 二子追公, 公孫丁御公. 子魚曰:
射爲背師, 不射爲戮, 射爲禮乎! 射兩軥而還.〕"라는 내용이 보인다. 125쪽 주241 및 주
242 참조.

각각 달라서가 아니겠습니까.

〔답〕 인(仁), 의(義), 예(禮), 지(智)는 통틀어서 하나로 보는 경우
가 있으니 바로 정자(程子 정이(程頤))가 이른바 '전체로 말한 인〔專言
之仁〕'이 이것이고,²⁴⁶ 나누어서 둘로 보는 경우가 있으니²⁴⁷《주역》에
서 이른바 "사람의 도를 세우는 것은 인과 의이다.〔立人之道曰仁與
義.〕"²⁴⁸와 이 장에서 논한 것이 이것이네. 또 나누어서 넷으로 보는
경우가 있으니《맹자》의 '인의 단서〔仁之端〕'나 '의의 단서〔義之端〕'²⁴⁹

---

246 정자(程子)가……이것이고 :《주역전의(周易傳義)》〈건괘(乾卦) 단전(彖傳)〉
에 "원(元), 형(亨), 이(利), 정(貞) 사덕 가운데 '원'은 오상의 '인'과 같으니, 부분으로
말하면 한 가지 일이고 전체로 말하면 네 가지를 모두 포함한다.〔四德之元, 猶五常之仁,
偏言則一事, 專言則包四者.〕"라는 정이(程頤)의 주가 보인다. '오상(五常)'은 인(仁),
의(義), 예(禮), 지(智), 신(信)을 이른다.

247 나누어서……있으니 : 인(仁)이 예(禮)를 포함하고 의(義)가 지(智)를 포함하는
것으로 보아 크게 인과 의, 둘로 보는 것을 이른다. 이와 관련하여《주자어류》에 "육경
중에 인을 전체로 말한 경우에는 사단을 포함하고, 인의를 말하고 예지를 말하지 않은
경우에는 인은 예를 포함하고 의는 지를 포함한 것이다.〔六經中專言仁者, 包四端也;
言仁義而不言禮智者, 仁包禮, 義包智.〕"라는 내용이 보인다.《朱子語類 卷6 性理3 仁義
禮智等名義》

248 주역에서……의(義)이다 :《주역전의》〈설괘전(說卦傳)〉제2장에 "하늘의 도를
세운 것은 음과 양이고, 땅의 도를 세운 것은 유와 강이고, 사람의 도를 세운 것은
인과 의이다.〔立天之道曰陰與陽, 立地之道曰柔與剛, 立人之道曰仁與義.〕"라는 내용이
보인다.

249 맹자의……단서 :《맹자집주》〈공손추 상(公孫丑上)〉제6장 제5절에 "측은히 여
기는 마음은 '인의 단서'이고, 자신의 불선(不善)을 부끄러워하고 남의 불선을 미워하는
마음은 '의의 단서'이고, 사양하고 양보하는 마음은 '예의 단서'이고, 선을 옳게 여기고
악을 그르게 여기는 마음은 '지의 단서'이다.〔惻隱之心, 仁之端也; 羞惡之心, 義之端也;

와 같은 유가 이것이네. 마치 태극과 음양과 오행의 설과 같으니, 각각 가리키는 바에 따라 찾으면 되네.

〔문 15〕 '지(智)' 자는 《논어》와 《맹자》에서 인(仁)과 지(智)를 상대적으로 말할 때 지(知)에 속한 경우가 많습니다. 그런데 여기에서는 일을 행하는 것으로 말하니[250] 무엇 때문입니까?

〔답〕 이미 지(智)의 본성이 있다면 곧 지(智)의 일이 있기 때문에 때로는 그 본성을 말하고 때로는 그 일을 말하는 것이니, 어찌 같을 필요가 있겠는가.

〔문 16〕 〈소반(小弁)〉의 원망은 부모를 원망한 것이 분명한데도 맹자는 순(舜)임금의 사모함을 인용하여 결론을 맺었습니다.[251] 그렇

辭讓之心, 禮之端也; 是非之心, 知之端也.〕"라는 내용이 보인다.

250 여기에서는……말하니 : 《맹자집주》〈이루 하(離婁下)〉 제26장 제2절에 "작은 지혜를 쓰는 자를 미워하는 까닭은 천착하기 때문이니, 만일 지혜로운 자가 우왕(禹王)이 물을 흘러가게 하듯이 지혜를 쓴다면 지혜를 미워할 까닭이 없을 것이다. 우왕이 물을 흘러가게 하신 것은 그 일삼아 함이 없는 바를 행하신 것이니, 만일 지혜로운 자가 일삼아 함이 없는 바를 행한다면 지혜가 또한 클 것이다.〔所惡於智者, 爲其鑿也, 如智者若禹之行水也, 則無惡於智矣. 禹之行水也, 行其所無事也, 如智者亦行其所無事, 則智亦大矣.〕"라는 내용이 보인다.

251 소반(小弁)의……맺었습니다 : 《맹자집주》〈고자 하(告子下)〉 제3장에 "〈소반〉의 원망은 어버이를 친애한 것이니, 어버이를 친애하는 것은 인이다.……공자는 '순임금은 아마도 지극한 효일 것이다. 50세가 되도록 사모하였다.'라고 하였다.〔小弁之怨, 親親也, 親親, 仁也.……孔子曰 : 舜其至孝矣! 五十而慕.〕"라는 맹자의 말이 보인다. 이

다면 앞뒤의 말은 마땅히 하나의 뜻이어야 할 것이니, 이른바 '부모를 원망한 것'은 바로 부모를 친애하는 인(仁)에서 나온 것이어서 그것이 효가 되는 데 문제가 없으며 그 설 역시 이치를 해치지도 않습니다. 그러나 주자(朱子 주희(朱熹))의 "자신이 부모에게 사랑을 얻지 못함을 원망한 것이다."라는 해석[252]은 순임금의 애달픈 지극한 정을 말한 것이니 만세(萬世)의 자식 된 자의 법이 될 만합니다. 그러나 맹자의 본래 뜻은 과연 어떤 것인지 알지 못하겠습니다.

〔답〕 〈소반〉의 원망과 순임금의 원망하고 사모함은 당연히 성인(聖人)과 범인(凡人)의 높고 낮은 차이가 있을 것이나, 주자가 〈소반〉에 대해 '애통하고 절박한 심정〔哀痛迫切之情〕'이라 말한 것[253]이 어찌 곧바로 부모를 원망한 것이라고 단언할 수 있겠는가. 그리고 그대는 이

에 대해 주희(朱熹)는 "순임금도 오히려 원망하고 사모했으니, 〈소반〉의 원망은 불효가 되지 않음을 말한 것이다.〔言舜猶怨慕, 小弁之怨, 不爲不孝也.〕"라고 해석하였다. '소반'은 《시경》 〈소아(小雅)〉의 한 편명이다.

252 주자(朱子)의……해석 : 《맹자집주》 〈만장 상(萬章上)〉 제1장 제1절에 "순임금이 밭에 가서 하늘에 부르짖으며 우셨으니, 어찌하여 부르짖으며 우신 것입니까?〔舜往于田, 號泣于旻天, 何爲其號泣也?〕"라는 만장의 물음에, 맹자가 "원망하고 사모하신 것이다.〔怨慕也.〕"라고 대답한 내용이 보인다. 이에 대해 주희는 "원모(怨慕)는 자신이 부모에게 사랑을 얻지 못함을 원망하고 사모한 것이다.〔怨慕, 怨己之不得其親而思慕也.〕"라고 해석하였다.

253 주자가……것 : 주희는 《시경》 〈소아 소반〉에 대해 "주나라 유왕이 신후를 얻어 태자 의구를 낳았는데, 또 포사를 얻어 백복을 낳자 신후를 축출하고 의구를 폐위하였다. 이에 의구의 사부가 의구를 위해 이 시를 지어서 그 애통하고 절박한 심정을 서술한 것이다.〔周幽王娶申后生太子宜臼, 又得襃姒生伯服, 而黜申后, 廢宜臼. 於是宜臼之傅爲作此詩, 以敍其哀痛迫切之情也.〕"라고 해석하였다. 《孟子集註 告子下 第3章 朱熹注》

미 주자의 '자신이 부모에게 사랑을 얻지 못함을 원망한 것'이라는 해석이 순임금의 마음을 안 것이어서 만세의 자식 된 자의 법이라고 말할 수 있다고 하고서 금방 다시 맹자의 본래 뜻이 무엇인지 알지 못하겠다고 의심하니, 이것은 바로 맹자는 순임금의 이 마음을 알지 못하였고, 주자는 또 맹자의 뜻을 알지 못하여 스스로 자신의 뜻으로 설을 지은 것이라고 말한 것이네.

그러나 그대의 속뜻을 가만히 살펴보면 실로 주자의 '자신이 부모에게 사랑을 얻지 못함을 원망한 것'이라는 해석을 의심하면서도 말로 하기 어려워 빙 돌려서 끼워 맞추어 말한 것이 이에 이른 것이네. 과연 이러하다면 어찌 대놓고 말하지 않고 애매모호하게 주저주저하는 이런 말을 한단 말인가. 성현을 존숭하고 믿는 것과 밝게 분변하고 자세히 묻는 두 가지 도[254]에 모두 잘못이 있는 것이니, 참으로 알 수 없는 일이네.

〔문 17〕 맹자는 백리해(百里奚)의 현명함과 지혜로움을 극구 칭찬하였습니다.[255] 관중(管仲)과 백리해는 모두 패자(霸者)를 도운 사람

---

254 밝게……도 : 《중용장구》 제20장 제18절에 "널리 배우며, 자세히 물으며, 신중히 생각하며, 밝게 분변하며, 독실하게 행하여야 한다.〔博學之, 審問之, 愼思之, 明辨之, 篤行之.〕"라는 내용이 보인다.

255 맹자는……칭찬하였습니다 : 《맹자집주》〈만장 상(萬章上)〉 제9장에 "백리해는 우나라 사람이니, 진(晉)나라 사람이 수극에서 생산된 구슬과 굴땅에서 생산된 네 필 명마를 가지고 우나라에 길을 빌려 괵나라를 정벌하려고 하자, 궁지기는 이것을 간하였고 백리해는 간하지 않았다. 백리해가 우나라 임금이 간할 수 없는 인물임을 알고 떠나 진(秦)나라로 가니, 이때 나이가 이미 70세였다. 일찍이 소를 먹여 진 목공에게 등용되기를 구하는 것이 더러운 일이 된다는 것을 몰랐다면 그를 지혜롭다 이를 수 있겠는가.

들인데, 맹자가 한 사람은 배척하고[256] 한 사람은 칭찬한 것은 무엇 때문입니까?

[답] 맹자가 백리해를 칭찬한 것은 단지 그가 우(虞)나라를 떠난 한 가지 일에만 근거한 것일 뿐이네. 전체를 논한다면 관중과 비교했을 때 어떠할지는 알지 못하겠네.

간할 수 없는 인물이기 때문에 간하지 않았으니 지혜롭지 않다고 이를 수 있겠는가. 우나라 임금이 장차 멸망할 줄을 알고 먼저 그곳을 떠났으니 지혜롭지 않다고 이를 수 없다. 당시에 진나라에 등용되어 목공이 더불어 도를 행할 만한 인물임을 알고 그를 도왔으니 지혜롭지 않다고 이를 수 있겠는가. 진나라를 도와 그 군주를 천하에 드러내어 후세에 전할 만하게 하였으니 현명하지 못하고서 이렇게 할 수 있겠는가.〔百里奚, 虞人也. 晉人以垂棘之璧, 與屈産之乘, 假道於虞以伐虢. 宮之奇諫, 百里奚不諫. 知虞公之不可諫而去之秦, 年已七十矣. 曾不知以食牛干秦穆公之爲汚也, 可謂智乎? 不可諫而不諫, 可謂不智乎? 知虞公之將亡而先去之, 不可謂不智也. 時擧於秦, 知穆公之可與有行也而相之, 可謂不智乎? 相秦而顯其君於天下, 可傳於後世, 不賢而能之乎?〕라고 맹자가 백리해에 대해 내린 평가가 보인다.

256 맹자가……배척하고 : 맹자가 관중을 배척한 것을 이른다. 《맹자집주》〈공손추상(公孫丑上)〉제1장에 〈어떤 사람이 증자의 손자인 증서(曾西)에게 '그렇다면 그대는 관중과 더불어 누가 더 어진가?'라고 하자, 증서가 낯빛이 변해 불쾌해하며 말하기를 '네 어찌 곧 나를 관중에 비하는가. 관중은 군주의 신임을 얻기를 그처럼 독차지하였고 국정을 시행하기를 그처럼 오래 하였는데도 공렬이 그처럼 낮다. 네 어찌 곧 나를 이 사람에게 비교하는가.' 하였다. 관중은 증서도 되기를 원하지 않는 사람인데, 그대가 나를 위해서 원한단 말인가.……제나라를 가지고 왕 노릇을 하는 것은 손바닥을 뒤집는 것처럼 쉬운 것이다.〔曰: 然則吾子與管仲孰賢? 曾西艴然不悅曰: 爾何曾比予於管仲? 管仲得君如彼其專也, 行乎國政如彼其久也, 功烈如彼其卑也, 爾何曾比予於是? 曰: 管仲, 曾西之所不爲也, 而子爲我願之乎?……以齊王由反手也.〕라는 맹자의 말이 보인다.

〔문 18〕 백리해(百里奚)가 우(虞)나라 임금이 간할 수 없는 인물임을 알고서 떠났으니 지혜롭지 않다고 이를 수 있겠습니까. 군자가 군주를 섬길 때 기미를 보고 떠나서 자신을 보전하는 것은 참으로 지혜롭다고 말할 수 있습니다. 그러나 나라가 위태로울 때를 당하여 아무 말도 하지 않고 나라가 망하는 것을 두렵게 보기만 하는 것은 '지극히 정성스럽고 간절한〔至誠惻怛〕' 뜻의 인(仁)257에 어김이 없을 수 있겠습니까. 저는 신하가 군주를 섬길 때 마땅히 궁지기(宮之奇)258를 정도로 삼아야 한다고 생각합니다.

〔답〕 '신하가 군주를 섬길 때 마땅히 궁지기를 정도로 삼아야 한다'는 것 역시 없어서는 안 될 논의이네. 그러나 공자가 "위태로운 나라에는 들어가지 않고 어지러운 나라에는 살지 않는다.〔危邦不入, 亂邦不居.〕"라고 한 뜻259으로 본다면 궁지기란 자가 일찌감치 스스로 물러나지 못한 것은 기미를 보는 밝음에 부끄러움이 있는 것이네. 비록 미처 떠나기 전에 그러한 일을 만났다 하더라도 또한 처한 위치에 따

---

257 지극히……인(仁) : 《논어집주》〈미자(微子)〉 제1장에 "은(殷)나라 주왕(紂王)의 서형(庶兄)인 미자는 〈간할 수 없음을 알고〉 떠났고, 숙부인 기자는 종이 되었고, 왕자인 비간은 간하다가 죽었다. 공자가 말하기를 '은나라에 세 인자가 있었다.' 하였다.〔微子去之, 箕子爲之奴, 比干諫而死. 孔子曰: 殷有三仁焉.〕"라는 내용이 보인다. 주희의 주에 "세 사람의 행동은 같지 않았으나 똑같이 지극히 정성스럽고 간절한 뜻에서 나왔다.〔三人之行不同, 而同出於至誠惻怛之意.〕"라고 하였다.

258 궁지기(宮之奇) : 우(虞)나라의 현신(賢臣)이다. 131쪽 주255 참조.

259 공자가……뜻 : 《논어집주》〈태백(泰伯)〉 제13장에 "위태로운 나라에는 들어가지 않고 어지러운 나라에는 살지 않으며, 천하에 도가 있으면 나타나고 도가 없으면 숨어야 한다.〔危邦不入, 亂邦不居, 天下有道則見, 無道則隱.〕"라는 내용이 보인다.

라 각각 그에 맞는 의(義)를 행해야 할 것이니 일괄적으로 논단할 수는 없네.

[문 19] 가난 때문에 하는 벼슬은 오직 도가 없는 세상에서 스스로 헤아려보았을 때 의(義)를 행할 수 없을 경우에만 가한 것입니다.[260] 그렇다면 도가 있는 나라에 살면서 훌륭한 일을 할 수 있는데도 높은 지위를 사양하고 낮은 자리에 처하는 것은 구차하게 봉록을 구하는 부끄러움이 없겠습니까? 비록 태평성세를 만났다 하더라도 나라를 다스리고 백성을 구제할 만한 경략이 없다면 분수에 맞추어 녹봉을 위해서만 하는 낮은 벼슬도 무방하지 않겠습니까?

[답] 도가 있는 세상에 살면서 가난 때문에 벼슬을 하는 것은, 이른바 "나라에 도가 있을 때에 가난하고 천한 것이 부끄러운 일이다.〔邦有道, 貧且賤焉, 恥也.〕"[261]에 해당하는 경우이네. 그러나 사람마다 제

---

260 가난……것입니다 : 《맹자집주》〈만장 하(萬章下)〉제5장에 "벼슬을 하는 것은 가난 때문은 아니지만 때로는 가난 때문에 하는 경우가 있으며, 아내를 얻는 것은 부모를 봉양하기 위해서가 아니지만 때로는 부모를 봉양하기 위해 얻는 경우가 있다. 가난 때문에 벼슬하는 경우에는 높은 자리를 사양하고 낮은 자리에 처하며, 녹봉이 많은 것을 사양하고 적은 데에 처해야 한다.〔仕非爲貧也, 而有時乎爲貧, 娶妻非爲養也, 而有時乎爲養. 爲貧者, 辭尊居卑, 辭富居貧.〕"라는 맹자의 말이 보인다. 주희의 주에 "벼슬을 하는 것은 본래 도를 행하기 위해서이나, 또한 집이 가난하고 부모가 연로하여 혹 도가 시대와 맞지 않은데도 단지 녹봉을 받기 위해서만 벼슬을 하는 경우가 있다.〔仕, 本爲行道, 而亦有家貧親老, 或道與時違, 而但爲祿仕者.〕"라고 하였다.
261 나라에……일이다 : 《논어집주》〈태백(泰伯)〉제13장에 "나라에 도가 있을 때에 가난하고 천한 것이 부끄러운 일이며, 나라에 도가 없을 때에 부유하고 귀한 것이 부끄

각기 분수와 국량이 있으니, 자신의 재능을 헤아려 직임을 맡아서 처한 위치에 따라 자신의 소임을 다하는 것 역시 어찌 의리를 해치는 데에까지 이르겠는가.

러운 일이다.〔邦有道, 貧且賤焉, 恥也; 邦無道, 富且貴焉, 恥也.〕"라는 공자의 말이 보인다.

유경여에게 답하다 14[262]

答俞擎汝

[문 1] 맹자의 '개와 소와 사람의 성[犬牛人之性]'의 '성(性)'은 고자 (告子)의 '타고난 본능을 말한다[生之謂]'는 구절을 받아서 말한 것 이니,[263] 타고난 기(氣)를 말한 것이 분명합니다. 근세의 호유(湖儒) 들은 《맹자》 7편이 모두 '성선(性善)'의 '성'을 말하였으니 유독 여기 에만 기(氣)가 섞여 있는 것은 이럴 리가 없다고 하여 한사코 사람과 동물의 성이 같지 않다는 증거로 삼고자 합니다.[264] 그러나 이 장의

---

262 유경여(俞擎汝)에게 답하다 14 : 이 편지는 《맹자집주(孟子集註)》의 구절에 대해 모두 9조목의 문답으로 이루어져 있다.

263 맹자의⋯⋯것이니 : 《맹자집주》〈고자 상(告子上)〉 제3장에 고자가 "타고난 본능을 성이라 한다.[生之謂性.]"라고 하자, 맹자가 "그렇다면 개의 성이 소의 성과 같으며, 소의 성이 사람의 성과 같은가?[然則犬之性, 猶牛之性; 牛之性, 猶人之性與?]"라고 반문한 내용이 보인다. 이에 대해 주희는 "성(性)은 사람이 하늘에서 얻은 리(理)이고 생(生)은 사람이 하늘에서 얻은 기(氣)이니, 성은 형이상의 것이고 기는 형이하의 것이다. 사람과 동물이 태어날 때 이 성을 가지고 있지 않은 것이 없고 또한 이 기를 가지고 있지 않은 것이 없다. 그러나 기로 말한다면 지각과 운동은 사람과 동물이 다르지 않은 듯하나, 리로 말한다면 인·의·예·지의 본성을 받음이 어찌 동물이 얻어 온전히 할 수 있는 것이겠는가.⋯⋯고자는 성이 리임을 알지 못하고 이른바 '기'라는 것을 가지고 성에 해당시켰다.[性者, 人之所得於天之理也; 生者, 人之所得於天之氣也. 性, 形而上者也; 氣, 形而下者也. 人物之生, 莫不有是性, 亦莫不有是氣. 然以氣言之, 則知覺運動, 人與物若不異也, 以理言之, 則仁義禮智之稟, 豈物之所得而全哉?⋯⋯告子不知性之爲理, 而以所謂氣者當之.]"라고 하여, 지각이나 운동과 같은 기는 사람과 동물이 같으나 인·의·예·지의 본성을 받은 것은 사람과 동물이 다르다고 해석하였다.

264 근세의⋯⋯합니다 : 예컨대 호론(湖論)의 영수인 한원진(韓元震, 1682~1751)

앞뒤 구절의 맥락은 모두 지각과 운동을 성으로 보고 있으니, 이것이
어찌 성의 근본이겠습니까. 그리고 구지어미장(口之於味章)의 '성야
(性也)'의 '성'[265]과 '인성(忍性)'[266]이라고 한 것이 어찌 본연의 성이겠

의 다음과 같은 설을 이른다. "우옹(尤翁 송시열)의 설을 가져다 보니 그 설에 이르기를
'맹자는 입만 열면 성선(性善)을 말하였으니 이것은 모두 본연(本然)을 말한 것이다.'라
고 하였다. '입만 열면'이라는 이 구절에서 이 장 또한 '입만 열면'이라는 구절 안에
포함되며 성선 외에 다른 설이 없음을 알 수 있다. 이 장은 바로 고자(告子)가 오류에
빠진 근본이며 맹자가 그 핵심을 열어 보여준 곳이다.……우옹의 설에서 그다음 단락에
이르기를 '개와 소의 성(性)은 또한 기질로 말한 것이다.'라고 하였다.……우옹의 뜻은,
맹자가 비록 기질을 말하지는 않았으나 개와 소와 사람의 다른 점을 말한 것은 또한
기질을 가지고 말한 것이라고 생각한 것이니, 이것은 《맹자》의 갖추어지지 않은 뜻을
뒤미쳐 보완한 것이지 개와 소와 사람의 성이 모두 본연이 아니라고 말한 것이 아니다.
'본연' 두 글자는 일원(一原)의 측면에서 말하는 경우가 있고 이체(異體)의 측면에서
말하는 경우가 있다. 일원의 측면에서 말하면 만물이 모두 태극을 구비하고 있으니
이것은 본연이지만, 만물이 각각 그 성을 하나씩 간직한 것은 기질이다. 이체의 측면에
서 말하면 개는 개와 같고 소는 소와 같고 사람은 사람과 같으니 이것은 본연이지만,
개와 개가 다르고 소와 소가 다르고 사람과 사람이 다른 것은 기질이다. 맹자가 성의
선함을 말한 것은 또한 단지 이체의 측면에서 말한 것뿐이다. 그러므로 사람에게 있어서
는 같지만 금수와 아울러 말하면 다르다.〔取見尤翁說, 其說曰: 孟子開口便說性善, 是
皆說本然. 開口二字, 便見此章亦在其中, 而性善之外, 無它說也. 此章乃是告子迷謬之根
本, 孟子開示之切要者.……尤翁說下段, 言犬牛之性亦以氣質言也.……尤翁之意, 以爲孟
子雖不言氣質, 其言犬牛人不同處, 亦以氣質言也. 蓋以追補孟子不備之意也, 非謂犬牛人
之性, 皆非本然也. 蓋本然二字, 有就一原上言者, 有就異體上言者. 以一原言之, 則萬物同
具太極, 是本然也, 而萬物各一其性者, 氣質也. 以異體言之, 則犬與犬同, 牛與牛同, 人與
人同, 是本然也, 而犬與犬不同, 牛與牛不同, 人與人不同者, 氣質也. 孟子之言性善, 亦只
就異體而言, 故在人則同, 而并禽獸而言則不同也.〕"《南塘集 卷32 題寒泉詩後》

265 구지어미장(口之於味章)의 성야(性也)의 성 :《맹자집주》〈진심 하(盡心下)〉
제24장 제1절에 "입이 좋은 맛에 있어서와 눈이 아름다운 색에 있어서와 귀가 아름다운
음악에 있어서와 코가 좋은 냄새에 있어서와 사지가 편안함에 있어서 본성이나, 여기에

습니까. 저는 사람과 동물이 생겨난 체(體)로 말하면 그 성이 다르지
만, 하늘이 사람과 동물을 낸 이치로 말하면 그 성이 같다고 생각합
니다. 어떻습니까?

〔답〕'개와 소와 사람의 성'의 뜻은 호중(湖中)의 의론 중에 논란거리
가 매우 많은데 지금 여기의 변석은 그다지 요령을 얻지 못하였네.
'사람과 동물이 생겨난 체(體)로 말하면 그 성이 다르지만, 하늘이 사
람과 동물을 낸 이치로 말하면 그 성이 같다.'고 한 것은, 하나는 사
람과 동물에 소속시키고 다른 하나는 하늘에 소속시켜 다른 것은 사
람과 동물에 달려 있고 같은 것은 하늘에 있으니, 이것은 곧 저 호중
의 설과 다름없는 것이네. 다시 자세히 살펴보는 것이 어떻겠는가.

〔문 2〕인(仁)은 사람의 마음이니,[267] 사람이 하늘에서 얻어 본래

는 명(命)이 있기 때문에 군자가 이것을 '성(性)'이라 이르지 않는다.〔口之於味也, 目之
於色也, 耳之於聲也, 鼻之於臭也, 四肢之於安佚也, 性也, 有命焉, 君子不謂性也.〕"라
는 내용이 보인다.
266 인성(忍性) : 성질을 참게 한다는 뜻이다. 《맹자집주》〈고자 하(告子下)〉제15
장 제2절에 "하늘이 장차 큰 임무를 이 사람에게 내리려 하실 때에는 반드시 먼저 그
심지를 괴롭게 하며 그 근골을 수고롭게 하며 그 몸을 굶주리게 하며 그 몸을 궁핍하게
하여 행함에 그 하는 바를 어지럽게 휘저으니, 이것은 마음을 분발시키고 성질을 참게
하여 그 능하지 못한 바를 증익해주고자 해서이다.〔天將降大任於是人也, 必先苦其心
志, 勞其筋骨, 餓其體膚, 空乏其身, 行拂亂其所爲, 所以動心忍性, 曾益其所不能.〕"라
는 내용이 보인다.
267 인(仁)은 사람의 마음이니 :《맹자집주》〈고자 상(告子上)〉제11장 제1절에 "인은
사람의 마음이며, 의는 사람의 길이다.〔仁, 人心也; 義, 人路也.〕"라는 내용이 보인다.

자신에게 가지고 있는 것입니다. 순(舜)임금이 말한 '도심(道心)'[268]
과 《대학》에서 말한 '명덕(明德)'[269]이 바로 이것입니다. 맛 좋은 음
식이나 아름다운 여색에 대한 욕망과 귀나 눈의 욕망과 같은 것이
바로 '인심(人心)'이라는 것이니, 이것을 가지고 마음에 선과 악이
있다고 말한다면 마음만 그런 것이 아니라 본성은 악하다고 말한다
해도 안 될 것이 없습니다. 저는 일찍이 맹자가 본성만 선하다고
말한 것이 아니라 마음도 선하다는 것을 겸하여 말했다고 생각합니
다. 어떨지 모르겠습니다.

〔답〕 도심은 참으로 선하나 인심이라고 해서 어찌 다 선하지 않겠는
가. 비록 인심이라 해도 그 근본은 또한 선하며 말류에 이르러서야
불선(不善)이 있을 뿐이니, 주자가 말한 "마음에는 선과 악이 있다.
〔心有善惡.〕"라는 것[270]은 필시 그 뜻이 있을 것이네. 호중의 설이 참

---

268 순(舜)임금이 말한 도심(道心) : 71쪽 주124 참조.

269 대학에서 말한 명덕(明德) :《대학장구》경(經) 1장에 "대인의 학문의 도는 밝은
덕을 밝히는 데 있으며, 백성을 새롭게 하는 데 있으며, 지극한 선에 그치는 데 있다.〔大
學之道, 在明明德, 在親〔新〕民, 在止於至善.〕"라는 내용이 보인다.

270 주자가……것 :《주자어류》에 "마음에는 선과 악이 있지만 성에는 선하지 않음이
없다. 그러나 기질지성을 논한다면 또한 선하지 않음이 있다.〔心有善惡, 性無不善.
若論氣質之性, 亦有不善.〕", "마음은 움직이는 물사(物事)이니 자연히 선과 악이 있다.
그리고 예를 들면 측은히 여기는 마음은 선이니, 어린아이가 우물에 들어가는 것을
보고도 측은히 여기는 마음이 없으면 바로 악인 것이다. 선에서 떠나면 바로 악이지만
마음의 본체는 일찍이 선하지 않은 적이 없으니, 또 악은 전혀 마음이 아니라고 말해서
도 안 된다.〔心是動底物事, 自然有善惡. 且如惻隱是善也. 見孺子入井而無惻隱之心, 便
是惡矣. 離著善, 便是惡, 然心之本體未嘗不善, 又却不可說惡全不是心.〕" 등의 내용이

으로 의심스러운데, 지금 인심과 도심으로 나누어 소속시키니 더욱
잘못이네.

〔문 3〕 주자(朱子 주희(朱熹))가 말하기를 "호연지기에 대해 부귀와
빈천과 위무로도 지조를 옮기지 못한다는 등의 말들은 모두 저급하
여 호연지기를 설명하기에 부족하다.〔浩然之氣, 富貴、貧賤、威武不
移之類, 皆低不足語.〕"라고 하였는데,[271] 이것은 무슨 말입니까? 선
유(先儒) 중에는 기록이 잘못되었다고 의심하는 사람도 있는데, 옳
은 말인지 모르겠습니다.

〔답〕 부귀와 빈천과 위무로도 지조를 옮겨놓거나 굽히게 하지 못하
는 것은 참으로 넓은 집에 거처하며 큰길을 가는 자에게 이런 기상이
있으나,[272] 이것이 반드시 궁극의 공효가 되는 것은 아니네. 뿐만 아

보인다. 《朱子語類 卷5 性理二性情心意等名義》

271 주자(朱子)가……하였는데 : 《주자어류》에 "호연지기는 청명함으로 말하기에는
부족하다. '호연'이라고 말하자마자 곧 넓고 크고 광대하고 굳세고 용감한 뜻이 있어
마치 양자강과 황하가 도도히 흘러오는 것과 같으니, 부귀와 빈천과 위무로도 지조를
옮겨놓거나 굽히게 하지 못한다고 하는 등의 말들은 모두 저급하여 호연지기를 설명할
수 없다.〔浩然之氣, 淸明不足以言之. 才說浩然, 便有箇廣大剛果意思, 如長江大河浩浩
而來也. 富貴、貧賤、威武不能移屈之類, 皆低不可以語此.〕"라는 내용이 보인다. 《朱子
語類 卷52 孟子2 公孫丑上 問夫子加齊之卿相章》

272 부귀와……있으나 : 《맹자집주》〈등문공 하(滕文公下)〉 제2장 제3절에 "천하의
넓은 집에 거처하며, 천하의 바른 자리에 서며, 천하의 큰길을 가서, 뜻을 얻으면 백성과
함께 도를 행하고 뜻을 얻지 못하면 홀로 그 도를 행하여, 부귀가 마음을 방탕하게
하지 못하며, 빈천이 절개를 옮겨놓지 못하며, 위세가 지조를 굽히게 할 수 없는 이런

니라 이 세 가지에 대해 단지 스스로의 지조를 지키는 것뿐인 듯하니, 호연지기에서 곧 넓고 크고 굳세고 용감한 뜻이 있음을 볼 수 있는 것만 못하네. 이것이 바로 하나는 높고 하나는 저급한 이유일 것이네. 기록이 잘못되었다고 한 것은 누가 한 말인지는 모르겠지만 반드시 옳다고는 확신하지 못하겠네.

〔문 4〕 지난번 가르침에 "혈기는 호연지기라고 말해서는 안 된다.〔血氣不可以語浩氣.〕"라고 하신 것은 《주자어류(朱子語類)》의 설들과 어긋납니다.[273] 그리고 기(氣) 또한 두 가지 근본이 없으니 명쾌한 가르침을 듣고 싶습니다.

사람을 대장부라 이른다.〔居天下之廣居, 立天下之正位, 行天下之大道, 得志, 與民由之, 不得志, 獨行其道, 富貴不能淫, 貧賤不能移, 威武不能屈, 此之謂大丈夫.〕"라는 내용이 보인다. 주희의 주에 따르면 '넓은 집'은 인(仁)을, '바른 자리'는 예(禮)를, '큰길'은 의(義)를 이른다.

273 주자어류(朱子語類)의 설들과 어긋납니다 : 《주자어류》에 "기는 단지 하나의 기일 뿐이다. 다만 의리에서 나온 것은 바로 호연지기이고, 피와 살로 이루어진 몸에서 나온 것은 혈기지기일 뿐이다.〔氣, 只是一箇氣, 但從義理中出來者, 卽浩然之氣; 從血肉身中出來者, 爲血氣之氣耳.〕", "단지 하나의 기일 뿐이다. 의리가 그 속에 붙으면 호연지기가 되지만, 의리에서 나오지 않는다면 단지 혈기일 뿐이다.〔只是一氣. 義理附于其中, 則爲浩然之氣. 若不由義而發, 則只是血氣.〕", "호연지기는 단지 이 혈기지기일 뿐이니 두 개의 기로 나누어 보아서는 안 된다. 사람이 말하고 움직일 때 한 몸 안에 가득 찬 것이 바로 이 기이다. 다만 의리를 축적하여 가득 채워서 우러러보아도 부끄럽지 않고 굽어보아도 부끄럽지 않게 되면 이 기가 바로 호연할 수 있는 것이다.〔浩然之氣, 只是這血氣之氣, 不可分作兩氣. 人之言語動作, 所以充滿於一身之中者, 卽是此氣. 只集義積累到充盛處, 仰不傀, 俯不怍, 這氣便能浩然.〕" 등의 설이 보이는데, 아마도 이런 설들을 가리켜 말한 듯하다. 《朱子語類 卷52 孟子2 公孫丑上 問夫子加齊之卿相章》

〔답〕 내가 혈기와 호연지기가 다르다고 논한 것이 《주자어류》의 어떤 설과 어긋나는가? 지적하여 알려주시기를 바라네.

〔문 5〕 고자(告子)의 부동심(不動心)은 '무지몽매하고 고집스러웠으니〔冥然悍然〕',[274] 북궁유(北宮黝)와 맹시사(孟施舍)의 '이기기를 기필하고〔必勝〕' '두려움이 없는 것〔無懼〕'[275]과 얼마나 차이가 납니까? 아니면 그래도 고자가 북궁유와 맹시사보다 낫습니까?

〔답〕 고자의 부동심은 그의 '말에서 얻지 못하면〔不得於言〕' 등의 언급을 보면 그래도 얼추 의리가 있는 듯하니,[276] 북궁유와 맹시사가 오로지 혈기만 믿은 것과는 참으로 다름이 있네.

〔문 6〕 선유(先儒)는 '말을 아는 것〔知言〕'을 '앎이 지극해지는 것〔知至〕'으로 보고, '호연지기를 기르는 것〔養氣〕'을 '뜻을 성실히 하는

---

274 고자(告子)의……고집스러웠으니 : 《맹자집주》〈공손추 상(公孫丑上)〉제2장 제11절 주희(朱熹)의 주에 "고자의 학문은 맹자와 정반대였으니, 그의 부동심은 거의 또한 무지몽매하여 깨달음이 없고 고집스러워서 돌아보지 않았을 뿐이다.〔告子之學, 與此正相反, 其不動心, 殆亦冥然無覺, 悍然不顧而已爾.〕"라는 내용이 보인다.

275 북궁유(北宮黝)와……것 : 북궁유와 맹시사(孟施舍)의 부동심에 대해, 《맹자집주》〈공손추 상(公孫丑上)〉제2장 제4절과 제5절 주희의 주에 각각 "북궁유는 아마도 자객의 부류로, 이기기를 기필하는 것을 위주로 하여 마음을 동요하지 않은 자일 것이다.〔黝蓋刺客之流, 以必勝爲主而不動心者也.〕", "맹시사는 아마도 힘써 싸우는 용사로, 두려움이 없음을 위주로 하여 마음을 동요하지 않은 자일 것이다.〔舍蓋力戰之士, 以無懼爲主而不動心者也.〕"라고 말한 것을 이른다.

276 고자의……듯하니 : 115쪽 주217 참조.

것[誠意]'으로 보았는데, 주자(朱子 주희(朱熹))가 이 뜻을 취하였습니다.277 그렇다면 '정밀하게 살피고 한결같이 지키는 것[精一]'278과 '사욕을 이기고 예(禮)에 돌아가는 것[克復]'279을 호연지기를 기르는 생생한 모습으로 여기는 것은 이치가 없지 않을 것입니다.

〔답〕 뜻을 성실히 한다면 호연지기를 기를 수는 있지만 '뜻을 성실히 하는 것'과 '호연지기를 기르는 것'은 모습이 이미 다른 것이네. 또 더구나 '정밀하게 살피고 한결같이 지키는 것'과 사욕을 이기고 예에 돌아가는 것'이 어찌 '뜻을 성실히 하는 것'을 말한 것이겠는가. 지금 '호연지기를 기르는 것을 통해 뜻을 성실히 한다고 여기고, 뜻을 성실히 하는 것을 통해 정밀하게 살피고 한결같이 지키며 사욕을 이기고 예에 돌아간다고 여겨서, 갈수록 더욱 심하게 끌어다 비유하여 마침내는 '호연지기를 기르는 것'이 '정밀하게 살피고 한결같이 지키며 사욕을 이기고 예에 돌아가는' 생생한 모습이라고까지 말하니, 맞는 말인지 알지 못하겠네.

〔문 7〕 호연지기를 기르는 것은 비록 '기'라고는 하지만, 반드시 '마

---

277 선유(先儒)는……취하였습니다 : 《주자어류》에 "호문정이 말하기를 '말을 아는 것은 앎이 지극한 것이고, 기를 기르는 것은 뜻을 성실히 하는 것이다.'라고 하였는데, 또한 참으로 설명을 잘하였다.〔胡文定說: 知言, 知至也; 養氣, 誠意也. 亦自說得好.〕"라는 내용이 보인다. '호문정(胡文定)'은 북송의 경학자인 호안국(胡安國, 1074~1138)의 시호이다. 《朱子語類 卷52 孟子2 公孫丑上 問夫子加齊之卿相章》

278 정밀하게……것 : 71쪽 주124 참조.

279 사욕을……것 : 118쪽 주225 참조.

음을 바르게 하고 뜻을 성실히 하여[正心誠意]' '마음이 넓어지고 몸이 펴지며 굽어보거나 올려보아도 부끄러움이 없게 된[心廣體胖, 俯仰無愧]' 뒤에야 이 호연지기가 마침내 생겨날 뿐입니다.[280] 그러므로 이 장 안에서는 비록 '의지를 잡아 지킨다[持志]'는 말을 더 이상 언급하지 않았지만[281] '정직함으로 기른다[以直養]'[282]고 하고, '마음에 만족하지 않게 여긴다[不慊於心]'[283]고 하고, '잊지도 말고

---

280 반드시……뿐입니다 : 《맹자집주》〈진심 상(盡心上)〉제20장 제3절에 "위로는 하늘에 부끄럽지 않으며 아래로는 인간에게 부끄럽지 않은 것이 두 번째 즐거움이다.〔仰不愧於天, 俯不怍於人, 二樂也.〕"라는 내용이 보이는데, 주희의 주에 "정자가 말하기를 '사람이 능히 자기의 사욕을 이기면 우러러도 부끄럽지 않고 굽어보아도 부끄럽지 않아서 마음이 태연하고 몸이 펴지니 그 즐거움을 알 만하다.'라고 하였다.〔程子曰: 人能克己, 則仰不愧, 俯不怍, 心廣體胖, 其樂可知.〕"라고 하였다. 또한 《대학장구》전(傳) 6장에 "부는 집을 윤택하게 하고 덕은 몸을 윤택하게 하니, 덕이 있으면 마음이 넓어지고 몸이 펴진다. 그러므로 군자는 반드시 그 뜻을 성실히 하는 것이다.〔富潤屋, 德潤身, 心廣體胖, 故君子必誠其意.〕"라는 내용이 보인다.

281 이 장……않았지만 : 《맹자집주》〈공손추 상(公孫丑上)〉제2장 제9절에 "의지는 기의 장수이고 기는 몸에 가득 차 있는 것이니, 의지가 가장 높고 기가 그다음이다. 그러므로 말하기를 '그 의지를 잘 잡고도 또 그 기를 포악하게 하지 말라'고 한 것이다.〔夫志, 氣之帥也; 氣, 體之充也. 夫志至焉, 氣次焉, 故曰: 持其志, 無暴其氣.〕"라는 내용이 보인다. 제2장 제12절부터 제16절까지 맹자의 호연지기에 대한 설명이 이어지고 있으나 '지지(持志)'라는 말은 더 이상 보이지 않는다.

282 정직함으로 기른다 : 《맹자집주》〈공손추 상〉제2장 제13절에 "그 기는 지극히 크고 지극히 강하니, 정직함으로 잘 기르고 해침이 없으면 이 호연지기가 천지 사이에 꽉 차게 된다.〔其爲氣也, 至大至剛, 以直養而無害, 則塞于天地之間.〕"라는 내용이 보인다.

283 마음에……여긴다 : 《맹자집주》〈공손추 상〉제2장 제15절에 "이 호연지기는 의리를 축적하여 생겨나는 것이어서 하루아침에 갑자기 엄습하여 취해지는 것이 아니니, 행할 때 마음에 만족하게 여기지 않는 바가 있으면 몸이 굶주리게 된다.〔是集義所生者,

조장하지도 말라[勿忘助長]'[284]고 하여 은연중 '심(心)' 자 측면에서 말해나간 것입니다.

〔답〕 '의지를 잡아 지킨다[持志]'는 것은 단지 '잡아 지킨다[持守]'나 '잡아 기른다[持養]'는 말일 뿐 '의리를 축적하는[集義]'[285] 공부와는 다른 것이네. 지금 그대가 인용한 '정직함으로 기른다', '마음에 만족하게 여긴다', '잊지도 말고 조장하지도 말라' 등의 구절은 내가 보기에는 모두 의리를 축적하는 일인데도 반드시 '의지를 잡아 지키는 것'으로 보고 있으니, 무엇 때문인가? 이른바 '은연중 「심」 자 측면에서 말해나갔다'는 것은 더욱 알 수가 없네. 그렇다면 이른바 '호연지기를 기른다[養氣]'는 것은 단지 하나의 '기(氣)' 자만 지키는 것일 뿐 그 마음에는 종사하는 바가 없다는 말인가?

〔문 8〕 맹자는 제(齊)나라 왕의 부름에 가지 않고 다음 날 조문하러 갔는데,[286] 만일 조문하러 가기 전에 제나라 왕이 병문안 보낸 사람과 의원이 먼저 왔다면 맹자의 대답은 어떠했겠습니까?

非義襲而取之也, 行有不慊於心則餒矣.〕"라는 내용이 보인다.

284 잊지도……말라 : 《맹자집주》〈공손추 상(公孫丑上)〉 제2장 제16절에 "반드시 호연지기를 기르는 데에 종사하되 효과를 미리 기대하지 말아서 마음에 잊지도 말며 억지로 조장하지도 말라.〔必有事焉而勿正, 心勿忘, 勿助長也.〕"라는 내용이 보인다.

285 의리를 축적하는 : 114쪽 주216 참조.

286 맹자는……갔는데 : 관련 내용이 《맹자집주》〈공손추 하(公孫丑下)〉 제2장 제3절에 보인다.

〔답〕 맹자가 조문하러 가기 전에 병문안 보낸 사람과 의원이 먼저 왔다면 맹자는 아마도 제나라 왕의 부름에 가지 않은 본뜻을 곧바로 일러주었을 것이니, 경추(景丑)와의 문답을 보면 알 수 있네.[287]

〔문 9〕 세대인즉묘지장(說大人則藐之章)에 대해 구산(龜山 양시(楊時))은 "자신의 장점으로 남의 단점을 비교하였다.[以己長, 方人之短.]"라고 하였으니, 맹자를 부족하게 여기는 뜻이 있습니다.[288] 그

---

287 맹자가……있네 : '경추(景丑)'는 제(齊)나라의 대부이다. '제나라 왕의 부름에 가지 않은 본뜻'은 《맹자집주》〈공손추 하(公孫丑下)〉 제2장 제6절에 "증자가 말하기를 '진나라와 초나라의 부유함은 내 미칠 수 없지만, 저들이 그 부를 가지고 나를 대하면 나는 내 인을 가지고 대하며, 저들이 그 관작을 가지고 대하면 나는 내 의를 가지고 대할 것이니, 내 어찌 부족할 것이 있겠는가.' 하였으니, 증자가 어찌 의롭지 못한 것을 말하였겠는가. 이것도 혹 한 방법일 것이다. 천하에 누구나 높이는 것이 세 가지 있으니, 관작이 하나이고, 연치가 하나이고, 덕이 하나이다. 조정에는 관작만한 것이 없고, 향당에는 연치만한 것이 없고, 세상을 돕고 백성을 기르는 데는 덕만한 것이 없으니, 어찌 이 중에 한 가지를 소유하고서 둘을 가진 사람을 만홀히 할 수 있겠는가.[曾子曰: 晉楚之富, 不可及也, 彼以其富, 我以吾仁, 彼以其爵, 我以吾義, 吾何慊乎哉? 夫豈不義, 而曾子言之? 是或一道也. 天下有達尊三, 爵一, 齒一, 德一. 朝廷莫如爵, 鄉黨莫如齒, 輔世長民莫如德, 惡得有其一, 以慢其二哉?]"라는 내용이 보이는데, 이를 말하는 듯하다. 이 구절 앞에 제나라 왕이 맹자에게 사람을 보내 자신은 감기가 들어 바람을 쐴 수 없으니 맹자에게 찾아와달라고 하자, 맹자는 자신도 병이 났다고 하여 이를 거절하고 다음 날 고의로 다른 사람의 상사(喪事)에 조문 갔다는 내용이 보인다.

288 세대인즉묘지장(說大人則藐之章)에……있습니다 : 《맹자집주》〈진심 하(盡心下)〉 제34장에 "대인을 설득할 때에는 하찮게 여겨서 그의 드높음을 보지 말아야 한다. 당의 높이가 몇 길 되는 것과 서까래 머리가 몇 자 되는 집을 나는 뜻을 얻더라도 하지 않으며, 좋은 음식이 밥상 앞에 한 길이 진열됨과 시첩이 수백 명인 것을 나는 뜻을 얻더라도 하지 않으며, 즐기고 술을 마심과 말을 달리며 사냥함과 뒤따르는 수레가 천 대인 것을 나는 뜻을 얻더라도 하지 않을 것이다. 저에게 있는 것은 모두 내가 하지

러나 증자(曾子)의 "저들이 그 부를 가지고 나를 대하면 나는 내 인을
가지고 대한다.〔彼以其富, 我以吾仁.〕"라는 설[289]은 맹자의 이 장의
말과 같은 틀에서 나온 듯 똑같습니다. 저는 이 때문에 학문이 아직
성인(聖人)의 경지에 이르지 못했으면 맹자가 이 말을 할 때의 마음
을 늘 간직해야 하등의 인물이 되는 것을 면할 것이라고 생각합니다.

〔답〕 맹자를 배우고자 한다면 먼저 그 세 가지 '하지 않는〔不爲〕'
곳[290]에서부터 배워나가면 자연히 그 기가 굳세고 커져서 그 숭고하
고 부귀함[291]에 압도되지 않게 될 것이네. 그렇게 하지는 않고 공연히

않는 것이고 나에게 있는 것은 모두 옛 법이니, 내 어찌 저들을 두려워하겠는가.〔說大人
則藐之, 勿視其巍巍然. 堂高數仞, 榱題數尺, 我得志, 弗爲也；食前方丈, 侍妾數百人,
我得志, 弗爲也；般樂飮酒, 驅騁田獵, 後車千乘, 我得志, 弗爲也. 在彼者, 皆我所不爲
也；在我者, 皆古之制也, 吾何畏彼哉?〕"라는 내용이 보인다. '대인(大人)'은 주희의 주
에 따르면 당시의 존귀한 자를 이른다. 이에 대해 북송의 성리학자 양시(楊時,
1053~1135)는 "《맹자》의 이 장은 자기의 장점으로 남의 단점을 비교한 것이니, 맹자는
아직도 이러한 기상이 있었다. 공자에게는 이러한 것이 없다.〔孟子此章, 以己之長, 方人
之短, 猶有此等氣象, 在孔子則無此矣.〕"라고 하였다. '구산(龜山)'은 양시의 호이다.

289 증자(曾子)의……설 : 146쪽 주287 참조.

290 세……곳 : 146쪽 주288 참조.

291 그 숭고하고 부귀함 : 군주를 이른다. 《맹자집주》〈공손추 하(公孫丑下)〉 제2장
제10절 주희의 주에 "이 장에서는 빈사(賓師)가 급히 달려가 군주의 명을 받들어 순종하
는 것을 공손함으로 삼지 않고, 어려운 것을 요구하고 선한 말을 개진하는 것을 공경으
로 여기며, 군주는 숭고하고 부귀한 것을 중하게 여기지 않고, 덕을 귀히 여기고 선비를
높이는 것을 어질게 여긴다면 상하가 서로 통하여 덕업이 이루어질 수 있음을 볼 수
있다.〔此章見賓師不以趨走承順爲恭, 而以責難陳善爲敬, 人君不以崇高富貴爲重, 而以
貴德尊士爲賢, 則上下交而德業成矣.〕"라는 내용이 보인다.

대인(大人)을 하찮게 보고자 할 따름이라면 망녕된 사람이 되지 않을
자가 드물 것이네.

유경여에게 답하다 15[292]

答兪擎汝

[문] 사람들이 맹자가 나온 뒤로 어느 누군들 본성이 선하다는 것을 알지 못하겠습니까. 그리고 주자가 나온 뒤로 어느 누가 감히 본성의 악함을 말하겠습니까. 그러나 한갓 앞사람들의 말만 그대로 답습할 뿐 그렇게 된 이유는 궁구하지 않으니, 이것이 바로 백성들이 날마다 쓰면서도 알지 못하는 것이며[293] 도가 밝혀지지 않은 이유입니다.[294] 사단(四端)[295]의 선함을 보면 본성의 선함이 본래 그러하다는 것을 미루어 알 수 있습니다. 그러나 사단에는 또한 선하지 않은 것도 있으

---

292 유경여(兪擎汝)에게 답하다 15 : 이 편지는 《맹자집주(孟子集註)》에 보이는 성(性)과 사단(四端)에 대해 주희(朱熹)가, 본성은 선하지만 사단에는 선하지 않은 것도 있다고 주장한 이유를 자세히 논하고 있다.

293 백성들이……것이며 : 《주역전의(周易傳義)》〈계사전 상(繫辭傳上)〉제5장에 "어진 자는 이를 보고 인(仁)이라 이르고 지혜로운 자는 이를 보고 지(知)라 이르며 백성들은 날마다 쓰면서도 알지 못한다. 그러므로 군자의 도가 드문 것이다.〔仁者見之, 謂之仁; 知者見之, 謂之知; 百姓日用而不知, 故君子之道鮮矣.〕"라는 내용이 보인다.

294 도가……이유입니다 : 《주자어류》에 "지혜로운 자는 자신의 견해가 높음을 믿어서 도를 행할 만한 것이 못 된다고 여기니 이것이 바로 도가 행해지지 않은 이유이며, 어진 자는 자신의 행실이 뛰어남을 믿어서 도를 알 만한 것이 못 된다고 여기니 이것이 바로 도가 밝혀지지 않은 이유이다.〔知者恃其見之高, 而以道爲不足行, 此道所以不行; 賢者恃其行之過, 而以道爲不足知, 此道之所以不明.〕"라는 내용이 보인다. 《朱子語類 卷63 中庸 第4章》

295 사단(四端) : 인(仁), 의(義), 예(禮), 지(智)의 단서를 이른다. 128쪽 주249 참조.

니.[296] -이것 역시 주자의 말이다.- 이것은 어디에 근본을 둔 것입니까?

〔답〕 그대가 말한 성설(性說)은, 나의 견해가 이미 진실 되기 어려울 뿐 아니라 말로 하는 것 역시 어그러지기 쉬우니 선뜻 경솔하게 대답하지 못하겠네. 지금 그대의 독촉을 받았으니 얼추 그 대략을 들어보겠네.

성(性)은 비록 기(氣)를 떠나 홀로 설 수는 없지만 기는 성이 아니며 리(理)가 바로 성이니, 리에 어찌 선하지 않음이 있겠는가. 비록 그 발로되는 곳을 가지고 말한다 하더라도 리와 기의 구분이 있으니, 무릇 정(情)에 불선(不善)이 있는 것은 모두 기가 한 것이네. 무엇으로 그러

---

296 사단에는……있으니 : 《주자어류》에 "이 리(理)는 단지 선할 뿐이다. 이미 '이' 리라고 하면 어찌 악할 수 있겠는가. 그러나 이른바 '악하다'는 것은 기(氣)이다. 맹자의 논의는 모두 본성이 선하다고 말하고, 선하지 않은 경우도 있는 것에 대해서는 인욕에 빠져서라고 말하고 있다. 이것은 단지 애초에는 선하지 않음이 없으나 뒤에 와서야 비로소 선하지 않음이 있게 된 것이라고 말한 것이다.〔此理却只是善. 旣是此理, 如何得惡? 所謂惡者, 却是氣也. 孟子之論, 盡是說性善. 至有不善, 說是陷溺, 是說其初無不善, 後來方有不善耳.〕", "본성은 선하지 않음이 없다. 마음이 발한 것이 정(情)인데, 정은 혹 선하지 않은 경우도 있으니, 선하지 않은 것은 마음이 아니라고 말하는 것 역시 안 된다. 그러나 마음의 본체는 본래 선하지 않음이 없으니, 흘러서 선하지 않게 된 것은 정이 외물에 옮겨져서 그렇게 된 것이다. 본성은 리의 총칭이며, 인ㆍ의ㆍ예ㆍ지는 모두 본성 중의 한 리의 이름이다. 측은지심(惻隱之心), 수오지심(羞惡之心), 사양지심(辭讓之心), 시비지심(是非之心)은 정이 발로된 이름이니, 이것은 정이 본성에서 나와 선한 것이다.〔性無不善. 心所發爲情, 或有不善. 說不善非是心, 亦不得. 却是心之本體本無不善, 其流爲不善者, 情之遷於物而然也. 性是理之總名, 仁、義、禮、智皆性中一理之名. 惻隱、羞惡、辭遜、是非是情之所發之名, 此情之出於性而善者也.〕" 등의 말이 보인다. 《朱子語類 卷4 性理1 人物之性氣質之性, 卷5 性理2 性情心意等名義》

하다는 것을 밝히겠는가? 오직 눈이 있기 때문에 아름다운 여색에 대한 욕망이 나오는 것이며, 귀가 있기 때문에 좋은 음악에 대한 욕망이 나오는 것이며, 입과 코가 있기 때문에 좋은 냄새와 좋은 맛에 대한 욕망이 나오는 것이니, 이것은 기가 한 것이 아니고 무엇이겠는가. 측은지심(惻隱之心), 수오지심(羞惡之心), 사양지심(辭讓之心), 시비지심(是非之心)의 순수한 마음은 과연 어디에 근본을 두고 나오는 것이겠는가? 이것이 어찌 리의 본연의 모습이 아니겠는가. 이것으로 성이 과연 선하다는 것을 아는 것이네. 이와 같이 분석해나간다면 큰 요지는 이미 밝혀진 것이네.

또다시 그 가운데에 나아가 세분하면 기가 발한 것에 혹 선한 것도 있는데, 이것이 이른바 "도심에게서 명을 듣는다.〔聽命於道心.〕"[297]라는 것이네. 사단(四端)을 행할 때에도 지나치거나 모자라는 차이가 있으니, 이것은 기에 가려져서 그렇게 된 것뿐이네. ―보내온 편지에서

---

297 도심에게서 명을 듣는다 : 《서경집전》〈우서(虞書) 대우모(大禹謨)〉제15장 채침(蔡沈)의 주에 "마음은 사람의 지각이니, 안에서 주장하여 밖에 응하는 것이다. 형기(形氣)에서 나온 것을 가리켜 말하면 인심이라 이르고, 의리에서 나온 것을 가리켜 말하면 도심이라 이른다. 인심은 사사롭기는 쉽고 공정하기는 어려우므로 위태롭다 한 것이며, 도심은 밝히기는 어렵고 어두워지기는 쉬우므로 은미하다 한 것이다. 오직 정밀하게 살펴서 형기의 사사로움에 섞이지 않게 하고 한결같이 지켜서 의리의 바름을 순수하게 하여, 도심이 항상 주체가 되고 인심이 명령을 따르면 위태로운 인심이 안정되고 은미한 도심이 드러나서, 움직이고 고요히 있고 말하고 행하는 것이 저절로 지나치거나 모자라는 잘못이 없어서 진실로 그 중도를 잡게 될 것이다.〔心者, 人之知覺, 主於中而應於外者也. 指其發於形氣者而言, 則謂之人心; 指其發於義理者而言, 則謂之道心. 人心, 易私而難公, 故危; 道心, 難明而易昧, 故微. 惟能精以察之, 而不雜形氣之私, 一以守之, 而純乎義理之正, 道心常爲之主, 而人心聽命焉, 則危者安, 微者著, 動靜云爲, 自無過不及之差, 而信能執其中矣.〕"라는 내용이 보인다. 관련 경문은 71쪽 주124 참조.

"주자가 사단에도 선하지 않은 것이 있다고 하였다."라고 한 것은 그 뜻이 또한 응당 이와 같을 것이네. 그러나 만일 사단에 본래 선하지 않은 것이 있다고 말한다면 이것은 크게 안 될 말이네.- 배우는 자는 이에 대해 세밀하게 살피고 분명하게 변석하여 그 '사욕을 이기고 예에 돌아가는〔克己復禮〕' 공부를 행해야 할 것이네. 그렇지 않고 다만 방촌(方寸 마음) 간에 선악이 섞여 나오는 것만 보고서 곧 성이 본래 이와 같다고 생각한다면, 이것은 참으로 순자(荀子)나 양자(揚子)의 견해[298]일 뿐이니 어찌 위태롭지 않겠는가.

　그대가 거론한 "예전에 들은 바 기(氣)와 질(質)은 모두 하늘에서 나왔다."는 것은 비록 그날의 말뜻이 어떠했는지는 알지 못하지만, 사람이 기질로 삼는 것은 바로 음양오행이 하는 것이니, 그렇다면 하늘에서 나왔다고 말하는 것이 무슨 의심할 것이 있겠는가. 하늘의 기질을

298　순자(荀子)나 양자(揚子)의 견해 : 맹자의 '본성은 선하다는 설〔性善說〕'과 달리, 순자는 '본성은 악하다는 설〔性惡說〕'을 주장하고, 양자는 '본성은 선과 악이 혼합되어 있다는 설〔性善惡混合說〕'을 주장한 것을 이른다. '순자'는 전국 시대 조(趙)나라의 유학자인 순황(荀況)이다. 《순자》〈성악편(性惡篇)〉에 "사람의 본성은 악하니, 그 선한 것은 작위로 이루어진 것이다. 지금 사람의 본성은 태어나면서부터 이익을 좋아하는 마음이 있는데 이를 그대로 따르기 때문에 쟁탈이 생겨나 사양하는 마음이 없는 것이며, 태어나면서부터 미워하는 마음이 있는데 이를 그대로 따르기 때문에 해침이 생겨나 충신(忠信)이 없는 것이며, 태어나면서부터 눈과 귀의 욕망이 있고 아름다운 음악과 여색을 좋아하는 마음이 있는데 이를 그대로 따르기 때문에 음란함이 생겨나 예의와 규범이 없는 것이다.〔人之性惡, 其善者, 僞也. 今人之性, 生而有好利焉, 順是, 故爭奪生而辭讓亡焉; 生而有疾惡焉, 順是, 故殘賊生而忠信亡焉; 生而有耳目之欲, 有好聲色焉, 順是, 故淫亂生而禮義文理亡焉.〕"라는 내용이 보인다. '양자'는 서한(西漢)의 문장가인 양웅(揚雄)이다. 《양자법언(揚子法言)》〈수신(脩身)〉에 "사람의 성은 선과 악이 혼재되어 있어 그 선을 닦으면 선인이 되고 그 악을 닦으면 악인이 된다.〔人之性也善惡混, 脩其善則爲善人, 脩其惡則爲惡人.〕"라는 내용이 보인다.

논한다면 이 역시 단지 음양오행이라고밖에 말할 수 없네. 그러나 옛사람은 일찍이 여기에까지 미루어 말한 적이 없으니, 마간(馬肝)의 설[299]에 가깝지 않겠는가.

299 마간(馬肝)의 설 : 우선 제쳐두고 논하지 않더라도 의리를 모르는 것이 되지 않는 논의라는 뜻이다. 한 경제(漢景帝) 때 황생(黃生)이 "탕왕과 무왕은 하늘에서 천명을 받은 것이 아니고 바로 자신의 군주를 죽인 것이다.〔湯武非受命, 乃殺也.〕"라고 하자, 《시경》 박사였던 원고(轅固)가 이에 대해 반론을 제기하면서 쟁론이 벌어졌다. 이에 경제가 "고기를 먹을 때 말의 간을 먹지 않는 것이 맛을 모르는 것이 되지 않으며, 학문을 논하는 자가 탕왕과 무왕이 천명을 받았다고 말하지 않은 것이 어리석음이 되지 않는다.〔食肉毋食馬肝, 未爲不知味也; 言學者毋言湯、武受命, 不爲愚.〕"라고 하여 쟁론이 끝났다는 일화에서 유래하였다. 안사고(顔師古)의 주에 따르면 말의 간은 독이 있어 먹으면 죽는다고 한다. 이와 관련하여 주희 역시 "이런 부분은 바로 공자가 이른바 '함께 권도를 행할 수 없는 자'라는 것이니, 고기를 먹을 때 말의 간을 먹지 않는 것이 맛을 모르는 것이 되지 않는다.〔此等處, 正夫子所謂未可與權者, 食肉不食馬肝, 未爲不知味也.〕"라고 하였다. 《漢書 卷88 儒林傳 轅固 顔師古注》《晦庵集 卷57 答陳安卿》

유경여에게 답하다 16[300]

答兪擎汝

〔답〕충(忠)은 자신을 위주로 하는 것이기 때문에 체(體)라고 하며, 서(恕)는 다른 사람에게 미치는 것이기 때문에 용(用)이라고 하네. 대본(大本)과 달도(達道) 역시 이러한 뜻이니, 《중용》의 이발(已發)·미발(未發) 설과 상관이 없네.[301]

〔답〕성인(聖人 공자)의 '하나가 꿰뚫는〔一以貫之〕' 오묘함은 가장 형용하기가 어렵기 때문에 증자(曾子)가 한 단계를 낮추어 배우는 자들의 충(忠)과 서(恕)의 항목을 빌려 이를 밝힌 것이니, 바로 문인들을

---

300 유경여(兪擎汝)에게 답하다 16 : 이 편지는 《논어집주》에 보이는 충(忠)과 서(恕)를 《중용》의 대본(大本)·달도(達道), 미발(未發)·이발(已發)과 연관시켜 논하고, 아울러 안인(安仁)과 이인(利仁), 생지(生知)와 학지(學知)의 관계에 대해 논하고 있다.

301 충(忠)은……없네 : 《논어집주》〈이인(里仁)〉제15장 주희의 주에 "자기 마음을 다하는 것을 '충'이라 이르고, 자기 마음을 미루는 것을 '서'라 이른다.〔盡己之謂忠, 推己之謂恕.〕"라고 하였으며, 또 정호(程顥)의 말을 인용하여 "충은 체이고 서는 용이니, 대본과 달도이다. 이것이 《중용장구》의 '충과 서는 도와 거리가 멀지 않다.'와 다른 것은 동하기를 자연으로 하기 때문이다.〔忠者, 體; 恕者, 用, 大本達道也. 此與違道不遠異者, 動以天爾.〕"라고 하였다. 《중용장구》제1장에 "기뻐하고 노하고 슬퍼하고 즐거워하는 정이 발하지 않은 것을 '중'이라 이르고, 발하여 모두 절도에 맞는 것을 '화'라 이른다. '중'은 천하의 큰 근본이며 '화'는 천하의 공통된 도이다.〔喜怒哀樂之未發, 謂之中; 發而皆中節, 謂之和. 中也者, 天下之大本也; 和也者, 天下之達道也.〕"라는 내용이 보인다.

깨우쳐주기 위한 것이네.[302]《논어집주》에서 이미 이 뜻을 바르게 해석하고서도[303] 오히려 그 뜻이 드러나지 않을까 두려워 또 한 단계를 올려 천도(天道)로 이를 증명하니,[304] 이에 '하나가 꿰뚫는' 실제를 볼 수 있게 된 것이네. 그러나 '충과 서', '하나가 꿰뚫은 것', '천도'라는 것들은 사실은 단지 하나의 이치일 뿐이니, 배우는 자의 '충'과 '서'를 통해 성인의 '하나가 꿰뚫는' 경지에 이를 수 있는 것이네. 성인의 '하

---

302 성인(聖人)의⋯⋯것이네 :《논어집주》〈이인〉 제15장에 "공자가 말하기를 '삼아, 나의 도는 하나의 이치가 만 가지 일을 꿰뚫고 있다.'라고 하자, 증자가 '예.'라고 대답하였다. 공자가 나간 뒤 문인들이 '무슨 말씀입니까?'라고 묻자, 증자가 대답하였다. '선생님의 도는 충과 서일 뿐이다.'[子曰: 參乎, 吾道一以貫之. 曾子曰: 唯. 子出, 門人問曰: 何謂也? 曾子曰: 夫子之道, 忠恕而已矣.]"라는 내용이 보인다.

303 논어집주에서⋯⋯해석하고서도 :《논어집주》〈이인〉 제15장 주희의 주에 "부자(夫子)의 '하나의 이치가 혼연하여 널리 응하고 곡진히 마땅함'은, 비유하면 천지가 지극히 성실하고 쉼이 없어서 만물이 각기 제자리를 얻음과 같은 것이다. 이 밖에는 진실로 다른 방법이 없고 또한 굳이 미루어 나가는 것을 기다릴 것도 없다. 증자는 이것을 봄이 있었으나 말하기가 어려웠기 때문에 배우는 자들의 '자기 마음을 다하는' 조목과 '자기 마음을 미루는' 조목을 빌려 드러내어 밝혔으니, 사람들로 하여금 쉽게 깨닫게 하고자 한 것이다. 지극히 성실하여 쉼이 없는 것은 도의 체이니 만 가지 다른 것이 하나의 근본이며, 만물이 각기 제자리를 얻음은 도의 용이니 하나의 근본이 만 가지 다른 것이 된다. 이것을 가지고 보면 '하나의 이치가 만 가지 일을 꿰뚫는' 실제를 볼 수 있을 것이다.[夫子之一理渾然而泛應曲當, 譬則天地之至誠無息而萬物各得其所也. 自此之外, 固無餘法, 而亦無待於推矣. 曾子有見於此而難言之, 故借學者盡己推己之目, 以著明之, 欲人之易曉也. 蓋至誠無息者, 道之體也, 萬殊之所以一本也; 萬物各得其所者, 道之用也, 一本之所以萬殊也. 以此觀之, 一以貫之實, 可見矣.]"라는 내용이 보인다.

304 천도(天道)로 이를 증명하니 :《논어집주》〈이인〉 제15장 주희의 주에 정호(程顥)의 말을 인용하여 "충과 서는 하나의 이치가 꿰뚫은 것이니, 충은 천도이고 서는 인도이며, 충은 거짓이 없는 것이고 서는 충을 행하는 것이다.[忠恕一以貫之. 忠者, 天道; 恕者, 人道. 忠者, 無妄; 恕者, 所以行乎忠也.]"라고 한 내용이 보인다.

나가 꿰뚫는' 경지는 참으로 천도와 부합하는 것인데, 어찌 손을 대
서 공부할 곳이 없다고 말하는가?

〔답〕 '인(仁)'은 '편안히 여기는 인〔安仁〕'과 '이롭게 여기는 인〔利仁〕'
이 있으며,[305] '지(知)'는 '태어나면서부터 아는 지〔生知〕'와 '배워서
아는 지〔學知〕'가 있네.[306] '편안히 여기는 인'을 '배워서 아는 지'에 대
응하면 '인'이 지극한 것이 되고, '태어나면서부터 아는 지'를 '이롭게
여기는 인'에 대응하면 '지'가 큰 것이 되네. 《논어》와 《중용》은 단지
그 경우에 따라서 하는 말의 차이가 있을 뿐이니, 이것을 "하나의 이
치로 서로 바꾸어 말할 수 있다."라고 말하는 것은 매우 분명하게 분
별하지 못한 것이네.

〔답〕 부귀는 본래 공공의 것이니 얻어서는 안 되는데 얻는 것은 매우
부끄러운 것이네. 비록 얻는 것이 마땅한데 얻지 못했다 할지라도 또
한 원망하거나 구하기를 꾀하는 마음을 두어서는 안 되니,[307] 이것은

---

305 인(仁)은……있으며 : 《논어집주》〈이인〉 제2장에 "인하지 못한 자는 오랫동안
곤궁한 데 처할 수 없으며 장구하게 즐거움에 처할 수 없으니, 어진 자는 인을 편안히
여기고 지혜로운 자는 인을 이롭게 여긴다.〔不仁者, 不可以久處約, 不可以長處樂. 仁
者, 安仁; 知者, 利仁.〕"라는 내용이 보인다.
306 지(知)는……있네 : 《논어집주》〈계씨(季氏)〉 제9장에 "태어나면서 아는 자는
상등이고, 배워서 아는 자는 그다음이고, 통하지 못하는 바가 있어 애써 배우는 자는
또 그다음이니, 통하지 못하는 바가 있는데도 배우지 않으면 백성으로서 하등이 된다.
〔生而知之者, 上也; 學而知之者; 次也; 困而學之, 又其次也, 困而不學, 民斯爲下矣.〕"
라는 내용이 보인다.
307 부귀는……안 되니 : 《논어집주》〈이인〉 제5장에 "부귀는 사람들이 원하는 것이

옳은 말이네. 재화와 물건이 이미 나의 소유라면, 만약 이치에 맞지 않게 잃게 된다면 군자가 이러한 경우에는 이에 대응하는 도리가 있어야 할 것이니, 어찌 그대로 내버려만 두겠는가. 이 두 가지는 다른 점이 있을 듯하네.

지만 정상적인 방법으로 얻지 않았으면 처하지 말아야 하며, 빈천은 사람들이 싫어하는 것이지만 정상적인 방법으로 얻지 않았다 하더라도 떠나지 않아야 한다.〔富與貴是人之所欲也, 不以其道得之, 不處也; 貧與賤是人之所惡也, 不以其道得之, 不去也.〕"라는 내용이 보인다.

유경여에게 답하다 17[308]

答兪擎汝

담제(禫祭)가 또 얼마 남지 않았다고 들었는데 그 정리(情理)가 상상이 되네. 비록 날짜를 정하는 예(禮)를 아직 행하지 않았다 하더라도 기일 전에 미리 고하고 이어서 재계를 하는 것이 마땅할 듯하네.

길한 복(服)과 조금 길한 복에 대한 사계(沙溪 김장생(金長生))의 설은 고례(古禮)의 여섯 가지 복을 바꾸어 입는 의리에 근거하여 말한 것일 뿐이네.[309] 그러나 《가례》에는 이런 절차가 없을 뿐 아니라 또 지금

---

308 유경여(兪擎汝)에게 답하다 17 : 이 편지는 선친의 담제(禫祭)를 앞둔 유경여에게 담제 때 입을 복색과 참신(參神)하는 의식, 담제 후 바로 일상을 회복할 수 있는지의 여부와 고기를 먹고 술을 마실 수 있는지에 대해 근거를 들어 자세히 대답해주는 내용이다.

309 길한……뿐이네 : 사계(沙溪) 김장생(金長生)의 《상례비요(喪禮備要)》〈대상(大祥) 대상지구(大祥之具)〉에 "《예기》〈잡기〉 공영달(孔穎達)의 소에 '경대부에 근거하여 말하면 대상에서 길제까지 모두 여섯 가지의 복이 있다. 대상 때 조복에 호관을 착용하는 것이 첫 번째 복이고, 대상을 마친 뒤 흰색으로 가장자리를 두른 호관에 마의를 착용하는 것이 두 번째 복이고, 담제 때 현관에 누런 치마를 착용하는 것이 세 번째 복이고, 담제를 마친 뒤 조복에 흑색 날줄에 백색 씨줄로 된 침관을 착용하는 것이 네 번째 복이고, 길제 때 현관에 조복을 착용하는 것이 다섯 번째 복이고, 길제를 마친 뒤에 현단복을 착용하고 거처하는 것이 여섯 번째 복이다.'라고 하였다. 오늘날 이 예를 본받는다면 대상제에는 조금 길한 복을 입었다가 대상제를 마친 뒤에는 도로 조금 흉한 복을 입고, 담제에는 길한 복을 입었다가 담제를 마친 뒤에는 조금 길한 복을 입으며, 이런 차림으로 길제를 지낼 때까지 입다가 길제를 지낸 뒤에 평상복을 입는 것이 예의 본뜻에 맞을 듯하다.〔雜記疏 : 據卿大夫言之, 從祥至吉, 凡服有六. 祥祭, 朝服縞冠一也 ; 祥訖, 素縞麻衣二也 ; 禫祭, 玄冠黃裳三也 ; 禫訖, 朝服綏冠四也 ; 吉祭, 玄冠朝服五

세상에는 그렇게 많은 복색이 없으니, 단지 제사할 때 입는 옷을 그대로 입어야 할 것이네. 세상 사람들 중에 간혹 흑립(墨笠)에 포직령(布直領) 차림으로 제사를 지내는 것은 본래 별도의 설이니, 이것 역시 사계가 정한 것이 아니네.

담제 역시 참신(參神)하는 의식이 없으니, 신주를 꺼낸 뒤에 모두 곡하는 것이 바로 참신이네. 그 뜻은 대상제(大祥祭)나 소상제(小祥祭)와 차이가 없네.

담제를 지낸 뒤에 지내는 크고 작은 제향은, 담제가 비록 길례(吉禮)이기는 하지만 그래도 길제(吉祭)와는 거리가 있으니, 우선 길제가 끝나기를 기다렸다가 그 뒤에 일상을 회복하는 것이 마땅할 듯하네. 이를테면 지금 벼슬하는 사람이 담제를 지내는 달에 비록 직임을 맡았다 할지라도 반드시 길제가 끝나기를 기다렸다가 공무를 행하니, 참고하여 볼 수 있네. 출입하는 예절 역시 이에 따라 행하면 될 듯하네. 그러나 새벽에 사당에 배알하는 것은 무방할 듯하네.

담제를 지낸 뒤에 단술[醴酒]을 마시고 말린 고기를 먹는 것은 참으로 이에 대한 예설(禮說)이 있지만,[310] 간혹 남은 슬픔이 가시지 않아 이달을 넘겨서 이런 음식을 마시고 먹고자 하는 것이 또 어찌 쟁론할 거리가 되겠는가.

也; 旣祭, 玄端而居六也. 今倣此禮, 祥祭著微吉之服, 祭訖反著微凶之服, 禪祭著吉服, 祭訖著微吉之服, 以至吉祭後復常, 似合禮意.]"라는 내용이 보인다.

310 담제를……있지만 : 《예기》〈상대기(喪大記)〉에 "소상제를 지내고 채소와 과일을 먹으며 대상제를 지내고 고기를 먹는다.……처음 고기를 먹는 자는 먼저 말린 고기를 먹고 처음 술을 마시는 자는 먼저 단술을 마신다.〔練而食菜果, 祥而食肉.……始食肉者先食乾肉, 始飮酒者先飮醴酒.〕"라는 내용이 보인다.

유경여에게 답하다 18[311]

答兪擎汝

〔문 1〕 인심(人心)과 도심(道心)은 모두 이미 발한 것입니다.[312] 인심이 있은 뒤에 비로소 선악을 말할 수 있으니, 발하기 전에는 마음역시 순수한 선(善)일 뿐입니까?

〔답〕 마음이 발하기 전에는 참으로 선하지 않음이 없으나, 이것을 단지 '혼연히 순수한 선〔渾然純善〕'이라고만 말한다면 마음의 체단(體段)을 형상하는 것은 아니네. 이 앞에 하나의 '역(亦)' 자를 덧붙이면성(性)과 병립하여 둘이 되는 듯하니, 더욱 말에 병폐가 있게 되네.

〔문 2〕 "인심이 곧 도심이다.〔人心卽道心.〕"[313]라는 것에 대해서도주자(朱子 주희(朱熹))의 설이 초년설과 만년설의 차이가 없습니까?

〔답〕 인심이 곧 도심이라는 설은 융통성 있게 보지 못하면 과연 막히는 부분이 많으니, 단지 《중용》 서문을 바른 법으로 삼아야 할 것이

---

311 유경여(兪擎汝)에게 답하다 18 : 이 편지는 《중용장구(中庸章句)》의 구절에 대해 모두 108조목의 문답으로 이루어져 있다.

312 인심(人心)과……것입니다 : 151쪽 주297 참조.

313 인심이 곧 도심이다 : 남송의 이학가(理學家)인 위료옹(魏了翁, 1178~1237)의 말로, 《주자어류》에 "위료옹이 '인심이 곧 도심이며 도심이 곧 인심이다.'라고 하였다.〔了翁言 : 人心卽道心, 道心卽人心.〕"라는 내용이 보인다. 《朱子語類 卷78 尙書1 大禹謨》

네.[314]

〔문 3〕 그 두 가지 마음의 사이를 살펴서 인심을 버리고 도심을 취하는 것을 '정밀하게 살핀다〔精〕'[315]고 하는 것입니까?

〔답〕 그 두 가지 마음의 사이를 살펴서 어느 것이 인심이고 어느 것이 도심인지를 분변하는 것이 이른바 '정밀하게 살핀다〔惟精〕'는 것이며, 인심을 버리고 도심을 취하여 인심이 도심의 명을 듣게 하는 것과 같은 것은 이미 '한결같이 지키는〔惟一〕' 공부에 속하는 것이네.

---

314 인심이……것이네 : 《중용장구》주희의 서문에 "이 형체를 가지고 있지 않은 이가 없으므로 지극히 지혜로운 자라도 인심이 없지 못하고, 또한 이 본성을 가지고 있지 않은 이가 없으므로 지극히 어리석은 자라도 도심이 없지 않다. 이 두 가지가 마음 안에 섞여 있는데 다스릴 바를 알지 못하면 위태로운 인심은 더욱 위태로워지고 은미한 도심은 더욱 은미해져서 천리의 공변됨이 끝내 인욕의 사사로움을 이기지 못할 것이다. 정(精)은 두 가지 마음의 사이를 살펴 섞이지 않게 하는 것이며 일(一)은 본심의 올바름을 지켜 잃지 않게 하는 것이니, 이에 종사하여 잠시도 중단함이 없어서 반드시 도심이 한 몸의 주장이 되게 하고 인심이 매번 도심의 명을 듣게 하면 위태로운 인심은 안정되고 은미한 도심은 드러나게 되어, 동할 때나 고요할 때나 말할 때나 행할 때에 저절로 지나치거나 모자라는 잘못이 없게 될 것이다.〔人莫不有是形, 故雖上智, 不能無人心; 亦莫不有是性, 故雖下愚, 不能無道心. 二者雜於方寸之間而不知所以治之, 則危者愈危, 微者愈微, 而天理之公, 卒無以勝夫人欲之私矣. 精則察夫二者之間而不雜也, 一則守其本心之正而不離也, 從事於斯, 無少間斷, 必使道心常爲一身之主, 而人心每聽命焉, 則危者安, 微者著, 而動靜云爲自無過不及之差矣.〕"라는 내용이 보인다.

315 정밀하게 살핀다〔精〕 : 관련 경문은 71쪽 주124 참조. '정(精)'에 대한 해석은 위의 주314 참조.

〔문 4〕 '정밀하게 살피는 것〔精〕'은 근독(謹獨) 공부이고 '한결같이 지키는 것〔一〕'은 계구(戒懼) 공부이며, '도심이 주장이 되게 하는 것〔道心爲主〕'은 그 본심을 지키는 것이어서 계구 공부가 되고 '인심이 도심의 명을 듣게 하는 것〔人心聽命〕'은 그 두 가지 마음의 사이를 살피는 것이어서 근독 공부가 된다고 생각합니다.[316] 어떻습니까?

〔답〕 이와 같이 나누어 소속시키는 것 또한 근리한 듯하네. 그러나 '선을 가려서 굳게 지키는 것〔擇善固執〕'을 '정밀하게 살피고 한결같이 지키는〔精一〕' 일로 삼은 주자의 설[317]만은 못하네.

---

316 정밀하게……생각합니다 : 이와 관련하여 《중용장구》제1장 제2절에 "도는 잠시도 떠날 수 없는 것이니 떠날 수 있으면 도가 아니다. 이 때문에 군자는 그 보지 않는 바에도 경계하고 삼가며 그 듣지 않는 바에도 두려워하는 것이다. 숨은 것보다 드러남이 없으며 미세함보다 나타남이 없으니, 그러므로 군자는 그 홀로를 삼가는 것이다.〔道也者, 不可須臾離也, 可離, 非道也. 是故君子戒愼乎其所不睹, 恐懼乎其所不聞. 莫見乎隱, 莫顯乎微, 故君子愼其獨也.〕"라는 내용이 보인다. '근독(謹獨)'은 바로 신독(愼獨)으로, 남송 효종(孝宗) 조신(趙眘)의 휘를 피하여 근독으로 바꾼 것이다. 근독은 동(動)할 때 '뜻을 성실히 하는〔誠意〕' 알인욕(遏人欲) 공부이며, 계구(戒懼)는 정(靜)할 때 '마음을 바르게 하는〔正心〕' 존천리(存天理) 공부라고 할 수 있다.

317 선을……설 : 《중용장구》주희의 서문에 "경문에서 '하늘이 명하고 본성을 따른다'고 한 것은 도심을 말하고, '선을 가려서 굳게 지킨다'고 한 것은 '정밀하게 살피고 한결같이 지키는 것'을 말한다.〔其曰天命率性, 則道心之謂也; 其曰擇善固執, 則精一之謂也.〕"라는 내용이 보이며, 《주자어류》에도 "정밀하게 살피고 한결같이 지키는 것은 별개의 공부다. 정밀하게 살피는 것은 이 물사를 변별하는 것이니, 일단 변별을 하고 나면 또 굳게 그것을 지켜야 한다. 만일 아직 변별도 못할 때라면 다시 굳게 무엇을 지키겠는가. 만일 변별했지만 또 굳게 지키지 않는다면 멀리 가지 못할 것이다.……정밀하게 살피고 한결같이 지키는 것은 선을 가려서 굳게 지키는 것과 같다.〔惟精惟一, 是兩截工夫. 精是辨別得這箇物事, 一是辨別了, 又須固守他. 若不辨別得時, 更固守個

〔문 5〕 운봉(雲峰 호병문(胡炳文))이 이른바 "인심은 본래 위태롭다. 〔人心本危.〕"라는 것[318]은 말이 너무 무겁지 않습니까?

〔답〕 운봉의 설은 문제가 있는 것을 알지 못하겠네.

〔문 6〕 요(堯)임금과 순(舜)임금의 '집중(執中)'[319]과 자막(子莫)의 '집중'[320]에 대해

甚麼? 若辨別得了, 又不固守, 則不長遠.……惟精惟一, 猶擇善而固執之.〕"라는 내용이 보인다. 《朱子語類 卷78 尙書1 大禹謨》

318　운봉(雲峰)이……것 : 대전본(大全本) 《중용장구》 서문의 소주(小注)에 "인심은 본래 위태로우니 거두어서 들어오게 할 수 있다면 위태로운 것이 안정되고, 도심은 본래 은미하니 채워서 확충시켜나갈 수 있다면 은미한 것이 드러나게 된다.〔人心本危, 能收斂入來, 則危者安; 道心本微, 能充拓出去, 則微者著.〕"라는 호병문(胡炳文, 1250~1333)의 말이 보인다.

319　요(堯)임금과 순(舜)임금의 집중(執中) : 《중용장구》 주희의 서문에 "'진실로 그 중도를 잡으라'는 것은 요임금이 순임금에게 전해준 것이고, '인심은 위태롭고 도심은 은미하니 정밀하게 살피고 한결같이 지켜야 진실로 그 중도를 잡을 수 있다'는 것은 순임금이 우임금에게 전해준 것이다.〔允執厥中者, 堯之所以授舜也; 人心惟危, 道心惟微, 惟精惟一, 允執厥中者, 舜之所以授禹也.〕"라는 내용이 보인다.

320　자막(子莫)의 집중 : 《맹자집주》 〈진심 상(盡心上)〉 제26장에 "양자는 자신을 위함을 취하였으니, 털 하나를 뽑아서 천하가 이롭더라도 하지 않았다. 묵자는 겸애를 하였으니, 이마를 갈아 발꿈치에 이르더라도 천하를 이롭게 하면 하였다. 자막은 중간을 잡았으니, 중간을 잡는 것이 도에 가까우나 중간을 잡고 저울질함이 없는 것은 한쪽을 잡는 것과 같다.〔楊子取爲我, 拔一毛而利天下, 不爲也; 墨子兼愛, 摩頂放踵, 利天下, 爲之; 子莫執中, 執中爲近之, 執中無權, 猶執一也.〕"라는 내용이 보인다. '자막'은 노(魯)나라의 현자(賢者)이다.

〔답〕 맹자는 "중간을 잡고 저울질함이 없는 것은 한쪽을 잡는 것과 같다.〔執中無權, 猶執一也.〕"라고 하였네.[321] 이 한마디에 이미 자막의 병폐를 모두 말하였으니 더 이상 덧붙일 것이 없네. 요임금과 순임금의 '집중'은 때에 따라 중도에 처하는 것이니, 이것이 바로 자막의 '집중'과 다른 점이네.

〔문 7〕 '치우치지 않고 기울지 않음〔不偏不倚〕'[322]에 대해

〔답〕 '치우치지 않고 기울지 않음'에 대해서는 주자(朱子 주희(朱熹))의 《기의(記疑)》[323]에 분명하게 모두 말하였으니, 이제 이를 기록해 주겠네.

〔부기(附記)〕

주자가 말하였다. "'치우치지 않음'은 도체의 자연을 밝힌 것이니 즉 기대는 바가 없다는 뜻이고, '기울지 않음'은 사람을 가지고 말한

---

321 맹자는……하였네 : 163쪽 주320 참조.

322 치우치지……않음 : 《중용장구》 서문에 "'중'은 치우치지 않고 기울지 않으며 지나치거나 모자람이 없는 것의 이름이고, '용'은 평상이다.〔中者, 不偏不倚無過不及之名；庸, 平常也.〕"라는 내용이 보인다.

323 기의(記疑) : 1권이다. 주희가 46세 되던 1175년 3월에 무원(婺源)에서 지은 것으로, 앞에 주희의 제사(題詞)가 있다. 이에 따르면 주희는 우연히 누가 기록한 것인지 모르는 잡서(雜書) 1책을 얻었는데, 정자(程子)의 문인이 정자의 말을 기록한 것으로 추정되지만 간간이 그 문인의 말로 보이는 구절이 끼어 들어간 것이 있다 하여 이에 대해 변석해놓은 것이다. 모두 20조항이며, 뒤에 비슷한 유형이라 하여 주희의 《잡학변(雜學辨)》 뒤에 부록으로 들어가 함께 묶이게 되었다.

것이니 바로 물건에 기대지 않음을 보인 것뿐이다.〔不偏者, 明道體之自然, 卽無所倚着之意也; 不倚, 則以人而言, 乃見其不倚於物耳.〕"

〔문 8〕 주자는 "'하늘이 명한 성'이 기를 겸하여 말한 것이라면 '성을 따르는 도'를 말할 수 없다.〔天命之性兼言氣, 則說率性之道不去.〕"라고 하였는데,[324] 저는 이 말도 오히려 느슨하다고 생각합니다. '하늘이 명한 성'이 만약 순수함과 잡박함의 고르지 못함이 있다면 대본(大本)이 이미 오염된 것이니, 어찌 '성을 따르는 도를 말할 수 없는' 것에 그칠 뿐이겠습니까.

〔답〕 주자는 사람들이 이 성(性)을 기(氣)를 겸한 성이라고 잘못 여길까 두려웠기 때문에 바로 그다음 구절인 이어받는 곳에서 그렇지 않다는 것을 분명히 하였는데, 어찌 느슨하다고 말하는가? 이미 '성을 따르는 도를 말할 수 없다'고 하였다면 대본이 오염되어 잡박하다는 뜻 역시 참으로 그 안에 들어 있는 것이네.

〔문 9〕 남당(南塘 한원진(韓元震))은 "하늘이 일원이면 성은 분수가

---

324 주자는……하였는데 : 《주자어류》에 "하늘이 명한 것을 성이라 한다.'는 것은 오로지 리만을 말한 것이니, 비록 기 역시 그 가운데 포함되어 있다 하더라도 리의 의미로 말한 것이 비교적 많다. 만약 기를 아울러 말했다고 한다면 '성을 따르는 것을 도라 한다.'라고 말할 수 없다. 이것은 마치 태극은 음양과 떨어지지 않지만 또한 음양에 섞이지도 않는 것과 같다.〔天命之謂性, 是專言理, 雖氣亦包在其中, 然說理意較多. 若云兼言氣, 便說率性之謂道不去. 如太極雖不離乎陰陽, 而亦不雜乎陰陽.〕"라는 내용이 보인다. 관련 경문은 13쪽 주5 참조. 《朱子語類 卷62 中庸1 第一章》

되고, 성이 일원이면 도는 분수가 되고, 도가 일원이면 교는 분수가
된다."라고 하였습니다.[325] 주자는 분명히 "성과 도는 같다.〔性道
同.〕"라고 하였으니,[326] 그렇다면 어느 곳에서 분수(分殊)의 뜻을 볼

325 남당(南塘)은……하였습니다 : 남당 한원진(韓元震)의 《경의기문록》에 "하늘이
일원(一原)이면 성(性)은 분수(分殊)가 되고, 성이 일원이면 도(道)는 분수가 되고,
도가 일원이면 가르침〔教〕은 분수가 된다. 만물의 리(理)가 똑같이 하늘에서 나왔으니
하늘이 일원이 되는 이유이며, 성을 부여받은 만물이 각각 다르니 성이 분수가 되는
이유이다. 성이 미발(未發)에 구비된 것이 혼연한 전체이니 성이 일원이 되는 이유이
며, 도가 만사에 흩어져 있는 것이 갈래갈래 나뉘어져 다르니 도가 분수인 이유이다.
도의 마땅히 그러함이 어느 곳에도 그러하지 않은 곳이 없으니 도가 일원이 되는 이유이
며, 가르침이 품절해놓은 것이 일을 따라 각각 지극하니 가르침이 분수가 되는 이유이
다. 그러나 성이든 도든 가르침이든 천리의 절로 그러함 아닌 것이 없으니, 이른바
'분수'란 것은 또 일원이 있는 곳 아님이 없는 것이다.〔天爲一原而性爲分殊, 性爲一原而
道爲分殊, 道爲一原而教爲分殊. 萬物之理同出於天, 則天之所以爲一原, 而性之所賦物
各不同, 則性之所以爲分殊也. 性之具於未發者渾然全體, 則性之所以爲一原, 而道之散
於萬事者條分派別, 則道之所以分殊也. 道之當然者無處不然, 則道之所以爲一原, 而教
之修爲者隨事各致, 則教之所以爲分殊也. 然性也道也教也, 莫非天理之自然, 則所謂分
殊, 又莫非其一原之所在矣.〕"라는 내용이 보인다. 이 구절과 관련된 《중용장구》의 경문
은 13쪽 주5 참조. 《經義記聞錄 中庸 第一章》

326 주자는……하였으니 : 《중용장구》 제1장 제1절 주희의 주에 "하늘이 음양오행으
로 만물을 화생할 때 기(氣)로 형체를 이루고 리(理) 또한 부여하니 명령하는 것과
같다. 이에 사람과 사물이 태어나면서 각기 부여받은 리를 얻은 것을 따라 건순과 오상의
덕을 삼으니, 이른바 성(性)이라는 것이다.……사람과 사물이 각각 그 성의 자연을 따르
면 일상생활 하는 사이에 각각 마땅히 행해야 할 길이 있지 않음이 없으니, 이것이 곧
이른바 도(道)라는 것이다.……성과 도는 같으나 기를 부여함이 혹 다르기 때문에 지나
치거나 미치지 못한 차이가 없지 못하다.〔天以陰陽五行, 化生萬物, 氣以成形而理亦賦
焉, 猶命令也. 於是人物之生, 因各得其所賦之理, 以爲健順五常之德, 所謂性也.……人
物各循其性之自然, 則其日用事物之間, 莫不各有當行之路, 是則所謂道也.……性道雖
同, 而氣稟或異, 故不能無過不及之差.〕"라는 내용이 보인다. 관련 경문은 13쪽 주5 참조.

수 있습니까?

〔답〕주자가 말하는 성은 리(理)를 위주로 한 것이고 호중(湖中)에서 말하는 성은 기(氣)를 겸하여 말한 것이니, 구절구절 서로 어긋나는 것이 당연하네.

〔문 10〕'성을 따르다〔率性〕'³²⁷라고 할 때의 '솔(率)' 자에 대해 주자는 "도를 행하는 사람의 입장에서 말한 것이 아니다.〔不是就行道人說.〕"라고 하였으니,³²⁸ 이것은 도가 원래 자재하여 굳이 의도적으로 해나갈 필요가 없음을 말한 것입니다. 이것은 알기 어렵지 않으니, 예를 들면 꽃과 나무가 피고 지는 것이나 산과 물이 흘러가고 솟아 있는 것은 일찍이 이렇게 하고자 의도한 적이 없고 그대로 따라서 도가 된 것이니, 어찌 사람에게 있어서만 그렇지 않겠습니까?

〔답〕'성을 따르는 도〔率性之道〕'는 단지 가설적으로 말한 것으로, 이

---

327 성을 따르다 : 관련 경문은 13쪽 주5 참조.
328 주자는……하였으니 : 《중용장구》제1장 제1절 경문 중 "성을 따르는 것을 일러 도라 이른다.〔率性之謂道.〕"라는 구절에서 '솔(率)' 자가 '따르다〔循〕'라는 뜻이라면 이 '순(循)' 자는 도(道)의 입장에서 말한 것인지, 아니면 도를 행하는 사람의 입장에서 말한 것인지에 대한 물음에, 주희(朱熹)가 다음과 같이 답한 것을 이른다. "학자들은 도를 행하는 사람의 입장에서 말하여 '솔성'을 곧 닦는 것이라고 생각하는 자가 많은데 이것은 틀린 것이다. '성을 따른다'는 것은 단지 각자 자신의 본연의 성을 따르다 보면 절로 수많은 도리가 있게 된다는 것을 말한 것뿐이다.〔諸家多作行道人上說, 以率性便作修爲, 非也. 率性者, 只是說循吾本然之性, 便自有許多道理.〕"《朱子語類 卷62 中庸1 第一章》

성을 따라서 가다 보면 절로 마땅히 가야 할 길이 있게 된다고 말한 것뿐이네. 굳이 사람이나 사물이 따라 행하기를 기다려서 그 뒤에야 있게 되는 것이 아니니, 의도적이냐 아니냐는 논할 필요가 없네.

〔문 11〕 남당(南塘 한원진(韓元震))은 "'하늘이 음양으로……〔天以陰陽〕'라고 할 때의 '천(天)' 자는 곧 태극(太極)이다."라고 하였습니다.[329] 태극이 동(動)하고 정(靜)하여 절로 음양이 생겨난다[330]고 말한다면 참으로 옳지만, 태극이 음양오행을 가지고 명령을 한다고 하면 과연 이렇게 말할 수 있겠습니까? 여기의 '천'은 단지 형체적인 하늘로만 보는 것이 어떻겠습니까?

〔답〕 대체로 옳은 말이지만 '천' 자는 단지 형체로만 말해서는 안 되니 '주재한다'는 뜻을 아울러 갖고 있네.

〔문 12〕 "성은 즉 리이다.〔性, 卽理也.〕"[331]라는 것은 만물이 하나의

---

329 남당(南塘)은……하였습니다 : 남당 한원진(韓元震)의 《경의기문록》에 "우암 선생은 '《중용》 제1장에 보이는 「천명지성」에 대한 주석은 한결같이 주돈이(周敦頤)의 《태극도설》을 사용하였다.'라고 하였다. 이것은 주석에서 이른바 '하늘이 음양오행으로 만물을 화생한다.'라는 한 단락을 가리켜서 말한 것이니, 여기의 '하늘'은 바로 주돈이가 말한 '태극'이다.〔尤庵先生曰 : 天命之性註說一用周子太極圖說. 此蓋指天以陰陽五行化生萬物一段而言, 天卽周子所謂太極也.〕"라는 내용이 보인다. '하늘이 음양으로……'에 대한 원문은 166쪽 주326 참조. 《經義記聞錄 中庸 第一章》

330 태극이……생겨난다 : 주돈이의 말이다. 175쪽 주345 참조.

331 성(性)은 즉 리(理)이다 : 《중용장구》 제1장 제1절 "하늘이 명한 것을 성이라 이른다.〔天命之謂性.〕"라는 구절에 대한 주희의 주에 "'명'은 '령'과 같으며 '성'은 곧

리(理)에 근본을 두지 않는다고 말한다면 그만이지만, 하나의 리에 근본을 둔다면 어찌하여 사람에게는 많고 사물에는 적을 수 있습니까? 호중(湖中)에서는 성(性)을 논할 때 '천명(天命)'과 '솔성(率性)'³³²으로 근본을 삼지 않은 적이 없습니다. 그런데도 사람과 사물의 성에 대해서는 "형체를 이루는 기가 다르면 부여하는 리 역시 다르다.〔成形之氣不同, 所稟之理亦異.〕"라고 하여 여전히 기질을 여기에 해당시키니,³³³ 참으로 알 수 없는 점이 있습니다.

〔답〕 호중에서 성을 논한 것은 그 설이 비록 많지만, 대체로 선(善)과 악(惡)을 기질의 성으로 삼고 치우침〔偏〕과 온전함〔全〕을 본연의 성으로 삼을 뿐이네.³³⁴ 선과 악으로 기질의 성을 삼는 것은 참으로

'리'이다. 하늘이 음양오행으로 만물을 화생할 때 기로 형체를 이루고 리 또한 부여하니 명령하는 것과 같다.〔命, 猶令也 ; 性, 卽理也. 天以陰陽五行, 化生萬物, 氣以成形而理亦賦焉, 猶命令也.〕"라는 내용이 보인다.

332 천명(天命)과 솔성(率性) : 167쪽 주328 및 168쪽 주331 참조.

333 사람과……해당시키니 : 예를 들면 호론(湖論)의 대표적 인물인 남당(南塘) 한원진(韓元震)이 《중용장구》에 이르기를 '기로 형체를 이루고 리 또한 부여하였다.'라고 하였다. 먼저 기의 형체를 이룬 것을 말하고 뒤에 리 역시 부여한 것을 말하였으니, 이것은 형체를 이룬 기가 다르면 부여하는 리 역시 다르다는 것을 이른다.〔章句曰 : 氣以成形, 理亦賦焉. 先言氣之成形, 而後言理之亦賦, 則此謂成形之氣不同, 而所賦之理亦異也.〕"라고 말한 것과 같은 것을 이른다. 166쪽 주326 참조. 《南塘集 卷28 雜著 李公擧上師門書辨》

334 호중에서……뿐이네 : 예를 들면 남당 한원진이 "천지만물이 모두 음양의 기를 얻어서 그 형질을 이루고 태극의 리를 얻어서 그 성으로 삼으니, 성과 기질은 서로 떨어질 수도 없으며 서로 섞일 수도 없는 것이다. 그러므로 그 섞이지 않는 것을 따라 단독으로 그 리만을 가리킨다면 본연의 성이라 이르고, 그 떨어지지 않는 것을 따라

의론할 것이 없지만, 치우침과 온전함을 어찌 본연의 성이라고 말할
수 있겠는가. 보내준 편지에서 논한 것이 비록 매우 자세하고 분명하
지만 이 점에 대해서는 간파하지 못한 듯하네.

[문 13] "기를 부여받은 것이 혹 다르기 때문에 지나치거나 미치지
못한 차이가 없지 못하다.[氣稟或異, 不能無過不及之差.]"라는 구절
은 의심스러운 듯합니다. 그러나 이 역시 '성을 따르는 도[率性之道]'
는 사람과 사물이 같다는 뜻을 이어서 말한 것이니,[335] 사람과 사물의
지나치거나 미치지 못함은 단지 기를 부여받은 차이로 말미암을 뿐

그 기를 겸하여 가리키면 기질의 성이라고 이른다. 그렇다면 이른바 '기질의 성'이라는
것은 바로 이 본연의 성이 기질 속에 떨어져 별도로 하나의 성이 된 것이니, 기질의
성과 본연의 성에서 두 '성' 자의 뜻은 비록 다르지만 사실은 하나의 성이다. '하나'인
것은 리이며, '다른' 것은 기를 겸하였느냐 겸하지 않았느냐에 따른 것이다. 본연의
성은 온전하지 않음도 없고 선하지 않음도 없어서 천지만물이 모두 같고, 기질의 성은
치우침과 온전함이 있고 선과 악이 있어서 천지만물이 모두 다르다.……정이 이미 발했
을 때 리가 기 위에 타기 때문에 그것이 선하든 악하든 참으로 모두 기질의 성이 발한
것이지만, 그 선한 것은 본연의 성이 기에 의해 가려지지 않은 것이고 그 악한 것은
본연의 성이 기에 의해 가려진 것이다. 그렇다면 기질의 성이 발한 것은 곧 본연의
성이 발한 것이다.[蓋天地萬物, 皆得陰陽之氣, 以成其質; 得太極之理, 以爲其性, 而性
與氣質, 不可相離, 亦不可相雜. 故因其不雜而單指其理, 則曰本然之性也; 因其不離而
兼指其氣, 則曰氣質之性也. 然則所謂氣質之性, 卽此本然之性墮在氣質之中, 自爲一性
也, 兩性字義雖不同, 其實一性也. 其所以一者理也, 其所以不同者, 氣之兼不兼也. 本然
之性, 無不全無不善, 而天地萬物皆同矣; 氣質之性, 有偏全有善惡, 而天地萬物皆異
矣.……已發之際, 理乘氣上, 故其善其惡, 固皆氣質之性所發, 而其善者, 乃本然之性不
爲氣揜者也; 其惡者, 乃本然之性爲氣所揜者也. 然則氣質之性所發, 卽本然之性所發
也.]"라고 말한 것과 같은 것을 이른다. 《南塘集 卷30 雜著 本然之性氣質之性說》

335 기(氣)를……것이니 : 166쪽 주326 참조.

입니다. 그런데도 굳이 '지나침과 미치지 못함〔過不及〕'이라고 한 것은 한창 중용(中庸)의 도를 논하고 있기 때문에 어세(語勢)가 그런 것뿐이라고 생각합니다. 어떻습니까?

〔답〕 "기를 부여받은 것이 혹 다르기 때문에 지나치거나 미치지 못한 차이가 없지 못하다."라는 것은 대체로 사람을 위주로 하여 말하고 물(物)도 그 안에 포함시킨 것이니, 주자가 이른바 "사람에 대해서는 비교적 자세하고 물에 대해서는 비교적 소략하다.〔於人較詳, 於物較略.〕"라고 말한 것[336]이 바로 이것이네.

〔문 14〕 '수도(修道 도를 품절하다)'[337]의 '수' 자를 선배들 중에는 간혹

---

336 주자가……것 : 《주자어류》에 "'성을 따르는 것을 도라 이른다.'라는 것이 사람과 물(物)을 통틀어서 말한 것이라면 '도를 품절해놓음을 교라 이른다.'라는 것 역시 사람과 물을 통틀어서 말한 것입니다. 예컨대 '소를 부리고 말을 탄다', '새끼 밴 것을 죽이지 않고 갓난것을 죽이지 않는다', '도끼와 자귀를 들고 철에 따라 산림에 들어가게 한다.'라고 한 것은 성인의 교화가 단지 인륜에 대해서만 등급에 따라 절제하고 검속할 뿐 아니라 물에 대해서까지 미친 것입니까?〔率性之謂道, 通人物而言, 則修道之謂敎, 亦通人物. 如服牛乘馬, 不殺胎不夭夭, 斧斤以時入山林, 此是聖人敎化不特在人倫上, 品節防範而及於物否?〕"라는 질문에 대해, 주희(朱熹)가 "또한 이와 같으니, 이 때문에 물의 성을 다한다고 이르는 것이다. 다만 사람에 대해서는 비교적 자세하고 물에 대해서는 비교적 소략하며, 사람에 있어서는 비교적 많고 물에 있어서는 비교적 적을 뿐이다.〔也是如此, 所以謂之盡物之性. 但於人較詳, 於物較略; 人上較多, 物上較少.〕"라고 답한 내용이 보인다. 《朱子語類 卷62 中庸1 第一章》

337 수도(修道) : 《중용장구》 제1장 제1절 "도를 품절해놓음을 교라 이른다.〔修道之謂敎.〕"라는 구절에 대한 주희의 주에 "'수'는 품절하는 것이다.〔修, 品節之也.〕"라는 내용이 보인다.

'수성(修省 몸을 닦고 성찰하다)'의 뜻으로 보려고도 하는데, 어떻습니까?

〔답〕 '수성'의 뜻으로 본다면 이 장의 계구(戒懼)와 근독(謹獨)의 뜻338에는 비록 가깝고 절실할 듯하지만, '천명(天命 하늘이 명한 것)'과 '솔성(率性 성을 따르는 것)'으로부터 이미 사람과 사물을 겸하여 말하고 있기 때문에 그 아래 경문에 '사람의 성을 다한다〔盡人之性〕'와 '사물의 성을 다한다〔盡物之性〕'와 같은 설이 있는 것이니,339 이러한 뜻은 '수성'이라는 글자로는 다 아우르지 못하네.

〔문 15〕 "도는 잠시도 떠날 수 없으니, 떠날 수 있으면 도가 아니다. 〔道不可離, 可離非道.〕"라는 이 두 구는 다음에 나오는 두 절을 덮어 말한 것이니, 떠날 수 없기 때문에 경계하고 두려워하여 천리(天理)의 본연을 보존하는 것이며, 떠날 수 있으면 도가 아니기 때문에 홀로를 삼가서 인욕(人欲)을 장차 싹트려 할 때에 막는 것입니다.340

338 계구(戒懼)와 근독(謹獨)의 뜻 : 162쪽 주316 참조.
339 천명(天命)과……것이니 : 《중용장구》 제22장에 "오직 천하에 지극히 성실한 분이어야 그 성을 다할 수 있으니, 그 성을 다하면 사람의 성을 다할 수 있게 되고, 사람의 성을 다하면 사물의 성을 다할 수 있게 되고, 사물의 성을 다하면 천지의 화육을 도울 수 있게 되고, 천지의 화육을 도울 수 있으면 천지와 더불어 참여할 수 있게 된다.〔惟天下至誠, 爲能盡其性, 能盡其性, 則能盡人之性; 能盡人之性, 則能盡物之性; 能盡物之性, 則可以贊天地之化育; 可以贊天地之化育, 則可以與天地參矣.〕"라는 내용이 보인다. 13쪽 주5 참조.
340 도는……것입니다 : 관련 경문은 162쪽 주316 참조. 《중용장구》 제1장 제2절 주희의 주에 "그러므로 군자의 마음은 항상 공경함과 두려워함을 두어 비록 보고 듣지 않을 때라도 또한 감히 소홀히 하지 못하니, 이 때문에 천리의 본연함을 보존하여 잠시

이렇게 보는 것이 어떻습니까?

〔답〕 이 두 구는 단지 하나의 뜻이 서로 호응할 뿐이니, 지금 이것을
두 절에 나누어 소속시킨 것은 다만 그 잘게 찢어놓은 것만 보일 뿐
이네.

〔문 16〕 '계신공구(戒愼恐懼)'는 마땅히 동(動)할 때의 공부와 정
(靜)할 때의 공부에 모두 통하는 것으로 보아야 합니다. 그러나 '부
도불문(不覩不聞)'을 '계신공구' 다음에 놓아서 '신독(愼獨)'과 상대
하게 한 것을 보면 '계신공구'는 정할 때의 공부 한쪽에만 속해야
할 듯합니다.[341] 어떻습니까?

〔답〕 이 단락은 매우 정밀하게 보았네.

〔문 17〕 주자(朱子 주희(朱熹))는 "사람들과 마주 앉아 있을 때 자기
마음속에서 생각이 나오는 것 역시 홀로인 곳이다.〔與人對坐, 心中
發念, 亦是獨處.〕"라고 하였습니다.[342] 이른바 '생각이 나온다'는 것

도 도를 떠나지 않게 하는 것이다.〔是以君子之心, 常存敬畏, 雖不見聞, 亦不敢忽, 所以
存天理之本然, 而不使離於須臾之頃也.〕"라고 하였고, 또 제3절 주희의 주에 "그러므로
군자가 이미 항상 경계하고 두려워하고서도 이에 더욱 삼감을 더하는 것이니, 인욕을
장차 싹틀 때에 막아서 은미한 가운데 속으로 불어나고 자라 도를 떠남이 먼 데까지
이르지 않도록 하는 것이다.〔是以君子旣常戒懼, 而於此尤加謹焉, 所以遏人欲於將萌,
而不使其潛滋暗長於隱微之中, 以至離道之遠也.〕"라는 내용이 보인다.

341 계신공구(戒愼恐懼)는……듯합니다 : 162쪽 주316 참조.

은 정(情)입니까? 의(意)입니까?

〔답〕 '정'과 '의'는 나누어 말하면 선후가 있고 합쳐서 말하면 또한 한 가지 일일 뿐이니, 이른바 '마음속에서 생각이 나온다〔心中發念〕'라는 구절과 이른바 '인욕을 이제 막 싹틀 때 막는다〔遏人慾於方萌〕'라는 구절[343]은 모두 합쳐서 말한 것일 뿐이네.

〔문 18〕 남당(南塘 한원진(韓元震))은 "태극은 형기를 넘어서 칭한 것이기 때문에 리(理)가 하나인데도 만물이 모두 이 리를 구비하는 것이며, 오상은 기질을 따라서 명명한 것이기 때문에 나뉨이 다른데도 오행이 각각 그 하나를 오로지 갖는 것이다."라고 하였습니다.[344] 그

---

342 주자(朱子)는……하였습니다 : 대전본《중용장구》제1장 제3절 소주에 "여기의 '독'은 단지 자기 혼자 있을 때만을 가리키는 것이 아니다. 예컨대 사람들과 마주 보고 앉아 있는데 자기 마음속에서 생각이 나와 때로는 바르고 때로는 바르지 않는 이런 경우 역시 홀로인 곳이다.〔這獨也, 不只是獨自時. 如與衆人對坐, 自心中發念, 或正或不正, 此亦是獨處.〕"라는 내용이 보이며,《주자어류》에도 비슷한 내용이 보인다.《朱子語類 卷62 中庸1 第一章》

343 인욕을……구절 : 71쪽 주127 참조.

344 남당(南塘)은……하였습니다 : 남당 한원진이 김양행(金亮行)에게 보낸 편지에 "지금 사람과 사물의 성이 같다고 논하는 자들은……태극은 형기를 넘어서 칭한 것이고 오상은 기질을 따라서 명명했다는 것을 전혀 모르는 것이다. 형기를 넘어서 칭했기 때문에 만물이 똑같이 구비하고 있는 것이며, 기질을 따라서 명명했기 때문에 사람과 사물이 다르게 부여받아 그 명칭과 뜻이 또한 각각 다르게 된 것이다. 그러나 태극의 리는 기질을 따라서 말하면 오상이 되고, 오상의 리는 형기를 넘어서 말하면 태극이 되니, 또한 두 개의 리가 있는 것이 아니다.〔今之爲人物性同之論者,……殊不知太極超形氣而稱之, 五常因氣質而名之. 超形氣而稱之, 故萬物同具; 因氣質而名之, 故人物異

러나 저 태극이 또한 어찌 일찍이 음양의 밖에 우뚝 홀로 서 있겠습니까. 이것 역시 태극이 기질 안에서 동(動)하여 양(陽)을 낳고 정(靜)하여 음(陰)을 낳은 것뿐이니,[345] 오상은 비록 만물이 부여받은 것이지만 태극의 혼연한 전체는 각각 하나의 사물 안에 구비되어 있을 것입니다.

〔답〕 주자(朱子 주희(朱熹))는 이기(理氣)를 논할 때마다 늘 "비록 서로 떨어지지도 않지만 또한 서로 섞이지도 않는다.〔雖不相離, 亦不相雜.〕"라고 하였네.[346] 이 두 구는 마치 수레의 두 바퀴나 새의 두 날개와 같아서 어느 한쪽을 버리면 안 되는데, 지금 '형기를 넘고 기질을 따른다'는 이 논의는 태극은 단지 섞이지 않는 한쪽만을 말할 뿐이며 오상은 단지 떠나지 않는 한쪽만을 말할 뿐이니, 이 논의를 주자의 뜻에 비추어본다면 어떠하겠는가? 일찍이 이 설에 대해 궁구해보고자 하였으나 미처 겨를이 없어 하지 못하였지만, 말의 간을 먹지 않

稟, 其名義亦各不同矣. 然太極之理, 因氣質而言則爲五常, 五常之理, 超形氣而言則爲太極, 亦非有二理也.〕"라는 내용이 보인다. '오상(五常)'은 인(仁)·의(義)·예(禮)·지(智)·신(信)이다. 《南塘集 卷18 與金子靜》

345 이것……것뿐이니 : 《주자어류》에 "주자(周子)는 '태극이 움직여 양을 낳고, 고요하여 음을 낳는다.'라고 하였다. 이것은 태극이 동한 것이 양이고 동이 극에 달하면 정하게 되며 정한 것이 곧 음이니, 동할 때가 곧 양의 태극이고 정할 때가 곧 음의 태극이라고 말한 것과 같다. 이것은 태극이 바로 음양 속에 있다는 것이다.〔周子言太極動而生陽, 靜而生陰. 如言太極動是陽, 動極而靜, 靜便是陰, 動時便是陽之太極, 靜時便是陰之太極, 蓋太極卽在陰陽裏.〕"라는 내용이 보인다. '주자(周子)'는 염계(濂溪) 주돈이(周敦頤, 1017~1073)이다. 《朱子語類 卷75 易11 繫辭上傳 第十一章》

346 주자(朱子)는……하였네 : 12쪽 주4 참조.

는 것이 맛을 알지 못하는 것이 되지는 않네.[347] 우선 제쳐두고 한결같이 주자의 가르침을 지키는 것이 또한 허물을 적게 할 수 있을 것이네.

[문 19] 도(道)는 일상생활 하는 사이에 마땅히 행해야 할 이치이니, 이것은 밖으로 드러난 것입니다. 그러나 그 '도를 품절하는[修道]' 공부는 단지 계구(戒懼 경계하고 두려워함)와 근독(謹獨 홀로를 삼감) 이 두 가지 단서에 지나지 않으니,[348] 이는 안에서 구하고자 한 것입니다. 능히 공경할 수 있다면 마음이 보존되어 그 이치를 얻게 될 것이니, 군자의 학문이 어찌 다른 것을 구하겠습니까.

[답] '계구'와 '근독'은 참으로 배우는 자들이 근본으로 삼아야 할 공부이지만, 이 공부 이후로도 해야 할 일이 많이 있네. 예를 들면 이른 바 '이치를 궁구하여 그 앎을 지극히 하고 힘써 행하여 그 실제를 실천하는 것〔窮理以致其知, 力行以踐其實〕'[349]과 같은 것이 모두 이러한

---

347 말의……않네 : 153쪽 주299 참조.

348 도(道)는……않으니 : 《중용장구》 제1장 제2절 주희의 주에 "도는 일용사물에 마땅히 행하여야 할 이치이다. 모두 성의 덕으로서 마음에 갖추어져 있어서 사물마다 있지 않음이 없고 때마다 그러하지 않음이 없으니 이 때문에 잠시도 떠날 수 없는 것이다. 만일 떠날 수 있다면 어찌 '솔성'이라 말할 수 있겠는가.〔道者, 日用事物當行之理, 皆性之德而具於心, 無物不有, 無時不然, 所以不可須臾離也. 若其可離, 則豈率性之謂哉?〕"라는 내용이 보인다. 관련 경문은 162쪽 주316 참조. '도를 품절하는[修道]' 공부는 13쪽 주5 참조.

349 이치를……것 : 《성리대전서》 등에 주희의 제자이자 사위인 황간(黃榦)이 주희에 대해, "그분이 학문을 하는 방법은 이치를 궁구하여 앎을 지극히 하였고 자신의

것이니, 그저 '계구근독' 이 네 글자만 지키면서 도를 품절하는 공부는 이것에 지나지 않는다고 말해서는 안 될 것이네.

〔문 20〕 남당(南塘 한원진(韓元震))은 "아직 발하기 전에 마음의 체(體)는 맑게 깨어 있어서 담연히 텅 비고 밝지만, 텅 비고 밝은 중에 사람의 부여받은 기(氣)를 따라 치우침과 온전함, 아름다움과 추악함의 차이가 없을 수 없다."라고 하였습니다.[350] 저 발하기 전이라 하여 기가 없는 것은 아니며 이른바 '텅 비고 밝다'는 것 역시 기입니다. 그것이 텅 비고 밝기 때문에 리(理)가 그 주인이 되면 온갖 부정한 것이 물러가 엎드려서 티 없이 맑을 수 있는 것이니, 어찌 여기에 말할 만한 치우침과 온전함, 아름다움과 추악함이 있을 수 있겠습니까.

몸에 돌이켜서 그 실제를 실천하였다. 공경에 거하는 것은 학문을 시작하고 마치는 방법이니, 앎을 지극히 하되 공경으로 하지 않으면 미혹되고 어지러워서 의리의 귀결처를 살필 수 없으며, 몸소 실천하되 공경으로 하지 않으면 게으르고 방자하여 의리의 실제를 지극히 할 수 없다.〔其爲學也, 窮理以致其知, 反躬以踐其實. 居敬者, 所以成始成終也, 謂致知不以敬, 則昏惑紛擾, 無以察義理之歸; 躬行不以敬, 則怠惰放肆, 無以致義理之實.〕"라고 말한 내용이 있다. 《性理大全書 卷41 諸儒3 朱子》
350 남당(南塘)은······하였습니다 : 남당 한원진(韓元震)의 《경의기문록》에 "비록 발하기 전에 기는 한결같이 텅 비고 밝지만 텅 비고 밝은 중에도 사람의 부여받은 기를 따라 또한 치우침과 온전함, 아름다움과 추악함의 차이가 없을 수 없다. 그러므로 또 반드시 리만 단독으로 가리킨 뒤에야 그것이 중이 됨을 알 수 있다.〔雖在未發之際, 氣一於虛明, 而虛明之中, 隨人氣稟, 亦不能無偏全美惡之不齊者. 故又必單指理而後見其爲中也.〕"라는 내용이 보인다. 《經義記聞錄 中庸 第一章》

〔답〕 발하기 전의 기질의 선악을 논한 설은 분명하게 알지 못하는 부분이니 함부로 대답하지 못하겠네. 다만 주자(朱子 주희(朱熹))의 '기가 용사하지 못한다〔氣不用事〕'는 한 구절351이 가장 완색하기에 좋다고 생각하는데, 호중(湖中)에서도 이 설을 인용하고 있지만352 과연 본래의 의미를 얻었는지는 알지 못하겠네.

〔문 21〕 앞에서는 "잠시도 도를 떠나지 않게 한다.〔不使離於須臾之頃.〕"라고 하고, 뒤에서는 "도를 떠남이 먼 데까지 이르지 않도록 한다.〔以至離道之遠.〕"라고 하였으니,353 뒤의 말은 매우 다른 듯합니다. 어떻습니까?

---

351 주자(朱子)의……구절 : 《근사록》에 "성은 곧 리이다. 천하의 이치가 그 말미암아 나온 바를 근원해보면 선하지 않음이 없으니, 희로애락이 아직 발하기 않았을 때 어찌 선하지 않음이 있겠는가.〔性卽理也, 天下之理, 原其所自來, 未有不善, 喜怒哀樂未發, 何嘗不善?〕"라는 정이(程頤)의 말에 대해, "정(情)이 발하기 전에는 기가 용사하지 못하니, 이 때문에 선만 있고 악은 없는 것이다.〔未發之前, 氣不用事, 所以有善而無惡.〕"라는 주희의 해석이 보인다. 《近思錄 卷1 道體 小注》

352 호중(湖中)에서도……있지만 : 예를 들면 호론(湖論)의 대표 인물인 남당(南塘) 한원진(韓元震)은 "정(情)이 발하기 전에는 기가 용사하지 않기 때문에 단지 그 리의 지극히 선함만 보이고 기의 선악은 보이지 않다가 발한 뒤에야 비로소 그 기의 선악을 볼 수 있다. 이 때문에 나는 또 '발하기 전에는 기질의 성을 볼 수 없고, 이미 발하고 난 뒤에야 비로소 볼 수 있다.'고 말하는 것이다.〔未發之前, 氣不用事, 故但見其理之至善, 而不見其氣之善惡. 及其發而後, 方見其氣之善惡. 故愚又曰: 未發之前, 氣質之性不可見, 而已發之後, 方可見也.〕"라고 하여, 발하기 전의 기질에 이미 선악이 갖추어져 있다고 말하고 있다. 《南塘集 卷30 雜著 本然之性氣質之性說》

353 앞에서는……하였으니 : 《중용장구》제1장 주희의 주에 보이는 말이다. 172쪽 주340 참조.

〔답〕앞에서는 '천리의 본연을 보존하는 것〔存天理之本然〕'을 말하였기 때문에 "잠시도 도를 떠나지 않게 한다."라고 한 것이고, 뒤에서는 '인욕을 장차 싹트려 할 때 막는 것〔遏人慾於將萌〕'을 말하였기 때문에 "도를 떠남이 먼 데까지 이르지 않도록 한다."라고 한 것이니, 어세(語勢)가 본래 이와 같아야 하네.

〔문 22〕주자(朱子 주희(朱熹))는 《주역》의 〈곤괘(坤卦)〉와 〈복괘(復卦)〉 두 괘를 모두 미발(未發)에 해당시켰다가[354] 만년에는 〈복괘〉를 비유로 든 것을 틀리다고 보았습니다.[355] 그렇다면 마땅히 《중용혹문》의 설을 정론(定論)으로 보아야 하지 않겠습니까. 제 생각에는 계구(戒懼 경계하고 두려워함) 공부를 〈곤괘〉에 소속시키고 근독(謹獨 홀로를 삼감) 공부를 〈복괘〉에 짝짓는 것이 무방할 듯하니

---

354 주자(朱子)는……해당시켰다가 : 《주자어류》에서는 "고요할 때에는 사려가 아직 싹트지 않았으나 지각은 어둡지 않으니, 이것이 바로 〈복괘〉에서 이른바 '천지의 마음을 알 수 있다.'는 것이다. 이것은 고요한 가운데의 동함이다.〔其靜時, 思慮未萌, 知覺不昧, 乃復所謂見天地之心, 靜中之動也.〕"라고 하여 미발(未發)을 《주역》의 〈복괘(復卦)〉에 해당시켰다. 《朱子語類 卷62 中庸1》

355 만년에는……보았습니다 : 주희는 《중용혹문(中庸或問)》에서 "지극히 고요할 때에는 단지 지각할 수 있는 것만 있고 지각하는 바는 없다. 그러므로 고요한 가운데 사물이 있다고 하는 것은 옳지만 이제 막 생각할 때가 바로 이미 발한 것이라는 것을 비유로 삼는 것은 옳지 않으며, 〈곤괘〉가 순음이지만 양이 없는 것이 아니라고 하는 것은 옳지만 〈복괘〉에서 하나의 양이 이미 동한 것을 비유로 삼는 것은 옳지 않다.〔當至靜之時, 但有能知覺者, 而未有所知覺也. 故以爲靜中有物則可, 而便以纔思卽是已發爲比則未可 ; 以爲坤卦純陰而不爲無陽則可, 而便以復之一陽已動爲比則未可也.〕"라고 하여, 미발(未發)을 〈복괘〉에 비유한 것은 옳지 않다고 보고 오로지 《주역》의 〈곤괘〉에만 해당시키고 있는데, 바로 주희의 만년 정론(定論)이다.

다.[356] 어떨지 모르겠습니다.

[답] 〈곤괘〉나 〈복괘〉에 비유한 설은 마땅히 《중용혹문》을 바른 것으로 보아야 할 듯하네. 이 두 괘를 계구 공부와 근독 공부에 각각 나누어 짝짓는 것은 그다지 들어맞지 않네.

[문 23] 선배들 중에는 혹 신독(愼獨)을 지(知) 공부에 소속시키기도 하는데 어떻습니까? 신독은 천리(天理)와 인욕(人慾)의 기미를 성찰하는 것이니, 그렇다면 그 설도 근거가 없는 것은 아니지 않습니까?

[답] 신독은 확실히 행(行) 공부에 속하는 일이니, 신(愼) 자만 보아도 알 수 있네. 주자는 근독(謹獨)을 성찰(省察)의 요점으로 보았는데,[357] 자세히 논한다면 성찰 뒤에 다시 알인욕(遏人慾 인욕을 막다) 공부[358]가 있고, 그런 뒤에야 비로소 신독의 뜻을 다할 수 있으니 신독을 지(知) 공부에 소속시킬 수 없음이 분명하네.

---

356 계구(戒懼)……듯합니다 : '계구'와 '근독(謹獨)'은 162쪽 주316 참조.

357 주자는……보았는데 : 《중용장구》 제1장 장 아래 주희의 주에 "자사가 전수한 뜻을 기술하여 글을 지어서, 처음에는 도의 본원이 하늘에서 나와 바뀔 수 없음과 그 실체가 자기 몸에 갖추어져 떠날 수 없음을 밝히고, 다음에는 존양과 성찰의 요점을 말하였고, 마지막에는 성신의 공화의 지극함을 말하였다.〔子思述所傳之意以立言, 首明道之本原出於天而不可易, 其實體備於己而不可離, 次言存養省察之要, 終言聖神功化之極.〕"라는 내용이 보인다. '다음에는 존양과 성찰의 요점을 말하였다.'는 것은 제1장 제3절의 "숨은 것보다 드러남이 없으며 미세함보다 나타남이 없으니, 그러므로 군자는 그 홀로를 삼가는 것이다.〔莫見乎隱, 莫顯乎微, 故君子愼其獨也.〕"라는 부분을 가리킨다.

358 알인욕(遏人慾) 공부 : 71쪽 주127 참조.

〔문 24〕 '미발(未發)'이라는 글자는 경(經)과 전(傳)에 없습니다. 그
의미를 찾는다면 어느 곳에서 근거를 찾을 수 있겠습니까?

〔답〕《주역》의 "경하여 안을 곧게 한다.〔敬以直內.〕"[359]와 《시경》의
"옥루에 부끄럽지 않게 한다.〔不愧屋漏.〕"[360]와 《예기》의 "사람이 태
어나서 고요하다.〔人生而靜.〕"[361]와 같은 구절이 모두 미발을 말하고
있는 곳이네.《논어》와 《맹자》에도 이런 뜻이 많지만 단지 '미발'이
라는 글자를 분명하게 말하지 않았을 뿐이네.

〔문 25〕 '지극히 고요한 가운데〔至靜之中〕'[362]는 미발(未發)의 경계를
가리킵니까? 아니면 '보지 않고 듣지 않는〔不覩不聞〕'[363] 때를 가리킵

---

359 경(敬)하여……한다 :《주역》〈곤괘(坤卦) 문언전(文言傳)〉에 "군자는 경(敬)하
여 안을 곧게 하고 의(義)하여 밖을 방정하게 한다.〔君子敬以直內, 義以方外.〕"라는
내용이 보인다.

360 옥루(屋漏)에……한다 :《시경》〈대아(大雅) 억(抑)〉에 "네 거실에 있음을 보건
대, 거의 옥루에 부끄럽지 않게 할 것이다.〔相在爾室, 尙不愧于屋漏.〕"라는 내용이 보
인다. '옥루'는 실(室) 안의 서북쪽 모퉁이이다. 실 안의 서남쪽 모퉁이는 '오(奧)', 동남
쪽 모퉁이는 '여(窔)', 동북쪽 모퉁이는 '이(宧)'라고 한다.《儀禮釋宮》

361 사람이 태어나서 고요하다 :《예기》〈악기(樂記)〉에 "사람이 태어나서 고요한 것
은 하늘의 성이고 사물에 감응하여 동하는 것은 성의 욕구이니, 사물이 이르면 지각이
이를 안다.〔人生而靜, 天之性也, 感於物而動, 性之欲也, 物至知知.〕"라는 내용이 보인다.

362 지극히 고요한 가운데 :《중용장구》제1장 제5절 주희의 주에 "'계구'로부터 요약
하여 지극히 고요한 가운데 편벽되거나 치우친 바가 없어 그 지킴이 잃지 않는 데에
이르면, 그 중(中)을 지극히 하여 천지가 제자리를 편안히 할 것이다.〔自戒懼而約之,
以至於至靜之中無所偏倚而其守不失, 則極其中而天地位矣.〕"라는 내용이 보인다.

363 보지……않는 : 162쪽 주316 참조.

니까?

〔답〕'지극히 고요함'을 미발로 본다면 바로 다음에 "조금도 편벽되거
나 치우친 바가 없다.〔無少偏倚.〕"라는 것을 다시 말해서는 안 될 것
이네. 이미 '미발'이라고 하였다면 '편벽되거나 치우친 바가 없는 것'
은 절로 그 가운데 있기 때문이네. 내 생각에는 '보지 않고 듣지 않는'
때를 이에 해당시켰으면 하는데, 어떨지 모르겠네.

〔답〕편지에서 '지극히 고요함'을 미발로 삼고자 하여 《중용혹문(中
庸或問)》에서 논한 정자(程子)의 설[364]을 인용하여 증거로 삼은 것은
또한 그렇게 말할 수 있을 듯하네. 나 역시 예전에는 이와 같이 보았
는데, 근래 생각해보니 "조금도 편벽되거나 치우친 바가 없다."라는
구절 다음에 다시 "그 지킴을 잃지 않는다.〔其守不失.〕"라는 구절을
두었다면 "그 지킴을 잃지 않는다."는 것은 바로 공경하여 이를 잡아

---

364 중용혹문(中庸或問)에서……설 : 《중용혹문》에 "묻습니다. '정자가 성인의 마음
을 명경지수와 같다고 한 것은 참으로 성인의 마음을 적자의 마음과 다르게 본 것입니
다. 그렇다면 이것은 미발이 되는 것입니까?' 대답하였다. '성인의 마음은 미발 때에는
명경지수의 체가 되고 기발 때에는 명경지수의 용이 되니, 또한 미발만을 가리켜서
말한 것이 아니다.……미발 때에는 단지 희로애락의 편벽됨이 있지 않을 뿐이니, 그
눈의 봄과 귀의 들음은 당연히 더욱 정명하여 어지럽힐 수가 없다. 마음이 있지 않아서
마침내 눈과 귀의 용을 폐하는 것과 어찌 같겠는가.〔曰: 程子明鏡止水之云, 固以聖人
之心爲異乎赤子之心矣. 然則此其爲未發者邪? 曰: 聖人之心, 未發則爲水鏡之體, 旣發
則爲水鏡之用, 亦非獨指未發而言也.……蓋未發之時, 但爲未有喜怒哀樂之偏耳, 若其
目之有見、耳之有聞, 則當愈益精明而不可亂, 豈若心不在焉而遂廢耳目之用哉?〕"라는
내용이 보인다.

지키는 것을 말하네. 지금 "조금도 편벽되거나 치우친 바가 없다."는 것으로 또 공경하여 이를 잡아 지킨다는 뜻을 삼는다면 중첩되어서 옳지 않은 것이 아니겠는가. 이 때문에 감히 전의 의견을 고수하지 못하겠네.

〔문 26〕 "내 마음이 바르면 천지의 마음 역시 바르고, 나의 기가 순하면 천지의 기 또한 순하다.〔吾心正則天地之心亦正, 吾之氣順則天地之氣亦順.〕"라고 하였습니다.[365] 중화(中和)는 성정(性情)의 덕입니다.[366] 여기에서 '성'과 '정'이라 하지 않고 '마음'과 '기'로 바꾸어 말한 것은 무엇 때문입니까?

---

365 내……하였습니다 : 《중용장구》 제1장 제5절 주희의 주에 "천지와 만물이 본래 나와 일체이기 때문에 나의 마음이 바르면 천지의 마음이 또한 바르고, 나의 기가 순하면 천지의 기가 또한 순하다. 그러므로 그 효험이 이와 같음에 이르는 것이다.〔蓋天地萬物, 本吾一體, 吾之心正, 則天地之心亦正矣, 吾之氣順, 則天地之氣亦順矣.〕"라는 내용이 보인다.

366 중화(中和)는 성정(性情)의 덕입니다 : 《중용장구》 제1장 제4절에 "기뻐하고 노하고 슬퍼하고 즐거워하는 정이 발하지 않은 것을 '중'이라 이르고, 발하여 모두 절도에 맞는 것을 '화'라 이르니, '중'은 천하의 큰 근본이며 '화'는 천하의 공통된 도이다.〔喜怒哀樂之未發, 謂之中; 發而皆中節, 謂之和. 中也者, 天下之大本也; 和也者, 天下之達道也.〕"라는 내용이 보이는데, 이에 대한 주희의 주에 "희로애락은 '정'이고 이것이 발하지 않은 것은 바로 '성'이다. 편벽되고 치우친 바가 없으므로 '중'이라 이르며, 발함에 모두 절도에 맞는 것은 '정'의 올바름이니 어그러지는 바가 없으므로 '화'라고 이른다.……이 것은 성과 정의 덕을 말하여 도를 떠날 수 없는 뜻을 밝힌 것이다.〔喜怒哀樂, 情也; 其未發, 則性也. 無所偏倚, 故謂之中. 發皆中節, 情之正也, 無所乖戾, 故謂之和.……此言性情之德, 以明道不可離之意.〕"라고 하여 중(中)과 화(和)를 각각 성(性)과 정(情)의 덕으로 보았다.

〔답〕 이것은 다른 것을 구할 것 없이 단지 '마음'과 '기'를 각각 '성'과 '정' 자로 바꾸어서 읽어보면 그것이 온당하지 않다는 것을 알 수 있을 것이네.

〔문 27〕 장 아래 "실체가 자기 몸에 갖추어져 떠날 수 없는 것이다. 〔實體備於己而不可離.〕"라는 주자의 주에 대한 소주(小註)에 "도는 떠날 수 없다.〔道不可離.〕"라고 하였습니다.[367] 남당(南塘 한원진(韓元震))은 "옳지 않다. 마땅히 성(性)과 도(道)로 말해야 한다."라고 하였는데,[368] 감히 그것이 반드시 옳다고는 믿지 못하겠습니다.

〔답〕 소주의 설이 본래 바뀔 수 없는 해석이네.

〔문 28〕 '중용(中庸)'의 '중(中)'이 이미 체(體)와 용(用)을 겸하였다면[369] '용(庸)' 역시 체와 용을 겸한 것입니까?

---

367 장……하였습니다 : 대전본(大全本)《중용장구》제1장 장 아래 주희의 주에 "이상은 제1장이다.……처음에는 도의 본원이 하늘에서 나와 바뀔 수 없음과 그 실체가 자기 몸에 갖추어져 떠날 수 없음을 밝혔고, 다음에는……〔右第一章.……首明道之本原出於天而不可易、其實體備於己而不可離, 次言……〕"라고 하였는데, 이에 대한 소주에 "경문의 '도는 떠날 수 없는 것이니 떠날 수 있으면 도가 아니다.'라는 두 구를 가리킨다. 〔道不可離, 可離非道二句.〕"라는 내용이 보인다.

368 남당(南塘)은……하였는데 : 남당 한원진(韓元震)의《경의기문록》에 "장 아래 '도의 본원이 하늘에서 나왔다.'는 것은 하늘이 명한 것으로 말한 것이고, '실체가 자기 몸에 갖추어져 있다.'는 것은 성과 도로 말한 것이니, 소주의 설은 옳지 않다.〔章下道之本原出於天, 以天命言; 實體備於己, 以性道言, 小註說非是.〕"라는 내용이 보인다.《經義記聞錄 中庸 第一章》

〔답〕 '중용'의 '중'은 비록 중화(中和)의 뜻을 겸하고는 있지만[370] 요컨대 '중'의 뜻을 위주로 하였기 때문에 제2장 이하부터 이하로는 주자가 모두 '지나침과 미치지 못함〔過不及〕'으로 말한 것이니, 그 뜻을 알 수 있네. '용'이 체와 용을 겸하였다는 것은 더욱 들어보지 못하였네.

〔문 29〕 소인의 마음이 있으면 이미 중용에 반대로 하는 것입니다. 어찌 거리낌 없기를 기다릴 필요가 있겠습니까?[371]

〔답〕 비록 소인의 마음이 있다 하더라도 능히 꺼릴 바를 안다면 그 중용에 대해서는 비록 말할 수 없지만 또한 어찌 모든 것이 상반되는

---

369 중용(中庸)의⋯⋯겸하였다면 : 《중용혹문(中庸或問)》에 "'중화'의 '중'이 그 뜻이 비록 정밀하지만 '중용'의 '중'은 실로 체와 용을 겸한 것이다. 그리고 이른바 '용'이라는 것은 또 평상의 뜻이 있으니, '중화'에 비하면 그 포함하는 것이 더욱 넓어서 《중용》 전체의 대의에 있어 정추와 본말이 다하지 않음이 없다. 이것이 바로 '중화'라고 하지 않고 '중용'이라고 한 이유이다.〔中和之中, 其義雖精, 而中庸之中, 實兼體用. 且其所謂庸者, 又有平常之意焉, 則比之中和, 其所該者尤廣, 而於一篇大指, 精粗本末, 無所不盡, 此其所以不曰中和, 而曰中庸也.〕"라는 내용이 보인다.

370 중용의⋯⋯있지만 : 《중용장구》 제2장 장 아래 주희의 주에 "'중용'의 '중'은 실로 '중화'의 뜻을 겸하고 있다.〔中庸之中, 實兼中和之義.〕"라는 내용이 보인다.

371 소인의⋯⋯있겠습니까 : 《중용장구》 제2장 제2절에 "군자는 중용을 하고, 소인은 중용에 반대로 한다. 군자가 중용을 하는 것은 군자이면서 때로 맞게 하기 때문이고, 소인이 중용에 반대로 하는 것은 소인이면서 거리낌이 없기 때문이다.〔君子中庸, 小人反中庸. 君子之中庸也, 君子而時中, 小人之〔反〕中庸也, 小人而無忌憚也.〕"라는 내용이 보인다. 주희(朱熹)의 주에 "소인이 중용에 반대로 하는 까닭은 소인의 마음이 있고 또 거리끼는 바가 없기 때문이다.〔小人之所以反中庸者, 以其有小人之心, 而又無所忌憚也.〕"라고 하였다.

데에까지 이르겠는가. '반대로 한다[反之]'고 한 것은 '능한 이가 적다
[鮮能]'372는 것과는 다른 것이네.

　[문 30]《중용장구》에서 이미 '계신공구(戒愼恐懼 경계하고 삼가며 두려
　워함)'를 말한 뒤에 곧바로 이어서 '무시부중(無時不中 때마다 맞지 않음
　이 없음)'을 말하였으니,373 '계구'가 이미 동(動)할 때와 정(靜)할 때의
　공부를 겸하였다면 '시중' 역시 마땅히 앞글과 이어서 보아야 합니까?

[답] '계신공구'는 참으로 동할 때와 정할 때에 두루 통하는 공부이지
만 '무시부중'은 바로 동할 때의 일이니 뒤섞어 보아서는 안 되네.

　[문 31] "군자이면서 때에 맞게 한다.[君子時中.]"라고 할 때의 '군자'
　를 주자(朱子 주희(朱熹))는 "단지 좋은 사람일 뿐이다.[只是箇好人.]"
　라고 하였습니다.374 그렇다면 "군자는 중용을 한다.[君子中庸.]"라

372　능한 이가 적다 :《중용장구》제3장에 "중용은 지극할 것이다. 사람들이 능한 이
가 적은 지 오래되었다.[中庸, 其至矣乎! 民鮮能, 久矣.]"라는 내용이 보인다.

373　중용장구에서……말하였으니 :《중용장구》제2장 주희의 주에 "'중'은 일정한 체
(體)가 없어 때에 따라 있으니, 이것이 바로 평상의 리(理)이다. 군자는 이것이 자신에
게 있음을 알기 때문에 능히 보지 않을 때에도 경계하고 삼가며 듣지 않을 때에도 두려워
하여 때마다 맞지 않음이 없고, 소인은 이것이 있음을 알지 못하니 욕심을 부리고 망령
되이 행동하여 거리끼는 바가 없는 것이다.[中無定體, 隨時而在, 是乃平常之理也. 君子
知其在我, 故能戒謹不睹, 恐懼不聞, 而無時不中; 小人不知有此, 則肆欲妄行, 而無所忌
憚矣.]"라는 내용이 보인다.

374　군자이면서……하였습니다 : 대전본(大全本)《중용장구》제2장 제2절 소주에
"'군자'는 단지 좋은 사람을 말한 것뿐이며, '시중'은 단지 꼭 들어맞게 하는 일을 말한

고 할 때의 '군자'도 똑같이 범범하게 말한 군자입니까?

〔답〕 앞뒤의 '군자'는 단지 하나의 군자일 뿐이네. 무릇 군자와 소인을 논할 때 혹은 범범하게 선악으로 말하기도 하고 혹은 그 지극한 단계를 가리켜서 말하기도 하는데, 여기에서는 범범하게 말한 것뿐이네.

〔문 32〕 '사람들이 중용에 능한 이가 적은 것〔民之鮮能中庸〕'은 실로 지혜로운 자와 어진 자의 지나침 및 어리석은 자와 불초(不肖)한 자의 미치지 못함에서 말미암은 것입니다.[375] 그런데 《중용장구》에서 반드시 '세교(世敎)'로 말한 것[376]은 무엇 때문입니까?

것뿐이다.〔君子只是說箇好人, 時中只是說箇做得恰好底事.〕"라는 주희의 말이 보인다. 제2장 제2절 경문은 185쪽 주371 참조.

375 사람들이……것입니다 : 《중용장구》 제3장에 "중용은 지극할 것이다. 사람들이 능한 이가 적은 지 오래이다.〔中庸, 其至矣乎! 民鮮能, 久矣.〕", 제4장 제1절에 "도가 행해지지 못하는 이유를 내 아노니, 지혜로운 자는 지나치고 어리석은 자는 미치지 못하기 때문이다. 도가 밝아지지 못하는 이유를 내 아노니, 어진 자는 지나치고 어질지 못한 자는 미치지 못하기 때문이다.〔道之不行也, 我知之矣. 知者, 過之; 愚者, 不及也. 道之不明也, 我知之矣. 賢者, 過之; 不肖者, 不及也.〕"라는 내용이 보인다.

376 세교(世敎)로 말한 것 : 《중용장구》 제3장 주희의 주에 "지나치면 중을 잃고 미치지 못하면 이르지 못하기 때문에 오직 중용의 덕이 지극함이 되는 것이다. 그러나 또한 사람이 똑같이 얻은 바여서 애당초 어려운 일이 아닌데, 다만 세교가 쇠하여 사람들이 흥행하지 않기 때문에 능한 이가 적은 지 지금 이미 오래된 것이다.〔過則失中, 不及則未至, 故惟中庸之德爲至. 然亦人所同得, 初無難事, 但世敎衰, 民不興行, 故鮮能之, 今已久矣.〕"라는 내용이 보인다.

〔답〕 배우는 자들의 지나침과 미치지 못함을 논할 때에는 지혜로움과 어리석음, 어짊과 불초함으로 말하고, 보통 사람들이 능한 이가 적은 것을 논할 때에는 세교로 말한 것이니, 말에 각각 마땅함이 있는 것이네.

〔문 33〕 앞 절에서 이미 지(知)와 행(行)을 겸하여 말하였는데, 뒷 절에서 지(知)만을 말한 것[377]은 무엇 때문입니까? 《중용혹문(中庸或問)》의 "맛의 바름을 안다.〔知味之正.〕"라는 설[378]을 가지고 보면 애초에 행(行)의 뜻을 포함하지 않은 것이 아닙니다. 어떻습니까?

〔답〕 "맛을 안다.〔知味.〕"라고 할 때의 '지(知)'는 반드시 지혜로운 자만을 위하여 말한 것은 아니니, 주자가 해석한 것[379]을 보면 윗 절의

---

377 앞……것 :《중용장구》제4장 제1절은 187쪽 주375 참조. 제4장 제2절에 "사람들이 음식을 먹고 마시지 않는 이가 없건마는 맛을 아는 이는 적다.〔人莫不飮食也, 鮮能知味也.〕"라는 내용이 보인다. 제4장 제1절 주희의 주에 "지혜로운 자는 앎이 지나치고……어리석은 자는 앎에 미치지 못하며……어진 자는 행이 지나치고……불초한 자는 행에 미치지 못한다.〔知者, 知之過.……愚者, 不及知.……賢者, 行之過.……不肖者, 不及行.〕"라고 하여, 지(知)와 행(行)의 과불급(過不及)을 겸하여 해석하고 있다. '앞 절'은 제1절을, '뒷 절'은 제2절을 이른다.

378 중용혹문(中庸或問)의……설 :《중용혹문》에 "맛의 바름을 알면 반드시 좋아하여 싫증 내지 않을 것이고, 도의 중을 알면 반드시 지켜서 잃지 않을 것이다.〔知味之正, 則必嗜之而不厭矣 ; 知道之中, 則必守之而不失矣.〕"라는 내용이 보인다.

379 주자가 해석한 것 :《중용장구》제4장 제2절 주희의 주에 "도는 떠날 수가 없는데 사람들이 스스로 살피지 않기 때문에 지나치거나 미치지 못한 폐단이 있는 것이다.〔道不可離, 人自不察, 是以有過不及之弊.〕"라는 내용이 보인다.

뜻까지 통틀어서 결론을 내렸다는 것을 알 수 있네.

〔문 34〕 "사람들이 스스로 살피지 않는다.〔人自不察.〕"[380]라고 할 때의 '찰(察)' 자는 '맛을 안다'는 뜻입니까?

〔답〕 "사람들이 스스로 살피지 않는다."는 것이 바로 "맛을 아는 이가 적다."를 말한 것이네.

〔문 35〕 "중용을 택한다.〔擇乎中庸.〕"[381]는 것은 오로지 지(知)에만 해당할 듯한데 "중을 쓴다.〔用中〕"[382]라고 겸하여 말한 것은 무엇 때문입니까?

---

380 사람들이……않는다 : 188쪽 주379 참조.

381 중용을 택한다 :《중용장구》제7장에 "사람들이 모두 '내가 지혜롭다.'라고 말하지만 짐승을 잡는 그물과 덫, 구덩이 가운데로 몰아넣어도 피할 줄을 알지 못하며, 사람들이 모두 '내가 지혜롭다.'라고 말하지만 중용을 택하여 한 달도 지키지 못한다.〔人皆曰予知, 驅而納諸罟擭陷阱之中而莫之知辟也 ; 人皆曰予知, 擇乎中庸而不能期月守也.〕"라는 내용이 보인다.

382 중(中)을 쓴다 :《중용장구》제7장 주희의 주에 "'중용을 택한다.'는 것은 여러 이치를 변별하여 이른바 '중용'이란 것을 찾는 것이니, 바로 앞 장에서 말한 '묻기를 좋아하고 중을 쓴다.'는 일이다.〔擇乎中庸, 辨別衆理, 以求所謂中庸, 卽上章好問用中之事也.〕"라는 내용이 보인다. '앞 장' 운운은 제6장의 "순임금은 큰 지혜일 것이다. 순임금은 묻기를 좋아하고 천근한 말을 살피기 좋아하되, 악을 숨겨주고 선을 드날렸으며 두 끝을 잡아서 그 중을 백성에게 썼으니, 이 때문에 순임금이 된 것이다.〔舜其大知也與! 舜好問而好察邇言, 隱惡而揚善, 執其兩端, 用其中於民, 其斯以爲舜乎!〕"라는 내용을 가리킨다.

〔답〕 단지 "묻기를 좋아한다.〔好問〕"고만 하면 무엇을 가지고 '중을 택하는〔擇中〕'는 뜻을 볼 수 있겠는가? "묻기를 좋아한다." 뒤에 "중을 쓴다."라고 연이어서 쓴 것은 문장의 형세가 그렇게 하지 않을 수 없기 때문이네. 그러나 주된 뜻은 '용(用)' 자에 있지 않네.

〔답〕 이 장의 '중(中)'과 '화(和)' 자[383]가 첫 장의 '중화'[384]와 같은지 같지 않은지는 어찌 변설(辨說)을 기다려서야 밝게 알겠는가. 이하 네 단락은 모두 지극히 평이한 곳에서 헛되이 억지로 천착하여 어지럽게 잘게 쪼개어서 이루 다 바로잡을 수가 없네. '중립하여 치우치지 않음〔中立不倚〕'을 '편벽되지도 않고 치우치지도 않음〔不偏不倚〕'의 일로 삼은 것에 이르러서는 거의 식견이 되지 못할 듯한데, 무슨 연고로 이 지경에까지 떨어졌는지 모르겠네. 장자(張子 장재(張載))의 "옛 견해를 깨끗이 씻어버려 새로운 생각이 나오게 해야 한다.〔濯舊來新.〕"라는 가르침[385]을 통렬히 성찰하여 유념해야 할 듯하네.

〔문 36〕 '중도에 그만두는 것〔半途而廢〕'은 실행이 미치지 못하여 이르지 못한 자입니다. 비록 '중도에 그만둔다'고 하였지만 처음에는

---

383 이……자 : '이 장'은 《중용장구》 제10장을 가리킨다. 제5절에 "그러므로 군자는 화(和)하되 흐르지 않으니, 강하다, 꿋꿋함이여! 중립하여 치우치지 않으니, 강하다, 꿋꿋함이여!〔故君子和而不流, 强哉矯! 中立而不倚, 强哉矯!〕"라는 내용이 보인다.
384 첫 장의 중화 : '첫 장'은 《중용장구》 제1장을 이른다. 48쪽 주74 참조.
385 장자(張子)의……가르침 : 《근사록(近思錄)》 권3 〈치지(致知)〉에 "의리에 의심스러운 것이 있으면 옛 견해를 깨끗이 씻어버려 새로운 생각이 나오게 해야 한다.〔義理有疑, 則濯去舊見, 以來新意.〕"라는 장재(張載)의 말이 보인다.

이미 '도를 따라 행한 것[遵道而行]'이니,[386] 그렇다면 또한 어리석은 자나 불초(不肖)한 자[387]와는 등급이 다른 것이 아니겠습니까.

〔답〕'중도에 그만두는 것'은 미치지 못한 것이 아니고 무엇이겠는가. 이미 '미치지 못한다[不及]'고 하였다면 또한 어리석은 자나 불초한 자의 등급으로 똑같이 귀결될 뿐이네.

〔문 37〕요씨(饒氏 요로(饒魯))는 "중용을 따르는 것은 그 어려움을 볼 수 없다. 세상에 은둔하여 후회하지 않는 것이야말로 어려운 부분이다.〔依乎中庸, 未見其難, 遯世不悔, 方是難處.〕"라고 하였습니다.[388] 중용을 따르기 때문에 절로 후회하는 일 없이 은둔하는 것을 그만두지 못하는 것이니, 어려운 점은 바로 '중용을 따르는 것'에 있습니다. 요씨의 설은 옳지 않을 듯합니다.

〔답〕"중용을 따라 세상에 은둔하여 인정을 받지 못하여도 후회하지

---

386 중도에……것이니 : 《중용장구》 제11장 제2절에 "군자가 도를 따라 행하다가 중도에 그만두는데, 나는 그만두지 못한다.〔君子遵道而行, 半塗而廢, 吾弗能已矣.〕"라는 내용이 보인다. 주희의 주에 "이것은 그 앎은 비록 충분히 미칠 수 있으나 실행이 미치지 못함이 있는 것이니, 마땅히 강하게 하여야 할 경우에 강하게 하지 않는 자이다.〔此其知 雖足以及之, 而行有不逮, 當强而不强者也.〕"라고 하였다.

387 어리석은 자나 불초(不肖)한 자 : 187쪽 주375 참조.

388 요씨(饒氏)는……하였습니다 : 저본에 인용한 요로(饒魯, 1193~1264)의 설은 《중용장구》 제11장 제3절 "군자는 중용을 따라 세상에 은둔하여 인정을 받지 못하여도 후회하지 않으니, 오직 성자만이 이에 능하다.〔君子依乎中庸, 遯世不見知而不悔, 唯聖者 能之.〕"라는 구절에 대한 해석으로, 대전본(大全本) 《중용장구》 소주(小注)에 보인다.

않는다.〔依乎中庸, 遯世不見知而弗悔.〕"라는 것은 이 두 구를 합쳐야
비로소 성인(聖人)의 일이네. 요씨는 뒷 구를 위주로 하여 말하고 그
대는 앞 구를 위주로 하여 말하니 모두 치우침을 면치 못한 것이네.

〔문 38〕 '비(費 광대함)'와 '은(隱 은미함)'은 모두 형이상의 도이니,[389]
체(體)는 참으로 은미하다 하겠지만 '비' 역시 어찌 볼 수 있는 것이
겠습니까.[390] 이로 인해 어떤 사람은 '비'를 기(器)로 보기도 하는데,
어떻게 이것을 밝힙니까?

〔답〕 '솔개가 날고 물고기가 뛰노는 것〔鳶飛魚躍〕'[391]을 어찌 볼 수 없

---

389 비(費)와……도이니 : 《주자어류》에 "'형이상'이나 '형이하'라는 것은 사물에 나
아가서 말한 것이고, '비이은'이라는 것은 도에 나아가서 말한 것이다.〔形而上、下者,
就物上說 ; 費而隱者, 就道上說.〕"라는 내용이 보이는데, 이에 따르면 비(費)와 은(隱)
은 모두 형이상인 도의 입장에서 말한 것이다. 한원진(韓元震) 역시 "비와 은은 모두
형이상의 도이며 비인 것은 바로 은인 것이어서 두 가지가 아니다.〔費、隱皆形而上之
道, 費底卽是隱底, 非有二物也.〕"라고 하였다. 《朱子語類 卷63 中庸2 第十二章》《經義
記聞錄 中庸 第十二章》

390 체(體)는……것이겠습니까 : 《주자어류》에 "'비'는 도의 용이고 '은'은 도의 체이
다. 용은 이치가 일상생활 하는 사이에 나타난 것이니 볼 수 없는 것이 없다. 그러나
체는 이치가 그 안에 숨어 있는 것으로 형이상의 일이니 참으로 보고 들음이 미칠 수
있는 바가 아닌 것이 있다.〔費, 道之用也 ; 隱, 道之體也. 用則理之見於日用, 無不可見
也. 體則理之隱於其內, 形而上者之事, 固有非視聽之所及者.〕"라는 내용이 보인다. 이
에 따르면 주희는 도(道)의 용(用)인 비(費)를 볼 수 있다고 본 것이다. 《朱子語類
卷63 中庸2 第十二章》

391 솔개가……것 : 《중용장구》 제12장 제3절에 "《시경》에 이르기를 '솔개는 날아 하
늘에 이르는데, 물고기는 연못에서 뛰논다.' 하였으니, 상하에 이치가 밝게 드러남을

겠는가. 사람에게 있어서라면 움직이고 그치며 말하고 침묵하며 일에 응하고 외물을 대하는 것이 또한 어찌 볼 수 있는 것이 아니겠는가. 그러나 사물이 마땅히 그래야 하기 때문에 그러는 것이 바로 도의 용(用)이니, 마땅히 그러지 말아야 하는데도 그러는 것이 어찌 도이겠는가. 그러므로 솔개가 반드시 하늘에 이르고 물고기가 반드시 연못에서 뛰놀며 사람이 하는 바가 반드시 이치에 마땅한 것이어야 비로소 도가 될 수 있는 것이네. 기(器)로 비(費)를 말하는 것은 마땅히 그러해야 함과 마땅히 그러해서는 안 됨의 구분이 없는 것이네. 바로 불교의 운수반시(運水搬柴)의 설[392]이니, 말이 되겠는가.

〔문 39〕《중용장구》의 '리지소이연(理之所以然)'을 남당(南塘 한원진(韓元震))은 정자(程子 정이(程頤))의 '기연(其然)'·'소이연(所以然)'의 설과 다르다고 하였는데,[393] 옳은지 어떤지 모르겠습니다.

말한 것이다.〔詩云: 鳶飛戾天, 魚躍于淵, 言其上下察也.〕라는 내용이 보인다. '《시경》'은 〈대아(大雅) 한록(旱麓)〉이다.

392 운수반시(運水搬柴)의 설 : 불법(佛法)의 수행은 물 긷고 땔나무하는 것과 같은 일상생활 속에 있다는 말로, '운수반시'는 당나라 때 선종의 유명한 거사(居士)인 방온(龐蘊)의 게송(偈頌) 중에 "신통과 묘용은 물 긷고 땔나무를 하는 데에 있다.〔神通併妙用, 運水及搬柴.〕"라는 말에서 유래하였다. 《주자어류》에서는 이를 인용하여, 배고프면 먹고 목마르면 마시며 해가 뜨면 일하고 해가 지면 쉬는 것은 모두 도가 있는 곳이지만, 먹고 마시고 일하고 쉬는 것을 바로 도라고 말하는 것은 방온 거사의 이 말처럼 문제가 있다고 비판하였다. 《朱子語類 卷62 中庸1 第一章》《五燈會元 卷3 六祖大鑒禪師法嗣》

393 중용장구의……하였는데 :《중용장구》제12장 제2절 주희의 주에 "군자의 도는 가까이는 부부가 집에 거처하는 사이로부터 멀리는 성인과 천지도 능히 다할 수 없는

〔답〕한공(韓公 한원진(韓元震))은 아마도 리(理)와 사(事)의 구분을 명확히 하고자 해서였을 것이네.[394] 그러나 사실 물 뿌리고 청소하고 응하

것에 이른다. 그리하여 그 큼이 밖이 없고 그 작음이 안이 없으니, 광대하다〔費〕고 이를 만하다. 그러나 그 이치의 소이연(所以然)은 은미하여 드러나지 않는다.〔君子之道, 近自夫婦居室之間, 遠而至於聖人天地之所不能盡, 其大無外, 其小無內, 可謂費矣. 然其理之所以然, 則隱而莫之見也.〕", 《논어집주》〈자장(子張)〉제12장 주희의 주에 정이(程頤)의 말을 인용하여 "무릇 사물에는 본말이 있으나 본과 말을 나누어 두 가지 일로 여겨서는 안 된다. 물 뿌리고 청소하고 응하고 대답하는 일이 바로 그러한 것〔其然〕이니, 여기에도 반드시 그 소이연이 있다.〔凡物有本末, 不可分本末爲兩段事. 灑掃應對是其然, 必有所以然.〕"라는 내용이 보인다. 한원진(韓元震)은 이에 대해 《중용장구》에서 사용한 '소이연' 자는 다른 곳과 조금 다릅니다. 정자(程子)는 '물 뿌리고 청소하고 응하고 대하는 일이 바로 그러한 것〔其然〕이니, 여기에도 반드시 그 소이연이 있다.'라고 하였는데, 여기에서 말하는 '소이연'의 '연' 자는 사물을 가리킨 것이며 '소이' 자는 리(理)를 말한 것입니다. 그러나 《중용장구》에서 '리지소이연(理之所以然)'이라고 했을 때의 이 '소이연'은 모두 리를 말한 것입니다. '연' 자는 용의 광대함〔費〕을 가리킨 것이고 '소이' 자는 체의 은미함〔隱〕을 가리킨 것이니, 이것은 단지 '리가 이와 같은 원인〔理之所以如此〕'이라고 말하는 것과 같습니다. 읽는 자들은 대부분 《중용장구》의 '소이연' 자를 정자가 말한 '소이연'과 똑같다고 보기 때문에 마침내 '광대함'을 형이하의 기(器)로 보고 '은미함'을 형이상의 도로 보게 된 것입니다. 또 광대함이 바로 은미함인 것을 모르고 광대함 밖의 다른 단계에서 은미함을 별도로 찾고자 하니, 어쩌면 그렇게 잘못되었단 말입니까. 만일 광대함은 기(器)가 아니며 용은 바로 체라는 것을 분변하고자 한다면 모름지기 '소이연' 이 구에서 분명히 찾아야 할 것입니다.〔章句所用所以然字, 與他處少異. 程子曰 : 灑掃應對, 是其然, 必有所以然者. 這所以然, 然字指事物, 所以字是說理. 章句曰理之所以然, 此所以然者皆說理. 蓋然字指用之費, 所以字指體之隱, 猶言理之所以如此云爾. 讀者多將此所以然字, 與程子所言所以然者, 做一般看, 故遂以費爲形而下之器, 而隱爲形而上之道. 又不知費底卽隱, 而欲別求隱於費外一層, 何其誤也? 如欲辨費之非器, 用之卽體, 須於此所以然一句上, 查得分明.〕"라고 하였다. 《南塘集 卷14 與蔡君範〔之洪〕》

394 한공(韓公)은……것이네 : 한원진(韓元震)이 리(理)와 사(事)의 구분을 명확히

고 대하는 일 역시 '마땅히 그래야 하는 것〔當然〕'이니, 어찌 도의 용
(用)395이라고 말할 수 없겠는가. 예를 들면 이 장396의 '솔개가 날고
물고기가 뛰노는 것〔鳶飛魚躍〕'과 같은 것은 '비(費)'이지만 '날고 뛰노
는 원인〔所以飛躍〕'은 '은(隱)'이니, 이것이 정자의 '물 뿌리고 청소하
는' 설과 무엇이 다르단 말인가. 한공이 '리의 이와 같은 이유〔理之所以
如此〕'397라고 한 것은 갈수록 알 수 없는 곳으로 들어간 것이어서 참으
로 알기 어렵네.

〔문 40〕 비(費)・은(隱)의 체용(體用)398은 중(中)・화(和)의 체

했다는 것은 예를 들면 다음과 같은 글에서 알 수 있다. "부모를 사랑하는 한 가지
일로 말한다면, 사랑이 사랑인 관점에서 말하면 사랑은 물(物)이고 그 리(理)는 소이연
(所以然)이며, 사람이 사랑하는 관점에서 말하면 사랑은 사(事)이고 그 리는 소당연(所
當然)이다.……그러므로 나는 소이연과 소당연이 각각 체와 용이 되는 것을 구분하고자
한다면 마땅히 먼저 물과 사를 구분해야 한다고 생각한다. 물과 사가 이미 체와 용으로
구분되고 나면 그 리의 체와 용은 절로 분변이 없을 수 없게 되어 비로소 볼 수 있는
실체가 있게 된다.〔以愛親一事言之, 則自愛之爲愛而言, 則愛爲物而其理則所以然也;
自人之愛之者而言, 則愛爲事而其理則所當然也.……故愚以爲欲分所以然、所當然之爲
體用, 當先分物與事. 物與事旣分爲體用, 則其理之體用, 自不容無辨, 而方有實體之可
見者也.〕"《南塘集拾遺 卷4 雜著 退溪集箚疑》

395 도의 용(用) : 여기에서는《중용장구》제12장 제1절 "군자의 도는 광대하고 은미
하다.〔君子之道費而隱.〕"에서 '비(費)'를 이른다. 192쪽 주390 참조.

396 이 장 :《중용장구》제12장 제3절을 이른다. 192쪽 주391 참조.

397 리(理)의……이유 : '이와 같은 이유〔所以如此〕'는 '소이연(所以然)'을 이른다.
194쪽 주394 참조.

398 비(費)・은(隱)의 체용(體用) : '비'는 도의 용이며 '은'은 도의 체이다. 192쪽 주
390 참조.

용³⁹⁹과 다릅니다. 용(用)은 참으로 사(事)에 있지만 체(體)는 어디에 있습니까?

[답] 비·은과 중·화의 체용이 다름은 그대의 말이 옳네. 그러나 비·은의 체용은 단지 '용에 나아가면 체는 그 가운데에 있다'고 말하는 것뿐이네. 예를 들어 부모를 섬기는 것에 나아가면 효(孝)의 리(理)는 그 가운데에 있고 임금을 섬기는 것에 나아가면 충(忠)의 리는 그 가운데에 있는 것과 같은 것이니, 이것이 어찌 알기 어려운 것이겠는가.

[문 41] 성인(聖人)의 '알지 못함[不知]'과 '능하지 못함[不能]'은 전체를 들어서 말한 것인데⁴⁰⁰ 주자(朱子 주희(朱熹))는 "알지 못하고 능

---

399 중(中)·화(和)의 체용 : 《중용장구》 제1장 제4절 "'중'은 천하의 큰 근본이고, '화'는 천하의 공통된 도이다.[中也者, 天下之大本也; 和也者, 天下之達道也.]"에 대한 주희의 주에, "'큰 근본'은 하늘이 명한 성이다. 천하의 이치가 모두 이로 말미암아 나오니 도의 체이다. '공통된 도'는 성을 따름을 이른다. 천하와 고금에 함께 행하는 것이니 도의 용이다.[大本者, 天命之性, 天下之理皆由此出, 道之體也; 達道者, 循性之謂, 天下古今之所共由, 道之用也.]"라는 내용이 보인다. 이에 따르면 '중'은 도의 체이며, '화'는 도의 용이다.

400 성인(聖人)의……것인데 : 《중용장구》 제12장 제2절에 "부부의 어리석음으로도 참여하여 알 수 있으나 그 지극함에 이르러서는 성인이라도 또한 알지 못하는 바가 있으며, 부부의 불초함으로도 능히 행할 수 있으나 그 지극함에 이르러서는 성인이라도 또한 능하지 못한 바가 있다.[夫婦之愚, 可以與知焉, 及其至也, 雖聖人亦有所不知焉; 夫婦之不肖, 可以能行焉, 及其至也, 雖聖人亦有所不能焉.]"라는 내용이 보이는데, 주희의 주에 "알 수 있고 능할 수 있는 것은 도 가운데의 한 가지 일이고, 그 지극함에 이르러서는 성인도 알지 못하고 능하지 못한 것은 전체를 들어 말한 것이니, 성인도

하지 못한 것은 긴요치 않은 일이다.〔不知不能, 是沒緊要底事.〕"라고
하였으니,[401] 그렇다면 긴요치 않은 일을 도의 전체로 본 것입니까?

〔답〕 주자가 언제 긴요치 않은 일을 도의 전체로 본 적이 있는가. 전
체 안에는 긴요한 일도 있고 긴요치 않은 일도 있으니, 긴요한 곳은
성인이 모두 알고 모두 능하지만, 긴요치 않은 곳은 혹 알지 못하고
능하지 못한 것이 있기도 한 것이네. 이것이 이른바 "전체를 들어서
말한 것이다.〔擧全體而言.〕"라는 것이니, 이에 대해서는 성인도 참으
로 다하지 못하는 바가 있는 것이네.

〔문 42〕 남당(南塘 한원진(韓元震))은 "솔개가 날고 물고기가 뛰노는
것은 하늘이 명한 성이고, 솔개가 뛰놀지 못하고 물고기가 날지 못하
는 것은 성을 따르는 도이다. 이것은 만물의 성과 도가 다른 것이다."
라고 하였습니다.[402] 하늘이 실어주지 못하고 땅이 덮어주지 못하는

진실로 다하지 못하는 바가 있다.〔蓋可知可能者, 道中之一事, 及其至而聖人不知不能,
則擧全體而言, 聖人固有所不能盡也.〕"라고 하였다.

401 주자(朱子)는……하였으니 : 《주자어류》에 "사람들은 대부분 '지극함'을 도의 정
묘한 곳이라고 생각한다. 그러나 만일 도의 정묘한 곳을 알지 못하고 능하지 못한 바가
있다면 곧 평범한 사람과 다름이 없는 것이니, 어찌 성인이라고 할 수 있겠는가. 여기에
서 말하는 '지극함'은 단지 도의 지극한 곳일 뿐이니, 알지 못하고 능하지 못한 바는
긴요치 않은 일이다.〔人多以至爲道之精妙處. 若是道之精妙處, 有所不知不能, 便與庸
人無異, 何足以爲聖人? 這至, 只是道之盡處, 所不知不能, 是沒緊要底事.〕"라는 내용이
보인다. 《朱子語類 卷15 大學2 經下》

402 남당(南塘)은……하였습니다 : 남당 한원진(韓元震)의 《경의기문록》에 "솔개가
날고 물고기가 뛰노는 성은 바로 하늘이 명한 성이다. 솔개는 반드시 하늘에 이르고

것은 무엇 때문이겠습니까? 형기(形氣)에 구애받기 때문입니다.[403] 이것을 가지고 하늘과 땅의 도가 다르다고 말해도 되는 것입니까?

〔답〕 이 장은 '군자지도(君子之道)' 네 글자로 환기하고, 그다음에는 부부와 천지의 일을 차례로 말한 뒤 솔개가 날고 물고기가 뛰노는 것에까지 이르렀으며, 마지막에는 또 '군자지도'로 맺었으니,[404] 하늘과 사람, 사물과 내가 형(形)이 있고 색(色)이 있는 것[405]이 모두 이 도

연못에서 뛰놀 수 없으며, 물고기는 반드시 연못에서 뛰놀고 하늘에 이를 수 없는 것은 성을 따르는 도이다. 이것은 만물의 성과 도가 다른 것이지만 그것이 하늘이 명하고 성을 따르는 본연이 되는 것에는 문제가 되지 않는다.〔鳶飛魚躍之性, 卽天命之性. 鳶則 必戾乎天而不可以躍淵, 魚則必躍乎淵而不可以戾天, 率性之道也. 此則萬物性道之不 同, 而不害其爲天命率性之本然也.〕'라는 내용이 보인다. '솔개가 날고 물고기가 뛰노는 것'은 192쪽 주391 참조. 《經義記聞錄 中庸 第十二章》

403 하늘이……때문입니다 : 《중용장구》 제12장 제2절 "천지의 큼으로도 사람이 오히려 한하는 바가 있다.〔天地之大也, 人猶有所憾.〕"라는 구절에 대한 주희의 주에, "사람이 천지에 대하여 한한다는 것은 하늘이 덮어주고 낳아주며 땅이 실어주고 이루어줌에 있어서의 편벽됨과 추위와 더위, 재앙과 상서가 그 바름을 얻지 못함을 이른다.〔人所 憾於天地, 如覆載生成之偏, 及寒暑災祥之不得其正者.〕"라는 내용이 보인다. 여기에서 '편벽되다'는 것은, 하늘이 덮어줌에 편벽되어 실어주지 못하고 땅이 실어줌에 편벽되어 덮어주지 못하는 것을 이른다.

404 이……맺었으니 : 《중용장구》 제12장의 내용을 요약한 것으로, 모두 4절로 이루어져 있다. 제1절은 195쪽 주395, 제2절은 196쪽 주400 및 198쪽 주403, 제3절은 192쪽 주391 참조. 제4절은 "군자의 도는 부부에게서 그 단서를 만드니, 그 지극함에 이르러서는 천지에 밝게 드러난다.〔君子之道, 造端乎夫婦, 及其至也, 察乎天地.〕"이다.

405 형(形)이……것 : 《맹자집주》〈진심 상(盡心上)〉 제38장 "형과 색은 타고난 성(性)이니, 오직 성인인 뒤에야 형과 색을 실천할 수 있다.〔形色, 天性也, 惟聖人然後, 可以踐形.〕"라는 구절에 대해, 대전본(大全本) 소주에 "'형'은 귀·눈·입·코와 같은

밖으로 벗어나지 않는다는 것을 알 수 있네. 어디에서 사람과 사물의 성과 도가 다르다는 뜻이 있음을 볼 수 있기에 한사코 그와 같이 구별하는가? 그러나 이것은 전부터 있어온 큰 논란거리이니 단지 몇 마디로 설파하기도 어렵지만 또한 이를 언급한 곳마다 애써 분변할 필요도 없는 것이네. 단지 《중용혹문(中庸或問)》에서 천명(天命)과 솔성(率性)을 논한 단락을 익숙하게 읽고 정밀하게 생각하기만 한다면 오랜 시간이 지난 뒤에는 절로 통투(通透)하여 환해질 것이네.

〔문 43〕 군자의 도는 지극히 작은 데에서 시작하여 지극히 큰 데에 다하여 양쪽 끝을 모두 들어서 모두 포괄하여 부족함이 없으니, 이것이 바로 '도는 떠날 수 없다〔道不可離〕'[406]는 뜻을 밝힌 것이 되는 이유입니다. 선유(先儒) 중에는 혹 군자가 '도를 체행하는〔體道〕' 뜻으로 말하기도 하는데,[407] 본래의 뜻은 아닌 듯합니다. 어떻습니까?

것이고, '색'은 예를 들면 한 번 찡그리고 한 번 웃는 것과 같은 것이 모두 지극한 이치가 있는 것이다.……이 형이 있으면 곧 이 색이 있게 되니, 형을 말하면 색은 그 안에 있다.〔形是耳目口鼻之類, 色如一顰一笑皆有至理.……有此形, 便有此色, 言形則色在其中矣.〕"라는 주희의 해석이 보인다.

406 도는……없다 : 《중용장구》 제1장 제2절에 보인다. 162쪽 주316 참조. 제12장 아래 주희의 주에 "이상은 제12장이다. 이는 자사의 말이니, 제1장의 '도는 떠날 수 없다'는 뜻을 거듭 밝힌 것이다.〔右第十二章. 子思之言, 蓋以申明首章道不可離之意也.〕"라는 내용이 보인다.

407 선유(先儒)……하는데 : '선유'는 원대의 경학자 호병문(胡炳文, 1250~1333)을 가리킨다. 호병문은 《중용장구》 제12장 제3절에 대해 "도체는 늘 동하는 곳에 발현되니 본래 생동감이 넘치는 것이며, 성현이 사람들을 가르치는 것은 늘 사람들이 동하는 곳에 힘을 쓰도록 하니 이 역시 생동감이 넘치는 것이다. 솔개가 날고 물고기가 뛰노는

〔답〕 대체적인 뜻은 옳네. 다만 '지극히 큰 데에 다하다〔盡乎至大〕'라는 말이 도리어 도를 체행하는 뜻이 된다는 설은 어폐가 있네. '찰호천지(察乎天地)'는 사람이 살피는 것이 아니라 단지 상하에 밝게 드러난다는 뜻일 뿐이네.⁴⁰⁸

〔문 44〕 "사람에게서 멀지 않다.〔不遠人.〕"⁴⁰⁹라고 할 때의 '사람'은 남과 자신을 겸하여 말한 것입니다. "사람의 도리로 사람을 다스린다.〔以人治人.〕"⁴¹⁰라고 할 때의 '사람' 역시 같은 뜻입니까?

〔답〕 "사람의 도리로 사람을 다스린다."라고 할 때 앞에 나오는 '사람

것은 도의 본래 그러한 모습이니 본래 터럭만큼의 사사로운 뜻도 없는 것이다. 잊지도 말고 억지로 조장하지도 말아야 하니, 배우는 자가 도의 본래 그러함을 체행하는 것도 또한 터럭만큼의 사사로운 뜻을 두어서는 안 된다.〔道體每於動處見, 本自活潑潑地; 聖賢教人, 每欲人於動處用功, 亦是活潑潑地. 鳶飛魚躍, 道之自然, 本無一毫私意. 勿忘勿助, 學者體道之自然, 亦着不得一毫私意.〕"라고 하였다. 제3절 경문은 192쪽 주391 참조. 《中庸章句大全 小注》

408 찰호천지(察乎天地)는……뿐이네 : 주희는 '찰호천지'의 '찰' 자에 대해 "제3절의 '찰' 자와 같은 뜻이니, 그 리(理)의 용(用)이 천지 사이에 밝게 드러나서 두루 가득하다는 말이다.〔與上句察字同意, 言其昭著遍滿於天地之間.〕"라고 해석하였다. 관련 경문은 《중용장구》제12장 제3절과 제4절이다. 192쪽 주391 및 198쪽 주404 참조.

409 사람에게서 멀지 않다 : 《중용장구》제13장 제1절에 "도가 사람에게 멀리 있지 않으니, 사람이 도를 행하면서 사람을 멀리한다면 도라 할 수 없다.〔道不遠人, 人之爲道而遠人, 不可以爲道.〕"라는 내용이 보인다.

410 사람의……다스린다 : 《중용장구》제13장 제2절에 "그러므로 군자는 사람의 도리로써 사람을 다스리다가 잘못을 고치면 그치는 것이다.〔故君子以人治人, 改而止.〕"라는 내용이 보인다.

〔人〕'은 다스리는 대상인 사람을 가지고 말한 것이네. 그러나 사람의
도는 또한 자신의 도이니, "사람에게서 멀지 않다."의 '사람'과 또한
다른 말이 아니네.

〔문 45〕 "부귀에 처해서는 부귀한 대로 행한다.〔素富貴, 行乎富貴.〕"[411]
라는 구절에 대해, 선유(先儒)는 "순임금이 마치 본래 갖고 있었던
것처럼 했다는 것이 이런 경우이다."라고 하였습니다.[412] 그러나
부귀를 가지고서도 부귀에 대한 욕망을 끝까지 다하고자 한다면
'현재의 위치에 따른다〔素位〕'[413]고 할 수 있겠습니까. 예를 들면
장 문절(張文節 장지백(張知白))이 재상이 되어서도 하양(河陽)에서
장서기(掌書記)로 있을 때와 같이 한 것은 당시의 위치에 따른 본
색이 아닌 듯한데도 주자는 이 사례를 취하여 《소학》에 넣었습니

---

411 부귀에……행한다 : 《중용장구》제14장 제2절에 "부귀에 처해서는 부귀한 대로
행하며, 빈천에 처해서는 빈천한 대로 행하며, 이적에 처해서는 이적대로 행하며, 환난
에 처해서는 환난대로 행하니, 군자는 들어가는 곳마다 스스로 만족하지 않음이 없다.
〔素富貴, 行乎富貴; 素貧賤, 行乎貧賤; 素夷狄, 行乎夷狄; 素患難, 行乎患難. 君子無入
而不自得焉.〕"라는 내용이 보인다.

412 선유(先儒)는……하였습니다 : '선유'는 남송의 유학자 진순(陳淳, 1159~1223)
이다. 대전본(大全本)《중용장구》소주에 "'부귀에 처해서는 부귀한 대로 행한다.'는
것은, 예를 들면 순임금이 '천자의 옷을 입고 금을 타는 것을 마치 본래 갖고 있었던
것처럼 했다.'는 것이 이런 경우이다.〔素富貴, 行乎富貴, 如舜之被袗衣、鼓琴若固有之
是也.〕"라는 진순의 말이 보인다. 저본에는 '若固有之是也'가 '若固有訂之是也'라고 하
여 '訂'이 더 있는데 연문으로 보인다. '천자의……' 운운은 《맹자집주》〈진심 하(盡心
下)〉제6장 제1절에 보인다.

413 현재의 위치에 따른다 : 《중용장구》제14장 제1절에 "군자는 현재의 위치에 따라
행하고 그 밖의 것을 원하지 않는다.〔君子素其位而行, 不願乎其外.〕"라는 내용이 보인다.

다.⁴¹⁴ 그렇다면 '현재의 위치에 따라 행한다〔素位而行〕'는 것은 반드시 '그 밖의 것을 원하지 않는다〔不願外〕'는 뜻을 바로 연결하여 붙인 뒤에야 리(理)와 의(義)⁴¹⁵가 비로소 두루 원만해질 것입니다.

〔답〕'부귀에 처해서는 부귀한 대로 행한다'는 것이 어찌 부귀에 대한 욕망을 끝까지 다하는 것을 말하는 것이겠는가. 다만 필시 '빈천한 대로 행하는 것〔行乎貧賤〕'⁴¹⁶과 다른 것뿐일 것이네. 장 문절이 자신의 생활을 검소하게 한 것은 참으로 본받을 만하지만, 맹자의 '뒤따

---

414 장 문절(張文節)이……넣었습니다 : '문절'은 북송 때 재상을 지낸 장지백(張知白, ?~1028)의 시호이다. 인종(仁宗) 천성(天聖) 3년(1025)에 재상인 공부상서 동중서문하평장사(工部尙書同中書門下平章事)가 되었는데, 예전에 하양(河陽)에서 장서기(掌書記)를 지낼 때와 같이 검소하게 지내자 한(漢)나라 때 승상 공손홍(公孫弘)이 삼베 이불을 덮고 잤던 것처럼 속임수가 아니냐는 의심을 받았다. 이에 장지백은 탄식하며 "사람의 상정은 검소한 데서 사치한 데로 들어가기는 쉽고 사치한 데서 검소한 데로 들어가기는 어렵다. 내 오늘날의 녹봉이 어찌 항상 있을 것이며, 몸이 어찌 항상 생존할 수 있겠는가. 하루아침에 오늘과 처지가 달라진다면 집안사람들은 사치스러운 생활에 젖은 지 이미 오래되었기 때문에 갑자기 검소하게 살 수 없어 반드시 살 곳을 잃는 데에 이를 것이다. 어찌 내가 벼슬을 하거나 벼슬을 떠나거나 살아 있거나 죽거나 하루같이 하는 것만 같겠는가.〔人之常情, 由儉入奢易, 由奢入儉難. 吾今日之俸, 豈能常有, 身豈能常存? 一旦異於今日, 家人習奢已久, 不能頓儉, 必至失所, 豈若吾居位去位、身存身亡如一日乎?〕"라고 하였다고 한다. 《小學 善行 第78則》

415 리(理)와 의(義) :《맹자집주》〈고자 상(告子上)〉제7장 제8절에 "'마음에 똑같이 옳게 여긴다'는 것은 어떤 것인가? 리와 의를 이른다.〔心之所同然者, 何也? 謂理也義也.〕"라는 내용이 보이는데, 주희(朱熹)의 주에 정이(程頤)의 말을 인용하여 "사물에 있는 것을 '리'라 하고 사물에 대처하는 것을 '의'라 하니, 체와 용을 말한다.〔在物爲理, 處物爲義, 體用之謂也.〕"라고 해석하였다.

416 빈천한 대로 행하는 것 : 201쪽 주411 참조.

르는 수레 천 대와 종자 수백 명〔後車千乘, 從者數百人〕'과 같은 것
또한 이러한 도리가 있는 것이니[417] 하나만 고집하여 논해서는 안 될
것이네. 그리고 '부귀한 대로 행한다'는 것은 자신의 생활 이 한 가지
일에만 그치는 것은 아니네.

〔문 46〕'현재의 위치에 따르는 것〔素位〕'과 '원하지 않는 것〔不願〕'은
본래 두 가지 일이 아닌데도 주자(朱子 주희(朱熹))가 두 절에 나누어
소속시킨 것[418]은 무엇 때문입니까? 선유(先儒) 중에는 '현재의 위치
에 따르는 것'이 '원하지 않는 것'보다 어렵다고 말하는데 옳은 것인
지 모르겠습니다.

---

417 맹자의⋯⋯것이니 : 《맹자집주》〈등문공 하(滕文公下)〉제4장 제1절에 제자인
팽경(彭更)이 "뒤따르는 수레 수십 대와 종자 수백 명으로 제후에게 돌아다니며 공양을
받는 것이 너무 지나치지 않습니까?〔後車數十乘、從者數百人, 以傳食於諸侯, 不以泰
乎?〕"라고 묻자, 맹자가 "그 도가 아니라면 한 그릇의 밥이라도 남에게 받을 수 없지만,
만일 그 도에 맞는다면 순임금은 요임금의 천하를 받으면서도 지나치다고 여기지 않았
다.〔非其道, 則一簞食不可受於人 ; 如其道, 則舜受堯之天下, 不以爲泰.〕"라고 대답한
내용이 보인다.

418 현재의⋯⋯것 : '현재의 위치에 따르는 것〔素位〕'은 《중용장구》제14장 제2절의
내용을 말한다. 201쪽 주411 참조. 주희의 주에 "이것은 현재의 위치를 따라 행함을
말한 것이다.〔此言素其位而行也.〕"라고 하였다. '원하지 않는 것〔不願〕'은 《중용장구》
제14장 제3절 "윗자리에 있으면서 아랫사람을 능멸하지 않고 아랫자리에 있으면서 윗사
람을 잡아당기지 않으며 자기 몸을 바르게 하고 남에게 요구하지 않으면 원망하는 사람
이 없을 것이니, 위로는 하늘을 원망하지 않으며 아래로는 사람을 원망하지 않는다.〔在
上位不陵下, 在下位不援上, 正己而不求於人, 則無怨, 上不怨天, 下不尤人.〕"라는 내용
을 말한다. 주희의 주에 "이것은 그 밖의 것을 원하지 않음을 말한 것이다.〔此言不願乎
其外也.〕"라고 하였다.

〔답〕 '현재의 위치에 따르는 것'과 '원하지 않는 것'을 한 가지 일로 보는 것 역시 괜찮네. 그러나 능히 현재의 위치에 따를 수는 있지만 그 밖의 것을 원함이 없지는 못한 사람도 있네. 예를 들면 빈천한 사람이 능히 빈천한 일을 행할 수는 있지만 부귀를 부러워하는 생각을 갖는 것은 면치 못하는 종류가 바로 이런 경우이네. 그렇다면 주자가 두 가지 일로 구분한 것 또한 마땅하지 않겠는가? 두 가지 중에 어느 것이 어렵고 쉽냐는 것은 하릴없는 얘기이니 다만 스스로 체험해보는 것이 좋네.

〔문 47〕 요씨(饒氏 요로(饒魯))는 '처자와 화합하는 것〔妻子合〕'을 '집안을 화합하게 하는 것〔宜室家〕'으로 보고 '형제가 화합하는 것〔兄弟翕〕'을 '처자들을 즐겁게 하는 것〔樂妻帑〕'으로 보았습니다.[419] 혹자는 또 '집안을 화합하게 하는 것'을 '형제'에 붙이고 '처자들을 즐겁게 하는 것'을 '처자'에 붙입니다. 두 설은 견강부회한 것이 아닙니까?

---

419 요씨(饒氏)는……보았습니다 : 대전본(大全本) 《중용장구》 제15장 제1절 "군자의 도는, 비유하면 먼 곳을 가려면 반드시 가까운 데로부터 하며 높은 데 오르려면 반드시 낮은 데로부터 하는 것과 같다.〔君子之道, 辟如行遠必自邇, 辟如登高必自卑.〕" 와 제2절 《시경》에 이르기를 '처자와 정이 좋고 뜻이 합하는 것이 금슬을 타는 듯하며, 형제가 이미 화합하여 화락하고 또 즐겁도다. 너의 집안을 화합하게 하며 너의 처자들을 즐겁게 한다.'라고 하였다.〔詩曰: 妻子好合, 如鼓瑟琴, 兄弟旣翕, 和樂且耽. 宜爾室家, 樂爾妻帑.〕"라는 구절에 대한 소주에, "오직 처자와 정이 좋고 뜻이 합하는 것이 금슬을 타는 듯하기 때문에 능히 너의 집안을 화합하게 할 수 있는 것이며, 오직 형제와 이미 화합하여 화락하고 또 즐겁기 때문에 너의 처자들을 즐겁게 할 수 있는 것이다.〔惟妻子好合, 如鼓瑟琴, 故能宜爾室家; 惟兄弟旣翕, 和樂且耽, 故能樂爾妻帑.〕"라는 송대(宋代)의 학자 요로(饒魯, 1193~1264)의 설이 보인다.

〔답〕 이 시 6구는 뜻이 중첩되는 것 같지만 앞 4구는 처자와 형제를 기준으로 말한 것이고 뒤 2구는 화합하게 하고 즐겁게 하는 것을 기준으로 말한 것이니, 이렇게 본다면 비교적 층차가 있는 것이네. 그렇지 않고 억지로 나누어 붙이고자 한다면 끝내 명백함이 부족하게 될 것이네. 어떨지 모르겠네.

〔문 48〕 귀신(鬼神)은 기(氣)입니다. 이 도의 신묘하고 활발한 기미가 저절로 이 기 위에 환히 드러난 것이니, 어찌 반드시 리(理)를 주장한 뒤에야 비로소 그 도를 밝힐 수 있는 것이겠습니까.[420]

〔답〕 귀신은 참으로 기이기는 하지만 또한 리로 말하는 경우도 있네. 그러나 리로 말하는 경우에는 전적으로 귀신을 리로 여기는 것은 아니며 단지 영(靈)과 양능(良能)에 나아가서 그 실제 그러한 것을 가리켜 말한 것뿐이네.[421] 이 장의 많은 말들이 비록 귀신을 범범히 논

---

420 어찌……것이겠습니까 : 《주자어류》에 "이 실제의 리가 있은 뒤에 이 사물이 있게 되니, 귀신의 덕이 사물의 체가 되어 빠뜨릴 수 없는 이유이다.〔有是實理, 而後有是物, 鬼神之德所以爲物之體而不可遺也.〕", "성실함은 실제 그러한 리이며 귀신 역시 단지 실제의 리일 뿐이다. 만약 이 리가 없으면 곧 귀신이 없게 되며 만물이 없게 되어 두루 실을 곳이 전혀 없게 된다. '귀신의 덕'이란 성실함이다. '덕'은 단지 귀신의 입장에서 말한 것일 뿐이니, 그 정상은 모두 실제의 리일 뿐이다.〔誠是實然之理, 鬼神亦只是實理. 若無這理, 則便無鬼神, 無萬物, 都無所該載了. 鬼神之爲德者, 誠也. 德只是就鬼神言, 其情狀皆是實理而已.〕"라는 내용이 보인다. 《朱子語類 卷63 中庸2 第16章》

421 귀신은……것뿐이네 : 《중용장구》 제16장 제1절에 "귀신의 덕이 지극하다.〔鬼神之爲德, 其盛矣乎!〕"라고 하였는데, 주희의 주에 "귀신은 음양 두 기의 양능이다.〔鬼神者, 二氣之良能也.〕"라는 장재(張載)의 말을 인용한 뒤, "두 기로 말하면 '귀'는 음의

한 것 같지만 그 끝에 가서는 "성실함을 가릴 수 없다.〔誠之不可揜.〕"
라는 말로 끝맺었으니,[422] 바로 이상에서 논한 것이 모두 이 의미라는
것을 알 수 있네. 그러므로 장 아래 주에서 곧바로 '보이지 않고 들리
지 않음〔不見不聞〕'과 '사물의 체가 되어 존재하는 것 같음〔體物如在〕'
을 '비(費)'와 '은(隱)'으로 본 것이니,[423] 이것은 리로 말한 것이 아니
고 무엇이겠는가.

〔문 49〕 귀신은 바로 두 기(氣)이고, 양능(良能)은 기가 유행하다가
발현된 것이니 바로 태극이 드러난 곳입니다. 그렇다면 '보이지 않고
들리지 않음'과 '사물의 체가 되어 존재하는 것 같음'은 기로 논정하
는 것이 문제 되지 않습니다. 그러나 천명(天命)이 유행하는 리(理)

영이고 '신'은 양의 영이며, 한 기로 말하면 이르러 펴짐은 '신'이 되고 돌아가 되돌아감은
'귀'가 되니, 그 실제는 같은 것일 뿐이다.〔以二氣言, 則鬼者陰之靈也, 神者陽之靈也;
以一氣言, 則至而伸者爲神, 反而歸者爲鬼, 其實一物而已.〕"라는 내용이 보인다. '두 기
의 양능'이란, 주희에 따르면 "가고 오고 굽히고 펴짐은 리의 절로 그러한 것이고 안배하
여 인위적으로 편 것이 아니기 때문에 '양능'이라고 한 것이다.〔是說往來屈伸乃理之自
然, 非有安排布置, 故曰良能也.〕"《朱子語類 卷63 中庸2 第16章》

422 그 끝에……끝맺었으니 :《중용장구》제16장 제5절에 "저 은미한 것이 드러나니
성실함의 가릴 수 없음이 이와 같구나.〔夫微之顯, 誠之不可揜, 如此夫!〕"라는 내용이
보인다.

423 장……것이니 :《중용장구》제16장 장 아래 주희의 주에 "보이지 않고 들리지
않음은 '은'이고, 사물의 체가 되어 존재하는 것 같음은 또한 '비'이다. 이 앞의 세 장은
비의 작은 것을 가지고 말하였고, 이 뒤의 세 장은 비의 큰 것을 가지고 말하였으며,
이 한 장은 비와 은을 겸하고 대와 소를 포함하여 말하였다.〔不見不聞, 隱也; 體物如在,
則亦費矣. 此前三章, 以其費之小者而言; 此後三章, 以其費之大者而言; 此一章, 兼費
隱包大小而言.〕"라는 내용이 보인다. '비(費)'와 '은(隱)'은 195쪽 주395 참조.

가 위에 밝게 드러나는 것은 애초에 두 가지 근본이 없으니, 그렇다면 주자가 곧바로 '비'와 '은'에 소속시킨 것이 또 무슨 의심할 것이 있겠습니까.

[답] 귀신을 '기'라고 말하면 '귀신의 덕'[424] 역시 기임을 알 수 있고, 귀신을 '리'라고 말하면 '귀신의 덕' 역시 리임을 알 수 있네. '귀신의 덕'이라고 한 것은 단지 근거로 삼을 만한 것이 없어서일뿐이니, 무엇을 가지고 이것이 오로지 기만 위주로 말한 것이라고 장담하는가. 그리고 자사(子思)는 "군자의 도는 광대하고 은미하다.〔君子之道, 費而隱.〕"[425]라고 분명히 말하였는데도 그대는 '보이지 않고 들리지 않음'과 '사물의 체가 되어 존재하는 것 같음'을 기로 보고 있으니, 이것은 '비'와 '은'이 기라고 말한 것이네. '비'와 '은'이 기라면 사물의 올바르지 않은 불길한 조짐이나 사람의 방자하고 광망한 행동 역시 군자의 도라고 말할 수 있겠는가.

[문 50] 귀신은 영기(靈機)가 원활(圓活)하여 이를 체(體)로 삼지 않은 사물이 없지만 반드시 내 마음의 성실과 공경을 지극히 해야 감응시켜 불러올 수 있습니다. 나에게 만약 실제로 그러한 마음이 없다면 천지의 귀신은 단지 그 리(理)만 존재할 뿐이니 나와 무슨 상관이 있겠습니까. 제사의 귀신은 그 기가 자손의 몸에 존재하니 능히 경외하는 마음으로 받든다면 절로 '충만하게 있는 듯〔洋洋如

---

424 귀신의 덕 : 205쪽 주421 참조.

425 군자의……은미하다 : 195쪽 주395 참조.

在]'한 리(理)가 있게 될 것입니다.[426] 어떨지 모르겠습니다.

〔답〕이 장은 단지 귀신의 덕의 성대함을 말했을 뿐이며 사람이 귀신을 섬기는 부분은 아직 언급하지 않았으니, '천하 사람으로 하여금〔使天下之人〕'이 한 구[427]만 보면 알 수 있네. 지금 여기에서 논한 것은 이 장과는 상관이 없네.

〔문 51〕'성실함〔誠〕'은 《중용》의 중심 연결고리인데 여기에 와서야 비로소 드러내 말한 것[428]은 다음에 나오는 '천도(天道)'와 '인도(人道)'[429]의 복선으로 삼은 것입니다. 어떻습니까?

〔답〕'성실함'은 참으로 《중용》의 중심 연결고리이기는 하네. 그러나 성인(聖人)이 의도를 가지고 여기에 드러내 말함으로써 다음 글의 복선으로 삼았다고 말한다면 이것은 불가하네. 성인은 마음이 광대하고 의리가 충족하여 입에서 나오는 대로 말하여도 저절로 문장이 이

---

426 제사의……것입니다 : 《중용장구》 제16장 제3절에 "천하 사람으로 하여금 재계하고 깨끗이 하며 의복을 성대히 하여 제사를 받들게 하고는 충만하게 그 위에 있는 듯하며 그 좌우에 있는 듯하다.〔使天下之人, 齊明盛服, 以承祭祀, 洋洋乎如在其上, 如在其左右.〕"라는 내용이 보인다.

427 천하……구 : 위의 주426 참조.

428 여기에……것 : 《중용장구》 제16장 제5절을 이른다. 206쪽 주422 참조.

429 다음에……인도(人道) : 《중용장구》 제20장 제17절에 "성실한 것은 하늘의 도이고 성실히 하고자 하는 것은 사람의 도이다.〔誠者, 天之道也; 誠之者, 人之道也.〕"라는 내용이 보인다.

루어지니, 후세의 문인들처럼 문자를 얽는 것에 집착하는 것과는 같지 않다는 것을 알아야 하네.

〔문 52〕 주공(周公)이 비록 처음으로 왕으로 추존하는 예(禮)를 행하였으나,[430] 〈무성(武成)〉에 이미 '태왕(大王)', '왕계(王季)', '문왕(文王)'이라는 호칭이 있으니,[431] 어찌 무왕(武王)이 천하를 소유한 뒤에 곧바로 왕으로 추존하고자 하는 뜻이 있어 이미 이러한 호칭을 붙였으나 주공에 와서야 비로소 그 추존하여 올리는 예를 이룬 것이 아니겠습니까.

〔답〕《주자어류(朱子語類)》에 그대가 의심한 것과 같은 질문이 있는

---

430 주공(周公)이……행하였으나 :《중용장구》제18장 제3절에 "무왕이 말년에 천명을 받자 주공이 문왕과 무왕의 덕을 이루어 태왕과 왕계를 추존하여 왕으로 높이고 위로 선공을 천자의 예로 제사하니, 이 예가 제후와 대부 및 사와 서인에게까지 통하였다.〔武王末受命, 周公成文、武之德, 追王大王、王季, 上祀先公以天子之禮, 斯禮也, 達乎諸侯大夫及士庶人.〕"라는 내용이 보인다.

431 무성(武成)에……있으니 :《서경집전》〈주서(周書) 무성(武成)〉제5장에 "무왕이 다음과 같이 말하였다. '아, 제후들아! 선왕 후직(后稷)이 나라를 세워 토지를 열어 놓으셨는데, 공류(公劉)가 앞사람의 공렬을 돈독히 하고 태왕(大王)에 이르러 처음으로 왕의 자취를 터 닦았으며 왕계(王季)가 왕가에 근로하셨다. 그리고 우리 선친 문왕(文王)께서 능히 공을 이루시어 크게 천명에 응하여 중국을 어루만지시니, 큰 나라는 그 힘을 두려워하고 작은 나라는 그 덕을 그리워한 지가 9년이었는데, 대통을 이루지 못하시고 돌아가셨으므로 나 소자가 그 뜻을 이었노라.〔王若曰: 嗚呼群后! 惟先王建邦啓土, 公劉克篤前烈, 至于大王, 肇基王迹, 王季其勤王家, 我文考文王克成厥勳, 誕膺天命, 以撫方夏, 大邦畏其力, 小邦懷其德, 惟九年.大統未集, 予小子其承厥志.〕"라는 내용이 보인다.

데, 주자는 "무왕 때에는 단지 부르는 것만 '왕'이라고 했을 뿐이고 주공이 예악을 제정하고 나서야 비로소 그 추존하는 일을 행한 듯하니, 예컨대 오늘날 책서(冊書)와 보인(寶印)을 올리는 것과 같은 종류이다. 그러나 증거로 삼을 것이 없으니 우선 빼놓는 것이 좋겠다."라고 답하였네.[432]

〔문 53〕《중용장구》에서는 무왕(武王)이 천하를 소유한 것을 '선대의 뜻을 계승하고 사업을 따른 것〔繼志述事〕'으로 보았습니다.[433] 그러나 상(商)나라를 정벌한 것이 어찌 문왕(文王)의 뜻과 사업이겠습니까?

〔답〕 문왕이 상나라를 정벌하는 뜻을 가졌다고 말한다면 참으로 불가하지만, 《서경》〈무성(武成)〉에 "문왕께서 크게 천명에 응하여 능히 중국을 받으셨으니 나 소자가 그 뜻을 이었노라.〔文王誕膺天命, 克受方夏, 予小子其承厥志.〕"라고 말한 것을 보면 문왕 역시 편안히 아무 일도 없었던 것은 아니니, 이것을 가지고 그 뜻과 사업을 계승

432 주자는……답하였네 : 《주자어류》 권63 〈중용 2(中庸二)〉 제18장에 보인다.
433 중용장구에서는……보았습니다 : 《중용장구》 제19장 제2절 "효는 선대의 뜻을 잘 계승하고 선대의 사업을 잘 따른 것이다.〔夫孝者, 善繼人之志, 善述人之事者也.〕"라는 구절에 대한 주희의 주에, "18장에서 무왕이 태왕·왕계·문왕의 기업을 이어 천하를 소유하고 주공이 문왕·무왕의 덕을 이루어 그 선조들을 추존한 것을 말하였으니, 이는 뜻을 계승하고 사업을 따른 것 중에서도 큰 것이다.〔上章言武王纘大王、王季、文王之緒以有天下, 而周公成文、武之德以追崇其先祖, 此繼志述事之大者也.〕"라는 내용이 보인다.

하고 따랐다고 말하는 것도 또한 가하지 않겠는가.

〔문 54〕 "상하에 통행된다.〔通于上下.〕"⁴³⁴라는 의미를 들려주실 수
있습니까?

〔답〕 이것은 앞글의 "제후와 대부 및 사와 서인에게까지 통하였다.
〔達乎諸侯、大夫、士、庶人.〕"⁴³⁵라는 구절을 받아서 이 제사의 예(禮)
역시 상하에 통행되는 것임을 말한 것뿐인 듯하네.

〔문 55〕 제사의 예는 주공(周公)으로부터 제정되었습니다. 그렇다
면 반드시 '달효(達孝)'로 무왕(武王)을 겸하여 칭한 것⁴³⁶은 무엇
때문입니까?

〔답〕 무왕과 주공을 똑같이 '달효'로 칭한 것은 앞 장에서 말한 것과
같은 '선대의 뜻을 계승하고 사업을 따른 것〔繼述〕' 중의 큰 것을 가
졌기 때문이네. 예악(禮樂)을 제정한 것은 비록 주공의 일이지만, 또
한 무왕이 공을 이룬 것으로 인하여 제정한 것이니 굳이 크게 구분할

---

434 상하에 통행된다 :《중용장구》제19장 제2절 주희의 주에 "다음 글에는 또 제정한
제사의 예가 상하에 통행되는 것을 가지고 말하였다.〔下文又以其所制祭祀之禮通于上
下者言之.〕"라는 내용이 보인다.

435 제후와……통하였다 :《중용장구》제18장 제3절에 보이는 내용이다. 209쪽 주
430 참조.

436 달효(達孝)로……것 :《중용장구》제19장 제1절에 "무왕과 주공은 누구나 공통
으로 칭하는 효일 것이다.〔武王、周公, 其達孝矣乎!〕"라는 내용이 보인다.

필요가 없네.

〔문 56〕이 장에서는 제사가 비록 효도(孝道)에서 나와 치도(治道)
에까지 통한다고 하였지만,[437] 오직 어진 사람이어야 상제(上帝)를
흠향하게 할 수 있고 효자여야 어버이를 흠향하게 할 수 있으니,[438]
여기에서 인심(人心)의 참으로 그러한 이치가 어느 곳에도 있지 않
은 곳이 없다는 것을 알 수 있으니, 이미 귀신을 섬기는 성실함과
달도(達道)·달덕(達德)·구경(九經)[439]의 성실함을 가지고 일맥상

---

437 이……하였지만 :《중용장구》제19장 제5절에 "초상에 돌아가신 분 섬기기를 생
존하신 것처럼 섬기고 장례 뒤에 육신이 없는 분 섬기기를 육신이 있는 것처럼 섬기는
것이 효의 지극함이다.〔事死如事生, 事亡如事存, 孝之至也.〕", 제6절에 "하늘에 지내는
교(郊) 제사와 땅에 지내는 사(社) 제사의 예는 상제를 섬기는 것이고 종묘의 예는
그 선조에게 제사 지내는 것이니, 교 제사와 사 제사의 예, 종묘에서 지내는 체(禘)
제사와 사시(四時) 제사의 의미에 밝으면 나라를 다스리는 것은 아마도 손바닥 위에
놓고 보는 것처럼 쉬울 것이다.〔郊社之禮, 所以事上帝也 ; 宗廟之禮, 所以祀乎其先也.
明乎郊社之禮、禘嘗之義, 治國其如示諸掌乎!〕"라는 내용이 보인다.

438 오직……있으니 :《예기》〈제의(祭義)〉에 "오직 성인이어야 상제를 흠향하게 할
수 있으며 효자여야 어버이를 흠향하게 할 수 있다. '향'은 향한다는 뜻이니, 향한 뒤에
흠향하게 할 수 있는 것이다.〔唯聖人爲能饗帝, 孝子爲能饗親. 饗者, 鄕也, 鄕之然後能
饗焉.〕"라는 내용이 보인다.

439 달도(達道)·달덕(達德)·구경(九經) :《중용장구》제20장 제7절에 "천하의 공
통된 도가 다섯인데 이것을 행하는 것은 셋이니, 군신간과 부자간과 부부간과 형제간과
붕우간의 사귐 이 다섯 가지는 천하의 달도이다. 지·인·용 이 세 가지는 천하의 달덕
이니, 이것을 행하는 것은 하나이다.〔天下之達道五, 所以行之者三, 曰君臣也、父子
也、夫婦也、昆弟也、朋友之交也五者, 天下之達道也 ; 知、仁、勇三者, 天下之達德也,
所以行之者一也.〕", 제11절에 "무릇 천하와 국가를 다스리는 데 구경이 있으니, 자신을
닦는 것, 어진 이를 높이는 것, 친척을 친히 하는 것, 대신을 공경하는 것, 신하들의

통하게 한 것입니다.

〔답〕 이 장에는 '성실함〔誠〕'이라는 글자가 없으니 쓸데없이 천착한
것이네.

〔문 57〕 "도를 닦되 인으로써 해야 한다.〔修道以仁.〕"[440]라고 할 때의
'인(仁)'은 삼덕(三德)[441]의 '인(仁)'과 말뜻이 조금 다릅니까?

〔답〕 "도를 닦되 인으로써 해야 한다."는 것은 전언(專言)의 '인'[442]이
고, 삼덕의 '인'은 마찬가지로 편언(偏言)이라고는 할 수 없지만 단지

마음을 체찰하는 것, 백성들을 자식처럼 사랑하는 것, 백공들을 오게 하는 것, 먼 지역
사람을 회유하는 것, 제후들을 은혜롭게 하는 것이다.〔凡爲天下國家 有九經, 曰修身也,
尊賢也, 親親也, 敬大臣也, 體群臣也, 子庶民也, 來百工也, 柔遠人也, 懷諸侯也.〕"라는
내용이 보인다. 주희의 주에 따르면 '달도(達道)'는 '천하와 고금에 함께 가야 할 길〔天下
古今所共由之路〕'이며, '달덕(達德)'은 '천하와 고금에 똑같이 얻은 리〔天下古今所同得
之理〕'이다. '구경(九經)'은 아홉 가지 떳떳한 법이다.

440 도를……한다 :《중용장구》제20장 제4절에 "정사를 행하는 것은 사람에게 달려
있으니, 사람을 취하되 군주 자신으로써 하고, 자신을 닦되 도로써 하고, 도를 닦되
인으로써 해야 한다.〔爲政在人, 取人以身, 修身以道, 修道以仁.〕"라는 내용이 보인다.

441 삼덕(三德) : 지(智)·인(仁)·용(勇)을 이른다. 212쪽 주439 참조.

442 전언(專言)의 인 : 다른 개념과 상대적으로 말한 것이 아니라 전체로 말했을 때의
'인'이라는 뜻이다.《주자어류》에 "편언이나 전언이라는 것은, 단지 인만 말했을 때에는
곧 체로서의 인을 말하지만, 의를 말했을 때는 곧 인에서 갈라져 나온 하나의 도리라는
것이다.〔偏言、專言者, 只說仁, 便是體 ; 才說義, 便是就仁中分出一箇道理.〕", "편언은
한 가지 일이고, 전언은 인·의·예·지 네 가지를 포괄하는 것이다.〔偏言則一事, 專言
則包四者.〕"라는 내용이 보인다.《朱子語類 卷94 周子之書 太極圖, 卷95 程子之書1》

한쪽만을 행하는 것이니, 이 점이 조금 다르네. "인은 사람의 몸이
다.〔仁也者, 人也.〕"443의 경우는 바로 편언으로 말한 것이기 때문에
《중용장구》에서 "측은히 여기고 사랑하는 것이다.〔惻怛慈愛.〕"로 해
석한 것이네.444

〔문 58〕 "능히 그 자신을 인(仁)하게 할 수 있다.〔能仁其身.〕"445라고
하였는데, '인'은 도(道)와 구분이 있을 듯한데도 섞어서 말한 것은
무엇 때문입니까?

〔답〕 "능히 그 자신을 인하게 할 수 있다."라고 말했다면 도는 절로
그 안에 포함되지만 또한 인과 도를 섞어서 하나로 한 것은 아니네.

〔문 59〕 "인은 사람의 몸이다.〔仁也者, 人也.〕"라는 절에서 단지 세

---

443 인(仁)은 사람의 몸이다 : 《중용장구》 제20장 제5절에 "'인'은 사람의 몸이니 친척
을 친히 함이 큰 것이 되고, '의'는 마땅함이니 어진 이를 높임이 큰 것이 된다. 친척을
친히 함의 강등과 어진 이를 높임의 차등이 바로 '예'가 생겨난 이유이다.〔仁者人也,
親親爲大; 義者宜也, 尊賢爲大. 親親之殺、尊賢之等, 禮所生也.〕"라는 내용이 보인다.
444 중용장구에서……것이네 : 《중용장구》 제20장 제5절 주희의 주에 "'인'은 사람의
몸을 가리켜 말한 것이니, 이 낳고 낳는 이치를 갖추고 있어 절로 측은히 여기고 사랑하는
뜻이 있다.〔人, 指人身而言, 具此生理, 自然便有惻怛慈愛之意.〕"라는 내용이 보인다.
445 능히……있다 : 《중용장구》 제20장 제4절 주희의 주에 "군주가 정사를 행하는
것은 사람을 얻음에 있고 사람을 취하는 법은 또 자신을 닦음에 있으니, 능히 그 자신을
인하게 할 수 있으면 훌륭한 군주가 있고 훌륭한 신하가 있어서 정사가 거행되지 않음이
없음을 말한 것이다.〔言人君爲政, 在於得人, 而取人之則, 又在修身, 能仁其身, 則有君
有臣而政無不擧矣.〕"라는 내용이 보인다. 제4절 경문은 213쪽 주440 참조.

가지 덕만을 말하고 지(知)를 빠트린 것[446]은 무엇 때문입니까? 다음 글의 '사람을 알다〔知人〕'와 '하늘의 이치를 알다〔知天〕'라는 것[447]이 바로 그 앞글의 미진한 뜻을 보충한 것입니까?

〔답〕 앞 단락에서는 인(仁)·의(義)·예(禮)를 말하고 지(知)를 말하지 않았으며,[448] 뒷 단락에서는 인·의·지의 일을 말하고 예의 일을 말하지 않았으니,[449] 서로 참고하여 보면 그 설이 절로 갖추어질 뿐 아니라 또한 예·지가 인·의와 서로 통하는 점을 알 수 있네.

〔문 60〕 "어버이를 섬길 것을 생각한다면 사람을 알지 않을 수 없다.〔思事親, 不可以不知人.〕"[450]라는 것은, 어버이를 섬기는 도는 반드시 어진 이를 높이고 벗을 취하는 것을 말미암아 밝아진다는 것을 말한 듯합니다. 만일 과연 이와 같다면 사람을 알고 천도를 아는 것만 유독 어진 이를 높이는 것에서 말미암지 않겠습니까. 《주자어

---

446 인(仁)은……것 : 214쪽 주443 참조. '세 가지 덕'은 여기에서는 인(仁), 의(義), 예(禮)를 말한다.

447 다음……것 : 《중용장구》제20장 제6절에 "그러므로 군자는 자신을 닦지 않을 수 없으니, 자신을 닦을 것을 생각한다면 어버이를 섬기지 않을 수 없고, 어버이를 섬길 것을 생각한다면 사람을 알지 않을 수 없고, 사람을 알 것을 생각한다면 천도를 알지 않을 수 없다.〔故君子不可以不修身. 思修身, 不可以不事親 ; 思事親, 不可以不知人 ; 知知人, 不可以不知天.〕"라는 내용이 보인다. '지천(知天)'은 주희의 해석에 따르면 "천도를 아는 것이다.〔是知天道.〕"《朱子語類 卷64 中庸3 第二十章》

448 앞……않았으며 : 《중용장구》제20장 제5절을 이른다. 214쪽 주443 참조.

449 뒷……않았으니 : 《중용장구》제20장 제6절을 이른다. 위의 주447 참조.

450 어버이를……없다 : 《중용장구》제20장 제6절에 보인다. 위의 주447 참조.

류(朱子語類)》에 이르기를 "어버이를 섬길 것을 생각한다면 먼저
사람을 알아야 한다는 뜻이 아니라 단지 더욱 사람을 알아야 한다는
뜻일 뿐이다.〔不是思事親, 先要知人, 只是更要知人.〕"라고 하였으
니,451 또 "반드시 어진 이를 높이는 것을 말미암아야 한다.〔必由尊
賢.〕"라는 설452과 합치되지 않습니다. 어떻습니까?

〔답〕《주자어류》는 '사람을 아는 것〔知人〕'에 대해 범범히 논한 것이
고, 《중용장구》는 '어진 이를 높이는 것〔尊賢〕'을 위주로 말한 것이
니, 바로 이 점이 다른 이유이네. 그러나 큰 뜻은 또한 그다지 큰 차
이가 없네.

---

451 주자어류(朱子語類)에……하였으니 : 《주자어류》에 "'사람을 안다'는 것은 단지
《서경》〈우서(虞書) 고요모(皐陶謨)〉의 '사람을 알면 명철하다.'라고 할 때의 '안다'는
것과 같은 것이니, 어버이를 섬기고자 생각한다면 먼저 사람을 알아야 한다는 뜻이
아니고, 단지 어버이를 섬기고자 한다면 더욱 사람을 알아야 한다는 뜻일 뿐이다.〔知人,
只如知人則哲之知, 不是思欲事親, 先要知人, 只是思欲事親, 更要知人.〕"라는 내용이
보인다. 《朱子語類 卷64 中庸3 第二十章》

452 반드시……설 : 《중용장구》제20장 제6절 주희의 주에 "정사를 다스리는 것은
사람을 얻음에 있고 사람을 취하는 것은 군주 자신으로써 하기 때문에 자신을 닦지
않을 수 없는 것이다. 자신을 닦는 것은 도로써 하고 도를 닦는 것은 인으로써 하기
때문에 자신을 닦을 것을 생각하면 어버이를 섬기지 않을 수 없는 것이다. 어버이를
친히 하는 '인'을 다하고자 한다면 반드시 어진 이를 높이는 '의'를 말미암아야 하기
때문에 또 마땅히 사람을 알아야 하는 것이다. 친척(어버이)을 친히 하는 강등과 어진
이를 높이는 차등이 모두 천리이기 때문에 또 마땅히 천도를 알아야 하는 것이다.〔爲政
在人, 取人以身, 故不可以不修身；修身以道, 修道以仁, 故思修身, 不可以不事親；欲盡
親親之仁, 必由尊賢之義, 故又當知人；親親之殺, 尊賢之等, 皆天理也, 故又當知天.〕"
라는 내용이 보인다.

〔문 61〕《중용장구》에서 '수신(修身)'과 '사친(事親)'에 대해서는 경문의 '불가이불(不可以不)'을 그대로 사용하고 '지천(知天)'과 '지인(知人)'에 대해서는 '우당(又當)' 두 글자로 바꾼 것[453]은 무엇 때문입니까?

〔답〕 '우당' 두 글자는 가장 생동감이 넘치니 글자를 바꾸었다고 말할 수 없네.

〔문 62〕 다섯 가지 달도(達道)에서 단지 그 사물의 종류만 말한 것은 무엇 때문입니까? 붕우(朋友)에 있어서는 '지교(之交)' 두 글자를 더한 것은 무엇 때문입니까?[454]

〔답〕 단지 다섯 가지 사물의 종류만 말하면 가르침은 그 안에 있기 때문이네. '지교' 두 글자는 또한 깊은 뜻이 없네.

〔문 63〕 삼지(三知)와 삼행(三行)[455]에 대해 선유(先儒) 중에는 혹

---

453 중용장구에서……것 :《중용장구》제20장 제6절 경문과 주희의 주를 이른다. 215쪽 주447 및 216쪽 주452 참조.

454 다섯……때문입니까 :《중용장구》제20장 제7절에서 '군신(君臣)', '부자(父子)', '부부(夫婦)', '곤제(昆弟)', '붕우지교(朋友之交)'라고 하여 그 사물의 종류만을 언급하고, 군신유의(君臣有義), 부자유친(父子有親), 부부유별(夫婦有別), 장유유서(長幼有序), 붕우유신(朋友有信)과 같이 의(義), 친(親), 별(別), 서(序), 신(信)이라는 가르침은 언급하지 않은 것을 이른다. 212쪽 주439 참조.

455 삼지(三知)와 삼행(三行) : '삼지'는 생지(生知)·학지(學知)·곤지(困知)를 말

"성분(性分)은 리로 말한 것이고 등급은 기로 말한 것이다.〔分以理言, 等以氣言.〕"라고 하는데[456] 옳은지 모르겠습니다. 삼지와 삼행이 세 가지 등급이 된다는 것은 어느 누가 모르겠습니까. 그런데도 반드시 지(知)와 인(仁)과 용(勇)에 구분하여 소속시킨 것[457]은 또한 부

하며, '삼행'은 안행(安行)·이행(利行)·면행(勉行)을 말한다.《중용장구》제20장 제8절에 "혹은 태어나서 이것을 알고, 혹은 배워서 이것을 알고, 혹은 애를 써서 이것을 아는데, 그 앎에 미쳐서는 똑같다. 혹은 편안히 이것을 행하고, 혹은 이롭게 여겨 이것을 행하고, 혹은 억지로 힘써 이것을 행하는데, 그 공을 이룸에 미쳐서는 똑같다.〔或生而知之, 或學而知之, 或困而知之, 及其知之, 一也. 或安而行之, 或利而行之, 或勉强而行之, 及其成功, 一也.〕"라는 내용이 보인다. 주희의 주에 따르면 여기에서 말하는 '이것'은 달도(達道)를 가리킨다. 212쪽 주439 참조.

456 선유(先儒)……하는데 : '선유'는 주희(朱熹)를 종주로 삼았던 원(元)나라의 학자 사백선(史伯璿)을 이른다. 사백선의《사서관규》에 "'분(分)' 자와 '등(等)' 자는 리(理)와 기(氣)의 측면에서 분별한 것이다. '분'은 성분(性分)의 '분'이니, 성(性) 안에 갖추고 있는 리가 이 세 가지의 구분이 있다는 것이다.……'등'은 등급(等級)의 '등'이니, 부여받은 기가 같지 않기 때문에 자질에 고하의 등급이 있는 것이다. 이 때문에 상등은 지(知)를 중하게 여겨 '지'를 주장하고, 차등은 행(行)을 중하게 여겨 인(仁)을 주장하고, 하등은 지와 행에 힘쓰는 것을 중하게 여겨 용(勇)을 주장한다. 등급으로 말하는 것은 군건히 지키는 것이니 예컨대《맹자》의 '오등'이니 '사등'이니 할 때의 '등'과 같으니, 이것은 기를 위주로 하여 말한 것이다.〔蓋分字、等字, 是從理氣上分別出來. 分是性分之分, 是性中所具之理有此三者之分.……等是等級之等, 是所禀之氣不齊, 故資質有高下之等. 所以上等則以知爲重而主知, 次等則以行爲重而主仁, 下等則以强於知行爲重而主勇. 以等而言, 是堅而守之, 如孟子凡五等、四等之等, 此主氣而言也.〕"라는 내용이 보인다. '구분'과 '등급'은 아래 주457 참조.《四書管窺 卷7 中庸》

457 지(知)와……것 :《중용장구》제20장 제8절 주희의 주에 "그 성분(性分)으로 말하면 아는 것은 '지'이고, 행하는 것은 '인'이고, 이것을 알고 공을 이룸에 이르러서 똑같은 것은 '용'이다. 그 등급으로 말하면 생지와 안행은 '지'이고, 학지와 이행은 '인'이고, 곤지와 면행은 '용'이다.〔以其分而言, 則所以知者, 知也; 所以行者, 仁也; 所以至於

자(夫子 공자)의 본래 뜻입니까?

[답] "성분은 리로 말한 것이고 등급은 기로 말한 것이다."라는 것은 비록 이렇게도 말할 수는 있지만, 이렇게 구분하여 소속시키는 것이 필경 무슨 발명함이 있겠는가. 지·인·용이 세 등급이 되는 것은 《중용혹문(中庸或問)》에 이미 자세히 언급되어 있는데,[458] 아마도 맞지 않은 것이 있어서 말한 것인가? 다시 자세히 완미해보는 것이 좋을 듯하네.

[문 64] "세 가지 가까운 것은 용의 다음이다.[三近, 勇之次.]"라는 것은 구분으로 말한 듯합니다.[459] 등급으로 말하면 마땅히 곤지(困

知之成功而一者, 勇也. 以其等而言, 則生知、安行者, 知也; 學知、利行者, 仁也; 困知、勉行者, 勇也.]"라는 내용이 보인다.

458 지·인·용이……있는데 : 《중용혹문》에 "이제 그 구분으로 말하면 '삼지'는 '지(智)'가 되고 '삼행'은 '인(仁)'이 되고 힘쓰고 쉬지 않아 이것을 알고 공을 이루어서 똑같음에 이르는 것은 '용(勇)'이 되며, 그 등급으로 말하면 생지(生知)와 안행(安行)은 지를 위주로 하여 지(智)가 되고 학지(學知)와 이행(利行)은 행을 위주로 하여 인(仁)이 되고 곤지(困知)와 면행(勉行)은 힘씀을 위주로 하여 용(勇)이 된다. 또 '삼근(三近)'을 통틀어서 말하면 또 삼지를 지로 삼고 삼행을 인으로 삼고 삼근을 용의 다음으로 삼으니, 이렇게 하면 또한 거의 곡진하다 할 것이다.[今以其分而言, 則三知爲智, 三行爲仁, 所以勉而不息, 以至於知之成功之一爲勇; 以其等而言, 則以生知安行者主於知而爲智, 學知利行者主於行而爲仁, 困知勉行者主於强而爲勇. 又通三近而言, 則又以三知爲智, 三行爲仁, 而三近爲勇之次, 則亦庶乎其曲盡也歟!]"라는 내용이 보인다.

459 세……듯합니다 : 《중용장구》제20장 제9절에 "학문을 좋아하는 것은 '지'에 가깝고, 힘써 행하는 것은 '인'에 가깝고, 부끄러움을 아는 것은 '용'에 가깝다.[好學, 近乎知; 力行, 近乎仁; 知恥, 近乎勇.]"라는 내용이 보이는데, 주회의 주에 "이는 달덕에 미치지

知)와 면행(勉行)의 다음에 있어야 할 것입니다.

〔답〕"세 가지 가까운 것은 용의 다음이다."라는 것은 비록 구분으로 말한 것이지만 '차(次)'자는 또한 등급의 뜻도 겸하고 있네.

〔문 65〕"제후들을 은혜롭게 하면 천하가 두려워한다.〔懷諸侯則天下畏之.〕"라는 구절의 '회(懷)'는 덕(德)의 뜻이 많은데⁴⁶⁰ '두려워한다〔畏之〕'라고 한 것은 무엇 때문입니까?

〔답〕'회(懷)'와 '외(畏)'는 서로 맞지 않은 듯하나 은혜롭게 하는 것은 제후를 기준으로 말한 것이고 두려워하는 것은 천하를 기준으로 말한 것이니 무슨 의심할 것이 있겠는가.

〔문 66〕"재계하고 깨끗이 하며 성복을 입고서 예가 아니면 동하지 않는다.〔齋明盛服, 非禮不動.〕"⁴⁶¹라는 구절에 대해 《중용혹문(中庸

못하여 덕에 들어가기를 구하는 일을 말한 것이니, 윗글에서 삼지는 '지'가 되고 삼행은 '인'이 되는 것을 통틀어서 보면 이 세 가지 가까운 것은 '용'의 다음이다.〔此言未及乎達德而求以入德之事, 通上文三知爲知, 三行爲仁, 則此三近者, 勇之次也.〕라고 하였다. '삼지(三知)'와 '삼행(三行)'은 217쪽 주455 참조.

460 제후들을……많은데 : 《중용장구》 제20장 제12절에 "먼 지역의 사람을 회유하면 사방이 귀의하고, 제후들을 은혜롭게 하면 천하가 두려워한다.〔柔遠人則四方歸之, 懷諸侯則天下畏之.〕"라는 내용이 보이는데, 주희의 주에 "제후들을 은혜롭게 하면 덕의 베풀어짐이 넓고 위엄의 제어하는 바가 넓어지기 때문에 천하가 두려워한다고 말한 것이다.〔懷諸侯, 則德之所施者博而威之所制者廣矣, 故曰天下畏之.〕"라고 하였다.

461 재계하고……않는다 : 《중용장구》 제20장 제13절에 보인다.

或問)》에서는 "동할 때나 고요할 때나 어긋나지 않아서 안팎이 함께 길러진다.〔動靜不違, 內外交養.〕"라고 하였습니다.⁴⁶² '재계하고 깨끗이 하며 성복을 입는 것'을 어찌 오로지 정(靜)에만 소속시킬 수 있겠습니까.

〔답〕 '재계하고 깨끗이 하며 성복을 입는 것'은 또한 동하는 곳에도 말할 수 있지만, 이미 '예가 아니면 동하지 않는다'와 상대적으로 말하였으니 오로지 고요할 때에만 속한다는 것을 알 수 있네.

〔문 67〕"무릇 일은 미리 하면 성립된다.〔凡事豫則立.〕" 이하의 네 조항 역시 달도(達道), 달덕(達德), 구경(九經)의 등속을 포함하여 말한 것입니까?⁴⁶³ '미리 하는 것〔豫〕'과 '평소에 정하는 것〔素定〕'은

---

462 중용혹문(中庸或問)에서는……하였습니다 : 《중용혹문》에 "그 안을 전일하게 하지 않으면 그 밖을 제어할 방법이 없고, 그 밖을 가지런히 하지 않으면 그 안을 기를 방법이 없다. 고요할 때 보존하지 않으면 그 근본을 세울 방법이 없고, 동할 때 세밀히 살피지 않으면 그 사욕을 이길 방법이 없다. 그러므로 재계하고 깨끗이 하며 성복을 입고서 예가 아니거든 동하지 않으면 안팎이 함께 길러져서 동할 때나 고요할 때나 어긋나지 않게 되니, 바로 이 때문에 자신을 닦는 요체가 되는 것이다.〔不一其內, 則無 以制其外; 不齊其外, 則無以養其中. 靜而不存, 則無以立其本; 動而不察, 則無以勝其 私. 故齊明盛服, 非禮不動, 則內外交養, 而動靜不違, 所以爲修身之要也.〕"라는 내용이 보인다.

463 무릇……것입니까 : 《중용장구》 제20장 제15절에 "무릇 일은 미리 하면 성립되고 미리 하지 않으면 폐해진다. 말은 미리 정하면 차질이 없고, 일은 미리 정하면 곤궁하지 않고, 행동은 미리 정하면 결함이 없고, 도는 미리 정하면 궁하지 않다.〔凡事, 豫則立, 不豫則廢. 言前定則不跲, 事前定則不困, 行前定則不疚, 道前定則不窮.〕"라는 내용이 보인다. 주희의 주에 "'범사'는 달도, 달덕, 구경의 등속을 가리킨다.〔凡事, 指達道、達

'먼저 성실함에 세우는 것[先立乎誠]'을 말한 것이니,[464] "단맛은 조
미를 받아들이고 흰 것은 채색을 받아들인다.[甘受和, 白受采.]"[465]
라는 뜻과 서로 유사합니다. 어떻습니까?

[답] "이하의 네 조항 역시 달도(達道)·달덕(達德)·구경(九經)을
포함한다."라고 한 것은 이런 뜻이 보이지 않네. 논한 '예(豫)' 자의
뜻은 대체적인 뜻은 옳네. 다만 "단맛은 조미를 받아들이고 흰 것은
채색을 받아들인다."라는 것은 문질(文質)을 논한 것이니[466] 또 여기
의 구절과는 맞지 않네.

德、九經之屬.]"라고 하여 '범사(凡事)'에 대해서만 말하였기 때문에 이런 질문을 한
것이다. '달도(達道)·달덕(達德)·구경(九經)'은 212쪽 주439 참조.

464 미리……것이니 : 《중용장구》제20장 제15절 주희의 주에 "'예(豫)'는 평소에 정하
는 것이다.……무릇 일을 모두 먼저 성실함에 세우고자 함을 말한 것이다.[豫, 素定
也.……言凡事皆欲先立乎誠.]"라는 내용이 보인다.

465 단맛은……받아들인다 : 《예기》〈예기(禮器)〉에 "단맛은 조미를 받아들이고 흰
것은 채색을 받아들이며 충신한 사람이라야 예(禮)를 배울 수 있다.[甘受和, 白受采,
忠信之人, 可以學禮.]"라는 내용이 보인다.

466 단맛은……것이니 : 《논어집주》〈팔일(八佾)〉제8장 제2절에 "그림 그리는 일이
흰 비단을 마련하는 것보다 뒤에 한다는 것이다.[繪事後素.]"라는 《시경》의 구절에
대한 공자의 해석이 보이는데, 주희의 주에 "먼저 흰 비단으로 바탕을 삼은 뒤에 오색의
채색을 칠함을 말한 것이니, 마치 사람이 아름다운 자질이 있은 뒤에야 문식을 더할
수 있음과 같은 것이다.[謂先以粉地爲質而後施五采, 猶人有美質然後可加文飾.]"라고
하였으며, 또 제3절 주에서는 양시(楊時)의 말을 인용하여 "단맛은 조미를 받아들이고
흰 것은 채색을 받아들이며 충신한 사람이라야 예를 배울 수 있다. 만일 그 바탕이
없다면 예가 헛되이 행해지지 않으니, 이것이 '그림 그리는 일은 흰 비단을 마련하는
것보다 뒤에 한다.'는 말이다.[甘受和, 白受采, 忠信之人, 可以學禮. 苟無其質, 禮不虛
行, 此繪事後素之說也.]"라고 하였다.

[문 68] '아랫자리에 있으면서[在下位]'로 시작하는 절[467]은 절목이 비록 많지만 그 근본은 '자신을 성실하게 하는 데[誠身]' 있습니다. 자신이 이미 성실해지고 나면 '어버이에게 순하고[順親]', '벗에게 믿음을 받고[信友]', '윗사람에게 신임을 얻고[獲上]', '백성을 다스리는 것[治民]'에 있어 시행하여 이롭지 않은 바가 없을 것입니다.

[답] 이미 자신을 성실하게 하였다면 참으로 시행하여 이롭지 않음이 없을 것이나, 성인(聖人 공자)이 이미 많은 단계를 논하였으니 반드시 그렇게 한 이유가 있을 것이네. 이와 같이 가볍게 함부로 말해서는 안 되네.

[문 69] '세 가지 가까운 것[三近]'은 덕에 들어가는 일이기 때문에 용(勇)의 다음에 소속시킨 것입니다.[468] 택선(擇善)·고집(固執)·

---

467 아랫자리에……절 : 《중용장구》 제20장 제16절에 "아랫자리에 있으면서 윗사람에게 신임을 얻지 못하면 백성을 다스리지 못할 것이다. 윗사람에게 신임을 얻는 것이 방법이 있으니, 벗에게 믿음을 받지 못하면 윗사람에게 신임을 얻지 못할 것이다. 벗에게 믿음을 받는 것이 방법이 있으니, 어버이에게 순하지 못하면 벗에게 믿음을 받지 못할 것이다. 어버이에게 순한 것이 방법이 있으니, 자기 자신에게 돌이켜보아 성실하지 못하면 어버이에게 순하지 못할 것이다. 자신을 성실히 하는 것이 방법이 있으니, 선을 밝게 알지 못하면 자신을 성실히 하지 못할 것이다.[在下位, 不獲乎上, 民不可得而治矣. 獲乎上, 有道, 不信乎朋友, 不獲乎上矣. 信乎朋友, 有道, 不順乎親, 不信乎朋友矣. 順乎親, 有道, 反諸身不誠, 不順乎親矣. 誠身, 有道, 不明乎善, 不誠乎身矣.]"라는 내용이 보인다.

468 세……것입니다 : '세 가지 가까운 것'은 《중용장구》 제20장 제9절의 "학문을 좋아하는 것은 '지'에 가깝고, 힘써 행하는 것은 '인'에 가깝고, 부끄러움을 아는 것은 '용'에 가깝다.[好學, 近乎知 ; 力行, 近乎仁 ; 知恥, 近乎勇.]"라는 내용을 가리킨다. 219쪽

학(學)·문(問)·사(思)·변(辯)·독행(篤行)은 모두 달덕(達德)에 미치지 못하는 듯한데도 주자(朱子 주희(朱熹))가 곧바로 택선·학·문·사·변을 지(知)에 소속시키고 고집과 독행을 인(仁)에 소속시킨 것[469]은 무엇 때문입니까?

〔답〕박학(博學)·독행(篤行) 및 다섯 가지 부조(不措)[470] 같은 종류

주459 참조.

469 택선(擇善)……것 : 《중용장구》제20장 제17절에 "성실한 것은 하늘의 도이고 성실히 하려는 것은 사람의 도이다. 성실한 자는 힘쓰지 않고도 도에 맞으며 생각하지 않고도 알아서 조용히 도에 맞으니 성인이고, 성실히 하려는 자는 선을 택하여 굳게 잡아 지키는 자이다.〔誠者, 天之道也; 誠之者, 人之道也. 誠者, 不勉而中, 不思而得, 從容中道, 聖人也; 誠之者, 擇善而固執之者也.〕", 제18절에 "널리 배우며, 자세히 물으며, 신중히 생각하며, 밝게 분변하며, 독실히 행하여야 한다.〔博學之, 審問之, 愼思之, 明辨之, 篤行之.〕"라는 내용이 보인다. 제17절 주희의 주에 "선을 택하는 것은 배워서 아는 것 즉 학이지지(學而知之) 이하의 일이고, 굳게 잡아 지키는 것은 이롭게 여겨 행하는 것 즉 이이행지(利而行之) 이하의 일이다.〔擇善, 學知以下之事; 固執, 利行以下之事也.〕", 제18절 주희의 주에 "배우고 묻고 생각하고 분변하는 것은 선을 택하는 것으로서 '지'가 되니 배워서 아는 것이고, 독실히 행하는 것은 굳게 잡아 지키는 것으로서 '인'이 되니 이롭게 여겨 행하는 것이다.〔學、問、思、辨, 所以擇善而爲知, 學而知也; 篤行, 所以固執而爲仁, 利而行也.〕"라고 하였다. '달덕(達德)에 미치지 못하는 듯하다'는 것은 이 역시 '세 가지 가까운 것〔三近〕'과 마찬가지로 지(知)·인(仁)·용(勇)의 달덕에 미치지 못한다는 말로, 유헌주는 이 역시 입덕(德) 즉 덕에 들어가기를 구하는 일을 말한 것으로 본 것이다. 219쪽 주459 및 223쪽 주468 참조.

470 다섯 가지 부조(不措) : 《중용장구》제20장 제19절에 "배우지 않음이 있을지언정 배울진댄 능하지 못하면 놓지 않으며, 묻지 않음이 있을지언정 물을진댄 알지 못하면 놓지 않으며, 생각하지 않음이 있을지언정 생각할진댄 알지 못하면 놓지 않으며, 분변하지 않음이 있을지언정 분변할진댄 분명하지 못하면 놓지 않으며, 행하지 않음이 있을지언정 행할진댄 독실하지 못하면 놓지 않는다. 그리하여 남이 한 번에 능하면 나는

는 호학(好學)・역행(力行)[471]과 고하를 구분하기 어렵지만, '세 가지 가까운 것'이 "이것을 아는 것과 공을 이루는 것은 똑같다.〔知之, 成功 一也.〕"라는 절의 다음에 있으니, 즉 달덕에 미치지 못하여 덕에 들어가기를 구하는 일이 된다는 것을 알 수 있네.[472] 택선과 고집은 '성실히 하려는 자〔誠之者〕'의 일이니,[473] 이보다 한 단계 더 위로 올라가면 생이지지(生而知之)와 안이행지(安而行之)가 될 것이네. 이것이 어찌 학이지지(學而知之)와 리이행지(利而行之) 이하를 말한 것이 아니겠는가.[474] 더구나 이 절 다음에서는 또 "아무리 어리석더라도 반드시 밝아지며 아무리 유약하더라도 반드시 강해진다.〔雖愚必明, 雖柔 必强.〕"[475]라는 말로 끝맺었으니, 즉 이른바 "아는 것과 공을 이룬다는

백 번을 하고, 남이 열 번에 능하면 나는 천 번을 해야 한다.〔有弗學, 學之, 弗能, 弗措也; 有弗問, 問之, 弗知, 弗措也; 有弗思, 思之, 弗得, 弗措也; 有弗辨, 辨之, 弗明, 弗措也; 有弗行, 行之, 弗篤, 弗措也. 人一能之, 己百之; 人十能之, 己千之.〕"라는 내용이 보인다.

471 호학(好學)・역행(力行) : '세 가지 가까운 것〔三近〕' 중 '호학'은 지(知)에 가깝고, '역행'은 인(仁)에 가까운 것이다. 219쪽 주459 참조.

472 세……있네 : '세 가지 가까운 것'은 《중용장구》 제20장 제9절의 내용이며, '이것을……똑같다'라는 절은 《중용장구》 제20장 제8절의 내용이다. '달덕에……있네'라는 것은 제9절 주희의 주에 "이는 달덕에 미치지 못하여 덕에 들어가기를 구하는 일을 말한 것이다.〔此言未及乎達德而求以入德之事.〕"라고 한 것을 이른다. 제20장 8절 경문은 217쪽 주455 참조. 제20장 8절 주희의 주는 218쪽 주457 참조.

473 택선과……일이니 : 224쪽 주469 참조.

474 이보다……아니겠는가 : 217쪽 주455 참조.

475 아무리……강해진다 : 《중용장구》 제20장 제20절에 "과연 이 방법을 능히 행할 수 있다면 아무리 어리석더라도 반드시 밝아지며 아무리 유약하더라도 반드시 강해진다.〔果能此道矣, 雖愚必明, 雖柔必强.〕"라는 내용이 보인다.

점에서는 똑같다."라는 것이네. 이것이 바로 이 두 종류가 다른 이유일 것이네.

〔문 70〕 주 선생(朱先生 주희(朱熹))은 '신중히 생각한다〔謹思〕'는 구절을 여러 번 말하고 "생각하는 것을 신중하게 하지 않으면 쓸데없이 공부하는 곳이 있게 된다.〔思之不謹, 則便有枉用工夫.〕"라고까지 하였습니다.[476] 신중히 생각하는 방법을 자세히 말씀해주실 수 있겠습니까?

〔답〕 '신중하게 생각한다'는 뜻은 《중용혹문(中庸或問)》에 이미 자세하게 언급되어 있네.[477] 여기에서 다시 자신의 몸에 나아가 그 병통인 곳을 자세히 살펴서 묵묵히 공부를 더하는 것이 좋네.

---

476 주 선생(朱先生)은……하였습니다 : 《주자어류》에 "선생은 '신중하게 생각한다'라는 구절을 여러 번 말씀하셨다. 그리고 '생각하는 것을 신중하게 하지 않으면 쓸데없이 공부하는 곳이 있게 된다.'라고 말씀하셨다.〔先生屢說愼思之一句. 言思之不愼, 便有枉用工夫處.〕"라는 내용이 보인다. '신중히 생각한다〔謹思〕는 구절'은 224쪽 주469 참조. 《朱子語類 卷64 中庸3 第二十章》

477 신중하게……있네 : 《중용혹문》에 "만일 그 생각하는 것을 혹 지나치게 많이 하여 전일하게 하지 않으면 또한 넘쳐서 유익함이 없고, 혹 지나치게 깊이 하여 그치지 않으면 또 너무 힘들어서 몸이 손상을 입게 되니, 모두 생각하기를 잘하는 것이 아니다. 그러므로 그 생각하는 것은 또 반드시 능히 신중하게 하는 것을 귀하게 여기니, 단지 자신에게 돌이켜서 그것이 무슨 일인지 어떤 물건인지를 아는 것만이 아니다.〔使其思也, 或太多而不專, 則亦泛濫而無益, 或太深而不止, 則又過苦而有傷, 皆非思之善也. 故其思也, 又必貴於能謹, 非獨爲反之於身, 知其爲何事何物而已也.〕"라는 내용이 보인다.

〔문 71〕 '밝음으로 말미암아 성실해지는 것〔自明誠〕'478은 마땅히 학지(學知)·이행(利行)·곤지(困知)·면행(勉行)479을 겸하여 말해야 할 것입니다. 그렇다면 밝음은 택선(擇善)의 일이고 성실함은 고집(固執)의 공효입니다.480 이와 같이 나누어 소속시켜도 되겠습니까? 생지(生知)와 안행(安行)은 이미 지(知)로 말하였으니,481 '성실함으로 말미암아 밝아지는 것〔自誠明〕'은 인(仁)으로 말해야 할 듯합니다. 어떨지 모르겠습니다.

〔답〕 '밝음으로 말미암아 성실해지는 것'은 택선·고집과 말이 다르네. 택선·고집은 각각 하나의 공부 항목이니 이것은 횡(橫)으로 말한 것이고, '밝음으로 말미암아 성실해지는 것'은 이것으로 말미암아 저것에 이른다는 것이니 종(縱)으로 말한 것이네. 성실함은 바로 경지이기 때문에 "성실한 자는 생각하지 않고도 알며 힘쓰지 않고도 도에 맞는다.〔誠者, 不思而得, 不勉而中.〕"482라고 한 것이네. 지(知) 공부와 행(行) 공부가 모두 그 안에 있으니, 단지 하나의 '인(仁)' 자에만 해당시켜서는 안 될 것이네.

---

478 밝음으로……것 : 《중용장구》 제21장에 "성실함으로 말미암아 밝아지는 것을 '성(性)'이라 이르고, 밝음으로 말미암아 성실해지는 것을 '교(敎)'라 이른다. 성실하면 밝아지고 밝아지면 성실해진다.〔自誠明, 謂之性; 自明誠, 謂之敎. 誠則明矣, 明則誠矣.〕"라는 내용이 보인다.

479 학지(學知)……면행(勉行) : 217쪽 주455 참조.

480 밝음은……공효입니다 : 224쪽 주469 참조.

481 생지(生知)와……말하였으니 : 218쪽 주457 참조.

482 성실한……맞는다 : 224쪽 주469 참조.

〔문 72〕《중용장구》에서 사람과 사물의 성(性)을 다하는 것에는 '능(能)' 자를 놓고, 화육(化育)을 돕고 셋이 되는 것에는 '가이(可以)' 자를 놓은 것[483]은 무엇 때문입니까?

〔답〕'능'과 '가이'는 참작해서 한 말이니, '화육을 돕고 천지와 셋이 되는 것'은 그 일이 지극히 크므로 '능'이라 하지 않고 '가이'라고 한 것이네.

〔문 73〕 사람과 사물의 성(性)은 똑같이 하늘이 명한 성일 뿐입니다. 부여받은 형기(形氣)가 같지 않아 성 또한 따라서 다른 것뿐이니, 이를 다한다는 것은 그 다른 바에 따라 처하여 그 마땅함을 얻는 것입니다.[484] 그렇다면 여기의 여러 '성' 자[485]는 마땅히 기(氣)의 측면에서 논해야 합니까?

---

483 중용장구에서……것 :《중용장구》제22장에 "오직 천하의 지극한 성실함만이 그 성을 다할 수 있다. 그 성을 다할 수 있으면 사람의 성을 다할 수 있고, 사람의 성을 다할 수 있으면 사물의 성을 다할 수 있고, 사물의 성을 다할 수 있으면 천지의 화육을 도울 수 있고, 천지의 화육을 도울 수 있으면 천지와 나란히 셋이 될 수 있다.〔惟天下至誠, 爲能盡其性. 能盡其性, 則能盡人之性; 能盡人之性, 則能盡物之性; 能盡物之性, 則可以贊天地之化育; 可以贊天地之化育, 則可以與天地參矣.〕"라는 내용이 보인다.
484 사람과……것입니다 :《중용장구》제22장 주희의 주에 "사람과 사물의 성은 또한 나의 성이기도 하다. 다만 부여받은 형기가 같지 않기 때문에 다름이 있을 뿐이다. 다할 수 있다는 것은 앎이 밝지 않음이 없고 처함이 마땅하지 않음이 없는 것을 이른다.〔人物之性, 亦我之性, 但以所賦形氣不同而有異耳. 能盡之者, 謂知之無不明而處之無不當也.〕"라는 내용이 보인다.
485 여기의……자 :《중용장구》제22장에 보이는 '성' 자를 이른다. 위의 주483 참조.

〔답〕 세 개의 '성' 자[486]는 모두 하늘이 명한 성이고 진인(盡人)과 진물(盡物)은 바로 '도를 품절하는〔修道〕' 일[487]이기 때문에 《중용장구》에서 형기를 겸하여 말한 것이네. 그러나 성은 단지 하나의 성일 뿐이네.

〔문 74〕 '한쪽을 지극히 하는 것〔致曲〕'[488]을 선유(先儒)들은 모두 '인(仁)'에 소속시켰습니다. 그러나 이것은 바로 '밝음으로 말미암아 성실해지는〔自明誠〕' 일이니,[489] 그렇다면 '지(知)'를 겸한 것이라고 말해도 무방할 것입니다. 어떻습니까?

〔답〕 '한쪽을 지극히 하는 것'을 '인'에 소속시킨 것은 누구의 설인지 모르겠지만 단지 지루하게 지겨움만을 잔뜩 보인 것이네. 이미 그 설을 취했다면 또 '지'에 겸하여 소속시키고자 한 것은 무엇 때문인가?

〔문 75〕 선한 단서가 발현되는 것은 사람이라면 어느 누가 없겠습니까. 그러나 능히 이를 잘 미루어 나가는 것이 어려운 것입니다.[490]

---

486 세……자 : 《중용장구》 제22장에 보이는 '진기성(盡其性)', '진인지성(盡人之性)', '진물지성(盡物之性)'의 '성' 자를 이른다. 228쪽 주483 참조.

487 도를 품절하는〔修道〕 일 : '교(敎)'를 이른다. 13쪽 주5 참조.

488 한쪽을……것 : 《중용장구》 제23장에 "그다음은 한쪽을 지극히 하는 것이니, 한쪽을 지극히 하면 능히 성실함이 있게 된다.〔其次致曲, 曲能有誠.〕"라는 내용이 보인다.

489 이것은……일이니 : '교(敎)'를 이른다. 227쪽 주478 참조.

490 선한……것입니다 : 《중용장구》 제23장 주희의 주에 "사람의 성은 같지 않음이 없으나 기는 다름이 있다. 이 때문에 오직 성인만이 그 성의 전체를 들어 다하는 것이고, 그다음은 반드시 선한 단서가 발현되는 한쪽으로부터 모두 미루어 지극히 하여 각각 그 지극함에 나아가는 것이다.〔人之性無不同, 而氣則有異. 故惟聖人能擧其性之全體而

이제 막 선한 단서가 발현되었을 때 함양하여 잘 이끌어서 객심(客心)⁴⁹¹으로 하여금 이 사이에 끼어들지 못하게 하는 것이 미루어서 지극히 하는 도입니까?

〔답〕 '함양하여 잘 이끈다'는 것은 말이 정확하지 않네. '한쪽을 지극히 한다'⁴⁹²는 것은, 예를 들면 맹자가 제(齊)나라 왕의 소를 아끼는 마음을 통해 사해(四海)를 보호하는 것에 지극하게 한 것⁴⁹³과 같은 종류이네.

〔문 76〕 상서로운 징조〔禎祥〕와 요망한 일〔妖孽〕은 화복(禍福)의 조짐이니 지성(至誠)이 아니면 알기가 어렵습니다.⁴⁹⁴ 그러나 천재

盡之, 其次則必自其善端發見之偏, 而悉推致之, 以各造其極也.]"라는 내용이 보인다.

491 객심(客心) : 본심(本心)과 상대되는 마음이다.

492 한쪽을 지극히 한다 : 《중용장구》 제23장의 구절이다. 229쪽 주488 참조.

493 맹자가……것 : 《맹자집주》 〈양혜왕 상(梁惠王上)〉 제7장에, 맹자가 제 선왕(齊宣王)을 만났을 때 제 선왕 역시 왕자(王者)가 될 수 있다는 근거로 제 선왕의 측은지심(惻隱之心)이 발현된 일화를 든 내용이 보인다. 제 선왕은 우연히 흔종(釁鍾) 의식에 희생으로 쓸 소가 벌벌 떨며 도살장으로 끌려가는 것을 보고 희생을 양(羊)으로 바꾸라고 명한 적이 있는데, 맹자는 이 일화를 통해 제 선왕이 금수에게까지 미친 은혜가 백성들에게 이르지 않은 것은 못해서가 아니라 하지 않은 것임을 알 수 있다고 하였다. 즉 만일 그 은혜가 백성들에게까지 미칠 수 있다면 충분히 왕자가 될 수 있다고 하여 백성들을 보호할 것을 강조하였다.

494 상서로운……어렵습니다 : 《중용장구》 제24장에 "지성의 도는 일이 닥쳐오기 전에 미리 알 수 있다. 나라가 장차 일어나려 할 때에는 반드시 상서로운 조짐이 있으며 나라가 장차 망하려 할 때에는 반드시 요망한 일이 있어 시초점과 거북점에 나타나며 사지의 동작과 위의(威儀) 사이에 동한다. 그리하여 화와 복이 장차 이를 때에 좋을

지변이나 사시(四時)의 변화는 그 징후 역시 이미 환히 드러나 있으니, 어찌 굳이 지성을 기다린 연후에야 알 수 있는 것이겠습니까.

〔답〕 징후가 이미 드러난 것은 사람들이 볼 수 있지만 그 미세할 때에는 지성이 아니면 알 수 없네.

〔문 77〕 '자성(自成)'과 '자도(自道)'의 두 '자' 자는《주자어류》와《중용장구》의 설이 다르니[495] 어떤 것을 취해야 할지 모르겠습니다. 그리고《중용장구》에서 '자성'을 해석할 때에는 '소이(所以)' 자를 쓰고 '자도'에는 '소당(所當)' 자를 놓았으니 모두 은미한 뜻이 있는 듯합니다. 어떻습니까?

〔답〕《주자어류》의 '자성'에 대한 설은《중용장구》와 같지 않은 것이

것을 반드시 먼저 알며 좋지 못할 것을 반드시 먼저 안다. 그러므로 지성은 귀신과 같은 것이다.〔至誠之道, 可以前知. 國家將興, 必有禎祥, 國家將亡, 必有妖孽, 見乎蓍龜, 動乎四體. 禍福將至, 善必先知之, 不善必先知之, 故至誠如神.〕"라는 내용이 보인다.

495 자성(自成)과……다르니 :《중용장구》제25장 제1절 "성실함은 저절로 이루어지는 것이고, 도는 스스로 행하여야 할 것이다.〔誠者, 自成也, 而道, 自道也.〕"라는 구절에 대해, 주희는《중용장구》에서는 "성실함은 사물이 저절로 이루어지는 것이고, 도는 사람이 마땅히 스스로 행하여야 할 것이다.〔誠者, 物之所以自成, 而道者, 人之所當自行也.〕"라고 해석하였고,《주자어류》에서는 "성실함은 저절로 이루어진 도리이고 사람이 인위적으로 안배한 물사가 아니다. '도는 스스로 행하여야 할 것이다.'라는 것은, 도는 오히려 무정한 도리이니 반드시 사람이 스스로 행해야 비로소 얻는다는 것이다. 이 두 구는 단지 하나의 모습이지만 뜻은 각각 같지 않다.〔誠者, 是箇自然成就底道理, 不是人去做作安排底物事. 道自道者, 道却是箇無情底道理, 却須是人自去行始得. 這兩句只是一樣, 而義各不同.〕"라고 해석하였다.

참으로 많은데, 모두 아직 확정되지 않았을 때의 논의인 듯하네. '성'
과 '도'가 어찌 구분이 없을 수 있겠는가. 도는 즉 제20장에서 이른바
'다섯 가지 달도〔五達道〕'와 같은 것이고, 성은 즉 그 장에서 이른바
"이것을 행하는 것은 하나이다.〔行之者一也.〕"라는 것이네.⁴⁹⁶ 성실하
면 저절로 이루어지고 성실하지 않으면 저절로 이루어질 수 없으니
이것은 가상으로 말한 것이기 때문에 '소이' 자를 둔 것이고, 도는 행
하는 곳에 나아가서 말하였기 때문에 '소당' 자를 둔 것이네.

〔문 78〕 주자(朱子 주희(朱熹))는 또 "'성실함은 사물의 끝과 시작이
다.'라는 것은 '저절로 이루어지는 것'을 해석한 것이고, '성실하지
않으면 사물이 없다.'라는 것은 '스스로 행하여야 할 것'을 말한
것이다.〔誠者物之終始, 是解自成; 不誠無物, 是說自道.〕"라고 하
였습니다.⁴⁹⁷ 그렇다면 '물지종시(物之終始)'의 성실함은 마땅히
'심(心)'이라고 해야 할 듯한데 '리(理)'라고 하고, '불성(不誠)'의
성실함은 마땅히 '리'라고 해야 할 듯한데 '심'이라고 하였습니

---

496 도는……것이네 : 212쪽 주439 참조.
497 주자(朱子)는……하였습니다 : 《중용장구》제25장 제2절 "성실함은 사물의 끝과
시작이니, 성실하지 않으면 사물이 없다. 그러므로 군자는 성실히 하는 것을 귀하게
여긴다.〔誠者物之終始, 不誠無物, 是故君子誠之爲貴.〕"라는 구절에 대해, 대전본(大全
本) 소주에 "'성실함은 사물의 끝과 시작이다.'라는 것은 '성실함은 저절로 이루어지는
것이다.'라는 구절을 해석한 것이고, '성실하지 않으면 사물이 없다.'라는 것은 이미
'스스로 행하여야 할 것이다.'라는 구절을 말한 것이다. 사람은 성실하지 않음이 있지만
리(理)는 성실하지 않음이 없는 것이니 이렇게 보아야 앞뒤의 글 뜻이 상응한다고 생각
된다.〔誠者物之終始, 是解誠者自成一句; 不誠無物, 已是說自道句了. 蓋人則有不誠,
理無不誠者, 恁地看, 覺得前後文意相應.〕"라는 주희의 해석이 보인다.

다.[498] 이것은 리와 심은 근본이 하나일 뿐이어서 마침내 교차하여 말한 것입니까?

〔답〕 '마땅히 리라고 해야 한다'와 '마땅히 심이라고 해야 한다'에 대해서는 자세하지 않네. 이른바 '리와 심은 근본이 하나이다'라고 운운한 것은 매우 분명하지 않네.

〔문 79〕 "도는 스스로 행하여야 할 것이다.〔而道自道.〕"[499]에서 도(道)에 '자(者)' 자를 두지 않고 '이(而)' 자를 둔 것은 무엇 때문입니까?

〔답〕 대체로 이 장은 주로 '성실함〔誠〕'을 말하고 도는 덧붙여 말한 것이기 때문에 그 글을 쓴 것이 같지 않은 것이네.

〔문 80〕 '저절로 이루어지는 것〔自成〕'[500]이 사람과 사물을 겸하여 말했다는 것은, 채허재(蔡虛齋 채청(蔡淸))가 "그 말은 사물을 겸한 것이지만 그 뜻은 오로지 사람만을 가리켜 말한 것이다.〔其辭則兼

---

498 물지종시(物之終始)의……하였습니다 : 《주자어류》에 "'성실함은 사물의 끝과 시작이다.'라는 것은 리로 말한 것이고, '성실하지 않으면 사물이 없다.'라는 것은 사람으로 말한 것이다.〔誠者物之終始, 以理而言 ; 不誠無物, 以人而言.〕", "'성실하지 않으면 사물이 없다.'라는 것은 사람의 마음은 형체가 없어서 오직 성실할 때만이 비로소 이러한 물사가 있게 된다는 것이다.〔不誠無物, 人心無形影, 惟誠時方有這物事.〕"라는 내용이 보인다. 《朱子語類 卷64 中庸3 第二十五章》

499 도는……것이다 : 231쪽 주495 참조.

500 저절로 이루어지는 것 : 231쪽 주495 참조.

物, 其意則專指人言.]"라고 하였는데,[501] 옳은 말인 듯합니다.

〔답〕 허재의 설이 대의는 참으로 옳으나, 이른바 "그 말은 사물을 겸한 것이다."라고 한 것은 또한 말에 병통이 있네.

〔문 81〕 운봉(雲峰 호병문(胡炳文))은 "'성실함'은 즉 하늘이 명한 성이고, 도는 성을 따르는 도이다.〔誠卽天命之性, 道是率性之道.〕"라고 하였습니다.[502] 도는 그렇다지만 성실함을 곧바로 하늘이 명한 성(性)에 해당시키는 것은 이렇게 말할 수 있는 것입니까?

---

501 채허재(蔡虛齋)가……하였는데 : '허재'는 명(明)나라의 저명한 이학가(理學家)인 채청(蔡淸, 1453~1508)의 호이다. 그의 저작 《사서몽인(四書蒙引)》 권4에 "그 말은 사물을 겸한 것이지만 뜻은 오로지 사람만을 가리켜 말한 것이다. 무엇으로 그 말이 사물을 겸한 것임을 알 수 있는가? 다음 글 중 '성실함은 사물의 끝과 시작이다.'라는 것을 보면 알 수 있다. 무엇으로 그 뜻은 오로지 사람만을 가리켜 말한 것임을 알 수 있는가? 이 장은 본래 제20장의 '성실히 하려는 것은 사람의 도이다.'를 받아서 말한 것이다. 그러므로 다음에 나오는 본문에 '성실하지 않으면 사물이 없다. 그러므로 군자는 성실히 하는 것을 귀하게 여긴다.'라고 한 것이다.〔其詞則兼物, 意則專指人言. 何以見其辭之兼物? 觀下文誠者物之終始, 可見也. 何以見其意則專指人言? 蓋此章本承二十章誠之者人之道也而言. 故下條本文曰: 不誠無物, 是故君子誠之爲貴.〕"라는 내용이 보인다.

502 운봉(雲峰)은……하였습니다 : 《중용장구》 제25장 제1절 경문에 대해 말한 것이다. 231쪽 주495 참조. '운봉'은 원대(元代)의 경학가 호병문(胡炳文, 1250~1333)의 호이다. 그의 저작 《중용통》에 "여기의 '성(誠)' 자는 즉 하늘이 명한 성(性)이니 사물이 저절로 이루어진 것이고, 여기의 '도(道)' 자는 성(性)을 따르는 도이니 사람이 마땅히 스스로 행하여야 할 것이다.〔此誠字, 卽是天命之性, 是物之所以自成; 此道字, 是率性之道, 是人之所當自行.〕"라는 내용이 보인다. 《中庸通 卷3 朱子章句 第二十五章》

〔답〕 운봉의 설은 《중용장구》에서 "'성실함'은 마음으로 말한 것이다.〔誠, 以心言.〕"라고 한 뜻[503]과 서로 어긋나네.

〔문 82〕 "성실함은 마음으로 말한 것이니 근본이다.〔誠, 以心言, 本也.〕"[504]라는 구절에서 어찌하여 '체(體)'라 하지 않고 '본(本)'이라고 하였습니까?

〔답〕 여기의 '본' 자는 "임방이 예의 근본을 물었다.〔林放問禮之本.〕"[505]라고 할 때의 '본(本)'과 유사하니, '본질'이라고 말한 것과 같네.

〔문 83〕 이미 '성(誠)'과 '도(道)'를 나란히 제시했으면서도[506] 다음 글에 유독 '성'만 말한 것[507]은 무엇 때문입니까?

〔답〕 비록 '도'는 말하지 않았으나 '도'의 뜻은 본래 들어 있기 때문에 《중용장구》에서 "나에게 있는 도 역시 행해지지 않음이 없다.〔道之在我者, 亦無不行.〕"라고 하고,[508] 또 "도가 또한 저에게 행해지게 된

---

503 중용장구에서……뜻 : 《중용장구》제25장 제1절 주희의 주에 "성실함은 마음으로 말한 것이니 근본이고, 도는 리로 말한 것이니 용이다.〔誠, 以心言, 本也; 道, 以理言, 用也.〕"라는 내용이 보인다.

504 성실함은……근본이다 : 위의 주503 참조.

505 임방(林放)이……물었다 : 《논어집주》〈팔일(八佾)〉제4장에 보인다.

506 이미……제시했으면서도 : 《중용장구》제25장 제1절 경문을 이른다. 231쪽 주495 참조.

507 다음……것 : 《중용장구》제25장 제2절 경문을 이른다. 232쪽 주497 참조.

508 중용장구에서……하고 : 《중용장구》제25장 제2절 주희의 주에 "사람의 마음이

다.〔道亦行於彼矣.〕"[509]라고 한 것이네.

〔문 84〕 정자(程子 정호(程顥))가 이른바 "지성으로 어버이를 섬기면
자식이 이루어지고, 지성으로 군주를 섬기면 신하가 이루어진다.〔至
誠事親, 成人子; 至誠事君, 成人臣.〕"라는 것은 바로 '저절로 이루어
지는 것〔自成〕'에서 나온 뜻을 말한 것입니다.[510] 주자(朱子 주희(朱
熹))의 '저절로 이루어지는 것'에 대한 해석에는 반드시 사람과 사물
을 겸하여 말하고 있으니, 정자의 말 역시 사물에 대해서도 말할
수 없는 것은 아니지 않겠습니까?
　사물의 저절로 이루어짐은 비록 사람의 성실히 하려는 것[511]과 같
지 않지만, 닭이 새벽을 알리고 개가 도적을 지키는 것과 같은 것
역시 단지 성실한 마음만으로 저절로 그 닭과 개의 직분이 이루어진

능히 성실하지 않음이 없어야 저절로 이루어짐이 있고 나에게 있는 도 역시 행해지지
않음이 없게 된다.〔人之心能無不實, 乃爲有以自成, 而道之在我者, 亦無不行矣.〕"라는
내용이 보인다.

509 도가……된다 : 《중용장구》 제25장 제3절 주희의 주에 "성실함은 비록 자기를
이루는 것이지만, 이미 저절로 이루어짐이 있고 보면 자연히 남에게까지 미쳐서 도가
또한 저에게 행해지게 된다.〔誠雖所以成己, 然旣有以自成, 則自然及物, 而道亦行於彼
矣.〕"라는 내용이 보인다.

510 정자(程子)가……것입니다 : 《이정유서》에 "'성실함은 저절로 이루어지는 것이
다.'라는 것은, 예를 들면 지성으로 어버이를 섬기면 자식이 이루어지고, 지성으로 군주
를 섬기면 신하가 이루어지는 것과 같은 것이다.〔誠者自成, 如至誠事親則成人子, 至誠
事君則成人臣.〕"라는 내용이 보인다. 관련 경문은 《중용장구》 제25장 제1절이다. 231
쪽 주495 참조. 《二程遺書 卷18 劉元承手編》

511 사람의……것 : 208쪽 주429 참조.

것이니, 이것으로 미루어보면 사물마다 모두 그러합니다. "도는 스스로 행하여야 할 것이다.〔道自道.〕"라는 구절512이나 "성실하지 않으면 사물이 없다.〔不誠無物.〕"라는 구절513과 같은 곳은 바로 사람에 대해서보다 비교적 상세히 말한 것입니다. 어떨지 모르겠습니다.

〔답〕 참으로 옳네. 다만 "도는 스스로 행하여야 할 것이다."라는 구절은 사물에는 맞지 않네.

〔문 85〕 인(仁)과 지(知)가 이미 내외를 합한 도라면514 이것은 각각 체(體)가 있고 용(用)이 있는 것입니다. 그런데 《중용장구》에서 구분하여 말한 것515은 무엇 때문입니까?

〔답〕 '인'과 '지'는 참으로 체가 있고 용이 있지만 여기에서는 인이 체가 되고 지가 용이 되니, 말에는 각각 마땅함이 있는 것이네.

---

512 도는……구절 : 231쪽 주495 참조.

513 성실하지……구절 : 232쪽 주497 참조.

514 인(仁)과……도라면 :《중용장구》제25장 제3절에 "성실함은 스스로 자기를 이룰 뿐만 아니고 남을 이루어주는 것이다. 자기를 이루는 것은 '인'이고 남을 이루어주는 것은 '지'이니, 성(性)의 덕이다. 내외를 합한 도이기 때문에 때로 둠에 마땅한 것이다.〔誠者, 非自成己而已也, 所以成物也. 成己, 仁也; 成物, 知也, 性之德也. 合內外之道也, 故時措之宜也.〕"라는 내용이 보인다.

515 중용장구에서……것 :《중용장구》제25장 제3절 주희의 주에 "'인'은 체가 보존된 것이고 '지'는 용'이 발하는 것이니, 이는 모두 내 성에 고유한 것이어서 내외의 분별이 없다.〔仁者, 體之存; 知者, 用之發. 是皆吾性之固有而無內外之殊.〕"라는 내용이 보인다.

〔문 86〕 주자(朱子 주희(朱熹))는 "'쉬지 않으면 오래된다' 이하 다섯 개의 '즉' 자는 단 하나의 지성이 이미 갖추어졌다는 것이니 어찌 다시 수많은 절차가 있겠는가.〔不息則久此下五則字, 只一個至誠已該了, 豈復有許多節次?〕"라고 하였습니다.516 이것은 참으로 옳은 말입니다. 그러나 주(注) 중의 '유원고(悠遠故)'와 '박후고(博厚故)'517의 두 '고' 자는 또한 조금 점진적인 점이 있는 듯합니다.

〔답〕 이런 부분은 융통성 있게 보는 것이 좋네.

〔문 87〕 "유구(悠久)는 바로 유원(悠遠)이다."518라고 하였는데, '유

---

516 주자(朱子)는……하였습니다 : 《주자어류》에 "여러 학자들 중에는 이것을 덕을 진전시키는 절차로 간주하여 말하는 사람이 많다. 그러나 하나의 지성이 이미 갖추어지기만 하면 어찌 다시 수많은 절차가 있겠는가.〔諸家多作進德節次說. 只一箇至誠已該了, 豈復有許多節次?〕"라는 내용이 보인다. '다섯 개의 즉(則) 자'는 《중용장구》 제26장 제1절에서부터 제3절까지 "그러므로 지성은 쉼이 없으니, 쉬지 않으면 오래되고, 속에 보존한 것이 오래되면 밖으로 징험이 나타나고, 징험이 나타나면 더욱 유원하여 다함이 없게 되고, 유원하면 그 쌓임이 넓고 두텁게 되고, 그 쌓임이 넓고 두터우면 그 발함이 높고 크며 빛이 나게 된다.〔故至誠無息, 不息則久, 久則徵, 徵則悠遠, 悠遠則博厚, 博厚則高明.〕"라는 구절에 나오는 다섯 개의 '즉' 자를 가리킨다. 《朱子語類 卷64 中庸3 第二十六章》

517 주(注)……박후고(博厚故) : 《중용장구》 제26장 제3절 주희의 주에 "유원하기 때문에 그 쌓임이 넓고 두터우며, 넓고 두텁기 때문에 그 발함이 높고 크며 빛이 나는 것이다.〔悠遠故, 其積也, 廣博而深厚; 博厚故, 其發也, 高大而光明.〕"라는 내용이 보인다.

518 유구(悠久)는 바로 유원(悠遠)이다 : 《중용장구》 제26장 제4절 주희의 주에 "유구는 바로 유원이니 내외를 겸하여 말한 것이다.〔悠久, 卽悠遠, 兼內外而言之也.〕"라는 내용이 보인다.

원'이 오로지 밖을 가지고서 말한 것이라면[519] '유구'가 내외를 겸한 것은 과연 무엇 때문입니까?

〔답〕 '유(悠)'는 유원(悠遠)의 '유'이며 '구(久)'는 '불식즉구(不息則久)'의 '구'이니,[520] 내외를 겸했다고 말하는 것이 또한 마땅하지 않겠는가.

〔문 88〕 "천지의 도는 넓음과 두터움이다.〔天地之道, 博也厚也.〕"[521]라는 구절에 대한 주에, "각각 그 성함을 지극히 한 것이다.〔各極其盛.〕"[522]라고 한 것은 형체로 말한 것입니까, 성정(性情)으로 말한 것입니까? 천지의 유구함 역시 내외를 겸할 수 있습니까?

〔답〕 이미 '천지의 도'라고 말했다면 오로지 형체만 가지고 말한 것이

---

519 유원이……것이라면 : 《중용장구》제26장 제3절 주희의 주에 "이것은 모두 그 징험이 밖에 나타나는 것을 가지고 말한 것이다.〔此皆以其驗於外者言之.〕"라는 내용이 보인다. 이에 따르면 '유원(悠遠)'은 오로지 밖에 나타난 징험만을 가지고 말한 것이다. 제3절 경문은 238쪽 주516 참조.

520 유(悠)는……구이니 : 해당 경문은 238쪽 주516 참조.

521 천지의……두터움이다 : 《중용장구》제26장 제8절에 "천지의 도는 넓음과 두터움과 높음과 밝음과 유원함과 오래함이다.〔天地之道, 博也厚也高也明也悠也久也.〕"라는 내용이 보인다.

522 각각……것이다 : 《중용장구》제26장 제8절 주희의 주에 "천지의 도가 성실하고 한결같아 변치 않기 때문에 각각 그 성함을 지극히 하여 다음 글의 물건을 내는 공(功)이 있음을 말한 것이다.〔言天地之道誠一不貳, 故能各極其盛, 而有下文生物之功.〕"라는 내용이 보인다.

아님을 알 수 있네. '유구(悠久)'는 단지 하나의 유구일 뿐이니 어찌 다른 것이 있겠는가.

〔문 89〕 마지막 절은 하늘과 성인(聖人 문왕(文王))이 덕이 합치되는 오묘함을 통틀어 말한 것입니다.[523] 그런데 '불이(不已)'와 '불현(不顯)'은 모두 공용(功用)으로 말한 듯합니다.

〔답〕 '불이'와 '불현'은 모두 저 "지성은 쉼이 없다.[至誠無息.]"[524]라는 뜻을 밝힌 것이니, 어찌 공용만으로 말할 수 있겠는가.

〔문 90〕 '양양발육(洋洋發育)'[525]은 기(氣)에 나아가서 말한 것입니다. 이것은 기를 통해 리(理)를 보여준 것이 아니겠습니까?

〔답〕 첫머리에 '성인의 도[聖人之道]'를 말하고 '양양발육'으로 뒤이었

---

523 마지막……것입니다 : 《중용장구》 제26장 제10절에 "《시경》에 이르기를 '하늘의 명이 아! 심원하여 그치지 않도다.' 하였으니, 이는 하늘이 하늘이 된 이유를 말한 것이 며, '아! 드러나지 않겠는가. 문왕의 덕의 순수함이여.' 하였으니, 이는 문왕이 문왕이 된 이유가 순수함이 또한 그치지 않아서임을 말한 것이다.[詩云維天之命, 於穆不已, 蓋曰天之所以爲天也; 於乎不顯, 文王之德之純, 蓋曰文王之所以爲文也, 純亦不已.]"라 는 내용이 보인다. 여기에 인용한 시는 《시경》 〈주송(周頌) 유천지명(維天之命)〉으로, 주회의 주에 따르면 문왕에게 제사하는 시이다.
524 지성은 쉼이 없다 : 《중용장구》 제26장 제1절의 내용이다. 238쪽 주516 참조.
525 양양발육(洋洋發育) : 《중용장구》 제27장 제1절과 제2절에 "크다, 성인의 도여! 양양히 만물을 발육하여 그 높고 큼이 하늘에 다하였도다.[大哉! 聖人之道. 洋洋乎發育 萬物, 峻極于天.]"라는 내용이 보인다.

으니, 그렇다면 '양양발육'은 도가 하는 바가 아니면 무엇이겠는가.

[문 91] 12장에서는 "그 작음이 안이 없다.[其小無內.]"라고 하였는데,[526] 이 장에서는 "그 작음이 틈이 없다.[其小無間.]"라고 한 것[527]은 무엇 때문입니까?

[답] 12장의 대소(大小)는 도(道)로 말한 것이고, 이 장의 대소는 사물로 말한 것이니, 글을 쓰는 것이 같지 않은 것은 당연한 것이네.

[문 92] '지극한 덕[至德]'은 자신에게 얻어진 것이고, 얻은 대상은 또한 '도(道)'에 지나지 않습니다.[528] 그렇다면 도와 덕은 또 무엇 때문에 구분하여 말한 것입니까?

---

526 12장에서는……하였는데 : 《중용장구》 제12장 제2절 주희의 주에 "군자의 도는 가까이는 부부가 집에 거처하는 사이로부터 멀리는 성인과 천지도 능히 다할 수 없는 것에 이르러서 그 큼이 밖이 없고 그 작음이 안이 없으니, 광대하다고 이를 만하다. 그러나 그 이치의 소이연은 은미하여 드러나지 않는다.[君子之道, 近自夫婦居室之間, 遠而至於聖人天地之所不能盡, 其大無外, 其小無內, 可謂費矣. 然其理之所以然, 則隱而莫之見也.]"라는 내용이 보인다.

527 이……것 : 《중용장구》 제27장 제2절 주희의 주에 "이것은 도가 지극히 큼을 다하여 밖이 없음을 말한 것이다.[此言道之極於至大而無外也.]", 제3절 주희의 주에 "이것은 도가 지극히 작음에 들어가 틈이 없음을 말한 것이다.[此言道之入於至小而無間也.]"라는 내용이 보인다.

528 지극한……않습니다 : 《중용장구》 제27장 제4절에 "(성인의 도는) 그 사람을 기다린 뒤에 행해진다.[待其人而後行.]", 제5절에 "그러므로 '진실로 지극한 덕이 아니면 지극한 도가 모이지 않는다.'라고 말한다.[故曰: 苟不至德, 至道不凝焉.]"라는 내용이 보인다.

〔답〕 비록 이 도가 있다 할지라도 사람이 능히 이를 체행하여 얻음이 있지 않다면 도는 모이고 머물 곳이 없게 되네.

〔문 93〕 주자(朱子 주희(朱熹))는 '존덕성(尊德性)' 이하 다섯 가지를 존심(存心)에 소속시키고 '도문학(道問學)' 이하 다섯 가지를 치지 (致知)에 소속시켰는데,[529] '치지'는 지(知) 공부이며 '존심'은 행(行) 공부입니다. 명(明)나라 유자(儒者)들은 대부분 '존덕성'을 존심에 소속시키고, '도문학'을 지와 행을 겸한 것으로 보며, '진정미(盡精 微)'와 '지신(知新)'을 지도(知道)에 소속시키고, '중용(中庸)'과 '숭 례(崇禮)'를 행에 소속시켰는데,[530] 이것은 무엇 때문입니까?

---

529 주자(朱子)는……소속시켰는데 : 《중용장구》제27장 제6절 "그러므로 군자는 덕 성을 높이고 학문을 말미암으니, 광대함을 지극히 하고 정미함을 다하며, 고명을 다하 고 중용을 따르며, 옛것을 잊지 않고 새로운 것을 알며, 후함을 돈독히 하고 예를 높인 다.〔故君子尊德性而道問學, 致廣大而盡精微, 極高明而道中庸, 溫故而知新, 敦厚以崇 禮.〕"에 대한 주희의 주에, "'존덕성'은 마음을 보존하여 도체의 큼을 다하는 것이고, '도문학'은 앎을 지극히 하여 도체의 세세함을 다하는 것이니, 이 두 가지는 덕을 닦고 도를 모으는 큰 단서이다. 털끝만한 사심으로 자신을 가리지 않고〔致廣大〕, 털끝만한 사욕으로 자신을 얽매지 않으며〔極高明〕, 이미 아는 것을 함영하고〔溫故〕, 이미 능한 것을 돈독히 하는 것은〔敦厚〕 모두 존심(存心)의 등속이다. 이치를 분석하는 것은 털끝 만한 차이가 나지 않게 하고〔盡精微〕, 일을 처리하는 것은 과불급의 잘못이 있지 않게 하며〔道中庸〕, 의리는 날마다 알지 못하던 것을 알고〔知新〕, 절문은 날마다 삼가지 못하던 것을 삼가는 것은〔崇禮〕 모두 치지(致知)의 등속이다.〔尊德性, 所以存心而極乎 道體之大也 ; 道問學, 所以致知而盡乎道體之細也. 二者, 修德凝道之大端也. 不以一毫 私意自蔽, 不以一毫私欲自累, 涵泳乎其所已知, 敦篤乎其所已能, 此皆存心之屬也. 析 理則不使有毫釐之差, 處事則不使有過不及之謬, 理義則日知其所未知, 節文則日謹其所 未謹, 此皆致知之屬也.〕"라는 내용이 보인다.

530 명(明)나라……소속시켰는데 : 예를 들면 명나라 채청(蔡淸, 1453~1508)의 《사

〔답〕 명나라 유자의 설은 그 옳은 것을 알지 못하겠네. '존심'은 또한 아직 행을 다하지 못한 공부이네. 대체로 성현이 학문을 논한 것은 본래 다양하니, 반드시 이것을 가지고 저것의 기준으로 삼아서 일일이 짝을 지어 붙이고자 한다면 천착하는 것이네.

〔문 94〕 이 장에서 인용한 〈증민(烝民)〉 시에 대해[531] 신안(新安 진력(陳櫟))은 "나라에 도가 없을 때 그 침묵이 용납됨을 증명하였다.〔証無道嘿容.〕"라고 하였는데,[532] 그것이 반드시 옳은지는 모르겠습니다.

서몽인(四書蒙引)》 권4에 "사씨(史氏)는 제3절에서 '도문학(道問學)'을 지(知)와 행(行)을 겸한 것으로 보아 '진정미(盡精微)'와 '지신(知新)'을 '지'에 소속시키고 '도중용(道中庸)'과 '숭례(崇禮)'를 행에 소속시키고자 하였다. 나는 《중용장구》 역시 이러한 뜻이라고 생각한다. 주희의 주에 '이치를 분석한다'고 하고 '일을 처리한다'고 하며, 의리는 '안다'고 하고 절문은 '삼간다'고 하였으니, 이것들은 모두 분명히 근거할 만한 듯하다.〔史氏第三節說要把道問學兼知行, 而以盡精微、知新屬知, 道中庸、崇禮屬行. 愚以爲章句亦是此意. 觀其曰析理日處事, 理義曰知, 節文曰謹, 似儘明白可據.〕"라는 내용이 보인다. 여기에서 말하는 '사씨'는 주자학을 신봉하였던 원대(元代)의 학자 사백선(史伯璿)의 《사서관규(四書管窺)》 권8 〈중용(中庸)〉에 보이는 설을 이른다.

531 이……대해 : 《중용장구》 제27장 제7절에 "그러므로 윗자리에 거해서는 교만하지 않고 아랫사람이 되어서는 배반하지 않기 때문에, 나라에 도가 있을 때에는 그 말이 족히 흥기시킬 수 있고 나라에 도가 없을 때에는 그 침묵이 족히 몸을 용납할 수 있는 것이다. 《시경》에 이르기를 '이미 이치에 밝은데 또 일을 세심히 살펴서 이것으로 그 몸을 보전한다.' 하였으니, 이것을 말하는 것일 것이다.〔是故居上不驕, 爲下不倍, 國有道, 其言足以興, 國無道, 其默足以容. 詩曰旣明且哲, 以保其身, 其此之謂與!〕"라는 내용이 보인다. 여기에 인용한 시는 《시경》 〈대아(大雅) 증민(烝民)〉으로, 주희의 주에 따르면 주 선왕(周宣王)이 번후(樊侯)인 중산보(仲山甫)에게 명하여 제(齊)나라에 성을 쌓게 하자 윤길보(尹吉甫)가 중산보를 전송하면서 이 시를 지은 것이다.

532 신안(新安)은……하였는데 : '신안'은 주희를 조종으로 삼았던 원대(元代)의 학

〔답〕 이 시는 본래 중산보(仲山甫)의 일을 말한 것이니,[533] 어찌 도가 없는 때가 될 수 있겠는가.

〔문 95〕 '친소와 귀천이 서로 대하는 체〔親疎貴賤相接之體〕'와 '차서의 체〔次序之體〕'에서 두 '체' 자[534]는 무슨 뜻인지 알지 못하겠습니다.

〔답〕 '체'는 '사체(四體 사지(四肢))'의 '체'와 같으니, 이것은 친소와 귀천이 서로 대하는 의절이 각각 다르다는 것을 말한 것인 듯하네.

〔문 96〕《논어》에서는 "송나라에서 충분히 증명하지 못한다.〔宋不足徵.〕"라고 하고,[535]《중용》에서는 "송나라가 있다.〔有宋存焉.〕"라고 하여[536] 두 설이 합치되지 않는 것은 무엇 때문입니까? 하(夏)나

자 진력(陳櫟, 1252~1334)의 출신지이다. 대전본(大全本)《중용장구》소주에 "《시경》을 인용하여 나라에 도가 없을 때 그 침묵이 용납됨을 증명하였으니, 자사는 또한 자신이 만났던 때에 대해 느낀 바가 있어서 이런 말을 했을 것이다.〔引詩以證無道默容, 子思其亦有感於所逢之時而有是言歟!〕"라는 진력의 말이 보인다.

533 이……것이니 : 243쪽 주531 참조.

534 친소와……자 :《중용장구》제28장 제2절 주희의 주에 "'예'는 친소와 귀천이 서로 대하는 체이다.〔禮, 親疎貴賤相接之體也.〕", 제3절 주희의 주에 "'윤'은 차서의 체이다.〔倫, 次序之體.〕"라는 내용이 보인다.

535 논어에서는……하고 :《논어집주》〈팔일(八佾)〉제9장에 "하나라의 예를 내가 말할 수 있으나 그 후손의 나라인 기나라에서 충분히 증명하지 못하며, 은나라의 예를 내가 말할 수 있으나 그 후손의 나라인 송나라에서 충분히 증명하지 못하는 것은, 전적과 현자가 부족하기 때문이다. 전적과 현자가 충분하다면 내가 내 말을 증명할 수 있을 것이다.〔夏禮, 吾能言之, 杞不足徵也; 殷禮, 吾能言之, 宋不足徵也. 文獻不足故也, 足則吾能徵之矣.〕"라는 내용이 보인다.

라의 예(禮)에 대해서는 '말하다[說]'라고 하고, 은(殷)나라와 주
(周)나라의 예에 대해서는 '배우다[學]'라고 한 것 역시 뜻이 있습
니까?

〔답〕비록 후손의 나라가 있다 하더라도 충분히 증명해주지 못하는
것이니, 두 설은 본래 같은 뜻이네. '말하다'와 '배우다'는 비교하면
얕고 깊은 차이가 있네.

〔문 97〕'세 가지 중한 것[三重]'을 말하면서 '허물이 적은 것[寡過]'
으로 말을 한 것537은 끝내 뜻이 짧다고 생각됩니다. 앞뒤의 글 뜻
역시 그다지 매끄럽지 않습니다. 왕자(王者)의 허물이 적은 것으로
말한다면 글 뜻이 이루어지지 않는 것이 아니겠습니까?

〔답〕여씨(呂氏 여대림(呂大臨))의 해석538이 또한 감히 반드시 옳다고

---

536 중용에서는⋯⋯하여 : 《중용장구》 제28장 제5절에 "내가 하나라의 예를 말하지
만 그 후손의 나라인 기나라에서 충분히 증명해주지 못하며, 내가 은나라의 예를 배웠는
데 그 후손의 나라인 송나라가 있다. 그러나 내가 주나라의 예를 배웠는데 지금 이것을
쓰고 있으니, 나는 주나라의 예를 따르겠다.〔吾說夏禮, 杞不足徵也 ; 吾學殷禮, 有宋存
焉. 吾學周禮, 今用之, 吾從周.〕"라는 내용이 보인다.

537 세⋯⋯것 : 《중용장구》 제29장 제1절에 "천하에 왕 노릇을 하는데 세 가지 중한
것이 있으니, 이것을 잘 행하면 허물이 적을 것이다.〔王天下有三重焉, 其寡過矣乎!〕"라
는 내용이 보인다.

538 여씨(呂氏)의 해석 : 《중용장구》 제29장 제1절 주희의 주에 북송의 성리학자인
여대림(呂大臨, 1040~1092)의 말을 인용하여 "'세 가지 중한 것'은 의례, 제도, 글을
고정하는 것을 이른다. 오직 천자만이 이것을 행할 수 있으니, 이렇게 하면 나라에는

말할 수는 없지만 바꿀 만한 다른 해석이 없으니 우선 이를 따를 뿐이네. 왕자의 허물이 적은 것으로 말한다면 말이 더욱 붙지 않네.

〔문 98〕 "'천지'는 도이다.〔天地者, 道也.〕"[539]라는 것은 "한 번은 음하고 한 번은 양하는 것을 '도'라 이른다.〔一陰一陽之謂道.〕"[540]라는 것과 동일한 어기입니다. 그런데 곧바로 '천지'로 '도'를 풀이하였으니, 옛날에 이런 사례가 있습니까? 여기의 '귀신(鬼神)'은 시초와 거북의 귀신인 듯한데 또한 '조화의 자취〔造化之迹〕'로 풀이한 것[541]은 무엇 때문입니까? 이미 '천지의 귀신〔天地之鬼神〕'으로 풀이하고서 '천지의 공용〔天地之功用〕' 한 구를 잘라내버린 것[542]은 또 무엇 때문

정사가 다르지 않고 집에는 풍속이 다르지 않아서 사람들이 허물이 적게 될 것이다.〔三重謂議禮、制度、考文. 惟天子得以行之, 則國不異政, 家不殊俗, 而人得寡過矣.〕"라고 한 내용이 보인다. 즉 여대림은 '허물이 적은 것〔寡過〕'을 일반 사람들의 허물이 적은 것으로 본 것이다. 유헌주는 이와 달리 왕자(王者)의 허물이 적은 것으로 보아야 한다고 생각한 것이다.

539 천지는 도이다 : 《중용장구》 제29장 제3절 "그러므로 군자의 도는 자기 몸에 근본을 두어서 여러 백성들에게 징험하며, 삼왕에게 상고해도 틀리지 않으며, 천지에 세워도 어그러지지 않으며, 귀신에게 질정하여도 의심이 없으며, 백세에 이것을 가지고 성인을 기다려도 의혹되지 않는다.〔故君子之道, 本諸身, 徵諸庶民, 考諸三王而不謬, 建諸天地而不悖, 質諸鬼神而無疑, 百世以俟聖人而不惑.〕"에 대한 주희의 주에, "'천지'는 도이고, '귀신'은 조화의 자취이다.〔天地者, 道也; 鬼神者, 造化之迹也.〕"라는 내용이 보인다.

540 한 번은……이른다 : 《주역》〈계사전 상(繫辭傳上)〉 제5장에 보인다.

541 조화의……것 : 위의 주539 참조.

542 이미……것 : 《중용장구》 제16장 제1절 주희의 주에 정이(程頤)의 말을 인용하여 "'귀신'은 천지의 공용이고 조화의 자취이다.〔鬼神, 天地之功用, 而造化之迹也.〕"라

입니까?

〔답〕 의리에 의심이 없으니 옛 사례의 유무는 논할 필요가 없네. 여기의 '귀신'은, 무엇을 가지고 이 귀신이 시초와 거북의 신이라고 말하는가? 왕자(王者)가 예악을 제정할 때 반드시 시초와 거북에게 물었다는 말을 들어본 적이 없네. 단지 '조화의 자취' 이 한 구만으로도 뜻이 부족함이 없으니, 어찌 굳이 '천지의 공용'을 연이어서 말할 필요가 있겠는가.

〔문 99〕《중용장구》의 "내외를 겸하고 본말을 포괄하였다.〔兼內外, 該本末.〕"543라는 구절의 뜻은 제 생각에 요(堯)임금과 순(舜)임금의 도는 '내(內)'이고 '본(本)'이며 문왕(文王)과 무왕(武王)의 법은 '외(外)'이고 '말(末)'입니다. 요임금·순임금의 도와 문왕·무왕의 법은, 요컨대 또한 '위로 따르고 아래로 따르는 것〔上律下襲〕'에서 벗어나지 않을 뿐입니다. 이 때문에 다음 글에 오로지 '천지의 도〔天地之道〕'를 말하여 "큰 덕은 조화를 두터이 한다.〔大德敦化.〕"와 "소덕은 냇물의 흐름이다.〔小德川流.〕"라는 말로 도왔으니,544 소덕은 '말'이

고 해석한 내용이 보인다.

543 내외를……포괄하였다 : 《중용장구》 제30장 제1절 "중니는 요임금과 순임금을 조종으로 삼아 전술하고 문왕과 무왕을 법 받았으며, 위로는 천시를 따르고 아래로는 풍토를 따랐다.〔仲尼祖述堯舜, 憲章文武, 上律天時, 下襲水土.〕"라는 구절에 대한 주희의 주에, "이는 모두 내외를 겸하고 본말을 포괄하여 말한 것이다.〔皆兼內外、該本末而言也.〕"라는 내용이 보인다.

544 다음……도왔으니 : 《중용장구》 제30장 제3절에 "만물이 함께 길러져 서로 해치

고 '외'이며 대덕은 '본'이고 '내'입니다. 어떨지 모르겠습니다.

〔답〕 이와 같이 말한다면 《중용장구》의 '개(皆)' 자[545]는 어떻게 처리하려는가?

〔문 100〕 "함께 길러지고 함께 행해지는 것이 서로 해치지 않고 위배되지 않는다.〔幷育幷行, 不害不悖.〕"라는 것은 기(氣)이고, "작은 덕은 냇물의 흐름이고 큰 덕은 조화를 두터이 한다.〔小德川流, 大德敦化.〕"라는 것은 도(道)입니다. 이 때문에 경문에서 "천지의 위대함이다.〔天地之大也.〕"라고 하지 않고 "위대함이 되는 이유이다.〔所以爲大也.〕"라고 한 것입니다. 주자(朱子 주희(朱熹))는 "함께 길러지고 함께 행해지는 것이 서로 해치지 않고 위배되지 않는다."를 큰 덕과 작은 덕으로 나누어 해석하고 또한 '소이(所以)' 자를 덧붙였으니[546]

지 않고 도가 함께 행해져 서로 위배되지 않기 때문에, 해치지 않고 위배되지 않는 작은 덕은 냇물의 흐름이고〔萬殊〕 함께 길러지고 함께 행해지는 큰 덕은 조화를 두터이 하니〔一本〕, 이는 천지가 위대함이 되는 이유이다.〔萬物並育而不相害, 道並行而不相悖, 小德川流, 大德敦化, 此天地之所以爲大也.〕"라는 내용이 보이는데, 주희의 주에 "이것은 천지의 도를 말하여 윗글에서 비유를 취한 뜻을 나타낸 것이다.〔此言天地之道, 以見上文取譬之意也.〕"라고 하였다.

545 중용장구의 개(皆) 자 : 247쪽 주543 참조.
546 주자(朱子)는……덧붙였으니 : 《중용장구》 제30장 제3절 주희의 주에 "하늘이 덮어주고 땅이 실어줌에 만물이 그 사이에서 함께 길러져 서로 해치지 않으며, 사시와 일월이 교대로 운행하고 교대로 밝아서 서로 위배되지 않으니, 해치지 않고 위배되지 않는 것은 작은 덕의 천류이고, 함께 길러지고 함께 행해지는 것은 큰 덕의 돈화이다.〔天覆地載, 萬物並育於其間而不相害, 四時日月錯行代明而不相悖. 所以不害不悖者, 小德

그 은미한 뜻을 알 수 있습니다. 어떨지 모르겠습니다.

〔답〕 대체로 뜻을 얻었네. 다만 경문의 '소이' 자는 사실 함께 길러지는 것과 함께 행해지는 것, 큰 덕과 작은 덕을 들어서 통틀어 말한 것이니, 《중용장구》의 뜻과는 조금 다르네.

〔문 101〕 큰 덕은 단지 작은 덕이 쉬지 않고 운행 변화하는, 바로 이것이 아닙니까?

〔답〕 수많은 작은 덕의 일본(一本)인 곳이 바로 큰 덕이니,[547] 단지 운행 변화하여 쉬지 않는다고만 하는 것은 큰 덕을 말하기에 부족하네.

〔문 102〕 이 장에서 지성(至誠)의 덕을 말하면서 기(氣)인 생이지지(生而知之)의 자질을 먼저 말한 것[548]은 무엇 때문입니까?

之川流; 所以竝育竝行者, 大德之敦化.〕"라는 내용이 보인다.

547 수많은……덕이니 : 이와 관련하여 대전본(大全本) 《중용장구》 소주에 "작은 덕은 일본이 만수에 흩어진 것이고, 큰 덕은 만수가 일본에 근원한 것이다.〔小德者, 一本之散於萬殊者也; 大德者, 萬殊之原於一本者也.〕"라는 진력(陳櫟)의 말이 보인다. 즉 작은 덕은 전체가 나누어진 것으로 만수(萬殊)를 말하며, 큰 덕은 만수의 근본으로 일본(一本)을 말한다.

548 이……것 : 《중용장구》 제31장 제1절에 "오직 천하의 지극한 성인이어야 총명예지가 족히 굽어볼 수 있으니, 관유온유가 족히 용납함이 있으며, 발강강의가 족히 잡음이 있으며, 재장중정이 족히 공경함이 있으며, 문리밀찰이 족히 분별함이 있는 것이다. 〔唯天下至聖, 爲能聰明睿知足以有臨也, 寬裕溫柔足以有容也, 發强剛毅足以有執也, 齊莊中正足以有敬也, 文理密察足以有別也.〕"라는 내용이 보이는데, '기(氣)인 생이지지

〔답〕 인의예지(仁義禮智)는 사람들이 똑같이 얻은 것이고 오직 성인
(聖人)만이 보통 사람들과 다르게 총명예지(聰明叡智)의 자질을 지
녔으니, 이 장에서는 성인의 덕을 지극히 논하였기 때문에 이를 나열
하여 쓴 것이네.

〔문 103〕 '중정(中正)'은 《태극도설(太極圖說)》에서는 예(禮)와 지
(智)에 나누어 소속시켰는데[549] 이 장에서는 오로지 예에만 소속시
킨 것[550]은 무엇 때문입니까?

(生而知之)의 자질'이라는 것은 주희의 주에 따르면 총명예지(聰明睿知)를 이르며,
관유온유(寬裕溫柔), 발강강의(發強剛毅), 재장중정(齊莊中正), 문리밀찰(文理密察)
이 네 가지는 각각 인(仁)·의(義)·예(禮)·지(智)의 덕을 이른다. 경문에 근거하면
저본의 '지극히 성실한 분'이라는 뜻의 '지성(至誠)'은 제32장에 보이는데, 여기에서는
'지극한 성인(聖人)'이라는 뜻의 '지성(至聖)'으로 보아야 할 듯하다.

549 중정(中正)은……소속시켰는데 : 주돈이(周敦頤)의 《태극도설(太極圖說)》에서
는 '인의예지(仁義禮智)'라 하지 않고 '인의중정(仁義中正)'이라고 하고 있는데, 이에
대해 주희는 "'예지' 자는 '중정' 자와 같지 않아서 도리어 실제적이다. 그리고 '중'은
예의 지극함이며 '정'은 지의 체이다.〔禮智字不似中正字, 却實. 且中者, 禮之極; 正者,
智之體.〕", "'예지'는 말했을 때 오히려 폭넓고 '중정'은 절실하고 실제적이다. 그리고
'예'라고 말하면 오히려 혹 절도에 맞지 않은 부분이 있을 수도 있지만 '중'이라고 말하면
과불급이 없고 예가 아닌 예가 없어서 절문이 꼭 들어맞는 곳이 되며, '지'라고 말하면
오히려 혹 유정과 부정이 있을 수 있지만 '정'이라고 말하면 시비가 확실하고 분명하니
바로 지의 실제가 된다.〔禮智說得猶寬, 中正則切而實矣. 且謂之禮, 尙或有不中節處.
若謂之中, 則無過不及、無非禮之禮, 乃節文恰好處也. 謂之智, 尙或有有正不正, 若謂
之正, 則是非端的分明, 乃智之實也.〕"라고 해석하고 있다. 《朱子語類 卷94 周子之書
太極圖》

550 이……것 : 249쪽 주548 참조.

〔답〕 예와 지에 나누어 소속시킨 것과 오로지 예에만 소속시킨 것 모두 안 될 것이 없네.

〔문 104〕 "존숭하고 친애하지 않는 자가 없기 때문에 '하늘에 짝한다'고 말한다.〔莫不尊親, 故曰配天.〕"라는 이 절551은 성덕(聖德)의 신묘한 교화의 성대함을 지극히 말하였는데, 간곡하게 반복해서 말하여 마치 의도를 가지고 말한 듯합니다. 혹시 부자(夫子 공자)의 도의 큼을 밝힌 것은 아니겠습니까? 대체로 이 책에서 천명한 것은 요약하면 공자를 준칙으로 삼는다는 것입니다. 이 때문에 첫 번째 단락에서는 삼달덕(三達德)을 말하고 "나는 그만두지 못한다.〔吾不能已.〕"라는 것으로 끝맺었으며,552 두 번째 단락에서는 대순(大舜)과 문왕

---

551 존숭하고⋯⋯절 : 《중용장구》 제31장 제4절의 "이 때문에 명성이 중국에 넘쳐 이민족의 지역에까지 뻗쳐서 배와 수레가 이르는 곳과 인력이 통하는 곳과 하늘이 덮어 주는 곳과 땅이 실어주는 곳과 해와 달이 비추는 곳과 서리와 이슬이 내리는 곳에, 모든 혈기를 가지고 있는 자들이 존경하고 친애하지 않는 이가 없는 것이다. 그러므로 하늘에 짝한다고 말한 것이다.〔是以聲名洋溢乎中國, 施及蠻貊, 舟車所至、人力所通、天之所覆、地之所載、日月所照、霜露所隊, 凡有血氣者莫不尊親, 故曰配天.〕"라는 구절을 이른다.

552 첫⋯⋯끝맺었으며 : 《중용장구》 제2장부터 제11장까지의 내용을 요약한 것이다. 제2장 장 아래 주희의 주에 "이상은 제2장이니, 이 아래 열 장은 모두 중용을 논하여 첫 장의 뜻을 해석한 것이다.〔右第二章, 此下十章, 皆論中庸, 以釋首章之義.〕", 제11장 장 아래 주희의 주에 "이상은 제11장이니, 자사가 부자(공자)의 말을 인용하여 첫 장의 뜻을 밝힌 것이 여기에서 끝났다. 이 책의 대지는 지・인・용 삼달덕을 도에 들어가는 문으로 삼은 것이다.〔右第十一章, 子思所引夫子之言以明首章之義者止此. 蓋此篇大旨, 以知、仁、勇三達德爲入道之門.〕"라는 내용이 보인다. '나는 그만두지 못한다.〔吾不能已〕'는 제11장 제2절에 보인다. 191쪽 주386 참조.

(文王)과 무왕(武王)과 주공(周公)의 일을 차례로 기술하고 공자가 정사를 논한 것을 그다음에 두어서 그 전한 바가 일치한다는 것을 밝혔으며,[553] 세 번째 단락에서는 천도(天道)와 인도(人道)를 반복하여 말하였는데[554] "조종으로 삼아 전술하고 법 받았다.〔祖述憲章.〕"라는 구절[555] 이하에서는 곧바로 '중니(仲尼)'를 드러내 밝히고 그 아래에서는 중니의 안팎으로 온축된 도덕을 지극히 논하였던 것입니다. 제 의견은 이와 같은데 어떨지 모르겠습니다.

〔답〕《중용》은 도학(道學)을 밝힌 것이며 부자(夫子 공자)는 만세(萬世)의 도학의 조종(祖宗)이기 때문에 이 한 책 안에 당연히 칭술한 것이 많은 것이네. 그대가 보내온 뜻을 보면 마치 이 책을 오로지 부자를 찬양하기 위해 지은 것으로 여긴 듯한데 이것은 잘못이네. '드러내 밝혔다'고 한 말은 더욱 좋지 않네.

---

553 두……밝혔으며 : 《중용장구》제12장부터 제20장까지의 내용을 요약한 것이다. 제12장 장 아래 주희의 주에 "이 아래 여덟 장은 공자의 말을 섞어 인용하여 첫 장의 뜻을 밝힌 것이다.〔其下八章, 雜引孔子之言以明之.〕", 제20장 장 아래 주희의 주에 "이것은 공자의 말을 인용하여 대순과 문왕과 무왕과 주공의 전통을 이어서 그 전한 바가 일치하여 이것을 들어다가 놓으면 또한 이와 같이 됨을 밝힌 것이다.〔此引孔子之言, 以繼大舜、文、武、周公之緒, 明其所傳之一致, 擧而措之, 亦猶是爾.〕"라는 내용이 보인다.

554 세……말하였는데 : 《중용장구》제21장부터 제33장까지의 내용을 주희의 주에 따라 요약한 것이다. 제21장 장 아래 주희의 주에 "이것은 자사가 앞장에서 말한 부자(공자)의 천도와 인도의 뜻을 이어 말한 것이다. 이 장 이하 열두 장은 모두 자사의 말로, 반복하여 이 장의 뜻을 미루어 밝힌 것이다.〔子思承上章夫子天道人道之意而立言也. 自此以下十二章, 皆子思之言, 以反覆推明此章之意.〕"라는 내용이 보인다.

555 조종으로……구절 : 《중용장구》제30장 제1절에 보인다. 247쪽 주543 참조.

〔문 105〕'자연의 공용〔自然之功用〕'556이라는 말은 내면의 관점에서 말한 것인데 '공용'으로 말을 한 것은 무엇 때문입니까?

〔답〕내면 역시 내면의 공용이 있으니, '공용'은 '효과〔效應〕'라는 말과 같네.

〔문 106〕"그 문채가 너무 드러남을 싫어한다.〔惡其文之著.〕"557라는 것은 노장(老莊)의 현묵(玄默)의 뜻과 비슷합니까?

〔답〕피차의 차이를 논할 필요가 없네. 성인(聖人)은 반드시 사람을 속이지 않으니, 곧 묵묵히 이 공부에 매진해야 비로소 자신에게 절실한 공부가 되네.

〔문 107〕운봉(雲峰 호병문(胡炳文))은 '드러나지 않고 공손함을 돈독히 하는 것〔不顯篤恭〕'으로 '발하기 전의 중〔未發之中〕'을 삼았고,558

---

556 자연의 공용 : 《중용장구》제32장 제1절 주희의 주에 "이는 모두 지극히 성실하고 망령됨이 없는 자연의 공용이니, 어찌 다른 물건에 의지한 뒤에야 능한 것이겠는가.〔此皆至誠無妄自然之功用, 夫豈有所倚著於物而後能哉?〕"라는 내용이 보인다.

557 그……싫어한다 : 《중용장구》제33장 제1절에 "《시경》에 이르기를 '비단옷을 입고 홑옷을 덧입는다.' 하였으니, 그 문채가 드러남을 싫어해서이다. 그러므로 군자의 도는 은은하나 날로 드러나고, 소인의 도는 선명하나 날로 없어지는 것이다.〔詩曰衣錦尙絅, 惡其文之著也. 故君子之道, 闇然而日章, 小人之道, 的然而日亡.〕"라는 내용이 보인다. 여기에 인용한 시는 《시경》〈위풍(衛風) 석인(碩人)〉과 〈정풍(鄭風) 봉(丰)〉에 보인다.

558 운봉(雲峰)은……삼았고 : 《중용장구》제33장 제5절에 "《시경》에 이르기를 '드

쌍봉(雙峰 요로(饒魯))은 '소리도 없고 냄새도 없는 것〔無聲無臭〕'으로 '하늘이 명한 성〔天命之性〕'을 삼았는데,[559] 옳은지 모르겠습니다.

러나지 않는 덕을 여러 제후들이 법 받는다.' 하였다. 이 때문에 군자는 공손함을 돈독히 함에 천하가 태평해지는 것이다.〔詩曰不顯惟德, 百辟其刑之, 是故君子篤恭而天下平.〕" 라는 내용이 보이는데, 이에 대해 원대(元代)의 경학자 호병문(胡炳文, 1250~1333)은 "'공손함을 돈독히 하는 것'은 이미 그 화(和)를 지극히 하고서도 더욱 그 중(中)을 지극히 하는 것이니, 자기를 위한 공부가 치밀해질수록 덕은 더욱 깊어지고 효과는 더욱 이처럼 원대해진다. 무릇 덕이 드러나서 여러 제후들이 법 받는 것은 당연하다. 그러나 덕이 드러나지 않았는데 천하가 절로 태평해지는 것은 그 신묘함을 예측할 수 없는 것이 있다. 요컨대 '중'은 성(性)의 덕이며, '드러나지 않은 덕'은 즉 발하기 전의 중이다. 삼가고 두려워하는 것은 희로애락이 발하기 전에 공경하는 것이다. 이때에 공경하는 것은 그 공경이 드러나지 않으니, 이것이 바로 지극한 덕의 연원이 되어서 자연의 응험이 있게 되는 이유이다.〔篤恭者, 已致其和而益致其中也, 爲己之功愈密, 則德愈深而效愈遠如此. 夫德顯而百辟刑之宜也, 不顯而天下自平, 其妙殆有不可測者. 要之, 中者, 性之德, 不顯之德, 卽未發之中. 戒愼恐懼, 是於喜怒哀樂未發之時而敬也. 此時而敬, 是不顯其敬, 此所以爲至德之淵微而有自然之應也.〕"라고 하였다. 주희의 주에 따르면 "'공손함을 돈독히 하는 것'은 드러나지 않는 공경을 이른다.〔篤恭, 言不顯其敬也.〕" 즉 주희와 호병문에 따르면 '공손함을 돈독히 하는 것'은 '발하기 전의 중'이다. 《中庸章句大全下 小注》

559 쌍봉(雙峰)은……삼았는데 : 《중용장구》제33장 제6절에 "《시경》에 '덕은 가볍기가 터럭과 같다.' 하였는데, 터럭은 오히려 비교할 만한 것이 있으니, '하늘의 일은 소리도 없고 냄새도 없다.'는 표현이어야 지극하다 할 것이다.〔詩云德輶如毛, 毛猶有倫, 上天之載, 無聲無臭, 至矣.〕"라는 내용이 보이는데, 이에 대해 송대(宋代)의 유학자 요로(饒魯, 1193~1264)는 "'하늘의 일은 소리도 없고 냄새도 없다.'는 것은 즉 발하기 전의 중(中)이니 바로 하늘이 명한 성(性)이다. 이것은 《중용》의 귀결처이다.〔上天之載, 無聲無臭, 此便是未發之中, 便是天命之性, 蓋一篇之歸宿也.〕"라고 하였다. 여기에 인용한 시는 《시경》〈대아(大雅) 증민(烝民)〉과 〈대아(大雅) 문왕(文王)〉이다. 《中庸章句大全下 小注》

〔답〕 두 학자의 설은 미루어 부연한 것이 여기에까지 이른 것이네. 그러나 '소리도 없고 냄새도 없는 것'은 실제로 발하기 전을 말한 것이 아니네.

〔문 108〕 첫 장에서는 '도(道)'를 말하고 마지막 장에서는 '덕(德)'을 말하였으니, 도는 리(理)로 말한 것이고 덕은 마음으로 말한 것입니다. 장차 흩어져서 만사(萬事)가 될 것이기 때문에 리(理)를 말하고, 장차 합쳐져서 하나가 될 것이기 때문에 마음을 말한 것입니까?

〔답〕 처음에는 '도'를 말하고 마지막에는 '덕'을 말한 것은 자사(子思)가 반드시 어떤 의도가 있었던 것은 아니고 후세 사람들이 공연히 억지로 갖다 붙인 것뿐이네.

삼산재집

제6권

書서

이학영에게 답하다[1]

答李學泳

당초에 신주를 매안(埋安)한 것이 크게 잘못된 일이었으니, 이미 그
것이 잘못임을 알았다면 어떻게 하루라도 그대로 둘 수 있겠는가. 만
일 오랫동안 매안하였다가 다시 봉안하는 것을 의심스럽게 여긴다면
공사(公私) 간에 본래 그러한 사례가 많네. 예를 들면 인가(人家)에
서 병란(兵亂)을 만나 신주를 매안하고 나간 자가 난이 평정된 뒤에
돌아오거나, 또 예를 들면 학궁(學宮)에서 출향(黜享)하였다가 뒤에
복향(復享)을 할 수 있게 된 자가 있다면, 비록 수년 뒤라 할지라도
어찌 환봉(還奉)하지 않을 수 있겠는가. 이 사례들을 모두 근거로 삼
을 수 있네. 고유(告由 사유를 고함)하는 글을 얼추 지어 보내네.

---

1 이학영(李學泳)에게 답하다 : 이학영은 자세하지 않으며 저자의 문인으로 추정된
다. 이 편지는 아래 내용을 근거로 살펴보면 1787년(정조11) 저자의 나이 66세 때 보낸
것이다. 이학영에게 잘못 매안한 신주를 서둘러 환봉(還奉)하도록 권하고 이때 사용할
고유문(告由文)을 지어서 참고로 부기하였다.

　지난 을미년(1775, 영조51)에 집안의 화가 혹심하여 아들 하나 손자 하나가 5일 안으로 연이어서 요절하였습니다. 며느리에게 유복아 (遺腹兒)가 있었지만 또 남자아이를 얻지 못하고 울부짖다가 목숨을 잃었습니다. 집을 버리고 멀리 떠나 숨으리라 결심했을 때 돌아가신 부모님 제사는 그래도 친족에게 부탁할 수 있지만 유인(孺人)의 신판(神版)은 누가 있어 다시 주관할까 생각하였습니다. 마침내 경솔하게 아들의 묘소 옆에 묻어두고 곧 떠나려 하였는데, 이웃의 만류로 떠나지 못하였습니다. 그리고 결국에는 재종손 학영을 얻어 죽은 아들의 후사로 세웠으니 신후(身後)의 일이 또한 의탁할 곳이 있게 되었습니다. 그때에야 비로소 지난날 했던 일이 크게 인정(人情)과 예법에 어긋나서 망령된 잘못을 스스로 속죄할 길이 없음을 깨달았습니다. 그러나 이미 매안(埋安)하였는데 환봉(還奉)하는 것 역시 매우 어려워 그런 채로 세월만 보내다 보니 마침내 장장 12년이나 흐르고 말았습니다. 지하에서 어찌 이것을 애통해하고 상심하지 않겠습니까. 이제 비로소 사람들의 의견을 두루 모아 새 신주를 다시 만들고 삼가 술과 과일로 이 사유를 고하노니, 부디 영령께서는 굽어 살피시어 여기에 기대고 여기에 의지하소서.

이춘혐에게 답하다²

答李春馦

〔문 1〕 "무극이면서 태극이다.〔無極而太極.〕"³라는 구절에서 "무극은 즉 태극이다.〔無極卽太極.〕"라고 하지 않고 '이(而)' 자를 둔 것은 무엇 때문입니까?

〔답〕 무극과 태극은 단지 하나의 리(理)일 뿐이지만 이미 '무극'이라고 한 뒤에 또 '태극'이라고 하였다면 또한 각각 그 뜻이 있는 것이니, 어찌 조금도 전환하는 바 없이 곧장 "무극은 즉 태극이다."라고 할 수 있겠는가. '이(而)' 자가 바로 그 전환하는 말이니, 본주를 익숙히 보면 그렇다는 것을 알 수 있네. 굳이 '무극'이라고 말한 것은, 주자(朱子 주희(朱熹))가 육자미(陸子美)에게 답하여 이르기를 "무극을 말하지

---

2 이춘혐(李春馦)에게 답하다 : 이춘혐은 자세하지 않으며 저자의 문인으로 추정된다. 《일성록》 정조 22년(1798) 10월 9일 기사에 평안 감사 민종현(閔鍾顯)이 장계를 올려, 이춘혐을 일러 관서(關西)의 유생 중 '경전(經傳)'에 익숙하여 자문에 응할 수 있고 온 고을과 온 도에서 인정받는 자'에 속하지는 않으나 그나마 불러 기용할 만한 자 3인 중 한 사람이라고 말하고 있다. 또 이춘혐이 이때 67세이며 평양(平壤)에 거주한다고 하였는데, 이에 따르면 이춘혐은 1732년생으로 저자보다 10세 아래이다. 이 편지는 태극도설(太極圖說), 하도낙서(河圖洛書), 성정(性情), 의정(意情), 음양(陰陽), 인심도심(人心道心), 귀신(鬼神), 인물성동이(人物性同異)에 대한 문답과, 《의례》 〈향음주례(鄕飮酒禮)〉에 보이는 '사금(斯禁)'이라는 어휘 및 〈향사례(鄕射禮)〉의 의절에 대한 문답으로 이루어져 있다. 모두 13조목이다. 《日省錄 正祖 22年 10月 9日》

3 무극이면서 태극이다 : 주돈이(周敦頤, 1017~1073)의 《태극도설(太極圖說)》에 보이는 말이다. 《性理大全書 卷1 太極圖》 《近思錄 卷1 道體 第1條》

않으면 태극은 하나의 사물과 같아져서 모든 조화의 근본이 되기에 부족하다."라고 하였으니,[4] 어찌 이것을 자세히 살피지 않았는가?

〔문 2〕 태극(太極)이 음(陰)과 양(陽)을 낳을 때 음이 양보다 먼저입니까? 양이 음보다 먼저입니까?

〔답〕 음과 양은 시작이 없으니[5] 만약 선후가 있다면 어찌 '시작이 없다〔無始〕'고 말하겠는가.

〔문 3〕 "주자(周子 주돈이(周敦頤))의 〈태극도〉는 위에서부터 시작하고, 소자(邵子 소옹(邵雍))의 〈선천도〉는 중간에서부터 일어나고, 주자(朱子 주희(朱熹))의 〈대역도〉는 아래에서부터 생겨난다.〔周子太極圖從上始, 邵子先天圖從中起, 朱子大易圖從下生.〕"[6]라는 말에서 세

---

4 주자(朱子)가……하였으니 : 이 편지는 주희의 나이 57세 때인 1186년에 문인 육자미(陸子美)에게 보낸 것으로, 주로 주돈이의 《태극도설》과 장재(張載, 1020~1077)의 《서명(西銘)》에 대해 논하고 있다. 이 편지에서 주희는 무극과 태극에 관한 유명한 명제인 "무극을 말하지 않으면 태극은 하나의 사물과 같아져서 모든 조화의 근본이 되기에 부족하고, 태극을 말하지 않으면 무극은 공허에 빠져서 모든 조화의 근본이 될 수 없다.〔不言無極, 則太極同於一物, 而不足爲萬化之根 ; 不言太極, 則無極淪於空寂, 而不能爲萬化之根.〕"라는 말로 《태극도설》이 유가(儒家)에 근본을 두었음을 역설하였다. 《晦庵集 卷36 答陸子美》

5 음과……없으니 : 《근사록》에 "동과 정은 단서가 없고 음과 양은 시작이 없으니, 도를 아는 자가 아니면 그 누가 이것을 알겠는가.〔動靜無端, 陰陽無始, 非知道者, 孰能識之?〕"라는 정이(程頤)의 말이 보인다. 《近思錄 卷1 道體 第16條》

6 주자(周子)의……생겨난다 : 우암(尤庵) 송시열(宋時烈, 1607~1689)의 《송자대

그림에 각각 '상(上)', '중(中)', '하(下)'로 말한 것은 무엇 때문입니까? '시작하다[始]', '일어나다[起]', '생겨나다[生]'의 뜻 역시 알기가 어렵습니다.

〔답〕 태극과 음양은 위쪽, 아래쪽, 중간의 구별이 있는 것이 아니네.

전(宋子大全)》 권131 〈잡저(雜著) 간서잡록(看書雜錄)〉에 보인다. '태극도'는 북송 주돈이(周敦頤)의 역학도식(易學圖式)으로 두 종류가 있다. 하나는 남송 주진(朱震)이 고종(高宗)을 위하여 《주역》을 강할 때 올린 것으로 〈구본태극도(舊本太極圖)〉로 불리며, 다른 하나는 주희가 이를 수정하여 후세에 유행시킨 것으로 〈금본태극도(今本太極圖)〉로 불린다. '선천도'는 북송의 소옹(邵雍)이 복희팔괘(伏羲八卦)로 선천지학(先天之學)을 삼으면서 제시한 그림으로, 문왕팔괘(文王八卦)의 후천도(後天圖)와 상대적인 것이다. 송대(宋代)의 학자 장행성(張行成)은 소옹의 선천도가 모두 14종이 있다고 하였는데, 주희는 이것을 〈복희팔괘차서도(伏羲八卦次序圖)〉·〈복희팔괘방위도(伏羲八卦方位圖)〉·〈복희육십사괘차서도(伏羲六十四卦次序圖)〉·〈복희육십사괘방위도(伏羲六十四卦方位圖)〉의 네 종류로 귀결시켰다. 이 네 종류의 그림은 주희의 《주역본의(周易本義)》에 보인다. 여기에서는 '중간에서부터 일어났다'는 말로 보아 〈천지사상도(天地四象圖)〉 또는 〈경세연역도(經世演易圖)〉로 불리는 소옹의 선천학도식(先天學圖式)을 가리키는 것으로 보인다.

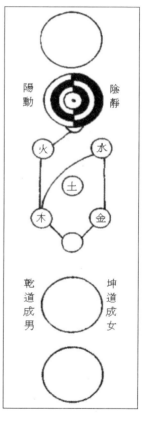

주돈이(周敦頤)
〈금본태극도(今本太極圖)〉

다만 이렇게 말한 것은 때로는 저쪽에서부터 말해오고 때로는 이쪽에서부터 말해나간다는 뜻이네. 주자(周子)의 〈태극도〉는 조화(造化)의 본원을 밝힌 것이고, 주자(朱子)의 〈대역도〉는 괘획의 차례를 밝힌 것이며, 소자(邵子)의 〈선천도〉는 또 괘기(卦氣) 운행의 오묘함을 보인 것이네. 이 때문에 그 그림들이 각각 다른 것이지만 사실은 하나의 태극과 음양일 뿐이네. '시작하다', '일어나다', '생겨나다'라는 것은 또한 단지 하나의 뜻일 뿐이네.

[문 4] 〈낙서(洛書)〉의 두 방위의 자리는 〈하도(河圖)〉와 서로 바꾸어 배치되어 있는데,[7] 이에 대해 주 선생(朱先生 주희(朱熹))은 "양은 바뀔 수 없으나 음은 바뀔 수 있다.[陽不可易而陰可易.]"라고 하였고,[8] 명(明)나라의 계씨(桂氏)는 "오행상극은 자식이 반드시 어머니를 위하여 복수한다.[五行相克, 子必爲母復讎.]"라고 하였습니다.[9]

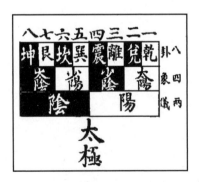

주희(朱熹)의 대역도(大易圖)
〈복희팔괘차서도(伏羲八卦次序圖)〉

소옹(邵雍)의 선천도(先天圖)
〈경세연역도(經世演易圖)〉

7 낙서(洛書)의……있는데 : 〈하도〉에서 위의 지이(地二)와 오른쪽의 지사(地四)가 〈낙서〉에는 위의 천구(天九)와 오른쪽의 천칠(天七)로 바뀐 것을 이른다.

계씨의 말이 주 선생의 뜻풀이와 합치되는 것입니까?

〔답〕 "양은 바뀔 수 없으나 음은 바뀔 수 있다."라는 말이 바로 올바른 뜻이네. 계씨가 논한 것은 별도의 일설이니 한데 뒤섞어서는 안 되네.

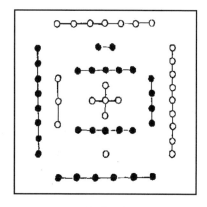

하도(河圖)
주희(朱熹) 《주역본의(周易本義)》

낙서(洛書)
주희(朱熹) 《주역본의(周易本義)》

8 주 선생(朱先生)은……하였고 : 주희의 〈주역도설〉에 "그 수와 위치가 모두 셋(1, 3, 5)은 같으나 둘(2, 4)은 다르다. 이것은 양은 바뀔 수 없으나 음은 바뀔 수 있기 때문이니, 성수(7, 9)는 비록 양이라 하더라도 참으로 또한 낳은 것(2, 4)이 음이기 때문이다.〔其數與位, 皆三同而二異. 蓋陽不可易而陰可易, 成數雖陽, 固亦生之陰也.〕"라는 내용이 보인다. 《周易傳義大全 周易朱子圖說》

9 명(明)나라의……하였습니다 : 계씨(桂氏)는 자세하지 않다. 오행상극은 목극토(木克土), 토극수(土克水), 수극화(水克火), 화극금(火克金), 금극목(金克木)이며, 오행상생은 목생화(木生火), 화생토(火生土), 토생금(土生金), 금생수(金生水), 수생목(水生木)이다. '자식이 어머니를 위하여 복수한다'는 것은, 예를 들면 목은 토를 이기지만 토가 낳아 자식이라 할 수 있는 금이 반대로 목을 이기는 것을 말한다.

〔문 5〕 마음이 때로 기질을 따라서 불선(不善)에 빠지기도 하는 것은 기(氣)의 죄입니까?

〔답〕 거의 맞는 말이지만 어폐가 있네. 대체로 마음은 작용이 있기 때문에 기질의 죄는 또한 마음의 죄라고도 할 수 있네.

〔문 6〕 '성이 발하여 정이 되고〔性發爲情〕'¹⁰ '마음이 발하여 의가 되니〔心發爲意〕',¹¹ 정(情)은 마음과 관계가 없으며 의(意)는 성(性)과 관계가 없습니까?

〔답〕 '성(性)이 발하여 정(情)이 되고 마음이 발하여 의(意)가 되는 것'은 각각 그 가리키는 것을 따라서 보면 본래 당연하지 않은 것이 아니네. 그러나 호씨(胡氏 호병문(胡炳文))가 양쪽을 상대적으로 말한 것은 합당하지 않으니, 마치 마음과 성이 각각 경계를 점하여 서로 통할 수 없는 것이 있는 것처럼 말한 것¹²이 바로 온당치 않은 점이

---

10 성이……되고 : 《주자어류》에 "'정'은 성이 발한 것이다.〔情者, 性之所發.〕"라는 내용이 보인다. 《朱子語類 卷59 孟子9 告子上 性無善無不善章》

11 마음이……되니 : 대전본(大全本)《대학장구》경(經) 1장 주희의 주에 "'의'는 마음이 발한 것이다.〔意者, 心之所發也.〕", 《주자어류》에 "정은 성이 발한 것이다. 정은 이렇게 발하는 것이고, 의는 이렇게 하려고 주장하는 것이다. 예를 들면 저것을 좋아하는 마음은 정이고, 저것을 좋아하는 것은 의이다. 정은 배나 수레와 같고, 의는 사람이 그 배나 수레를 부리는 것과 같다.〔情是性之發, 情是發出恁地, 意是主張要恁地. 如愛那物是情, 所以去愛那物是意. 情如舟車, 意如人去使那舟車一般.〕"라는 내용이 보인다. 《朱子語類 卷5 性理2 性情心意等名義》

12 호씨(胡氏)가……것 : '호씨'는 원대(元代)의 경학자 호병문(胡炳文, 1250~1333)

네. 율곡(栗谷 이이(李珥))이 《성학집요(聖學輯要)》에서 이에 대해 매우 분명하게 변석하였으니,[13] 이제 아래에 기록하네.

〔부기(附記)〕

율곡이 이르기를 "성(性)이 발한 것이 정(情)이 된 것은 마음이 없는 것이 아니고, 마음이 발하여 의(意)가 된 것은 성이 없는 것이 아니다. 다만 마음은 성을 다할 수 있지만 성은 마음을 검속할 수 없고, 의는 정을 운용할 수 있지만 정은 의를 운용할 수 없는 것뿐이다. 그러므로 정을 위주로 말하면 성에 속하고 의를 위주로 말하면 마음에 속하는 것이니, 사실 성은 마음이 발하지 않은 것이며 정과 의는 마음이 이미 발한 것이다."라고 하였네.

또 이르기를 "무릇 마음의 체(體)는 성이고 마음의 용(用)은 정이니, 성과 정 이외에 다시 다른 마음이 없다. 이 때문에 주자(朱子

이다. 대전본(大全本) 《대학장구》 경 1장 소주에 "그 발한 바를 따라서 마침내 밝히는 것은 '성(性)'이 발하여 '정(情)'이 된 것이고, 그 '마음'이 발한 바를 성실히 하는 것은 '마음'이 발하여 '의(意)'가 된 것이다.……그렇다면 성이 발하여 정이 된 것은 애초에 불선(不善)이 없으니, 바로 마땅히 이를 밝히는 공부를 더해야 한다. 이것은 통체(統體)로 말한 것이다. 그러나 마음이 발하여 의가 된 것은 선(善)도 있고 불선도 있으니, 그것을 성실하게 하는 공부를 하지 않으면 안 된다. 이것은 생각의 측면에서 말한 것이다.〔因其所發而遂明之者, 性發而爲情也;實其心之所發者, 心發而爲意也.……然則性發爲情, 其初無有不善, 卽當加夫明之之功, 是統體說;心發而爲意, 便有善有不善, 不可不加夫誠之之功, 是從念頭說.〕"라는 호병문의 말이 보인다.

13 율곡(栗谷)이……변석하였으니 : 이하에 인용한 내용이 《성학집요(聖學輯要)》 권3 〈수기(修己) 궁리장 제4하(窮理章第四下)〉에 보인다. 이것은 "정과 의는 두 갈래이고, 리와 기는 서로 발한다.〔情意二歧, 理氣互發.〕"라는 설에 대해 변석한 것이다.

주희(朱熹))가 '마음이 동한 것이 정(情)이 된다.'라고 한 것이다.[14] 정은 외물(外物)에 감응하여 처음으로 발한 것이고, 의는 정으로 인하여 계산하고 비교하는 것이니, 정이 아니면 의는 말미암을 곳이 없다. 이 때문에 주자가 '의는 정이 있음으로 말미암아 그 뒤에 쓰인다. 그러므로 마음이 고요하여 동하지 않은 것을 「성(性)」이라 이르며, 마음이 감응하여 마침내 통하는 것을 「정(情)」이라 이르며, 마음이 감응한 것으로 인해 궁구하고 헤아리는 것을 「의(意)」라 이른다.'라고 한 것이다.[15] 그렇다면 마음과 성이 과연 두 가지 용이 있으며 정과 의가 과연 두 갈래가 있겠는가."라고 하였네.

위 율곡의 설을 보면 두 설의 득실을 알 수 있네.

14 주자(朱子)가……것이다 : 《주자어류》에 "성(性)은 마음의 이치이고, 정(情)은 마음이 동한 것이다.〔性者, 心之理; 情者, 心之動.〕"라는 내용이 보인다. 《朱子語類 卷5 性理2 性情心意等名義》

15 주자가……것이다 : 《주자어류》에 "정은 할 수 있는 것이고, 의(意)는 백방으로 계산하는 것이니, 의는 이 정이 있음으로 인하여 그 뒤에 쓰이는 것이다.〔情是會做底, 意是去百般計較做底, 意因有是情而後用.〕", "성에 근거해서 '고요하여 동하지 않은 곳은 마음이다.'라고 해도 되고, 정에 근거해서 '감응하여 마침내 통하는 곳은 마음이다.'라고 말해도 된다.〔據性上說寂然不動處是心, 亦得; 據情上說感而遂通處是心, 亦得.〕", "성은 리(理)로 말한 것이고, 정은 발하여 쓰이는 곳이고, 마음은 즉 성과 정을 통할하는 것이다. 그러므로 정자가 '체(體)를 가리켜 말하는 경우가 있으니 「고요하여 동하지 않는다」는 것이 이런 경우이다.'라고 하였으니, 이것은 성을 말한 것이다. '용(用)'을 가리켜 말하는 경우가 있으니 「감응하여 마침내 통한다」는 것이 바로 이런 경우이다.'라고 하였으니, 이것은 정을 말한 것이다.〔性以理言, 情乃發用處, 心卽管攝性情者也. 故程子曰有指體而言者, 寂然不動是也, 此言性也; 有指用而言者, 感而遂通是也, 此言情也.〕"라는 내용이 보인다. 《朱子語類 卷5 性理2 性情心意等名義》

〔문 7〕《주자어류(朱子語類)》의 의(意)와 정(情)을 논한 곳에서 주 선생(先生 주희(朱熹))은 "이 일을 하고자 하는 것이 의이고, 이 일을 할 수 있는 것이 정이다.〔欲爲這事是意, 能爲這事是情.〕"라고 하였습니다.[16] 이것은 주 선생의 전후 의론과 같지 않은데 무엇 때문입니까?

〔답〕《주자어류》의 이 설은 미처 찾아보지 못하였지만 주자가 일찍이 "정은 할 수 있는 것이고, 의는 백방으로 계산하는 것이다.〔情是會做底, 意是去百般計較底.〕"라고 하였으니,[17] 이른바 '할 수 있는 것'과 '하고자 하는 것'은 대략 이 뜻일 듯하네. 그다지 의심스러운 것을 알지 못하겠네.

〔문 8〕〈향음주례(鄕飮酒禮)〉에서 현주(玄酒) 단지 아래에 두는 작은 판을 '사금(斯禁)'이라고 하는데,[18] '사금'은 무슨 뜻입니까? 그

16　주 선생(朱先生)은……하였습니다 :《주자어류(朱子語類)》권16〈대학 3(大學三) 전 7장 석정심수신(傳七章釋正心修身)〉에 보인다.

17　주자가……하였으니 : 268쪽 주15 참조.

18　향음주례(鄕飮酒禮)에서……하는데 :《의례》〈향음주례〉에 "동방(東房)과 실호(室戶) 사이에 두 개의 술 단지를 두는데, 단지 아래에는 사금을 받쳐둔다. 현주 단지는 서쪽에 둔다.〔尊兩壺于房戶間, 斯禁. 有玄酒在西.〕"라는 내용이 보인다. '현주(玄酒)'는 《의례》〈사관례(士冠禮)〉 정현(鄭玄)의 주에 따르면 신수(新水), 즉 새로 길은 물이다. 행례(行禮)에 실제로 사용은 하지 않지만 여전히 청주(淸酒)와 함께 진설해두는 것은 술이 있기 이전의 옛날을 잊지 않기 위해서이다. 가공언(賈公彦)의 소에 따르면 현주는 물일 뿐 아니라 실제로 사용하는 것이 아니기 때문에 취할 염려가 없고 따라서 금(禁)을 쓸 필요가 없지만, 함께 진설해두는 청주는 마시고 취할 염려가 있는데 현주를 청주와 함께 두면서 청주에만 금을 받쳐둘 수 없기 때문에 현주 단지 아래에도 금을

행례(行禮)에 개를 희생으로 사용하는 것[19]은 무엇 때문입니까? 사
례(射禮)에 이르면 빈(賓)은 있고 개(介)는 없는데, 음주례가 다
끝난 뒤에 개는 마땅히 무엇을 기준으로 떠나거나 나아갑니까?[20]
예(禮)가 다 끝나면 빈과 대부는 당을 내려와 문을 나갑니다. 이때
주인은 서남쪽을 향해 절하여 전송하고 빈과 대부는 답배(答拜)하지
않는 것[21]은 무엇 때문입니까?

받쳐두는 것이다.

19 개를……것 : 《의례》〈향음주례(鄕飮酒禮) 기(記)〉에 "이때 사용하는 희생은 개
를 사용하는데, 당 아래 동쪽 벽 북쪽에서 삶는다.〔其牲, 狗也, 亨于堂東北.〕"라는 내용
이 보인다.

20 사례(射禮)에……나아갑니까 : '사례'는 《의례》〈향사례(鄕射禮)〉를 이른다. 천
자는 6향(鄕)을 두고 제후는 3향(鄕)을 두는데, 이 향의 장(長)을 향대부(鄕大夫)라고
한다. 향에서는 매 3년 정월마다 시험을 거쳐 현능(賢能)한 사람을 가려 천자나 제후에
게 바치는데, 현자가 가려지면 이 현자를 바치기 전에 그를 위해 향의 학교인 상(庠)에
서 대부의 신분인 향대부 주최로 성대한 음주례를 거행한다. 이때 현자는 빈(賓)이
되고, 이 빈을 도와줄 사람으로 개(介)와 중빈(衆賓)이 선발된다. 이것이 〈향음주례〉
이다. 〈향사례〉는 향의 하급 행정 단위인 주(州)에서 거행하는 일종의 활쏘기 시합이
다. 매년 봄과 가을에 주의 학교인 서(序)에서 사(士)의 신분인 주의 장(長)의 주최로
음주례(飮酒禮)와 사례(射禮)를 거행하는데, 향대부가 이 주에 살거나 참관하러 오기
도 하기 때문에 '주사례'가 아닌 '향사례'라는 이름을 붙인 것이다. 〈향사례〉는 〈향음주
례〉의 여수례(旅酬禮) 바로 전에 사례를 첨입한 것이다. 〈향음주례〉에는 개(介)가
행례에 참여하는 구절이 보이지만 〈향사례〉에는 보이지 않기 때문에 이춘혐(李春馦)이
이런 질문을 한 것이다. 《禮記 鄕飮酒義 孔穎達疏》

21 주인은……것 : 《의례》〈향음주례〉에 "빈(賓)이 나가면 이때 〈해하(陔夏)〉 시를
연주한다. 주인이 상문(庠門) 밖에서 전송하여 재배한다.〔賓出, 奏陔. 主人送于門外,
再拜.〕"라는 내용이 보이는데, 정현의 주에 "문의 동쪽에서 서향하여 절하는 것이다.
빈과 개(介)는 답배하지 않는데, 예에는 끝마침이 있기 때문이다.〔門東西面拜也. 賓、
介不答拜, 禮有終也.〕"라고 하였다. '상문'은 향(鄕)의 학교인 상(庠)의 정문이다.

〔답〕 '금(禁)'은 술 단지를 받치는 기물이니 이것을 '금'이라고 한 것은 술을 경계한다는 뜻이며,²² '사(斯)'는 다하다〔澌盡〕는 뜻이니 이 금은 다리가 없어서 바닥에 닿기 때문에 '사금'이라는 이름을 붙였다고 하네.²³ 희생에 개를 사용하는 것은 개가 사람을 가리는 뜻을 취한 것이네.²⁴ 이것은 모두 주소(注疏)의 설이 이와 같네.

〈향사례(鄕射禮)〉에서는 비록 음주례를 먼저 하지만 그 음주례 때부터 이미 빈은 있고 개는 없었던 것이며 사례(射禮)에 이른 뒤에야 개를 떠나보내는 것이 아니네. 그렇다면 음주례 이후 개의 떠나고 나아가는 것은 논할 만한 것이 아니네. 빈이 물러갈 때 주인은 절하는데 빈이 답배하지 않는 것은, 비단 〈향음주례〉에서만 그런 것은 아니며 옛사람들의 빈과 주인의 예가 모두 이와 같았네.²⁵ 정씨(鄭氏 정현(鄭

---

22 금(禁)은……뜻이며 : 《의례》〈사관례〉 정현(鄭玄)의 주에 "'금'은 단지를 받치는 기물이다. '금'이라는 이름을 붙인 것은 이것으로 인하여 술을 경계하기 위해서이다. 〔禁, 承尊之器也. 名之爲禁者, 因爲酒戒也.〕"라는 내용이 보인다.

23 사(斯)는……하네 : 《의례》〈향음주례〉 정현의 주에 "사금은 금 중에서도 다리가 없어 바닥에 닿는 것이다.〔斯禁, 禁切地無足者.〕", 가공언(賈公彦)의 소에 "'사'는 '다하다'는 뜻이니, '다하다'는 이름을 붙였기 때문에 다리가 없어서 바닥에 닿는다는 것을 정현이 안 것이다.〔斯, 澌也, 澌盡之名, 故知切地無足.〕"라는 내용이 보인다.

24 희생에……것이네 : 《의례》〈향음주례 기〉 정현의 주에 "개는 사람을 가리는 뜻을 취한 것이다.〔狗取擇人.〕"라는 내용이 보인다.

25 빈이……같았네 : 청나라 학자 능정감(凌廷堪, 1757~1809)은 이에 대해 《예경석례(禮經釋例)》 권1 〈통례 상(通例上)〉에서 "일반적으로 절하고 전송하는 예는, 전송하는 사람은 절하고 떠나는 사람은 답배하지 않는다.〔凡拜送之禮, 送者拜, 去者不答拜.〕"라고 하였는데, 그 근거로 《의례》〈빙례(聘禮)〉의 "빈이 나가면 공이 재배하여 전송한다. 빈은 돌아보지 않는다.〔賓出, 公再拜送, 賓不顧.〕"라는 구절을 비롯하여 이와 유사한 〈공사대부례(公食大夫禮)〉의 구절, 〈사상견례(士相見禮)〉, 〈특생궤사례(特牲饋食

玄))가 "예에는 끝마침이 있다.〔禮有終.〕"라고 한 것[26]이 바로 이것을 말한 것이네.

〔문 9〕 "인심을 곧바로 사욕이라고 말할 수는 없다.〔人心未可便謂之 私欲.〕"라는 것은 바로 주 선생(朱先生 주희(朱熹))의 가르침이니,[27] 율옹(栗翁 이이(李珥)) 역시 〈인심도심도설(人心道心圖說)〉에서 이 말을 사용하였습니다.[28] 그런데 도식(圖式)을 살펴보면 인심을 다만 '인욕이 멋대로 나온 것〔人慾之橫生〕'이라고만 표시하고 "도리어 사 단을 해친다.〔反害於四端.〕"라고 말한 것[29]은 무엇 때문입니까?

禮)〉, 〈유사철(有司徹)〉 등의 주소(注疏)를 들고 있다.

26 정씨(鄭氏)가……것 : 270쪽 주21 참조.

27 인심을……가르침이니 : 《주자어류》에 "'인심은 인욕이다.'라는 정자(程子)의 이 말은 어폐가 있다. 비록 최고의 지혜라 할지라도 이 인심이 없을 수 없으니 어찌 모두 옳지 않다고 말할 수 있겠는가. 육자정(陸子靜) 또한 이 말을 다른 사람에게 하였으니 두 개의 마음이 있는 것은 아니다. 도심과 인심은 본래 하나의 물사일 뿐이며 단지 지각하는 바가 같지 않을 뿐이다.〔人心, 人欲也, 此語有病. 雖上智, 不能無此, 豈可謂全 不是? 陸子靜亦以此語人. 非有兩箇心. 道心、人心, 本只是一箇物事, 但所知覺不同.〕" 라는 내용이 보인다. '육자정'은 육구연(陸九淵, 1139~1192)으로, '자정'은 육구연의 자이다. 《朱子語類 卷78 尚書1 大禹謨》

28 율옹(栗翁)……사용하였습니다 : 율곡(栗谷) 이이(李珥)의 〈인심도심도설〉에 "주자는 이미 '비록 최고의 지혜라 할지라도 인심이 없을 수 없으니, 그렇다면 성인 역시 인심이 있는 것이다. 어찌 인심을 모두 인욕이라고 말할 수 있겠는가.'라고 하였다. 이것으로 보면 '칠정'은 바로 인심과 도심, 선과 악의 총칭인 것이다.〔朱子旣曰: 雖上智, 不能無人心, 則聖人亦有人心矣, 豈可盡謂之人欲乎? 以此觀之, 則七情卽人心道心善惡 之摠名也.〕"라는 내용이 보인다. 《栗谷全書 卷14 人心道心圖說》

29 도식(圖式)을……것 : '도식'은 아래에 보이는 율곡 이이의 〈인심도심도〉를 가리 킨다. 〈인심도심도설〉에 "성(性)은 마음에 갖추어진 것으로 발하여 정(情)이 되니,

[답] 율곡(栗谷)의 〈인심도심도(人心道心圖)〉에서는 인심이 비록 도심의 옆으로 갈라져 나와 있지만, 그 맥락을 보면 처음에는 '인심'이라고 말하였는데 도심과 함께 '선(善)' 자 위에 두 줄로 써놓았고, 그 끝부분에 이르러서야 마침내 '인욕(人慾)'이라고 말하였는데 '악(惡)' 자 아래에 썼네. 바로 저 인심이 곧바로 사욕은 아니며 악에까지 흐르고 난 뒤에야 비로소 '욕(慾)'이라고 이른다는 것을 밝히기 위한 것이니, 〈도〉와 〈설〉이 어찌 다름이 있는가. 이 밖에 몇 가지 조항에

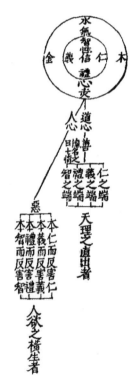

성이 이미 본래 선(善)하다면 정 역시 의당 불선(不善)이 없어야 할 터인데도 정은 혹 불선이 있는 것은 무엇 때문인가?……정이 선한 것은 맑고 밝은 기(氣)를 타고 천리(天理)를 따라 곧바로 나와서 그 중도를 잃지 않으니, 그것이 인의예지의 단서가 됨을 볼 수 있기 때문에 이것을 '사단(四端)'이라고 가리켜 말하는 것이다. 정이 불선한 것은 비록 이 역시 리(理)에 근본을 두기는 하였으나, 이미 더럽고 탁한 기에 가린 바가 되어 그 본체를 잃고 멋대로 나와서 과하거나 불급하기도 하게 된다. 그리하여 인(仁)에 근본을 두었지만 도리어 인을 해치고, 의(義)에 근본을 두었지만 도리어 의를 해치고, 예(禮)에 근본을 두었지만 도리어 예를 해치고, 지(智)에 근본을 두었지만 도리어 지를 해치기 때문에 이것을 '사단'이라고 할 수 없을 뿐이다.〔性具於心而發爲情, 性旣本善, 則情亦宜無不善, 而情或有不善者, 何耶?……情之善者, 乘淸明之氣, 循天理而直出, 不失其中, 可見其爲仁義禮智之端, 故目之以四端; 情之不善者, 雖亦本乎理, 而旣爲汚濁之氣所掩, 失其本體而橫生, 或過或不及. 本於仁而反害仁, 本於義而反害義, 本於禮而反害禮, 本於智而反害智, 故不可謂之四端耳.〕"라는 내용이 보인다. 《栗谷全書 卷14 人心道心圖說》

대해 선인(先人 김원행(金元行))께서 일찍이 다른 사람에게 답하신 것이 있으니[30] 별도로 베껴서 보내네. -따로 베껴 쓴 것은 생략하였다.-

〔문 10〕 평범한 사람이 성인(聖人)으로 스스로를 기약하는 것은 성 (性)이 같기 때문입니다. 마음은 성과 정(情)을 통솔하니,[31] 그렇다면 비록 마음이 같다고 말해도 되겠습니까?

〔답〕 평범한 사람이 성인으로 스스로를 기약하는 것은 진실로 그 성이 같기 때문이네. 그러나 진실로 이 마음이 같지 않다면 성이 비록 선하다 하나 어느 누가 운용하고 발휘하여 이 성의 분량을 극진히 할 수 있겠는가?[32]

---

30 선인(先人)께서……있으니 : '선인'은 저자의 아버지 미호(渼湖) 김원행(金元行)을 말한다. 인심·도심과 관련하여 김원행의 《미호집》에 "인심과 도심은 경계가 매우 뚜렷하니, 인심의 선한 곳은 또한 도심에게서 명령을 들은 것일 뿐이다. '인심이 바로 도심이다.'라는 것은 매우 분명치 않은 말이다. 이와 같다면 성인은 인심이 없단 말인가.[人心、道心界截然, 人心好處, 亦只是聽命於道心耳. 人心卽道心, 大不分曉, 若是則聖人無人心耶?]" 등의 내용이 보인다. 《渼湖集 卷12 答兪憲柱》

31 마음은……통솔하니 : 《맹자집주》〈공손추 상(公孫丑上)〉제6장 제5절 주희의 주에 "마음은 성과 정을 통섭하는 것이다.[心, 統性情者也.]"라고 하였으며, 대전본 소주에 "성은 정이고 정은 동이며 마음은 동과 정을 겸하여 말한 것이다. '통'은 '군대를 통솔한다'고 할 때의 '통솔한다'는 뜻이니, 마음은 성과 정을 주재함이 있는 것이다. 동할 때나 정할 때 모두 주재하며, 정할 때에는 주재하는 바가 없다가 동할 때에야 비로소 주재함이 있는 것은 아니다.[性是靜, 情是動, 心兼動靜而言. 統如統兵之統, 心有以主宰之也. 動靜皆主宰, 非是靜時無所主, 及至動時方有主宰也.]"라는 주희의 말이 보인다.

32 평범한……있겠는가 : 동일한 내용이 저자의 아버지 김원행의 《미호집(渼湖集)》권7〈김평중에게 답하다[答金平仲]〉에도 보인다.

〔문 11〕 성(性)이 발하여 정(情)이 될 때[33] 리(理)가 먼저 주장합니까? 기(氣)가 먼저 용사(用事)합니까?

〔답〕 기가 용사할 때가 바로 리가 주장할 때이니 선후를 구분할 수 없네.[34]

〔문 12〕 귀신(鬼神)은 형이하(形而下)이니 리(理)라고 말할 수 없습니다.[35] 만약 사람의 몸에 나아가서 말한다면 성(性)의 경계에 속합니까? 마음의 경계에 속합니까?

〔답〕 귀신은 음(陰)의 영(靈)과 양(陽)의 영인 두 기(氣)의 양능(良能)이니, 형이상(形而上)에 속할 수 없는 것이 분명하네.[36] 그러나 음

---

33 성(性)이……때 : 266쪽 주10 참조.

34 기가……없네 : 동일한 내용이 저자의 아버지 김원행의 《미호집》 권7 〈김평중에게 답하다〔答金平仲〕〉에 보인다.

35 귀신(鬼神)은……없습니다 : 《주자어류》에 "귀신은 단지 기일 뿐이다. 굽히고 펴고 가고 오는 것이 기이다.〔鬼神只是氣. 屈伸往來者, 氣也.〕", "태극은 리이고 형이상의 것이며, 음양은 기이고 형이하의 것이다. 그러나 리는 형체가 없지만 기는 자취가 있다.〔太極是理, 形而上者; 陰陽是氣, 形而下者. 然理無形, 而氣卻有跡.〕"라는 내용이 보인다. 이에 따르면 귀신은 곧 기이며, 기는 곧 형이하의 것이다. 《朱子語類 卷3 鬼神, 卷5 性理2 性情心意等名義》

36 귀신은……분명하네 : 《주자어류》에 "두 개의 기로 말하면 '귀'는 음의 영이고 '신'은 양의 영이며, 하나의 기로 말하면 이르러 와서 펴는 것은 '신'이고 돌이켜 되돌아가는 것은 '귀'이다.〔以二氣言, 則鬼者陰之靈也, 神者陽之靈也; 以一氣言, 則至而伸者爲神, 反而歸者爲鬼.〕", "그 생겨날 때에는 기가 날로 이르러 와서 불어나며 사물이 생겨나는 것이 이미 가득 차면 기가 날로 돌아가서 흩어지니, 이것이 바로 '귀신'이며 이른바

과 양 두 기는 귀신이 아니며 영과 양능이 귀신이네. 그 구분을 말한 다면 귀신은 비록 형이하에서 떠나지 않는 것이기는 하지만, 한 번 가고 한 번 오며 한 번 굽히고 한 번 펴는 것이 리(理)가 자연스럽게 이렇게 하는 것 아님이 없으니, 이것은 누가 그렇게 하도록 한 것이 겠는가? 어찌 지극히 빼어나며 지극히 오묘하여 예측할 수 없는 기 가 아니겠는가. 사람의 몸에 나아가 말한다면 마음은 바로 그 영과 양능이며, 성(性)과 정(情)은 바로 그 리의 자연이며, 기질은 바로 그 음과 양 두 기이니, 대체로 《중용》에서 말하는 '귀신'은 천지 공공 의 귀신이며[37] 마음은 사람의 몸에 나아가서 말하는 귀신이네.[38]

〔문 13〕 금수는 비록 미루어 넓히지는 못하지만 사람과 마찬가지로

'두 기의 양능'이라는 것이다.〔其生也, 氣日至而滋息 ; 物生旣盈, 氣日反而游散, 便是鬼 神, 所謂二氣良能者.〕", "한 번 굽히고 한 번 펴는 것으로 보면, 한 번 펴면 수많은 물사를 낳고 한 번 굽히면 더 이상은 하나의 사물도 없게 되니, 이것이 바로 양능이며 공용이다.〔以一屈一伸看, 一伸去便生許多物事, 一屈來更無一物了, 便是良能、功用.〕" 라는 내용이 보인다. '두 기의 양능'은 장재(張載)의 《장자전서》에 "귀신이란 두 기의 양능이다.〔鬼神者, 二氣之良能也.〕"라는 내용이 보인다. 《朱子語類 卷63 中庸2 第16 章, 卷68 易4 乾上》《張子全書 卷2 正蒙1》

37 중용에서……귀신이며 : 《중용장구》 제16장 제1절에 "귀신의 덕이 지극하다.〔鬼 神之爲德, 其盛矣乎!〕"라고 하였는데, 주희의 주에 정이(程頤)의 말을 인용하여 "귀신 은 천지의 공용이고 조화의 자취이다.〔鬼神, 天地之功用, 而造化之迹也.〕"라고 하였으 며, 《주자어류》에 "죽으면 '혼백'이라 이르고, 살아 있을 때에는 '정기'라 이르고, 천지 공공의 것은 '귀신'이라 이른다.〔死則謂之魂魄, 生則謂之精氣, 天地公共底謂之鬼神.〕" 라고 하였다. 《朱子語類 卷63 中庸2 第16章》

38 귀신은 음(陰)의……귀신이네 : 동일한 내용이 저자의 아버지 김원행의 《미호집》 권7 〈김평중에게 답하다〔答金平仲〕〉에 보인다.

한 방면의 밝은 곳이 있습니다.[39] 만약 그 한 방면의 밝은 곳을 논한다면 사람과 다름이 없습니까?

〔답〕 비록 한 방면만 밝기는 하지만 그 밝은 점이 또한 사람과 다르다고는 할 수 없네. 다만 미루어 나가지 못하기 때문에 사람과 같지 못할 뿐이네.[40]

---

39 금수는……있습니다 : 이와 관련하여 《주자어류》에 "기(氣)는 서로 비슷하다. 예를 들면 추위와 더위를 알며, 굶주림과 배부름을 알며, 삶을 좋아하고 죽음을 싫어하며, 이익에 달려가고 해를 피하는 것은 사람과 동물이 모두 같다. 그러나 리(理)는 같지 않다. 예를 들면 벌과 개미에게 군신(君臣)의 의리가 있는 것은 단지 그 의(義)에 있어서만 한 방면의 밝음이 있는 것이며, 범과 이리에게 부자(父子)의 친함이 있는 것은 단지 그 인(仁)에 있어서만 한 방면의 밝음이 있는 것이니, 다른 것은 더 이상 미루어 나가지 못한다.〔氣相近, 如知寒煖, 識饑飽, 好生惡死, 趨利避害, 人與物都一般. 理不同, 如蜂蟻之君臣, 只是他義上有一點子明; 虎狼之父子, 只是他仁上有一點子明; 其他更推不去.〕"라는 내용이 보인다. 《朱子語類 卷4 性理1 人物之性氣質之性》

40 비록……뿐이네 : 동일한 내용이 저자의 아버지 김원행의 《미호집》 권7 〈김평중에게 답하다〔答金平仲〕〉에 보인다.

임성백에게 답하다[41]

答任聖白

여러분께서 외람되이 한수재(寒水齋 권상하(權尙夏)) 선생을 집성사(集成祠)[42]에 배향(配享)하는 일로 욕되이 토론해주신 편지를 삼가 받았

---

41 임성백(任聖白)에게 답하다 : 임성백은 자세하지 않다. 이 편지는 한수재(寒水齋) 권상하(權尙夏, 1641~1721)를 집성사(集成祠)에 배향하는 것과 관련하여 종향(從享) 과 배향(配享)을 구분하고 그 위차(位次)에 대해 의견을 개진하고 있다. 이와 관련하여 《학봉속집(鶴峯續集)》 권5 〈퇴계선생언행록(退溪先生言行錄)〉에 "지금 천곡서원(川谷書院)에서 정자와 주자의 제사를 받들면서 한훤당(寒暄堂)을 배향하는데, '배(配)' 자의 뜻은 가볍게 다룰 것이 아니다. 문선왕(文宣王)의 사당 안에는 단지 안자(顔子), 증자(曾子), 자사(子思), 맹자(孟子)만을 배향하고, 나머지 제자들은 공문십철(孔門十哲)에 해당하는 사람일지라도 모두 대성전(大成殿) 안에서 종사(從祀)한다고 칭하였으며, 정자나 주자 같은 대현도 오히려 문묘의 동쪽과 서쪽 열에 자리하고 있으면서 종사한다고 칭하였다. 이것으로 살펴보면 '배(配)' 자와 '종(從)' 자 사이에는 상당한 거리가 있는 것이다. 한훤당의 학문이 비록 문묘에 들어가기에 부끄러울 것이 없다 할지라도 그저 '종사'라고만 칭하고 '배향'이라고 칭하지 않는 것이 옳다.〔今川谷書院中, 尊祀程、朱而以寒暄配享, 恐配字之義, 未可輕也. 文宣廟中只以顔、曾、思、孟配享, 而其餘雖在十哲之科者皆稱殿內從祀, 程、朱大賢猶列於兩廡而稱從祀. 以此觀之, 配與從字有間矣. 寒暄之學, 雖無愧於入廟, 只稱從祀而不稱配享, 其可乎!〕"라는 퇴계(退溪) 이황(李滉, 1501~1570)의 말이 보인다. '문선왕'은 공자를 가리키며, '한훤당'은 김굉필(金宏弼, 1454~1504)의 호이다.

42 집성사(集成祠) : 1709년(숙종35)에 예산(禮山)의 유생들에 의해 예산 비곤리(飛鵾里)에 건립되었다. 북벽에 주희(朱熹, 1130~1200)의 영정을 봉안하고, 왼쪽에 우암(尤庵) 송시열(宋時烈, 1607~1689)을 배향하였다. 1713년(숙종39)에 관봉(冠峯) 아래 검계(黔溪) 가로 옮겼다. 뒤에 권상하 및 권상하의 제자인 남당(南塘) 한원진(韓元震, 1682~1751)과 병계(屛溪) 윤봉구(尹鳳九, 1681~1767)를 함께 모셨다. 《宋子大

습니다. 다만 이렇듯 몽매한 식견을 지닌 제가 어찌 이런 토론에 참여할 수 있겠습니까. 황송하고 부끄럽습니다. 황송하고 부끄럽습니다. 그러나 일이 우리 유학(儒學)에 관계되기에 대답을 하지 않을 수 없습니다.

한수재 선생은 우옹(尤翁 송시열(宋時烈))의 적통이요 우옹은 실로 주자(朱子 주희(朱熹))의 도를 전하였으니, 두 부자(夫子)[43]의 곁에 종향(從享)하여 모시는 것을 그 누가 안 된다고 하겠습니까. 그러나 저는 이 배향하는 논의에 대해 오히려 어렵고 조심스러운 점이 있는데, 그 이유를 말씀드리겠습니다.

주자 이전에 대현(大賢)이 많았으니 주자 이후에 또한 어찌 그런 사람이 없었겠습니까. 그런데도 한수재 선생께서 유독 두 부자만을 이 사당에 제향하고 사당의 이름을 '집성(集成)'이라고 한 것은, 어찌 주자는 여러 현자들의 집대성(集大成)이고 우옹은 여러 유자들의 집대성이어서 이 두 글자는 두 부자만이 이에 해당할 수 있다고 여겨서가 아니겠습니까. 그렇다면 그 사체(事體)의 지극히 엄함은 다른 사원(祠院)들과는 매우 다른 것입니다. 바로 이 점이 제가 여러분의 오늘날 의론에 대해 여러분이 미처 깊이 생각하지 못하여 혹여 선생의 당일의 본뜻을 잃지나 않을까 걱정하는 부분입니다.

지금 대성전(大成殿)을 원용한 것은 또한 근리(近理)합니다. 그러나 '대성'이라는 이름은 오직 선성(先聖 공자) 한 분만이 이에 해당할 수 있으며 비록 안자(顔子 안회(顔回))나 증자(曾子 증삼(曾參))라 할지라

全 附錄 卷12 年譜》《寒水齋集 卷22 集成祠記》

43 두 부자(夫子) : 송나라의 주희(朱熹)와 권상하의 스승인 우암 송시열을 가리킨다.

도 이에 참여하지 못합니다. 이 때문에 여러 제자들을 종향(從享)하여 혐의가 없을 수 있었던 것입니다. 고암서원(考巖書院)에서 한수재를 배향하는 것[44] 역시 오직 정위(正位)인 우암만을 주향(主享)으로 삼았기 때문에 그 혐의가 없다는 점에 있어서는 또한 대성전과 같습니다.

그런데 이 사당은 그렇지 않습니다. 정위와 배위(配位)를 나란히 배치하고서 통틀어 '집성'이라 칭하고 지금 또 추가로 배향하는 자리를 두니, 천년 뒤에 장차 그 누가 이 호칭에 해당하는 자리가 어느 자리까지인지를 알아서 그 사이에 의심하고 현혹되는 일이 없을 수 있겠습니까. 그 이동(異同)의 변석은 굳이 많은 말을 하지 않아도 명백한 것입니다.

대체로 이런 중대한 일은 굳이 빨리 이루는 것을 귀하게 여길 필요가 없으니, 충분히 살피고 헤아려서 백세(百世) 뒤에도 의혹되지 않을 것을 기약하는 데 힘써야 할 것입니다. 그런 뒤에야 비로소 선현을 높이고 받드는 도가 될 것이기 때문에 지난번 사당 유생들의 질문에 망령되이 운운하고 식견이 있는 분과 두루 논의하기를 바랐던 것입니다. 그런데 지금 여러분께서는 이삼일 사이에 몇 분의 논의를 들었는지는 모르겠으나 이것으로 대번에 논의를 확정해버리니, 사체(事體)에 조금 경솔한 것이 아니겠습니까.

---

44 고암서원(考巖書院)에서……것 : 고암서원은 전북 정읍(井邑)에 있는 서원으로, 1695년(숙종21) 6월에 지방 유림이 우암 송시열의 학문과 덕행을 추모하기 위해 창건되었다. 동년 9월에 '고암'으로 사액되었고, 1785년(정조9)에 권상하를 추가로 배향하였다. 흥선대원군의 서원철폐령으로 1871년(고종8)에 훼철되었다. 1991년 유림에 의해 강당이 복원되었고 유허지에는 묘정비각(廟庭碑閣)이 남아 있으며 해마다 봄과 가을에 향사를 지내고 있다.

요청하신 글은 저의 의견이 이미 이와 같은 데다 또 지금 병중이라 이것을 논의할 수 없어 요청을 받들 수 없으니 그저 송구함만 더할 뿐입니다. 품목 가운데 한 사람은 일찍이 개인적인 혐의가 있어서 문답을 통할 수 없습니다. 이 때문에 원본을 빈 채로 돌려보내고 감히 집사 (執事)에게 이와 같이 사적으로 말씀드리니 아울러 양해해주시기 바랍니다. 격식을 펴지 않습니다.

최신지에게 답하다[45]
答崔愼之

〔문 1〕부모의 상(喪)에 지내는 담제(禫祭)는 종가(宗家)에 상이 있으면 제사를 지낼 수 없으니, 차자(次子)가 자기 집에서 담제를 지내야 합니까? 종자가 이미 참여하러 올 수 없다면 '연고가 있으면 담제를 지내지 않는다.〔有故無禫.〕'는 설을 따라야 합니까?

〔답〕담제는 상복을 바꾸어 입고 제상(除喪)하는 큰 제사이니 종자가 비록 연고가 있어 지내지 못한다 하더라도 차자가 어찌 감히 자기 집에서 담제를 지낼 수 있겠는가. 다만 이른바 '연고〔故〕'라는 것이 무슨 연고인지 알지 못하겠지만, 만약 반드시 지낼 수가 없어서 달을 넘기는 데에까지 이르렀다면 시간이 지나면 담제를 지내지 않는 것은 본래 예가(禮家)의 정론(定論)이 있네.[46]

---

45 최신지(崔愼之)에게 답하다 : 최신지는 자세하지 않다. 모두 4조목의 변례(變禮)에 대한 문답으로 이루어져 있다. (1) 종가에 상이 있을 경우 부모의 담제(禫祭)를 차자(次子)의 집에서 지내도 되는가 (2) 다른 사람의 후사자가 본가의 형이 후사 없이 죽었을 경우 본가로 돌아갈 수 있는가 (3) 다른 사람의 후사자가 본가 부모의 상에 형수만 있을 경우 신주의 봉사손(奉祀孫)이 될 수 있는가 (4) 다른 사람의 후사자가 본가의 형이 후사 없이 죽었을 경우 기제(忌祭) 때 축문 없이 제사 지낼 수 있는가에 대해 논하고 있다.

46 시간이……있네 :《예기》〈증자문(曾子問)〉에 "제사는 시기가 지나면 제사를 지내지 않는 것이 예이다.〔祭過時不祭, 禮也.〕"라는 공자의 말이 보인다. 이에 대해 사계(沙溪) 김장생(金長生, 1548~1631)은 "상중에는 담제를 지낼 수 없으며 시기가 지났어

〔문 2〕 출계자(出繼子)가 이미 부모의 명을 받고 남의 후사가 되었는데 그 형이 아들 없이 죽은 경우 고례(古禮)에 따르면 마땅히 본가로 돌려보내야 합니다.[47] 어떨지 모르겠습니다.

〔답〕 종자를 위해 후사를 세우는 것이 가장 올바른 것이니, 출계자를 파하여 본종으로 돌려보내는 것은 비록 그러한 법이 있기는 하지만 반드시 양쪽 집안의 아버지가 모두 살아 있어서 서로 상의한 뒤에야 할 수 있는 것이며 자식 된 자가 감히 스스로 이룰 수 있는 것이 아니네.

〔문 3〕 출계자가 그 본생 부모의 상에 형수만 있으면 장례 뒤에 신주에 쓰는 것은 어떻게 해야 합니까? 예(禮)에 부녀자가 제사를 주관하는 의리가 없습니다. 혹자는 "출계자 아무개로 봉사손(奉祀孫)을 신주에 쓰고 그 형의 후사 세우기를 기다려야 한다."라고 하는데, 이것은 과연 근거할 만한 것이 있습니까?

도 뒤늦게 제사를 지낼 수 없다.〔喪中旣不可行禫, 而過時又不可追行.〕"라고 하였으며, 우암(尤庵) 송시열(宋時烈, 1607~1689)은 "예(禮)는 시기가 이미 지났으면 담제를 지내지 않는 법이니 어찌 다시 담복(禫服)을 벗는 날이 있을 수 있겠는가.〔禮旣過時而不禫, 則寧復有脫禫之日也?〕"라고 하였다. 《疑禮問解 喪禮 禫 嫡孫祖喪禫時母亡》《宋子大全 卷98 答李仲深, 卷122 答或人》

47 출계자(出繼子)가……합니다 : 이와 관련하여 사계(沙溪) 김장생(金長生)의 《의례문해》에 "남의 후사로 나간 자가 본생친이 후사가 없으면 두 집안의 아버지가 상의하여 본종으로 돌려보내는 것은 옛날에 그 사례가 있다. 그러나 두 집안의 아버지가 죽었으면 아들이 마음대로 후사를 파할 수 없으니, 마땅히 본생친을 후사로 간 집에 반부해야 한다.〔出後者, 本生親無後, 則兩家父相議, 歸宗, 古有其例. 兩家父死, 則子不可擅自罷繼, 當以本生親, 爲班祔也.〕"라는 내용이 보인다. 《疑禮問解 通禮 宗法 歸宗》

〔답〕 부인은 제사를 받드는 의리가 없으니, 반드시 제사를 주관할 다른 남자 주인이 없으면 출계한 아들이 우선 임시로 섭행하고 후사 세우기를 기다렸다가 제사를 돌려주는 것이 그래도 부인이 제사를 받드는 것보다는 나을 것이네. 만약 그렇게 한다면 먼저 이 뜻으로 영구 앞에 고하며, 그 신주에 쓰는 것은 분면(粉面)에 '현백부 -'현백부'는 친생 아버지가 후사를 이은 아버지보다 동생이면 '현숙부(顯叔父)'라고 한다.- 모관부군〔顯伯父某官府君〕'이라 쓰고 방제(旁題)[48]는 비워두며, 축문에서 자신의 호칭은 '제사를 섭행하는 조카 아무개는……〔攝祀從子某云云〕'이라고 하는 것이 옳네.

〔문 4〕 출계자가 그 형이 죽은 뒤에 기제(忌祭)를 지낼 때가 되어 축문 없이 제사를 지내도 괜찮습니까?

〔답〕 이미 섭행하는 주인이 있으면 기제의 축문은 자연히 앞의 예에 의거하여 행해야 할 것이네.

---

48 방제(旁題) : 신주에 제사를 주관하는 사람의 이름을 쓰는 것으로, 신주 분면(粉面)의 왼쪽에 '효자 아무개 봉사〔孝子某奉祀〕'라고 쓴다.

최도광에게 답하다[49]

答崔道光

지금 인용한 여러 서적들에 근거하면 문헌공(文憲公 최충(崔沖))의 구재(九齋) 유허(遺墟)는 송경(松京 개성(開城))에 있는 것이 매우 분명하네.[50] 해주(海州)의 구재는 후대 사람들이 문헌공의 덕의(德義)를

---

49 최도광(崔道光)에게 답하다 : 최도광은 자세하지 않다. 이 편지는 송경(松京)과 해주(海州) 두 곳에 있는 문헌공(文憲公) 최충(崔沖)의 구재학당(九齋學堂) 유허(遺墟) 중 어느 곳이 진짜 유허인지에 대해 논하고 있다.

50 문헌공(文憲公)의……분명하네 : '문헌'은 '고려의 공자'라는 뜻의 해동공자(海東孔子)로 불렸던 최충(崔沖, 984~1068)의 시호이다. 최충의 본관은 해주(海州)이다. 제7대 임금 목종(穆宗) 8년(1005)에 문과에 장원한 뒤 현종(顯宗) 2년(1011)에 우습유(右拾遺)를 시작으로, 덕종(德宗)·정종(靖宗)·문종(文宗) 등 4대에 걸쳐 벼슬하였다. 문종 7년(1053)에 궤장(几杖)을 하사받고 문종 9년(1055) 72세 때 중서령(中書令)으로 치사(致仕)한 뒤 구재학당(九齋學堂)을 열어 많은 인재를 배출하였다. 구재학당은 최충이 치사한 뒤 후진 교육을 위해 개설한 사학(私學)으로, 당시 국립학교인 국학(國學)은 유명무실한 상태였기 때문에 과거 응시자들이 많이 몰려들었다. 학반(學班)을 낙성(樂聖)·대중(大中)·성명(誠明)·경업(敬業)·조도(造道)·솔성(率性)·진덕(進德)·대화(大和)·대빙(待聘) 등 9개로 나누고, 교수 과목은 구경(九經)과《사기(史記)》·《한서(漢書)》·《후한서(後漢書)》의 삼사(三史)를 중심으로 시부사장(詩賦詞章)을 더하였다. 여름에는 하과(夏課)를 열었는데, 특히 귀법사(歸法寺)의 승방을 빌려 문도 중 과거 급제자로서 학식이 많고 아직 벼슬하지 않은 사람을 강사로 삼아 생도들을 가르치게 하였다. 최충이 죽은 뒤 과거에 응시하는 자들이 모두 구재학당에 적(籍)을 두었기 때문에 최충의 시호인 '문헌'을 따라 이들을 모두 문헌공도(文憲公徒)라고 불렀다. 유허와 관련하여 이계(耳溪) 홍양호(洪良浩)의 글에 "구재를 자하동에 건립하였다.〔建九齋於紫霞之洞.〕"라는 내용이 보이는데, 이에 따르면 자하동은 송악산(松嶽山) 아래에 있으며 송악산은 송경(松京) 북쪽에 있기 때문에 구재학당은 해주가

추모하여 그 제도를 모방해서 만든 것에 지나지 않으며 실제로 유허
는 아니네. 유허가 아닌데도 유허라 이르고 심지어는 비석을 세워 기
념하기까지 하니 헛된 것이 아니겠는가. 이것은 분변하기 어려운 일
이 아닌데도 동종(同宗) 간에 서로 버티고 결론을 내리지 못하니, 내
생각에 그 사이에 다른 곡절이 있어서 그런 것 같은데 이것은 내가
알 수 있는 바가 아니네.

아닌 송경에 건립되었던 것으로 보인다. 《高麗史 卷95 列傳8 崔冲》《耳溪集 卷25 紫霞洞
九齋遺墟碑》

김의집에게 답하다 1[51]

答金義集

〔문〕 한 벗의 집에서 상(喪)을 당하여 제주(題主)한 뒤 장차 부방(趺方)[52]에 앉히려고 할 때 부방이 세로 결로 갑자기 갈라졌습니다. 창졸간에 어찌할 바를 몰라 마침내 그대로 축문을 품고 반혼(返魂)하였지만 이미 갈라진 부방을 그대로 사용할 수는 없는 것이었습니다. 논의하는 자들은 "주신(主神 신주의 몸체)은 신이 의탁하는 곳이니 다시 만들어서는 안 된다. 그러므로 다른 나무로 부방을 만들어 갈아 끼우는 것이 합당하다."라고 하였습니다. 어떤 사람은 "주신에 있어 부방은 사람의 사지와 같으니 그 부방만 갈아 끼우면 어찌 그것이 신도(神道)가 편안히 여기는 바이겠는가. 고유(告由 사유를 고함)한 뒤에 모두 다시 만드는 것이 마땅하다."라고도 합니다. 어떻게 하면 인정(人情)과 예(禮)에 합당할 수 있겠습니까?

〔답〕 신주가 새로 완성되었는데 부방에 손상이 있다고 하여 곧바로 다시 만드는 것은 매우 온당치 않네. 꼭 하겠다면 단지 부방만 갈아 끼우는 것이 맞을 것이네. 부방은 단지 주신을 안정시키기 위한 것이니 경중이 참으로 같지 않네. 부방을 사람의 지체에 비유한 것은 옛

---

51 김의집(金義集)에게 답하다 1 : 김의집은 자세하지 않다. 이 편지는 신주를 쓴 뒤 부방(趺方)이 손상되었을 경우 신주 전체를 다시 만들어야 할지, 아니면 부방만 새로 만들어 끼워야 할지에 대해 논하고 있다.

52 부방(趺方) : 신주의 몸체를 받치는 받침대 부분을 이른다.

사람이 신주를 만든 뜻이 신으로 하여금 여기에 의지하게 하기 위해서이지 신을 형상하여 만든 것이 아님을 살피지 않은 듯하네. 이미 신을 형상한 것이 아니라면 또 어찌 지체라는 것이 있겠는가. 그 설은 근거 없는 의론에 가깝네.

김의집에게 답하다 2[53]

答金義集

〔문〕예(禮)에 장자를 위하여 참최복(斬衰服)을 입는 것은 정체(正體)의 논의가 있습니다. 지금 두 사람이 있습니다. 갑(甲)은 그 아버지가 서자로서 종묘 주인의 지위를 전해 받은 경우로, 이것은 할아버지에 대해 체(體)이지만 정(正)이 아니니 장자의 상을 만나면 참최복을 입습니다. 을(乙)은 그 아버지가 출계(出繼)하여 종묘 주인의 지위를 전해 받은 경우로, 이것은 할아버지에 대해 정(正)이지만 체(體)가 아니니 장자의 상을 만나면 참최복을 입지 않습니다.

〈상복(喪服) 전(傳)〉에 이르기를 "서자는 장자를 위하여 참최복을 입지 못한다.〔庶子不得爲長子斬.〕"라고 하였는데, 그 주에 "아버지의 후사가 된 뒤에 장자를 위하여 삼년복을 입는다.〔爲父後者, 然後爲長子三年.〕"라고 하였습니다.[54] 수암(遂庵 권상하(權尙夏))은

---

53 김의집(金義集)에게 답하다 2 : 이 편지는 장자를 위하여 참최복(斬衰服)을 입는 경우의 변례(變禮)에 대해 논하고 있다. 예컨대 아버지가 서자로서 종묘 주인의 지위를 전해 받은 경우나 아버지가 다른 사람의 후사가 되어 종묘 주인의 지위를 전해 받은 경우, 자신의 장자를 위하여 참최복을 입을 수 있는가에 대해서이다.

54 상복(喪服) 전(傳)에……하였습니다 : 《의례》〈상복(喪服) 전(傳)〉에 "서자는 장자를 위하여 삼년복을 입을 수 없으니, 할아버지를 계승하지 못하였기 때문이다.〔庶子不得爲長子三年, 不繼祖也.〕"라는 내용이 보이는데, 이에 대한 정현(鄭玄)의 주에 "이것은 아버지의 후사가 된 뒤에 장자를 위하여 삼년복을 입는다는 것을 말한 것이니, 선조의 정체(正體)에 해당함을 중히 여긴 것이고, 또 장차 자신을 대신하여 종묘의 주인이 될 것이기 때문이다.〔此言爲父後者, 然後爲長子三年, 重其當先祖之正體, 又以

"예(禮)에 '남의 후사가 된 자는 그의 아들이 된다.〔爲人後者爲之子.〕'[55]라고 하였으니, 이미 '그의 아들이 된다'고 하였다면 친생 아들과 무슨 구별을 두겠는가."라고 하였으며,[56] 또 "네 가지 설[57]은 다른 사람의 아들을 데려와 후사로 삼은 경우이니 다른 성씨를 가리키는 것이다. 이와 같다면 적자에서 적자로 계승한 집안은 중간에 한 대

其將代已爲宗廟主也.〕"라고 하였다.

55 남의……된다 : 《춘추공양전(春秋公羊傳)》 성공(成公) 15년(기원전 576) 조에 보인다.

56 수암(遂庵)은……하였으며 : 출처가 자세하지 않다. 이와 관련하여 수암 권상하(權尙夏)가 족질인 권엽(權熀)에게 답한 편지에 "정자는 복안의왕을 숭봉하는 전례를 논의할 적에 '폐하께서는 인종의 적자입니다.'라고 하였고, 주자는 호명중을 논하면서 '선생은 문정공의 적자이다.'라고 하였다. 이에 의거한다면 후사로 들인 아들도 적자라고 할 수 있으니 어찌 친생 아들과 구분하여 볼 수 있겠느냐.〔程子濮議時, 曰陛下仁宗之適子, 朱子論胡明仲, 曰先生文定公之適子. 據此則所後子亦可謂適子, 何可與所生子分看哉?〕"라는 내용이 보인다. 《寒水齋集 卷20 答族姪熀》

57 네 가지 설 : 종묘 주인의 지위를 계승했더라도 삼년복을 입어줄 수 없는 네 가지 경우를 이른다. 《예기》〈상복소기(喪服小記)〉 공영달(孔穎達)의 소(疏)에 "예(禮)에 따르면 후사가 된 자를 위하여 다음 네 가지 경우에는 참최복을 입어주지 못한다. 어떤 경우인가? 체이부정(體而不正), 정이불체(正而不體), 전중이비정체(傳重而非正體), 정체이부전중(正體而不傳重)이 이런 경우이다. '체이부정'은 서자가 후사가 된 경우이다. '정이불체'는 적손이 후사가 된 경우이다. '전중이비정체'는 서손이 후사가 된 경우이다. '정체이부전중'은 적자에게 폐질이 있어 후사로 세우지 못한 경우이다. 이 네 가지 경우에는 모두 기년복을 입어주며 모두 참최복을 입어줄 수 없다. 오직 정체(正體)이고 전중(傳重)을 했을 경우에만 가장 무거운 상복을 입어준다.〔禮, 爲後者有四條皆不爲斬, 何者? 有體而不正, 有正而不體, 有傳重而非正體, 有正體而不傳重是也. 體而不正, 庶子爲後是也. 正而不體, 適孫爲後是也. 傳重非正體, 庶孫爲後是也. 正體不傳重, 適子有廢疾不立是也. 四者皆期, 悉不得斬也. 惟正體又傳重者, 乃極服耳.〕"라는 내용이 보인다.

(代)가 비록 후사를 들여서 계승하였다 하더라도 이러한 이유로 강복(降服)하는 것은 그 의리가 없을 듯하다."라고 하였습니다.[58] 이것으로 보면 갑이 참최복을 입는 것이 참으로 마땅합니다.

《상례비요(喪禮備要)》에 이르기를 "할아버지와 아버지를 계승하여 이미 3대가 된 경우에는 참최복을 입어야 한다.〔繼祖及禰已三世者, 當服斬.〕"라고 하였습니다.[59] 우옹(尤翁 송시열(宋時烈))은 "적자에서 적자로 계승했다는 것은 할아버지와 아버지 이상이 모두 장자로 계승한 것을 이른다. 그 중간에 만일 지자(支子)가 종묘 주인의 지위를 전해 받았거나 다른 사람의 아들을 길러 후사로 삼았다면 비록 몇 대가 지난 뒤라 할지라도 또한 장자를 위하여 참최복을 입을 수 없다."라고 하였습니다.[60] 이것으로 보면 을이 참최복을 입지 않는 것 역시 근거할 바가 있는 것입니다. 부디 가르쳐주시기 바랍니다.

---

58 또……하였습니다 : 출처가 자세하지 않다.

59 상례비요(喪禮備要)에……하였습니다 : 사계(沙溪) 김장생(金長生)의 《상례비요》〈성복(成服)〉 참최삼년(斬衰三年) 조에 "〈상복〉 소에 이르기를 '할아버지와 아버지를 계승하여 이미 3대가 되었으면 곧 참최복을 입어줄 수 있다.'라고 하였다.〔喪服疏曰: 繼祖及禰已三世, 即得爲斬.〕"라는 내용이 보인다. 이와 관련하여 《의례》〈상복(喪服) 전(傳)〉에 "서자인 아버지는 자신의 장자를 위해 삼년복을 입지 못하는데, 서자의 장자는 할아버지를 이은 정체(正體)가 아니기 때문이다.〔庶子不得爲長子三年, 不繼祖也.〕"라는 구절이 있는데, 이에 대한 가공언(賈公彦)의 소에 "자기 자신이 할아버지와 아버지를 계승하여 통틀어서 이미 3대가 되었으면 바로 자신의 장자를 위하여 참최복을 입을 수 있다. 장자는 오직 4대째이면 되고 5대까지 기다릴 필요가 없다.〔己身繼祖與禰, 通已三世, 即得爲長子斬. 長子唯四世, 不待五世也.〕"라는 내용이 보인다.

60 우옹(尤翁)은……하였습니다 : 우암(尤庵) 송시열(宋時烈, 1607~1689)이 74세 되던 1680년(숙종6) 1월 12일에 박광일(朴光一, 1655~1723)에게 답한 편지에 보인다. 《宋子大全 卷113 答朴士元〔庚申正月十二日〕》

〔답〕 서자가 종묘 주인의 지위를 전한 경우와 남의 후사가 된 자가 장자를 위하여 입는 상복에 대해 물어본 것은 인용한 우옹의 설이 이미 매우 명백하니, 이 설에 근거하면 두 집에서 행했던 득실이 드러나네. 다시 무슨 많은 변석이 필요하겠는가. 수옹(遂翁 권상하(權尙夏))이 논한 것은 또 다른 하나의 의리이며, '다른 아들을 기르는 것〔養他子〕'을 '다른 성씨〔他姓〕'로 본 것은 더욱 온당치 않을 듯하네. 후세에 비록 버려진 아이를 거두어 기르는 법이 있다지만 이것이 어찌 고례(古禮)와 뒤섞어 삼년복을 입을 것인지 입지 않을 것인지를 말할 수 있는 것이겠는가. 그러나 수옹은 이에 대해서는 또한 감히 자신하지 못한다고 말하고, 김귀서(金龜瑞)의 물음에 대한 답에 〈상복 전〉의 정체전중(正體傳重)의 글을 들어서 말하기를, 반드시 이 세 가지 의리가 모두 갖추어진 뒤에야 비로소 참최복을 입을 수 있으니, 다른 사람의 아들을 길러 후사로 삼은 경우는 단지 종묘 주인의 지위를 전해 받은 한 가지 의리만 있을 뿐이기 때문에 소의 설이 그와 같은 것이라고 하였네.[61] 이것은 또 우옹의 설과 다름이 없는 것이니, 오직 선택하여 따르는 데 달려 있을 뿐이네.

---

61 수옹은……하였네 : 출처가 자세하지 않다. '상복 전의 정체전중(正體傳重)의 글'은 289쪽 주54 참조. '중(重)'은 종묘 주인의 지위라는 뜻이다.

이석에게 답하다[62]

答李錫

오랫동안 격조하던 차에 홀연 두 통의 편지를 받으니 놀랍고 위로됨을 알 수 있을 것입니다. 다만 근래 현합(賢閤 남의 아내)의 상을 당한 것을 알게 되었으니 부부의 중한 의리에 애통함을 견디기 어려우리라 생각됩니다. 더구나 선부인(先夫人 남의 돌아가신 어머니)의 담제가 이제 막 끝났는데 다시 이런 슬픔을 겪게 되었으니 시하(侍下)의 정리(情理)가 더욱 어떠하겠습니까. 이래저래 이 때문에 슬프고 한탄스럽습니다. 지금 이런 엄동에 거상하는 체후(體候)는 다시 어떻습니까? 오직 마음을 편안하게 갖고 슬픔을 억제하여 자애로운 부친의 마음을 위로해드리기 바랍니다.

이안(履安)은 몇 년 사이 노환이 갈수록 심해져서 이내 병든 폐인이 되었는데 이런 세모를 맞이하여 더욱 즐거움이 없으니 어찌하겠습니까. 보내주신 문답 책자는 이렇게 부지런히 기록해주신 은혜를 입었으니 여러 차례 펴본 이후로 슬픈 감회를 이길 수 없었습니다. 삼가 이를 보관하여 훗날 고찰할 자료가 되게 할 뿐입니다.

"아버지가 살아 계실 때 처를 위하여 입는 상복(喪服)에 상장(喪杖)을 짚지 않는다.〔父在, 爲妻不杖.〕"라는 설에 대해, 우옹(尤翁 송시열(宋

---

62 이석(李錫)에게 답하다 : 이석은 자세하지 않다. 이 편지는 처상(妻喪)을 당한 이석을 위로하는 안부 인사와 함께, 아버지가 살아 계실 경우 처상에 상장(喪杖)을 짚는 것과 담제(禫祭)를 지내는지의 여부에 대해 논하고 있다.

時烈))은 일찍이 "옛날에 그런 예(禮)가 있었으나[63] 《가례》에서는 아버지가 살아 계시거나 돌아가신 것을 막론하고 통틀어서 상장을 짚는 기년복(朞年服)을 입도록 하였으니,[64] 상장을 짚는다면 담제를 지내는 것이네.[65] 지금 예를 행하는 자들이 만일 한결같이 《가례》를 따른다면

---

63 옛날에……있었으나 : 《의례》〈상복(喪服)〉 자최장기(齊衰杖期) 조에 "처를 위하여 입는다.〔妻.〕"라는 구절이 보이며, 이에 대한 정현(鄭玄)의 주에 "적자는 아버지가 살아 계시면 처를 위하여 상장(喪杖)을 짚지 않는데, 이것은 아버지가 상주가 되기 때문이다. 《예기》〈복문〉에 이르기를 '가장이 상주가 되는 경우는 부인·처·적장자·적부이다.'라고 하였다. 아버지가 살아 계시면 아들이 처를 위하여 상장을 짚고 자리에 나아가는 것은 서자인 경우를 이른다.〔適子父在, 則爲妻不杖, 以父爲之主也. 服問曰: 君所主, 夫人, 妻, 大子, 適婦. 父在, 子爲妻以杖卽位, 謂庶子.〕"라는 내용이 보인다. 또 〈상복〉 '자최부장기(齊衰不杖朞)' 조에 "대부의 적자가 처를 위하여 입는다. 〈전〉에 말하였다. '왜 기년복을 입는가? 아버지가 강복(降服)하지 못하는 대상에게 아들 역시 감히 강복하지 못하기 때문이다. 왜 상장을 짚지 않는가? 아버지가 살아 계시면 처를 위하여 상장을 짚지 않는 것이다.'〔大夫之適子爲妻. 傳曰: 何以期也? 父之所不降, 子亦不敢降也. 何以不杖也? 父在, 則爲妻不杖.〕"라는 구절이 보인다. 이를 종합하면 아버지가 살아 계실 때 적자인 아들은 처를 위하여 자최부장기복을 입으며, 서자인 아들은 처를 위하여 자최장기복을 입는다.

64 가례에서는……하였으니 : 《가례》〈상례(喪禮) 성복(成服)〉 '자최장기' 조에 "남편이 처를 위하여 입는다.〔夫爲妻也.〕"라는 내용이 보이는데, 이에 따르면 남편은 적자나 서자, 부모의 생사에 상관없이 처를 위하여 자최장기복을 입는다.

65 상장을……것이네 : 《예기》〈상복소기(喪服小記)〉에 "종자는 어머니가 살아 계실 때 처를 위하여 담제를 지낸다.〔宗子, 母在爲妻禫.〕"라는 구절에 대한 공영달(孔穎達)의 소에, "하창이 말하기를 '아버지가 살아 계실 때 적자는 처를 위하여 상장을 짚지 않는다.'라고 하였으니, 상장을 짚지 않았으면 담제를 지내지 않는다. 만약 아버지가 돌아가시고 어머니가 살아 계시면 처를 위하여 상장을 짚을 수 있으며 또 담제를 지낼 수 있다. 일반적으로 적자는 모두 이렇게 한다.〔賀瑒云: 父在, 適子爲妻不杖. 不杖則不禫. 若父沒母存, 則爲妻得杖, 又得禫. 凡適子皆然.〕"라는 내용이 보인다.

이런 의심이 없을 것이네."라고 하였습니다.[66] 근세에 사대부가에서 모두 이 논의를 따라 행하여 통행하는 규례가 되었는데 그곳에서는 그렇게 하지 않습니까?

설령 고례를 따라서 남편은 비록 상장을 짚지 않고 담제도 지내지 않는다 하더라도, 아들은 어머니에 대해 장기복(杖期服)을 입는 것도 이미 강복(降服)하는 것인데 어찌 또 강복하여 상장도 짚지 않고 담제도 지내지 않는 이치가 있겠습니까. 그렇다면 그 담제에 대해서는 의당 아래에 기록한 주자(朱子 주희(朱熹))의 설[67]을 따라서 시아버지가 며느리의 제사를 주관할 때에는 아들은 복을 바꾸어 입고 제상(除喪)해야 할 것입니다. 그러나 이것은 변례(變禮)이니 감히 반드시 그렇게 해야 한다고는 단정 짓지 못하겠습니다. 차라리 《가례》의 성법(成法)을 삼가 지키는 것이 허물을 적게 할 수 있는 것이 되느니만 못합니다. 피곤한 몸을 억지로 일으켜 겨우 이 정도로 씁니다. 격식을 갖추지 않습니다.

〔부기(附記)〕

묻습니다. "아들이 어머니를 위하여 대상제와 담제를 지낼 때 남편이 이미 복(服)이 없다면 그 제사는 어떻게 해야 합니까?" -송나라 때 당나라의 옛 제도를 그대로 따라서 아버지가 살아 계실 때 어머니를 위하여 마찬가지

---

66 우옹(尤翁)은……하였습니다 : 우암(尤庵) 송시열(宋時烈)이 문인 현이규(玄以規)의 "부모가 살아 계실 경우 처를 위하여 입는 상복에 담제를 하지 않는다면 그 아들 역시 이로 인하여 담제를 하지 않습니까?〔父母在者爲妻不禫, 則其子亦因此而不禫乎?〕"라는 질문에 대해 답한 편지에 보인다. 《宋子大全 卷118 答玄以規》

67 아래에……설 : 이하 부기의 내용이 대전본(大全本) 《가례(家禮)》 〈상례(喪禮) 대상(大祥)〉 소주(小注)에 보인다.

로 삼년복을 입었기 때문에 그 질문이 이와 같은 것이다.-

주자가 말하였다. "지금 예(禮)에 궤연을 반드시 3년 만에 치우니 소상과 대상의 제사는 모두 남편이 주관한다. 다만 소상 뒤에 남편은 바로 복을 벗지만 대상의 제사에는 남편 역시 조문하는 복과 같은 소복을 입어야 할 듯하다. 다만 그 축문을 고쳐서 아들을 위하여 제사한다는 말을 할 필요는 없다." -예(禮)에 "일반적으로 상(喪)은 아버지가 살아 계시면 아버지가 상주가 된다.[凡喪, 父在父爲主.]"[68]라고 하였다. 그러므로 남편은 비록 복이 없더라도 대상의 제사에 여전히 그 자신이 주관하는 것이다. 지금 할아버지가 살아 계시면 할아버지가 마땅히 제사를 주관해야 한다.-

---

68 일반적으로……된다 : 《예기》〈분상(奔喪)〉에 보인다.

장수교에게 답하다 1[69]

答張受教

[문] 어떤 사람이 그 장자와 장손을 잃었는데 그 자신마저 죽은 경우, 그 증손이 아직 어린 나이여서 제주(題主)는 비록 이 아이의 이름으로 방제(旁題)[70]하였지만 제사를 받드는 이 일에 이르러서는 대신 행하지 않을 수 없는데, 그 축문에 쓰는 말을 장차 어떻게 해야 합니까? "효증손 아무개가 어려서 제사에 나아갈 수 없기 때문에 제사를 대행하는 후손 아무개가 감히 현조고께 밝게 고합니다.……〔孝曾孫某幼不卽事, 攝祀孫某敢昭告于顯祖考云云.〕"라고 하는 것은 이미 매우 잘못이지 않겠습니까. '섭사(攝祀)' 두 글자를 없애고 단지 '손모(孫某)'라고만 쓰는 것도 혹 무방하겠습니까?

[답] 물어보신 종손이 어려서 지손이 제사를 대행하는 예는 주자(朱子 주희(朱熹))가 이계선(李繼善 이효술(李孝述))의 이 질문에 답하기를 "섭주는 단지 그 제사만 주관할 뿐이고 이름은 종자가 주관하는 것으로 하여 바꾸어서는 안 된다.〔攝主但主其事, 名則宗子主之, 不可易

---

69 장수교(張受教)에게 답하다 1 : 장수교(1728~?)는 자는 직부(直夫)이며 본관은 안동(安東)이다. 1783년(정조7) 증광시 생원시에 급제하였으며, 저자보다 6세 아래이다. 이 편지는 어떤 사람의 장자와 장손이 먼저 죽었는데 그 자신마저 죽었을 경우 증손이 어려서 다른 사람이 제사를 대행할 때 축문의 호칭에 대해 논하고 있다.

70 방제(旁題) : 284쪽 주48 참조.

也.]”라고 하였습니다.[71] 지금 물어보신 뜻을 살펴보니 마치 대행하는 사람의 친속 호칭으로 그 제사하는 분에게 칭하여 고하고자 한 듯합니다. 그러나 이것은 그 제사를 주관하는 것만 아니라 그 이름까지 바꾸는 것이니 어찌 종손과 지손의 큰 분한을 엄히 하는 방법이겠습니까. 제 생각에는 마땅히 “효손 아무개가 어려서 제사를 받들 수 없기 때문에 아무친 아무개로 하여금 감히 밝게 고하도록 하였습니다.……〔孝孫某幼未將事, 使某親某敢昭告云云.〕”라고 해야 할 듯합니다. 제사를 대행하는 사람이 윗 항렬이면 ‘사(使)’ 자는 '촉(屬)’ 자로 고치는 것이 비교적 온당할 것입니다. '사'니 '촉'이니 하는 것은 비록 어린아이가 할 수 있는 것은 아니지만 이미 그를 위해 대신 행한다면 이것은 바로 그에게 시키는 것이며 그에게 부탁하는 것이니 굳이 심하게 구애할 필요는 없을 듯합니다. 어떻습니까?

---

71 주자(朱子)가……하였습니다 : 《주자전서(朱子全書)》〈예3(禮三) 제(祭)〉 '답이효술계선문목(答李孝述繼善問目)'에 보인다. '계선'은 이효술의 자(字)이다.

장수교에게 답하다 2[72]

答張受敎

출계(出繼)한 자손이 생가의 체천한 제사를 도로 받드는 것은 종통을 둘로 하지 않는 의리에 비추었을 때 크게 잘못된 것입니다. 고조의 사판(祠版 신주)을 매안(埋安)하는 것을 앉아서 보고만 있는 것이 비록 차마 할 수 없는 바이기는 하나, 선왕이 제정한 예(禮)는 또한 어떻게 할 수 없으니 누가 감히 올바르지 못한 예를 가지고 마음대로 그 사이에 변통할 수 있겠습니까. 나의 의견은 이와 같으니 오직 헤아려 조처하는 데 달려 있을 뿐입니다.

---

72 장수교(張受敎)에게 답하다 2 : 이 편지는 다른 사람의 후사가 된 자가 생가(生家)의 체천한 제사를 도로 받드는 것이 예(禮)에 비추었을 때 옳은가에 대해 논하고 있다.

김익현에게 답하다[73]

答金翼顯

〔문 1〕〈본종오복도(本宗五服圖)〉의 "남자가 남의 후사가 된 경우〔男爲人後〕"에 대해 운운[74]

〔답〕 여자가 남에게 시집간 경우에는 그 정통의 복을 낮추어 입지 않

---

73 김익현(金翼顯)에게 답하다 : 김익현은 자세하지 않다. 이 편지는 모두 9조목의 예(禮)에 대한 문답으로 이루어져 있다. (1) 남자가 남의 후사가 된 경우와 여자가 시집간 경우, 본가의 상을 당했을 때 강복(降服)하는지의 여부 (2) 율곡(栗谷) 이이(李珥)의 《격몽요결(擊蒙要訣)》〈설찬도(設饌圖)〉에서 우제(虞祭)와 시제(時祭) 때 《가례》에 없는 탕(湯)을 올리는 의미 (3) 《의례》에서 시신의 머리를 감기고 몸을 닦기 전에 올렸던 전(奠)을 《가례》에서 시신의 머리를 감기고 몸을 닦은 뒤로 옮긴 이유 및 반함(飯含)을 습례(襲禮) 전에 하는 이유 (4) 아버지의 상중에 할아버지나 어머니가 돌아가셨을 경우 입는 상복 (5) 살아서 조부모와 제부(諸父)와 곤제(昆弟)를 보지 못했는데 원래의 상기(喪期)가 지나 이들의 부음을 들었을 경우 추복(追服)을 입는지의 여부 (6) 아버지가 살아 있을 때 처의 상을 당한 경우 남편이나 시아버지가 상주가 되는 예에 대해 (7) 속절(俗節)에 전(奠)과 상식(上食)을 별도로 올려야 하는지에 대해 (8) 조문할 때 앞뒤로 절하는 것에 대해 (9) 거상(居喪) 중 부인의 머리 장식에 대해 논하고 있다.

74 본종오복도(本宗五服圖)의……운운 : 《가례(家禮)》〈본종오복도〉에 "일반적으로 남자가 남의 후사가 된 경우에는 그 사친을 위하여 모두 한 등급을 낮추어 입는다. 오직 본생 부모에게만은 강복하여 상장(喪杖)을 짚지 않는 기년복을 입되 심상삼년(心喪三年)의 정을 편다. 그 본생 부모 역시 남의 후사가 된 아들을 위하여 낮추어 입어서 상장을 짚지 않는 기년복을 입어준다.〔凡男爲人後者, 爲其私親, 皆降一等. 惟本生父母, 降服不杖期, 申心喪三年. 其本生父母, 亦爲之降服不杖期.〕"라는 내용이 보인다.

아서[75] 남의 후사가 된 자와 달리하는 것은, 남당(南塘 한원진(韓元震))
이 이른바 "종통을 둘로 하는 혐의가 없다.〔無二統之嫌.〕"라는 것이
니.[76] 이미 그것을 안 것이네. 이것은 단지 남의 후사가 된 자는 본생
부모를 칭하여 백부모나 숙부모라고 하지만[77] 남에게 시집간 여자는
그렇지 않은 것만 보아도 분명히 알 수 있네. 형제의 처를 위하여 낮
추어 입지 않는 것은 별도의 다른 의리이니, 이에 대한 해석이 〈상복
(喪服)〉 소공장(小功章) "남편의 고모·누나·여동생을 위하여 입
는다.〔夫之姑姊妹.〕"라는 구절의 주소(注疏)에 갖추어져 있네.[78] '귀

75 여자가……않아서 :《가례》〈본종오복도〉에 "일반적으로 여자가 남에게 시집간
경우에는 그 사친을 위하여 모두 한 등급을 낮추어 입는다. 오직 할아버지, 증조할아버
지, 고조할아버지를 위해서는 낮추어 입지 않으며, 아버지의 후사가 된 형제를 위해서
는 낮추어 입지 않으며, 형제나 조카의 처를 위해서는 낮추어 입지 않는다.〔凡女適人者,
爲其私親, 皆降一等. 惟祖及曾、高祖不降, 爲兄弟之爲父後者不降, 爲兄弟、姪之妻不
降.〕"라는 내용이 보인다.

76 남당(南塘)이……것이니 : 남당 한원진(韓元震)이 문인 김근행(金謹行)에게 답
한 편지에 "삼년상은 종통을 둘로 할 수 없지만 기년상 이하는 종통을 둘로 하는 혐의가
없다. 부모에게 낮추어 입는 것은 종통을 둘로 해서는 안 되기 때문이며, 조부모와
증조와 고조에게 낮추어 입지 않는 것은 감히 자신의 조상에게 박하게 할 수 없기 때문이
다. 형제와 조카에게 낮추어 입는 것은 남편의 집을 안으로 여겨서이지만, 그들의 처에
게 낮추어 입지 않는 것은 그 형제나 조카에 대한 사랑을 줄이지 않고자 한 것이다.〔三年
之喪, 不可二統, 而自期以下, 則無二統之嫌. 降於父母, 無二統也; 不降於祖父母、曾、
高祖, 不敢薄於祖先也; 降於兄弟、姪, 內夫家也, 不降於其妻, 不欲殺其兄弟、姪之恩
也.〕"라는 내용이 보인다.《南塘集 卷21 答金常夫〔壬戌七月〕》

77 남의……하지만 : 청나라 서건학(徐乾學)의 《독례통고》에 "구준이 말하였다.
'……남의 후사가 된 자는 그의 아들이 된 것이니, 이미 그의 아들이 되었다면 그 본생
부모를 칭하여 백부나 숙부라고 해야 한다.'〔丘濬曰: ……爲人後者爲之子, 旣爲之子,
則稱其所生爲伯、叔.〕"라는 내용이 보인다.《讀禮通考 卷5 喪期5 斬衰三年中》

종(歸宗)'이라고 한 것은 부인은 비록 아버지가 돌아가셨더라도 여전히 종자의 집에 돌아갈 수 있다는 뜻이네.[79]

〔문 2〕 우제(虞祭)와 시제(時祭)의 〈설찬도(設饌圖)〉에 대해 운운

〔답〕《격몽요결(擊蒙要訣)》의 〈설찬도〉에는 생선과 고기 외에 별도로 탕이 있는데[80] 그 근거를 알지 못하겠네. 아마도 나라의 풍속을 참

78 이에……있네 :《의례》〈상복(喪服)〉 소공오월(小功五月) 조에 "처가 남편의 고모ㆍ누나ㆍ여동생을 위하여 입고, 자기의 아랫동서ㆍ윗동서를 위하여 입는다.〔夫之姑、姊妹、娣姒婦.〕"라는 내용이 보이는데, 이에 대해 정현(鄭玄)의 주(注)에서는 "남편의 고모ㆍ누나ㆍ여동생을 위하여 입는 상복을 시집간 경우와 가지 않은 경우를 달리 하지 않는 것은, 그들과는 은혜가 가볍기 때문에 소략히 하여 남편을 따라서 낮추어 입는 것이다.〔夫之姑、姊妹, 不殊在室及嫁者, 因恩輕, 略從降.〕"라고 하였으며, 가공언(賈公彦)의 소(疏)에서는 "남편의 고모ㆍ누나ㆍ여동생을 위하여 남편은 기년복을 입는데, 처는 이들이 시집간 경우에 남편이 입는 대공복보다 한 등급 낮추어 소공복을 입는 것이다. 은혜가 소원하기 때문에 소략히 하여 남편을 따라서 낮추어 입기 때문에 시집을 가지 않은 경우와 간 경우에 똑같이 소공복을 입는 것이다.〔夫之姑、姊妹, 夫爲之期, 妻降一等, 出嫁小功. 因恩疏, 略從降, 故在室及嫁同小功.〕"라고 하였다.

79 귀종(歸宗)이라고……뜻이네 : 이와 관련하여 《의례》〈상복〉 자최부장기(齊衰不杖期) 조에 "시집간 딸이 친정 부모와 친정아버지의 후사가 된 형제를 위하여 입는다.〔女子子適人者爲其父母、昆弟之爲父後者.〕"라는 구절에 대한 전(傳)에, "시집간 딸이 아버지의 후사가 된 형제를 위하여 왜 낮추어 입지 않고 기년복을 입는가? 부인은 비록 출가하여 밖에 있더라도 반드시 돌아갈 본종이 있어야 하기 때문이다. 바로 소종을 말하니, 그러므로 소종의 후사에게 기년복을 입어주는 것이다.〔爲昆弟之爲父後者, 何以亦期也? 婦人雖在外, 必有歸宗, 曰小宗, 故服期也.〕"라는 내용이 보인다.

80 격몽요결(擊蒙要訣)의……있는데 : 율곡(栗谷) 이이(李珥)의 〈시제의(時祭儀)〉에 "탕은 다섯 가지이다.〔湯五色.〕"라고 하였는데, 이에 대한 원주(原注)에 "생선이나

작한 것인 듯하네. 지금 집이 가난하고 힘이 부족하여 가짓수를 많이 갖출 수 없다면 《가례》를 따라 단지 생선과 고기만 쓴다 해도[81] 누가 안 된다고 하겠는가. 고례(古禮)에는 생선과 고기를 모두 익혀서 조(俎)에 올렸으니[82] 지금의 이른바 '탕'이라고 하는 것과는 참으로 같

고기나 채소나 갖추어지는 대로 올린다. 만약 가난하여 마련할 수 없으면 단지 세 가지만 올려도 된다.〔或魚或肉或菜, 隨所備. 若貧不能辦, 則只三色亦可.〕"라는 내용이 보인다. 아래 그림은 율곡의 《제의초(祭儀鈔)》에 보이는 〈매위설찬지도(每位設饌之圖)〉이다. 《栗谷全書 卷27 祭儀鈔 時祭儀》

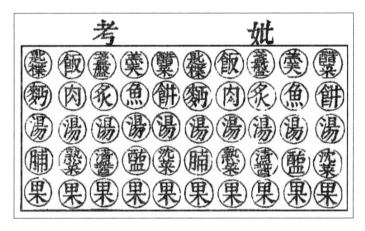

81 가례를……해도 : 《가례》의 시제(時祭) 음식 차림에는 생선과 고기를 각각 하나씩 준비하도록 되어 있다. 《家禮 祭禮 四時祭》

82 고례(古禮)에는……올렸으니 : 《의례》〈특생궤사례(特牲饋食禮)〉에 "희생을 묘문(廟門) 밖 동쪽에서 삶는다. 아궁이가 서향하도록 설치하는데, 북쪽을 상위로 하여 시찬(豕爨)부터 북쪽에 설치한다. 희생이 다 익었으면 정(鼎)에 담아 묘문 밖에 시탁(視濯)할 때와 같이 진열한다.……찬자(贊者)가 각각 정 앞에 조(俎)를 놓고 비(匕)를 조 위에 올려놓는다. 마침내 정에서 익힌 희생을 꺼내어 조에 담는다.〔亨于門外東方, 西面, 北上. 羹飪實鼎, 陳于門外如初.……贊者錯俎, 加匕, 乃朼.〕"라는 내용이 보인다. 여기에서 말하는 '희생'에는 돼지고기와 물고기가 포함되어 있다.

지 않네. 《가례》는 또 어떤 것인지 자세하지 않지만, 이것은 때에 따라 마땅한 예를 제정하여 때로는 탕을 쓰기도 하고 때로는 삶은 것을 쓰기도 해서 단지 생선과 고기 두 가지의 가짓수만 따른다 해도 무방할 듯하네. 굳이 이것을 옳다 하고 저것을 그르다 할 필요는 없네.

〔문 3〕 시신의 머리를 감기고 몸을 닦은 뒤에 곧바로 습례(襲禮)를 행하는 것[83]에 대해 운운

〔답〕 처음 죽었을 때 전(奠)을 올리는 것은 신에게 의지할 곳이 있게 하기 위한 것이니, 증자(曾子)가 말하기를 "처음 죽었을 때 올리는 전은 아마도 시렁에 두었던 남은 음식일 것이다.〔始死之奠, 其餘閣也與!〕"라고 하였네.[84] 여기에서 성인(聖人)의 마음 씀이 깊고 은미하여

---

83 시신의⋯⋯것 :《의례》〈사상례(士喪禮)〉에 따르면 초상이 난 뒤 습례(襲禮)까지 초혼(招魂)-설치(楔齒)·철족(綴足)·설전(設奠)-부고(赴告)-수(襚)-위명(爲銘)-목욕(沐浴)-반함(飯含)-습시(襲尸)의 순서로 진행된다. '목욕'은 사(士)의 경우 적실(嫡室)에서 외어(外御) 두 사람이 쌀뜨물로 시신의 머리를 감기고 빗질한 뒤 목욕 수건으로 시신의 몸을 닦아준다. 이때 시신의 손톱과 발톱, 수염을 깎아준다. '습시'는 초상 당일에 시신에게 옷을 입히는 것을 이른다. 사(士)의 경우 시신을 습상(襲牀)으로 옮긴 뒤 엄(掩)으로 시신의 머리를 싸고 진(瑱)으로 귀를 막고 멱목(幎目)으로 얼굴을 덮고 신발을 신긴다. 그리고 속옷인 명의(明衣) 외에 세 벌의 옷, 즉 작변복(爵弁服)·피변복(皮弁服)·단의(緣衣)를 입힌 뒤에 적황색 폐슬과 치대(緇帶)를 채우고 죽홀(竹笏)을 띠에 꽂는다. 이 밖에 손가락에는 결(決), 손에는 악수(握手)를 끼운 뒤 자루 모양의 모(帽)를 씌워 시신을 감싸고 염금(殮衾)으로 그 위를 덮는다.

84 처음⋯⋯하였네 : 저본에 인용한 증자(曾子)의 말은《예기》〈단궁 상(檀弓上)〉에 보인다. 처음 초상이 났을 때 올리는 음식을 '시사지전(始死之奠)' 또는 '여각지전(餘閣之奠)'이라고 하는데, 공영달(孔穎達)에 따르면 고인이 살아 있을 때 시렁에 두었던

잠시도 늦추어서는 안 된다는 것을 알 수 있네. 그런데 《가례(家禮)》에서는 이것을 시신을 목욕시킨 뒤로 옮겼으니,[85] 이것은 《서의(書儀)》의 옛글을 그대로 따른 것인 듯하나[86] 끝내 서운한 감이 있네. 지금 새로 머리를 감기고 술을 올리는 것을 가지고 살아 있을 때를 형상하는 뜻으로 삼으니[87] 새롭고 기발하지 않은 것은 아니지만 주자

남은 포와 젓갈을 이른다. 사람이 늙거나 병이 들면 음식을 침소에서 떠나지 않도록 하여 방 안의 시렁 위에 가까이 두는데, 그러다 죽게 되면 시간이 촉박하여 새로운 음식을 만들 수 없기 때문에 이 시렁에 두었던 포와 젓갈을 가지고 동쪽 계단으로 올라가서 시신의 오른쪽 어깨 부근에 올리는 것이다. '전(奠)'은 시사(始死)에서부터 장례 전까지의 상제(喪祭)를 이른다. 이때에는 시동이 없고 전을 바닥에 올리기 때문에 '전'이라는 이름을 붙인 것이다. 길제(吉祭)와 달리 살아 있을 때의 예를 형상하여 행하며 간소한 것을 주장한다. 여기에는 두 가지 의미가 있다. 하나는 고인에게 제사를 지내준다는 의미로, 《석명(釋名)》〈석상제(釋喪祭)〉에 "상례에 지내는 제사를 '전'이라 한다.〔喪祭曰奠.〕"라고 하였고, 두 번째는 고인을 위하여 의지할 곳을 마련해준다는 의미로, 정현의 주에 "귀신은 형상이 없기 때문에 전을 진설하여 여기에 의지하게 하는 것이다.〔鬼神無象, 設奠以馮依之.〕"라고 하였다. 장례를 하고 초우제(初虞祭)를 지내면서 '제(祭)'라는 이름으로 바뀐다. 《禮記正義 檀弓上 孔穎達正義》《儀禮注疏 士喪禮 鄭玄注》

85 가례(家禮)에서는……옮겼으니 : 《가례》〈상례(喪禮)〉에는 초종(初終)에 목욕(沐浴)-습(襲)-전(奠)의 순서로 이루어져 있어 고례(古禮)에서 초종과 동시에 전을 올렸던 것과 다르다. 고례의 순서는 304쪽 주83 참조.

86 이것은……듯하나 : 사마광(司馬光)의 《서의(書儀)》〈상의(喪儀)〉에도 목욕(沐浴)-반함(飯含)-습(襲)-전(奠)의 순서로 이루어져 있다.

87 새로……삼으니 : 《예기주소》〈옥조(玉藻)〉에 "하루에 다섯 번 손을 씻는다. 기장 뜨물로 머리를 감고 좁쌀 뜨물로 얼굴을 씻으며, 젖은 머리를 빗질할 때에는 나무빗을 사용하고 머리가 말랐을 때에는 상아빗을 사용하며, 술을 올리고 음식을 올릴 때에는 악공이 이에 올라가서 노래를 부른다.〔日五盥. 沐稷而靧粱, 櫛用樿櫛, 髮晞用象櫛, 進禨進羞, 工乃升歌.〕"라는 내용이 보이는데, 정현(鄭玄)의 주에 "머리를 감고 얼굴을

(朱子 주희(朱熹))의 본뜻이 과연 이와 같겠는가.[88] 우선 의심나는 것
은 빼놓아서 버려두는 것만 못하네. 반함(飯含)이 습(襲)을 마치기
전에 있는 것은 습을 마쳤다면 멱목(幎目)을 설치한 것이니[89] 어떻게
반함을 행할 수 있겠는가. 이것은 의심할 바가 아니네.

〔문 4〕 사계(沙溪 김장생(金長生))의 설 중 '어머니를 위하여나 할아버
지를 위하여 입는 상복〔爲母爲祖〕'에 대해 운운[90]

씻은 뒤에 반드시 술을 올리고 음악을 연주하는 것은 기(氣)를 채우기 위한 것이다.〔沐
浴必進饌作樂, 盈氣也.〕"라고 하였다.

88 주자(朱子)의……같겠는가 : 《가례》〈상례(喪禮) 전(奠)〉에 따르면 시신의 머리
를 감기고 몸을 닦아준 뒤에 습을 마치고 나면 이어서 전(奠)을 올리는데, 이때 "집사자
가 탁자에 두었던 포와 젓갈을 가지고 동쪽 계단으로 당에 올라간다. 축(祝)이 손을
씻고 잔을 씻은 뒤에 술을 따라 시신의 동쪽 어깨 부분에 올리고 천으로 덮는다.〔執事者
以卓子置脯醢, 升自阼階. 祝盥手洗盞斟酒, 奠於尸東當肩, 巾之.〕"라고 하여, 《의례》에
는 보이지 않는 술을 올리는 과정이 기술되어 있다.

89 반함(飯含)이……것이니 : 행례 순서는 304쪽 주83 참조. '멱목(幎目)'은 저본에는
'명목(瞑目)'으로 되어 있으나, '명목'은 '눈을 감는다'는 뜻이어서 저본의 '설명목(設瞑
目)'의 '설(設)' 자에 근거할 때 맞지 않기 때문에 '멱목'으로 바로잡아 번역하였다.

90 사계(沙溪)의……운운 : 사계 김장생(金長生)의 《상례비요(喪禮備要)》〈복제
(服制)〉 참최삼년(斬衰三年) 조에 "적손으로서 아버지가 죽어 할아버지나 증조할아버
지·고조할아버지를 위하여 종묘 주인의 지위를 계승한 자가 입는다.〔嫡孫父卒爲祖若
曾高祖承重者.〕"라는 《가례》의 구절에 대해 김장생의 다음과 같은 말이 보인다. "살펴
보건대 《통전》에 하순(賀循)이 말하기를 '아버지가 돌아가시고 아직 빈(殯)을 하지
않았는데 할아버지가 돌아가시면 할아버지를 위하여 기년복을 입는다.……빈을 한 뒤
에 할아버지가 돌아가시면 삼년복을 입는다.'라고 하였다. 또 살펴보건대 《의례경전통
해》에서 송민구(宋敏求)가 의론하기를 '아들이 아버지의 삼년상 안에 죽고 적손이 종묘
주인의 지위를 계승한 경우에 예령(禮令)에 그 문구가 없다.……마땅히 장례를 인하여

〔답〕주자(朱子 주희(朱熹))의 설[91]을 인용하여 '아버지를 대신하여 복(服)을 받아 바꾸어 입는다〔代父受服〕'는 뜻[92]을 증명한 것은 참으로 옳네. 다만 '아버지의 상 중에 어머니를 위하여 기년복을 입는다〔父喪中服母期〕'는 설은 과연 합당하여 행할 수 있는 것이겠는가? 선현

다시 참최의 복제를 만들어서 3년을 입어야 합니다.'라고 하였다.…… 또 살펴보건대 《의례》〈상복〉의 '아버지가 돌아가시면 어머니를 위하여 입는다.'라는 구절에 대한 가공언의 소에 '아버지가 돌아가시고 3년 상기 안에 어머니가 돌아가시면 그대로 기년복을 입고, 아버지를 위한 복을 벗은 뒤에 어머니가 돌아가셨으면 그대로 삼년복을 입을 수 있다.'라고 하였다. 이것은 3년 상기 안에는 자식이 차마 부모가 돌아가셨다고 여기지 못하는 뜻이다. 어머니를 위하여나 할아버지를 위하여 입는 복은 의당 다름이 없어야 하는데도, 한편에서는 다시 참최의 복제를 만들어야 한다고 하고 다른 한편에서는 그대로 기년복을 입어야 한다고 하였는데, 《의례경전통해》에는 이 두 가지 경우를 모두 수록하여 다 같이 남겨두었으니 마땅히 어느 것을 따라야 하겠는가? 이는 큰 절목이니 감히 가볍게 논의할 수 없다.〔按通典賀循云: 父死未殯而祖父死, 服祖以周.……旣殯而祖父死, 三年. 又按經傳通解宋敏求議曰: 子在父喪而亡, 嫡孫承重, 禮令無文.……當因其葬而再制斬衰, 服三年.……又按喪服父卒則爲母疏: 父卒三年之內而母卒, 仍服朞, 要父服除而母死, 仍得申三年云. 此蓋三年之中, 人子不忍死其親之意. 爲母爲祖, 宜無異同, 而一則再制斬衰, 一則仍服朞, 經傳通解皆錄而并存之, 當何所適從也? 此是大節目, 不敢輕議.〕"

91 주자(朱子)의 설 :《가례》〈상례(喪禮) 성복(成服)〉참최삼년(斬衰三年) 조에 "그 정복(正服)은 아들이 아버지를 위하여 입는 것이다. 정복보다 한 등급을 더해 입는 가복(加服)은 적손이 아버지가 돌아가셔서 할아버지나 증조할아버지·고조할아버지를 위하여 종묘 주인의 지위를 계승한 경우에 입는다.〔其正服則子爲父也, 其加服則嫡孫父卒爲祖若曾、高祖承重者也.〕"라는 내용이 보인다.

92 아버지를……뜻 : 아버지를 위해서는 삼년복을 입고 할아버지를 위해서는 기년복을 입는 것이 정례(正禮)이다. 그러나 아버지의 상에 빈(殯)을 마쳤는데 할아버지가 돌아가셨으면 아버지를 대신해서 할아버지를 위하여 삼년복을 입어주는 것을 이른다. 306쪽 주90의 《통전(通典)》에 인용된 하순(賀循)의 말 참조.

들의 논의는 대부분 따르기가 어렵다고 여기고 있으니, 사계가 의심을 했던 것도 아마 여기에 있었을 것이네.

〔문 5〕 부장기(不杖期) 조의 〈상복소기(喪服小記)〉에 대해 운운[93]

〔답〕 '살아서 조부모를 미처 보지 못했으면[生不及祖父母]'이라는 구절에 대한 정현(鄭玄)의 주는 비록 이와 같지만[94] 이미 장량(張亮)에

93 부장기(不杖期)……운운 : 《예기》 〈상복소기(喪服小記)〉의 "살아서 조부모와 제부와 곤제를 미처 보지 못했으면 자기 아버지는 그 상의 추복(追服)을 입고 자기는 입지 않는다.[生不及祖父母、諸父、昆弟, 而父稅喪, 己則否.]"라는 구절에 대해, 진호(陳澔)의 주에 "태(稅)는 세월이 이미 지난 뒤에야 비로소 그 부음을 듣고서 추후에 복을 입는 것을 이른다. 이것은 다른 나라에서 태어나고 조부모와 제부와 곤제가 모두 본국에 있어서 자기는 모두 그들을 알지 못하는데 이제 그 부음을 듣고 세월이 이미 지났으면 자기 아버지는 추복을 입고 자기는 추복을 입지 않음을 말한 것이다.[稅者, 日月已過, 始聞其死, 追而爲之服也. 此言生於他國, 而祖父母、諸父、昆弟皆在本國, 己皆不及識之, 今聞其死而日月已過, 父則追而服之, 己則不服也.]"라고 하였는데, 이에 대해 김장생(金長生)이 "〈상복소기〉의 주의 내용은 참으로 의심스럽다. 《통전》을 보면 장량이 이에 대해 운운한 것이 있다.[小記註說, 固可疑也. 通典張亮果有云云.]"라고 말한 것을 이른다. 《疑禮問解 喪禮 不杖朞 (附)稅服》

94 정현(鄭玄)의……같지만 : 여기에서 말하는 '정현의 주'는 위의 주93에 보이는 진호(陳澔)의 주를 이른다. 이것은 송준길(宋浚吉)이 이 진호의 주를 인용한 뒤 "조부모는 지친인데, 내가 멀리 있어 알지 못했다 하여 그 상에 추복을 입지 않는다는 것은 정리로 볼 때 끝내 온당치 않습니다. 정현의 주가 혹 본의를 상실한 것이 아니겠습니까? 아니면 그 사이에 다른 뜻이 있습니까?[祖父母至親, 而以己之在遠不及識, 不稅其喪, 揆諸情理, 終有所未安. 無乃鄭註或失本意, 抑有他義於其間耶?]"라고 김장생에게 물었기 때문에 생긴 오류로, 송준길이 진호의 주를 정현의 주로 오인한 것을 저본에서도 그대로 따른 것이다. 〈상복소기〉의 이 구절에 대한 정현의 주는 다음과 같다. "자식이 국외에서 태어난 경우를 이른다. 아버지가 다른 연유로 타국에 살면서 자기를 낳았기

의해 반박당하여 바로잡혔네.[95] 그 설이 《의례문해(疑禮問解)》'태복
(稅服)' 조에 자세히 보이니, 사계는 아마도 장량의 설을 옳은 것으로
본 듯하네. 장량이 이른바 "자기가 태어나기 전에 이미 사망한 경우
를 말한 것이다.〔己未生之前已沒.〕"라고 한 것은 타국에 살고 있어 오
랜 세월이 지난 뒤에 부음을 들었기 때문에 그 연도를 뒤늦게 따져서
그것이 이와 같음을 안 것이네.

〔문 6〕 조석곡전(朝夕哭奠) 조의 양씨(楊氏 양복(楊復))의 설에 대해

때문에 자기는 이 친족이 살아 있을 때 미처 돌아가서 뵙지 못하였는데, 이제 그들이
죽었는데 상복의 기한이 이미 지나서야 부음을 듣게 된 것이다. 아버지는 그들을 위하여
복을 입지만 자기는 입지 않는 것은 때에 맞지 않은 은의를 사람이 할 수 없는 것에
요구하지 않는 것이니, 그 상기 안에 부음을 들었다면 복을 입는다.〔謂子生於外者也.
父以他故居異邦而生己, 己不及此親存時歸見之, 今其死, 於喪服年月已過乃聞之. 父爲
之服, 己則否者, 不責非時之恩於人所不能也, 當其時則服.〕" 《疑禮問解 喪禮 不杖朞
(附)稅服》 《同春堂別集 卷3 上沙溪先生》

95 장량(張亮)에……바로잡혔네 : 사계(沙溪) 김장생(金長生)의 《의례문해》 태복
(稅服) 조에 다음과 같이 《통전(通典)》의 설을 인용하고 있다. "북제(北齊)의 장량은
말하기를 '……정군(鄭君 정현)은 이에 대해 「사람에게 할 수 없는 일을 요구하지 않는
것이다.」라고 하였는데, 이것은 무슨 뜻인가? 〈상복소기(喪服小記)〉 경문의 「생불급(生不及)」은
자기가 태어나기 전에 이미 사망한 경우를 말한 것이다. 서로 멀리 떨어져 있어 소식이
단절된 관계로 아버지는 그때서야 비로소 거상하여 복을 입지만 자기는 입지 않는 것은,
이 글의 뜻을 따져보면 살아 있을 때 서로 시대를 달리했기 때문에 후대의 손자가 더
이상 선대의 친속을 위한 추복을 입지 않는다는 뜻일 뿐이다. 어찌 동시대에 살면서
멀리 떨어져 있다 하여 복을 입지 않을 수 있겠는가.'라고 하였다.〔北齊張亮云: ……而
鄭君云不責人所不能, 此何義也? 生不及者, 是己未生之前已沒矣. 乖隔斷絶,
父始奉諱居服而己否者, 尋此文義, 蓋以生存異代, 後代之孫不復追服先代之親耳. 豈有竝代乖隔,
便不服者哉?〕"

운운

〔답〕 주자(朱子 주희(朱熹))의 설은 남편이 처의 상(喪)을 위해 상주가
되는 경우를 논한 것이고[96] 〈상복소기(喪服小記)〉의 설은 시아버지
가 며느리의 상을 위해 상주가 되는 경우를 논한 것이니[97] 두 경우의
뜻이 본래 같지 않은데, 양씨는 〈상복소기〉의 설을 가지고 주자의 설
을 증명하였으니[98] 참으로 서로 맞지 않을 수밖에 없네. 그러나 〈상

96 주자(朱子)의……것이고 : 《가례》〈상례(喪禮) 조석곡전(朝夕哭奠)〉에, 어머니
의 상(喪)에 초하루의 삭전(朔奠)을 올릴 때 아들이 주관하느냐는 물음에 대해 주희가
"《예기》〈분상(奔喪)〉에 '일반적으로 상에 아버지가 살아 계시면 아버지가 상주가 된
다.'라고 하였으니, 아버지가 살아 계시면 아들이 상을 주관하는 예는 없다.……또 '아버
지가 돌아가시고 형제가 함께 살고 있으면 각각 그 상을 주관한다.'라고 하였는데, 정현
(鄭玄)의 주에 이르기를 '각각 처자식의 상을 위해 상주가 된다.'라고 하였으니, 이것은
일반적으로 처의 상에 남편이 스스로 상주가 되는 것이다. 지금 아들을 상주로 삼는
것은 온당치 않은 듯하다.〔凡喪, 父在, 父爲主, 則父在, 子無主喪之禮也.……父沒, 兄
弟同居, 各主其喪, 注云各爲妻子之喪爲主也, 則是凡妻之喪, 夫自爲主也. 今以子爲喪
主, 似未安.〕"라고 한 말이 보인다.
97 상복소기(喪服小記)의……것이니 : 《예기》〈상복소기〉에 "부인의 상에 우제와 졸
곡은 그 남편이나 아들이 주관을 하고, 부제(祔祭)는 시아버지가 주관을 한다.〔婦之喪,
虞、卒哭, 其夫若子主之, 祔則舅主之.〕"라는 내용이 보인다.
98 양씨는……증명하였으니 : 《가례》에 "살펴보면 《가례》〈상례(喪禮) 초종(初終)〉
의 '상주를 세운다〔立喪主〕'라는 구절에서는 '일반적으로 주인은 장자를 이르니, 장자가
없으면 장손이 종묘 주인의 지위를 계승하여 궤전을 올린다.'라고 하였는데, 지금 여기
에서는 '아버지가 살아 계시면 아버지가 상주가 되니 아버지가 살아 계시면 아들이
상을 주관하는 예는 없다.'라고 하니, 두 설이 같지 않은 것은 무엇 때문인가? 장자가
상을 주관하여 궤전을 올리는 것은 아들이 어머니의 상을 위하여 은혜가 중하고 복이
무겁기 때문이다. 그러나 초하루에 올리는 삭전에는 아버지가 주인이 되는 것은, 삭전

복소기〉에 이른바 "남편이나 아들이 주관을 한다.〔夫若子主之.〕"라는 것은 또한 남편과 아들이 서로 누가 되었든 주관한다는 말이 아니고, 남편이 있으면 남편이 주관하고 모름지기 남편이 없고 난 뒤에야 아들이 주관할 수 있다는 뜻이니, 양씨가 〈상복소기〉의 설을 취하여 증거로 삼은 것은 그 뜻이 혹 이와 같은 것이고 고의로 '약자(若子)' 두 글자를 뺀 것은 아닌 듯하네.

신독재(愼獨齋 김집(金集))의 설[99]은 늘 이해가 되지 않았던 것이네. 그 축문에 "시아버지가 아들 아무개로 하여금……〔舅使子某……〕"이

은 성대한 제사이기 때문에 존귀한 자를 주인으로 삼은 것이다. 〈상복소기〉에 이르기를 '부인의 상에 우제와 졸곡은 그 남편이나 아들이 주관을 한다.'라고 하였으니, 우제와 졸곡은 모두 성대한 제사이기 때문에 그 남편이 주관하는 것이다. 이것은 또한 아버지가 살아 계시면 아버지가 주인이 되는 것을 이른다. 삭전을 올릴 때 아버지가 주인이 되는 것은 그 뜻이 우제·졸곡과 같다.〔按初喪立喪主條, 凡主人謂長子, 無則長孫承重以奉饋奠. 今乃謂父在, 父爲主, 父在, 子無主喪之禮, 二說不同, 何也? 蓋長子主喪以奉饋奠, 以子爲母喪, 恩重服重故也. 朔奠則父爲主者, 朔, 殷奠, 以尊者爲主也. 喪服小記曰: 婦之喪, 虞、卒哭, 其夫若子主之. 虞、卒哭, 皆是殷祭, 故其夫主之. 亦謂父在, 父爲主也. 朔祭, 父爲主, 義與虞、卒哭同.〕"라는 양복(楊復)의 설이 보인다. 《家禮 喪禮 朝夕哭奠 楊復注》

99 신독재(愼獨齋)의 설 : 이와 관련하여 신독재 김집(金集, 1574~1656)의 《의례문해속》 '며느리의 상에 축문은 시아버지가 주관함〔婦喪祝辭舅主之〕'이라는 조목에, 최석유(崔碩儒, 1619~1681)가 "《예기》〈상복소기〉에 이르기를 '며느리의 상에 우제(虞祭)와 졸곡제(卒哭祭)는 그 남편이나 아들이 주관한다.'라고 하였습니다. 부제(祔祭)는 시아버지가 주관하고, 우제와 졸곡제는 남편이 주관한다 하더라도 축문은 마땅히 '아들 아무개로 하여금 며느리에게 고하게 한다.'라고 해야 할 것입니다.〔小記曰, 婦之喪, 虞、卒哭, 其夫若子主之. 祔則舅主之. 虞、卒哭之祭, 夫雖主之, 祝辭則當云舅使子某告婦歟!〕"라고 하자, 김집이 "의당 이와 같이 해야 한다.〔當如此.〕"라고 답한 내용이 보인다. 《儀禮問解續 喪禮 虞 婦喪祝辭舅主之》

라고 하는 것은 바로 시아버지가 주관하는 것이지 어찌 아들이 주관하는 것이겠는가. 시아버지가 이미 주관한다면 또 어찌 아들로 하여금 대신 행하게 할 필요가 있겠는가. 우옹(尤翁 송시열(宋時烈))은 한결같이 〈분상(奔喪)〉의 '아버지가 상주가 된다[父爲主]'는 구절을 주장하였으니,[100] 비록 《상례비요(喪禮備要)》의 주석[101]과 어긋나기는 하지만 본래 이것은 하나의 커다란 의론이어서 지금 사대부 집안에서 모두 따라

---

100 우옹(尤翁)은……주장하였으니 : 우암(尤庵) 송시열(宋時烈)이 다른 사람에게 답한 편지에 "일반적으로 상(喪)에 아버지가 살아 계시면 아버지가 주인이 되기 때문에 아들과 조카, 며느리나 조카며느리의 상에 모두 존귀한 자를 주인으로 삼는 것이다.[凡喪, 父在, 父爲主, 故子姪與子姪婦, 皆以尊者爲主.]", "그러나 적자이든 서자이든, 같은 집에서 살든 같은 집에서 살지 않든 어느 경우를 막론하고 한결같이 아버지가 살아 계시면 아버지가 주인이 된다는 설을 위주로 한 연후에야 구애되고 저촉되는 폐단이 없을 것이다.[然無論適庶與異宮同宮, 一主於父在父爲主之說, 然後無有妨礙牴牾之弊矣.]", "일반적으로 상에 아버지가 살아 계시면 아버지가 주인이 되니, 며느리의 상에 그 시아버지가 주관하는 것은 의심할 것이 없다.[凡喪, 父在, 父爲主, 則子婦之喪, 其舅主之無疑矣.]" 등의 내용이 보인다. 《예기》〈분상(奔喪)〉의 구절은 310쪽 주96 참조. 《宋子大全 卷48 答李季周[壬子四月晦日], 卷65 答朴和叔[戊申九月二十九日], 卷118 答金震奎》

101 상례비요(喪禮備要)의 주석 : 사계(沙溪) 김장생(金長生)의 《상례비요》원주 중 다음의 내용을 이른다. "《예기》〈분상〉에 '일반적으로 상에 아버지가 살아 계시면 아버지가 주인이 된다.'라고 하였는데, 공영달(孔穎達)의 소에 '《예기》〈복문(服問)〉을 살펴보니 「임금이 상을 주관하는 대상은 부인과 처와 태자와 적부이다.」라고만 말하고 서부(庶婦)의 상을 주관한다고는 말하지 않았다. 〈분상〉의 말대로라면 서부의 상 역시 주관하는 것이니, 이것은 〈복문〉의 말과 어긋나게 된다. 〈복문〉에서 말한 것은 명사(命士) 이상으로서 아버지와 아들이 다른 집에서 살면 서자들이 각각 자기의 개인적인 상을 주관한다는 것이고, 지금 여기 〈분상〉의 말은 같은 집에서 사는 경우이다.'라고 하였다.[奔喪: 凡喪, 父在, 父爲主. 疏: 按服問云君所主, 夫人、妻、太子、適婦, 不云主庶婦. 若此所言, 則亦主庶婦, 是與服問違者. 服問所言, 通命士以上異宮, 則庶子各主其私喪, 今此言, 是同宮者也.]" 《喪禮備要 初終 立喪主 注》

행하여 만고에 변치 않은 법이 되었으니 쉽게 논단할 수 없네. 다시 익숙히 강구하여 명확한 견해가 있기를 기다린 연후에 다시 가르쳐 주는 것이 어떻겠는가.

〔문 7〕 속절(俗節)에 올리는 전(奠)은 상식(上食) 후에 별도로 진설합니까?

〔답〕 속절에 올리는 전을 상식과 겸하여 진설하는 것과 별도로 진설하는 것은 어느 것이 가볍고 무거운지 알지 못하겠지만, 하루에 세 번 전을 올리는 것은 조금 중첩되는 듯하니 겸하여 진설하는 것이 혹 무방할 듯하네. 다른 집에서도 대부분 이렇게 하네.

〔문 8〕 조문하는 예(禮)에 대하여 운운

〔답〕 조문하는 예에 앞뒤로 절하는 것은 《가례》의 성법(成法)이니[102]

---

102 조문하는……성법(成法)이니 : 《가례》 〈상례(喪禮) 조전부(弔奠賻)〉에 "호상(護喪)이 빈(賓)을 인도하여 들어간다. 빈은 영좌 앞에 이르러 곡을 하여 슬픔을 다한 뒤에 재배하고 분향한다. 무릎을 꿇고 차나 술을 따라 올리고 부복하였다가 일어난다. 호상이 곡하는 사람을 그치게 한다. 축(祝)이 빈의 오른쪽에서 무릎을 꿇고 제문을 읽고 부장(賻狀)을 올린 뒤에 마치면 일어난다. 빈과 주인이 모두 곡을 하여 슬픔을 다한다. 빈이 재배한다. 주인이 곡을 하고 나와서 서향하여 이마를 땅에 대고 재배한다. 빈 역시 곡을 하고 동향하여 답배한 뒤 앞으로 나아가 말하기를 '……'라고 한다. 주인이 대답하기를 '……'라고 한 뒤 또 재배한다. 빈이 답배한다. 빈과 주인이 또 서로를 향해 곡을 하여 슬픔을 다한다. 빈이 먼저 곡을 그친다. 빈이 주인에게 위로하기를 '……'라고 한 뒤 이어서 읍(揖)을 하고 나오면 주인이 곡을 하면서 들어간다.〔護喪引賓入, 至靈座

어떻게 어길 수 있겠는가. 다만 지금 사람들은 대부분 이런 예가 있다는 것을 알지 못하여 주인은 비록 예를 행하고자 하더라도 손님이 종종 놀라고 당혹하여 거조를 잃어서 예모(禮貌)를 이루지 못하니, 선친께서 일찍이 말씀하시기를 "이와 같이 할 바에는 차라리 풍속을 따라 한 번 절하고 손님이 위로하는 말을 올린 뒤에 곡하는 것으로 답배를 삼는 것 역시 무방하지 않을까."라고 하셨네. 이 때문에 내가 거상(居喪)할 때에도 결국 그 말씀대로 따라서 행하였던 것이네.

〔문 9〕 부인의 머리 장식에 대하여 운운

〔답〕 부인의 거상(居喪) 중 머리의 제도는 《의례》 〈상복(喪服)〉에 보이는 것이 애초에 알기 어려운 것도 아니고 행하기 어려운 것도 아니니,[103] 단지 지금 사람들이 강구하여 행하고자 하지 않을 뿐이네.

前哭盡哀, 再拜焚香. 跪酹茶酒, 俛伏興. 護喪止哭者. 祝跪讀祭文奠賻狀於賓之右. 畢, 興. 賓主皆哭盡哀, 賓再拜. 主人哭出西向稽顙再拜, 賓亦哭, 東向答拜. 進曰……主人對曰……又再拜. 賓答拜. 又相向哭盡哀. 賓先止, 賓慰主人曰……乃揖而出, 主人哭而入.〕"라는 내용이 보인다.

103 부인의……아니니 : 《의례》 〈상복(喪服)〉과 〈사상례(士喪禮)〉에 따르면 거상 중 부인의 머리 제도는, 삼년상의 경우 초상이 나면 비녀를 제거하고 6승포(升布) 사(纚)로 머리를 싸맸다가 초상 이틀째 소렴이 끝나면 사를 제거하고 마(麻)로 묶은 북상투〔髽〕를 한 뒤 조릿대 비녀를 꽂고 마로 만든 수질(首絰)을 두른다. 다만 시집간 딸이 친정 부모를 위하여 또는 며느리가 시부모를 위하여 상복을 입을 때는 악계(惡笄) 즉 떡갈나무로 만들고 머리 부분에 약간의 장식이 있는 비녀를 북상투에 꽂으며, 딸의 경우 졸곡하고 시집으로 돌아갈 때에는 길계(吉笄) 즉 코끼리 뼈로 만들고 장식이 있는 머리 부분을 잘라낸 비녀를 꽂고 머리를 포로 묶는다.

만약 풍속을 따르고자 한다면, 족두리의 새 법령[104]이 나온 뒤로는 들자하니 모두들 흰색으로 족두리를 싸매고 비녀를 참최(斬衰)에는 대나무로 쓰고 자최(齊衰)에는 나무로 써서 쪽에 꽂을 뿐이라고 하네.

104 족두리의 새 법령 : 1756년(영조32) 1월 16일에 사족(士族) 부녀자들의 가체를 금하고 족두리를 대신 쓰도록 한 것을 이른다. 몽골의 제도인 가체는 고려 때부터 시작되었는데, 조선 시대에 들어와 사대부가의 사치가 날로 심해져서 부인들이 한번 가체를 하는 데 몇 백 금을 쓰곤 했기 때문에 금지시킨 것이다. 《英祖實錄 32年 1月 16日》

고시옥에게 답하다[105]

答高時沃

질문한 불천(不遷)의 예(禮)는 선현들의 논의가 일치하지 않으니 감히 성급하게 논단할 수 없지만, 대체로 사계(沙溪 김장생(金長生))의 설을 따른다면 막히는 곳이 많네. 우옹(尤翁 송시열(宋時烈))은 묘소에 신주를 보관하는 논의를 강력하게 주장하였으니[106] 어찌 참으로 간단하

---

105 고시옥(高時沃)에게 답하다 : 고시옥은 자세하지 않다. 이 편지는 불천위(不遷位)의 신주를 우암 송시열의 설에 따라 별도의 사당을 세워 보관하도록 하고 속절을 따라 어머니와 아버지를 함께 제사 지낼 것을 권하는 내용으로 이루어져 있다. 아울러 제주(祭主)와 축문과 방제(旁題)에 사용하는 호칭에 대해 논하고 있다.

106 우옹(尤翁)은……주장하였으니 : 우암(尤庵) 송시열(宋時烈, 1607~1689)이 손자 송회석(宋晦錫, 1658~1688)에게 답한 편지에 "《가례》'체천' 조에 그 신주를 묘소에 보관한다고 한 것은 묘소에 사당이 있어서 신주를 봉안한 것이다. 그 설이 이 '체천' 조 아래 부주(附註)의 양복(楊復)의 설에 보이니 참고하면 알 수 있다. 예전에 완남군의 선영을 보니 광평대군이 시조였기 때문에 그 묘소 아래에 사당을 두고 신주를 보관하여 지금까지 제사를 지내고 있었다. 《가례》의 글이 이미 이와 같고 지금 풍속 역시 이를 행하는 사람이 있으니 오늘날 사대부들은 단지 이와 같이 행해야 할 뿐이다.〔遞遷條, 藏其主於墓所云者, 墓所有祠堂, 奉安神主也. 其說見於此條下附註楊氏復說, 可考而知也. 曾見完南君先兆, 則廣平大君是始祖, 故其墓下有祠堂而藏主, 至今祭之矣. 家禮之文旣如此, 而時俗亦有行之者, 則今之士大夫只得如是行之而已.〕"라는 내용이 보인다. '완남군(完南君)'은 김장생의 문인 이후원(李厚源, 1598~1660)으로, 세종대왕의 다섯째 아들 광평대군(廣平大君) 이여(李璵)의 7세손이다. '《가례》의 글'은 《가례》〈통례(通禮) 사당(祠堂)〉 양복의 주에 보이는 "무릇 그 신주를 묘소에 보관하고 매안하지 않는다면 묘소에 필시 사당을 두어서 묘제를 모셨을 것이다.〔夫藏其主於墓所而不埋, 則墓所必有祠堂而奉墓祭.〕"라는 내용을 가리킨다. 《宋子大全 卷128 答晦錫》

고 명백하며 근거가 있는 것이 아니겠는가.

그러나 우옹은 혹 사람들이 묘소가 멀어 자손이 가서 살 수 없으면 또한 행하기 어려울까 근심하여 특히 정경유(鄭景由 정찬휘(鄭纘輝))에게 답한 편지에는 종가에 별도로 사당을 세운다는 설을 두었으니,[107] 나는 매번 이것을 가장 좋다고 여겼네. 이와 같이 하면 비록 누대의 불천위(不遷位)가 있다 할지라도 그 처할 곳이 없을 것을 걱정하지 않아도 되고, 이미 별사(別祠)이니 참람됨을 혐의할 것도 없네. 어떨지 모르겠네. 이미 종가에 모셨다면 기제(忌祭)와 절일(節日)의 제사는 자연히 예(禮)대로 행해야 할 것이네.

아버지와 어머니를 함께 제사하는 것은 사람들이 모두 이와 같이 하니 의심할 필요가 없네. 제주(題主)는 마땅히 《가례》에 따라 쓰고 선조(先祖)에게 제사하는 축문에는 '선조'라고 칭하며[108] 방제(旁題)[109]

---

107 정경유(鄭景由)에게……두었으니 : 우암 송시열이 문인 정찬휘(鄭纘輝, 1652~1723)에게 답한 편지에 "불천위에 대해서는 《가례》에 상세하게 언급되어 있으니 마땅히 묘소에 별도로 사당을 세우고 그 신주를 보관해야 할 것이네. 다만 노선생의 묘소 아래에 이미 서원이 있으니 또 별도로 사당을 세우는 것은 중복되는 듯한데 어떨지 모르겠네. 만약 그렇다면 마땅히 이익재(李益齋)의 영당에 한 것처럼 종가에 세워서 신주와 화상을 모두 이곳에 봉안해야 할 것이네. 하나의 사당 안에 불천위를 봉안하고 또 고조 이하의 신위를 봉안한다면 이것은 5대가 되니 태묘의 제도에 참람한 것이어서 결코 해서는 안 되는 것이네.〔不遷之位, 家禮言之詳矣, 當別立祠於墓所, 而藏其主矣. 第老先生墓下已有書院, 則又別立祠, 似涉重複, 未知如何? 若然, 則當立於宗家, 如李益齋影堂之爲, 而神主畫像竝安於此矣. 蓋一祠之中, 奉安不遷位, 而又奉高祖以下, 則是五代也, 此僭於太廟之制, 決不可爲也.〕"라는 내용이 보인다. 《宋子大全 卷101 答鄭景由〔庚申七月二十一日〕》

108 선조(先祖)에게……칭하며 : 《가례》〈제례(祭禮) 초조(初祖)〉에 "축문에 이르기를 '유년세월삭일자에 효손 아무개가 감히 초조고와 초조비에게 밝게 아룁니다. 지금

역시 '효손(孝孫)'이라고 칭해야 할 것이네. 다만 할아버지에게 방제를
쓰는 것과 서로 혼동될 수 있으니 '효 몇 대손[孝幾代孫]'으로 바꾸는
것이 또한 무방할 듯하네.

　손님을 대하느라 바쁘고 어수선하여 내 뜻을 다 말할 겨를이 없네.
대략 아드님에게 일러둔 말이 있으니 돌아가면 자세히 고해줄 것이네.
우옹의 편지 역시 적어가게 하여 참고에 대비하도록 하였네.

중동(仲冬)으로 양(陽)이 이르기 시작하는 때에 근본에 보답할 것을 뒤미쳐 생각하니
예를 감히 잊을 수 없기에 삼가 정결한 희생 유모(柔毛)와 자성(粢盛)과 예제(醴齊)로
공경히 세사(歲事)를 올립니다. 부디 흠향하소서.'라고 한다.〔祝詞曰: 維年歲月朔日
子, 孝孫姓名, 敢昭告于初祖考、初祖妣. 今以仲冬陽至之始, 追惟報本, 禮不敢忘, 謹以
潔牲柔毛、粢盛、醴齊, 祇薦歲事. 尙饗.〕"라는 내용의 축문이 보이는데, 그다음 〈제례
(祭禮) 선조(先祖)〉에 "축문은 '초조'의 '초'를 '선'으로 바꾸고 '중동양지'를 '입춘생물'로
바꾸며 나머지는 모두 같다.〔祝詞改初爲先, 仲冬陽至爲入春生物, 餘竝同.〕"라고 하고
있다. '유모'는 《주례(周禮)》〈춘관(春官) 태축(大祝)〉에 보이는 육호(六號) 중 생호
(牲號)에 해당하는 것으로 양(羊)을 가리킨다. '자성'은 제삿밥을 이르며, '예제'는 단술
이다.

109　방제(旁題) : 284쪽 주48 참조.

마유에게 답하다[110]

答馬游

[문 1] 가묘(家廟)의 제도는 안쪽에는 침묘(寢廟)를 세우고 중간에
는 정묘(正廟)를 세우는데,[111] 침묘와 정묘가 다른 것은 무엇입니까?
남향하는 사당에 실호(室戶)를 동쪽에 두고 창문을 서쪽에 두는 것
은 모양을 이루지 못할 듯합니다.

---

110 마유(馬游)에게 답하다 : 1759~?. 자는 치학(穉學)이며 본관은 목천(木川)이
다. 1798년(정조22) 생진시에 합격하여 분교관을 거쳐 중부령을 지냈다. 저자의 문인으
로 저자보다 37세 아래이다. 이 편지는 《가례(家禮)》의 구절에 대한 15조목의 문답으
로 이루어져 있다. (1) 침묘(寢廟)와 정묘(正廟)의 구분 및 실(室)의 유(牖)와 호(戶)
의 배치 (2) 서자(庶子)의 의미 (3) 지손이 태조의 사당을 세울 수 있는가 (4) 종자(宗
子)에게 후사가 없을 경우 봉사(奉祀)의 주체 (5) 축문을 읽을 때 주인도 축(祝)과
같이 무릎을 꿇는지의 여부 (6) 불천위(不遷位)인 시조의 신주를 묘소에 보관하는
이유 (7) 대대(大帶)와 흑리(黑履)의 착용에 세속의 제도를 따를 것인가 (8) 미성년자
가 관례 때 공복(公服)을 입는 경우가 있는가 (9) 여자의 계례(笄禮) 때 입는 복식
(10) 혼례에서 전안례(奠雁禮)를 행할 때 주인이 답배하지 않는 이유 (11) 상례(喪
禮)에서 재우(再虞)와 삼우(三虞)에 각각 유일(柔日)과 강일(剛日)을 쓰는 이유
(12) 사시제(四時祭)에 정일(丁日)이나 해일(亥日)을 쓰는 이유 (13) 시조와 선조의
제사에 날고기를 쓰는 이유 및 시조와 선조의 제사는 지내지 않고 아버지의 제사는
지내는 이유 (14) 기일(忌日)의 재계를 하루만 하는 이유 및 재계하는 날 술과 고기를
먹는 이유 (15) 묘제(墓祭)에 유식(侑食)이 없는 이유에 대해 논하고 있다.
111 가묘(家廟)의……세우는데 : 《주자어류》에 "옛날에 명사(命士)는 가묘를 세울
수 있었다. 가묘의 제도는, 안쪽에는 침묘를 세우고 중간에는 정묘를 세우며 밖에는
문을 세우고 사방은 담장을 두른다.〔古命士得立家廟. 家廟之制, 內立寢廟, 中立正廟,
外立門, 四面墻圍之.〕"라는 내용이 보인다. 《朱子語類 卷90 禮7 祭》

〔답〕 정묘는 신주를 보관하고 사시(四時)의 제사를 지내는 곳이며, 침묘는 의관(衣冠)이나 궤장(几杖) 같은 살아 있을 때를 형상하는 도구를 두고 새로 나온 물건을 바치는 곳이니,《통전(通典)》의 설이 이와 같네.[112] 실호를 동쪽에 두고 창문을 서쪽에 두는 것은, 실(室)의 남쪽 벽 위에 나아가서 왼쪽에 실호를 내고 오른쪽에 창문을 내는 것이며, 동쪽 벽과 서쪽 벽에 실호와 창문을 서로 마주 보고 내는 것이 아니네. 보내온 질문의 뜻은 오인한 것 같네. 그림은 다음과 같네.

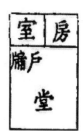

〔문 2〕 "별자(別子)에게 만약 서자(庶子)가 있으면……"에 대하여[113]

〔답〕 "별자에게 만약 서자가 있으면"에서의 이 '서자'는 중자(衆子)와 첩의 아들을 통틀어 가리키는 것이네.[114]

---

112 정묘는……같네 :《통전(通典)》권43〈예략(禮略) 길례 하(吉禮下) 시향(時享)〉에 보인다. 원 출처는《후한서(後漢書)》권19〈제사지 하(祭祀志下) 종묘(宗廟)〉이다.

113 별자(別子)에게……대하여 : '별자'는 제후의 적장자 이외의 아들을 이른다. 대전본(大全本)《가례》〈통례(通禮) 사당(祠堂)〉주에 "별자에게 만약 서자가 있으면 서자는 또 감히 별자를 아버지로 여겨서 아버지가 돌아가신 뒤에 아버지를 세워 소종(小宗)의 시조로 삼지 못하며, 별자의 장자가 계승하면 소종이 되어 오세가 되면 체천한다.……별자는 제후의 아우를 이르니, 적자와 구별되기 때문에 별자라고 칭한다.〔別子若有庶子, 又不敢禰別子, 死後立爲小宗之祖, 其長子繼之則爲小宗, 五世則遷.……別子者謂諸侯之弟, 別於正適, 故稱別子也.〕"라는 내용이 보인다.

114 이……것이네 :《의례》〈상복(喪服)〉정현(鄭玄)의 주에 "'중자'는 장자의 아우

〔문 3〕 별자의 자손은 경대부가 되고 이 별자를 시조로 세운다고 하니,[115] 비록 적장 자손이 아니라 해도 또한 별자를 시조로 삼을 수 있습니까? 종자(宗子)는 사(士)이고 서자는 대부이면 사당을 세울 때 어떻게 해야 합니까?

〔답〕 이것 역시 항상 생각한 것이네. 〈대전(大傳)〉의 백세(百世)·오세(五世)의 설[116]은 〈왕제(王制)〉의 3묘(廟)·2묘의 법과 합치되지 않은 것이 있는 듯한데,[117] 옛사람이 이에 대해 또한 필시 방도가

와 첩의 아들이다.〔衆子者, 長子之弟及妾子.〕"라는 내용이 보인다.

115 별자의……하니 : 《가례》의 종법(宗法)에 따르면, 제후의 아우인 별자(別子)는 시조가 되고 별자를 계승한 적장자는 대종(大宗)이 되어 백세토록 체천하지 않는다. 대전본(大全本) 《가례》 〈통례(通禮) 사당(祠堂)〉 주에 "이 별자의 자손은 경대부가 되고 이 별자를 세워서 시조로 삼는다.〔此別子子孫爲卿大夫, 立此別子爲始祖也.〕"라는 내용이 보인다.

116 대전(大傳)의……설 : 《예기》 〈대전〉에 "별자는 태조가 되니, 별자를 이은 종은 대종이 되고 아버지를 계승한 종은 소종이 된다. 그리하여 백세토록 체천하지 않는 종이 있으며 5세가 되면 체천하는 종이 있다.〔別子爲祖, 繼別爲宗. 繼禰者爲小宗, 有百世不遷之宗, 有五世則遷之宗.〕"라는 내용이 보인다.

117 왕제(王制)의……듯한데 : 《예기》 〈왕제〉에 "천자는 7묘이니, 3소 3목이며 태조의 묘와 함께 7묘이다. 제후는 5묘이니, 2소 2목이며 태조의 묘와 함께 5묘이다. 대부는 3묘이니, 1소 1목이며 태조의 묘와 함께 3묘이다. 사(士)는 1묘이다. 서인은 정침에서 제사를 지낸다.〔天子七廟, 三昭三穆, 與大祖之廟而七; 諸侯五廟, 二昭二穆, 與大祖之廟而五; 大夫三廟, 一昭一穆, 與大祖之廟而三; 士一廟; 庶人祭於寢.〕"라는 내용이 보인다. 《예기》 〈대전〉에 따르면 별자의 적장자로 계승되는 대종이든 별자의 서자들의 적장자로 계승되는 소종이든 모두 대부와 사의 집안으로서 최소한 고조 이하 4대 봉사(奉祀)는 이루어져야 한다. 그러나 〈왕제〉에 따르면 대부와 사 모두 3대 이하에게만 제사 지낼 수 있다.

있어서 통하게 했을 터이나 지금은 상고할 수 없으니 안타깝네. 그러나 종가(宗家)와 지가(支家)의 큰 구분은 예(禮)의 뜻이 가장 엄한 곳이니 지손이 비록 경대부라 할지라도 어찌 감히 태조의 사당을 세워서 제사할 수 있겠는가. 이것은 의심할 것이 없을 듯하네.

[문 4] 백숙부모는 증조에게 항렬에 따라 합부(合祔)하는데,[118] 만약 백부라면 형제의 서열에 있어 의당 종자가 되어야 하니 항렬에 따라 합부해서는 안 될 듯합니다. 아니면 혹 종자에게 후사가 없으면 차자(次子)가 제사를 모시는 것입니까? 그리고 백부나 숙부의 호칭에 분별을 둡니까?

[답] 이것이 바로 이른바 '상이나 후사가 없는 자[殤與無後者]'[119]이네. 그러나 후세에는 후사를 세우는 법이 점점 넓어져서 종자에게 후

---

118 백숙부모는……합부(合祔)하는데 : 《가례》〈통례(通禮) 사당(祠堂)〉에 "방친 중에 후사가 없는 경우에는 그 항렬에 따라 합부한다.[旁親之無後者, 以其班祔.]"라는 내용이 보이는데, 그 주에 "백숙조부모는 고조에게 합부하고 백숙부모는 증조에게 합부하며, 처와 형제와 형제의 처는 할아버지에게 합부하고, 자식과 조카는 아버지에게 합부한다. 모두 서향한다.[伯叔祖父母, 祔于高祖; 伯叔父母, 祔于曾祖; 妻若兄弟若兄弟之妻, 祔于祖; 子姪, 祔于父. 皆西向.]"라고 하였다.

119 상(殤)이나……자 : 《예기》〈증자문(曾子問)〉에 "일반적으로 상이나 후사가 없는 자는 종자의 집에서 제사 지낸다.[凡殤與無後者, 祭於宗子之家.]"라는 내용이 보이며, 〈상복소기(喪服小記)〉에 "서자로서 상이나 후사가 없는 자를 위하여 제사하지 않으니, 상이나 후사가 없는 경우에는 할아버지를 따라 합부하여 제사한다.[庶子不祭殤與無後者, 殤與無後者, 從祖祔食.]"라는 내용이 보인다. 진호(陳澔)의 주에 따르면 '상(殤)'은 성인(成人)이 되기 전에 죽은 자이고, '후사가 없는 자'는 성인으로서 아직 혼인하지 않았거나 또는 이미 혼인은 했지만 자식 없이 죽은 자를 이른다.

사가 없어 항렬에 따라 합부했다는 경우는 거의 듣지 못하였네.

〔문 5〕축(祝)은 주인의 왼쪽에 서 있다가 무릎을 꿇고 축문을 읽습니다.[120] 축문을 읽을 때 주인은 무릎을 꿇습니까?

〔답〕축문을 읽을 때 주인 이하의 사람들이 모두 무릎을 꿇으니, 구씨(丘氏 구준(丘濬))의 《가례의절(家禮儀節)》이 이와 같고[121] 《상례비요(喪禮備要)》도 이를 따르고 있네.[122]

---

120 축(祝)은……읽습니다 : 《가례》〈통례(通禮) 사당(祠堂)〉의 "일이 있으면 고한다.〔有事則告.〕"라는 구절에 대한 주에, "주인은 향탁의 남쪽에 서고, 축은 축판을 들고 주인의 왼쪽에 서 있다가 무릎을 꿇고 축문을 읽는다. 축은 축문 읽는 것이 끝나면 일어난다. 주인이 재배하고 내려와 제자리로 돌아간다.〔主人立於香卓之南, 祝執版立於主人之左, 跪讀之, 畢, 興. 主人再拜, 降復位.〕"라는 내용이 보인다.

121 구씨(丘氏)의……같고 : 명나라 구준(丘濬)의 《가례의절(家禮儀節)》〈통례 사당〉의 "일이 있으면 고한다.〔有事則告.〕"라는 구절에 대한 의절(儀節)에 "무릎을 꿇고 축문을 읽는다.〔跪讀祝.〕"라고 하였는데, 그 주에 "주인 이하의 사람들이 모두 무릎을 꿇는다.〔主人以下皆跪.〕"라는 내용이 보인다.

122 상례비요(喪禮備要)도……있네 : 사계(沙溪) 김장생(金長生)의 《상례비요》〈급묘(及墓)〉 '제주(題主)' 조에 "신주를 다 쓰면 축이 이를 받들어 영좌에 모시고 혼백을 상자 안에 넣어 그 뒤에 둔다. 향을 피우고 술을 따라 올린 뒤에 축판을 들고 주인의 오른쪽으로 나와서 무릎을 꿇고 읽는다. 축문 읽는 것이 끝나면 축판을 가슴에 품고 일어나 제자리로 돌아간다.〔題畢, 祝奉置靈座, 而藏魂帛於箱中以置其後, 炷香斟酒, 執版出於主人之右, 跪讀之, 畢, 懷之, 興, 復位.〕"라는 내용이 보이는데, 그 주에 "《가례의절》에 의하면 주인 이하의 사람들이 모두 무릎을 꿇는다.〔儀節: 主人以下皆跪.〕"라고 하였다.

〔문 6〕 시조는 백세토록 체천하지 않는데,[123] 친(親)이 다하면 그 신주를 묘소에 보관하는 것[124]은 무엇 때문입니까?

〔답〕 시조를 친이 다했는데도 여전히 사당에 모신다면 제후의 5묘(廟) 제도[125]에 참람한 것이어서 감히 하지 못하는 것이니, 이에 신주를 묘소에 보관하는 법이 있게 된 것이네. 그러나 종손이 그대로 그 제사를 주관하면 그 체천하지 않는다는 규정에는 해가 되지 않게 되네.

〔문 7〕 대대(大帶)와 흑리(黑履)[126]는 세속의 제도를 또한 사용해야

123 시조는……않는데 : 321쪽 주115 참조.

124 친(親)이……것 : 316쪽 주106 참조.

125 제후의 5묘(廟) 제도 : "제후는 5묘와 1단과 1선을 세운다. 아버지 묘와 할아버지 묘와 증조할아버지 묘는 모두 매달 제사하고, 고조할아버지 묘와 시조의 묘는 시제만 지내고 그친다.〔諸侯, 立五廟一壇一墠, 曰考廟, 曰王考廟, 曰皇考廟, 皆月祭之. 顯考廟、祖考廟, 享嘗乃止.〕"라는 내용이 보인다. 대부와 사의 종묘 제도는 321쪽 주117 참조.

126 대대(大帶)와 흑리(黑履) : '대대'는 허리를 묶는 띠로, 비단으로 만든다. 상복(喪服)의 요질(腰絰)은 이 대대를 형상한 것이다. 폐슬을 차는 혁대(革帶)의 밖에 두르며, 묶고 난 나머지 부분은 아래로 드리우는데 이를 신(紳)이라고 한다. '흑리'는 검은색 신발로, 흑구

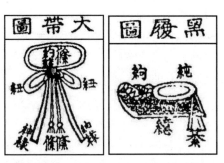

(黑屨)라고도 한다. 신발의 바닥이 홑으로 된 것을 '구(屨)', 겹으로 된 것을 '석(舃)'이라고 한다. 일반적으로 신발의 색은 하상(下裳)의 색과 같다. 위의 그림은 모두 김장생(金長生)의 《가례집람도설(家禮輯覽圖說)》에 보인다.

합니까?

〔답〕 옛날 신발의 제도는 지금 사람들이 대부분 알 수 없으니 혹 세속의 제도를 대신 사용하는 것도 괜찮네. 그러나 대대는 바꾸어서는 안 되네.

　〔문 8〕 "관직이 있는 경우에는 공복과……〔有官者公服……〕"에 대하여[127]

〔답〕 아직 관례(冠禮)를 하지 않았어도 관직이 있는 경우가 있으니, 송(宋)나라 때에는 아버지나 할아버지의 공으로 자손이 비록 강보에 싸여 있는 어린아이라 할지라도 관직을 제수받을 수 있었네.

　〔문 9〕 여자의 계례(筓禮)는 시골 풍속에 이 예를 행하는 자가 없으니, 만약 이를 행하고자 하여 배자(背子)와 관(冠)과 비녀를 세속의 제도대로 한다면 어떤 복을 착용해야 합니까?

127　관직이……대하여 : 《가례》〈관례(冠禮) 관(冠)〉 "그다음 날 일찍 일어나 관과 의복을 진열한다.〔厥明夙興, 陳冠服.〕"라는 구절에 대한 주에, "관직이 있는 경우에는 공복과 띠와 장화와 홀을 진열하고, 관직이 없는 경우에는 난삼과 띠와 장화를 진열한다. 조삼, 심의, 대대, 신, 빗, 머리끈, 망건은 통용한다. 이것을 모두 탁자를 사용하여 방 가운데에 진열하는데, 옷깃을 동쪽으로 하고 북쪽을 상위로 하여 진열한다.〔有官者, 公服帶靴笏; 無官者, 襴衫帶靴; 通用皂衫·深衣·大帶·履·櫛·䚢·掠, 皆以卓子陳于房中, 東領北上.〕"라는 내용이 보인다.

〔답〕여자의 계례는 지금 사람들이 이를 행하는 자가 있다는 말을 듣지 못하였으니 시골의 풍속만이 그런 것은 아니네. 만약 이를 행하고자 한다면 배자의 제도는 지금 상고할 수 없으니 장의(長衣)나 당의(唐衣)의 등속으로 대신하는 것이 혹 무방할 듯하네. 비녀의 제도는 단지 〈내칙(內則)〉주의 "머리를 싸매어 상투를 튼다.〔韜髮作髻.〕"128 라는 법에 따라 이 상투 안으로 비녀를 꽂으며, 관은 이에 꼭 맞는 것이 없기 때문에 빼놓는 것도 괜찮네. 옛날에 부인은 관을 쓰지 않았기 때문이네.

〔문 10〕주자(朱子 주희(朱熹))는 "기러기를 올리는 것 때문에 절을 하는 것이니, 주인은 당연히 답배해서는 안 된다.〔爲奠鴈而拜, 主人自不應答拜.〕"라고 하였습니다.129 기러기를 올리는 것은 예물을 드리는 뜻이니, 그렇다면 기러기를 올리고 절을 하는 것은 즉 주인을 위한 것입니다. 주인이 답배를 하지 않는 것은 무엇 때문입니까?

〔답〕《예기》에 이르기를 "예물을 들고 만나는 것은 공경하여 분별을

---

128 내칙(內則)……튼다 : 《예기》〈내칙〉진호(陳澔)의 주에 "'사'는 머리를 싸매는 비단이니, 부모가 막 돌아가시면 효자는 먼저 관을 벗고 오직 비녀와 머리싸개만을 남겨둔다.〔纚, 韜髮之繒也, 親始死, 孝子先去冠, 惟留笄、纚也.〕"라는 내용이 보인다.
129 주자(朱子)는……하였습니다 : 《주자전서》에 "주인이 읍하면 신랑이 들어가는데, 신랑이 북향하고 절을 하면 주인이 답배를 하지 않은 것은 무엇 때문입니까?〔主人揖, 壻入, 壻北面而拜, 主人不答拜, 何也?〕"라는 곽자종(郭子從)의 질문에 대해, 주희(朱熹)가 "바로 기러기를 바치는 것 때문에 절을 하는 것이니 주인은 당연히 답배해서는 안 된다.〔乃爲奠鴈而拜, 主人自不應答拜.〕"라고 대답한 내용이 보인다. 《朱子全書 卷38 禮2 昏》

밝히는 깃이다.〔執贄以相見, 敬章別也.〕"라고 하였네.[130] 이에 근거한
다면 기러기를 올릴 때 절하는 것은 바로 남녀가 만나는 예이니, 주
인 때문에 절하는 것은 아님이 분명할 것이네.[131]

〔문 11〕 유일(柔日)과 강일(剛日)을 재우(再虞)와 삼우(三虞)에 달
리 쓰는 것[132]은 무엇 때문입니까?

〔답〕 우제(虞祭)는 혼령을 편안하게 하고자 지내는 것이기 때문에 재
우에 유일을 쓰는 것이니, 유일은 음(陰)으로 음은 그 고요함을 취한

---

130 예기에……하였네 :《예기》〈교특생(郊特牲)〉에 "남자가 친영을 하여 남자가 여
자에게 먼저 가는 것은 강유의 뜻이다.……예물을 들고 만나는 것은 공경하여 분별을
밝히는 것이다. 남녀가 분별이 있은 뒤에 부자가 친하고, 부자가 친한 연후에 의가
생겨나고, 의가 생겨난 연후에 예가 일어나고, 예가 일어난 연후에 만물이 편안하니,
분별이 없고 의가 없는 것은 금수의 도이다.〔男子親迎, 男先於女, 剛柔之義也.……執贄
以相見, 敬章別也. 男女有別, 然後父子親; 父子親, 然後義生; 義生, 然後禮作; 禮作,
然後萬物安. 無別無義, 禽獸之道也.〕"라는 내용이 보인다.

131 기러기를……것이네 :《의례》〈사혼례(士昏禮)〉에 "신랑이 당에 올라가 북향하고
기러기를 내려놓은 뒤에 재배하고 머리를 조아린다. 이어서 당을 내려와 묘문(廟門)을
나간다.〔賓升, 北面奠鴈, 再拜稽首, 降, 出.〕"라는 구절이 있다. 정현(鄭玄)의 주와 가공
언(賈公彦)의 소에 따르면, 이때 신랑은 동방(東房) 밖 지붕의 북쪽 도리〔北楣〕에 해당하
는 곳 아래에 있다. 즉 동방의 방문 입구에서 북향하고 신부에게 절하는데, 이 때문에
동서(東序)의 남쪽에 있는 신부의 아버지가 신랑의 절에 답배하지 않는 것이다.

132 유일(柔日)과……것 :《가례》〈상례(喪禮) 우제(虞祭)〉에 "유일을 만나면 재우
제를 지내고 강일을 만나면 삼우제를 지낸다.〔遇柔日再虞, 遇剛日三虞.〕"라는 내용이
보인다. '유일'은 천간(天干) 중 을(乙)・정(丁)・기(己)・신(辛)・계(癸)에 해당하
는 날을 이르고, '강일'은 갑(甲)・병(丙)・무(戊)・경(庚)・임(壬)에 해당하는 날을
이른다.

것이네. 삼우는 장차 조묘(祖廟)에 합부(合祔)하고자 하는 것이기 때문에 강일을 쓰는 것이니, 강일은 양(陽)으로 양은 그 동함을 취한 것이네.[133]

〔문 12〕 사시제(四時祭)를 지내는 날을 정일(丁日)이나 해일(亥日)로 택하는 것[134]은 무엇 때문입니까?

〔답〕 〈소뢰궤식례(少牢饋食禮)〉의 "날짜는 정일이나 기일을 쓴다.〔日用丁、己.〕"라는 구절에 대한 주에 "반드시 정일이나 기일을 쓰는 것은 그 아름다운 이름을 취한 것이다. 절로 간곡하고 절로 개변된다는 것이니, 모두 삼가고 경건한 뜻이다.〔必丁、己者, 取其令名, 自丁寧、自變改, 皆爲謹敬.〕"라고 하고, 또 "오는 정해일〔來日丁亥〕"이라는 구절에 대한 주에 "'해'는 천창성(天倉星)이다. 제사는 복을 구하는 것이니, 농지에 농사가 잘되어야 하기 때문에 해에서 뜻을 취한 것이다.〔亥爲天倉, 祭祀所以求福, 宜稼于田, 故取亥.〕"라고 하였네.[135]

---

133 우제(虞祭)는……것이네 : 《의례》〈사우례(士虞禮)〉 정현(鄭玄)의 주에 "장례하는 날 일중(日中)에 우제를 지내는 것은 혼령을 편안하게 하려는 것이다. 유일은 음(陰)이니, 음은 그 고요함을 취한 것이다.……조묘에 합부할 때를 당하여 신(神)이 이곳에서 편안해지기 때문에 뒤의 우제는 강일로 바꿔 쓰는 것이다. 강일은 양(陽)이니, 양은 그 동함을 취한 것이다.〔葬之日, 日中虞, 欲安之. 柔日陰, 陰取其靜.……當祔於祖廟, 爲神安於此. 後虞改用剛日, 剛日陽也, 陽取其動也.〕"라는 내용이 보인다.

134 사시제(四時祭)를……것 : 《가례》〈제례(祭禮) 사시제(四時祭)〉 주에 "맹춘의 하순 초에 다음 달 삼순 중 각각 한 날을 택하는데, 정일이나 해일로 택한다.〔孟春下旬之首, 擇來月三旬各一日, 或丁或亥.〕"라는 내용이 보인다.

135 소뢰궤식례(少牢饋食禮)의……하였네 : 《의례》〈소뢰궤식례〉에 "두 마리 희생

〔문 13〕 시조(始祖)와 선조(先祖)의 제사에 날고기를 쓰는 것[136]은 무엇 때문입니까? 축문에 효손(孝孫)의 성명을 칭하는 것[137]은 무엇 때문입니까? 시조와 선조에게 이미 감히 제사하지 못한다면,[138] 그렇다면 오히려 해마다 한 번은 묘제(墓祭)를 지내야 할 것입니다. 그리고 동지와 입춘의 제사[139]를 이미 지낼 수 없다면 유독 계추(季

으로 음식을 공양하는 예를 행하는 날은 정일이나 기일을 쓴다.……재(宰)가 주인의 제사 지낼 날을 점치는 말을 도와 '효손 아무개가 오는 정해일에 세시의 제사를 황조 백모에게 올리고 모비를 황조 모씨에게 배향하고자 합니다. 부디 흠향하여 주소서.'라고 명한다.〔日用丁, 己.……主人曰: 孝孫某, 來日丁亥, 用薦歲事于皇祖伯某, 以某配某氏, 尙饗.〕"라는 내용이 보인다. 저본에서 인용한 첫 번째 주는 정현(鄭玄)의 주이고, 두 번째 주는 가공언(賈公彦)의 소이다.

136 시조(始祖)와……것 : 《가례》〈제례(祭禮) 초조(初祖)〉의 "음식을 갖춘다.〔具饌.〕"라는 구절에 대한 주에, "신시(15시~17시)에 희생을 잡는다. 주인이 직접 희생의 털과 피를 베어 쟁반 하나를 만들고, 머리·심장·간·폐로 쟁반 하나를 만들며, 희생의 기름에 쑥을 섞어서 쟁반 하나를 만드는데, 모두 날것이다.〔晡時殺牲. 主人親割毛、血爲一盤, 首、心、肝、肺爲一盤, 脂雜以蒿爲一盤, 皆腥之.〕"라는 내용이 보이며,〈제례(祭禮) 선조(先祖)〉에 "초조에게 제사 지낼 때와 같은 의절로 한다.〔如祭初祖之儀.〕"라는 내용이 보인다. '초조'는 시조와 같은 말이다. '선조'는 《가례》 주에 보이는 정자(程子)의 설에 따르면 초조 이하부터 고조 이상까지의 조상을 이른다.

137 축문에……것 : 《가례》〈제례 초조〉에 보이는 축문을 이른다. 축문은 317쪽 주 108 참조.

138 시조와……못한다면 : 《가례》〈제례 초조〉 주에 "옛날에는 이 제사가 없었는데 이천 선생이 의리로 일으킨 것이다. 나도 당초에는 시조의 제사를 지냈는데 뒤에 참람한 듯하다고 생각되어 지금은 감히 제사 지내지 않는다. 시조의 제사는 체(禘) 제사와 비슷하고 선조의 제사는 협(祫) 제사와 비슷하니 지금은 모두 감히 제사 지내지 않는다.〔古無此, 伊川先生以義起. 某當初也祭, 後來覺得似僭, 今不敢祭. 始祖之祭似禘, 先祖之祭似祫, 今皆不敢祭.〕"라는 주희(朱熹)의 설이 보인다.

139 동지와 입춘의 제사 : 시조와 선조에 대한 제사를 이른다. 《가례》〈제례 초조〉에

秋)에 제사 지내는 것[140]은 무엇 때문입니까?

〔답〕시조와 선조는 상고 시대의 사람이기 때문에 제사에 상고 시대
의 음식을 사용하는 것이니,[141] 상고 시대에는 참으로 아직 불을 가지
고서 음식을 익히지 않았네. 축문에 효손의 성(姓)을 칭하는 것은 또
한 세대가 멀어지면서 중간에 성씨가 혹 바뀌는 일이 있었을까 해서
일 것이네. 시조와 선조에게 해마다 한 번 제사하는 것은 이미 묘소
에서 행하고 있으니, 마땅히 묘제(墓祭)의 예(禮)에 따라 행해야 할

"동지에 시조에게 제사한다.〔冬至祭始祖.〕"라는 내용이 보이며, 《가례》〈제례 선조〉에
"입춘에 선조에게 제사한다.〔立春祭先祖.〕"라는 내용이 보인다. 《가례》주에 보이는
정자(程子)의 설에 따르면 "동지는 하나의 양(陽)이 시작하기 때문에 그 유(類)를 형상
하여 시조에게 제사하는 것이며〔冬至一陽之始, 故象其類而祭之.〕", "입춘은 만물을 낳
는 시작이기 때문에 그 유를 형상하여 선조에게 제사하는 것이다.〔立春生物之始, 故象
其類而祭之.〕"

140　계추(季秋)에 제사 지내는 것 : 아버지에 대한 제사를 이른다. 《가례》〈제례(祭
禮) 녜(禰)〉에 "계추에 아버지에게 제사한다.〔季秋祭禰.〕"라는 내용이 보인다. 《가례》
주에 보이는 정자의 설에 따르면 "계추는 만물을 이루어주는 시작이기 때문에 또한
그 유를 형상하여 제사하는 것이다.〔季秋成物之始, 亦象其類而祭之.〕"

141　시조와……것이니 : 《예기》〈예운(禮運)〉에 "현주(玄酒)로 제사하고, 희생의 피
와 털을 올리고, 희생의 날고기를 조(俎)에 올리고, 희생의 익은 고기를 올린다.〔玄酒以
祭, 薦其血毛, 腥其俎, 孰其殽.〕"라는 내용이 보이는데, 정현(鄭玄)의 주에 "이것은
상고(上古)와 중고(中古)의 음식을 올리는 것을 이른다.〔此謂薦上古、中古之食也.〕"
라고 하였고, 공영달(孔穎達)의 소에 "이 한 절은 제사에 상고와 중고의 법을 쓴 것을
밝힌 것이다. 현주로 제사하고, 희생의 피와 털을 올리고, 희생의 날고기를 조에 올리는
것은 상고의 법을 쓴 것이며, 희생의 익은 고기를 올리는 것 이하의 글은 중고의 법을
쓴 것이다.〔此一節明祭祀用上古、中古之法也. 玄酒以祭、薦其血毛、腥其俎, 此是用上
古也; 孰其殽以下, 用中古也.〕"라고 하였다.

것이네. 동지와 입춘의 제사를 감히 지내지 못하는 것은 참람하다는 혐의가 있어서일 뿐이네. 아버지에 대한 제사는 이런 혐의가 없으니 무엇 때문에 행할 수 없겠는가.

〔문 14〕 기일(忌日)의 재계를 하루 전날만 하는 것은 종신의 상(喪)에 부족한 뜻이 있는 듯합니다.[142] 기제(忌祭)를 지내는 이날 술을 마시지 않고 고기를 먹지 않는데 유독 재계하는 날에는 그렇지 않으니[143] 온당치 않습니다. 기일 전에 소식(素食)을 진설하고자 한다면 증조할아버지와 할아버지에게 차등을 두어야 할 듯합니다. 어떨지 모르겠습니다.

〔답〕 기일은 시제(時祭)에 비해 가벼운 제사이기 때문에 단지 하루 전날만 재계하는 것이고, 고기를 먹지 않는 것은 재계하는 것과는 관계없으니 이것에 구애될 필요는 없네. 할아버지 이상은 기일의 음식에 당연히 차등을 두어야 할 듯하네.

---

142 기일(忌日)의……듯합니다 : 《가례》〈제례(祭禮) 기일(忌日)〉에 "하루 전날 재계한다.〔前一日齋戒.〕"라는 내용이 보인다. '종신의 상(喪)'은 기일(忌日)을 이른다. 《예기》〈제의(祭義)〉에 "군자에게는 종신의 상이 있으니 기일을 이른다.〔君子有終身之喪, 忌日之謂也.〕"라는 내용이 보인다.

143 기제(忌祭)를……않으니 : 《가례》〈제례(祭禮) 사시제(四時祭)〉 주에 따르면 재계는 "머리 감고 몸을 씻고 옷을 갈아입으며, 술을 마시되 어지러워질 때까지는 이르지 않도록 하며, 고기는 먹되 훈채는 먹지 않으며, 남의 상에 조문을 가지 않으며, 음악을 듣지 않으며, 흉하고 더러운 일에 모두 참여하지 않는다.〔沐浴更衣, 飲酒不得至亂, 食肉不得茹葷, 不吊喪, 不聽樂, 凡凶穢之事皆不得預.〕" 이에 따르면 재계할 때에는 술과 고기를 먹을 수 있다.

〔문 15〕 묘제(墓祭)에 유식(侑食)이 없는 것¹⁴⁴은 무슨 뜻입니까?

〔답〕 원야(原野)의 예(禮)는 간소함을 따르기 때문이네.

144 묘제(墓祭)에……것 :《가례》〈제례〉에 따르면 사시제(四時祭), 초조(初祖),
선조(先祖), 녜(禰), 기일(忌日)의 제사에서 종헌(終獻) 다음에는 모두 유식(侑食)의
의절이 있으나, 묘제만은 종헌 다음에 바로 사신(辭神)이 이어진다. '유식'은 신에게
음식을 더 드실 것을 권하는 것으로,《가례》에서는 주인 이하의 사람들이 문을 닫고
나온 뒤 고례에서 시동이 일식구반(一食九飯) 하는 정도의 시간만큼 서 있다가 축(祝)
이 세 번 흠흠 하는 소리를 내면 문을 열고 들어가 수조례(受胙禮)를 행한다.

이진호에게 답하다¹⁴⁵

答李晉鎬

언급한 인심(人心)과 도심(道心)의 뜻은 천리(天理)와 인욕(人慾)을 범범히 논할 때에는 이와 같이 말하는 것도 본래 무방하네. 그러나 인심과 도심으로 말하면 본래 구분이 있고 본래 맥락이 있으니 서로 섞일 수 없는 것이네. 식욕과 성욕이 그 마땅함을 얻은 것을 일러 인심이 도심에게서 명을 들은 것이라고 하는 것은 괜찮지만 곧바로 이것을 도심이라고 하는 것은 안 되며, 충과 효가 절도에 맞지 않은 것을 일러 도심이 인욕에 가려졌다고 하는 것은 괜찮지만 이것을 곧바로 인심이라고 하는 것은 안 되네.

살펴보건대 그대의 뜻은 마치 인심을 곧바로 인욕으로 본 듯하니, 이것은 병통의 근원이네. 인심이 만약 인욕이라면 대순(大舜)은 무엇 때문에 "인심은 위태롭다.〔人心惟危.〕"라고 하였겠으며,¹⁴⁶ 주자(朱子 주희(朱熹))는 무엇 때문에 "비록 상지라 할지라도 인심이 없지 못하다.〔雖上智, 不能無人心.〕"라고 하였겠는가.¹⁴⁷ 여기에서 간파할 수 있다면

---

145 이진호(李晉鎬)에게 답하다 : 이진호는 자세하지 않다. 이 편지는 인심(人心)과 도심(道心), 천리(天理)와 인욕(人慾)의 상관관계와 구분에 대해 논하고 있다.

146 대순(大舜)은⋯⋯하였겠으며 : 《서경집전》 〈우서(虞書) 대우모(大禹謨)〉 제15 장에 "인심은 위태롭고 도심은 은미하니, 정밀하게 살피고 한결같이 지켜야 진실로 그 중도를 잡을 것이다.〔人心惟危, 道心惟微, 惟精惟一, 允執厥中.〕"라는 내용이 보인다. 이른바 '16자 심법(心法)'으로, 순임금이 우(禹)에게 섭위(攝位)를 명하면서 한 말이다.

147 주자(朱子)는⋯⋯하였겠는가 : 《중용장구》 주희의 서문에 "사람은 형체를 가지

분명히 알 수 있을 것이네. 이른바 "인심은 기질의 성에서 나왔다.〔人心
生於氣質之性.〕"라고 한 것은 더욱 큰 잘못이네. 기질과 형기(形氣)는
비록 동일한 기(氣)이기는 하지만 그 뜻은 현격하게 구별되니 다시
자세히 살피는 것이 좋겠네.

고 있지 않은 이가 없으므로 비록 상지(上智)라 할지라도 인심이 없지 못하고, 또한
이 성(性)을 가지고 있지 않은 이가 없으므로 비록 하우(下愚)라 할지라도 도심이 없지
못하다.〔人莫不有是形, 故雖上智, 不能無人心, 亦莫不有是性. 故雖下愚, 不能無道
心.〕"라는 내용이 보인다.

조명빈에게 답하다[148]

答趙命彬

〔문〕 어떤 사람이 다른 사람의 양자로 나갔는데, 몇 년 뒤에 그 본생 아버지가 또 다른 사람의 양자로 나가 그 후사로 들어간 양부의 상을 당하였습니다. 어떤 사람은 "이 사람은 비록 먼저 다른 사람의 양자로 나가기는 했지만 그 본생 아버지의 양부에 대해서는 마땅히 친할아버지의 규례로 상복을 입는 것이 마땅하다."라고 하고, 어떤 사람은 "아들이 먼저 다른 사람의 양자로 나갔으니 본생 부모는 백숙부모로 칭해야 한다. 백숙부의 양부에게 어찌 할아버지와 손자의 의리가 있어 상복을 입겠는가."라고 합니다. 두 설 중에 어느 것이 옳습니까?

〔답〕 막중한 변례(變禮)를 어찌 감히 가볍게 의론하겠는가마는, 우선 억견(臆見)으로 말한다면 뒤의 설이 옳을 듯하네. 만약 앞의 설대로 한다면 가령 친생 아버지가 또 친생 부모의 상을 당한다면 이 아들은 어떤 상복을 입어야 하겠는가. 대체로 상복을 입는 법은 은혜와 의리일 뿐이네. 이 경우의 상복은 이미 후사로 삼아준 양조부의 의리도 없는데 또 낳아준 생조부의 은혜도 없으니 장차 무슨 명분으로 그

---

148 조명빈(趙命彬)에게 답하다 : 조명빈은 자세하지 않다. 이 편지는 어떤 사람이 양자로 나간 뒤에 그 본생 아버지가 또 다른 사람의 양자로 나갔을 경우, 아버지가 양부의 상을 당했을 때 이 사람이 아버지의 양부에 대해 상복을 입어야 하는지, 입는다면 어떤 상복을 입어야 하는지에 대해 논하고 있다.

분을 위하여 상복을 입겠는가. 내 생각은 이와 같지만 감히 단정하여 말하지는 못하겠네. 오직 널리 물어보고 처리하는 데 달려 있을 뿐이네.

유극주에게 답하다[149]

答兪極柱

〔문 1〕 돌아가신 어머니의 담제(禫祭)를 시기를 지나 4월에 지냈는데, 몸에 다섯째 숙부의 상복이 있으면 어머니의 담제 뒤에 평소 거처할 때 참포대(黲布帶)를 착용합니까? 백포대(白布帶)를 착용합니까?

〔답〕 심상(心喪)이 비록 중하기는 하나 오복(五服) 안에는 들어 있지 않으니, 이른바 "몸에는 최마의 상복이 없으나 마음에는 애통한 정이 있다.〔身無衰麻之服, 而心有哀痛之情.〕"[150]라는 것이네. 몸에 이미 복이 없다면 시마(緦麻)나 대공(大功)·소공(小功)의 가벼운 상(喪)을 만난다 할지라도 그 본복(本服)을 입어야 할 것이니, 더구나 기년복

---

149 유극주(兪極柱)에게 답하다 : 유극주는 자세하지 않다. 이 편지는 모두 8조목의 예(禮)에 대한 문답으로 이루어져 있다. (1) 어머니에 대한 심상(心喪) 기간 중 가벼운 상을 만났을 경우의 상복 (2) 형의 아들이 죽어서 아우의 외동아들을 후사로 삼았을 때 형의 아들의 궤연(几筵)을 철거하는 시기와 방제(旁題)를 고치는 시기 (3) 첩의 상에 첩의 아들이 상을 주관하지 못하고 그 남편이 주관할 때 축문의 호칭 (4) 외손이 살아 있을 때 그 신주의 매안(埋安) 여부 (5) 상례(喪禮)에서 습(襲)을 한 뒤 시신 남쪽에 진설하는 전(奠)의 성격 (6) 최장방(最長房)이 죽었을 때 체천한 신주를 차장방(次長房)으로 옮기는 시기 (7) 다른 사람의 후사로 들어간 자가 양부모의 상 중에 친부모의 상을 당했을 때 입는 상복의 종류와 시기 (8) 적모(嫡母)가 살아 있을 때 서자가 자신의 어머니를 위하여 입는 상복에 대해 논하고 있다.

150 몸에는……있다 : 명나라 구준(丘濬)의 《대학연의보》에 보인다. 《大學衍義補 治國平天下之要 明禮樂 家鄕之禮》

(期年服)[151]에 있어서이겠는가.

[문 2] 삼종형 유득주(兪得柱)의 아들이 지금 이미 죽었습니다. 비
록 유복주(兪復柱)에게 아들이 하나밖에 없지만 마땅히 황추포(黃
秋浦 황신(黃愼))가 황 의주(黃義州 황일호(黃一皓))를 후사로 삼았던 사
례[152]와 같이 하여 그 아들을 형의 아들로 삼아야 합니까? 선조 사당
의 방제(旁題)는 죽은 아들 이름으로 하였는데, 이 아이가 이미 죽었
으니 궤연(几筵)을 철거하는 것은 마땅히 우암(尤庵 송시열(宋時烈))
의 설에 근거하여 복이 다하는 날로 정해야 할 것입니다.[153] 그런데

---

151 기년복(期年服) : 여기에서는 숙부를 위하여 자최부장기복(齊衰不杖期服)을 입
는 것을 이른다.

152 황추포(黃秋浦)가……사례 : '추포'는 조선 중기의 문신 황신(黃愼, 1560~1617)
의 호이다. 황신은 자는 사숙(思叔)이며 본관은 창원(昌原), 시호는 문민(文敏)이다.
저서로는 《일본왕환일기(日本往還日記)》, 《막부삼사수창록(幕府三司酬唱錄)》, 《추
포집(秋浦集)》, 《대학강어(大學講語)》 등이 있다. 성혼(成渾)과 이이(李珥)의 문인이
다. '황 의주'는 황신의 아우 황척(黃惕)의 외동아들인 황일호(黃一皓, 1588~1641)로
자는 익취(翼就), 호는 지소(芝所)이다. 1635년(인조13) 증광 문과에 급제하였으며,
진주 목사(晉州牧使), 사헌부 장령(司憲府掌令) 등을 역임하였다. 의주 부윤(義州府
尹)으로 있을 때 명나라를 도와 청나라를 치고자 모의하다가 발각되어 청나라 병사에게
피살되었다. 좌찬성에 추증되었으며, 시호는 충렬(忠烈)이다. 큰아버지 황신의 양자로
들어갔다.

153 궤연(几筵)을……것입니다 : 이와 관련하여 우암(尤庵) 송시열(宋時烈, 1607~
1689)이 다른 사람에게 보낸 편지에 "방제를 고치는 것은 마땅히 큰아이의 장례 뒤에
있어야 할 것입니다. 그러나 지금은 이미 때를 놓쳐 시일이 지났으니 마땅히 기일 하루
전에 고하고 행하는 것이 마땅할 듯합니다.……큰아이의 궤연을 철거하는 것은 예에
근거한다면 마땅히 복이 다하는 날이나 첫 기일에 있어야 할 것입니다.〔旁題之改, 當在
於長兒葬後. 今旣蹉過, 當於忌日前一日, 告辭行之似宜.……長兒撤几筵, 據禮則當在於

선조 사당의 방제를 고치는 것은 어떤 날로 정해야 합니까?

[답] 후사를 세운 날 사유를 갖추어서 사당에 고하고, 인하여 방제를 고치는 예(禮)를 행해야 할 것이네. 이것은 '형이 죽고 아들이 없는 경우 아우가 형을 대신해서 종통을 잇는[兄亡弟及]' 예와 '죽은 자를 위하여 후사를 세우는[爲亡者立後之禮]' 예가 의당 다른 점이 있기 때문이니, 반드시 늦추어서 궤연을 철거한 뒤로 기다릴 필요가 없네. 내 생각은 이와 같은데 어떨지 모르겠네.

[문 3] 일반적으로 상(喪)에 아버지가 살아 계시면 아버지가 상을 주관하니,[154] 첩의 아들은 그 어머니를 위하여 상을 주관하지 못하고 아버지가 주관합니까? 아버지가 주관할 경우 우제(虞祭), 졸곡제(卒哭祭), 연제(練祭 소상(小祥)), 상제(祥祭 대상(大祥))의 축문에 처에게 고하는 예(禮)와 같게 해서는 안 될 것입니다. 어떨지 모르겠습니다.

[답] 만약 "일반적으로 상에 아버지가 상을 주관한다."라는 설을 따

服盡之日或初忌之日.]"라고 하고, 또 "《예기》〈상복소기(喪服小記)〉에 '대공의 친척인 자가 남의 상을 주관하여 삼년복을 입는 자가 있으면 반드시 그를 위하여 두 번의 제사를 지내준다.'라고 하였으니, 이른바 '두 번의 제사'는 대상제와 소상제입니다. 이에 근거한다면 그 궤연을 3년 동안 철거하지 않는다는 것을 알 수 있습니다.[禮, 大功者主人之喪, 有三年者必再祭, 所謂再祭, 大、小祥也. 據此則其几筵之不徹三年可知也.]"라고 답한 내용이 보인다. 《宋子大全 卷83 答朴子晦, 卷122 答或人》

154 일반적으로……주관하니 : 《예기》〈분상(奔喪)〉에 "일반적으로 상은 아버지가 살아 계시면 아버지가 상을 주관한다.[凡喪, 父在父爲主.]"라는 내용이 보인다.

른다면 단지 이와 같이 할 수밖에 없네. 그러나 일이 막히는 곳이 많기 때문에 세상에서 또한 이 예를 행하는 자가 있다는 말을 듣지 못했네.

〔문 4〕 우암(尤庵 송시열(宋時烈))이 다른 사람의 질문에 답하기를 "외손이 제사 모시는 것을 주 부자(朱夫子 주희(朱熹))께서 이미 친족이 아닌 사람의 제사로 배척하였다."라고 하여 끝내 허락하지 않았습니다.[155] 그렇다면 외손이 아직 살아 있는데도 차마 그 신주를 매안(埋安)해야 하는 것입니까?

〔답〕 두 선생의 설이 그 엄하기가 이와 같으니 누가 감히 다른 의론을 할 수 있겠는가.

〔문 5〕《상례비요(喪禮備要)》〈습(襲)〉에 습을 마치기 전에 시신의 동쪽에 전(奠)을 진설하는 일이 있고,[156] 습을 한 뒤에 또 시신의

---

155 우암(尤庵)이……않았습니다 : 이와 관련하여 우암 송시열(宋時烈)이 다른 사람의 질문에 답하여 "외손이 제사 모시는 것을 주자는 배척하여 '신은 친족이 아닌 사람의 제사는 흠향하지 않는다.'라고 하였으니 어찌 감히 어기겠는가.〔外孫奉祀, 朱子斥之, 以爲神不享非族之祀, 何敢違乎?〕"라고 하고, 또 "주자는 외손이 제사 모시는 것도 오히려 친족이 아닌 사람의 제사로 여겨서 배척하였는데, 더구나 처의 형제의 아들이 제사하는 것이겠는가.〔朱子以外孫奉祀, 猶以爲非族之祀而斥之, 況妻之兄弟之子乎?〕"라고 말한 내용이 보인다.《宋子大全 卷99 答李子雨〔戊辰六月十一日〕, 卷115 答柳子壽》
156 상례비요(喪禮備要)……있고 : 사계(沙溪) 김장생(金長生)의《상례비요》〈습(襲)〉에 "시상(尸牀)을 옮겨 당 중간에 둔다. 이어서 전을 진설한다.〔徙尸牀置堂中間. 乃設奠.〕"라는 구절에 대해 "집사자가 탁자에 준비해둔 포와 젓갈을 들고 동쪽 계단으로

남쪽에 전을 진설하는 일이 있습니다.[157] 소렴 때가 되면 처음으로
습전(襲奠)의 진설을 옮기는데,[158] 그림을 살펴보면 이 전은 바로
습을 할 때 시신의 동쪽에 올렸던 전이며 습을 한 뒤에 시신의 남쪽
에 올렸던 전이 아닙니다.[159]

〔답〕 이른바 '시신 남쪽의 전〔尸南之奠〕'이라는 것은 영좌(靈座)에 놓
아두는 제구(諸具)[160]이지 전을 진설한 것이 아니네.

당에 올라간다. 축이 손을 씻은 뒤에 잔을 씻고 술을 따라서 시신의 동쪽 어깨 부분에
올리고 전물(奠物)을 천으로 덮어둔다.〔執事者以卓子置脯醢, 升自阼階. 祝盥手, 洗盞
斟酒, 奠于尸東當肩, 巾之.〕"라는 내용의 주가 보인다.

157 습을 한……있습니다 : 사계 김장생의 《상례비요》〈습〉의 "시자(侍者)가 습을
마친 뒤에 이불로 시신을 덮는다. 영좌를 설치하고 혼백을 모신다.〔侍者卒襲, 覆以衾.
置靈座, 設魂帛.〕"라는 구절에 대한 주에 "시신의 남쪽에 횃대를 설치하여 수건으로
덮고 교의를 횃대 앞에 놓은 다음 향로와 향합, 술잔과 주전자, 술과 과일을 탁자 위에
진설한다.〔設椸於尸南, 覆以帕, 置倚於椸前, 設香爐盒、盞注、酒果於卓上.〕"라는 내용
이 보인다.

158 소렴……옮기는데 : 사계 김장생의 《상례비요》〈소렴(小斂)〉의 "소렴상을 설치
하고 효대와 이불과 옷을 펴놓은 뒤 이어서 습전을 옮겨둔다.〔設小斂牀, 布絞、衾、衣,
乃遷襲奠.〕"라는 구절에 대한 주에 "집사자가 영좌를 서남쪽으로 옮겨놓고 새 전물(奠
物)을 진설할 때까지 기다렸다가 습전을 치운다.〔執事者遷置靈座西南, 俟設新奠, 乃去
之.〕"라는 내용이 보인다.

159 그림을……아닙니다 : 아래 《가례집람도설(家禮輯覽圖說)》〈소렴지도(小斂之
圖)〉를 보면 가장 아래 왼쪽, 즉 당렴(堂廉) 서쪽에 '습전을 옮겨둔다〔遷襲奠〕'라고
하여 술과 포와 젓갈이 동향으로 놓여 있다. 또 《가례집람도설》〈천시목욕습전위위반
함(遷尸沐浴襲奠爲位飯含)〉을 보면 당 중앙에 있는 시신의 동쪽에 술과 포와 젓갈이
서향으로 진설되어 있는데, 이 전물(奠物)이 〈소렴지도〉에서 당렴으로 옮겨간 것을
알 수 있다.

〔문 6〕 최장방(最長房)이 죽으면 체천한 신주는 차장방(次長房)으로 옮겨 안치해야 하는데, 우암(尤庵 송시열(宋時烈))은 장례 뒤에 옮겨야 한다고 하고[161] 동춘(同春 송준길(宋浚吉))은 3년이 되기를 기다려야 한다고 합니다.[162] 어떤 설을 따라야 합니까?

〔답〕 우암의 설은 참으로 의의가 있지만 평상의 예(禮)로 보면 3년 뒤에 차장방으로 옮겨 모시는 것이 마땅할 듯하네.

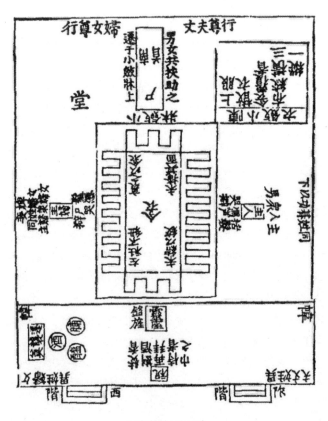

소렴지도(小斂之圖)

[문 7] 우암은 어떤 사람의 질문에 답하기를 "후사로 들어간 분을

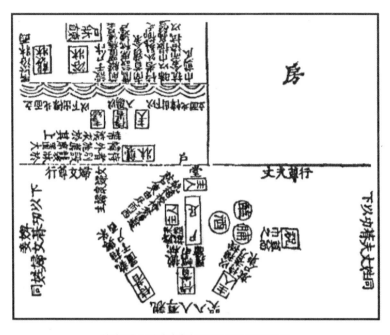

천시목욕습전위위반함(遷尸沐浴襲奠爲位飯含)

160 영좌(靈座)에 놓아두는 제구(諸具) : 사계(沙溪) 김장생(金長生)의 《상례비요》
〈습(襲) 영좌지구(靈座之具)〉에 따르면 횃대[椸], 수건[帕], 유의(遺衣), 의자(倚
子), 좌욕(坐褥), 탁자(卓子), 향로(香爐), 향합(香盒)과 향, 술잔[盞]과 잔 받침,
주전자[注], 술[酒], 과일[果], 빗[櫛], 세숫대야[盥盆], 수건[帨巾]이다.

161 우암(尤庵)은……하고 : 우암 송시열(宋時烈)이 어떤 사람에게 보낸 편지에 "일
반적으로 체천하는 신주는 반드시 3년 뒤에 길제를 지내고 체천하는 것이 규례이다.
그러나 이것은 종가를 위주로 하여 말한 것이니, 최장방에서 차장방으로 옮기는 것
역시 반드시 삼년상이 끝나고 길제를 지낸 뒤를 기다려야 하는가? 혹자는 '최장방의 예는
오로지 제사를 위해서 만들어진 것이다.……최장방의 장례 뒤에 곧바로 차장방으로 옮겨
제사하는 것이 인정에 합당할 듯하다.'라고 한다. 대체로 장례 뒤에 곧바로 옮기는 것과
반드시 3년이 되기를 기다리는 것은 모두 명문이 없다.……그러나 최장방의 장례 뒤에
곧바로 체천한 신주를 그 집에 모시는 것이 그 뜻이 후할 듯하다.……우리 집에서 행하는

위한 상이 다 끝난 뒤에 비로소 사친(私親)을 위한 상복을 입는다."
라고 하였습니다.[163] 그렇다면 남의 후사가 된 자는 후사로 들어간
분의 담제(禫祭)와 길제(吉祭) 이전에는 본생 부모의 상복을 입지
못하고 평상시에 후사로 들어간 분을 위한 담복과 길복을 입는 것인
데, 마음에 편안하겠습니까?

〔답〕 우암의 이 설은 후사로 들어간 분의 상복 제도를 엄히 하고자

것은 이와 같다.〔凡祧主, 必於三年後吉祭而祧遷者例也. 然此則主宗家而言也, 未知自
最長房移於次長房者, 亦待三年畢吉祭後耶? 或云: 最長房之禮, 專爲祭祀而設也.……
當於最長房葬後, 卽移次長房而祭祀之, 似合人情云. 大槪葬後卽移與必待三年, 皆無明
文.……於最長葬後卽奉祧主於其家, 其意似爲厚矣.……鄙家所行如此矣.〕라고 답한
내용이 보인다. 《宋子大全 卷122 答或人》

162 동춘(同春)은……합니다 : 동춘당(同春堂) 송준길(宋浚吉, 1606~1672)이 우암
송시열에게 보낸 편지에 "삼년상이 끝나 합제한 뒤 매안하거나 체천하는 것은 예의
뜻이 본래 그러하네. 그러나 차장방으로 옮기는 것을 3년을 기다리지 않는다는 것은
근거가 있는가? 일찍이 들어보지 못하였네.〔三年喪畢, 合祭而或埋或遷, 禮意本然. 次
長則不待三年, 此有出處否? 曾所未聞者.〕라는 내용이 보인다. 《同春堂別集 卷5 答宋
英甫〔壬子〕》

163 우암은……하였습니다 : 우암 송시열은 "남의 후사가 된 자가 후사로 들어간 분의
상중에 또 본생 부모의 상을 당한 경우, 후사로 들어간 분의 상이 끝났을 때 본생 부모의
기년상이 아직 끝나지 않았으면 그 본생 부모를 위한 기년 상복은 후사로 들어간 분의
대상 뒤에 입어야 합니까? 담제를 지낸 뒤에 입어야 합니까?〔爲人後者所後喪中, 又遭
本生喪, 所後喪畢, 而本生喪朞未除, 則其持本生朞服, 當在祥後乎? 當在禫後乎?〕라는
한여기(韓如琦, 1630~1709)의 질문에 대해, "사친을 위한 상복과 후사로 들어간 분을
위한 상복은 서로 뒤섞어서는 안 되니, 마땅히 후사로 들어간 분을 위한 상복이 다 끝나기
를 기다린 뒤에 비로소 사친을 위한 상복을 입는다.〔私親與所後服, 不可相雜, 當待所後
服盡後, 方服私親服矣.〕라고 대답하고 있다. 《宋子大全 卷114 答韓伯圭〔如琦〕》

해서였을 것이네. 다만 이른바 '상이 다 끝난 뒤'라는 것은 정확히 어느 때를 가리키는 것인지 알지 못하겠네. 만약 반드시 담제를 지낸 뒤에도 여전히 본생 부모의 상복을 입는 것이 허락되지 않는다면 너무 지나칠 듯하네.

〔문 8〕《맹자》의 진씨(陳氏 진양(陳暘)) 주에 "왕자를 낳은 생모가 죽었는데 적모에게 압존되어 감히 상기(喪期)를 마치지 못한 것이다.〔王子所生之母死, 壓於嫡母, 而不敢終喪.〕"라고 하였으니,[164] 이 왕자는 서자로서 종통을 계승한 자가 아니겠습니까? 살펴보면《가례》'자최삼년(齊衰三年)' 조에 "사(士)의 서자가 자기 어머니를 위하여 똑같이 입는다.〔士之庶子爲其母同.〕"라는 설이 있으니, 서자로서 아버지의 후사가 되지 않은 자는 압존되어 상복의 등급을 낮추어 입지 않는 것이 분명합니다. 혹자는 서자에게 적모(嫡母)가 있으면 자기 어머니를 위하여 입는 상복의 등급을 낮춘다고 하는데, 이것은 어찌《맹자》의 진씨 설을 오인하여 이런 말을 한 것이 아니겠습니까.

〔답〕예(禮)에 '적모가 서자를 누른다〔嫡母壓庶子〕'는 글이 없으니, '적모가 살아 있으면 자기 어머니를 위한 상복의 등급을 낮추어 입는다.'라는 것은 옳지 않네.

---

164 맹자의……하였으니 :《맹자집주》〈진심 상(盡心上)〉제39장 제3절의 "왕자 중에 그 어머니가 죽은 자가 있자 그 사부가 그를 위하여 수개월의 상을 청하였다.〔王子有其母死者, 其傅爲之請數月之喪.〕"라는 경문에 대해, 주희(朱熹)의 주에서 진양(陳暘, 1064~1128)의 설을 인용한 것이다.

박동형에게 답하다[165]

答朴東蘅

형질(形質)과 기질(氣質)은 본래 하나의 기(氣)이지만 곧바로 형질을 기질로 삼는 것은 안 되네. 이목구비(耳目口鼻)와 사지백해(四支百骸)의 등속이 형질이며, 기질은 그 형질에 붙어서 맑기도 하고 탁하기도 하며 아름답기도 하고 추하기도 한 것이네. 주 선생(朱先生 주희(朱熹))은 천기지질(天氣地質)의 설을 말하였는데,[166] 이 뜻으로 구한다면 사람의 몸 안에 가볍고 맑은 것은 기(氣)가 되어서 하늘에 속하고, 두텁고 무거운 것은 질(質)이 되어서 땅에 속하게 되며, 합쳐서 말하면 또 단지 하나의 물사(物事)일 뿐이니, 대체로 이와 같네.

---

165 박동형(朴東蘅)에게 답하다 : 박동형은 자세하지 않다. 이 편지는 형질(形質)과 기질(氣質), 기(氣)와 질(質)의 구분에 대해 논하고 있다.

166 주 선생(朱先生)은……말하였는데 : 《주자어류》에 "성(性)은 단지 리(理)일 뿐이다. 그러나 저 하늘의 기(氣)와 땅의 질(質)이 없으면 이 리는 머물 곳이 없게 된다. 다만 기 가운데 맑고 밝은 것을 얻으면 가려지거나 막히지 않아서 이 리가 따라서 발하여 나온다. 가려지거나 막히는 것이 적은 경우에는 발하여 나온 것이 천리가 이기게 되고, 가려지거나 막히는 것이 많은 경우에는 사욕이 이기게 되니, 여기에서 곧 본원의 성에 선하지 않은 것이 없음을 알 수 있다.〔性只是理. 然無那天氣地質, 則此理沒安頓處. 但得氣之淸明則不蔽錮, 此理順發出來. 蔽錮少者, 發出來天理勝; 蔽錮多者, 則私欲勝, 便見得本原之性無有不善.〕"라는 내용이 보인다. 《朱子語類 卷4 性理1 人物之性氣質之性》

최광호에게 답하다[167]

答崔光浩

〔문 1〕 두 번째 조목에서 운운한 것에 대하여

〔답〕 "중화는 사람들이 모두 같다.〔中和, 人人一般.〕"라고 하는 것은
참으로 안 되지만, 이제 "성정은 사람들이 모두 같다.〔性情, 人人一
般.〕"라고 하는 것은 그 말에 어찌 병폐가 있겠는가. 유씨(游氏 유작
(游酢))의 "성정으로 말하면 '중화'라고 한다.〔以性情言之, 則謂之中
和.〕"라는 설[168]로 인하여 마침내 성정을 중화로 삼은 듯하네. 그러나
황씨(黃氏 황연(黃淵))의 본래 뜻[169]이 반드시 이와 같지는 않을 듯하네.

167　최광호(崔光浩)에게 답하다 : 최광호는 자세하지 않다. 이 편지는 모두 5조목의
경문(經文)과 예(禮)에 대한 문답으로 이루어져 있다. (1) 중화(中和)와 성정(性情)의
구분 (2) 형이상(形而上)과 형이하(形而下)의 뜻 (3) 주돈이(周敦頤)의 〈태극도(太極
圖)〉 중 음양(陰陽)을 뜻하는 동그라미의 의미 (4) 사당 안에서 반부(班祔)하는 신주의
위치 (5) 남의 후사가 된 자가 본생 집안에 형제가 있을 때 본생 부모의 축문 규식에
대해 논하고 있다.

168　유씨(游氏)의……설 : 《중용장구》제2장 장 아래 주희(朱熹)의 주에 "성정으로
말하면 '중화'라 하고, 덕행으로 말하면 '중용'이라 한다.〔以性情言之, 則曰中和 ; 以德行
言之, 則曰中庸.〕"라는 유작(游酢)의 설이 인용되어 있다. 주희는 이를 옳다고 보았다.

169　황씨(黃氏)의 본래 뜻 : 대전본(大全本)《중용장구》제2장 장 아래 소주에 보이
는 "성정은 타고난 것이지만 덕행은 인위적인 것이며, 성정은 사람들이 모두 같지만
덕행은 사람마다 다르다.〔性情, 天生底 ; 德行, 人做底. 性情, 人人一般 ; 德行, 人人不
同.〕"라는 황연(黃淵)의 설을 이른다.

〔문 2〕 세 번째 조목에서 운운한 것에 대하여

〔답〕 '형이상(形而上)'과 '형이하(形而下)'의 뜻에 대해서는 두 설이
모두 온당치 않네. 형이상은 '형지상(形之上)'이라고 말한 것과 같고,
형이하는 '형이위하(形而爲下)'라고 말한 것과 같네. 형(形)이 바로
하(下)이며, 도기(道器) 사이에 별도로 이른바 '형'이라는 것이 있어
서 세 단계로 구분되는 것이 아니네. 언해로 해석한다면 마땅히 '형
으로 상(形으로 上)'이라 하고 '형이오 하(形이오 下)'라고 해야 할 것
이니, 어떨지 모르겠네.

〔문 3〕 일곱 번째 조목에서 운운한 것에 대하여

〔답〕 〈태극도(太極圖)〉[170]의 음양(陰陽) 동그라미는 왼쪽 흰 것은 양
인데 중간의 검은 것은 음이 양에 뿌리를 둔 뜻을 보인 것이며, 오른
쪽 검은 것은 음인데 중간의 흰 것은 양이 음에 뿌리를 둔 뜻을 보인
것이네. 그렇다면 음과 양은 각각 하나의 동그라미일 뿐이니, 어떻게
세 개의 동그라미라고 말할 수 있겠는가.

〔문 4〕 여덟 번째 조목에서 운운한 것에 대하여

〔답〕 반부(班祔)하는 신주는 혹 감실(龕室)이 협소하여 정위(正位)

---

170 태극도(太極圖) : 북송 주돈이(周敦頤)의 역학도식(易學圖式)을 이른다. 262쪽
주6 참조.

에 합부할 수 없으면 동쪽 벽 아래에 서향으로 설치하니,[171] 이것은 사람들 사이에 통행되는 규례이네.

〔문 5〕 아홉 번째 조목에서 운운한 것에 대하여

〔답〕 남의 후사가 된 자는 그 본생 부모에게 제사할 때 축문의 규식은 다만 주자(朱子 주희(朱熹))의 정론(定論)에 근거하여 백숙부모로 칭하고 자신은 종자(從子 조카)로 칭해야 할 것이니, 본생 집안에 형제가 있는지의 여부는 논할 필요가 없네.

---

171 반부(班祔)하는……설치하니 : 322쪽 주118 참조.

이현에게 답하다 1[172]

答李鉉

〔문〕《예기》〈간전(間傳)〉의 "가벼운 것은 포함하고 중한 것은 단독
으로 한다.〔輕包重特.〕"라는 구절의 뜻에 대하여 운운[173]

〔답〕 "가벼운 것은 포함하고 중한 것은 단독으로 한다."라는 설에 대
해 다시 반복해준 질문을 받으니, 그 '분명하지 않으면 놓지 않는〔不
明不措〕'[174] 뜻이 매우 존경스럽네. 그러나 이 뜻은 본래 알기 어려운

---

172 이현(李鉉)에게 답하다 1 : 이현은 자세하지 않다. 이 편지는 《예기》〈간전(間
傳)〉의 "가벼운 것은 포함하고 중한 것은 단독으로 한다.〔輕包重特.〕"라는 구절의 뜻에
대하여 자세히 논하고 있다.

173 예기……운운 : 《예기》〈간전(間傳)〉에 "상복을 바꾸는 자는 어찌하여 가벼운
것을 바꾸는가? 참최의 상에 우제와 졸곡을 마치고 자최의 상을 만났으면 가벼운 것은
포함하고 중한 것은 단독으로 하기 때문이다.〔易服者, 何爲易輕者也? 斬衰之喪, 旣
虞、卒哭, 遭齊衰之喪, 輕者包, 重者特.〕"라는 내용이 보인다. 가벼운 것은 남자의 요질
(腰経)과 부인의 수질(首経)을 이르고, 중한 것은 남자의 수질과 부인의 요질을 이른
다. 진호(陳澔)의 주에 따르면 참최의 복을 바꾸어 입을 때에 자최의 상을 만났을 경우,
남자는 자최의 요질에 참최의 요질의 뜻을 포함하고 수질은 참최의 수질을 하며, 여자는
자최의 수질에 참최의 수질의 뜻을 포함하고 요질은 참최의 요질을 한다. 〈상복소기(喪
服小記)〉 정현(鄭玄)의 주에 따르면 참최복의 상에 졸곡(卒哭)이 지나면 갈질(葛経)을
받는다. 즉 참최의 상에 우제와 졸곡을 마치고 자최의 상을 만나면 남자의 경우 수질은
참최의 갈질을 하고 요질은 자최의 마대를 한다. 부인의 질대는 356쪽 주185 참조.

174 분명하지……않는 : 《중용장구》제20장 제19절에 "분변하지 않음이 있을지언정
분변할진댄 분명하지 못하거든 놓지 말며, 행하지 않음이 있을지언정 행할진댄 독실하
지 못하거든 놓지 말아야 한다.〔有弗辨, 辨之, 弗明, 弗措也; 有弗行, 行之, 弗篤, 弗措

것이 없는데 단지 밝은 그대가 우연히 선입견에 막힌 것뿐이네. 병으로 혼미하여 자세히는 대답하지 못하고 우선 그 대강만 논하겠네.

마(麻)는 흉례(凶禮)의 지극한 예이고 갈(葛)은 흉례의 줄인 예이네. 이 때문에 마질(麻絰)은 갈질(葛絰)을 포함할 수 있지만 갈질은 마질을 포함할 수 없네. 중한 것은 반드시 단독으로 하니 이른바 "높은 것은 두 가지를 할 수 없다.[尊者不可貳也.]"라는 것이며, 가벼운 것은 포함할 수 있으니 이른바 "낮은 데에는 두 가지를 베풀 수 있다.[於卑可以兩施.]"라는 것이네.[175] 여기에 과연 무슨 의심할 것이 있겠는가. '포(包)'가 '함(含)'의 뜻인 것은 글자의 뜻이 매우 분명하니, 예를 들면 이른바 "큼과 작음을 포함하고 광대함과 은미함을 겸하였다.[包大小, 兼費隱.]"[176]라는 구절과 이른바 "단독으로 말하면 네 가지를 포함한다.[專言則包四者.]"[177]라는 구절의 '포'는 '함'의 뜻이 아니겠는가.

也.]"라는 내용이 보인다.

175 중한……것이네 : 《예기》〈간전(間傳)〉정현(鄭玄)의 주에 "여기에서 '겸한다' '단독으로 한다'고 말한 것은, 낮은 데에는 두 가지를 베풀 수 있지만 높은 것은 두 가지를 할 수 없음을 밝힌 것이다.[此言包、特者, 明於卑可以兩施, 而尊者不可貳.]"라는 내용이 보인다. 관련 경문은 350쪽 주173 참조.

176 큼과……겸하였다 : 《중용장구》제16장 장 아래 주희(朱熹)의 주에 "이 한 장은 광대함과 은미함을 겸하고 큼과 작음을 포함하여 말한 것이다.[此一章兼費隱、包大小而言.]"라는 내용이 보인다. '비(費)'는 도(道)의 용(用)이 광대한 것을 이르고 '은(隱)'은 도의 체(體)가 은미한 것을 이르며, '대(大)'는 도의 지극함이 큰 측면으로 보면 천지보다 큰 것을 이르고 '소(小)'는 도의 지극함이 작은 측면으로 보면 천하의 누구도 깨트릴 수 없을 만큼 작은 것을 이른다.

177 단독으로……포함한다 : 《주역전의(周易傳義)》〈건괘(乾卦) 단전(彖傳)〉정이(程頤)의 주에 "원형이정 사덕의 '원'은 인의예지신 오상의 '인'과 같으니, 상대적으로 말하면 한 가지 일이고 단독으로 말하면 네 가지를 포함한다.[四德之元, 猶五常之仁,

만약 반드시 두 가지가 모두 있는 것을 '포'의 뜻으로 본다면, 다른 것을 논하기 전에 그대가 고서를 두루 보았을 때 언제 머리에 두 가지 수질을 두르고 허리에 두 가지 요질을 둘러 이렇게 차이 나는 상복을 입는 일이 있단 말인가. 지금 도리어 이것을 타당하다고 여기니, 사람이 보는 것이 저마다 다르다는 것이 참으로 맞는 말인가 보네. 이와 같은데도 여전히 이해되지 않는다면 그저 훗날을 기다려 직접 만나 궁구할 수밖에 없네.

偏言則一事, 專言則包四者.]"라는 내용이 보인다.

이현에게 답하다 2[178]

答李鉉

연제(練祭 소상제(小祥祭)) 후에 조석으로 전배(展拜)하는 것은 퇴계
(退溪 이황(李滉))와 우암(尤庵 송시열(宋時烈))의 논의가 비록 인정(人
情)에 근본을 두었으나,[179] 《가례》에 이미 그런 글이 없고 또 주 선생
(朱先生 주희(朱熹))의 "3년 동안은 항상 모시는 것이어서 절이 없다.

---

178 이현(李鉉)에게 답하다 2 : 이 편지는 모두 다섯 가지 변례(變禮)에 대해 답하는
내용으로 이루어져 있다. (1) 연제(練祭) 후에 조석으로 전배(展拜)하는 것 (2) 소상
(小祥)이나 대상(大祥) 후에 다른 사람의 후사가 된 경우 이 후사자가 입는 상복 (3)
《예기》〈간전(間傳)〉의 "가벼운 것은 포함한다.〔輕包.〕"라는 구절의 뜻 (4) 《가례》
〈혼례(婚禮)〉의 '같이 사는 분이 시부모보다 높은 경우〔同居尊於舅姑者〕'에서 '같이
사는 분'의 뜻 및 현구고례(見舅姑禮) 때 이분을 알현하는 장소와 차례, 이분에게 폐백
을 올리는지의 여부 (5) 아버지의 신장(新葬)에 어머니를 개장(改葬)하면서 합장할
때 제사의 순서에 대해 논하고 있다.
179 연제(練祭)……두었으나 : 퇴계(退溪) 이황(李滉)은 제자 우성전(禹性傳)이 편
지를 보내 "소상을 지낸 뒤에 아침저녁으로 곡하는 것은 폐하지만 다만 아침저녁으로
궤연에 전배하는 것이 인정과 예의에 합당한 듯합니다.〔練後雖廢朝夕之哭, 而只於晨昏
展拜几筵, 似合情禮.〕"라고 문의하자 지극히 마땅하다고 대답하였는데, 이에 대해 우암
(尤庵) 송시열(宋時烈)은 "소상 전에는 아침저녁의 곡이 있고 사당에 합부한 뒤에는
새벽의 배알이 있는데 중간에 소상을 지낸 뒤와 합부 이전에는 도리어 일이 없으니
이것은 알기 어려운 곳이다. 이 선생의 설을 따르는 것이 혹 허물이 적을 듯하다.〔練前
有朝夕哭, 祔廟後有晨謁, 而中間練後祔前, 却無事在者, 是難曉處也. 從李先生說, 恐或
寡過也.〕"라고 말하고 있다. 이것은 《가례》 권6 〈상례(喪禮) 소상(小祥)〉에 소상제가
끝난 뒤 "아침과 저녁의 곡을 그친다.〔止朝夕哭.〕"라는 조항으로 인해 나온 논의이다.
《退溪集 卷32 答禹景善》《宋子大全 卷54 答金久之〔己酉正月〕》

〔常侍無拜.〕"는 설[180]이 예(禮)의 뜻인 듯하여 이 때문에 우리 집에서는 종래 행한 적이 없는데, 또한 과연 어떨지 모르겠네.

소상(小祥) 후에 후사가 된 자가 상복을 받아 제사를 지내는 의절에 대해서는 예(禮)에 근거할 만한 것이 없으니 감히 단정적으로 말하지 못하겠네. 우선 억견(臆見)으로 미루어보면, 이미 지나간 소상은 이미 중복하여 행할 수 없고 궤전(饋奠)을 4, 5년 동안 시일을 끌어 제때에 사당에 들이지 않는 것 역시 매우 온당치 않으니 2년이 되는 날에 곧바로 대상(大祥)을 지내고 이어서 궤연(几筵)을 거둘 수밖에 없네. 그러나 주인의 변제(變除)는 공문(公文)이 도착한 날부터 계산을 시작하여 이듬해에 연복(練服 소상복)을 받고 또 그 이듬해에 담복(禫服)을 받고 또 한 달을 걸러 길복을 입되 모두 제사는 지내지 않고 단지 곡만 하면서 행하는 것이네.

《예기》〈상복소기(喪服小記)〉에 이르기를 "기년에 제사를 지내는 것은 예이고 기년에 상복을 벗는 것은 도이니, 연제를 지내는 것은 상을 벗기 위해서가 아니다.〔期而祭, 禮也; 期而除喪, 道也. 祭不爲除喪

---

180 주 선생(朱先生)의……설 : 《주자어류》에 "단지 부모님이 살아 계셨을 때 자제들이 절하고자 하더라도 또한 반드시 부모님이 일어나서 옷을 입기를 기다린 뒤에 하니, 지금 차마 귀신으로 부모님을 섬기지 못하기 때문에 조석곡 때에도 절을 하지 않는 것이다.〔只是父母在生時, 子弟欲拜, 亦須俟父母起而衣服. 今恐未忍以神事之, 故亦不拜.〕"라는 내용이 보인다. 사계(沙溪) 김장생(金長生)은 이를 근거로 《가례》에서 조석전을 올릴 때 "주인 이하의 사람들이 재배하고 곡을 하여 슬픔을 다한다.〔主人以下再拜, 哭盡哀.〕"라는 구절은 조석곡을 위해서 절을 하는 것이 아니라 전(奠)을 올리는 것 때문에 절을 하는 것이라고 해석하였다. 그리고 "거상하는 자는 항상 궤연을 모시기 때문에 조석으로 배알하는 예가 없다.〔喪人常侍几筵, 故無朝夕拜謁之禮.〕"라고 단정하였다. 《朱子語類 卷89 禮6 冠昏喪 喪》《家禮 喪禮 朝夕哭奠》《疑禮問解 喪禮 朝夕哭》

也.]"라고 하였네. 이에 근거한다면 제사와 상복을 벗는 것은 본래 두 가지 일이니, 그 일이 동시에 있기 때문에 제사를 지내는 것으로 인하여 상복을 벗지만 사실은 제사가 주이네. 그렇다면 앞에서와 같은 일을 만났을 경우 그 제사를 먼저 지내고 그 상복을 벗는 것을 뒤로 하는 것이 어쩌면 매우 어긋나는 데에까지 이르지는 않지 않을까 싶네. 만약 그 후사가 된 것이 대상(大祥)의 뒤에 있다면 보내온 편지에서 말한 것처럼 소복으로 그 남은 달을 마치는 것이 옳을 듯하네.

《예기》〈간전(間傳)〉의 "가벼운 것은 포함한다.〔輕者包.〕"[181]라는 구절의 뜻은, 우옹(尤翁 송시열(宋時烈))이 이른바 "가벼운 복의 대와 질을 겸하여 착용하여야 한다.〔兼服輕服之経帶.〕"[182]라는 것이 횡거(橫渠 장재(張載))의 설[183]에 근본을 둔 듯하나, 머리에 두 종류의 수질을 두르고 허리에 두 종류의 요질을 매는 것은 끝내 어긋나는 것이네. 내 생각

---

181 예기……포함한다 : 350쪽 주173 참조.

182 우옹(尤翁)이……한다 :《송자대전》에 우암(尤庵) 송시열(宋時烈)이 서문숙(徐文淑)의 물음에 "상이 동시에 있을 경우 비록 평소에는 중한 복을 입으나 남자의 요대와 부인의 수질은 마땅히 가벼운 복의 대와 질을 겸하여 착용하여야 한다.〔夫竝有喪, 雖常持重, 而男子要帶、婦人首経, 則當兼服輕服之帶與経也.〕"라고 답한 내용이 보인다.《宋子大全 卷115 答徐子華〔文淑〕》

183 횡거(橫渠)의 설 :《예기대전(禮記大全)》〈간전(間傳)〉소주(小注)에 "(3년의 상에 연제를 지낸 뒤에는) 이미 참최의 가벼운 갈대(葛帶)를 대공의 마대(麻帶)로 바꾸지 못하니 참최의 갈대는 대공의 마대보다 굵기 때문이며, 또 감히 머리에 두른 자최의 중한 갈질을 바꾸지도 못하니 자최의 가벼운 갈대라야 비로소 감히 가벼운 대공의 마대로 바꾸어 갈대를 제거한다. 그렇다면 중한 것은 마땅히 남겨두어야 하기 때문에 마질과 갈질 둘 모두를 머리에 두르는 것이다.〔旣不敢易斬衰之輕, 以斬葛大於大功之麻也; 又不敢易齊首之重, 輕者方敢易去, 則重者固當存, 故麻、葛之経, 兩施於首.〕"라는 횡거 장재(張載)의 설이 보인다.

에 '포(包)'는 '겸(兼)'과 다르네. '포'는 바로 이것으로 저것을 포함한다는 말이니, 《중용》 주(注)의 "광대함과 은미함을 겸하고 큼과 작음을 포함하였다.〔兼費隱, 包大小.〕"[184]라는 글을 보면 알 수 있네. 그렇다면 여기에서 말하는 '가벼운 것은 포함한다'는 것 역시 마대(麻帶)로 갈대(葛帶)를 포함한다는 말이며 이미 마대를 착용하고 또 갈대를 착용한다는 뜻이 아니네. 주소(註疏)의 설[185]이 바로 이와 같으니 다시 자세히 살피는 것이 어떻겠는가.

《가례》〈혼례(婚禮)〉편에서 '같이 사는 분이 시부모보다 높은 경우〔同居尊於舅姑者〕'에는 〈사당(祠堂)〉장의 '같이 사는 경우〔同居〕'의 글에 근거하면 방친(傍親)의 존속을 가리킬 뿐이니,[186] 우옹(尤翁 송시

184 중용……포함하였다 : 《중용장구》 제16장에 보인다. 351쪽 주176 참조.
185 주소(註疏)의 설 : 《예기》〈간전(間傳)〉의 정현의 주와 공영달의 소를 이른다. 관련 경문은 350쪽 주173 참조. 정현의 주는 351쪽 주175 참조. 공영달의 소에 "지금 자최의 상에 우제와 졸곡을 마쳤는데 대공의 상을 만났으면 가벼운 것을 바꾸어서, 남자는 대공의 마대로 자최의 갈대를 바꾸지만 그 머리에는 여전히 자최의 갈질을 두르니, 이것은 머리에는 갈질을 하고 허리에는 마대를 하는 것이다. 그러므로 경문에서 '마와 갈을 겸하여 착용한다.'고 한 것이다. 겸하여 착용한다는 이 글은 남자에 근거를 둔 것이다. 부인은 머리에는 대공의 마질을 하고 허리에는 자최의 마대를 하여 위아래가 모두 마이기 때문에 마대와 갈질을 겸하여 착용한다고 말할 수 없다.〔今齊衰既虞、卒哭, 遭大功之喪, 易換輕者, 男子則大功麻帶易齊衰之葛帶, 其首猶服齊衰葛経, 是首有葛、要有麻, 故云麻葛兼服之. 兼服之文, 據男子也. 婦人則首服大功之麻経, 要服齊衰之麻帶, 上下俱麻, 不得云麻葛兼服之也.〕"라는 내용이 보인다. 참최의 상에 연제(練祭)를 지내고 대공의 상을 만났을 경우에는, 공영달의 소에 따르면 "남자는 수질을 벗고 대공의 마질을 두르며, 부인은 요대를 벗고 대공의 마대를 두른다. 남자는 또 대공의 마대로 연제의 갈대를 바꾸며, 부인은 또 대공의 마질로 연제의 갈질을 바꾼다.〔男子首空, 著大功麻経; 婦人要空, 著大功麻帶. 男子又以大功麻帶易練之葛帶, 婦人又以大功麻経易練之葛経.〕" 즉 수질과 요질을 모두 마로 하는 것이다.

열(宋時烈))이 시아버지의 부모를 아울러 이 존속에 해당시킨 것[187]은 조검(照檢)을 잃은 듯하네. 그리고 시아버지의 아버지가 살아 있다면 이분이 종자이니, 종자는 사실(私室)에 물러가 거하는데 그 아들이 감히 정당(正堂)을 차지하고 며느리를 보는 것은 더욱 옳지 않을 듯하네. 내 생각에는 단지 종자를 만나는 예(禮)에 따라 며느리가 먼저 사실에서 시부모를 알현하면 시부모가 며느리를 데리고 시조부모의 당에 나아가서 절하는 것이 혹 옳지 않을까 싶네. 시부모보다 높은 어른에게도 폐백을 올려야 하는지의 여부에 대해서는 여러 설이 같지 않으나[188] 세속에서 행하는 사람이 많으니 이를 따라 하는 것이 또한

---

186 가례……뿐이니 : 《가례》〈혼례(婚禮) 부현구고(婦見舅姑)〉에 "같이 사는 분 중에 시부모보다 높은 분이 있으면 시부모가 며느리를 데리고 그분의 사실에 가서 알현시키는데, 시부모를 알현하는 예와 같이 한다.〔同居有尊於舅姑者, 則舅姑以婦見於其室, 如見舅姑之禮.〕"라는 내용이 보이며, 〈통례(通禮) 사당(祠堂)〉 '네 개의 감실을 만들어 선조의 신주를 모신다〔爲四龕以奉先世神主〕' 조에 "만약 적장자와 같이 산다면 아버지가 돌아가신 뒤에 그 자손이 자신의 아버지를 위하여 사실에 사당을 세운다. 그리고 계승한 세대의 수에 따라 감실을 만들었다가 나가서 따로 살게 된 뒤에 그 사당의 제도를 갖춘다.〔若與嫡長同居, 則死而後, 其子孫爲立祠堂於私室. 且隨所繼世數爲龕, 俟其出而異居, 乃備其制.〕"라는 내용이 보인다.

187 우옹(尤翁)이……것 : 우암(尤庵) 송시열(宋時烈)이 이지석(李志奭)에게 답한 편지에 "그 앞 조항에 먼저 시부모를 알현하는 예가 있고 그 아래에 여러 존장을 알현하는 글이 있으니, 여기에서 이른바 '시부모보다 높은 분'은 신랑의 조부모임을 알 수 있다.〔其上條先有見舅姑之禮, 其下有諸尊長之文, 此所謂尊於舅姑者, 其爲夫之祖父母可知矣.〕"라는 내용이 보인다. 이와 관련하여 《가례》〈혼례〉에 "이튿날 일찍 일어나 신부가 시부모를 알현한다. 시부모가 답례로 신부에게 초례(醮禮)를 베푼다. 신부가 여러 존장에게 알현한다.〔明日夙興婦見於舅姑. 舅姑禮之. 婦見於諸尊長.〕"라는 내용이 보인다. 《宋子大全 卷115 答李周卿〔志奭〕》

188 시부모보다……않으나 : 예를 들면 우암 송시열은 "시부모보다 높은 경우 이미

무슨 문제가 되겠는가.

아버지는 새로 장례하고 어머니는 개장(改葬)을 하면서 합장을 할 경우에는 먼저 아버지의 우제(虞祭)를 행하고 다음 날 묘소에 나아가서 어머니를 위하여 전(奠)을 진설하는 것이 마땅할 듯하네.

이러한 것들은 모두 예(禮)의 대절(大節)에 많이 관계되는 데다 또 선현의 논의와 조금 출입이 없을 수 없으니 사람으로 하여금 매우 두렵게 하네. 만일 오류가 있으면 통렬하게 지적하여 다시 가르쳐주면 고맙겠네.

'시부모를 알현하는 예와 같이 한다.'라고 했으니 폐백에 있다는 것을 알 수 있다. '폐백이 없다.'라고 한 것은 단지 여러 존장만을 가리켜서 말한 것이다.〔尊於舅姑者, 旣曰如見舅姑之禮云, 則其有贄可知. 其曰無贄者, 單指諸尊長而言之也.〕"라고 하여 시부모보다 높은 분에게도 폐백을 올려야 한다고 보았으며, 성호(星湖) 이익(李瀷)은 "'돌아와서 여러 존장에게 절을 한다.'라는 구절 아래에 총괄하여 '폐백이 없다.'라고 하였으니, 비록 시부모보다 높은 분에게도 폐백을 쓰지 않는 것입니까? '시부모를 알현하는 예와 같다.'라고 하였으니 이분들에게도 폐백을 올리는 것이 마땅하며 오로지 여러 존장에게만 폐백이 없다는 것입니까?〔還拜諸尊長下, 總云無贄, 則雖尊於舅姑者, 亦不用幣耶? 云如見舅姑之禮, 則亦當有之, 而獨於諸尊長無之耶?〕"라는 윤복춘(尹復春)의 질문에 "앞의 설이 옳을 듯하네.〔前說恐是.〕"라고 하여 폐백을 올릴 필요가 없다고 보았다. 이와 관련하여 《가례》〈혼례(婚禮) 부현구고(婦見舅姑)〉'신부가 여러 존장을 알현한다〔婦見於諸尊長〕' 조에 "같이 사는 분 중에 시부모보다 높은 분이 있으면 시부모가 며느리를 데리고 그분의 사실에 가서 알현시키는데, 시부모를 알현하는 예와 같이 한다. 돌아와서 동서(東序)와 서서(西序)에서 여러 존장에게 절하는데 관례를 행할 때와 같이 하며 폐백은 없다.〔同居有尊於舅姑者, 則舅姑以婦見於其室, 如見舅姑之禮. 還拜諸尊長於兩序, 如冠禮無贄.〕"라는 내용이 보인다. 《宋子大全 卷121 答或人》《星湖全集 卷21 答尹復春問目〔上〕》

김제형에게 답하다[189]

答金濟亨

〔문〕 소생의 선조 감사공(監司公)과 증(贈) 좌의정공(左議政公) 두 대의 묘소는 본래 광주(廣州) 땅에 있었는데, 병란을 겪은 뒤에 잔손(孱孫)이 영외(嶺外)를 떠돌아다니며 살다가 묘역을 잃어버려 성묘할 곳이 없게 되니 서로 함께 놀라고 슬퍼하였습니다. 감사공은 그 맏아들 참의공(參議公)의 묘소 뒤에 단을 설치하고 의정공은 그 맏형 판서공(判書公)의 묘소 오른쪽에 단을 설치하고서, 원래 묘소의 주인에게 1년에 한 번 제사 지낼 때 단에 간소하게 망전(望奠)을 진설하고 지방(紙榜)을 사용하여 제사를 받들고 있습니다. 어느 때 시작되었는지는 알지 못하겠지만, 아마도 자손이 먼 조상을 추도하는 사사로운 정에서 나온 것이고 예경(禮經)에 근거로 삼아 원용할 만한 사례가 있는 것은 아닐 듯합니다. 예(禮)에 명확한 근거가 없으니 그만두는 것이 옳습니까?

〔답〕 그대의 가문에서 단을 만들어 제사하는 것은 참으로 효손의 먼 조상을 추도하는 지극한 정에서 나온 것이지만, 예(禮)를 가지고 헤아려보면 근거할 바가 없네. 묘소는 체백(體魄)이 있는 곳이니, 가지

---

189 김제형(金濟亨)에게 답하다 : 김제형은 자세하지 않다. 이 편지는 병란 등의 사유로 먼 조상의 묘소를 잃어버렸을 경우 후손의 묘 옆에 단을 만들어 이 조상을 추도하는 것이 예(禮)에 합당한가에 대해 논하고 있다.

않는 곳이 없는 혼기(魂氣)와는 그 이치가 같지 않네. 그러므로 〈증자문(曾子問)〉에 비록 "묘소를 바라보고 단을 만든다.〔望墓爲壇.〕"라는 구절이 있기는 하지만 이것은 바로 바라볼 만한 묘소가 있기 때문이니, 요컨대 반드시 묘역 안에 있어야 한다는 것이네. 지금 이미 묘소를 잃어버리고는 마침내 수백 리 밖에서 그 형과 아들의 묘소에 억지로 덧붙여 제사를 지내기까지 하는 것은 매우 의미 없는 것이며, 사체(事體)로 볼 때에도 선대 어른을 존중하지 않는 것이네. 이미 이것이 이렇다는 것을 알았다면 끝도 없이 끌어대어 바꿀 수 없는 성법(成法)인 것처럼 해서는 안 될 듯하네. 이 때문에 지난번에 상사군(上舍君)을 대해서도 이러저러한 말을 했던 것이네. 그러나 이것은 큰일이니 한 사람의 말로 판단하여 결정할 수는 없네. 다시 아는 분들에게 두루 여쭈어서 처리하는 것이 어떻겠는가.

삼산재집

제7권

書서

서書

양치악에게 답하다[1]

答楊峙岳

[문 1] 〈중용장구 서(中庸章句序)〉에서는 도통(道統)의 전함을 차례차례 서술하면서 염계(濂溪 주돈이(周敦頤))를 언급하지 않았는데[2] 〈근사록집해 서(近思錄集解序)〉에서는 언급하였습니다.[3] 뿐만 아니

1 양치악(楊峙岳)에게 답하다 : 양치악은 자세하지 않다. 이 편지는 〈중용장구 서(中庸章句序)〉의 구절에 대해 다음과 같이 모두 4조목의 문답으로 이루어져 있다. (1) 서문에서 주희(朱熹)가 도통(道統)을 논할 때 주돈이(周敦頤)를 고요(皐陶)·이윤(伊尹)·부열(傅說)보다 아래 등급으로 보았는지의 여부, (2) '요령(要領)'이라는 어휘의 의미, (3) '중용(中庸)'이라는 어휘에 대해 정이(程頤)와 주희의 해석이 다른 이유, (4) 서문에서 심(心)을 말한 이유

2 중용장구 서(中庸章句序)에서는……않았는데 : 주희의 〈중용장구 서〉에서는 도통(道統)을 언급하면서 요(堯)임금과 순(舜)임금으로 시작하여 하(夏)나라 우왕(禹王), 은(殷)나라 탕왕(湯王), 주(周)나라 문왕(文王)과 무왕(武王) 등의 군주, 순임금 때의 고요(皐陶), 탕왕 때의 이윤(伊尹)과 부열(傅說), 주나라 초창기의 주공(周公)과 소공(召公) 등의 신하, 춘추 시대의 공자, 공자의 제자인 안연(顏淵)과 증자(曾子), 공자의 손자인 자사(子思), 전국 시대의 맹자(孟子) 등 성현(聖賢)을 언급하고, 다시 송(宋)나라의 정호(程顥)와 정이(程頤) 형제를 차례로 언급하고 있다.

3 근사록집해 서(近思錄集解序)에서는 언급하였습니다 : 송(宋)나라 섭채(葉采)의

라 고요(皐陶)·이윤(伊尹)·부열(傅說)이 이미 〈중용장구 서〉에 들어가 있으니, 그렇다면 주자(朱子 주희(朱熹))가 염계를 높인 것이 어찌 이 몇몇 현인(賢人)들보다 아래에 둔 것이 아니겠습니까.

〔답〕〈중용장구 서〉에 도통(道統)을 논한 곳에 염계를 언급하지 않은 것은 주 선생(朱先生 주희(朱熹))이 이에 대해 필시 헤아림이 있어서 그러했을 것이네. 《맹자집주(孟子集註)》 책 마지막에 곧바로 명도(明道)의 묘표(墓表)로 잇고 있는 것을 보면 그 뜻을 또한 알 수 있네.[4] 그러나 〈근사록집해 서〉로 말하면, 〈중용장구 서〉에서 단지 《중용》이라는 한 책의 시종(始終)과 현회(顯晦)의 이유만을 말한 것과는 일의 면모가 본래 같지 않네. "주자가 염계를 높인 것이 어찌 고요·이윤·부열보다 아래에 둔 것이 아니겠습니까."라고 말한 것은 조금 거칠고 소루한 듯하니, 다시 생각해보는 것이 좋을 듯하네.

〈근사록집해 서〉에서는 삼대(三代), 한(漢)나라, 당(唐)나라로 도통이 면면이 이어져 왔음을 말한 뒤에, 천년 동안 끊어졌던 도통이 송나라에 들어와 주돈이(周敦頤), 정호(程顥), 정이(程頤), 장재(張載)로 다시 이어졌다고 말하고 있다.

4 맹자집주(孟子集註)……있네 : '명도(明道)의 묘표(墓表)'는 명도선생(明道先生) 정호(程顥)의 아우 정이(程頤)가 형을 위하여 지은 묘표를 이른다. 《맹자집주》《진심하(盡心下)》 마지막 장 장하주(章下註)에 보이는데, 그 처음은 "송나라 원풍 8년(1085)에 하남 정호 백순이 죽자 노공 문언박이 그 묘소에 쓰기를 '명도선생'이라 하였다. 이에 그의 아우인 정이 정숙이 다음과 같이 서문을 쓴다. '주공이 세상을 떠나자 성인의 도가 행해지지 못하였다.……〔有宋元豐八年, 河南程顥伯淳卒, 潞公文彦博題其墓, 曰明道先生. 而其弟頤正叔序之, 曰周公沒, 聖人之道不行.……〕"라는 말로 시작하고 있다.

〔문 2〕 "그 요령을 터득함이 있는 듯하였다.〔似有得其要領.〕"5에서 이른바 '요령(要領)'이라는 것은 무엇을 가리켜서 말한 것입니까?

〔답〕 '요령'은 굳이 아무 장 아무 구절을 가리켰다고 단정 지어 말할 필요 없으니, 계구근독(戒懼謹獨)6을 학문의 절실하고 긴요한 곳이라고 말한다면 괜찮겠지만 어찌 꼭 이 책의 요령으로 볼 필요가 있겠는가.

〔문 3〕 정자(程子 정이(程頤))와 주자(朱子 주희(朱熹)) 두 선생의 '중용(中庸)' 두 글자를 해석한 것이 설이 같지 않습니다. 허 동양(許東陽 허겸(許謙))이 말하기를 "정자의 말은 동과 정을 겸하여 든 것이다.〔程子之言, 兼擧動靜.〕"라고 하였는데,7 어떨지 모르겠습니다.

---

5 그……듯하였다 : 〈중용장구 서〉에 "나는 이른 나이로부터 일찍이 받아 읽고 적이 의심하여 침잠하고 반복함이 또한 여러 해였는데, 하루아침에 문득 그 요령을 터득함이 있는 듯하였다.〔熹自蚤歲卽嘗受讀而竊疑之, 沈潛反復, 蓋亦有年, 一旦恍然似有得其要領者.〕"라는 내용이 보인다.

6 계구근독(戒懼謹獨) : 《중용장구》 제1장 제2절에 "도는 잠시도 떠날 수 없는 것이니, 떠날 수 있으면 도가 아니다. 이 때문에 군자는 그 보지 않는 바에도 삼가며 그 듣지 않는 바에도 두려워하는 것이다.〔道也者, 不可須臾離也, 可離, 非道也. 是故君子戒愼乎其所不睹, 恐懼乎其所不聞.〕", 제3절에 "숨겨진 것보다 드러남이 없으며 미세한 일보다 나타남이 없으니, 그러므로 군자는 그 홀로를 삼가는 것이다.〔莫見乎隱, 莫顯乎微, 故君子愼其獨也.〕"라는 내용이 보인다. '계구'는 '계신공구(戒愼恐懼)'의 줄인 말로 정(靜) 공부에 해당하고, '근독'은 '신독(愼獨)'과 같은 말로 동(動) 공부에 해당한다.

7 정자(程子)와……하였는데 : 대전본(大全本) 《중용장구》 제하(題下) 주희(朱熹)의 주에 "'중'은 편벽되지 않고 치우치지 않으며 과나 불급이 없는 것의 이름이고, '용'은 평상함이다.〔中者, 不偏不倚無過不及之名 ; 庸, 平常也.〕"라는 내용이 보이며, 또 정이

〔답〕 "편벽되지 않은 것을 중이라 이른다.〔不偏之謂中.〕"라고 한 것은 《중용혹문(中庸或問)》 첫 장에 분명히 "중에 있다는 뜻이다.〔在中之義.〕"라고 하였으니,[8] 후인이 다른 설을 제기하기 어렵네. 그리고 그 아래에 또 "한 가지 일 가운데에도 일찍이 편벽되거나 치우친 바가 있은 적이 없다.〔一事之中, 亦未嘗有所偏倚.〕"라고 하였으니,[9] 허씨의 '동과 정을 겸하였다'는 설은 어쩌면 여기에 근본을 둔 것인지도 모르겠네. 그러나 미루어서 말한다면 이와 같이 말할 수는 있겠지만 끝내

(程頤)의 말을 인용하여 "편벽되지 않음을 '중'이라 이르고 변치 않음을 '용'이라 이르니, '중'은 천하의 정도이고 '용'은 천하의 정해진 이치이다.〔不偏之謂中, 不易之謂庸. 中者, 天下之正道; 庸者, 天下之定理.〕"라고 하였다. 소주에 원대(元代)의 학자 허겸(許謙, 1270~1337)이 "정자가 편벽되지 않은 것을 중이라고 한 것은 참으로 동과 정을 겸하여 든 것이며, 주자가 편벽되지 않고 치우치지 않은 것이라고 한 것은 오로지 발하기 전만을 가리킨 것이다.〔程子謂不偏之謂中, 固兼擧動靜; 朱子不偏不倚, 則專指未發者.〕"라고 한 내용이 소개되어 있다.

8 중용혹문(中庸或問)……하였으니 : 《중용혹문》에 "'편벽되지 않고 치우치지 않은 것이다.'라고 한 것은 정자가 말한 '중에 있다는 뜻이다.'라는 것이니 발하기 전에 편벽되지도 않고 치우치지도 않은 것의 이름이며, '과나 불급이 없다.'라는 것은 정자가 말한 '중의 도이다.'라는 것이니 일을 행하는 데 나타나서 각각 그 중을 얻은 것의 이름이다.〔不偏不倚云者, 程子所謂在中之義, 未發之前無所偏倚之名也; 無過不及者, 程子所謂中之道也, 見諸行事, 各得其中之名也.〕"라는 내용이 보인다. 정자의 말은 《이정유서(二程遺書)》에 "'희로애락이 아직 발하지 않은 것'은 중에 있다는 뜻을 말한 것이니, 단지 하나의 '중' 자지만 다만 그 쓰임은 같지 않다.〔喜怒哀樂未發, 是言在中之義, 只一箇中字, 但用不同.〕"라는 내용이 보인다.

9 한……하였으니 : 《중용혹문》에 "그 과나 불급이 없는 것은 바로 편벽되거나 치우침이 없는 것이 행한 것이니, 한 가지 일 가운데에도 또한 일찍이 편벽되거나 치우친 바가 있은 적이 없다.〔其所以無過不及者, 是乃無偏倚者之所爲, 而於一事之中, 亦未嘗有所偏倚也.〕"라는 내용이 보인다.

올바른 뜻은 아니네.

〔문 4〕《중용》에는 '마음〔心〕'을 말한 곳이 없는데 주자(朱子 주희(朱
熹))가 〈중용장구 서〉 안에 이것을 분명히 말한 것[10]은 무엇 때문입
니까?

〔답〕《중용》에는 비록 '마음'을 말한 적이 없지만 사실상 '계구(戒懼)'
로부터 '치중화(致中和)'에 이르기까지,[11] 첫 장부터 마지막 장에 이
르기까지 어느 것인들 마음이 행한 바가 아니겠는가. 주자가 '마음'을
가지고 입론을 한 것에 대해서는 그 근거한 바가 없는 것을 걱정할
것이 없네.

---

10 주자(朱子)가……것 : 주희는 〈중용장구 서〉에 요(堯)-순(舜)-우(禹)로 이어진
"인심은 위태롭고 도심은 은미하니 정밀하게 살피고 한결같이 잡아 지켜야 진실로 그
중을 잡을 수 있다.〔人心惟危, 道心惟微, 惟精惟一, 允執厥中.〕"라는 16자 심법(心法)
의 전수를 언급한 뒤, "마음의 허령지각은 하나일 뿐인데 인심과 도심의 다름이 있다고
한 것은, 혹은 형기의 사사로움에서 나오고 혹은 성명의 올바른 것에서 근원하여 지각을
한 것이 똑같지 않기 때문이다.……반드시 도심으로 하여금 일신의 주장을 삼고 인심으
로 하여금 매번 도심의 명을 듣게 하면, 위태로운 것은 편안하게 되고 은미한 것은
드러나게 되어 동정과 말하고 행하는 것에 저절로 과나 불급의 잘못이 없게 될 것이다.
〔心之虛靈知覺, 一而已矣, 而以爲有人心道心之異者, 則以其或生於形氣之私, 或原於性
命之正, 而所以爲知覺者不同.……必使道心常爲一身之主, 而人心每聽命焉, 則危者安,
微者著, 而動靜云爲, 自無過不及之差矣.〕"라고 하여 인심과 도심을 자세히 논하고 있다.
11 계구(戒懼)로부터 치중화(致中和)에 이르기까지 : '계구'는《중용장구》제1장 제2
절에 보인다. 365쪽 주6 참조. '치중화'는《중용장구》제1장 제5절에 "중과 화를 지극히
하면 천지가 제자리를 편안히 하고 만물이 잘 생육된다.〔致中和, 天地位焉, 萬物育焉.〕"
라는 내용이 보인다.

어떤 사람에게 답하다[12]

答或人

〔문〕 서자에게 어머니가 없을 때 아버지가 다른 첩에게 그 서자를 기르도록 명한 경우에 이 어머니를 '자모(慈母)'라고 하니, 자모를 위해 서자는 자최삼년복(齊衰三年服)을 입습니다.[13] 서자의 생모가 비록 살아 있더라도 이미 개가하여, 서자의 아버지가 서자가 어렸을 때부터 다른 첩에게 명하여 기르도록 해서 이 서자를 아들로 삼게 한 경우에도 '자모'라고 할 수 있습니까? 서자의 생모는 이미 재가하였으니, 자모를 위해 삼년복을 입는 것은 마땅히 어느 어머니를 기준으로 외가를 삼아야 합니까?

---

12 어떤 사람에게 답하다 : 이 편지는 서자가 친모(親母)의 개가(改嫁) 뒤 아버지의 명으로 다른 첩의 손에 양육되었을 경우, 이 첩을 《의례》에서 말하는 자모(慈母)로 볼 수 있는지의 여부와 그 상복 제도, 외가(外家)는 누구로 할 것인지에 대해 묻고 답하는 내용으로 이루어져 있다.

13 서자에게……입습니다 : 《의례》〈상복(喪服)〉 자최삼년(齊衰三年) 조의 "자모에게도 어머니와 똑같이 입는다.〔慈母如母.〕"라는 구절에 대한 〈전(傳)〉에 "자모는 누구인가? 옛 기록에 이르기를 '첩이 아들을 잃었고 첩의 아들이 어머니를 잃었을 경우 아버지는 첩에게 명하기를 「너는 이 아이를 아들로 삼도록 하라.」라고 하고, 아들에게 명하기를 「너는 이분을 어미로 삼도록 하라.」라고 한다.'라고 하였다. 이렇게 하면 살아 계실 때에는 그분이 돌아가실 때까지 친어머니처럼 봉양을 하고 돌아가시면 자최삼년 상복을 친어머니처럼 입는데, 이것은 아버지의 명을 귀하게 여기기 때문이다.〔慈母者, 何也? 傳曰: 妾之無子者, 妾子之無母者, 父命妾曰: 女以爲子. 命子曰: 女以爲母. 若是則生養之終其身如母, 死則喪之三年如母, 貴父之命也.〕"라는 내용이 보인다.

〔답〕어머니가 비록 이미 개가하였더라도 어머니가 없는 경우와는 같지 않습니다. 비록 아버지의 명으로 다른 첩을 어머니로 삼았다고 하더라도 이것은 별개의 다른 일이니 예경(禮經)에서 말하는 '자모' 가 아닙니다. 자모가 아닌데 자모를 위한 복을 입는 것이 말이 되겠 습니까. 이 자식은 남자가 아니라 여자라고 들은 듯한데, 그렇다면 여자가 후사가 되는 의리는 없으니 더욱 논할 것이 없습니다.

내 생각에는 〈상복(喪服)〉편 정씨(鄭氏 정현(鄭玄))의 주에 의거하여 자신을 길러준 서모(庶母)를 위한 복으로 소공복(小功服)을 입는 것이 마땅할 듯한데,[14] 어떨지 모르겠습니다.

예(禮)에 따르면 자모의 부모를 위해서는 복이 없는데, 해석하는 자들은 이에 대해 은혜가 미치지 못하기 때문이라고 합니다.[15] 자모도 그러한데 더구나 자모가 되지 않은 자를 위해서는 더 말할 것이 있겠습니까. 단지 낳아준 어머니의 친족만을 외가로 삼는 것이 의심의 여지가 없습니다.

---

14 상복(喪服)……듯한데 : 《의례》〈상복〉 소공오월(小功五月) 조 "대부나 공자의 적처의 아들이 자기를 길러준 서모를 위하여 입는다.〔君子子爲庶母慈己者.〕"라는 구절 에 대한 〈전(傳)〉에 "군자의 아들은 귀인의 아들인데 서모를 위하여 왜 소공복을 입는 가? 자기를 길러주었기 때문에 상복의 등급을 높여 입어주는 것이다.〔君子子者, 貴人之 子也, 爲庶母何以小功也? 以慈己加也.〕"라고 하였다. 이에 대한 정현(鄭玄)의 주에 "《예기》〈내칙(內則)〉에 이르기를 '대부의 아들은 식모가 있다.'라고 하였으니, 자신을 길러준 서모란 바로 이 경우를 이른다.……자신을 길러주지 않았다면 그를 위하여 시마 복을 입어도 된다.〔又曰: 大夫之子有食母. 庶母慈己者, 此之謂也……其不慈己, 則緦 可矣.〕"라는 내용이 보인다.

15 예(禮)에……합니다 : 《예기》〈상복소기(喪服小記)〉에 "자모의 부모를 위해서는 복이 없다.〔爲慈母之父母無服.〕"라고 하였는데, 정현의 주에 "은혜가 미치지 않기 때문 이다.〔恩不能及.〕"라고 하였다.

도기서원의 강유에게 답하다 1[16]

答道基書院講儒

〔문 1〕 "서문의 '기질지품(氣質之稟)'"[17] 운운

〔답〕 기질(氣質)은 통틀어서 말하면 하나의 물(物)이기 때문에 기(氣)를 말했으면 질(質)이 그 안에 들어 있는 것이고, 질을 말했으면 기가 그 안에 들어 있는 것입니다. 그러나 나누어서 말하면 기는 기이고 질은 질이기 때문에 기는 맑은데 질이 순수하지 못한 경우가 있고, 질은 순수한데 기는 맑지 못한 경우가 있는 것입니다. 옛사람의 기질에 대한 설이 대체로 이와 같습니다. 지금 기가 질에서 나온다고 하는 것은 그 근본한 바를 알지 못하겠으니, 다시 알려주시는 것이 어떻겠습니까?

---

16 도기서원(道基書院)의 강유(講儒)에게 답하다 1 : 도기서원은 경기도 안성시 안성읍 도기리에 있다. 1663년(현종4)에 지방 유림의 공의로 김장생(金長生, 1548~1631)의 학문과 덕행을 추모하기 위해 설립되었으며 1669년(현종10)에 사액되었다. 흥선대원군의 서원철폐령으로 1871년(고종8)에 훼철된 뒤 복원되지 못하였으며, 위패는 매안되었다. '강유'는 도기서원에서 강학하는 유생을 이른다. 이 편지는 《대학장구(大學章句)》 구절에 대해 모두 22조목의 문답으로 이루어져 있다.

17 서문의 기질지품(氣質之稟) : 《대학장구》 주희(朱熹)의 서문에 "하늘이 사람을 내림으로부터 이미 인의예지의 성을 부여하지 않음이 없건마는 그 기질을 받은 것이 혹 똑같지 못하기 때문에 모두 그 본성의 가진 바를 알아 온전히 함이 있지 못한 것이다.〔蓋自天降生民, 則旣莫不與之以仁義禮智之性矣. 然其氣質之稟, 或不能齊. 是以不能皆有以知其性之所有而全之也.〕"라는 내용이 보인다.

〔문 2〕 "왕궁국도(王宮國都)"[18] 운운

〔답〕 사대(四代)의 학제(學制)는 왕궁의 동쪽에 소학(小學)이 있기도 하고 태학(太學)이 있기도 하였으니, 그 설이 《예기》〈왕제(王制)〉 '유우씨양국로(有虞氏養國老)' 장의 주에 있습니다.[19] '왕(王)'에 대해서는 '궁(宮)'이라 하고 '국(國)'에 대해서는 '도(都)'라고 한 것은 호문(互文)입니다.[20]

---

18 왕궁국도(王宮國都) : 주희의 〈대학장구 서〉에 "하(夏)·은(殷)·주(周) 삼대의 융성했을 때에 그 법이 점점 갖추어졌으니, 그러한 뒤에 왕궁과 국도로부터 시골 마을에 이르기까지 학교가 있지 않은 곳이 없게 되었다.〔三代之隆, 其法寖備, 然後王宮國都以及閭巷, 莫不有學.〕"라는 내용이 보인다.

19 사대(四代)의……있습니다 : '사대'는 순(舜)임금 시대, 하(夏)나라, 은(殷)나라, 주(周)나라를 이른다. 《예기집설(禮記集說)》〈왕제(王制)〉에 "유우씨는 국로(國老)를 상상(上庠)인 태학에서 봉양하고 서로(庶老)를 하상(下庠)인 소학에서 봉양하였으며, 하후씨는 국로를 동서(東序)인 태학에서 봉양하고 서로를 서서(西序)인 소학에서 봉양하였으며, 은나라 사람은 국로를 우학(右學)인 태학에서 봉양하고 서로를 좌학(左學)인 소학에서 봉양하였으며, 주나라 사람은 국로를 동교(東膠)인 태학에서 봉양하고 서로를 우상(虞庠)인 소학에서 봉양하였으니 우상은 국도의 서쪽 교외에 있었다.〔有虞氏養國老於上庠, 養庶老於下庠; 夏后氏養國老於東序, 養庶老於西序; 殷人養國老於右學, 養庶老於左學; 周人養國老於東膠, 養庶老於虞庠, 虞庠在國之西郊.〕"라는 내용이 보인다. 진호(陳澔)의 주에 따르면 '국로'는 작위와 덕이 있는 노인이고, '서로'는 서인과 국사에 죽은 자의 아버지와 할아버지이다.

20 왕(王)에……호문(互文)입니다 : 왕궁은 천자의 궁궐, 국도는 제후국의 수도라는 뜻으로, 주희의 서문에 이른바 '왕궁(王宮)'과 '국도(國都)'를 각각 '왕도(王都)'와 '국궁(國宮)'으로 보아도 된다는 말이다. 위의 주18 참조.

〔문 3〕 "〈곡례(曲禮)〉·〈소의(少儀)〉"²¹ 운운

〔답〕 부자(夫子 공자)는 선왕의 법을 외어 전하였으니, 이 몇몇 책은 아마도 후세의 유자(儒者)들이 부자가 외운 것을 바탕으로 저술한 것이 대부분인 듯합니다. 어찌 부자가 도리어 이 몇몇 책을 외어서 전하였겠습니까. 《대학》에서 보면 이와 같다는 것을 알 수 있습니다.

〔문 4〕 "편제(篇題)의 '초학입덕지문(初學入德之門)'"²² 운운

〔답〕 '덕을 밝히는 것〔明德〕'과 '백성을 새롭게 하는 것〔新民〕'을 처음 배우는 자의 일로 삼은 것이 아닙니다. 옛 사람이 학문을 했던 차례가 이 책에 있으니 배우는 자들은 반드시 이를 통해 나아가야 하기 때문에 '덕에 들어가는 문〔入德之門〕'이라고 한 것입니다.

---

21 곡례(曲禮)·소의(少儀) : 주희의 〈대학장구 서〉에 "《예기》의 〈곡례〉·〈소의〉·〈내칙〉과 《관자(管子)》의 〈제자직〉 같은 편들은 참으로 소학의 지류이자 말류이다.〔若曲禮、少儀、內則、弟子職諸篇, 固小學之支流餘裔.〕"라는 내용이 보인다.
22 편제(篇題)의 초학입덕지문(初學入德之門) : 《대학장구》 제목 아래 주희의 주에, 정호(程顥)와 정이(程頤)의 말을 인용하여 "《대학》은 공씨가 남긴 글이니 처음 배우는 자가 덕에 들어가는 문이다. 지금 옛사람들이 학문을 했던 차례를 볼 수 있는 것은 유독 이 편이 남아 있음을 의뢰하고 《논어》와 《맹자》가 그다음이 되니, 배우는 자가 반드시 이로 말미암아 배우면 거의 틀리지 않을 것이다.〔大學, 孔氏之遺書而初學入德之門也. 於今可見古人爲學次第者, 獨賴此篇之存而論孟次之, 學者必由是而學焉, 則庶乎其不差矣.〕"라고 한 내용이 보인다.

〔문 5〕 "명덕(明德)"²³ 운운

〔답〕 단지 《대학장구》의 '허령(虛靈)' 이하 14자²⁴만 보더라도 이것이 마음을 위주로 하여 말했다는 것이 매우 분명합니다. 그러나 마음을 말한 것이 또한 다양한데, 여기에서는 바로 《맹자》에서 이른바 '본심(本心)'²⁵이나 '인의의 마음〔仁義之心〕'²⁶이라는 것과 같을 뿐입니다.

---

23 명덕(明德) : 《대학장구》 경(經) 제1장 제1절에 "대인(大人)의 학문하는 방법은 밝은 덕을 밝힘에 있으며, 백성을 새롭게 함에 있으며, 지극한 선에 그침에 있다.〔大學之道, 在明明德, 在親新民, 在止於至善.〕"라는 내용이 보인다.

24 허령(虛靈) 이하 14자 : 《대학장구》 경 제1장 제1절 주희의 주에 "명덕은 사람이 하늘에서 얻은 것으로, 허령하고 어둡지 않아서 온갖 이치를 갖추어 있고 만사에 응하는 것이다.〔明德者, 人之所得乎天而虛靈不昧, 以具衆理而應萬事者也.〕"라는 내용이 보인다.

25 본심(本心) : 《맹자집주》 〈고자 상(告子上)〉 제10장 제8절에 "지난번 자신을 위해서는 죽어도 받지 않다가 이제 궁실의 아름다움을 위해서 이것을 받으며, 지난번 자신을 위해서는 죽어도 받지 않다가 이제 처첩의 받듦을 위하여 이것을 받으며, 지난번 자신을 위해서는 죽어도 받지 않다가 이제 자신이 알고 있는 궁핍한 자가 나를 고맙게 여김을 위하여 이것을 받으니, 이 또한 그만둘 수 없는 것인가. 이것을 일러 '그 본심을 잃었다.'고 하는 것이다.〔鄕爲身死而不受, 今爲宮室之美爲之 ; 鄕爲身死而不受, 今爲妻妾之奉爲之 ; 鄕爲身死而不受, 今爲所識窮乏者得我而爲之, 是亦不可以已乎? 此之謂失其本心.〕"라는 내용이 보인다. 주희의 주에 "본심은 자신의 불선(不善)을 부끄러워하고 남의 불선을 미워하는 마음이다.〔本心, 謂羞惡之心.〕"라고 하였다. 〈공손추 상(公孫丑上)〉 제6장 제5절에 따르면 "서글퍼하고 가슴 아파하는 마음은 인(仁)의 단서이고, 자신의 불선을 부끄러워하고 남의 불선을 미워하는 마음은 의(義)의 단서이다.〔惻隱之心, 仁之端也 ; 羞惡之心, 義之端也.〕"

26 인의의 마음〔仁義之心〕 : 《맹자집주》 〈고자 상〉 제8장 제2절에 "비록 사람에게 보존된 것인들 어찌 인의의 마음이 없겠는가. 그러나 그 양심을 잃어버림이 또한 도끼와 자귀가 나무에 대해서 아침마다 베어가는 것과 같으니, 이렇게 하고서도 아름답게 될 수 있겠는가.〔雖存乎人者, 豈無仁義之心哉? 其所以放其良心者, 亦猶斧斤之於木也, 且

〔문 6〕 "'대학지도(大學之道)'의 '학(學)' 자와 '도(道)' 자"²⁷ 운운

〔답〕 비록 일반적인 글자라 할지라도 그 뜻을 알기 어려운 부분이 있으면 해석하고 없으면 해석하지 않았으니, 이런 글자들은 굳이 깊이 궁구할 필요가 없습니다.

〔문 7〕 "제2장의 '작신민(作新民)'"²⁸ 운운

〔답〕 백성이 스스로 새로워지는 것은, 예컨대 제10장의 '효를 흥기하고〔興孝〕' '공경함을 흥기하고〔興弟〕' '저버리지 않는다〔不倍〕'라고 한 것이 바로 이것입니다. 그렇다면 그 진작하는 도는 또한 혈구(絜矩)에서 벗어나지 않습니다.²⁹ 그 사이에 어찌 예악(禮樂)과 형정(刑政)

且而伐之, 可以爲美乎?〕"라는 내용이 보인다. 주희의 주에 "양심은 본연의 선한 마음이니, 바로 이른바 '인의의 마음'이다.〔良心者, 本然之善心, 卽所謂仁義之心也.〕"라고 하였다.

27 대학지도(大學之道)의……자 :《대학장구》경(經) 제1장 제1절에 "대학의 도는 명덕을 밝힘에 있으며, 백성을 새롭게 함에 있으며, 지극한 선에 그침에 있다.〔大學之道, 在明明德, 在親民, 在止於至善.〕"라는 내용이 보이는데, 이에 대한 주희(朱熹)의 주에 "'대학'은 대인의 학문이다.〔大學者, 大人之學也.〕"라는 구절만 있고 '도(道)'에 대한 주석은 없다. 이것은 '대학(大學)'이라는 어휘가 '대학'이라는 학교를 의미할 때도 있고, 《대학》이라는 책을 의미할 때도 있고, 여기에서처럼 '대인의 학문'이라는 뜻으로 쓰일 때도 있기 때문에 특별히 주석을 낸 것이다.

28 제2장의 작신민(作新民) :《대학장구》전(傳) 제2장 제2절에 "《서경》〈강고〉에 이르기를 '새로워지는 백성을 진작하라.'라고 하였다.〔康誥曰: 作新民.〕"라는 내용이 보인다.

29 예컨대……않습니다 :《대학장구》전 제10장 제1절에 "이른바 천하를 태평하게

의 시행이 없었겠습니까. 그러나 근본이 여기에 있지 않기 때문에 《대학》 안에 이에 대한 언급을 하지 않은 것뿐입니다.

〔문 8〕 “제3장의 ‘여국인교(與國人交)’”[30] 운운

〔답〕 문왕(文王)이 군주가 되기 전에도 의당 사람들과 사귀는 일이 있었을 것이니, 비록 군주가 된 뒤라 할지라도 또한 군주의 도(道)로 임할 때도 있고 벗의 도로 사귈 때도 있었을 것입니다. 이와 같이 통틀어 보는 것이 좋을 듯합니다.

〔문 9〕 “제4장의 ‘무정자부득진기사(無情者不得盡其辭)’”[31] 운운

하는 것이 그 나라를 다스림에 있다는 것은, 윗사람이 늙은이를 늙은이로 대우함에 백성들이 효를 흥기하고, 윗사람이 어른을 어른으로 대우함에 백성들이 공경함을 흥기하며, 윗사람이 고아를 구휼함에 백성들이 저버리지 않는 것이다. 그러므로 군자는 곱자로 재는 도가 있는 것이다.〔所謂平天下在治其國者, 上老老而民興孝, 上長長而民興弟, 上恤孤而民不倍. 是以君子有絜矩之道也.〕”라는 내용이 보인다.

30 제3장의 여국인교(與國人交) : 《대학장구》 전 제3장 제3절에 “《시경》에 이르기를 ‘심원하신 문왕이여, 아! 계속하여 밝혀서 공경하여 그치셨도다.’라고 하였다. 군주가 되어서는 인(仁)에 그치고, 신하가 되어서는 경(敬)에 그치고, 자식이 되어서는 효(孝)에 그치고, 아버지가 되어서는 자(慈)에 그치고, 국인과 더불어 사귈 때에는 신(信)에 그치셨다.〔詩云: 穆穆文王, 於緝熙敬止. 爲人君, 止於仁; 爲人臣, 止於敬; 爲人子, 止於孝; 爲人父, 止於慈; 與國人交, 止於信.〕”라는 내용이 보인다.

31 제4장의 무정자부득진기사(無情者不得盡其辭) : 《대학장구》 전 제4장에 “공자는 ‘쟁송을 다스리는 것은 내가 남과 같이 하지만 반드시 백성들로 하여금 쟁송하는 일이 없게 하겠다.’라고 하였다. 실정이 없는 자가 그 거짓말을 다하지 못하는 것은 백성의 마음을 크게 두렵게 하기 때문이니, 이것을 일러 ‘근본을 안다’고 한다.〔子曰: 聽訟, 吾猶

〔답〕 소주에는 본래 '지선(至善)'이라는 글자가 없지만 저절로 백성을 외복(畏服)시켜서 쟁송이 없게 하는 데에까지 이른 것이니, 어찌 백성을 새롭게 한 지선이 아니겠습니까. 주자(朱子 주희(朱熹)) 역시 우(虞)나라와 예(芮)나라가 서로 토지를 사양한 일을 이에 해당시켰습니다.[32]

〔문 10〕 "제5장의 '막불유지(莫不有知)'"[33] 운운

人也, 必也使無訟乎! 無情者不得盡其辭, 大畏民志, 此謂知本.)"라는 내용이 보인다.

32 주자(朱子)……해당시켰습니다 : 대전본(大全本)《대학장구》전 제4장 소주에는 이 내용이 원대(元代)의 성리학자 허겸(許謙, 1270~1337)의 말로 다음과 같이 인용되어 있다. "'근본을 안다'라고 할 때의 '근본'은 즉 명덕을 밝히는 것이다. 나의 덕이 이미 밝아지면 저절로 백성의 뜻을 외복시켜서 감히 그 실정이 없는 말을 다하지 못하게 할 수 있다. 예컨대 우나라와 예나라가 토지를 다투었지만 감히 문왕의 조정을 밟지 못했던 것은 문왕의 덕이 백성의 뜻을 크게 두렵게 해서 저절로 쟁송이 없게 된 것이다. 〔本, 卽明明德也. 我之德旣明, 則自能服民志, 而不敢盡其無實之言. 如虞、芮爭田, 不敢履文王之庭, 是文王之德大畏民志, 自然無訟.)" 저본에서 주자의 말이라고 한 것은 오류로 보인다. 우나라와 예나라의 쟁송은 《공자가어(孔子家語)》〈호생(好生)〉, 《소학집주(小學集註)》〈계고(稽古)〉 등에 자세한 내용이 보이는데, 대략은 다음과 같다. 오랫동안 토지를 다투던 우나라와 예나라의 군주가 주(周)나라에 조회하려고 주나라의 국경에 들어가자 밭 가는 자들은 밭두둑을 사양하고 길 가는 자들은 길을 사양하며, 읍에 들어가자 남녀가 길을 달리하고 반백이 된 자가 짐을 들거나 끌지 아니하며, 조정에 들어가자 사(士)는 대부가 되기를 사양하고 대부는 경(卿)이 되기를 사양한 것을 보고, 두 나라의 군주가 감동하여 "우리는 소인이니 군자 나라의 경계를 밟을 수 없다."라고 하고서 서로 사양하여 다투던 토지를 한전(閑田)으로 만들고 물러갔다고 한다.

33 제5장의 막불유지(莫不有知) : 《대학장구》전 제5장 주희의 보망장(補亡章) 중에 "인심의 영특함은 앎이 있지 않음이 없고 천하의 사물은 이치가 있지 않음이 없건마는, 다만 이치에 대하여 궁구하지 않음이 있기 때문에 그 앎이 다하지 못함이 있는 것이다.

〔답〕 두 개의 '지(知)' 자를 체(體)와 용(用)에 나누어 소속시킨 것은 사옹(沙翁 김장생(金長生))의 뜻이 참으로 이유가 있을 것입니다.[34] 다만 《대학장구》를 기준으로 보면 단지 "지는 식과 같다.〔知猶識也.〕"[35]라고만 하여 체와 용을 구분한 뜻이 보이지 않는다는 것입니다. 이 보망장(補亡章) 말미에 비록 '전체대용(全體大用)'이라는 말이 있기는 하지만 이것은 마음의 체와 용이고 지(知)의 체와 용은 아니니,[36] 무릇 이와 같은 것들은 끝내 걸림이 없을 수 없습니다. 지금 다만 《대학장구》에 따라 이 보망장의 다섯 개의 '지(知)' 자를 모두 '지식(知識)'의 뜻으로 간주하면 혹여 문제가 없지는 않겠습니까? 직접 가

이 때문에 대학에서 처음 가르칠 때에 반드시 배우는 자들로 하여금 모든 천하의 사물에 나아가서 그 이미 알고 있는 이치를 인하여 더욱 궁구해서 그 극에 이름을 구하지 않음이 없게 하는 것이다. 그리하여 힘쓰기를 오래 해서 하루아침에 활연히 관통함에 이르면, 모든 사물의 표리와 정조(精粗)가 이르지 않음이 없을 것이요 내 마음의 전체와 대용이 밝지 않음이 없을 것이니, 이것을 물격(物格)이라 이르며 이것을 지지지(知之至)라 이른다.〔人心之靈, 莫不有知, 而天下之物, 莫不有理. 惟於理有未窮, 故其知有不盡也. 是以大學始敎, 必使學者卽凡天下之物, 莫不因其已知之理而益窮之, 以求至乎其極. 至於用力之久, 而一旦豁然貫通焉, 則衆物之表裏精粗無不到, 而吾心之全體大用無不明矣. 此謂物格, 此謂知之至也.〕"라는 내용이 보인다.

34 두……것입니다 : 사계(沙溪) 김장생(金長生)이 《대학장구》 전 제5장 보망장 중 '앎이 있지 않음이 없다〔莫不有知〕'의 '지(知)'를 지의 체(體)로 보고, '그 이미 알고 있는 이치를 인하다〔因其已知之理〕'의 '지(知)'를 지의 용(用)으로 본 것을 이른다. 376쪽 주33 참조. 《경서변의》에 "'인심의 영특함은 앎이 있지 않음이 없다'의 '앎'은 본연의 앎이니 지의 체이고, '그 이미 알고 있는 이치를 인하다'의 '알다'는 '앎을 지극히 하다'의 앎이니 지의 용이다.〔人心之靈莫不有知之知, 則本然之知, 知之體也; 因其已知之知, 則致知之知, 知之用也.〕"라는 내용이 보인다. 《經書辨疑 大學 傳五章補亡》

35 지(知)는 식(識)과 같다 : 《대학장구》 경 제1장 제4절 주희의 주에 보인다.

36 이……아니니 : 376쪽 주33 참조.

서 질정하지 못하는 것이 아쉽습니다.

〔문 11〕 "《대학장구》의 '선악지불가엄(善惡之不可揜)'"37 운운

〔답〕 이 앞 절에서는 '소인이 한가로이 거처할 때〔小人閒居〕'를 말하였으니38 이것은 '악'이고, 이 다음 절에서는 '마음이 넓어지고 몸이 펴지는 것〔心廣體胖〕'을 말하였으니39 이것은 '선'입니다. 이 단락은 이 두 절 사이에 위치하여 선과 악을 겸하였으니 상하를 관통하는 오묘함이 있습니다. 이 뜻을 또한 알지 않으면 안 됩니다.

---

37 대학장구의 선악지불가엄(善惡之不可揜) : 《대학장구》전 제6장 제3절 "증자가 말하기를 '열 눈이 보는 바이며 열 손가락이 가리키는 바이니, 무섭구나!〔曾子曰 : 十目所視, 十手所指, 其嚴乎!〕"라는 구절에 대한 주희의 주에, "비록 조용하게 홀로 있는 중이라도 그 선악의 가릴 수 없음이 이와 같으니, 두려울 만함이 심함을 말한 것이다.〔言雖幽獨之中, 而其善惡之不可揜如此, 可畏之甚也.〕"라는 내용이 보인다.

38 이 앞……말하였으니 : 《대학장구》전 제6장 제2절에 "소인이 한가로이 거처할 때에 불선한 짓을 하되 이르지 못하는 바가 없다가 군자를 본 뒤에 겸연쩍게 그 불선함을 가리고 선함을 드러낸다. 남들이 자기를 보기를 자신의 폐부를 보듯이 할 것이니, 그렇다면 무슨 유익함이 있겠는가.〔小人閒居, 爲不善, 無所不至, 見君子而后, 厭然揜其不善而著其善. 人之視己, 如見其肺肝然, 則何益矣?〕"라는 내용이 보인다.

39 이 다음……말하였으니 : 《대학장구》전 제6장 제4절에 "부유함은 집을 윤택하게 하고 덕은 몸을 윤택하게 하니, 덕이 있으면 마음이 넓어지고 몸이 펴진다. 그러므로 군자는 반드시 그 뜻을 성실히 한다.〔富潤屋, 德潤身. 心廣體胖, 故君子必誠其意.〕"라는 내용이 보인다.

〔문 12〕 "제7장의 네 '유소(有所)'"⁴⁰ 운운

〔답〕 바르지 않기 때문에 마음이 보존되지 못하는 것이니,⁴¹ 단지 일관된 병통일 뿐입니다.

〔문 13〕 "제8장의 '천오이벽(賤惡而辟)'"⁴² 운운

〔답〕 '천히 여기고 미워하는 것〔賤惡〕'과 '거만하고 태만히 하는 것〔敖惰〕'은 비교하면 경중이 있습니다. 《대학혹문(大學或問)》 중에 '오타

---

40 제7장의 네 유소(有所) : 《대학장구》전 제7장 제1절에 "이른바 '몸을 닦음이 그 마음을 바름에 있다'는 것은, 마음에 성내는 바가 있으면 그 바름을 얻지 못하며, 두려워하는 바가 있으면 그 바름을 얻지 못하며, 좋아하는 바가 있으면 그 바름을 얻지 못하며, 근심하는 바가 있으면 그 바름을 얻지 못한다는 것이다.〔所謂修身在正其心者, 身〔心〕有所忿懥則不得其正, 有所恐懼則不得其正, 有所好樂則不得其正, 有所憂患則不得其正.〕"라는 내용이 보인다.

41 바르지……것이니 : 《대학장구》전 제7장 제2절과 3절에 "마음이 있지 않으면 보아도 보이지 않고 들어도 들리지 않고 먹어도 그 맛을 알지 못한다. 이것을 일러 '몸을 닦음이 그 마음을 바름에 있다.'라고 한다.〔心不在焉, 視而不見, 聽而不聞, 食而不知其味. 此謂修身在正其心.〕"라는 내용이 보인다.

42 제8장의 천오이벽(賤惡而辟) : 《대학장구》전 제8장 제1절에 "이른바 '그 집안을 가지런히 함이 몸을 닦음에 있다'는 것은, 사람들이 친애하는 바에 편벽되며, 천히 여기고 미워하는 바에 편벽되며, 두려워하고 존경하는 바에 편벽되며, 가엽게 여기고 불쌍히 여기는 바에 편벽되며, 거만하고 태만히 하는 바에 편벽된다는 것이다. 그러므로 좋아하면서도 그의 나쁨을 알며 미워하면서도 그의 아름다움을 아는 자가 천하에 적은 것이다.〔所謂齊其家在修其身者, 人之其所親愛而辟焉, 之其所賤惡而辟焉, 之其所畏敬而辟焉, 之其所哀矜而辟焉, 之其所敖惰而辟焉. 故好而知其惡, 惡而知其美者, 天下鮮矣.〕"라는 내용이 보인다.

(敖惰)'를 말한 곳에 이르기를 "그 악은 아직 천히 여길 만한 데에 이르
지 않았으며, 그 말은 버리거나 취할 만한 가치가 없고 그 행실은 옳다
그르다 할 만한 가치가 없다.〔其惡未至於可賤, 其言無足去取, 而其行無
足是非也.〕"라고 하였으니,[43] 이를 보면 그 등급을 알 수 있습니다.

〔문 14〕 "인지기소(人之其所)"[44] 운운

43 대학혹문(大學或問)……하였으니 : 《대학혹문》에 "지금 여기에 이런 사람이 있다
고 하자. 그 친함과 옛정은 아직 친히 여길 만하고 사랑할 만한 데에는 이르지 않았으며,
그 지위와 덕은 아직 두려워하고 공경할 만한 데에는 이르지 않았으며, 그 곤궁함은
아직 불쌍히 여길 만한 데에 이르지 않고 그 악(惡)은 아직 천히 여길 만한 데에 이르지
않았으며, 그 말은 족히 버리거나 취할 만한 가치가 없고 그 행실은 족히 옳다 그르다
논할 만한 가치가 없다면, 그를 길가에 가는 사람처럼 범범히 대할 뿐이다. 이보다
더 아래 등급의 사람은 부자(공자)가 슬(瑟)을 가져와 연주하며 노래를 불러 대했던
자이며 맹자가 안석에 기대 누운 채 대했던 자이다. 이것은 또한 그 자신에게 있는
것으로 인하여 자초한 것이지 내가 고의로 거만하게 대하는 뜻을 가진 것이 아니니,
또한 어찌 대번에 나쁜 덕이라고 말할 수 있겠는가.〔今有人焉, 其親且舊, 未至於親而
愛也; 其位與德, 未至於可畏而敬也; 其窮未至於可哀, 而其惡未至於可賤也; 其言無足
去取, 而其行無足是非也, 則視之泛然如塗之人而已爾. 又其下者, 則夫子之取瑟而歌,
孟子之隱几而臥, 蓋亦因其有以自取, 而非吾故有敖之之意, 亦安得而遽謂之兇德哉?〕"
라는 내용이 보인다. 공자의 고사는 《논어집주》〈양화(陽貨)〉 제20장에 "유비(孺悲)가
공자를 뵙고자 하였는데, 공자가 병이 있다고 거절하고 명을 전하는 자가 문밖으로
나가자 슬(瑟)을 가져다 노래를 불러 그로 하여금 듣게 하였다.〔孺悲欲見孔子, 孔子辭
以疾, 將命者出戶, 取瑟而歌之, 使之聞之.〕"라는 내용이 보이는데, 주희의 주에 따르면
이것은 공자가 유비에게 '달갑게 여기지 않는 가르침〔不屑教誨〕'을 주기 위한 것이다.
맹자의 고사는 《맹자집주》〈공손추 하(公孫丑下)〉 제11장에 "왕을 위하여 맹자의 발걸
음을 만류하고자 하는 자가 있어 앉아서 말하였으나, 맹자는 응대하지 않고 안석에
기대어 누웠다.〔有欲爲王留行者坐而言, 不應, 隱几而臥.〕"라는 내용이 보인다.
44 인지기소(人之其所) : 379쪽 주42 참조.

〔답〕 네 개의 '기소(其所)'⁴⁵ 앞에 비록 '인(人)' 자를 제시하지는 않았지만 살펴보면 이 또한 중인(衆人)의 일입니다.⁴⁶

〔문 15〕 "막지기묘지석(莫知其苗之碩)"⁴⁷ 운운

〔답〕 '막지기묘지석'은 비록 앞 절에 붙을 바가 없는 듯하지만, 또한 편벽됨이 해가 되는 것으로 집안을 가지런히 하지 못하는 큰 단서가 되니⁴⁸ 단지 곁들여서 말한 것으로만 보아서는 안 됩니다.

〔문 16〕 "제9장의 '효(孝)', '제(弟)', '자(慈)'"⁴⁹ 운운

---

45 네 개의 기소(其所) : 저본에는 '유소(有所)'로 되어 있으나,《대학장구》전 제8장 제1절의 '인지기소(人之其所)'에 대한 답이기 때문에 오류로 보고 수정하여 번역하였다. '유소'는 전 제7장에 보인다. 379쪽 주40 참조.

46 중인(衆人)의 일입니다 :《대학장구》전 제8장 제1절 주희의 주에 "인(人)은 중인을 이른다.〔人, 謂衆人.〕"라는 내용이 보인다.

47 막지기묘지석(莫知其苗之碩) :《대학장구》전 제8장 제2절에 "그러므로 속담에 이러한 말이 있다. '사람들이 자기 자식의 악을 알지 못하며 자기 싹의 큼을 알지 못한다.'〔故諺有之, 曰: 人莫知其子之惡, 莫知其苗之碩.〕"라는 내용이 보인다.

48 편벽됨이……되니 :《대학장구》전 제8장 제2절 주희의 주에 "사랑에 빠진 자는 밝지 못하고 얻음을 탐하는 자는 만족함이 없으니, 이것은 편벽됨이 해가 되어 집안이 가지런해지지 못하는 이유이다.〔溺愛者不明, 貪得者無厭, 是則偏之爲害而家之所以不齊也.〕"라는 내용이 보인다.

49 제9장의……자(慈) :《대학장구》전 제9장 제1절에 "이른바 '나라를 다스림이 반드시 먼저 그 집안을 가지런히 함에 있다'는 것은 그 집안을 가르치지 못하고 능히 남을 가르치는 자는 없다. 그러므로 군자는 집을 나가지 않고 나라에 가르침을 이루는 것이다. 효(孝)는 군주를 섬기는 것이고, 제(弟)는 장관을 섬기는 것이고, 자(慈)는 백성들

〔답〕 ‘효’, ‘제’, ‘자’는 인륜의 대강(大綱)이니 《소학》의 가르침으로부
터 이 일이 아님이 없습니다. 그러나 이 《대학》에서는 단지 윗사람이
행하면 아랫사람이 본받는 점에 나아가서만 말하였기 때문에 ‘제치장
(齊治章 제9장)’에 처음 보인 것입니다.

〔문 17〕 “반기소호(反其所好)”[50] 운운

〔답〕 ‘어짊〔仁〕’과 ‘포악함〔暴〕’에 모두 그렇습니다.

〔문 18〕 “제10장의 ‘상휼고이민불배(上恤孤而民不倍)’”[51] 운운

〔답〕 ‘배(倍)’는 ‘어기다〔違〕’라는 말과 같으니, 윗사람의 행한 바를
어기지 않아서 백성들도 고아를 긍휼히 여긴다는 말입니다.

〔문 19〕 “유국자불가이불신(有國者不可以不愼)”[52] 운운

을 부리는 것이다.〔所謂治國必先齊其家者, 其家不可敎而能敎人者無之. 故君子不出家
而成敎於國, 孝者所以事君也, 弟者所以事長也, 慈者所以使衆也.〕라는 내용이 보인다.

50 반기소호(反其所好) : 《대학장구》 전 제9장 제4절에 “요임금과 순임금이 천하를
어짊으로 거느리자 백성들이 그를 따랐고, 걸왕과 주왕이 천하를 포악함으로 거느리자
백성들이 따랐으니, 그 명하는 것이 자신이 좋아하는 것과 반대되면 백성들이 따르지
않는다.〔堯舜帥天下以仁而民從之, 桀紂帥天下以暴而民從之, 其所令反其所好而民不
從.〕”라는 내용이 보인다.

51 제10장의 상휼고이민불배(上恤孤而民不倍) : 《대학장구》 전 제10장 제1절에 보인
다. 374쪽 주29 참조.

52 유국자불가이불신(有國者不可以不愼) : 《대학장구》 전 제10장 제4절에 “나라를

〔답〕'삼가지 않으면 안 된다〔不可不愼〕'는 것은 범사에 조심하고 두려워한다는 뜻이니, 단지 좋아하거나 미워하는 한 가지 일에만 그치지 않습니다.

　　〔문 20〕"기여유용(其如有容)"[53] 운운

〔답〕'여(如)' 자는 그 뜻이 넓어서 가장 보기가 좋으니 단지 허자(虛字)로만 간주하고 읽어서는 안 됩니다.

　　〔문 21〕"흉마승(畜馬乘)"[54] 운운

소유한 군주는 삼가지 않으면 안 되니, 편벽되면 천하에 죽임을 당하게 된다.〔有國者不可以不愼, 辟則爲天下僇矣.〕"라는 내용이 보인다.

53　기여유용(其如有容): 《대학장구》 전 제10장 제14절에 "《서경》〈진서〉에 이르기를 '만일 어떤 한 신하가 성실하고 한결같으며 다른 기예가 없으나 그 마음이 곱고 고와 용납함이 있는 듯하여, 남이 기예를 가진 것을 마치 자기가 소유한 것처럼 여기고 남의 훌륭하고 통명한 것을 그 마음에 좋아함이 그 입에서 나온 칭찬보다도 더하다면, 이는 능히 남을 포용하는 것이어서 능히 나의 자손과 여민을 보전할 것이니, 행여 또한 이로움이 있을 것이다.〔秦誓曰: 若有一个臣斷斷兮無他技, 其心休休焉其如有容焉, 人之有技, 若己有之, 人之彦聖, 其心好之, 不啻若自其口出, 寔能容之, 以能保我子孫黎民, 尙亦有利哉!〕"라는 내용이 보인다.

54　흉마승(畜馬乘): 《대학장구》 전 제10장 제22절에 "맹헌자가 말하기를 '네 필 말을 기르는 자는 닭과 돼지를 기르는 것을 살피지 않고, 얼음을 쓰는 집안은 소와 양을 기르지 않고, 백승의 집안은 취렴하는 신하를 기르지 않으니, 취렴하는 신하를 기르기보다는 차라리 도둑질하는 신하를 두라.'라고 하였다. 이것을 일러 '나라는 이익을 이익으로 여기지 않고 의를 이익으로 여긴다.'라고 한다.〔孟獻子曰: 畜馬乘不察於鷄豚, 伐冰之家不畜牛羊, 百乘之家不畜聚斂之臣, 與其有聚斂之臣, 寧有盜臣. 此謂國不以利爲

〔답〕 '살피지 않는 것〔不察〕'은 비록 있다 하더라도 살피지 않는 것이고, '기르지 않는 것〔不畜〕'은 애초에 기르지 않는 것입니다.

〔문 22〕 "차위국불이리위리(此謂國不以利爲利)"[55] 운운

〔답〕 이 구절을 거듭 말한 것은 단지 간곡한 뜻을 지극히 한 것일 뿐이니, 다른 의미가 있는 것은 보이지 않습니다.

도기서원의 강유에게 답하다 2[56]

答道基書院講儒

〔문 1〕 "첫 번째 단락의 주(註)"[57] 운운

〔답〕 이른바 '선각(先覺)'이라는 것은 선현(先賢)이든 동시대의 현인(賢人)이든 막론하고 나보다 먼저 깨달은 사람이 모두 선각이니, 연치는 논할 필요가 없습니다.

〔문 2〕 "마지막 단락의 '불역군자(不亦君子)'"[58] 운운

〔답〕 배우고 이것을 때때로 익히는 것은 덕을 이루었다고 곧바로 말할 수 없고, 붕우가 찾아와 즐거워하는 것은 오히려 순경(順境)입니다. 알아주지 않더라도 서운해하지 않음에 이르렀다면 가장 높은 경

---

56 도기서원(道基書院)의 강유(講儒)에게 답하다 2 : 이 편지는 《논어집주》 구절에 대해 〈학이(學而)〉 12조목, 〈위정(爲政)〉 3조목, 〈팔일(八佾)〉 9조목, 모두 24조목의 문답으로 이루어져 있다.

57 첫……주(註) : 《논어집주》 〈학이(學而)〉 제1장 제1절 주희(朱熹)의 주에 "사람의 본성은 모두 선하나 이것을 깨닫는 데에는 선후가 있으니, 뒤에 깨닫는 자는 반드시 먼저 깨달은 자가 하는 바를 본받아야 선을 밝게 알아서 그 본초를 회복할 수 있다.〔人性皆善, 而覺有先後, 後覺者必效先覺之所爲, 乃可以明善而復其初也.〕"라는 내용이 보인다.

58 마지막 단락의 불역군자(不亦君子) : 《논어집주》 〈학이〉 제1장 제3절에 "사람들이 알아주지 않더라도 서운해하지 않는다면 군자가 아니겠는가.〔人不知而不慍, 不亦君子乎?〕"라는 내용이 보인다.

지에 도달한 것이니, 바로 〈문언전(文言傳)〉에 이른바 '남에게 옳게 여김을 받지 못하더라도 번민이 없는[不見是而無悶]' 일입니다.[59] 이 것은 덕을 이룬 자가 아니면 불가능합니다.

[문 3] "인부지(人不知)"[60] 운운

[답] '인(人)'은 중인(衆人)을 범범히 가리킨 것이고 반드시 군주나 대부인 것은 아닙니다.

[문 4] "마지막 단락의 소주(小註)"[61] 운운

---

59 문언전(文言傳)에……일입니다 : 《주역》〈건괘(乾卦) 문언전(文言傳)〉에 "용의 덕을 가지고 은둔한 자이다. 세상에 따라 변치 않으며 명성을 이루려 하지 않아서 세상 에 은둔하되 근심하지 않으며 남에게 옳게 여김을 받지 못하여도 번민하지 않는다. 그리하여 즐거운 세상이면 도를 행하고 걱정스러운 세상이면 떠나가서 그 뜻이 확고하 여 뽑을 수 없는 것이 잠겨 있는 용이다.〔龍德而隱者也, 不易乎世, 不成乎名, 遯世无悶, 不見是而无悶, 樂則行之, 憂則違之, 確乎其不可拔, 潛龍也.〕"라는 내용이 보인다.

60 인부지(人不知) : 385쪽 주58 참조.

61 마지막 단락의 소주(小註) : 대전본(大全本)《논어집주》〈학이〉제2장 주희의 주 에 정이(程頤)의 설을 인용하여 "혹자가 물었다. '효도와 공경이 인의 근본이 된다 하였 으니, 이것은 효도와 공경을 통해 인에 이를 수 있다는 것입니까?' 내가 대답하였다. '아니다. 인을 행하는 것이 효도와 공경으로부터 시작됨을 말한 것이다. 효도와 공경은 인의 한 가지 일이다.……성 안에는 단지 인·의·예·지 네 가지만 있으니, 어찌 일찍 이 효도와 공경이 있겠는가.〔或問: 孝弟爲仁之本, 此是由孝弟可以至仁否? 曰: 非也, 謂行仁自孝弟始. 孝弟是仁之一事.……性中只有箇仁義禮智四者而已, 曷嘗有孝弟來?〕" 라고 한 내용이 보이는데, 이에 대해 소주에 "인은 이른다고 말할 수 없다. 인은 의리이 지 지위가 아니다. 지위라면 이른다고 말할 수 있다.〔仁不可言至. 仁是義理, 不是地位,

〔답〕 대체로 옳지만 '전체(全體)'라는 글자는 오히려 정확하지 않습니다. 제 생각에 인(仁)은 성(性)으로 말한 경우가 있으니 《맹자》의 '인의예지(仁義禮智)'[62]의 '인'이 바로 이것이고, 덕으로 말한 경우가 있으니 《중용》의 '지인용(知仁勇)'[63]의 '인'이 바로 이것입니다. 성은 지위가 아니니 이른다고 말할 수 없고, 덕은 지위가 있으니 이른다고 말할 수 있습니다. "하루나 한 달에 한 번 인에 이르렀다.〔日月至焉.〕"[64]라는 것 또한 덕으로 말한 것입니다.

地位可言至.〕"라고 한 주희의 설을 가리킨다.

62 맹자의 인의예지(仁義禮智) : 《맹자집주》〈고자 상(告子上)〉제6장 제7절에 "측은지심을 사람마다 다 가지고 있으며, 수오지심을 사람마다 다 가지고 있으며, 공경지심을 사람마다 다 가지고 있으며, 시비지심을 사람마다 다 가지고 있으니, 측은지심은 인(仁)이고, 수오지심은 의(義)이고, 공경지심은 예(禮)이고, 시비지심은 지(智)이다. 인의예지는 밖으로부터 나를 녹여 들어오는 것이 아니고 내가 본래 소유하고 있는 것이지만 사람들이 생각하지 않아서 모를 뿐이다.〔惻隱之心, 人皆有之; 羞惡之心, 人皆有之; 恭敬之心, 人皆有之; 是非之心, 人皆有之. 惻隱之心, 仁也; 羞惡之心, 義也; 恭敬之心, 禮也; 是非之心, 智也. 仁義禮智, 非由外鑠我也, 我固有之也, 弗思耳矣.〕"라는 내용이 보인다.

63 중용의 지인용(知仁勇) : 《중용장구》제20장 제7절에 "천하의 공통된 도가 다섯인데 이것을 행하는 것은 셋이니, 군신간과 부자간과 부부간과 형제간과 붕우간의 사귐이 다섯 가지는 천하의 달도이다. 지·인·용 이 세 가지는 천하의 달덕이니, 이것을 행하는 것은 하나이다.〔天下之達道五, 所以行之者三, 曰君臣也、父子也、夫婦也、昆弟也、朋友之交也五者, 天下之達道也; 知、仁、勇三者, 天下之達德也, 所以行之者一也.〕"라는 내용이 보인다.

64 하루나……이르렀다 : 《논어집주》〈옹야(雍也)〉제5장에 "안회는 그 마음이 3개월 동안 인을 떠나지 않고, 나머지 사람들은 하루나 한 달에 한 번 인에 이를 뿐이다.〔回也, 其心三月不違仁, 其餘則日月至焉而已矣.〕"라는 내용이 보인다.

〔문 5〕 "증자왈장(曾子曰章)"[65] 운운

〔답〕 두 정자(程子)의 '충(忠)'과 '신(信)'에 대한 해석은 조어(造語)는 같지 않으나 그 뜻은 같습니다. 《논어》에서 숙자(叔子 정이(程頤))의 설을 취하고[66] 《대학》에서 백자(伯子 정호(程顥))의 설을 취한 것은,[67] 또한 각각 마땅한 바가 있는지는 모르겠지만 두 가지 설을 남겨둠으로써 감히 편벽되게 주장하지 않는 뜻을 보이고자 한 듯합니다.[68]

---

65 증자왈장(曾子曰章) : 《논어집주》〈학이(學而)〉 제4장의 "증자가 말하였다. '나는 날마다 세 가지로 내 자신을 살피니, 남을 위하여 일을 도모해줌에 충성스럽지 못하였는가, 붕우와 더불어 사귐에 성실하지 못하였는가, 전수받은 것을 익히지 못하였는가이다.〔曾子曰: 吾日三省吾身, 爲人謀而不忠乎, 與朋友交而不信乎, 傳不習乎.〕"라는 구절을 이른다.

66 논어에서……취하고 : 《논어집주》〈학이〉 제4장 주희의 주에 "자기 마음을 다하는 것을 '충'이라 이르고, 성실히 하는 것을 '신'이라 이른다.〔盡己之謂忠, 以實之謂信.〕"라는 내용이 보이는데, 이것은 정이(程頤)의 해석을 취한 것이다.

67 대학에서……것은 : 《대학장구》 전(傳) 제10장 제18절 주희의 주에 "자기 마음을 발하여 스스로 다하는 것을 '충'이라 이르고, 사물을 따라 어김이 없는 것을 '신'이라 이른다.〔發己自盡爲忠, 循物無違謂信.〕"라는 내용이 보이는데, 이것은 정호(程顥)의 해석을 취한 것이다.

68 또한……듯합니다 : 이와 관련하여 《논어혹문(論語或問)》에 "자기의 마음을 다하여 숨김이 없는 것이 이른바 '충'이니, 이것은 안에서 나온 것으로 말한 것이다. 일의 실제대로 하여 어김이 없는 것이 이른바 '신'이니, 이것은 밖에서 증험하는 것으로 말한 것이다. 그러나 충한데 신하지 못하는 것이 없으며 신한데 충에서 나오지 않은 것이 없기 때문에 또 이르기를 '자기 마음을 발하여 스스로 다하는 것을 충이라 이르고, 사물을 따라 어김이 없는 것을 신이라 이른다.'라고 한 것이다. 이것은 안팎을 말한 것이니, 또한 이것을 말하여 더욱 치밀하게 했을 뿐이다.〔盡己之心而無隱, 所謂忠也, 以其出乎內者而言也. 以事之實而無違, 所謂信也, 以其驗乎外者而言也. 然未有忠而不信, 未有

〔문 6〕 "소주의 호씨(胡氏 호병문(胡炳文)) 설"[69] 운운

〔답〕 신안(新安 진력(陳櫟))의 설[70]이 나은 듯합니다. 그러나 일관(一

信而不出乎忠者也. 故又曰: 發己自盡謂忠, 循物無違謂信. 此表裏之謂也, 亦此之謂而加密焉爾.〕"라는 내용이 보인다.

69 소주의 호씨(胡氏) 설 : 대전본(大全本)《논어집주》〈학이〉 제4장 소주에 "증자는 일찌감치 일관(一貫)의 뜻을 깨치고 만년에 삼성(三省)의 공부를 더하였으니, 그 지극히 성실하여 그치지 않은 학문을 더욱 알 수 있다. 증자가 살폈던 것은 자신을 미루어 남에게 미치고 다른 사람을 인하여 자신을 돌이키는 학문이 아님이 없었으니, 바로 그가 이른바 '충서(忠恕)'라는 것이다. 혹자는 '일유'가 '삼성' 뒤에 있었다고 말하는데 잘못이다.〔曾子早悟一貫之旨, 晚加三省之功, 愈可見其至誠不已之學. 蓋其所省者, 無非推己及人、因人返己之學, 卽其所謂忠恕者也. 或以爲一唯在三省後, 非矣.〕"라는 원대(元代)의 경학자 호병문(胡炳文, 1250~1333)의 설이 보인다. 여기의 인용문에서 '일유(一唯)'는《논어집주》〈이인(里仁)〉 제15장의 "공자가 '삼아, 나의 도는 한 가지 이치가 만 가지 일을 꿰뚫고 있다.'라고 하자, 증자가 '예' 하고 대답하였다.〔子曰: 參乎, 吾道一以貫之. 曾子曰: 唯.〕"라는 구절의 '일(一)'과 '유(唯)'에서 온 것이다. 주희의 주에 따르면 이때 증자는 "과연 그 뜻을 묵묵히 알고서 즉시 응하기를 속히 하여 의심이 없었다.〔果能默契其指, 卽應之速而無疑也.〕"고 한다. '삼성'은《논어집주》〈학이〉 제4장의 구절에서 온 것이다. 388쪽 주65 참조.

70 신안(新安)의 설 : 대전본《논어집주》〈학이〉 제4장 소주에 "'오도일관장(吾道一貫章)' 및《맹자》'시우화지장(時雨化之章)'은 주자의 훈석이 명백하지 않은 것이 아니니, '증자가 성인의 널리 응하고 곡진히 마땅한 곳에 대해 이미 일에 따라 정밀하게 살피고 힘써 행하였으되, 다만 그 체가 하나임을 알지 못하였을 뿐이다. 부자(공자)께서는 그가 참을 쌓고 힘쓰기를 오래 하여 장차 터득함이 있을 줄을 아셨다. 이 때문에 이름을 부르고 말씀해주셨는데 증자는 과연 그 뜻을 묵묵히 알고서 즉시 응하기를 속히 하여 의심이 없었던 것이다.'라고 말한 것이다.《맹자》에 '군자가 가르치는 방법이 다섯 가지이다.'라고 하였는데, 그 하나는 곧 때맞추어 내리는 비가 변화시키듯이 하는 경우가 있다. 예컨대 농부가 파종하고 북돋아주는 일에 그 힘을 이미 다했더라도 오직 때맞추어 내리는 비가 이르기를 기다린 뒤에 싹이 우쩍 돋아서 공을 거두는 것과 같으니,

貫) 뒤에도 또한 어찌 삼성(三省)의 공부가 없었겠습니까. 요컨대 굳이 잔달게 그 선후를 구분할 필요는 없습니다.

〔문 7〕 "도천승지국(道千乘之國)"⁷¹ 운운

〔답〕 '일을 공경하다〔敬事〕'라고 할 때의 '일'은 단지 평소의 일일 뿐 정사를 말한 것이 아닙니다.

〔문 8〕 "자왈 군자(子曰君子)"⁷² 운운

주자는 공자가 안자와 증자에 대해서가 이러한 경우라고 해당시켰다. 이 두 장을 참고하여 '삼성장(三省章)'을 살펴보면 이 '삼성'이 바로 일에 따라 정밀하게 살피고 힘써 행한 것이고, 그 '일관'의 뜻을 깨달아 즉시 '예' 하고 대답한 것은 바로 사람의 힘을 이미 다한 뒤 시우가 변화시켜준 때이니, 어떻게 반대로 '일관'을 깨달은 것을 조년의 일로 여기고, '삼성'을 더한 것을 만년의 일로 여긴단 말인가.〔吾道一貫章及孟子時雨化之章, 朱子訓釋非不明白, 謂曾子於聖人泛應曲當處, 已隨事精察而力行之, 但未知其體之一耳. 夫子知其眞積力久, 將有所得. 是以呼而告之, 曾子果能默契其旨, 卽應之速而無疑. 孟子謂君子之所以敎者五. 其一卽有如時雨化之, 如農人種植之功, 其力已盡, 惟待時雨之至, 卽浡然奮發而收成, 朱子以孔子之於顔, 曾當之. 參二章以觀三省章, 此正是隨察力行處; 其悟一貫之旨而一唯, 正是人力已盡而時雨化之之時. 如何反以悟一貫爲早年事, 加三省爲晩年事乎?〕라고 한 원대(元代)의 학자 진력(陳櫟, 1252~1334)의 설을 이른다.

71 도천승지국(道千乘之國) : 《논어집주》〈학이〉 제5장에 "천승의 나라를 다스리되 일을 공경하고 미덥게 하며, 재물을 쓰기를 절도 있게 하고 백성을 사랑하며, 백성을 부리되 철에 맞게 하여야 한다.〔道千乘之國, 敬事而信, 節用而愛人, 使民以時.〕"라는 내용이 보인다.

72 자왈 군자(子曰君子) : 《논어집주》〈학이〉 제8장에 "공자가 말하였다. '군자가 후중하지 않으면 위엄이 없으니, 학문도 견고하지 못하다.'〔子曰: 君子不重則不威, 學則

〔답〕 위엄과 후중함으로 바탕을 삼은 것은[73] "의로 바탕을 삼는다.〔義以爲質.〕"[74]라고 할 때의 '바탕을 삼는 것'과 같습니다. 만약 타고난 자질로 말한다면, 타고난 자질이 후중하지 않은 자는 장차 학문을 할 수 없단 말입니까?

〔문 9〕 "증자왈 신종(曾子曰愼終)"[75] 운운

〔답〕 성실함〔誠〕과 미더움〔信〕을 반드시 분별하고자 한다면 성실함은 마음으로 말하고 미더움은 일로 말한 듯합니다.[76]

不固.〕"라는 내용이 보인다.

73 위엄과……것은 : 《논어집주》〈학이〉제8장 주희의 주에 유작(游酢)의 말을 인용하여 "군자의 도는 위엄과 후중함을 바탕으로 삼고 배워서 이루어야 한다.〔君子之道, 以威重爲質, 而學以成之.〕"라고 한 내용이 보인다.

74 의(義)로 바탕을 삼는다 : 《논어집주》〈위령공(衛靈公)〉제17장에 "군자는 의로 바탕을 삼고 예로 그 의를 행하며 겸손함으로 그것을 내며 신의로 그것을 이루니, 이것이 군자이다.〔君子義以爲質, 禮以行之, 孫以出之, 信以成之, 君子哉!〕"라는 내용이 보인다.

75 증자왈 신종(曾子曰愼終) : 《논어집주》〈학이〉제9장에 "증자가 말하였다. '초상을 삼가서 치르고 돌아가신 분을 추모하면 백성의 덕이 후함에 돌아갈 것이다.'〔曾子曰: 愼終追遠, 民德歸厚矣.〕"라는 내용이 보인다.

76 성실함〔誠〕과……듯합니다 : 이와 관련하여 대전본 《논어집주》〈학이〉제9장 소주에 "초상이 난 지 3일 만에 빈을 할 때 시신의 몸에 가까운 것은 모두 반드시 성실하게 하고 반드시 미덥게 해서 후회가 없도록 할 뿐이며, 3개월 만에 장례할 때 관에 가까운 것은 모두 반드시 성실하게 하고 미덥게 해서 후회가 없도록 할 뿐이다. 무릇 한 가지라도 구비되지 않으면 모두 후회가 되니, 비록 뒤늦게 후회한다 할지라도 미칠 수 없다. 이 때문에 삼가지 않으면 안 되는 것이다.〔三日而殯, 凡附於身者, 必誠必信, 勿之有悔焉耳矣; 三月而葬, 凡附於棺者, 必誠必信, 勿之有悔焉耳矣. 夫一物不具皆悔也, 雖有悔焉, 無及矣. 此不可不愼也.〕"라는 북송의 성리학자 양시(楊時, 1053~1135)의 말이 보인다.

〔문 10〕 "자금문어자공(子禽問於子貢)"[77] 운운

〔답〕 호씨(胡氏 호병문(胡炳文))의 이 논의[78]는 대체로 주자(朱子 주희(朱

77　자금문어자공(子禽問於子貢) :《논어집주》〈학이〉제10장에 "자금이 자공에게 물었다. '부자(공자)께서 이 나라에 이르셔서는 반드시 그 정사를 들으시니, 구해서 되는 것입니까? 아니면 군주가 주어서 되는 것입니까?' 자공이 말하였다. '부자는 온화하고 어질고 공손하고 검소하고 겸양하여 이것을 얻으시는 것이니, 부자의 구하심은 다른 사람들의 구하는 것과는 다를 것이다.'〔子禽問於子貢曰: 夫子至於是邦也, 必聞其政, 求之與? 抑與之與? 子貢曰: 夫子溫良恭儉讓以得之, 夫子之求之也, 其諸異乎人之求之與!〕"라는 내용이 보인다.

78　호씨(胡氏)의 이 논의 : 대전본《논어집주》〈학이〉제10장 소주에 "온화하면서도 엄숙하며, 위엄이 있으면서도 사납지 않으며, 공손하면서도 편안한 것은 부자의 중화의 기상이다. 자공은 온화함을 말하면서 엄숙함을 말하지 않고 공손함을 말하면서 편안함을 말하지 않았다. 또 어짊과 검소함과 겸양을 말했으니 사납지 않음을 알 수 있으나 이른바 위엄이라는 것은 보이지 않으니, 이는 모두 성대한 덕을 다 형용했다고 하기에는 부족하다. 단지 그 국정을 들은 것을 바탕으로 우선 그 광휘가 다른 사람에게 접한 것을 가지고 말한 것에 불과할 뿐이니, 반드시 '편안하게 해주면 이에 따라오고 고무시키면 이에 화한다.'는 등과 같은 자공의 다른 때의 말과 같아야 마침내 부자의 '지나가면 교화되고 마음에 보존하면 신묘해지는 묘함'을 알 수 있다. 살펴보면 요씨는 말하기를 '이것은 성인의 중화의 기상이다.'라고 하였고, 또 말하기를 '지나가면 교화되고 마음에 보존하면 신묘해지는 묘함을 쉽게 엿보아 측량할 수 없다는 집주의 말과 사씨가 말한 세 번의 역(亦) 자는 모두 억양의 뜻을 약간 붙인 것이다.'라고 하였다. 참으로 중화의 기상이라면 사씨는 역 자를 쓰지 말아야 했으며, 사씨가 억양의 뜻을 약간 붙인 것이라고 여겼다면 이 말이 중화의 기상을 다 표현할 수 없음이 분명하다. 요씨의 전후 두 설이 본래 상반되니 변별하지 않으면 안 된다.〔溫而厲, 威而不猛, 恭而安, 此夫子中和氣象也. 子貢言溫而不言厲, 言恭而不言安, 言良儉讓, 則見不猛而不見所謂威, 皆未足以盡盛德之形容. 不過以其得聞國政, 姑以其光輝接物者言爾, 必如子貢異時綏來動和等語, 乃足以見夫子過化存神之妙焉. 按饒氏謂此卽聖人中和氣象, 又謂集註過化存神未易窺測之語與謝說三亦字, 皆微寓抑揚之意. 夫苟是中和氣象, 則謝不當下亦字, 以謝氏爲

熹))에게서 나온 듯합니다. 만약 전체를 논한다면 모름지기 "공자께서는 온화하면서도 엄숙하고, 위엄이 있으면서도 사납지 않고, 공손하면서도 편안하셨다.〔子溫而厲, 威而不猛, 恭而安.〕"[79]라는 설과 같아야 할 것입니다. 그러나 전체이든 한 절이든 막론하고 성인(聖人 공자)의 기상은 중화(中和)의 발로가 아님이 없으니, 지금 '위엄〔威〕'이나 '엄숙함〔厲〕' 등의 글자가 없다는 것으로 이 중화의 기상에 부족함이 있다고 말한다면 정자(程子 정이(程頤))가 '신신요요(申申夭夭)'를 논한 것과 같은 것은 무엇 때문에 "오직 성인만이 본래 중화의 기상이 있다.〔惟聖人便自有中和之氣.〕"라고 하였겠습니까.[80] 글을 거칠게 보았다고 할 것입니다. 요씨(饒氏 요로(饒魯))의 억양(抑揚)의 설[81]은 더욱 알지 못하겠습니다.

微寓抑揚之意, 則其不足以盡中和之氣象明矣. 饒氏前後二說自相反, 不可不辨也.〕"라는 원대(元代)의 경학자 호병문(胡炳文)의 설을 이른다.

79 공자께서는……편안하셨다 : 《논어집주》〈술이(述而)〉 제37장에 보인다.

80 정자(程子)가……하였겠습니까 : 《논어집주》〈술이〉 제4장에 "공자는 한가로이 거처할 때, 모습은 활짝 편 듯하였고 얼굴빛은 온화하였다.〔子之燕居, 申申如也, 夭夭如也.〕"라는 내용이 보이는데, 주희의 주석에 "지금 사람들은 한가로이 거처할 때 게으르고 제멋대로이지 않으면 반드시 지나치게 엄하다. 지나치게 엄할 때에는 '신신요요'이 네 글자를 놓을 수 없으며, 게으르거나 제멋대로일 때에도 이 네 글자를 놓을 수 없으니, 오직 성인만이 본래 중화의 기상이 있다.〔今人燕居之時, 不怠惰放肆, 必太嚴厲. 嚴厲時, 著此四字不得; 怠惰放肆時, 亦著此四字不得. 惟聖人便自有中和之氣.〕"라는 내용의 정이(程頤)의 말이 인용되어 있다.

81 요씨(饒氏)의 억양(抑揚)의 설 : 392쪽 주78 참조.

〔문 11〕 "유자왈 예지용(有子曰禮之用)"⁸² 운운

〔답〕 화(和)는 참으로 자연스러운 것입니다. 그러나 처음 배우는 자가 어찌 힘써 노력하지 않을 수 있겠습니까. 익숙하게 되면 자연스럽게 될 것입니다. 여기의 '화' 자는 《중용》의 '절도에 맞는 화〔中節之和〕'⁸³와는 같지 않습니다. 절도에 맞는 '화'는, 화해야 할 때 화하는 것이니 참으로 화이지만 엄해야 할 때 엄한 것 역시 화입니다. 그러나 여기의 화는 단지 파일 뿐입니다.⁸⁴ "화를 알아서 화를 한다.〔知和而和.〕"라고 할 때의 두 '화'는 본래 모두 문제가 없지만 예(禮)로 절제하지 않은 곳에 이르게 되면 비로소 문제가 될 뿐입니다.⁸⁵

〔문 12〕 "유자왈 신근어의(有子曰信近於義)"⁸⁶ 운운

---

82 유자왈 예지용(有子曰禮之用) : 《논어집주》〈학이〉 제12장 제1절에 "유자가 말하였다. '예의 쓰임은 화가 귀하니, 선왕의 도가 이것을 아름답게 여겼기 때문에 작은 일과 큰일에 모두 이것을 따랐던 것이다.'〔有子曰: 禮之用, 和爲貴, 先王之道, 斯爲美, 小大由之.〕"라는 내용이 보인다.

83 중용의⋯⋯화(和) : 《중용장구》 제1장 제4절에 "기뻐하고 노하고 슬퍼하고 즐거워하는 정이 발하지 않은 것을 '중'이라 이르고 발하여 모두 절도에 맞는 것을 '화'라 이르니, '중'은 천하의 큰 근본이고 '화'는 천하의 공통된 도이다.〔喜怒哀樂之未發謂之中, 發而皆中節謂之和. 中也者, 天下之大本也; 和也者, 天下之達道也.〕"라는 내용이 보인다.

84 여기의⋯⋯뿐입니다 : 《논어집주》〈학이〉 제12장 제1절 주희의 주에 "화는 고요하여 급박하지 않다는 뜻이다.〔和者, 從容不迫之意.〕"라는 내용이 보인다.

85 화(和)를⋯⋯뿐입니다 : 《논어집주》〈학이〉 제12장 제2절에 "행하지 못할 것이 있으니, 화를 알아서 화만 하고 예로 절제하지 않는다면 이 또한 행할 수 없는 것이다.〔有所不行, 知和而和, 不以禮節之, 亦不可行也.〕"라는 내용이 보인다.

86 유자왈 신근어의(有子曰信近於義) : 《논어집주》〈학이〉 제13장에 "유자가 말하였

〔답〕 선주(先主 유비(劉備))가 유표(劉表)에게 의탁한 것[87]은 바로 유표가 의탁할 만한 세력을 갖고 있었기 때문이니 다른 뜻이 있었던 것이 아닙니다. 스승과 벗은 참으로 이런 경우에 해당하지는 않지만, 또한 처음에 잘못 교유하였다가 뒤에 혹 후회하는 경우가 있기도 하니 더욱 살피지 않으면 안 됩니다.

〔문 13〕 "자왈 시삼백(子曰詩三百)"[88] 운운

다. '약속이 의에 가까우면 그 약속한 말을 실천할 수 있으며, 공손함이 예에 가까우면 치욕을 멀리할 수 있으며, 주인을 삼을 자가 그 친할 만한 사람을 잃지 않으면 또한 그 사람을 끝까지 종주로 삼을 수 있다.'〔有子曰: 信近於義, 言可復也; 恭近於禮, 遠恥辱也; 因不失其親, 亦可宗也.〕"라는 내용이 보인다.

87 선주(先主)가……것 : '선주'는 촉한(蜀漢)의 소열제(昭烈帝) 유비(劉備, 161~223)를 이른다. 동한 황실의 먼 지손(支孫)으로 어려서 고아가 되어 신을 팔고 자리를 짜서 살았다. 동한 말에 기병(起兵)하여 황건적(黃巾賊)을 진압하면서 앞뒤로 공손찬(公孫瓚), 도겸(陶謙), 조조(曹操), 원소(袁紹), 유표(劉表) 등에게 의탁하였다. 한 헌제(漢獻帝) 건안(建安) 24년(219)에 자립하여 한중왕(漢中王)이 되고, 220년에 조비(曹丕)가 칭제(稱帝)하여 위(魏)나라를 개국하자 이듬해인 221년에 한(漢)나라를 개국하였다. 유표(142~208)는 동한 말의 명사(名士)로, 황실의 먼 지손이다. 헌제 초평(初平) 원년(190)에 형주 자사(荊州刺史)가 되자 당시의 혼전(混戰)에 끼어들지 않고 애민양사(愛民養士)에만 힘썼다. 뒤에 그가 병사(病死)하자 아들 유종(劉琮)이 곧바로 조조에게 항복하였다. 유비가 유표에게 의탁한 것은 200년에 벌어진 관도(官渡)의 전쟁에서 조조가 원소를 이기고 난 뒤인 201년의 일이다. 유비는 이전에 원소에게 의탁하고 있었으나 원소가 패하자 어쩔 수 없이 당시 형주 자사로 큰 세력을 가지고 있었던 유표에게 달려가 도움을 청하였다.

88 자왈 시삼백(子曰詩三百) : 《논어집주(論語集註)》〈위정(爲政)〉 제2장에 "공자가 말하였다. '《시경》 3백 편의 뜻을 한 마디 말로 덮을 수 있으니, 「읽는 자로 하여금 생각에 간사함이 없게 한다.」는 말이다.'〔子曰: 詩三百, 一言以蔽之, 曰思無邪.〕"라는 내용이 보인다.

〔답〕 아래 설이 순합니다. 그러나 '곧바로 가리켰다〔直指〕'는 것은 '은미하고 완곡한 것〔微婉〕'에 상대하여 말한 것이고, '전체(全體)'라는 것은 '각각 한 가지 일로 인하다〔各因一事〕'라는 것에 상대하여 말한 것이니,[89] 그 뜻은 앞의 설과 또한 다른 것이 없습니다.

〔문 14〕 "도지이정(道之以政)"[90] 운운

〔답〕 단지 주자의 "타고난 자질과 믿고 향하는 것이 균일하지 않다."[91]

---

89 곧바로⋯⋯것이니 :《논어집주》〈위정〉제2장 주희의 주에 "그 말이 은미하고 완곡하며 또 각각 한 가지 일로 인하여 말한 것이어서 그 전체를 곧바로 가리킨 것을 찾는다면 이 말처럼 분명하고도 뜻을 다한 것이 없다.〔其言微婉, 且或各因一事而發, 求其直指全體, 則未有若此之明且盡者.〕"라는 내용이 보인다.

90 도지이정(道之以政) :《논어집주》〈위정〉제3장에 "인도하기를 법으로 하고 가지런히 하기를 형벌로써 하면 백성들이 형벌을 면할 수는 있으나 부끄러워함은 없을 것이다. 인도하기를 덕으로 하고 가지런히 하기를 예로써 하면 백성들이 부끄러워함이 있고 또 선(善)에 이르게 될 것이다.〔道之以政, 齊之以刑, 民免而無恥. 道之以德, 齊之以禮, 有恥且格.〕"라는 내용이 보인다.

91 타고난⋯⋯않다 :《논어집주》〈위정〉제3장 주희의 주에 "몸소 행하여 솔선수범하면 백성이 진실로 보고 감동하여 흥기하는 바가 있을 것이요, 그 얕고 깊고 두텁고 얇아 균일하지 않은 것을 예로써 통일시킨다면 백성들이 선하지 못함을 부끄러워하고 또 선에도 이를 수 있음을 말한 것이다.〔言躬行以率之, 則民固有所觀感而興起矣, 而其淺深厚薄之不一者, 又有禮以一之, 則民恥於不善而又有以至於善也.〕",《주자어류》에 "집주에서 '얕고 깊고 두텁고 얇아 균일하지 않은 것'이라고 한 것은, 그 사이의 타고난 자질과 믿고 향하는 것이 균일하지 않음이 이와 같아서 비록 덕으로 감발시키더라도 본래 믿고 향하려 하지 않는 백성도 있고 또한 지나치게 믿고 향하는 백성도 있기 때문에 예로써 가지런히 하는 것을 이른다.〔集注云淺深厚薄之不一, 謂其間賓稟信向不齊如此, 雖是感之以德, 自有不肯信向底, 亦有太過底, 故齊一之以禮.〕"라는 내용이 보인다.《朱

라는 한 구절만으로도 그 뜻이 이미 절로 명백합니다. 주자 주의 '얕고 깊음'은 '믿고 향하는 것'으로 말한 것이고, '두텁고 얇음'은 '타고난 자질'로 말한 것입니다. 그리고 여기에서 '믿고 향한다'는 것은 곧 감발하여 흥기하는 것을 말합니다. 이러한 뜻으로 보는 것이 좋을 듯합니다.

〔문 15〕 "공호이단(攻乎異端)"[92] 운운

〔답〕 '공(攻)'을 '전적으로 다룬다'는 뜻으로 본 것은 글자의 뜻이 본래 이와 같으니, 주자 자신이 자기 생각으로 해석한 것은 아닙니다.[93] 대체로 이단에 빠지는 사람들은 그 이단이 반드시 우리 유학보다 오묘하고 더 나은 점이 있다고 여기기 때문에 마음을 전일하게 하여 그 이단을 전공하는 것입니다. 그러나 필경은 그럴 이치가 없고 단지 그 이단이 해가 된다는 것만 볼 뿐입니다. 부자(夫子 공자)의 뜻은 이와 같을 듯하니, 조금 전공하는 것은 괜찮고 반드시 전일하게 전공한 연후에 해가 된다고 말한 것은 아닙니다.

子語類 卷23 論語5 爲政篇上 道之以政章》

92 공호이단(攻乎異端) : 《논어집주》〈위정〉제16장에 "이단을 전공하면 이에 해롭다.〔攻乎異端, 斯害也已.〕"라는 내용이 보인다.

93 공(攻)을……아닙니다 : 《논어집주》〈위정〉제16장 주희의 주에 범조우(范祖禹)의 설을 인용하여 "'공(攻)'은 전적으로 다루는 것이다. 그러므로 나무와 돌, 금과 옥을 다루는 공인(工人)을 공(攻)이라 한다.〔攻, 專治也, 故治木石金玉之工曰攻.〕"라는 내용이 보인다.

〔문 16〕 "주공(周公)이 예악(禮樂)을 제정할 때"[94] 운운

〔답〕성왕(成王)이 천자의 예악을 준 것과 백금(伯禽)이 천자의 예악을 받은 것은 정자(程子 정이(程頤))에 이르러 처음 그 잘못을 말하였으니,[95] 이 이전에는 이러한 의론이 없었습니다. 생각건대 그 당시에는 또한 당연하다고 생각하여 놓치고 간과했던 것인 듯합니다.

〔문 17〕 "계씨(季氏)가 참람하게 팔일무(八佾舞)를 추었으니"[96] 운운

〔답〕문세(文勢)로 보면 참으로 말씀하신 설과 같아야 할 것이나 일의 이치로 보면 이렇지 않을 듯합니다. 두 장[97]에 언급된 부자(夫子 공자)

---

94 주공(周公)이……때 : 주(周)나라 개국에 큰 공이 있다 하여 주공(周公)의 봉국(封國)인 노(魯)나라에서 천자의 예악(禮樂)을 사용할 수 있도록 한 것에 대하여 시비를 논한 것이다.

95 성왕(成王)이……말하였으니 : 《논어집주》〈팔일(八佾)〉제2장에 "삼가(三家)에서 제사를 마치고《시경》의 옹장(雍章)을 노래하면서 철상(撤床)하였다. 공자가 이에 대해 평가하기를「제후들이 제사를 돕거늘 천자는 엄숙하게 계시도다.」라는 가사를 어찌하여 삼가의 당에서 취해다 쓰는가.'라고 하였다.〔三家者以雍徹, 子曰 : 相維辟公, 天子穆穆, 奚取於三家之堂?〕"라는 내용이 보이는데, 이에 대한 주희의 주에 정이(程頤)의 설을 인용하여 "주공의 공이 진실로 크지만 모두 신하의 직분상 마땅히 해야 할 바이니 노나라만 어찌 홀로 천자의 예악을 쓸 수 있겠는가. 성왕이 천자의 예악을 준 것과 주공의 아들인 백금이 천자의 예악을 받은 것은 모두 잘못이다.〔周公之功固大矣, 皆臣子之公所當爲, 魯安得獨用天子禮樂哉? 成王之賜, 伯禽之受皆非也.〕"라고 하였다.

96 계씨(季氏)가……추었으니 : 《논어집주》〈팔일〉제1장에 "공자가 계씨를 평가하여 '천자의 팔일무를 뜰에서 추니, 이 짓을 차마 한다면 무엇을 차마 하지 못하겠는가.'라고 하였다.〔孔子謂季氏, 八佾舞於庭, 是可忍也, 孰不可忍也?〕"라는 내용이 보인다.

의 말씀을 곰곰이 음미하면 또한 당초에 예악을 주고받은 것에 대해 뒤미쳐 탓하는 뜻이 보이지 않으니 융통성 있게 보는 것이 좋습니다.

〔문 18〕 "자하문왈(子夏問曰)"⁹⁸ 운운

〔답〕 두 사람 모두 함께 《시》를 논할 만하다는 점에서는 동일하나, 자공(子貢)이 《시》를 인용한 것은 성인(聖人 공자)의 언외지의(言外之意)에 대해 찬탄한 것에 지나지 않습니다.⁹⁹ 그러나 자하(子夏)는

97 두 장 : 《논어집주》〈팔일〉 제1장과 제2장을 이른다. 398쪽 주95, 주96 참조.

98 자하문왈(子夏問曰) : 《논어집주》〈팔일〉 제8장에 "자하가 물었다. 「예쁜 웃음에 보조개가 예쁘며 아름다운 눈에 눈동자가 선명함이여! 흰 비단으로 채색을 한다.」라고 하였는데 무엇을 말한 것입니까?' 공자가 대답하였다. '그림 그리는 일은 흰 비단을 마련하는 것보다 뒤에 하는 것이다.' 자하가 말하였다. '예(禮)가 충신(忠信)보다 뒤이겠군요.' 공자가 대답하였다. '나를 흥기시키는 자는 상(商)이로구나! 비로소 함께 《시》를 논할 만하다.'〔子夏問曰 : 巧笑倩兮, 美目盼兮, 素以爲絢兮, 何謂也? 子曰 : 繪事後素. 曰 : 禮後乎! 子曰 : 起予者商也, 始可與言詩已矣!〕"라는 내용이 보인다. '상(商)'은 자하의 이름이다.

99 두……않습니다 : '두 사람'은 《논어집주》〈팔일〉 제8장에 보이는 자하(子夏)와 《논어집주》〈학이〉 제15장에 보이는 자공(子貢)을 이른다. 〈팔일〉 제8장은 위의 주98 참조. 〈학이〉 제15장의 내용은 다음과 같다. "자공이 말하였다. '가난하지만 아첨함이 없고 부유하지만 교만함이 없으면 어떻습니까?' 공자가 대답하였다. '그것도 괜찮지만 가난하면서도 즐거워하고 부유하면서도 예를 좋아하는 자만은 못하다.' 자공이 말하였다. '《시》에 「절단한 듯 다듬은 듯하며, 쪼아놓은 듯 간 듯하다.」 하였는데 이것을 말함일 것입니다.' 공자가 대답하였다. '사(賜)는 비로소 함께 《시》를 논할 만하구나! 지나간 것을 말해주자 올 것을 아는구나.'〔子貢曰 : 貧而無諂, 富而無驕, 何如? 子曰 : 可也, 未若貧而樂, 富而好禮者也. 子貢曰 : 詩云如切如磋, 如琢如磨, 其斯之謂與! 子曰 : 賜也, 始可與言詩已矣! 告諸往而知來者.〕" '사(賜)'는 자공의 이름이다.

당초 자신의 물음에 대한 공자의 답은 단지 "그림 그리는 일은 흰 비단을 마련하는 것보다 뒤에 한다는 뜻이다."라고 말한 것뿐이었는데, 대번에 '예(禮)가 충신(忠信)보다 뒤'라는 지점까지 미루어 나갔습니다. 이 점은 성인도 미처 여기까지 생각한 적이 없었기 때문에 특별히 "나를 흥기시키는구나!"라고 칭찬했던 것입니다.

〔문 19〕 "체자기관(禘自旣灌)"[100] 운운

〔답〕 체(禘) 제사는 참으로 노(魯)나라가 숨겨야 할 일이기는 하지만 단지 드러내놓고 배척할 수 없을 뿐, 어찌 '체'라는 한 글자를 말하지 못하기까지야 하겠습니까. 비록 보고 싶지는 않다 해도 또한 어찌 간혹 볼 때마저 없었겠습니까.

〔문 20〕 "혹문체지설(或問禘之說)"[101] 운운

〔답〕 '체(禘)'의 명칭에 대한 함의는 《이아(爾雅)》 소(疏)에 "'체'는 '살핀다'는 뜻이니, 소목의 차례를 자세히 살펴 어지럽지 않게 하려는

---

100 체자기관(禘自旣灌) : 《논어집주》〈팔일〉 제10장에 "체 제사는 강신례를 행한 뒤로부터는 내 보고 싶지 않다.〔禘自旣灌而往者, 吾不欲觀之矣.〕"라는 내용이 보인다.

101 혹문체지설(或問禘之說) : 《논어집주》〈팔일〉 제11장에 "어떤 사람이 체 제사의 내용을 묻자 공자가 대답하였다. '알지 못하겠다. 그 내용을 아는 자는 천하를 다스림에 있어 천하를 여기에 올려놓고 보는 것과 같을 것이다.'라고 하고 자신의 손바닥을 가리켰다.〔或問禘之說. 子曰: 不知也. 知其說者之於天下也, 其如示諸斯乎! 指其掌.〕"라는 내용이 보인다.

것이다.〔禘, 諦也, 欲使昭穆之次審諦而不亂也.〕"라고 하였습니다.[102]
봄 제사를 '약(礿)', 여름 제사를 '체(禘)', 가을 제사를 '상(嘗)', 겨울 제사를 '증(烝)'이라고 하니, 이것은 하(夏)나라와 은(殷)나라의 제사 이름입니다. 주(周)나라에서는 이를 바꾸어 봄 제사를 '사(祠)', 여름 제사를 '약(礿)'이라 하고, 체(禘) 제사를 큰 제사로 삼아 5년에 한 번 거행하였으니, 이 설이 〈왕제(王制)〉의 주소(注疏)에 있습니다.[103] 지금 주나라의 체 제사를 논하면서 하나라의 제사로 삼고 있으니 잘못된 것입니다. 왕이 아니면 체 제사를 지낼 수 없는 것은[104] 예를 높이고 낮추는 분수가 그런 것이니, 또 무슨 의심할 것이 있겠습니까. 동지에 시조에게 제사 지내는 것은 정자(程子)가 의리에 비추

102 이아(爾雅)……하였습니다 : 《이아》〈석천(釋天)〉 송(宋)나라 형병(邢昺)의 소(疏)에 보인다.

103 봄 제사를 약(礿)……있습니다 : 《예기》〈왕제(王制)〉에 "천자와 제후의 종묘 제사는 봄 제사를 '약', 여름 제사를 '체', 가을 제사를 '상', 겨울 제사를 '증'이라고 한다.〔天子、諸侯宗廟之祭, 春曰礿, 夏曰禘, 秋曰嘗, 冬曰烝.〕"라는 내용이 보인다. 정현(鄭玄)의 주에 "이것은 하나라와 은나라의 제사 이름인 듯하다. 주나라는 사시의 제사 이름을 바꾸어 봄 제사를 '사', 여름 제사를 '약'이라 하고, 체 제사를 큰 제사로 삼았다.〔此蓋夏、殷之祭名, 周則改之, 春曰祠, 夏曰礿, 以禘爲殷祭.〕"라고 하였으며, 공영달(孔穎達)의 소에 "'은'은 '크다'는 뜻이니, 5년에 한 번 큰 제사를 지내는 것을 이른다.〔殷, 猶大也, 謂五年一大祭.〕"라고 하였다. 이와 관련하여 《예기》〈제통(祭統)〉에 "무릇 제사는 사시의 제사가 있으니, 봄 제사를 '약', 여름 제사를 '체', 가을 제사를 '상', 겨울 제사를 '증'이라고 한다.〔凡祭有四時, 春祭曰礿, 夏祭曰禘, 秋祭曰嘗, 冬祭曰烝.〕", 《예기》〈제의(祭義)〉에 "군자는 천도에 부합하여 봄에는 체 제사를 지내고 가을에는 상 제사를 지낸다.〔君子合諸天道, 春禘秋嘗.〕"라는 내용이 보인다.

104 왕이……것은 : 《예기》〈상복소기(喪服小記)〉에 "예에 따르면 왕이 아니면 체 제사를 지내지 않는다.〔禮, 不王不禘.〕"라는 내용이 보인다.

어 만든 예이며 고례(古禮)를 말한 것이 아닙니다.[105]

〔문 21〕 "제여재(祭如在)"[106] 운운

〔답〕 '선조에게 제사 지낼 때에는 효를 위주로 하고 외신(外神)에게
제사 지낼 때에는 공경을 위주로 하는 것'[107]은 그 이치가 본래 이와
같으니, 어찌 제사 지낼 때를 기다려 그제야 구분하여 안배하는 바가
있겠습니까. 마음과 모습으로 구분하여 말한 것 또한 옳지 않습니다.

〔문 22〕 "왕손가문(王孫賈問)"[108] 운운

105 동지에……아닙니다 : 《가례(家禮)》〈제례(祭禮) 초조(初祖)〉에 "동지에 시조
에게 제사 지낸다.〔冬至祭始祖.〕"라는 내용이 보이는데, 주희(朱熹)의 주에 정이(程
頤)의 설을 인용하여 "시조는 최초에 사람을 낸 조상이니, 동지에 하나의 양(陽)이
처음 생겨나기 때문에 그 유(類)를 형상하여 제사하는 것이다.〔此厥初生民之祖也, 冬
至一陽之始, 故象其類而祭之.〕"라고 말하고 있다. 대전본(大全本) 소주에, 시조에게
지내는 제사에 대해 "옛날에는 시조에게 지내는 제사가 없었는데 이천 선생이 의리에
비추어 만들었다. 내가 당초에는 시조에게 제사를 지냈는데 뒤에 참람하다는 생각이
들어 지금은 감히 시조에게 제사를 지내지 못한다. 시조에 대한 제사는 체 제사와 비슷
하고, 선조에 대한 제사는 협 제사와 비슷하여 지금은 모두 감히 제사 지내지 못한다.〔古
無此, 伊川先生以義起. 某當初也祭, 後來覺得似僭, 今不敢祭. 始祖之祭似禘, 先祖之祭
似祫, 今皆不敢祭.〕"라는 주희의 설이 소개되어 있다.

106 제여재(祭如在) : 《논어집주》〈팔일〉 제12장에 "선조에게 제사 지낼 때에는 선조
가 계신 듯이 하였으며, 외신(外神)에게 제사 지낼 때에는 외신이 계신 듯이 하였다.〔祭
如在, 祭神如神在.〕"라는 내용이 보인다.

107 선조에게……것 : 《논어집주》〈팔일〉 제12장 주희의 주에서 인용한 정이(程頤)
의 설에 보인다.

108 왕손가문(王孫賈問) : 《논어집주》〈팔일〉 제13장에 "왕손가가 물었다. '아랫목

〔답〕먼저 신주를 설치하고 뒤에 시동(尸童)을 맞이하는 것[109]은 선왕이 예(禮)를 만드신 뜻을 추측하기 쉽지 않으나 우선 억견(臆見)으로 논한다면 이렇습니다.

신주는 신이 의지하는 것이고, 시동은 살아 있는 사람으로 신을 형상한 것입니다. 이미 신으로 섬기는데 또 살아 있는 사람의 도로 섬기는 것은 이와 같이 한 뒤에 그 예가 구비되기 때문이니, 어찌 이것을 중첩된 제사라고 하겠습니까.

신명(神明)을 모으는 것에 대한 의문은 두 개의 신주로 분리해서는 안 된다는 주자의 설에 근본을 둔 듯합니다.[110] 그러나 본래 여기의

신에게 잘 보이기보다는 차라리 부엌 신에게 잘 보이라 하는데, 무슨 말입니까?' 공자가 대답하였다. '그렇지 않다. 하늘에 죄를 얻으면 빌 곳이 없다.'〔王孫賈問曰: 與其媚於奧, 寧媚於竈, 何謂也? 子曰: 不然. 獲罪於天, 無所禱也.〕"라는 내용이 보인다.

109 먼저……것 : 《논어집주》〈팔일〉제13장 주희의 주에 "무릇 오사(五祀)에 제사지낼 때에는 모두 먼저 신주를 설치하여 그 해당되는 곳에 제사하고, 그런 뒤에 시동을 맞이하여 실(室)의 서남쪽 모퉁이에서 제사하는데, 대략 종묘의 제사 의식과 같다. 예컨대 부뚜막에 제사 지낼 경우에는 신주를 부엌 뜰에 설치하고, 제사가 끝나면 다시 실의 서남쪽 모퉁이에 제수를 진설하여 시동을 맞이한다. 그러므로 당시 세속의 말에 인하여 '실의 서남쪽 모퉁이는 항상 높음이 있으나 제사의 주인이 아니고, 부뚜막은 비록 낮고 천하나 당시에 용사(用事)한다.'라고 하여 직접 임금에게 결탁하는 것이 권신에게 아부하는 것만 못함을 비유하였다.〔凡祭五祀, 皆先設主而祭於其所, 然後迎尸而祭於奧, 略如祭宗廟之儀. 如祀竈, 則設主於竈陘, 祭畢而更設饌於奧以迎尸也. 故時俗之語, 因以奧有常尊, 而非祭之主, 竈雖卑賤, 而當時用事, 喩自結於君, 不如阿附權臣也.〕"라는 내용이 보인다.

110 신명(神明)을……듯합니다 : 이와 관련하여 주희가 문인 유평보(劉平甫)에게 답한 편지에 "고례에는 종묘에 두 개의 신주가 없었다. 일찍이 그 의미를 궁구해보았는데, 조상의 정신이 흩어져서 이 신주에 조상의 정신을 모으고자 하는 것이기 때문에 두 개의 신주를 두어서는 안 되었던 것이다. 지금은 사판이 있는데 또 영정까지 있으니,

의미와는 다르니 다시 자세히 살피는 것이 어떻겠습니까.

　시동은 참으로 신주보다 중하지만 증자(曾子) 때부터 이미 제사에 반드시 시동이 있어야 하느냐는 의문을 제기하여[111] 후대에는 시동을 마침내 폐지하고 신주만 홀로 남게 되었습니다. 고례를 다시 볼 수 없으니 안타까움을 이루 말할 수 있겠습니까.

　오사(五祀)[112]의 신주는 그 제도를 자세히 알 수 없으나 단지 지금의 위판(位版)과 같을 듯합니다.

　〔문 23〕 "자왈 주감어이대(子曰周監於二代)"[113] 운운

이것은 두 개의 신주를 둔 것이다.……편지에서 말한 것처럼 집에는 영정을 남겨두고 사판을 받들고 길을 떠나는 것은 조상의 정신이 흩어져서 귀신이 편안히 여기는 바가 아닐 듯하다.〔古禮廟無二主. 嘗原其意, 以爲祖考之精神旣散, 欲其萃聚於此, 故不可以二. 今有祠版, 又有影, 是有二主矣.……所諭留影於家, 奉祠版而行, 恐精神分散, 非鬼神所安.〕라는 내용이 보인다. 《朱子全書 書 答劉平甫》

111　증자(曾子)……제기하여 : 《예기》〈증자문(曾子問)〉에 "증자가 물었다. '제사에는 반드시 시동이 있어야 합니까? 시동이 없는 양염(陽厭)이나 음염(陰厭)처럼 하는 것도 가합니까?' 공자가 대답하였다. '성인의 초상을 위해 제사 지낼 때에는 반드시 시동이 있고 시동은 반드시 손자로 한다. 손자가 어리면 남을 시켜 손자를 안게 하고, 손자가 없으면 같은 성씨의 손자를 취해오는 것이 가하다. 요절한 자의 초상을 위해 제사 지낼 때 반드시 염제(厭祭)를 지내는 것은 성인이 되지 않았기 때문이다. 성인의 초상을 위해 제사 지내면서 시동이 없는 것은 제사 지내는 대상을 요절한 자의 초상으로 여기는 것이다.'〔曾子問曰: 祭必有尸乎? 若厭祭亦可乎? 孔子曰: 祭成喪者, 必有尸, 尸必以孫, 孫幼則使人抱之, 無孫則取於同姓可也. 祭殤必厭, 蓋弗成也, 祭成喪而無尸, 是殤之也.〕라는 내용이 보인다.

112　오사(五祀) : 집안의 다섯 신을 이른다. 《예기》〈월령(月令)〉 정현(鄭玄)의 주에 따르면 대문〔門〕, 실호(室戶), 중류(中霤), 부뚜막〔竈〕, 길〔行〕의 신이다.

113　자왈 주감어이대(子曰周監於二代) : 《논어집주》〈팔일(八佾)〉 제14장에 "공자

〔답〕 주(周)나라의 예(禮)는 본래 문채롭기 때문에 성인(聖人)이 그 문채로움〔文〕을 찬미한 것입니다. 어찌 굳이 그 질박함〔質〕을 겸하여 말할 필요가 있겠습니까.[114] 그러나 그 후대의 폐단으로 말하면 또한 문채롭다고 말할 수 없습니다.

　〔문 24〕 "자왈 관중지기(子曰管仲之器)"[115] 운운

〔답〕 여기의 '기(器)' 자를 주자는 국량(局量)과 규모(規模)로 말하였으니,[116] '불기(不器)'[117]의 '기' 자와 같지 않다는 것을 알 수 있습니다.

가 말하였다. '주나라는 하나라와 은나라 두 왕조를 보고 가감하였으니, 찬란하다, 그 문화여! 나는 주나라를 따르겠다.〔子曰: 周監於二代, 郁郁乎文哉! 吾從周.〕'라는 내용이 보인다.

114　어찌……있겠습니까 : 이와 관련하여 《논어집주》〈위정(爲政)〉 제23장에 "은나라는 하나라의 예를 인습하였으니 가감한 것을 알 수 있으며, 주나라는 은나라의 예를 인습하였으니 가감한 것을 알 수 있다.〔殷因於夏禮, 所損益可知也; 周因於殷禮, 所損益可知也.〕"라는 내용이 보이는데, 주희의 주에 "하나라는 충을 숭상하고, 상나라는 질을 숭상하고, 주나라는 문을 숭상하였다.〔夏尙忠, 商尙質, 周尙文.〕"라고 하였다.

115　자왈 관중지기(子曰管仲之器) : 《논어집주》〈팔일〉 제22장에 "공자가 말하였다. '관중의 기국(器局)이 작구나!'〔子曰: 管仲之器小哉.〕"라는 내용이 보인다.

116　여기의……말하였으니 : 《논어집주》〈팔일〉 제22장 주희의 주에 "기국이 작다는 것은 성현의 대학의 도를 알지 못했기 때문에 국량이 좁고 얕으며 규모가 낮고 협소하여 능히 몸을 바루고 덕을 닦아 군주를 왕도에 이르게 하지 못함을 말한 것이다.〔器小, 言其不知聖賢大學之道, 故局量褊淺, 規模卑狹, 不能正身修德以致主於王道.〕"라는 내용이 보인다.

117　불기(不器) : 《논어집주》〈위정〉 제12장에 "군자는 그릇처럼 국한되지 않는다.〔君子不器.〕"라는 내용이 보인다.

소씨(蘇氏 소식(蘇軾))와 양씨(楊氏 양시(楊時))의 설[118]이 또한 좋기 때문에 《집주(集註)》에서 이 설들을 취한 것입니다.

118 소씨(蘇氏)와 양씨(楊氏)의 설 : 《논어집주》〈팔일〉 제22장 주희의 주에서 인용한 소식(蘇軾)과 양시(楊時) 두 사람의 설을 이른다. 소식은 "자기 몸을 닦고 집안을 바르게 하여 나라에까지 미치면 그 근본이 깊고 그 미침이 원대하니, 이를 큰 기국이라고 한다. 양웅의 이른바 '큰 기국은 마치 그림쇠, 곡척(曲尺), 수준기(水準器), 먹줄과 같아서 먼저 자신을 다스린 뒤에 남을 다스린다.'라고 한 것이 이것이다.〔自修身正家, 以及於國, 則其本深, 其及者遠, 是謂大器. 揚雄所謂大器猶規矩準繩, 先自治而後治人者是也.〕"라고 하였고, 양시는 "부자(공자)께서 관중의 공로를 크게 여기시면서도 그 기국을 작게 여기셨으니, 이는 왕을 보좌할 만한 재질이 아니면 비록 제후를 규합하여 천하를 바로잡았더라도 그 기국은 칭송할 것이 못 되기 때문이다.〔夫子大管仲之功而小其器, 蓋非王佐之才, 雖能合諸侯正天下, 其器不足稱也.〕"라고 하였다.

도기서원의 강유에게 답하다 3[119]

答道基書院講儒

〔문 1〕 "자왈 불인자(子曰不仁者)"[120] 운운

〔답〕 '구(久)'와 '장(長)'은 그다지 큰 차이가 없을 듯합니다. '이인(利仁)'을 주자는 '깊이 알고 독실히 좋아해서 반드시 그것을 얻고자 하는 것〔深知篤好, 必欲得之〕'으로 말하였으니,[121] 바로 다음 장에 나오는 '호인(好仁)'의 일로 부자(夫子 공자)가 그런 자를 보지 못했다고 탄식한 경우입니다.[122] 두 사람[123]이 비록 어질기는 하나 아마도 반드

---

119 도기서원(道基書院)의 강유(講儒)에게 답하다 3 : 이 편지는 《논어집주》〈이인(里仁)〉의 구절에 대해 모두 5조목의 문답으로 이루어져 있다.

120 자왈 불인자(子曰不仁者) : 《논어집주》〈이인(里仁)〉 제2장에 "공자가 말하였다. '불인(不仁)한 자는 오랫동안 곤궁함에 처할 수 없으며 장구하게 즐거움에 처할 수 없으니, 인(仁)한 자는 인을 편안히 여기고 지혜로운 자는 인을 이롭게 여긴다.'〔子曰: 不仁者不可以久處約, 不可以長處樂. 仁者安仁, 知者利仁.〕"라는 내용이 보인다.

121 이인(利仁)을……말하였으니 : 《논어집주》〈이인〉 제2장 주회의 주에 "'이(利)'는 '탐한다'는 말과 같으니, 깊이 알고 독실히 좋아해서 반드시 그것을 얻고자 하는 것이다.〔利, 猶貪也, 蓋深知篤好而必欲得之也.〕"라는 내용이 보인다.

122 다음……경우입니다 : 《논어집주》〈이인〉 제6장에 "나는 인(仁)을 좋아하는 자와 불인(不仁)을 미워하는 자를 보지 못하였다. 인을 좋아하는 자는 인보다 더 좋은 것이 없고, 불인을 미워하는 자는 그가 인을 행하는 것이 불인한 것으로 하여금 자기 몸에 가해지지 못하게 하는 것이다. 능히 하루라도 그 힘을 인에 쓴 자가 있는가? 나는 힘이 부족한 자를 아직 보지 못하였노라. 아마도 그런 사람이 있을 터인데 내가 아직 보지 못하였나 보다.〔我未見好仁者、惡不仁者. 好仁者, 無以尚之, 惡不仁者, 其爲仁

시 이 경지에 미쳤던 것은 아닌 듯하니, 호씨(胡氏 호인(胡寅))는 '이인'
을 조금 거칠게 본 듯합니다.¹²⁴

矣, 不使不仁者加乎其身. 有能一日用其力於仁矣乎? 我未見力不足者. 蓋有之矣, 我未
之見也.〕라는 내용이 보인다.

123 두 사람 : 원헌(原憲)과 민자건(閔子騫)을 이른다.

124 호씨(胡氏)는……듯합니다 : 대전본(大全本)《논어집주》〈이인〉제2장 소주에
"순임금이 말린 밥을 먹고 채소를 먹을 때에는 그대로 종신할 듯이 하고 천자가 되자
진의(袗衣)를 입고 거문고를 타는 것을 원래 소유했던 것처럼 여겼던 것은, 인(仁)을
편안히 여기는 자가 오랫동안 곤궁함에 처하고 장구하게 즐거움에 처한 것이다. 원헌이
누추한 집에서 산 것과, 민자건이 문수(汶水) 가에 있겠다고 한 것과, 노나라 계문자와
제나라 안평중의 사례는, 인을 이롭게 여기는 자가 오랫동안 곤궁함에 처하고 장구하게
즐거움에 처한 것이다.〔舜之飯糗茹草若將終身、被袗衣鼓琴若固有之, 此安仁者之久處
約、長處樂也. 原憲環堵、閔損汶上、魯之季文子、齊之晏平仲, 此利仁者之久處約、長處
樂也.〕라는 호인(胡寅)의 설이 보인다. 순임금의 사례는《맹자집주》〈진심 하(盡心
下)〉제6장에 보인다. 원헌은 공자의 제자로,《장자(莊子)》〈양왕(讓王)〉에 다음과
같은 일화가 전한다. 원헌이 노(魯)나라에서 작은 오두막에서 살 때 자공(子貢)이 찾아
가 왜 이처럼 괴롭게 사느냐고 묻자, 원헌은 "저는 재물이 없는 것을 가난하다 이르고
배우고도 실천하지 못하는 것을 괴롭다고 들었습니다. 지금 저는 가난할 뿐 괴롭지는
않습니다.〔憲聞之, 無財謂之貧, 學而不能行謂之病, 今憲貧也, 非病也.〕"라고 대답하였
다고 한다. 민자건은 공자의 제자로,《논어집주》〈옹야(雍也)〉제7장에 "계씨가 민자건
을 비읍의 읍재로 삼으려 하자 민자건이 사자(使者)에게 말하였다. '나를 위해 잘 말하
여주시오. 만일 다시 나를 부르러 온다면 나는 반드시 노나라를 떠나 제나라의 문수
가에 있을 것이라고.'〔季氏使閔子騫爲費宰. 閔子騫曰: 善爲我辭焉. 如有復我者, 則吾
必在汶上矣.〕"라는 내용이 보인다. 계문자(季文子)는 노(魯)나라의 대부로,《사기(史
記)》권33〈노주공세가(魯周公世家)〉에 "노나라 성공(成公) 5년(기원전 586)에 계문
자가 별세하였다. 집안에는 비단옷을 입는 첩이 없었고 마굿간에는 곡식을 먹는 말이
없었으며 창고에는 쌓아둔 금과 옥이 없었으니, 이것으로 세 군주를 보필하였다.〔五年
季文子卒. 家無衣帛之妾, 廐無食粟之馬, 府無金玉, 以相三君.〕"라는 내용이 보인다.
안평중(晏平仲)은 제(齊)나라 영공(靈公), 장공(莊公), 경공(景公) 때 재상을 지낸

〔문 2〕 "자왈 유인자(子曰惟仁者)"[125] 운운

〔답〕 이치에 밝지 못하면 비록 사심이 없다 하더라도 좋아하고 미워함이 틀림없이 이치에 맞지 않을 경우도 있을 것입니다.[126] 그러나 이것은 일반 사람들의 일을 논한 듯하니, 이른바 '사심이 없다'는 것이 어찌 꼭 참으로 인자(仁者)의 사심이 없는 것과 같겠습니까. 인자로 말하면 사심이 없는 곳이 곧 절로 이치에 맞으니 두 가지 일이 아닙니다.

〔문 3〕 "자왈 삼호(子曰參乎)"[127] 운운

안영(晏嬰)으로, 지극히 검소하여 베옷을 입고 조회에 나갔으며 30년 동안 갖옷 한 벌로 지냈다고 한다. 《안자춘추(晏子春秋)》 권6 〈내편잡하(內篇雜下)〉에 안영이 국외로 망명한 대부 경봉(慶封)의 봉읍을 나누어 받기를 사양하고 경공이 하사하는 고기와 천금과 집 등을 사양한 일화들이 전한다.

125 자왈 유인자(子曰惟仁者) : 《논어집주》 〈이인〉 제3장에 "공자가 말하였다. '오직 인자만이 사람을 제대로 좋아하고 사람을 제대로 미워할 수 있다.'〔子曰: 惟仁者能好人, 能惡人.〕"라는 내용이 보인다.

126 이치에 밝지……것입니다 : 《논어집주》 〈이인〉 제3장 주희의 주에 "사심이 없은 뒤에 좋아하고 미워함이 이치에 맞을 수 있다.〔蓋無私心, 然後好惡當於理.〕"라는 내용이 보인다.

127 자왈 삼호(子曰參乎) : 《논어집주》 〈이인〉 제15장에 "공자가 말하였다. '삼아! 우리 도는 한 가지 이치가 만 가지 일을 꿰뚫고 있다.' 증자가 대답하였다. '예.' 공자가 나가자 문인들이 물었다. '무슨 말씀입니까?' 증자가 대답하였다. '선생님의 도는 충과 서일 뿐이다.'〔子曰: 參乎! 吾道一以貫之. 曾子曰: 唯. 子出, 門人問曰: 何謂也? 曾子曰: 夫子之道, 忠恕而已矣.〕"라는 내용이 보인다. 여기에서 이른바 '문인'에 대해서는 공자의 문인이라는 설과 증자의 문인이라는 설이 존재한다. 앞의 설은 주희의 《주자어류》에 보이며, 뒤의 설은 양시(楊時)와 호인(胡寅)의 설이다. 《朱子語類 卷27 論語9 里仁篇下 子曰參乎章》

〔답〕 후세의 학자들 중에는 혹 일본만수(一本萬殊)[128]의 뜻을 말하는 자가 있기도 하나 대체로 구이지습(口耳之習)[129]에 지나지 않으니, 어찌 실제로 실천하여 참으로 알았던 증자(曾子)와 나란히 놓아 동일하게 볼 수 있겠습니까. 부자(夫子 공자)가 나가자 비로소 증자에게 그 의미를 물었던 것은 사도(師道)의 존엄함을 볼 수 있는 곳입니다.

〔문 4〕 “정자(程子 정호(程顥))가 ‘동이천(動以天)’을 말하였는데”[130] 운운

128 일본만수(一本萬殊) : 하나의 근본에서 만 가지 다른 것이 생겨난다는 뜻이다. 이와 관련하여 《주자어류》에 “만 가지 다른 것이 하나의 근본이 되는 것과 하나의 근본이 만 가지로 다르게 되는 것은, 마치 한 근원의 물이 흘러나가 만 갈래의 지류가 되고 한 뿌리의 나무가 나와 수많은 가지와 잎이 되는 것과 같다.〔萬殊之所以一本, 一本之所以萬殊, 如一源之水流出爲萬派, 一根之木生爲許多枝葉.〕”라는 내용이 보인다. 《朱子語類 卷27 論語9 里仁篇下 子曰參乎章》

129 구이지습(口耳之習) : 얕은 학문을 이른다. 《순자(荀子)》〈권학(勸學)〉에 “소인의 학문은 귀로 들어와 입으로 나간다. 입과 귀의 거리가 네 치밖에 되지 않으니 어떻게 일곱 자의 몸을 아름답게 할 수 있겠는가.〔小人之學也, 入乎耳, 出乎口. 口耳之間則四寸耳, 曷足以美七尺之軀哉?〕”라는 내용이 보인다.

130 정자(程子)가 동이천(動以天)을 말하였는데 : 《논어집주》〈이인〉 제15장 주희의 주에 정호(程顥)의 설을 인용하여 “‘충(忠)’과 ‘서(恕)’는 하나의 이치가 꿰뚫으니, 충은 천도(天道)이고 서는 인도(人道)이며, 충은 거짓이 없는 것이고 서는 충을 실행하는 것이다. 충은 체(體)이고 서는 용(用)이니 대본(大本)과 달도(達道)이다. 이것이 《중용》의 ‘충과 서는 도와 거리가 멀지 않다.’라는 것과 다른 것은 동하기를 천(天)으로 하기 때문이다.〔忠恕一以貫之, 忠者天道, 恕者人道, 忠者無妄, 恕者所以行乎忠也. 忠者體, 恕者用, 大本達道也. 此與違道不遠異者, 動以天爾.〕”라고 말한 내용이 보인다. ‘동이천’의 ‘천’은, 주희의 주에 “단지 자연일 뿐이다.〔只是自然.〕”라고 하였다. 《朱子語類 卷27 論語9 里仁篇下 子曰參乎章》

〔답〕 나누어서 말하면 '충(忠)'은 아직 사물에 감촉되기 전이고 '서(恕)'는 이미 감촉된 뒤이며,[131] 합쳐서 말하면 요컨대 모두 행(行) 공부에 속하는 곳이니, 이른바 '동이천(動以天)'이라는 것은 바로 합쳐서 말한 것일 뿐입니다.

〔문 5〕 "자왈 이약실지자선의(子曰以約失之者鮮矣)"[132] 운운

〔답〕 여기의 '약(約)' 자는 단지 잘난 체하여 스스로 방자하지 않는다는 뜻일 뿐이니, 이른바 '간약(簡約)'이나 '검약(儉約)'과 같습니다. '수약(守約)'[133]의 '약'과는 정조(精粗)가 같지 않습니다.

---

131 나누어서……뒤이며 : 대전본(大全本) 《논어집주》 〈이인〉 제15장 소주에 "'충'은 아직 사물에 감촉되기 전에 안에 보존된 것이니 이 때문에 '천도'라고 이르며, '서'는 이미 감촉되어 사물에 나타난 것이니 이 때문에 '인도'라고 이른다. '충'은 본래 그러한 것이며 '서'는 일에 따라 대응하여 접하는 것이어서 대체로 작위를 빌리니, 이 때문에 천도와 인도의 구분이 있게 된다.〔忠是未感而存諸中者, 所以謂之天道; 恕是已感而見諸事物者, 所以謂之人道. 忠是自然, 恕是隨事應接, 略假人爲, 所以有天人之辨.〕"라는 주희의 설이 보인다.

132 자왈 이약실지자선의(子曰以約失之者鮮矣) : 《논어집주》 〈이인〉 제23장에 "공자가 말하였다. '간약함으로 잃는 자는 드물다.'〔子曰: 以約失之者鮮矣.〕"라는 내용이 보인다.

133 수약(守約) : 지킴이 요약되었다는 뜻이다. 《논어집주》 〈학이(學而)〉 제4장 주희의 주에 윤돈(尹焞)의 설을 인용하여 "증자는 지킴이 요약되었다. 그러므로 모든 일을 반드시 자신에게서 구한 것이다.〔曾子守約, 故動必求諸身.〕"라고 말한 내용이 보인다.

도기서원의 강유에게 답하다 4[134]

答道基書院講儒

[문 1] "〈공야장(公冶長)〉편 첫 장에"[135] 운운

[답] 혐의에는 마땅히 피하지 말아야 할 것이 있고 또한 피해야 할 것이 있으니, 정자(程子 정이(程頤))의 말[136]은 피해서는 안 되는데 피

---

134 도기서원(道基書院)의 강유(講儒)에게 답하다 4 : 이 편지는 《논어집주》 구절에 대해 〈공야장(公冶長)〉5조목, 〈옹야(雍也)〉8조목, 〈술이(述而)〉8조목, 〈태백(泰伯)〉3조목, 모두 24조목의 문답으로 이루어져 있다.

135 공야장(公冶長) 편 첫 장에 : 《논어집주》 〈공야장〉 제1장에 "공자가 공야장을 두고 평하기를 '사위 삼을 만하다. 비록 포승으로 묶여 옥중에 있었으나 그의 죄가 아니었다.'라고 하고 자기 딸을 시집보냈다. 공자가 남용을 두고 평하기를 '나라에 도가 있을 때에는 버려지지 않을 것이고, 나라에 도가 없을 때에는 형벌을 면할 것이다.'라고 하고 형의 딸을 시집보냈다.[子謂公冶長, 可妻也, 雖在縲絏之中, 非其罪也, 以其子妻之. 子謂南容, 邦有道, 不廢, 邦無道, 免於刑戮, 以其兄之子妻之.]"라는 내용이 보인다.

136 정자(程子)의 말 : 《논어집주》 〈공야장〉 제1장 주희의 주에 정이(程頤)의 설을 인용하여 "이는 자신의 사심을 가지고 성인을 엿본 것이다. 무릇 사람들이 혐의를 피하는 것은 모두 내면이 부족하기 때문이다. 성인은 본래 지극히 공정하니 어찌 혐의를 피할 일이 있겠는가. 하물며 딸을 시집보내는 일은 반드시 딸의 자질을 헤아려 배필을 구하는 것이니 더욱이 피하는 바가 있어서는 안 된다. 공자의 이 일로 말하면 그 연령의 차이와 시집간 시기의 선후를 모두 알 수 없는데, 다만 혐의를 피했다고 하는 것은 크게 옳지 않다. 혐의를 피하는 일은 현자도 하지 않는데 하물며 성인에 있어서이겠는가.[此以己之私心窺聖人也. 凡人避嫌者, 皆內不足也. 聖人自至公, 何避嫌之有? 況嫁女必量其才而求配, 尤不當有所避也. 若孔子之事, 則其年之長幼、時之先後皆不可知, 惟以爲避嫌則大不可. 避嫌之事, 賢者且不爲, 況聖人乎?]"라고 말한 내용이 보인다.

한 경우를 가리킨 것입니다. 오이밭이나 자두나무 아래의 혐의[137]와 같은 종류는 비록 작은 일인 듯하지만 또한 이치상 마땅히 그래야 할 경우에 속하니 어찌 감히 경홀히 할 수 있겠습니까. 옛사람이 이르기를 "혐의를 받을 우려가 있을 때 삼가지 않으면 안 된다."라고 하였으니,[138] 하나하나 일괄적으로 말하기는 어려울 듯합니다.

〔문 2〕 "자공문왈(子貢問曰)"[139] 운운

〔답〕 '호련(瑚璉)'은 구주(舊註 정현(鄭玄)의 주)의 해석이 비록 《예기》와는 다르지만[140] 혹 별도로 다른 근거가 있을지 또한 알 수 없으니,

---

137 오이밭이나……혐의 : 오이밭에서 신발을 고쳐 매고 자두나무 아래에서 갓을 바로잡는다는 뜻으로, 남에게 의심받을 만한 처지를 이른다. '과리지혐(瓜李之嫌)'이라는 성어가 있다.

138 옛사람이……하였으니 : '옛사람'은 송(宋)나라 사마광(司馬光)을 이른다. 사마광의 《서의》에 "진나라 진수는 아버지 상을 당하여 병이 나자 여종을 시켜 환약을 짓게 하였다. 손님이 갔다가 이를 보고 고을 사람들이 부정적으로 의론하였다. 진수는 이에 연루되어 침체하여 불우하게 일생을 마쳤으니, 혐의를 받을 우려가 있을 때 삼가지 않으면 안 된다.〔晉陳壽遭父喪, 有疾, 使婢丸藥. 客往見之, 鄕黨以爲貶議. 坐是沉滯坎坷終身, 嫌疑之際, 不可不愼.〕"라는 내용이 보이는데, 이를 《소학》에서도 소개하고 있다. 《書儀 卷6 喪儀2 喪次》《小學 卷5 嘉言》

139 자공문왈(子貢問曰) : 《논어집주》〈공야장〉 제3장에 "자공이 물었다. '저는 어떻습니까?' 공자가 대답하였다. '너는 그릇이다.' '어떤 그릇입니까?' '호련이다.'〔子貢問曰: 賜也何如? 子曰: 女器也. 曰: 何器也? 曰: 瑚璉也.〕"라는 내용이 보인다.

140 호련(瑚璉)은……다르지만 : 《예기》〈명당위(明堂位)〉에 "유우씨의 2대, 하후씨의 4연, 은나라의 6호, 주나라의 8궤가 있다.〔有虞氏之兩敦, 夏后氏之四璉, 殷之六瑚, 周之八簋.〕"라는 내용이 보인다. 공영달(孔穎達)의 소에 "살펴보면 정현(鄭玄)의

주자(朱子 주희(朱熹))가 이 해석을 따른 것[141]은 아마도 이 때문인 듯
합니다. 호련과 보궤(簠簋)는 제도의 차이 및 내원외방(內圓外方)과
외원내방(外圓內方)[142]의 뜻을 모두 상고할 수 없으니, 이런 것들은
또한 굳이 깊이 궁구할 필요가 없습니다.

　〔문 3〕 "자로(子路)가 용맹을 좋아하였으니"[143] 운운

《주례》〈사인〉 주에서는 '네모진 것을 보, 둥근 것을 궤라 이른다.'라고 하였는데, 여기
《예기》에서는 그 제도를 듣지 못하였다고 한 것은 호련이란 기물의 궤와의 차이를 듣지
못한 것을 이른다. 정현의 《논어》 주에 '하나라에서는 호, 은나라에서는 연이라고 한다.'
라고 하여 《예기》와 다른 것에 대해 황씨가 말하였다. '정현의 《논어》 주가 틀렸다.
여기에서 2대, 4연, 6호, 8궤를 말한 것은 노나라가 얻은 것이 오직 이것뿐임을 말한
것이다.'〔案鄭注周禮舍人云: 方曰簠, 圓曰簋. 此云未聞者, 謂瑚璉之器, 與簋異同未聞
也. 鄭注論語云: 夏曰瑚, 殷曰璉. 不同者, 皇氏云: 鄭注論語, 誤也. 此言兩敦、四璉、六
瑚、八簋者, 言魯之所得唯此耳.〕"라고 하였는데, 이에 따르면 주희의 주는 정현의 구주
를 따른 것이다.

141　주자(朱子)가……것 : 《논어집주》〈공야장〉 제3장 주희의 주에 "하나라에서는
'호', 상나라에서는 '연', 주나라에서는 '보궤'라고 하였으니, 모두 종묘에서 찰기장과
메기장을 담는 그릇이다. 옥으로 장식하였으니 그릇 중에 귀중하고 화려한 것이다.〔夏
曰瑚, 商曰璉, 周曰簠簋, 皆宗廟盛黍稷之器而飾以玉, 器之貴重而華美者也.〕"라는 내
용이 보인다.

142　내원외방(內圓外方)과 외원내방(外圓內方) : '내원외방'은 기물의 형태가 안은
둥글고 밖은 네모진 것으로 보(簠)를 이르며, '외원내방'은 기물의 형태가 밖은 둥글고
안은 네모진 것으로 궤(簋)를 이른다. 《시경》〈진풍(秦風) 권여(權輿)〉의 육덕명(陸德
明) 석문(釋文)에 "내방외원의 기물을 '궤'라고 하니 찰기장과 메기장을 담고, 외방내원
의 기물을 '보'라고 하니 쌀과 조를 담는다. 궤와 보는 모두 1말 2되가 들어간다.〔內方外
圓曰簋, 以盛黍、稷; 外方內圓曰簠, 用貯稻、梁, 皆容一斗二升.〕"라는 내용이 보인다.

143　자로(子路)가 용맹을 좋아하였으니 : 《논어집주》〈공야장〉 제6장에 "공자가 말
하였다. '도가 행해지지 않으니 내 뗏목을 타고 바다를 항해하려 한다. 나를 따라올

〔답〕 당시에 제자들이 사방에 흩어져 살았으니 출처와 거취에 대해 필시 일일이 부자(夫子 공자)에게 나아가 질정하지는 못했을 것입니다. 자로가 출공(出公)에게 벼슬한 것[144]도 이와 같을 듯하니, 그 정명(正名)에 대한 문답[145]이 그가 이미 출사한 뒤에 있었던 것이 아님을 어찌 장담하겠습니까.

사람은 아마 유일 것이다.' 자로가 이 말을 듣고 기뻐하자, 공자가 말하였다. '유는 용맹을 좋아함이 나보다 낫지만 사리를 헤아려 의리에 맞게 하는 것이 없다.〔子曰: 道不行, 乘桴浮于海, 從我者, 其由與! 子路聞之喜. 子曰: 由也, 好勇過我, 無所取材.〕" 라는 내용이 보인다. '유(由)'는 자로의 이름이다.

144 자로가……것 : 자로는 공자의 제자로 공문십철(孔門十哲) 중의 한 사람이다. 처음에는 노(魯)나라에 벼슬하다가 뒤에 위(衛)나라에 가서 벼슬하였다. 주(周)나라 경왕(敬王) 40년(기원전 480), 노나라 애공(哀公) 15년에 위나라에 내란이 일어나 부자간에 군주의 자리를 다투었는데, 자로는 내란 중에 자신이 섬긴 위나라 출공(出公) 희첩(姬輒)을 만나기 위하여 성안으로 들어가다가 출공의 아버지 괴외(蒯聵)에게 피살되었다.

145 정명(正名)에 대한 문답 : 《논어집주》〈자로(子路)〉 제3장에 "자로가 말하였다. '위나라 군주가 선생님을 기다려 정사를 행하려고 하십니다. 선생께서는 장차 무엇을 우선하시렵니까?' 공자가 대답하였다. '반드시 명분을 바로잡겠다.' 자로가 말하였다. '이 정도입니까, 선생님의 우활하심이! 어떻게 바로잡을 수 있겠습니까.' 공자가 대답하였다. '……명분이 바르지 못하면 말이 순하지 못하고, 말이 순하지 못하면 일이 이루어지지 못하고, 일이 이루어지지 못하면 예악이 일어나지 못하고, 예악이 일어나지 못하면 형벌이 알맞지 못하고, 형벌이 알맞지 못하면 백성들이 손발을 둘 곳이 없어진다.……'〔子路曰: 衛君待子而爲政, 子將奚先? 子曰: 必也正名乎! 子路曰: 有是哉, 子之迂也! 奚其正? 子曰: ……名不正則言不順, 言不順則事不成, 事不成則禮樂不興, 禮樂不興則刑罰不中, 刑罰不中則民無所措手足.……〕"라는 내용이 보인다.

〔문 4〕 "자왈 장문중(子曰臧文仲)"¹⁴⁶ 운운

〔답〕 이미 장문중(臧文仲)이 점칠 때 사용하는 큰 거북 껍질을 보관한다고 말했다면 군주의 수귀(守龜)가 아님을 알 수 있습니다.¹⁴⁷ 비록 군주가 소목(昭穆)의 차례를 바꾸어 제사하는 것을 묵인한 잘못은 참으로 쓸데없는 기물을 만든 것보다 크지만¹⁴⁸ 때로는 이것을 논하고 때로는 저것을 논하는 것이 본래 안 될 것이 없으니 어찌 매번 함

---

146 자왈 장문중(子曰臧文仲) : 《논어집주》〈공야장(公冶長)〉 제17장에 "장문중이 점칠 때 사용하는 큰 거북 껍질을 보관하되 보관하는 집 기둥머리의 두공에는 산 모양을 조각하고 들보 위의 동자기둥에는 수초인 마름을 그렸으니, 어찌 지혜롭다 하겠는가.〔臧文仲居蔡, 山節藻梲, 何如其知也?〕"라는 내용이 보인다.

147 이미……있습니다 : '수귀(守龜)'는 천자나 제후가 점칠 때 사용하는 거북 껍질을 이른다. 위(魏)나라 하안(何晏)의 주에 "'채(蔡)'는 군주의 수귀이니, 채 땅에서 나오기 때문에 이로 인해 '채'라는 이름을 붙였다. 길이는 1자 2치이다. 대부인 장문중이 채를 보관하는 것은 참람한 것이다.〔蔡, 國君之守龜, 出蔡地, 因以爲名焉. 長尺有二寸. 居蔡, 僭也.〕"라는 내용이 보이는데, 주희의 주에서는 "'채'는 큰 거북 껍질이다.〔蔡, 大龜也.〕"라고 하여 점칠 때 사용하는 거북 껍질이라는 의미만을 취하였다.

148 비록……크지만 : 《춘추좌씨전(春秋左氏傳)》 문공(文公) 2년(기원전 625) 조에 "중니(공자)가 말하였다. '장문중에게는 어질지 못한 일 세 가지가 있고, 지혜롭지 못한 일 세 가지가 있다. 어진 전금을 자신의 아랫자리에 있게 하고, 여섯 관문을 폐지하여 상인을 막고, 아내에게 부들자리를 짜게 하여 백성들과 이익을 다투게 한 것이 어질지 못한 세 가지 일이다. 쓸데없는 기물을 만들고, 군주가 소목의 위차를 바꾸어 제사하는 것을 묵인하고, 바닷새인 원거에게 제사 지내게 한 것이 지혜롭지 못한 세 가지 일이다.'〔仲尼曰: 臧文仲, 其不仁者三, 不知者三. 下展禽, 廢六關, 妾織蒲, 三不仁也; 作虛器, 縱逆祀, 祀爰居, 三不知也.〕"라는 내용이 보인다. '전금(展禽)'은 유하혜(柳下惠)이다. '쓸데없는 기물을 만들었다'는 것은 노(魯)나라의 대부인 장문중이 걸맞는 지위 없이 거북 껍질을 보관하는 집을 지은 일을 가리킨다.

께 들어 말할 수 있겠습니까.

〔문 5〕 "자재진(子在陳)"[149] 운운

〔답〕 '찬란하게 문장을 이루었다〔斐然成章〕'는 것이 비록 《대학》의 '문채 나는 군자〔有斐君子〕'[150]와는 그 지위가 같지 않을 수도 있으나 어찌 볼만한 점이 없기까지야 하겠습니까.

〔문 6〕 "자왈 옹야(子曰雍也)"[151] 운운

---

149 자재진(子在陳) : 《논어집주》〈공야장(公冶長)〉제21장에 "공자가 진나라에 있을 때 말하였다. '돌아가자, 돌아가자! 우리나라의 젊은이들이 뜻은 크나 일에는 소략하여 찬란하게 문장을 이루었을 뿐, 그것을 재단할 줄 모르는구나.〔子在陳, 曰: 歸與歸與! 吾黨之小子狂簡, 斐然成章, 不知所以裁之.〕"라는 내용이 보인다.

150 문채 나는 군자 : 《대학장구(大學章句)》전(傳) 제3장 제4절에 《시경》에 이르기를 '저 기수의 물굽이를 보니 푸른 대나무가 무성하구나! 문채 나는 군자여 잘라놓은 듯, 다듬은 듯, 쪼아놓은 듯, 간 듯하다. 엄밀하고 굳세며 빛나고 점잖으니, 문채 나는 군자여 끝내 잊을 수 없다.' 하였으니, '잘라놓은 듯 다듬은 듯하다'는 것은 학문을 말한 것이며, '다듬은 듯 쪼아놓은 듯하다'는 것은 스스로 행실을 닦은 것이며, '엄밀하고 굳세다'는 것은 마음이 두려워하는 것이며, '빛나고 점잖다'는 것은 겉으로 드러난 위의이며, '문채 나는 군자여 끝내 잊을 수 없다'는 것은 성대한 덕과 지극한 선을 백성이 능히 잊지 못함을 말한 것이다.〔詩云: 瞻彼淇澳, 菉竹猗猗. 有斐君子, 如切如磋, 如琢如磨. 瑟兮僩兮, 赫兮喧兮, 有斐君子, 終不可諠兮. 如切如磋者, 道學也; 如琢如磨者, 自修也; 瑟兮僩兮者, 恂慄也; 赫兮喧兮者, 威儀也; 有斐君子終不可諠兮者, 道盛德至善, 民之不能忘也.〕"라는 내용이 보인다.

151 자왈 옹야(子曰雍也) : 《논어집주》〈옹야(雍也)〉제1장 제1절에 "공자가 말하였다. '옹은 남면하게 할 만하다.'〔子曰: 雍也, 可使南面.〕"라는 내용이 보인다.

〔답〕홍씨(洪氏 홍흥조(洪興祖))의 설[152]은 참으로 헤아림이 있으나, 만일 제왕의 지위를 통틀어 가리킨 것이라고 말한다면 성인(聖人)이 어찌 가볍게 사람을 허여할 수 있겠습니까.

〔문 7〕"가야간(可也簡)"[153] 운운

〔답〕부자(夫子 공자)의 말은 의관을 제대로 갖추지 않고 거처해도 된다는 것이 아니니,[154] 이를 제외하면 어찌 그에게 취할 만한 점이 없다고 단정 지을 수 있겠습니까. 성인(聖人 공자)의 말은 함축이 많으니 이처럼 좁게 보아서는 안 될 것입니다.

---

152 홍씨(洪氏)의 설 : 대전본(大全本)《논어집주》〈옹야〉제1장 소주에 "공자가 안연에게 나라를 다스리는 것으로 말해준 것은 안연이 왕을 보좌할 만한 인재였다는 것이고, 중궁에게 남면하게 할 만하다고 한 것은 중궁이 제후의 직책에 맞다는 것이다.〔語顔淵以爲邦, 王者之佐也; 仲弓南面, 諸侯之任也.〕"라는 송(宋)나라 홍흥조(洪興祖, 1090~1155)의 설이 보인다. '중궁(仲弓)'은 염옹(冉雍)의 자이다.

153 가야간(可也簡) :《논어집주》〈옹야〉제1장 제2절에 "중궁이 자상백자에 대하여 묻자, 공자가 대답하였다. '그의 간략함도 괜찮다.'〔仲弓問子桑伯子. 子曰 : 可也簡.〕"라는 내용이 보인다.

154 부자(夫子)의……아니니 :《논어집주》〈옹야〉제1장 제2절 주희의 주에 "《가어》에 '자상백자가 의관을 제대로 갖추지 않고 거처하자 공자는 그가 사람의 도리를 우마와 동일시하려 한다고 비판하였다.'라고 하였으니, 그렇다면 자상백자는 아마도 지나치게 간략한 자일 것이다. 그러므로 중궁이 공자가 지나치게 허여한 것이 아닌가 의심한 것이다.〔家語記 : 伯子不衣冠而處, 夫子譏其欲同人道於牛馬. 然則伯子蓋太簡者, 而仲弓疑夫子之過許與!〕"라는 내용이 보인다.

〔문 8〕 "자화시어제(子華使於齊)"¹⁵⁵ 운운

〔답〕 정자(程子 정이(程頤))의 설¹⁵⁶이 이미 그 뜻을 다 밝혔으니 다시

---

155 자화시어제(子華使於齊) : 《논어집주》〈옹야〉제3장에 "자화가 공자를 위하여 제나라에 심부름을 갔다. 염자가 자화의 어머니를 위해 곡식을 줄 것을 요청하자, 공자가 '부(釜)를 주어라.' 하였다. 염자가 더 줄 것을 요청하자, 공자가 '유(庾)를 주어라.' 하였다. 염자가 자화의 어머니에게 이보다 많은 5병(秉)을 주었다. 공자가 말하였다. '적(자화)은 제나라에 갈 때 살진 말을 타고 가벼운 갖옷을 입었다. 내가 들으니 군자는 궁박한 자를 돌봐주고 부유한 자를 계속 대주지 않는다고 하였다.' 원사가 공자의 가신이 되었는데, 공자가 곡식 9백을 주자 원사가 사양하였다. 공자가 말하였다. '사양하지 말고 너의 이웃과 마을, 향당에 주려무나!'〔子華使於齊. 冉子爲其母請粟, 子曰: 與之釜. 請益, 曰: 與之庾. 冉子與之粟五秉. 子曰: 赤之適齊也, 乘肥馬, 衣輕裘. 吾聞之也, 君子周急, 不繼富. 原思爲之宰, 與之粟九百. 辭, 子曰: 毋, 以與爾隣里鄕黨乎!〕"라는 내용이 보인다. '자화'는 공서적(公西赤)의 자이다.

156 정자(程子)의 설 : 《논어집주》〈옹야〉제3장 주희의 주에 정이(程頤)의 설을 인용하여 "공자가 제자인 자화를 심부름 보낸 것과 자화가 공자를 위해 심부름 간 것은 당연한 의리이다. 그런데 염유가 자화를 위해 곡식을 줄 것을 요청하자 성인은 너그럽게 용납하여 남의 말을 거절하려고 하지 않았기 때문에 조금 주라고 한 것이니, 주지 않아야 함을 보여준 것이다. 염유가 더 줄 것을 요청하자 공자가 이번에도 조금 주라고 하였으니, 이는 더 주어서는 안 됨을 보여준 것이다. 염유가 이를 깨닫지 못하고 스스로 주기를 많이 하였으니, 이것은 너무 지나치기 때문에 공자가 그르다고 한 것이다. 만일 공서적이 지극히 궁핍하였다면 공자가 필시 스스로 구휼해주었을 것이고 염유의 요청을 기다리지 않았을 것이다. 제자인 원사가 공자의 가신이 되었으니 떳떳한 녹봉이 있는 것인데 원사가 그 많음을 사양하였기 때문에 공자가 또 이웃집과 마을의 가난한 자에게 나누어주도록 가르쳐준 것이니, 이 역시 의리 아님이 없다.〔夫子之使子華、子華之爲夫子使, 義也, 而冉有乃爲之請, 聖人寬容, 不欲直拒人, 故與之少, 所以示不當與也. 請益而與之亦少, 所以示不當益也. 求未達而自與之多, 則已過矣, 故夫子非之. 蓋赤苟至乏, 則夫子必自周之, 不待請矣. 原思爲宰, 則有常祿, 思辭其多, 故又敎以分諸隣里之貧者, 蓋亦莫非義也.〕"라고 말한 내용을 가리킨다.

무슨 의심할 것이 있겠습니까. 주자(朱子 주희(朱熹))가 이른바 "살펴보면 성인(공자)은 재물을 주는 것에 도리어 관대하였다.〔看來聖人與處却寬.〕"라는 것[157]은 더욱 음미하기에 좋습니다.

〔문 9〕 "계강자문(季康子問)"[158] 운운

〔답〕 염유(冉有)가 비록 병통은 많았지만 그 재능은 필시 남보다 뛰어난 점이 있었을 것입니다. 그러므로 공문사과(孔門四科)[159] 중 정사(政事) 부분에 먼저 일컬어진 것이니, 부자(夫子 공자)의 허여함이 또한 마땅하지 않겠습니까. 계자연(季子然)이 "염유는 대신이라고 이를 만합니까?"라고 물었을 때에는 또 깊이 억눌렀으니,[160] 부자의 말은

---

157 주자(朱子)가……것 : 대전본(大全本)《논어집주》〈옹야〉제3장 소주에 "염자가 곡식 5병을 주었으나 성인은 또한 그다지 크게 꾸짖지 않았고, 원사가 녹봉을 사양하자 성인은 또 너의 이웃과 마을, 향당에 주라고 하였으니, 살펴보면 성인은 재물을 주는 것에 도리어 관대하였다.〔冉子與之粟五秉, 聖人亦不大段責他, 而原思辭祿, 又謂與爾隣里鄉黨者, 看來聖人與處却寬.〕"라는 주희의 설이 보인다.

158 계강자문(季康子問) :《논어집주》〈옹야〉제6장에 "계강자가 물었다.……'염구는 정사에 종사하게 할 만합니까?' 공자가 대답하였다. '구는 다재다능하니 정사에 종사하는 데 무슨 어려움이 있겠습니까.'〔季康子問……求也可使從政也與? 曰: 求也藝, 於從政乎何有?〕"라는 내용이 보인다. '구(求)'는 염유(冉有)의 이름이다.

159 공문사과(孔門四科) : 공자의 문하생을 그 장점에 따라 덕행, 언어, 정사, 문학으로 분류한 네 가지 분야를 이른다.《논어집주》〈선진(先秦)〉제2장에 "덕행에는 안연, 민자건, 염백우, 중궁이고, 언어에는 재아, 자공이고, 정사에는 염유, 계로이고, 문학에는 자유, 자하였다.〔德行: 顏淵、閔子騫、冉伯牛、仲弓. 言語: 宰我、子貢. 政事: 冉有、季路. 文學: 子游、子夏.〕"라는 내용이 보인다.

160 계자연(季子然)이……억눌렀으니 :《논어집주》〈선진〉제23장에 "계자연이 물

참으로 각각 마땅함이 있는 것입니다.

〔문 10〕 "번지문지(樊遲問知)"¹⁶¹ 운운

〔답〕 앞뒤의 '인(仁)' 자는 같지 않은 듯하니, 앞에 나온 '인'은 인(仁)을 행하는 사람이고 뒤에 나오는 '인'은 인(仁)의 덕입니다. 그런데 굳이 "어려운 일을 먼저 하고 얻는 것을 뒤에 한다.〔先難後獲.〕"라는 구절 앞에 '인자(仁者)'를 덧붙인 것은, 오직 이와 같이 한 뒤에야 비로소 이른바 '어려운 일'이라는 것이 바로 인을 행하는 일이고, 이른바 '얻는 것'이라는 것이 인을 행한 결과라는 것을 알 수 있기 때문입니다. 만약 '인자' 이 두 글자가 없다면 '어려운 일'과 '얻는 것'이 무슨 뜻인지 알 수 없으니, 이와 같이 보는 것이 옳을 듯합니다.

었다. '중유와 염구는 대신이라고 이를 만합니까?' 공자가 대답하였다. '나는 그대가 특이한 질문을 하리라고 생각했는데, 마침내 중유와 염구에 대한 질문이로구나.……지금 유와 구는 숫자만 채우는 신하라고 이를 만하다.〔季子然問: 仲由、冉求, 可謂大臣與? 子曰: 吾以子爲異之問, 曾由與求之問.……今由與求也, 可謂具臣矣.〕"라는 내용이 보인다.

161 번지문지(樊遲問知):《논어집주》〈옹야〉 제20장에 "번지가 지(智)에 대하여 묻자 공자가 대답하였다. '사람이 지켜야 할 도리를 힘쓰고 귀신을 공경하되 멀리한다면 지라 말할 수 있다.' 번지가 인(仁)에 대하여 묻자 공자가 대답하였다. '인자(仁者)는 어려운 일을 먼저 하고 얻는 것을 뒤에 하니, 이렇게 한다면 인이라고 말할 수 있다.〔樊遲問知. 子曰: 務民之義, 敬鬼神而遠之, 可謂知矣. 問仁. 曰: 仁者先難而後獲, 可謂仁矣.〕"라는 내용이 보인다.

〔문 11〕 "자왈 제일변(子曰齊一變)"¹⁶² 운운

〔답〕 제(齊)나라와 노(魯)나라의 풍기(風氣)는 참으로 같지 않거니와,¹⁶³ 애초에 주공(周公 희단(姬旦))과 태공(太公 강여상(姜呂尙))이 또한 어찌 차이가 없겠습니까. 주공이 성인(聖人)이 아니라면 그만이지만, 성인이 다스린다면 어찌 왕도(王道)를 행할 수 없는 땅이 있겠습니까.

〔문 12〕 "자왈 군자박학어문(子曰君子博學於文)"¹⁶⁴ 운운

〔답〕 박문약례(博文約禮)는 성인(聖人)의 문하에서 사람을 가르치는 큰 법입니다. 이 방법을 통해 '그만두고자 해도 그만둘 수 없어 이미 나의 재주를 다한다면〔欲罷不能, 旣竭吾才〕' 안자(顔子 안연(顔淵))가

---

162 자왈 제일변(子曰齊一變) : 《논어집주》〈옹야〉제22장에 "공자가 말하였다. '제나라가 한 번 변하면 노나라에 이르고, 노나라가 한 번 변하면 선왕의 도에 이를 것이다.'〔子曰: 齊一變, 至於魯; 魯一變, 至於道.〕"라는 내용이 보인다.

163 제(齊)나라와……않거니와 : 이와 관련하여 《논어집주》〈옹야〉제22장 주희의 주에 "공자 당시에 제나라의 풍속은 공리를 우선으로 여기고 과장과 속임을 좋아했으니, 바로 패도정치의 남은 습속이었다. 노나라는 예교를 중시하고 신의를 숭상하여 그때까지도 선왕의 유풍이 남아 있었다. 노나라는 다만 어진 사람이 죽고 훌륭한 정치가 그쳐 폐지됨과 실추됨이 없지 못했을 뿐이다.〔孔子之時, 齊俗急功利, 喜夸詐, 乃霸政之餘習. 魯則重禮教, 崇信義, 猶有先王之遺風焉, 但人亡政息, 不能無廢墜耳.〕"라는 내용이 보인다.

164 자왈 군자박학어문(子曰君子博學於文) : 《논어집주》〈옹야〉제25장에 "공자가 말하였다. '군자가 문(文)에 대해 널리 배우고 예(禮)로써 요약한다면 또한 어긋나지 않을 것이다.'〔子曰: 君子博學於文, 約之以禮, 亦可以弗畔矣夫!〕"라는 내용이 보인다.

되는 것은 혹 되지 못한다 할지라도 또한 도에는 어긋나지 않을 수 있을 것입니다.[165]

〔문 13〕 "자공왈 여유박시(子貢曰如有博施)"[166] 운운

〔답〕 마음의 덕[心之德]과 사랑의 이치[愛之理]는 자신의 입장에서 말하는 것과 다른 사람의 입장에서 말하는 것이 비록 두 가지가 있는 듯하나 사실은 하나의 물사(物事)일 뿐이니, 단지 말하는 관점이 다를 뿐입니다.[167] 자공(子貢)이 이미 '널리 베풀고 많은 사람을 구제하

165　박문약례(博文約禮)는……것입니다 : 《논어집주》〈자한(子罕)〉제10장에 "안연이 크게 탄식하며 말하였다. '선생님의 도는 우러러볼수록 더욱 높고 뚫을수록 더욱 견고하며 바라보면 앞에 있었는데 홀연히 뒤에 있다. 선생님께서는 차근차근 사람을 잘 이끄시어 문(文)으로써 나의 지식을 넓혀주고 예(禮)로써 나의 행동을 요약하게 해주셨다. 그만두고자 해도 그만둘 수 없어 이미 나의 재주를 다하니 선생님의 도가 내 앞에 우뚝 서 있는 듯하기에 따르고자 하나 말미암을 데가 없다.'〔顔淵喟然歎曰: 仰之彌高, 鑽之彌堅, 瞻之在前, 忽焉在後. 夫子循循然善誘人, 博我以文, 約我以禮. 欲罷不能, 旣竭吾才, 如有所立卓爾, 雖欲從之, 末由也已.〕"라는 내용이 보인다. '도에는 어긋나지 않을 수 있다'는 422쪽 주164 참조.

166　자공왈 여유박시(子貢曰如有博施) : 《논어집주》〈옹야〉제28장에 "자공이 말하였다. '만일 백성들에게 널리 베풀고 많은 사람을 구제한다면 어떻습니까? 인(仁)하다고 할 만합니까?' 공자가 대답하였다. '어찌 인에만 그치겠는가. 반드시 성인일 것이다. 요임금과 순임금도 오히려 이것을 부족하게 여기셨을 것이다. 인자(仁者)는 자신이 서고자 함에 남도 서게 하며 자신이 통달하고자 함에 남도 통달하게 한다. 가까운 데에서 취해 비유할 수 있으면 인을 하는 방법이라고 이를 만하다.'〔子貢曰: 如有博施於民而能濟衆, 何如? 可謂仁乎? 子曰: 何事於仁? 必也聖乎! 堯舜其猶病諸. 夫仁者, 己欲立而立人, 己欲達而達人. 能近取譬, 可謂仁之方也已.〕"라는 내용이 보인다.

167　마음의……뿐입니다 : '마음의 덕과 사랑의 이치'는 인(仁)을 이른다. 《논어집

는 것[博施濟衆]'으로 질문을 삼았기 때문에 부자(夫子 공자)가 '남을
서게[立人]' 하고 '남을 통달하게[達人]' 하는 것으로 일러준 것이니,
안연(顔淵)에게 답한 말168과 같지 않은 것이 또한 당연하지 않겠습
니까.

〔문 14〕 "자왈 묵이지지(子曰默而識之)"169 운운

주》〈학이(學而)〉 제2장 주희의 주에 "인은 사랑의 이치이고 마음의 덕이다.〔仁者,
愛之理, 心之德也.〕"라는 내용이 보인다. 이와 관련하여 《주자어류》에 "어떤 사람이
물었다. '하나는 마음의 덕이고 다른 하나는 사랑의 이치를 말한 것입니까?' 주희가
답하였다. '옳다. 이렇게 보아야 한다. 다만 하나의 물사일 뿐이니, 어떤 때는 이런
면을 말하고 또 어떤 때는 저런 면을 말하는 것이다.〔或曰: 一爲心之德, 一爲愛之理.
曰: 是如此. 但只是一箇物事, 有時說這一面, 又有時說那一面.〕", "공자가 인을 말할
때 또한 같지 않은 곳이 많다. 안자에게 말할 때에는 자기의 사욕을 이기는 것을 인으로
보았는데, 여기에서는 또 남을 서게 하고 남을 통달하게 하는 것으로 인을 삼았다.
하나는 자신의 입장에서 말한 것이고, 다른 하나는 다른 사람의 입장에서 말한 것이다.
〔孔子說仁, 亦多有不同處. 向顔子說, 則以克己爲仁. 此處又以立人達人爲仁. 一自己上
說, 一自人上說.〕"라는 내용이 보인다. 《朱子語類 卷33 論語15 雍也篇4 子貢曰如有博施
於民章》

168 안연(顔淵)에게 답한 말 : 《논어집주》〈안연〉 제1장에 안연이 인(仁)을 묻자,
공자가 "자기의 사욕을 이겨 예에 돌아가는 것이 인을 하는 것이니, 하루 동안이라도
사욕을 이겨 예에 돌아가면 천하가 인을 허여할 것이다. 인을 하는 것은 자기 몸에
달려 있으니, 남에게 달려 있는 것이겠는가.〔顔淵問仁. 子曰: 克己復禮爲仁, 一日克己
復禮, 天下歸仁焉. 爲仁由己, 而由人乎哉?〕"라고 대답한 것을 가리킨다.

169 자왈 묵이지지(子曰默而識之) : 《논어집주》〈술이(述而)〉 제2장에 "공자가 말하
였다. '묵묵히 기억하며, 배우고 싫어하지 않으며, 사람 가르치기를 게을리하지 않는
것, 이 중에 어느 것이 나에게 있겠는가.〔子曰: 默而識之, 學而不厭, 誨人不倦, 何有於
我哉?〕"라는 내용이 보인다.

〔답〕 이 세 마디 말은 미루어서 끝까지 하면 참으로 성인(聖人)이 아니면 다다를 수 없는 점이 있지만, 요컨대 하학(下學)의 일이니 어찌 성인의 지극한 경지라고 말할 수 있겠습니까.[170]

〔문 15〕 "자왈 덕지불수(子曰德之不修)"[171] 운운

〔답〕 '효도와 공손함〔孝悌〕'을 먼저 하고 '글을 익히는 것〔學文〕'을 뒤로 하며,[172] '덕을 닦는 것〔修德〕'을 먼저 하고 '학문을 강습하는 것〔講學〕'을 뒤로 하는 것은 본말의 완급이 그러한 것입니다.[173] '문으로 넓

---

170 어찌……있겠습니까 : 《논어집주》〈술이〉 제2장 주희의 주에 "이 세 가지는 이미 성인의 지극한 일이 아니다.〔三者已非聖人之極至.〕"라는 내용이 보인다.

171 자왈 덕지불수(子曰德之不脩) : 《논어집주》〈술이〉 제3장에 "공자가 말하였다. '덕이 닦이지 못함과 학문이 강습되지 못함과 의를 듣고 옮겨가지 못함과 불선을 고치지 못함이 바로 나의 걱정거리이다.'〔子曰: 德之不修, 學之不講, 聞義不能徙, 不善不能改, 是吾憂也.〕"라는 내용이 보인다.

172 효도와……하며 : 《논어집주》〈학이(學而)〉 제6장에 "제자가 들어가서는 효도하고 나와서는 공손하며, 행실을 삼가고 말을 성실하게 하며, 널리 사람들을 사랑하되 어진 이를 친히 해야 하니, 이것을 행함에 여력이 있으면 이 여력을 가지고 글을 배워야 한다.〔弟子入則孝, 出則弟, 謹而信, 汎愛衆, 而親仁, 行有餘力, 則以學文.〕"라는 내용이 보인다.

173 덕을……것입니다 : 이와 관련하여 《주자어류》에 "이 네 구는 '덕을 닦는 것'이 근본이니, 덕을 닦고자 하기 때문에 학문을 강습하는 것이다. 다음에 나오는 의를 듣고 옮겨가는 것과 불선을 고치는 것은 바로 '덕을 닦는 것'의 조목이다.〔此四句, 修德是本, 爲要修德, 故去講學. 下面徙義、改過, 即修德之目也.〕", "덕을 닦는 것은 '들어가서는 효도하고 나와서는 공손하며, 행실을 삼가고 말을 성실하게 하며, 널리 사람들을 사랑하되 어진 이를 친히 한다.'라고 말하는 것과 비슷하며, 학문을 강습하지 않으면 안 되는 것은 '이것을 행함에 여력이 있으면 이 여력을 가지고 글을 배운다.'라고 말하는 것과

히고 예로 요약하는 것[博文約禮]'174은 또 학문하는 차례를 선후로 삼은 것이니, 두 경우는 각각 하나의 뜻이 있습니다. '도에 뜻을 두는 것[志道]'을 '사물의 이치를 궁구하여 앎을 지극히 하는 것[格致]'으로 본 것175은 어찌 근거한 바가 있지 않겠습니까.

〔문 16〕 "자왈 심의오쇠(子曰甚矣吾衰)'"176 운운

〔답〕 '이러한 마음이 없다[無是心]'177는 것은 세상을 잊은 것이 아니

비슷하다.〔修德, 恰似說入則孝, 出則弟, 謹而信, 汎愛衆而親仁. 學不可不講, 恰似說行有餘力, 則以學文.〕라는 내용이 보인다.《朱子語類 卷34 論語16 述而篇 德之不修章》

174 문(文)으로……것 : 423쪽 주165 참조.

175 도에……것 : '도에 뜻을 두는 것'은《논어집주》〈술이〉제6장에 "도에 뜻을 두며, 덕을 굳게 지키며, 인에 의지하며, 예에 노닐어야 한다.〔志於道, 據於德, 依於仁, 游於藝.〕라는 내용이 보이며, '사물의 이치를 궁구하는 것'은《대학》경(經) 1장에 "앎을 지극히 함이 사물의 이치를 궁구함에 있다.〔致知在格物.〕라는 내용이 보인다. 이와 관련하여 대전본(大全本)《논어집주》〈술이〉제6장 소주에 "'도에 뜻을 둔다'라고 할 때의 '뜻을 둔다'는 것은 마치 바라는 바가 있어서 찾는다는 뜻과 같으니,《대학》의 '사물의 이치를 궁구하여 앎을 지극히 하는 것'이 바로 이 일이다.〔志於道, 志字, 如有向望求索之意, 大學格物致知, 卽其事也.〕라는 주희의 설이 보인다.

176 자왈 심의오쇠(子曰甚矣吾衰) :《논어집주》〈술이〉제5장에 "공자가 말하였다. '심하다, 나의 쇠함이여! 오래되었도다, 내 다시는 꿈속에서 주공을 뵙지 못하였다!'〔子曰: 甚矣, 吾衰也! 久矣, 吾不復夢見周公!〕라는 내용이 보인다.

177 이러한 마음이 없다 :《논어집주》〈술이〉제5장 주희의 주에 "공자가 젊었을 때에는 뜻이 주공의 도를 행하고자 하였기 때문에 꿈속에서 혹 주공을 보기도 하였는데, 늙어서 도를 행할 수 없게 되자 더 이상 이러한 마음이 없어져 더 이상 이러한 꿈도 꾸지 않게 된 것이다.〔孔子盛時, 志欲行周公之道, 故夢寐之間, 如或見之, 至其老而不能行也, 則無復是心而亦無復是夢矣.〕라는 내용이 보인다.

라 단지 더 이상 도를 행할 뜻이 없음을 말한 것뿐입니다. '마음에 하고자 하는 바를 따라도 법도를 넘지 않은 것〔從心所欲不踰矩〕'이 이른바 "도를 보존하는 것은 마음이니 마음은 늙음과 젊음의 차이가 없다."라는 것이고, '의지와 생각이 쇠하여 훌륭한 일을 할 수가 없게 된 것'은 이른바 "도를 행하는 것은 몸이니 몸은 늙으면 쇠하는 법이다."라는 것입니다.[178] 순(舜)임금의 '함이 없이 다스린 것〔無爲而治〕'[179]과 같은 것은 의당 늙음과 젊음에 상관이 없어야 할 것 같은데도 오히려 늙어서 부지런히 해야 할 정사에 게을러짐을 면치 못하였으니,[180] 이 이치는 매우 분명하여 의심할 만한 것이 아닙니다.

178 마음에……것입니다 : '마음에 하고자 하는 바를 따라도 법도를 넘지 않은 것'은 《논어집주》〈위정(爲政)〉제4장에 "일흔 살에는 마음에 하고자 하는 바를 따라도 법도를 넘지 않았다.〔七十而從心所欲不踰矩.〕"라는 내용이 보인다. 이하의 인용 글은《논어집주》〈술이〉제5장 주희의 주에 정이(程頤)의 설을 인용하여 "공자가 젊었을 때에는 자나 깨나 늘 주공의 도를 행하려는 마음을 두었는데, 늘그막에 이르러서는 의지와 생각이 쇠하여 훌륭한 일을 할 수가 없게 되었다. 도를 보존하는 것은 마음이니 마음은 늙음과 젊음의 차이가 없지만, 도를 행하는 것은 몸이니 몸은 늙으면 쇠하는 법이다.〔孔子盛時, 寤寐常存行周公之道, 及其老也, 則志慮衰而不可以有爲矣. 蓋存道者心, 無老少之異, 而行道者身, 老則衰也.〕"라고 말한 내용이 보인다.

179 순(舜)임금의……것 :《논어집주》〈위령공(衛靈公)〉제4장에 "함이 없이 다스리신 자는 순임금일 것이다. 무엇을 하였겠는가? 몸을 공손히 하고 바르게 남면하였을 뿐이다.〔無爲而治者, 其舜也與! 夫何爲哉? 恭己正南面而已矣.〕"라는 내용이 보인다.

180 늙어서……못하였으니 :《서경》〈우서(虞書) 대우모(大禹謨)〉에 "순임금이 말하였다. '이리 오라, 너 우야! 짐이 제위에 있은 지 33년이 되었으니 늙어서 부지런히 해야 할 정사에 게으르다. 너는 태만히 하지 말아서 짐의 무리를 거느리라.'〔帝曰: 格, 汝禹! 朕宅帝位三十有三載, 耄期倦于勤, 汝惟不怠, 總朕師.〕"라는 내용이 보인다.

〔문 17〕 "육예(六藝) 중 오례(五禮)"¹⁸¹ 운운

〔답〕 육예의 시작은 언제부터인지 자세히 알 수 없으나 요컨대 모두 상고 시대의 성인(聖人)이 만들었다는 것입니다. 육예의 수가 홀수이기도 하고 짝수이기도 한 것은 또한 저절로 그렇게 된 것일 뿐입니다. 서(書)와 수(數)의 법들은 일찍이 깊이 궁구한 적이 없으니 감히 억지로 대답하지 않겠습니다. 세상에 혹 전문적으로 연구한 사람이 있을 것이니 그에게 문의하는 것이 어떻겠습니까?

〔문 18〕 "자왈 불분불비(子曰不憤不悱)"¹⁸² 운운

181　육예(六藝) 중 오례(五禮) : '육예'는 예(禮), 악(樂), 사(射), 어(御), 서(書), 수(數)이다. '오례'는 길례(吉禮), 흉례(凶禮), 군례(軍禮), 빈례(賓禮), 가례(嘉禮)이다. 이와 관련하여 대전본(大全本) 《논어집주》 〈술이〉 제6장 소주에 "오례(五禮)는 길례, 흉례, 군례, 빈례, 가례이다. 육악(六樂)은 운문, 대함, 대소, 대하, 대호, 대무이다. 오사(五射)는 백시, 참련, 섬주, 양척, 정의이다. 오어(五馭)는 명화란, 축수곡, 과군표, 무교구, 축금좌이다. 육서(六書)는 상형, 회의, 지사, 전주, 가차, 해성이다. 구수(九數)는 방전, 속미, 차분, 소광, 상공, 균수, 방정, 영불족, 방요이다. 이것이 명물도수이니 모두 지극한 이치가 들어 있으며, 또 모두 사람들이 날마다 쓰는 것으로 없어서는 안 되는 것이다.〔五禮, 吉、凶、軍、賓、嘉也. 六樂, 雲門、大咸、大韶、大夏、大濩、大武也.　五射曰白矢、參連、剡注、襄尺、井儀也.　五馭, 鳴和鸞、逐水曲、過君表、舞交衢、逐禽左也. 六書, 象形、會意、指事、轉注、假借、諧聲也. 九數, 方田、粟米、差分、少廣、商功、均輸、方程、贏不足、旁要也. 是其名物度數, 皆有至理存焉, 又皆人所日用而不可無者.〕"라는 주희의 설이 보인다. 〈술이〉 제6장 경문은 426쪽 주175 참조.

182　자왈 불분불비(子曰不憤不悱) : 《논어집주》 〈술이〉 제8장에 "공자가 말하였다. '마음속으로 알려고 노력하지 않으면 열어주지 않으며 말로 나타내고자 애태워하지 않으면 말해주지 않되, 한 귀퉁이를 들어 보여주었는데 이것을 가지고 남은 세 귀퉁이를

〔답〕 '분(憤)'과 '비(悱)'는 그 깊고 얕음이 보이지 않습니다. 주자(朱子 주희(朱熹))는 정자(程子 정이(程頤))의 '패연(沛然)'[183] 두 글자로 인해 비록 시우화지(時雨化之)의 설[184]을 두었지만, 어찌 반드시 안자(顏子)와 증자(曾子)가 이에 해당되고[185] 다른 사람들은 모두 어에 해

반증하지 못하면 더 이상 일러주지 않는다.〔子曰: 不憤不啓, 不悱不發, 擧一隅, 不以三隅反, 則不復也.〕"라는 내용이 보인다.

183 정자(程子)의 패연(沛然) : 《논어집주》〈술이〉 제8장 주희의 주에 정이(程頤)의 설을 인용하여 "노력하고 애태워함을 기다리지 않고 말해주면 아는 것이 확고할 수 없고, 노력하고 애태워함을 기다린 뒤에 알려주면 확연히 깨닫게 된다.〔不待憤悱而發, 則知之不能堅固; 待其憤悱而後發, 則沛然矣.〕"라고 말한 내용이 보인다.

184 시우화지(時雨化之)의 설 : '시우화지'는 때맞추어 내리는 비와 같은 가르침이라는 뜻이다. 《맹자집주》〈진심 상(盡心上)〉 제40장에 "군자가 가르치는 방법에는 다섯 가지가 있다. 때맞추어 내리는 비가 초목을 변화시키는 것과 같이 하는 경우가 있으며, 스스로 덕을 이루게 하는 경우가 있으며, 자신의 재능을 통달하게 하는 경우가 있으며, 물음에 답하는 경우가 있으며, 직접 배우지 않고 군자의 도를 듣고 스스로 수양하게 해주는 경우가 있다.〔君子之所以教者五, 有如時雨化之者, 有成德者, 有達財者, 有答問者, 有私淑艾者.〕"라는 내용이 보인다. '시우화지의 설'은 《주자어류》에 "어떤 사람이 물었다. '정자는 노력하고 애태워함을 기다린 뒤에 알려주면 패연할 것이라고 하였는데, 어떻게 하는 것이 패연의 뜻입니까?' 주희가 대답하였다. '이것이 바로 이른바 때맞추어 내리는 비가 초목을 변화시키는 것과 같이 하는 가르침이라는 것이다. 비유하면 파종하고 북돋는 농작물이 인력을 한껏 다 쏟았으나 단지 약간의 비가 부족하여 싹이 돋아나려고 하지만 아직 돋아나지 않은 바로 그때 홀연히 약간의 단비를 만난 것과 같으니, 생기를 어떻게 막을 수 있겠는가.〔或問: 程子曰待憤悱而後發, 則沛然矣, 如何是沛然底意思? 曰: 此正所謂時雨之化, 譬如種植之物, 人力隨分已加, 但正當那時節欲發生未發生之際, 卻欠了些子雨, 忽然得這些子雨來, 生意豈可禦也!〕"라는 내용을 이른다. 《朱子語類 卷34 論語16 述而篇 不憤不啓章》

185 안자(顏子)와……해당되고 : 《맹자집주》〈진심 상〉 제40장 주희의 주에 "예를 들면 공자가 안자와 증자에 대해서와 같은 것이 이 경우이다.〔若孔子之於顏、曾是已.〕"

당되지 않는다고 말하겠습니까. 이와 같다면 성인(聖人 공자)이 열어 주고 말해준 교화는 그 미친 바가 또한 협소할 것이니 의당 융통성 있게 보아야 할 듯합니다.

〔문 19〕 "재전질(齊戰疾)"[186] 운운

〔답〕 부자(夫子 공자)는 비록 군대를 지휘한 적은 없지만 말씀 사이에서 어찌 징험할 만한 것이 없겠습니까. 이른바 "나는 일에 임하여 두려워하고 도모하기를 좋아하여 공을 이루는 자와 함께하겠다.", "맨손으로 범을 때려잡으려 하고 맨몸으로 강을 건너려는 자를 나는 함께하지 않겠다."[187]라는 것이 또한 그 중 하나입니다.

〔문 20〕 "자재제문소(子在齊聞韶)"[188] 운운

라는 내용이 보인다. 제40장 경문은 429쪽 주184 참조.

186 재전질(齊戰疾) : 《논어집주》〈술이〉 제12장에 "공자가 삼간 것은 재계와 전쟁과 질병이었다.〔子之所愼, 齊、戰、疾.〕"라는 내용이 보인다.

187 나는 일에……않겠다 : 《논어집주》〈술이〉 제10장에 "공자가 말하였다. '맨손으로 범을 때려잡으려 하고 맨몸으로 강을 건너려 하여 죽어도 후회함이 없는 자를 나는 함께하지 않겠다. 반드시 일에 임하여 두려워하며 도모하기를 좋아하여 공을 이루는 자와 함께하겠다.'〔子曰: 暴虎馮河, 死而無悔者, 吾不與也, 必也臨事而懼, 好謀而成者也.〕"라는 내용이 보인다.

188 자재제문소(子在齊聞韶) : 《논어집주》〈술이〉 제13장에 "공자가 제나라에 있을 때 소악(韶樂)을 듣고 3개월 동안 고기 맛을 알지 못하였다. 그리고 말하기를 '음악을 만든 것이 이런 경지에 이르리라고는 생각하지도 못했다.'라고 하였다.〔子在齊聞韶, 三月不知肉味. 曰: 不圖爲樂之至於斯也!〕"라는 내용이 보인다. '소악'은 순(舜)임금의

〔답〕 부자(夫子 공자)가 위(衛)나라에서 노(魯)나라로 돌아온 뒤에
음악이 바르게 되었으니,[189] 그 이전에는 참으로 바르지 못한 점이 있
었을 것입니다. 그렇다면 제(齊)나라와 노나라의 소악(韶樂)은 혹 같
지 않았을 수도 있습니다.[190]

〔문 21〕 "자왈 천생덕(子曰天生德)"[191] 운운

음악이다.

189 부자(夫子)가……되었으니 : 《논어집주》〈자한(子罕)〉 제14장에 "공자가 말하
였다. '내가 위나라에서 노나라로 돌아온 뒤 음악이 바르게 되어 아(雅)와 송(頌)이
각기 제자리를 찾게 되었다.'〔子曰: 吾自衛反魯然後樂正, 雅頌各得其所.〕"라는 내용이
보인다. 주희의 주에 따르면 공자는 68세 때인 노(魯)나라 애공(哀公) 11년(기원전
484) 겨울에 위(衛)나라에서 노나라로 돌아왔다.

190 제(齊)나라와……있습니다 : 이와 관련하여 대전본(大全本) 《논어집주》〈술이〉
제13장 소주에 "순임금의 후손을 진나라에 봉하니 그 후손들이 선대의 음악을 쓸 수
있었는데, 진경중이 제나라로 망명한 이후부터 소악이 제나라에 전함이 있게 되었다.
이 당시 노나라에는 4대의 음악이 구비되어 있었으나 어그러짐이 없지 못하였던 듯하
다. 소악의 전래가 가장 오래되었으나 소악만 홀로 그때까지 제대로 전해졌으므로 공자
가 이 때문에 '소악이 지극히 아름답고 또 지극히 좋다.'라고 한 것이니, 아마도 이를
말한 것이리라. 계찰이 노나라에서 소악을 보고 극구 칭찬했다고는 하나 필시 제나라에
전해진 소악처럼 좋지는 않았을 것이니, 공자가 이 때문에 소악을 배우면서 오랫동안
고기 맛을 잊었던 것이다.〔舜之後, 封於陳, 爲之後者得用先代之樂, 自陳敬仲奔齊, 而
韶樂有傳. 當是時, 魯具四代之樂, 然恐不無差舛. 韶之來最遠, 而獨得其傳於今, 夫子故
曰韶盡美矣, 又盡善也, 殆謂是歟! 季札在魯觀韶, 雖極稱贊, 未必如在齊之善, 夫子是以
學之而忘味之久.〕"라는 남송 풍의(馮椅)의 설이 보인다. '소악이 지극히……'라는 공자
의 말은 《논어집주》〈팔일(八佾)〉 제25장에 보인다.

191 자왈 천생덕(子曰天生德) : 《논어집주》〈술이〉 제22장에 "공자가 말하였다. '하
늘이 나에게 덕을 주었으니 환퇴가 나를 어찌하겠는가.'〔子曰: 天生德於予, 桓魋其如予
何?〕"라는 내용이 보인다.

〔답〕겸양하는 것이 합당한 곳도 있고 자부하는 것이 합당한 곳도 있으니 어찌 꼭 동일할 필요가 있겠습니까. 그러나 이 장과 '외어광(畏於匡)'[192] 두 장은 모두 다른 이유가 있어서 말한 듯하나, 다만 단정해서 말할 수 없을 뿐입니다.

〔문 22〕"태왕(太王) 때 상(商)나라의 덕이 비록 쇠했으나"[193] 운운

〔답〕주자(朱子 주희(朱熹))가 어떤 사람에게 답한 말이 참으로 명쾌하여 일거에 속유(俗儒)들의 구차한 견해를 씻어버렸는데,[194] 지금 도

---

192 외어광(畏於匡) : 《논어집주》〈자한(子罕)〉 제5장에 "공자가 광 땅에서 경계심을 품었다. 공자가 말하였다. '문왕이 이미 세상을 떠났으니 문(文)이 이 몸에 있지 않겠는가. 하늘이 장차 이 문을 없애려 하였다면 문왕의 뒤에 죽는 나 같은 사람이 이 문에 참여하지 못했을 것이다. 그러나 하늘이 이 문을 없애려 하지 않으니 광 땅 사람들이 나를 어찌하겠는가.'〔子畏於匡. 曰 : 文王旣沒, 文不在玆乎? 天之將喪斯文也, 後死者不得與於斯文也. 天之未喪斯文也, 匡人其如予何?〕"라는 내용이 보인다.

193 태왕(太王)……쇠했으나 : 《논어집주》〈태백(泰伯)〉 제1장에 "공자가 말하였다. '태백은 지극한 덕이 있다고 이를 만하다. 세 번 천하를 사양하였으나 백성들이 그 덕을 칭송할 수 없게 하였구나!〔子曰 : 泰伯其可謂至德也已矣. 三以天下讓, 民無得而稱焉!〕"라는 내용이 보이는데, 주희의 주에 "태왕의 때에 상나라의 도는 점점 쇠하고 주나라는 날로 강대해졌다. 또 아들 계력이 손자 창을 낳았는데 성인의 덕이 있었다. 태왕은 이로 인해 상나라를 칠 생각이 있었는데 태백이 따르지 않으니, 태왕은 마침내 왕위를 계력에게 전하여 손자인 창에게 미치게 하고자 하였다. 태백은 이를 알고 곧 아우인 중옹과 함께 형만으로 달아났다.〔大王之時, 商道浸衰, 而周日彊大. 季歷又生子昌, 有聖德. 大王因有翦商之志, 而泰伯不從, 大王遂欲傳位季歷, 以及昌. 泰伯知之, 卽與仲雍逃之荊蠻.〕"라고 하였다.

194 주자(朱子)가……씻어버렸는데 : 대전본(大全本) 《논어집주》〈태백〉 제1장 소주에 "어떤 사람이 물었다. '태왕이 어린 아들을 후계자로 세우려는 뜻을 가진 것은

리어 저들의 설을 타당하다고 하니 매우 이해가 되지 않습니다. 참으로 이와 같다면 태백(泰伯)은 무엇 때문에 형만(荊蠻)으로 달아났으며, 부자(夫子 공자)가 유독 지극한 덕이 있다고 태백을 일컬은 것은 또 무슨 일이겠습니까.

〔문 23〕 "증자유질 맹경자문(曾子有疾孟敬子問)"¹⁹⁵ 운운

예가 아니며, 태백이 또 그 잘못된 뜻을 헤아려 이루어주어서 심지어는 아버지가 세상을 떠났는데도 부음에 달려가지 않고 신체를 훼손하여 문신하고 머리를 자르기까지 하였으니, 모두 현자의 일이 아니며 중용의 덕에 부합하지 않습니다.' 주희가 대답하였다. '태왕이 현명한 아들과 성인의 자질을 가진 손자를 후계자로 세우고자 한 것은 그들의 도가 천하를 구원할 수 있었기 때문이며 애증과 이욕에서 나온 사사로운 생각이 있어서가 아니었다. 이 때문에 태백이 떠난 것이 견자(狷者)의 일이 되지 않고, 왕계가 후계자의 지위를 받은 것이 탐욕이 되지 않고, 태백이 아버지의 상에 달려가지 않고 신체를 훼손한 것이 불효가 되지 않은 것이다. 군신과 부자의 변례에 처하여 중용을 잃지 않았으니, 이 때문에 태백이 지극한 덕이 된 것이다.'〔曰: 大王有立少之意, 非禮也. 泰伯又探其邪志而成之, 至於父死不赴, 傷毁髮膚, 皆非賢者之事, 不合於中庸之德矣. 曰: 大王之欲立賢子聖孫, 爲其道足以濟天下, 非有愛憎利欲之私也. 是以泰伯去之, 不爲狷; 王季受之, 不爲貪; 不赴、毁傷, 不爲不孝. 蓋處君臣父子之變而不失乎中庸, 所以爲至德也.〕라는 내용이 보인다. '견자'는 《논어집주》〈자로(子路)〉 제21장 주희의 주에 따르면 "지식은 미치지 못하나 지킴이 유여한 자〔知未及而守有餘〕"이다.

195 증자유질맹경자문(曾子有疾孟敬子問):《논어집주》〈태백〉제4장에 "증자가 병이 들자 맹경자가 문병을 왔다. 증자가 말하였다. '새가 죽음을 앞두었을 때에는 울음소리가 애처롭고, 사람이 죽음을 앞두었을 때에는 그 말이 착한 법이다. 군자는 귀히 여기는 도가 세 가지 있다. 일신을 움직일 때에는 거칠고 방자함을 멀리하며, 낯빛을 바룰 때에는 성실함에 가깝게 하며, 말과 소리를 낼 때에는 비루함과 도리에 위배되는 것을 멀리하는 것이니, 변두의 사소한 일은 담당자가 있다.'〔曾子有疾, 孟敬子問之. 曾子言曰: 鳥之將死, 其鳴也哀, 人之將死, 其言也善. 君子所貴乎道者三. 動容貌, 斯遠暴慢矣; 正顔色, 斯近信矣; 出辭氣, 斯遠鄙倍矣. 籩豆之事, 則有司存.〕라는 내용이

〔답〕 '동(動)', '정(正)', '출(出)' 이 세 글자를 주자(朱子 주희(朱熹))는 '비록 공부하는 글자가 아니기는 하지만 바로 공부하는 곳이다.'라고 하였으니,[196] 이 설이 가장 정밀한 듯합니다.

〔문 24〕 "자왈 여유주공지재지미(子曰如有周公之才之美)"[197] 운운

보인다.

196 동(動)……하였으니 : 대전본(大全本) 《논어집주》〈태백〉 제4장 소주에 "어떤 사람이 물었다. '집주에서 옛날에는 이 세 가지를 「몸을 수양하는 효험이요 정사를 행하는 근본이니, 평소부터 장경함과 성실함과 보존하고 성찰하는 공부를 쌓은 자가 아니라면 할 수 없는 것」으로 보았으니, 전적으로 효험으로 말한 것입니다. 이와 같다면 「동(動)」, 「정(正)」, 「출(出)」 이 세 글자는 단지 하릴없는 글자가 됩니다. 개정본에서는 효험의 「험(驗)」 자를 요체의 「요(要)」 자로 바꾸고, 「평소부터 장경함과」 이하를 「배우는 자가 마땅히 잡아 보존하고 성찰해야 할 것이요, 경황 중이거나 위급한 상황이라 하여 떠남이 있어서는 안 된다.」라는 것으로 바꾸었습니다. 이와 같다면 공부는 도리어 「동」, 「정」, 「출」 세 글자에 있게 됩니다. 제 생각에 「정」 자는 그래도 공부하는 것이라고 말할 수 있지만, 「동」 자와 「출」 자는 어떻게 공부가 될 수 있겠습니까?' 주희가 대답하였다. '이 세 글자는 비록 공부하는 글자가 아니기는 하지만 바로 공부하는 곳이다. 효험으로 쓰면 병통이 있는 듯하여 고친 것이다. 만약 오직 평소부터 장경하여 잡아 길러야만 비로소 이와 같이 할 수 있다고 말한다면 아직 장경하여 잡아 기르지 못한 사람은 곧 거칠고 방자함을 멀리하지도, 성실함에 가깝게 하지도, 비루함과 도리에 위배되는 것을 멀리하지도 말라는 것이다.'〔問: 集註舊以三者爲修身之驗, 爲政之本, 非其平日莊敬誠實存省之功積之有素, 則不能也, 專是做效驗說. 如是, 則動、正、出三字, 只是閑字. 改本以驗爲要, 非其以下, 改爲學者所當操存省察, 而不可有造次頃刻之違者也. 如此, 則工夫却在動、正、出三字上. 某疑正字尙可說做工夫, 動字、出字, 豈可以爲工夫耶? 曰: 這三字雖不是做工夫底字, 然便是做工夫處. 作效驗似有病, 故改之. 若專以爲平日莊敬持養, 方能如此, 則不成未莊敬持養底人, 便不要遠暴慢、近信、遠鄙倍耶!〕"라는 내용이 보인다.

197 자왈 여유주공지재지미(子曰如有周公之才之美) : 《논어집주》〈태백〉 제11장에

〔답〕 교만함〔驕〕과 인색함〔吝〕은 비록 기운이 가득하고 부족한 차이
는 있지만[198] 그 사사롭고 작은 허물이 누가 되어 이 마음을 가두고 가
린다는 점에서는 동일하니, 주자(朱子 주희(朱熹))가 거론한 시(詩)[199]

"공자가 말하였다. '만일 주공과 같은 아름다운 재예를 가지고 있더라도 만일 교만하고
인색하다면 그 나머지는 볼 것이 없다.'〔子曰: 如有周公之才之美, 使驕且吝, 其餘不足
觀也已.〕"라는 내용이 보인다.

198 교만함과……있지만:《논어집주》〈태백〉제11장 주희의 주에 정이(程頤)의 설
을 인용하여 "'교'는 기운이 차 있는 것이고, '인'은 기운이 부족한 것이다.〔驕, 氣盈;
吝, 氣歉.〕"라고 한 내용이 보인다.

199 주자(朱子)가 거론한 시(詩): 북송의 학자 사양좌(謝良佐, 1050~1103)의 〈극
기(克己)〉시를 이른다. 이와 관련하여《주자어류》에 "어떤 사람이 물었다. '교만은
기가 가득 찬 것이고 인색은 기가 부족한 것이라 하였는데, 기가 가득 차고 부족하다는
것은 어떤 것입니까?' 주희가 대답하였다. '교만과 인색은 똑같은 병통으로, 단지 얇은
막 하나의 차이가 있을 뿐이다. 교만은 방출된 인색이고 인색은 방출되지 않은 교만이
니, 바로 사람이 오한과 신열을 앓는 것과 같아서 상부에 침입하면 머리와 눈이 아프고,
하부에 침입하면 허리와 배가 아프다. 신열은 밖으로 발출되니 교만과 비슷하고, 오한
은 축적되어 안에 있으니 인색과 비슷하다.' 이어 현도(顯道)의 〈극기〉시 중 '한번
맑은 밤중에 깊이 생각하고 성찰해보라. 울타리를 쪼개어 부수면 바로 대가라오.'라는
내용을 거론하였다. 그 사람이 다시 물었다. '어떻게 해야 이러한 병통을 제거할 수
있습니까?' 주희가 대답하였다. '이것에 무슨 방법이 있겠는가. 다만 교만하지 말고
인색하지 마는 것이 바로 울타리를 쪼개어 부수는 것이다. 교만과 인색이 그릇된 것임을
깨달아 근원이 되는 곳에서부터 바로잡아야 한다. 내가 가지 않고자 하면 곧 가지 않고,
앉고자 하면 곧 다시 내가 앉으니, 나로 말미암지 않는 것이 없거늘 다시 무슨 방법을
구한단 말인가.'〔問: 驕氣盈, 吝氣歉, 氣之盈歉如何? 曰: 驕與吝是一般病, 只隔一膜.
驕是放出底吝, 吝是不放出底驕. 正如人病寒熱, 攻注上則頭目痛, 攻注下則腰腹痛. 熱
發出外似驕, 寒包縮在內似吝. 因擧顯道克己詩: 試於淸夜深思省, 剖破藩籬卽大家. 問:
當如何去此病? 曰: 此有甚法? 只莫驕莫吝, 便是剖破藩籬也. 覺其爲非, 便源頭處正.
我要不行, 便不行; 要坐, 便還我坐, 莫非由我, 更求甚方法!〕"라는 내용이 보인다. '현
도'는 사양좌의 자이다. 이 〈극기〉시는 장재(張載, 1020~1077)의 시라고도 하는데,

의 뜻이 아마도 이와 같을 듯합니다.

전문은 다음과 같다. "극기의 공부를 하려 하지 않으니, 교만과 인색이 꽉 막아서 달팽이
처럼 오그라들었네. 한번 맑은 밤중에 깊이 생각하고 성찰해보라, 울타리를 쪼개어
부수면 바로 대가라오.〔克己工夫未肯加, 驕吝封閉縮如蝸. 試於淸夜深思省, 剖破藩籬
卽大家.〕" 참고로 이를 원용하여 주희는 〈우계현학관대각(尤溪縣學觀大閣)〉이라는 시
에서 "응당 물아의 근원이 같은 곳을 살펴야 하니, 울타리를 쪼개버리면 바로 대방이라
오.〔應觀物我同根處, 剖破藩籬卽大方.〕"라고 하였다. 《朱子語類 卷35 論語17 泰伯篇
如有周公之才之美章》《能改齋漫錄 卷11 記詩 剖破藩籬卽大家》《朱子大全 別集 卷7
尤溪縣學觀大閣》

도기서원의 강유에게 답하다 5[200]

答道基書院講儒

〔문 1〕 "〈자한(子罕)〉편 첫 장"[201] 운운

〔답〕 '이를 따진다〔計利〕'[202]의 '이(利)'는 이욕(利欲)의 '이'만은 아니니, 보내주신 편지에서 이른바 "병통이 계(計) 자에 있다."라고 한 것이 매우 옳습니다. 이 장에서 '이'를 먼저 언급한 것은 경계가 더욱 깊다고 생각한 듯합니다.

〔문 2〕 "자절사(子絶四)"[203] 운운

200　도기서원(道基書院)의 강유(講儒)에게 답하다 5 : 이 편지는 《논어집주》 구절에 대해 〈자한(子罕)〉 7조목, 〈향당(鄕黨)〉 3조목, 〈선진(先進)〉 6조목, 〈안연(顔淵)〉 4조목, 〈태백(泰伯)〉 1조목, 〈자로(子路)〉 6조목, 〈헌문(憲問)〉 17조목, 모두 44조목의 문답으로 이루어져 있다.

201　자한(子罕) 편 첫 장 : 《논어집주》〈자한(子罕)〉 제1장에 "공자는 이(利)와 명(命)과 인(仁)을 드물게 말하였다.〔子罕言利與命與仁.〕"라는 내용이 보인다.

202　이(利)를 따진다 : 《논어집주》〈자한〉 제1장 주희의 주에 정이(程頤)의 설을 인용하여 "이(利)를 따지면 의를 해치고, 명의 이치는 은미하고, 인의 도는 크니, 모두 부자(공자)가 드물게 말한 것이다.〔計利則害義, 命之理微, 仁之道大, 皆夫子所罕言也.〕"라고 말한 내용이 보인다.

203　자절사(子絶四) : 《논어집주》〈자한〉 제4장에 "공자는 네 가지가 전혀 없었다. 사사로운 뜻이 없었으며, 기필함이 없었으며, 고집이 없었으며, 이기심이 없었다.〔子絶四: 毋意, 毋必, 毋固, 毋我.〕"라는 내용이 보인다.

〔답〕 사사로운 뜻〔意〕, 기필함〔必〕, 고집〔固〕, 이기심〔我〕은 비록 '이기심'에 귀결되기는 하지만 네 가지는 또 각각 하나의 병통입니다. 그런데 성인(聖人 공자)은 이런 것이 전혀 없었기 때문에 기록한 자가 자세히 살피고 낱낱이 말한 것입니다.

〔문 3〕 "자외어광(子畏於匡)"[204] 운운

〔답〕 부자(夫子 공자)는 신하였기 때문에 주공(周公)의 도를 행하고자 한 것입니다.[205] 만약 도통(道統)의 전수를 논한다면 참으로 문왕(文王)을 버려두고 주공을 칭할 수는 없습니다.[206]

〔문 4〕 "안연위연탄(顔淵喟然歎)"[207] 운운

---

204 자외어광(子畏於匡) : 《논어집주》〈자한〉 제5장에 "공자는 광 땅에서 경계심을 품었다. 공자가 말하였다. '문왕이 이미 돌아가셨으니 문(文)이 이 몸에 있지 않겠는가.'〔子畏於匡. 曰 : 文王既沒, 文不在茲乎?〕"라는 내용이 보인다.

205 부자(夫子)는……것입니다 : 426쪽 주176 및 주177 참조.

206 만약……없습니다 : 《맹자집주》 주희의 서문(序文)에 한유(韓愈)의 설을 인용하여 "요임금은 순임금에게 전하고, 순임금은 우왕에게 전하고, 우왕은 탕왕에게 전하고, 탕왕은 문왕·무왕·주공에게 전하고, 문왕·무왕·주공은 공자에게 전하고, 공자는 맹자에게 전하였다.〔堯以是傳之舜, 舜以是傳之禹, 禹以是傳之湯, 湯以是傳之文武周公, 文武周公傳之孔子, 孔子傳之孟軻.〕"라고 말한 내용이 보인다.

207 안연위연탄(顔淵喟然歎) : 《논어집주》〈자한〉 제10장에 "안연이 크게 탄식하며 말하였다. '선생님의 도는 우러러볼수록 더욱 높고 뚫을수록 더욱 견고하며 바라봄에 앞에 있더니 홀연히 뒤에 있도다.……공부를 그만두고자 해도 그만둘 수 없어 이미 나의 재주를 다하니 선생님의 도가 내 앞에 우뚝 서 있는 듯하다. 그리하여 이를 따르고자 하나 말미암을 데가 없도다.'〔顔淵喟然歎曰 : 仰之彌高, 鑽之彌堅, 瞻之在前, 忽焉在

〔답〕 비록 문왕(文王) 같은 성인(聖人)도 오히려 "도를 바라보기를 보지 못한 듯이 하였다."라고 하였으니,[208] 안자(顏子 안연(顏淵))가 "선생님의 도가 내 앞에 우뚝 서 있는 듯하다."라고 한 것을 무슨 의심할 것이 있겠습니까.

〔문 5〕 "욕거구이(欲居九夷)"[209] 운운

〔답〕 구이(九夷)는 노(魯)나라 지역과 가까우니, 부자(夫子 공자)가 이곳에 살고자 했던 것은 혹 이 때문일 듯합니다. 선유(先儒)의 설[210]

後.……欲罷不能, 旣竭吾才, 如有所立卓爾. 雖欲從之, 末由也已.]"라는 내용이 보인다.

208 비록……하였으니 :《맹자집주》〈이루 하(離婁下)〉제20장 제3절에 "문왕은 백성을 보기를 다칠 듯이 여겼으며, 도를 바라보기를 보지 못한 듯이 하였다.〔文王視民如傷, 望道而未之見.〕"라는 내용이 보인다.

209 욕거구이(欲居九夷) :《논어집주》〈자한〉제13장에 "공자가 구이에 살려고 하자, 어떤 사람이 말하였다. '그곳은 누추한데 어떻게 하시렵니까?' 공자가 대답하였다. '군자가 거주한다면 무슨 누추함이 있겠는가.〔欲居九夷. 或曰: 陋, 如之何? 子曰: 君子居之, 何陋之有?〕"라는 내용이 보인다. '구이'는 동방에 위치한 9종의 민족이다.《후한서(後漢書)》권115〈동이열전(東夷列傳)〉에 "이(夷)는 9종이 있는데, 견이(畎夷), 우이(于夷), 방이(方夷), 황이(黃夷), 백이(白夷), 적이(赤夷), 현이(玄夷), 풍이(風夷), 양이(陽夷)이다."라는 내용이 보인다.

210 선유(先儒)의 설 : 대전본(大全本)《논어집주》〈자한〉제13장 제2절 소주에 "기자가 조선에 봉해졌으니 동이의 땅이다. 무슨 누추함이 있겠는가. 비록 그렇기는 하나 부자가 고국인 노나라를 떠날 때에도 '더디고 더디다 내 걸음이여' 하셨으니, 하물며 중국을 버리고 이적(夷狄)에 가는 것은 더 말할 것이 있겠는가. 이는 아마도 격한 일이 있어서 우선 이렇게 말씀하신 것일 뿐이지, 본래의 뜻이 아니다.〔箕子封於朝鮮, 東夷之地也, 何陋之有? 雖然夫子去父母之國, 尙遲遲其行, 況舍中國而之夷狄乎? 是蓋有激而姑云爾, 非素志也.〕"라고 한 남송의 학자 풍의(馮椅)의 설을 가리킨다. 이 설을 근거로

은 확실한 증거를 보지 못하였습니다.

〔문 6〕 "자왈 비여위산(子曰譬如爲山)"²¹¹ 운운

〔답〕 '간다〔往〕'고 하든 '나아간다〔進〕'고 하든 모두 괜찮지만 '간다'는
글자가 비교적 힘이 있습니다.

〔문 7〕 "자왈 가여공학(子曰可與共學)"²¹² 운운

〔답〕 권도〔權〕는 경도〔經〕와 참으로 구별이 있습니다. 그러나 이 권
도를 '경도를 뒤집은 것〔反經〕'이라고 한다면 곧 의도적으로 뒤집는
듯하여 그 유폐가 매우 크니, 정자(程子 정이(程頤))가 이를 배척한
것²¹³이 또한 옳지 않겠습니까.

경문을 해석하면 "군자가 그곳에 거주하였으니, 무슨 누추함이 있겠는가.〔君子居之,
何陋之有?〕"라는 말이 된다.
211 자왈 비여위산(子曰譬如爲山) :《논어집주》〈자한〉제18장에 "공자가 말하였다.
'비유하면 산을 만드는 데 마지막 흙 한 삼태기를 붓지 않아 산을 못 이루고 중지하는
것도 내 자신이 중지하는 것이며, 비유하면 산을 만드는 데 평지에 흙 한 삼태기를
처음 붓더라도 나아가는 것은 내가 가는 것이다.'〔子曰: 譬如爲山未成一簣, 止, 吾止也.
譬如平地雖覆一簣, 進, 吾往也.〕"라는 내용이 보인다.
212 자왈 가여공학(子曰可與共學) :《논어집주》〈자한〉제29장에 "공자가 말하였다.
'더불어 함께 배울 수는 있어도 함께 도에 나아갈 수는 없으며, 함께 도에 나아갈 수는
있어도 함께 설 수는 없으며, 함께 설 수는 있어도 함께 권도를 행할 수는 없다.'〔子曰:
可與共學, 未可與適道; 可與適道, 未可與立; 可與立, 未可與權.〕"라는 내용이 보인다.
213 정자(程子)가……것 :《논어집주》〈자한〉제29장 주희의 주에 정이(程頤)의 설

〔문 8〕 "〈향당(鄕黨)〉편 수절(首節)"²¹⁴ 운운

〔답〕하대부와 말하고 상대부와 말한다는 것은 단지 그 지위의 높고 낮음에 따라 대하는 태도가 같지 않음을 말한 것뿐이니, 굳이 윗사람을 받들고 아랫사람을 대하는 일²¹⁵이라고 한정 지을 필요는 없습니다. 풍씨(馮氏 풍의(馮椅))의 뜻²¹⁶은 아마도 부자(夫子 공자)가 이미 상

을 인용하여 "한나라 유자들은 경도를 뒤집어 도에 합치시키는 것을 권도라고 하였다. 이 때문에 권변이니 권술이니 하는 말들이 있었으니 이는 모두 잘못이다. 권도는 다만 경도일 뿐이니, 한나라 이후로 권도의 '권' 자의 뜻을 안 사람이 없다.〔漢儒以反經合道爲權, 故有權變、權術之論, 皆非也. 權, 只是經也, 自漢以下無人識權字.〕"라고 말한 내용이 보인다. 한(漢)나라 유자(儒者)의 권도에 관한 설로 《춘추공양전(春秋公羊傳)》환공(桓公) 11년(기원전 701) 조 공양수(公羊壽)의 전(傳)에 "옛사람 중에 권도를 행한 경우가 있었으니 채중이 (임금을 축출하고 정나라를 보존하는) 권도를 행한 것이 이것이다. 권도란 무엇인가? 경도와 반대되지만 뒤에 좋은 결과가 있는 것이다.〔古人之有權者, 祭仲之權是也. 權者何? 權者反於經, 然後有善者也.〕"라는 내용이 보인다.

214 향당(鄕黨) 편 수절(首節) : 《논어집주》〈향당(鄕黨)〉제2절에 "조정에서 하대부와 말할 때에는 강직하였고 상대부와 말할 때에는 화락한 모습으로 간쟁하였다. 군주가 있을 때에는 공경하여 편안치 않은 모습이었고 위의가 알맞은 모습이었다.〔朝, 與下大夫言, 侃侃如也; 與上大夫言, 誾誾如也. 君在, 踧踖如也, 與與如也.〕"라는 내용이 보인다.

215 윗사람을……일 : 이와 관련하여 《논어집주》〈향당〉제2절 주희의 주에 "이 절은 공자가 조정에 계실 때 윗사람을 섬기고 아랫사람을 대하는 모습이 같지 않음을 기록한 것이다.〔此一節, 記孔子在朝廷事上接下之不同也.〕"라는 내용이 보인다. 저본에서 '수절(首節)'이라고 한 것은 오류로 보인다.

216 풍씨(馮氏)의 뜻 : 대전본(大全本) 《논어집주》〈향당〉제2절 소주에 남송 풍의(馮椅)의 "공자는 노나라에 벼슬할 때 하대부에서 상대부가 되었으니, 이때는 응당 하대부일 때를 기록한 것이다.〔夫子仕魯, 自下大夫爲上大夫, 此當記爲下大夫之時.〕"라는 설이 보인다.

대부였다면 저들과 등급이 같아서 굳이 화락한 모습으로 간쟁할 필요가 없다고 말한 것뿐인 듯합니다. 그러나 그 설이 또한 지나치게 구구절절한 듯합니다.

〔문 9〕 "추진익여(趨進翼如)"²¹⁷ 운운

〔답〕 빈자(擯者)가 되었을 때에는 참으로 또한 종종걸음으로 빨리 걸어 나아가는 일이 있습니다.²¹⁸

〔문 10〕 "치의고구(緇衣羔裘)"²¹⁹ 운운

---

217 추진익여(趨進翼如) :《논어집주》〈향당〉제3절에 "임금이 불러 국빈을 인도하게 하면 낯빛을 변하고 발걸음을 조심하였다.……종종걸음으로 빨리 걸어 나아갈 때에는 새가 날개를 편 듯하였다.〔君召使擯, 色勃如也, 足躩如也.……趨進, 翼如也.〕"라는 내용이 보인다.

218 빈자(擯者)가……있습니다 : '빈자'는《의례(儀禮)》〈사관례(士冠禮)〉정현(鄭玄)의 주에 따르면 "담당 관리로서 예를 돕는 사람이다. 주인 쪽에 있는 사람은 '빈(擯)'이라 하고, 손님 쪽에 있는 사람은 '개(介)'라고 한다.〔有司佐禮者. 在主人曰擯, 在客曰介.〕" 여기에서는 국빈(國賓)을 인도하는 일을 담당한 사람이다. 이와 관련하여《의례》〈빙례(聘禮)〉기(記)〉에 "국빈은 묘문(廟門)을 들어올 때에는 엄숙한 모습을 하고, 당에 오를 때에는 손을 들어 평형을 유지하고, 주인국 군주에게 홀을 건네줄 때에는 종종걸음으로 빨리 걷는다.……홀을 건네준 뒤 계단을 내려오면 숨을 내쉬고 기쁜 낯빛을 하며, 두세 걸음을 걸은 뒤에 또 종종걸음으로 빨리 걷는다.〔賓入門皇, 升堂讓, 將授志趨.……下階, 發氣, 怡焉, 再三擧足, 又趨.〕"라는 내용이 보인다.

219 치의고구(緇衣羔裘) :《논어집주》〈향당〉제6절 제4구에 "공자는 검은 옷에는 검은 새끼 양 가죽 갖옷을 입고, 흰 옷에는 흰 사슴 새끼 가죽 갖옷을 입고, 누런 옷에는 누런 여우 가죽 갖옷을 입었다.〔緇衣羔裘, 素衣麑裘, 黃衣狐裘.〕"라는 내용이 보인다.

〔답〕 중의(中衣)와 석의(裼衣)²²⁰가 모두 이 장에 있으니, 세 옷²²¹은 곧 석의입니다.

　〔문 11〕 "〈선진(先進)〉 편 첫 장"²²² 운운

〔답〕 선배들이 예악에 대해 문채〔文〕와 바탕〔質〕이 마땅함을 얻었으니, 비록 성인(聖人)이 지위를 얻어 예악을 쓴다 하더라도 대체로 이와 같을 뿐이겠지만, 또한 가감이 전혀 없음을 말한 것은 아닙니다.

　〔문 12〕 "자왈 종아어진채(子曰從我於陳蔡)"²²³ 운운

〔답〕 언어와 정사(政事)와 문학에는 그 경중의 순서를 볼 수 없습니다.

---

220 중의(中衣)와 석의(裼衣) : '중의'는 안에 입는 옷으로 여기에서는 갖옷을 말하며, '석의'는 갖옷 위에 입는 옷을 이른다. 평상시 길복(吉服)을 입을 때에는 석의의 옷깃을 벌려서 안에 입은 중의의 아름다움이 보이게 한다.

221 세 옷 : 검은 옷〔緇衣〕, 흰 옷〔素衣〕, 누런 옷〔黃衣〕을 이른다. 442쪽 주219 참조.

222 선진(先進) 편 첫 장 : 《논어집주》〈선진〉 제1장에 "공자가 말하였다. '지금 사람들이 이르기를 선배들은 예악에 대하여 촌스러운 사람이고 후배들은 예악에 대하여 군자라고 한다. 내가 만일 예악을 쓴다면 나는 선배를 따르겠다.'〔子曰: 先進於禮樂, 野人也; 後進於禮樂, 君子也. 如用之, 則吾從先進.〕"라는 내용이 보인다.

223 자왈 종아어진채(子曰從我於陳蔡) : 《논어집주》〈선진〉 제2장에 "공자가 말하였다. '나를 진나라와 채나라에서 따르던 자들이 지금 모두 문하에 있지 않구나! 덕행에는 안연·민자건·염백우·중궁이었고, 언어에는 재아·자공이었고, 정사에는 염유·계로였고, 문학에는 자유·자하였다.〔子曰: 從我於陳、蔡者皆不及門也. 德行, 顔淵、閔子騫、冉伯牛、仲弓; 言語, 宰我、子貢; 政事, 冉有、季路; 文學, 子游、子夏.〕"라는 내용이 보인다.

〔문 13〕 "자왈 유지슬(子曰由之瑟)"224 운운

〔답〕 자로(子路)가 비록 중화(中和)225에는 부족하지만 그 타고난 강함과 용맹함은 본래 남보다 나았고 또 능히 배워서 이를 완성하였기 때문에 정대(正大)하고 고명(高明)한 경지에 나아갈 수 있었던 것입니다.226 만약 더 나아가 혼연히 변화한다면 곧 성인(聖人)의 경지이니,227 어찌 '당에 올랐다〔升堂〕'고만 말하겠습니까. '거칠고 질박하다〔麤質〕'는 두 글자는 매우 온당치 못합니다.

---

224 자왈 유지슬(子曰由之瑟) : 《논어집주》〈선진〉 제14장에 "공자가 말하였다. '유의 금을 어찌 내 문에서 연주하는가?' 문인들이 자로를 공경하지 않자, 공자가 말하였다. '유는 당에는 올랐고 아직 방에 들어오지 못한 것이다.〔子曰: 由之瑟, 奚爲於丘之門? 門人不敬子路, 子曰: 由也, 升堂矣, 未入於室也.〕"라는 내용이 보인다. '유(由)'는 자로(子路)의 이름이다.

225 중화(中和) : 이와 관련하여 《중용장구(中庸章句)》 제1장 제4절, 제5절에 "기뻐하고 노하고 슬퍼하고 즐거워하는 정이 발하지 않은 때를 '중'이라 이르고, 발하여 모두 절도에 맞는 것을 '화'라 이르니, 중은 천하의 큰 근본이며 화는 천하의 공통된 도이다. 중과 화를 지극히 하면 천지가 제자리를 편안히 하고 만물이 잘 생육된다.〔喜怒哀樂之未發謂之中, 發而皆中節謂之和. 中也者, 天下之大本也, 和也者, 天下之達道也. 致中和, 天地位焉, 萬物育焉.〕"라는 내용이 보인다.

226 능히……것입니다 : 《논어집주》〈선진〉 제14장 주희의 주에 "자로의 학문은 이미 정대하고 고명한 경지에 이르렀고 다만 정미한 깊은 곳에 깊이 들어가지 못했을 뿐이니, 한 가지 일의 잘못으로 대번에 경홀히 대해서는 안 됨을 말한 것이다.〔言子路之學已造乎正大高明之域, 特未深入精微之奧耳, 未可以一事之失而遽忽之也.〕"라는 내용이 보인다.

227 만약……경지이니 : 《맹자집주》〈진심 하(盡心下)〉 제25장 제7절에 "대인(大人)이면서 저절로 화한 자를 성인이라 이른다.〔大而化之之謂聖.〕"라는 내용이 보인다.

〔문 14〕 "계씨부어주공(季氏富於周公)"²²⁸ 운운

〔답〕 주공(周公)처럼 부유한 자가 누가 있는지는 모르겠으나, 비록 있다 하더라도 유독 주공을 칭한 것이 또한 무슨 문제가 되겠습니까. 이것은 의심할 바가 아닙니다.

〔문 15〕 "시야우(柴也愚)"²²⁹ 운운

〔답〕 어리석음〔愚〕, 노둔함〔魯〕, 겉치레〔辟〕, 거침〔喭〕은 차례를 볼 수 없습니다.

〔문 16〕 "계자연문(季子然問)"²³⁰ 운운

---

228 계씨부어주공(季氏富於周公) : 《논어집주》〈선진〉 제16장에 "계씨가 주공보다 부유하였는데도 구가 그를 위해 세금을 많이 걷어 재산을 더 늘려주었다. 공자가 말하였다. '구는 우리 무리가 아니니, 소자들아! 북을 울려 죄를 성토함이 옳다.'〔季氏富於周公, 而求也爲之聚斂而附益之. 子曰 : 非吾徒也, 小子鳴鼓而攻之可也.〕"라는 내용이 보인다. '구(求)'는 염유(冉有)의 이름이다.

229 시야우(柴也愚) : 《논어집주》〈선진〉 제17장에 "시는 어리석고, 삼은 노둔하고, 사는 겉치레만 잘하고, 유는 거칠다.〔柴也愚, 參也魯, 師也辟, 由也喭.〕"라는 내용이 보인다. '시(柴)'는 자고(子羔)의 이름이고, '삼(參)'은 증자(曾子)의 이름이고, '사(師)'는 자장(子張)의 이름이고, '유(由)'는 자로(子路)의 이름이다.

230 계자연문(季子然問) : 《논어집주》〈선진〉 제23장에 "계자연이 물었다. '중유와 염구는 대신이라고 이를 만합니까?' 공자가 말하였다. '……이른바 대신이란 도로써 군주를 섬기다가 불가하면 그만두는 것이다. 지금 유와 구는 숫자만 채우는 신하라고 이를 만하다.' 계자연이 다시 물었다. '그렇다면 이들은 따르는 자들입니까?' 공자가 말하였다. '아버지와 임금을 시해하는 짓은 또한 따르지 않을 것이다.'〔季子然問 : 仲

〔답〕 두 사람은 성인(聖人 공자) 문하의 고제(高弟)이니, 비록 이치를 살핌이 정밀하지 못하여 행하는 바가 혹 사람의 마음에 차지 않을 수도 있지만 어찌 흔쾌히 시해하고 반역하는 일을 따를 리가 있겠습니까. 그러므로 부자(夫子 공자)의 말이 이와 같았던 것이니, 필시 취한 이유가 있을 것입니다. 만약 잠시 계씨(季氏)를 은근히 꺾고자 하여231 실정보다 과한 이런 칭찬을 했다고 말한다면 성인의 성실한 마음으로 사물을 대하는 도는 이와 같지 않을 것이니 온당치 못한 것이 아니겠습니까.

〔문 17〕 "〈동잠(動箴)〉의 '습여성성(習與性成)'"232 운운

〔답〕 "습관이 성과 더불어 이루어진다.〔習與性成.〕"라는 구절은 본래

由、冉求, 可謂大臣與? 子曰: ……所謂大臣者, 以道事君, 不可則止. 今由與求也, 可謂具臣矣. 曰: 然則從之者與? 子曰: 弑父與君, 亦不從也.〕"라는 내용이 보인다.

231 계씨(季氏)를……하여:《논어집주》〈선진〉 제23장 주희의 주에 "이는 두 사람이 난리에 죽어도 빼앗을 수 없는 절개가 있음을 깊이 허여하고, 또 신하 노릇 하지 않으려는 계씨의 마음을 은근히 꺾은 것이다.〔蓋深許二子以死難不可奪之節, 而又以陰折季氏不臣之心也.〕"라는 내용이 보인다.

232 동잠(動箴)의 습여성성(習與性成):《논어집주》〈안연(顏淵)〉 제1장 주희의 주에 정이(程頤)가 지은 〈잠(箴)〉을 인용하여 "그 〈동잠〉은 다음과 같다. '철인은 기미를 알아 생각할 때에 성실히 하고, 지사는 행실을 힘써 행함에 지조를 지킨다. 천리를 따르면 여유가 있고 인욕을 따르면 위험하니, 창졸간에도 능히 생각해서 전전긍긍하여 스스로 잡아 지키도록 하라. 습관이 성(性)과 더불어 이루어지면 성현과 함께 돌아가리라.'〔其動箴曰: 哲人知幾, 誠之於思, 志士勵行, 守之於爲, 順理則裕, 從欲惟危, 造次克念, 戰兢自持. 習與性成, 聖賢同歸.〕"라고 한 내용이 보인다.

〈태갑(太甲)〉편의 "이 의롭지 못함은 습관이 성과 더불어 이루어졌
기 때문이다.〔玆乃不義, 習與性成.〕"[233]라는 구절에서 나온 것이니,
〈동잠〉의 성(性)은 또한 본연의 성으로 볼 수 있겠습니까? 선유(先
儒)의 설[234]은 의심할 것이 없을 듯합니다.

233 이……때문이다:《서경》〈태갑 상(太甲上)〉에 "이윤은 '이 의롭지 못함은 습관
이 천성과 더불어 이루어졌기 때문이니, 나는 의리를 따르지 않는 사람과 가까이 있지
않겠다.'라고 하고 동 땅에 궁궐을 지어 선왕인 탕왕(湯王)의 능묘를 가까이하도록 하여
이것으로 태갑을 가르쳐 평생토록 혼미함이 없게 하였다.〔伊尹曰: 玆乃不義, 習與性成,
予弗狎于弗順. 營于桐宮, 密邇先王其訓, 無俾世迷.〕"라는 내용이 보인다.

234 선유(先儒)의 설: 원대(元代)의 학자 진력(陳櫟, 1252~1334)의 설을 이른다.
진력의 설은 대전본(大全本)《논어집주》〈안연〉제1장 소주에 "〈상서〉에 '이 의롭지
못함은 습관이 성과 더불어 이루어졌기 때문이다.' 하였는데, 이는 이윤의 말로, 본래
뜻은 악에 익숙하여 성과 더불어 이루어졌다는 말이다. 그런데 정자가 이 구절을 인용한
것은 선에 익숙하여 성과 더불어 이루어지는 것을 말한다. 따라서 이 '성'이란 글자는
대개 '기질지성'으로 말한 것이니, 〈청잠(聽箴)〉의 '천성에 근본하였다.〔本乎天性.〕'라
고 할 때의 '성'과는 같지 않다. '천성'은 곧 '천지의 성'으로 말한 것이다.〔商書曰: 玆乃不
義, 習與性成. 此伊尹之言, 本謂習於惡而與性成者, 程子引用此句, 則言習於善而與性
成者也. 此性字, 蓋以氣質之性言, 與上文本乎天性之性不同. 天性, 乃以天地之性言
也.〕"라고 보이는데, 이에 따르면 진력은 '습여성성'의 '성'을 '기질지성(氣質之性)'으로
본 것이다. 이와 관련하여 대전본《서경》〈태갑 상〉소주에 "만약 항성(恒性)이 본래
선만 있고 악이 없으며 오직 악을 익힌 이후에만 성이 악으로 흐른다면, 그 악으로
흐르고 난 뒤에는 성이 이루어진 것처럼 된다. 그러나 능히 익히는 바를 삼가서 선을
익힐 수 있다면 선이 이를 되돌려 천지의 성이 보존되게 되니, 이것이 태갑이 마침내
덕을 진실하게 했던 이유이다. 천지의 성과 기질의 성은 비록 장횡거에 이르러서야
구분하여 말한 것이지만, 탕왕과 이윤이 성을 언급한 처음에 이미 시작된 것이다.〔若有
恒性本有善而無惡, 惟習於惡而後性流於惡, 其旣流也, 性若成矣. 然能謹所習而習於善,
則善反之而天地之性有焉, 此太甲所以終允德也. 天地之性、氣質之性, 雖至橫渠張氏始
剖判言之, 已肇端於湯、尹言性之初矣.〕"라는 원대의 학자 동정(董鼎)의 설이 보인다.

〔문 18〕 "사마우우(司馬牛憂)"²³⁵ 운운

〔답〕 "죽고 사는 것은 명(命)이 있다."라는 것은 반드시 정명(正命)을 가리켜 말한 것은 아닙니다. 단지 세속에서 말하는 것처럼 '장수하고 요절하는 것이 명이 아님이 없다'는 뜻일 뿐입니다.

〔문 19〕 "자장문 숭덕변혹(子張問崇德辨惑)"²³⁶ 운운

〔답〕 '사랑할 때는 살기를 바라고 미워할 때는 죽기를 바라는 것'은 바로 《대학》에서 말하는 다섯 가지 편벽되는 병폐²³⁷이니, 사리가 분

---

235 사마우우(司馬牛憂) : 《논어집주》〈안연〉 제5장에 "사마우가 근심하며 말하였다. '사람들은 모두 형제가 있는데 나만 홀로 없구나!' 자하가 말하였다. '내가 들으니 죽고 사는 것은 명이 있고 부유하고 귀하게 되는 것은 하늘에 달려 있다고 한다. 군자가 공경하고 잃음이 없으며 남과 함께함에 공손하고 예가 있으면 사해 안이 다 형제이니, 군자가 어찌 형제가 없음을 걱정하겠는가.〔司馬牛憂曰: 人皆有兄弟, 我獨亡. 子夏曰: 商聞之矣, 死生有命, 富貴在天. 君子敬而無失, 與人恭而有禮, 四海之內皆兄弟也, 君子何患乎無兄弟也?〕"라는 내용이 보인다.

236 자장문 숭덕변혹(子張問崇德辨惑) : 《논어집주》〈안연〉 제10장에 "자장이 덕을 높이고 미혹을 분별하는 것에 대해 물었다. 공자가 말하였다. '충신을 주장하고 의에 옮겨가는 것이 덕을 높이는 것이다. 사랑할 때는 살기를 바라고 미워할 때는 죽기를 바라니, 이미 살기를 바라고 또 죽기를 바라는 이것이 미혹이다. 진실로 부유하지도 못하고 또한 다만 이상함만 취할 뿐이다.〔子張問崇德辨惑. 子曰: 主忠信徙義, 崇德也. 愛之, 欲其生; 惡之, 欲其死. 旣欲其生, 又欲其死, 是惑也. 誠不以富, 亦祇以異.〕"라는 내용이 보인다.

237 대학에서……병폐 : 《대학장구》 전(傳) 8장에 "사람은 친히 하고 사랑하는 바에 편벽되며, 천히 여기고 미워하는 바에 편벽되며, 두려워하고 존경하는 바에 편벽되며,

명하고 마음이 공정한 군자가 아니라면 벗어나기가 쉽지 않습니다. 제 생각에 자장(子張)이 평소에 또한 이에 가까운 점이 있었기 때문에 부자(夫子 공자)의 말이 이와 같았던 듯합니다.

〔문 20〕 "자장문사(子張問士)"²³⁸ 운운

〔답〕 '질박하고 정직한 것〔質直〕'은 '충실하고 신의가 있는 것〔忠信〕'에 비하면 더욱 꾸미지 않는 뜻이 있으니, 바로 다음에 나오는 "얼굴빛은 인을 취한다.〔色取仁.〕"라는 구절과 상반됩니다. 이 때문에 '달(達)'과 '문(聞)'이 나누어지는 것입니다. 《집주(集註)》에서 단지 '충실하고 신의가 있다〔忠信〕'라고만 하지 않고, 반드시 '안으로 주장한다〔內主〕'는 글자를 덧붙인 것²³⁹은 그 뜻을 또한 알 수 있습니다.

가엽게 여기고 불쌍히 여기는 바에 편벽되며, 거만하고 태만히 하는 바에 편벽된다.〔人之其所親愛而辟焉, 之其所賤惡而辟焉, 之其所畏敬而辟焉, 之其所哀矜而辟焉, 之其所敖惰而辟焉.〕"라는 내용이 보인다.

238 자장문사(子張問士) : 《논어집주》〈안연〉 제20장에 "자장이 물었다. '선비가 어떠해야 달(達)이라고 이를 수 있습니까?' 공자가 말하였다. '……달(達)이란, 질박하고 정직하고 의를 좋아하며, 남의 말을 살피고 얼굴빛을 관찰하여 생각해서 몸을 낮추는 것이니, 나라에 있어도 반드시 달하고 집안에 있어도 반드시 달한다. 문(聞)이란, 얼굴빛은 인(仁)을 취하나 행실은 위배되며 여기에 머물면서 의심하지 않는 것이니, 나라에 있어도 반드시 소문이 나며 집안에 있어도 반드시 소문이 난다.'〔子張問: 士何如, 斯可謂之達矣? 子曰: ……夫達也者, 質直而好義, 察言而觀色, 慮以下人, 在邦必達, 在家必達. 夫聞也者, 色取仁而行違, 居之不疑, 在邦必聞, 在家必聞.〕"라는 내용이 보인다.

239 집주(集註)에서……것 : 《논어집주》〈안연〉 제20장 주희의 주에 "안으로 충실하고 신의가 있는 것을 주장하고 행하는 바가 마땅함에 합하며, 남을 대하는 데 살핌과 겸손함으로 자신을 기르는 것은, 모두 스스로 안을 수양하고 남이 알아주기를 구하지

〔문 21〕 "예전 문목(問目)에"²⁴⁰ 운운

〔답〕 '임대절(臨大節)'의 의미를 다시 이렇게 물으시니 '분명하지 못하면 놓지 않는〔不明不措〕'²⁴¹ 뜻이 매우 존경스럽습니다. 논하신 것은 참으로 또한 이치가 있습니다. 다만 여기의 '절(節)' 자를 절개와 지조로 보지 않고 단지 죽고 사는 즈음으로 말한 것일 뿐이라면 이른바 '빼앗을 수 없다'는 것은 대저 이것이 무엇이란 말입니까? 이 점이 걸리는 듯하니 다시 말씀해주시는 것이 어떻겠습니까?

〔문 22〕 "자로왈 위군대자이위정(子路曰衛君待子而爲政)"²⁴² 운운

않는 일이다.〔內主忠信而所行合宜, 審於接物而卑以自牧, 皆自修於內, 不求人知之事.〕" 라는 내용이 보인다.

240 예전 문목(問目)에 : 《논어집주》〈태백(泰伯)〉 제6장과 관련된 문의를 이른다. 제6장 경문은 "증자가 말하였다. '6척의 어린 임금을 맡길 만하고, 100리 제후국의 명을 부탁할 만하며, 대절에 임해서 그 절개를 빼앗을 수 없다면 군자다운 사람인가? 군자다운 사람이다.'〔曾子曰: 可以託六尺之孤, 可以寄百里之命, 臨大節而不可奪也, 君子人與? 君子人也.〕"이며, 주희의 주는 다음과 같다. "그 재주가 어린 임금을 보필하고 국정을 대행할 만하며, 그 절개가 죽고 사는 즈음에 이르러서도 빼앗을 수 없다면 군자라고 이를 수 있다.……정자가 말하였다. '절개와 지조가 이와 같으면 군자라고 할 만하다.' 〔其才可以輔幼君, 攝國政, 其節至於死生之際而不可奪, 可謂君子矣.……程子曰: 節操 如是, 可謂君子矣.〕" '정자'는 정이(程頤)이다.

241 분명하지……않는 : 《중용장구》의 제20장 제19절에 "분변하지 않음이 있을지언정 분변할진댄 분명하지 못하거든 놓지 말라.〔有弗辨, 辨之, 弗明, 弗措也.〕"라는 내용이 보인다.

242 자로왈 위군대자이위정(子路曰衛君待子而爲政) : 《논어집주》〈자로(子路)〉 제3장에 "자로가 말하였다. '위나라 임금이 선생님을 기다려 정사를 하려고 하는데, 선생

〔답〕부자(夫子 공자)의 대답을 보면 자로(子路)의 뜻은 굳이 바로잡을 필요는 없다고 생각한 듯합니다.

〔문 23〕"정공문(定公問)"[243] 운운

〔답〕한 장의 앞뒤에 나오는 '기(幾)' 자를 두 가지 뜻으로 보기 어렵기 때문에 《집주(集註)》에서 모두 '반드시 기약한다〔必期〕'는 뜻으로

님께서는 무엇을 우선하시겠습니까?' 공자가 대답하였다. '반드시 명분을 바로잡겠다.' 자로가 말하였다. '이 정도입니까, 선생님의 우활하심이! 어떻게 바로잡을 수 있겠습니까.' 공자가 말하였다. '비속하구나, 유는! 군자는 자기가 알지 못하는 것에는 말하지 않고 가만히 있는 것이다.〔子路曰: 衞君待子而爲政, 子將奚先? 子曰: 必也正名乎! 子路曰: 有是哉, 子之迂也! 奚其正? 子曰: 野哉, 由也! 君子於其所不知, 蓋闕如也.〕"라는 내용이 보인다.

243 정공문(定公問) : 《논어집주》〈자로〉 제15장에 "정공이 물었다. '한 마디 말로 나라를 흥하게 할 수 있다 하는데 그러한 것이 있습니까?' 공자가 대답하였다. '말은 이와 같이 그 효과를 기약할 수 없지만, 사람들 말에 「임금 노릇 하기가 어렵고 신하 노릇 하기가 쉽지 않다.」라고 하였습니다. 만일 임금 노릇 하기가 어려움을 안다면 한 마디 말로 나라를 흥하게 함을 기약할 수 없겠습니까?' 정공이 다시 물었다. '한 마디 말로 나라를 잃을 수 있다 하는데 그러한 것이 있습니까?' 공자가 대답하였다. '말은 이와 같이 그 효과를 기약할 수 없지만, 사람들 말에 「나는 임금 된 것은 즐거울 것이 없고 오직 내가 말을 하면 어기지 않는 것이 즐겁다.」라고 합니다. 만일 임금의 말이 선한데 아무도 어기는 사람이 없다면 좋지 않겠습니까. 만일 임금의 말이 선하지 못한데도 어기는 사람이 없다면 한 마디 말로 나라를 망하게 함을 기약할 수 있지 않겠습니까.〔定公問: 一言而可以興邦, 有諸? 孔子對曰: 言不可以若是其幾也, 人之言曰 爲君難, 爲臣不易. 如知爲君之難也, 不幾乎一言而興邦乎? 曰: 一言而喪邦, 有諸? 孔子對曰: 言不可以若是其幾也, 人之言曰 予無樂乎爲君, 唯其言而莫予違也. 如其善而莫之違也, 不亦善乎? 如不善而莫之違也, 不幾乎一言而喪邦乎?〕"라는 내용이 보인다.

해석한 것입니다.[244] 사씨(謝氏 사양좌(謝良佐))의 설[245] 역시 큰 차이가 없습니다. 사씨의 설에 "나라가 반드시 대번에 흥하고 망하는 것은 아니지만 흥하고 망하는 근원이 여기에서 갈라진다.[邦未必遽興喪也, 而興喪之原分於此.]"라는 것은 끝내는 반드시 흥하게 되고 망하게 되는 데에 이른다는 것을 말한 것이니, 이것이 어찌 '반드시 기약하는 것'을 말한 것이 아니겠습니까.

〔문 24〕 "자하위거보재(子夏爲莒父宰)"[246] 운운

〔답〕 '방어리(放於利)'[247]의 '리'는 '자신을 이롭게 하는〔利己〕' 일이고,[248] '견소리(見小利)'의 '리'는 '백성을 이롭게 하는〔利民〕' 일이니,

---

244 집주(集註)에서……것입니다 : 《논어집주》〈자로〉 제15장 주희의 주에 "한 마디 말 사이에 이와 같이 반드시 그 효과를 기약할 수는 없음을 말한 것이다.〔言一言之間, 未可以如此而必期其交.〕"라는 내용이 보인다.

245 사씨(謝氏)의 설 : 《논어집주》〈자로〉 제15장 주희의 주에 사양좌(謝良佐)의 설을 인용하여 "나라가 반드시 대번에 흥하고 망하는 것은 아니지만 흥하고 망하는 근원이 여기에서 갈라진다. 그러나 이것은 기미를 아는 군자가 아니면 어찌 알 수 있겠는가.〔邦未必遽興喪也, 而興喪之源分於此. 然此非識微之君子, 何足以知之?〕"라고 한 내용이 보인다.

246 자하위거보재(子夏爲莒父宰) : 《논어집주》〈자로〉 제17장에 "자하가 거보의 읍재가 되어 정사를 묻자 공자가 말하였다. '속히 하려고 하지 말고, 조그만 이익을 보지 말아야 한다. 속히 하려고 하면 제대로 하지 못하고, 조그만 이익을 보면 큰일이 이루어지지 못한다.'〔子夏爲莒父宰, 問政. 子曰: 無欲速, 無見小利, 欲速則不達, 見小利則大事不成.〕"라는 내용이 보인다.

247 방어리(放於利) : 《논어집주》〈이인(里仁)〉 제12장에 "공자가 말하였다. '이익에 따라 행동하면 원망이 많다.'〔子曰: 放於利而行, 多怨.〕"라는 내용이 보인다.

그 뜻이 참으로 같지 않습니다.

〔문 25〕 "섭공어공자(葉公語孔子)"[249] 운운

〔답〕 '그 스스로 이르러 온 것으로 인해 취하는 것〔因其自至而取之〕'은 이른바 '인함이 있어 훔치는 것〔有因而盜〕'[250]이니, 두 해석[251]이 같지 않음을 볼 수 없습니다.

〔문 26〕 "자공문왈(子貢問曰)"[252] 운운

248 자신을……일이고 : 《논어집주》〈이인〉 제12장 주희의 주에 정이(程頤)의 설을 인용하여 "자신에게 이롭게 하고자 하면 반드시 남에게 해를 끼친다. 그러므로 원망이 많은 것이다.〔欲利於己, 必害於人, 故多怨.〕"라고 말한 내용이 보인다.

249 섭공어공자(葉公語孔子) : 《논어집주》〈자로〉 제18장에 "섭공이 공자에게 말하였다. '우리 당에 몸을 정직하게 행동하는 자가 있습니다. 그의 아버지가 양을 훔치자 아들이 그것을 증명하였습니다.' 공자가 말하였다. '우리 당의 정직한 자는 이와 다릅니다. 아버지는 자식을 위하여 숨겨주고 자식은 아버지를 위하여 숨겨주니, 정직함은 그 가운데 있습니다.'〔葉公語孔子曰: 吾黨有直躬者, 其父攘羊, 而子證之. 孔子曰: 吾黨之直者, 異於是. 父爲子隱, 子爲父隱, 直在其中矣.〕"라는 내용이 보인다.

250 인함이……것 : 《논어집주》〈자로〉 제18장 주희의 주에 "인함이 있어 훔치는 것을 '양(攘)'이라고 한다.〔有因而盜曰攘.〕"라는 내용이 보인다. 이것은 위(魏)나라 하안(何晏)의 주를 따른 것으로, 송(宋)나라 형병(邢昺)의 소에 이를 해석하여 "양이 자기 집에 들어온 것으로 인하여 아버지가 곧바로 이것을 취한 것이다.〔言因羊來入已家, 父卽取之.〕"라고 하였다.

251 두 해석 : '양(攘)'에 대한 주희의 해석으로, 하나는 위 《논어집주》〈자로〉 제18장의 주를 이르며, 다른 하나는 《맹자집주》〈등문공 하(滕文公下)〉 제8장의 "'양'은 물건이 스스로 와서 이를 취한다는 뜻이다.〔攘, 物自來而取之也.〕"라는 주를 이른다.

252 자공문왈(子貢問曰) : 《논어집주》〈자로〉 제20장에 "자공이 물었다. '어떠하여

〔답〕 '반드시 미덥게 하고 반드시 과단성 있게 하는 것〔必信必果〕'은 비록 반드시 모두 다 의리에 합하는 것은 아니지만 자신의 지조를 지키는 것이 되기에는 무방하기 때문에[253] 부자(夫子 공자)가 이런 사람도 선비로 인정한 것입니다.

〔문 27〕 "자왈 부득중행이여지(子曰不得中行而與之)"[254] 운운

〔답〕 중행(中行)의 선비와 광자(狂者)와 견자(狷者)는 성인(聖人 공자)이 사람을 취하는 것이 이 세 등급이 있다고 대략적으로 말한다면 괜찮습니다. 지금 굳이 문하에 찾아온 선비들을 낱낱이 들어 '아무개는 중행의 선비이고 아무개는 광자이고 견자이다'라고 한다면 천착하

야 선비라 이를 수 있습니까?' 공자가 말하였다. '몸가짐에 부끄러워함이 있고 사방에 사신으로 가서 군주의 명을 욕되게 하지 않으면 선비라 이를 수 있다.'……'감히 그다음을 묻겠습니다.' 공자가 말하였다. '말을 반드시 미덥게 하고 행실을 반드시 과단성 있게 하는 것은 국량이 좁은 소인이지만 그래도 또한 그다음이 될 수 있다.'〔子貢問曰: 何如斯可謂之士矣? 子曰: 行己有恥, 使於四方, 不辱君命, 可謂士矣.……曰: 敢問其次. 曰: 言必信, 行必果, 硜硜然小人哉, 抑亦可以爲次矣.〕"라는 내용이 보인다.

253 비록……때문에 : 《논어집주》〈자로〉 제20장 주희의 주에 "이것은 그 근본과 지엽이 모두 볼만한 것이 없으나 또한 자신의 지조를 지키는 것이 되기에는 무방하기 때문에 성인이 그래도 취함이 있었던 것이다. 이보다 더 내려가면 시정의 무리이니, 더는 선비라 할 수 없다.〔此其本末皆無足觀, 然亦不害其爲自守也, 故聖人猶有取焉. 下此則市井之人, 不復可爲士矣.〕"라는 내용이 보인다.

254 자왈 부득중행이여지(子曰不得中行而與之) : 《논어집주》〈자로〉 제21장에 "공자가 말하였다. '중행의 선비를 얻어 함께할 수 없다면 반드시 광자(狂者)나 견자(狷者)를 취할 것이다. 광자는 진취적이고 견자는 하지 않는 바가 있다.'〔子曰: 不得中行而與之, 必也狂狷乎! 狂者進取, 狷者有所不爲也.〕"라는 내용이 보인다.

는 것입니다.

〔문 28〕 "〈헌문(憲問)〉편 수장(首章)"[255] 운운

〔답〕 주자(朱子 주희(朱熹))의 이 설[256]은 대체로 원헌(原憲)의 사람됨
과 다음 장의 '극벌원욕(克伐怨欲)'에 대해 물은 뜻[257]을 서로 참조하
여 원헌이 이와 같다는 것을 알았을 뿐입니다.

〔문 29〕 "사자불행(四者不行)"[258] 운운

255 헌문(憲問) 편 수장(首章) :《논어집주》〈헌문(憲問)〉 제1장에 "원헌이 부끄러
움에 대해 물었다. 공자가 말하였다. '나라에 도가 있을 때 녹만 먹고 나라에 도가 없을
때 녹만 먹는 것이 부끄러운 일이다.'〔憲問恥. 子曰: 邦有道穀, 邦無道穀, 恥也.〕"라는
내용이 보인다.

256 주자(朱子)의 이 설 :《논어집주》〈헌문〉 제1장 주희의 주에 "원헌의 견개로 나라
에 도가 없을 때 녹을 먹는 것이 부끄러운 일이라는 것에 대해서는 진실로 알고 있었으
나, 나라에 도가 있을 때 녹만 먹는 것이 부끄러운 일이라는 것에 대해서는 반드시
알지는 못하였을 것이다. 그러므로 공자가 그의 질문을 계기로 이것까지 아울러 말해줌으
로써 그의 뜻을 넓혀서 스스로 힘쓸 바를 알게 하고 훌륭한 일을 할 수 있는 데 나아가게
한 것이다.〔憲之狷介, 其於邦無道穀之可恥, 固知之矣. 至於邦有道穀之可恥, 則未必知.
故夫子因其問而幷言之, 以廣其志, 使知所以自勉而進於有爲也.〕"라고 한 것을 이른다.

257 다음……뜻 :《논어집주》〈헌문〉 제2장에 "(원헌이 물었다.) '이기기를 좋아하
고, 스스로 자랑하고, 분하게 여겨 원망하고, 탐하여 바라는 것을 행해지지 않게 하면
인(仁)이라고 할 수 있습니까?'〔克伐怨欲, 不行焉, 可以爲仁矣?〕"라는 내용이 보인다.

258 사자불행(四者不行) :《논어집주》〈헌문〉 제2장 주희의 주에 정이(程頤)의 설을
인용하여 "어떤 사람이 말하기를 '네 가지가 행해지지 않게 하는 것은 진실로 인(仁)이라
고 할 수 없다. 그러나 이 또한 어찌 이른바 사욕을 이기는 일과 인을 구하는 방법이란
것이 아니겠는가.'라고 하기에, 나는 다음과 같이 대답하였다. '자신의 사사로움을 이겨

〔답〕 중궁(仲弓)의 '성벽을 견고하게 쌓고 전야를 깨끗이 비우는 것〔堅壁淸野〕'[259]이 바로 부자(夫子 공자)가 일러준 경(敬)과 서(恕)의 일[260]입니다. 그 효과는 사사로운 뜻이 용납될 곳이 없어서 마음의 덕

없애서 예로 돌아간다면 사욕이 남아 있지 않아서 천리의 본연을 얻게 될 것이다. 그러나 단지 제어하여 행해지지 않게만 할 뿐이라면 이는 병의 뿌리를 뽑아버리려는 뜻이 있지 않아서 가슴속에 잠복시키는 것을 용납하는 것이니, 어찌 사욕을 이기고 인을 구하는 것이라고 할 수 있겠는가.〔或曰: 四者不行, 固不得爲仁矣. 然亦豈非所謂克己之事、求仁之方乎? 曰: 克去己私, 以復乎禮, 則私欲不留而天理之本然者得矣. 若但制而不行, 則是未有拔去病根之意, 而容其潛藏隱伏於胸中也, 豈克己求仁之謂哉?〕"라고 한 내용이 보인다.

259 중궁(仲弓)의⋯⋯것 : '중궁'은 공자의 제자인 염옹(冉雍)의 자(字)이다. 《심경부주(心經附註)》〈중궁문인장(仲弓問仁章)〉에 주희의 다음과 같은 설이 보인다. "공이 보건대 안자는 역량이 얼마나 큰가? 안자는 한 번 극기복례를 하자 곧 끝났고, 중궁은 단지 차근차근 순서를 따라 해나간 것뿐이니 어떻게 안자의 용맹이 있겠는가. 비유하면 적이 왔을 때 안자는 걸어 나아가서 적과 싸우는 것과 같고, 중궁은 성벽을 견고하게 쌓고 전야를 깨끗이 비운 다음 도로를 차단하여 적이 오지 못하게 하는 것과 같다. 또 극기복례는 한 번 약을 복용하여 이 병을 타파하는 것이고, 경(敬)을 주장하고 서(恕)를 행하는 것은 차츰차츰 약을 복용하여 이 병을 사라지게 하는 것이다.〔公看顏子多少大力量? 一克己復禮便了. 仲弓只是循循做將去底, 如何有顏子之勇? 譬如賊來, 顏子是進步, 與之廝殺. 敎仲弓, 是堅壁淸野, 截斷路頭, 不敎賊來. 又克己復禮, 是一服藥, 打疊了這病. 主敬行恕, 是漸漸服藥, 消磨了這病.〕"

260 부자(夫子)가⋯⋯일 : 《논어집주》〈안연〉 제2장에 "중궁이 인(仁)을 묻자 공자가 말하였다. '문을 나갔을 때에는 큰손님을 뵌 듯이 하고, 백성에게 일을 시킬 때에는 큰 제사를 받들 듯이 하며, 자신이 하고자 하지 않는 것을 남에게 베풀지 말아야 한다. 이렇게 하면 나라에 있어서도 원망함이 없으며 집안에 있어서도 원망함이 없을 것이다.' 중궁이 말하였다. '제가 비록 불민하지만 이 말씀에 종사하겠습니다.'〔仲弓問仁, 子曰: 出門如見大賓, 使民如承大祭, 己所不欲, 勿施於人, 在邦無怨, 在家無怨. 仲弓曰: 雍雖不敏, 請事斯語矣.〕"라는 내용이 보이는데, '문을 나갔을 때에는 큰손님을 뵌 듯이 하고, 백성에게 일을 시킬 때에는 큰 제사를 받들 듯이 한다.'는 것이 곧 '경'이고, '자신이 하고자 하지 않는 것을 남에게 베풀지 말아야 한다.'는 것이 곧 '서'이다.

이 온전히 보존되는 데에까지 이를 것이니,[261] 저 외부에서 억지로 제어하여 병의 뿌리를 뽑아버리지 못하는 것[262]과 어찌 같지 않다 뿐이겠습니까.

〔문 30〕 "자왈 방유도(子曰邦有道)"[263] 운운

〔답〕 이른바 '행실을 높게 한다〔危行〕'는 것은 의도적으로 거만하고 과격한 행동을 하는 것이 아니라, 단지 그 평소 지키는 것을 변치 않는 것뿐입니다.

〔문 31〕 "앞 구절에서는 먼저 '말〔言〕'을 언급했는데"[264] 운운

〔답〕 말과 행실을 모두 높게 하는 것은 군자가 자신의 몸을 지키는 떳떳한 법이니, 간혹 말을 공손하게 하는 것은 부득히 하여 바꾼 것

---

261 그……것이니 : 《논어집주》〈안연〉제2장 주희의 주에 "경하여 자신을 지키고, 서하여 남에게 미친다면, 사사로운 뜻이 용납될 곳이 없어서 마음의 덕이 온전해질 것이다.〔敬以持己, 恕以及物, 則私意無所容而心德全矣.〕"라는 내용이 보인다.

262 저……것 : 원헌(原憲)의 경우를 이른다. 455쪽 주258 참조.

263 자왈 방유도(子曰邦有道) : 《논어집주》〈헌문〉제4장에 "공자가 말하였다. '나라에 도가 있을 때에는 말을 높게 하고 행실을 높게 하며, 나라에 도가 없을 때에는 행실은 높게 하되 말은 공손하게 하여야 한다.'〔子曰: 邦有道, 危言危行, 邦無道, 危行言孫.〕"라는 내용이 보인다.

264 앞……언급했는데 : 《논어집주》〈헌문〉제4장 경문에서 앞에서는 '위언위행(危言危行)'이라 하여 말을 행실보다 먼저 언급하고, 뒤에서는 '위행언손(危行言孫)'이라 하여 행실을 말보다 뒤에 언급한 것을 이른다. 위의 주263 참조.

입니다. 이 때문에 말을 공손하게 하는 것이 행실을 높게 하는 것보
다 뒤에 있는 것입니다.

〔문 32〕 "자왈 유덕자(子曰有德者)"[265] 운운

〔답〕 여기의 '덕(德)' 자는 단지 '덕행(德行)'의 덕일 뿐입니다. 이른바
'도를 행하여 몸에 얻은 것〔行道而有得於身〕'[266]이니, '사덕(四德)'[267]의
덕과는 같지 않습니다.

〔문 33〕 "덕이 있는 자 또한 용기가 있을 수 있다"[268] 운운

〔답〕 덕에는 얕고 깊음이 있으니 반드시 모두 다 용기가 있는 것은
아니지만, 인(仁)의 도는 지극히 크니 '말을 잘하는 것〔能言〕'은 말할
필요도 없습니다.

---

265 자왈 유덕자(子曰有德者) : 《논어집주》〈헌문〉 제5장에 "공자가 말하였다. '덕이
있는 자는 반드시 말을 잘하지만, 말을 잘하는 자가 반드시 덕이 있지는 못하다. 인자(仁
者)는 반드시 용기가 있지만, 용기 있는 자가 반드시 인(仁)이 있지는 못하다.'〔子曰:
有德者必有言, 有言者不必有德. 仁者必有勇, 勇者不必有仁.〕"라는 내용이 보인다.
266 도를……것 : 《논어집주》〈위정(爲政)〉 제1장 주희의 주에 "'덕'이란 말은 '얻는
다'는 뜻이니, 도를 행하여 마음에 얻음이 있는 것이다.〔德之爲言, 得也, 行道而有得於
心也.〕"라는 내용이 보인다.
267 사덕(四德) : 인(仁), 의(義), 예(禮), 지(智)를 이른다. 《맹자집주》〈진심 상
(盡心上)〉 제21장 제4절 주희의 주에 "인, 의, 예, 지는 성(性)의 네 가지 덕이다.〔仁義
禮智, 性之四德也.〕"라는 내용이 보인다.
268 덕이……있다 : 위의 주265 참조.

〔문 34〕 "남궁괄문어공자(南宮适問於孔子)"²⁶⁹ 운운

〔답〕 예(羿)와 오(奡)는 그와 같은 재주와 힘이 있었는데도 제대로 죽지 못하였는데, 우왕(禹王)과 직(稷)은 몸소 농사를 지었는데도 천하를 소유하였으니, 이것은 문장이 전환되는 곳이기 때문에 '연(然)'자를 둔 것입니다.²⁷⁰

〔문 35〕 "자왈 위명(子曰爲命)"²⁷¹ 운운

〔답〕 외교 문서의 뜻은 네 과정에서 나온 것이니, 그 우열을 굳이 논

---

269 남궁괄문어공자(南宮适問於孔子) : 《논어집주》〈헌문〉 제6장에 "남궁괄이 공자에게 물었다. '예는 활을 잘 쏘았고 오는 힘이 세어 육지에서 배를 끌고 다녔지만 모두 제대로 죽지 못하였습니다. 그러나 우왕과 직은 몸소 농사를 지었는데도 천하를 소유하였습니다.' 공자가 대답하지 않았다. 남궁괄이 밖으로 나가자, 공자가 말하였다. '군자로구나, 이 사람은! 덕을 숭상하는구나, 이 사람은!'〔南宮适問於孔子曰: 羿善射, 奡盪舟, 俱不得其死. 然禹、稷躬稼而有天下. 夫子不答. 南宮适出, 子曰: 君子哉, 若人! 尚德哉, 若人!〕"이라는 내용이 보인다.

270 이것은……것입니다 : 《논어집주》〈헌문〉 제6장에서 '俱不得其死'와 '然'을 붙여서 '연'을 어감 조사로 보고 질문하였기 때문에 '연'을 접속사로 보아야 한다는 뜻에서 이러한 대답을 한 것으로 보인다. 위의 주269 참조. '연'을 어감 조사로 본 것과 관련하여 《논어집주》〈선진(先進)〉 제12장에 "유는 제대로 죽지 못할 것이다.〔若由也, 不得其死然.〕"라는 내용이 보인다.

271 자왈 위명(子曰爲命) : 《논어집주》〈헌문〉 제9장에 "공자가 말하였다. '정(鄭)나라에서는 외교 문서를 만들 때 비침이 초고를 만들고, 세숙이 토론하고, 사신인 자우가 수식을 하고, 동리 땅의 자산이 윤색을 하였다.'〔子曰: 爲命, 裨諶草創之, 世叔討論之, 行人子羽修飾之, 東里子産潤色之.〕"라는 내용이 보인다.

할 필요가 없습니다.

　〔문 36〕 "혹문자산(或問子産)"²⁷² 운운

〔답〕 두 사람에 대한 평²⁷³이 모두 칭찬하고 허여한 말이지만 폄하하는 뜻이 또한 본래 그 안에 들어 있습니다.

　〔문 37〕 "자로문성인(子路問成人)"²⁷⁴ 운운

〔답〕 끝 절 첫머리에 '자로(子路)' 자가 없으니 부자(夫子 공자)의 말

---

272 혹문자산(或問子産) : 《논어집주》〈헌문〉 제10장에 "어떤 사람이 자산에 대해 묻자, 공자가 말하였다. '은혜로운 사람이다.' 자서에 대해 묻자, 공자가 말하였다. '저 사람이여, 저 사람이여.' 관중에 대해 묻자, 공자가 말하였다. '이 사람은 백씨의 병읍 300호를 빼앗았는데, 백씨는 이 때문에 거친 밥을 먹으면서도 평생을 마치도록 원망하는 말이 없었다.'〔或問子産, 子曰: 惠人也. 問子西, 曰: 彼哉彼哉! 問管仲, 曰: 人也奪伯氏騈邑三百, 飯疏食, 沒齒無怨言.〕"라는 내용이 보인다.

273 두⋯⋯평 : 자산(子産)과 관중(管仲)에 대한 공자의 평을 이른다. 위의 주272 참조.

274 자로문성인(子路問成人) : 《논어집주》〈헌문〉 제13장에 "자로가 완성된 사람에 대해 묻자, 공자가 말하였다. '만일 장무중의 지혜와 공작의 탐욕하지 않음과 변장자의 용기와 염구의 재예에 예악으로 문채를 낸다면 또한 완성된 사람이라 할 수 있을 것이다.' 다시 말하였다. '오늘날엔 완성된 사람이 어찌 굳이 그러할 것이 있겠는가. 이익을 보고 의를 생각하며, 위태로움을 보고 목숨을 바치며, 오래된 약속에 평소의 말을 잊지 않는다면 또한 완성된 사람이라 할 수 있을 것이다.'〔子路問成人, 子曰: 若臧武仲之知, 公綽之不欲, 卞莊子之勇, 冉求之藝, 文之以禮樂, 亦可以爲成人矣. 曰: 今之成人者, 何必然? 見利思義, 見危授命, 久要不忘平生之言, 亦可以爲成人矣.〕"라는 내용이 보인다.

로 여기는 것이 또한 마땅하지 않겠습니까.[275] 단지 네 사람의 장점만 든 것은 《집주(集註)》에서 이른바 "자로가 미칠 수 있는 것에 나아가 말했다.〔就子路之所可及而語之.〕"라는 것[276]이 이것입니다.

〔문 38〕 "자공왈 관중(子貢曰管仲)"[277] 운운

〔답〕 '인하지 못하다〔未仁〕'와 '인한 자가 아니다〔非仁〕'는, 말의 뜻이 대략 얕고 깊은 차이가 있으니 두 사람이 본 바가 이와 같았던 듯합니다.[278]

---

275 끝……않겠습니까 : 460쪽 주274의 경문에서 '왈금지성인자(曰今之成人者)' 앞에 '자로(子路)' 자가 없다는 말이다. 주희의 주에 "다시 '왈' 자를 덧붙인 것은 이미 대답하고 다시 말한 것이다.〔復加曰字者. 旣答而復言也.〕"라고 하여 '왈' 이하의 내용을 공자의 말로 보았다.

276 집주(集註)에서……것 :《논어집주》〈헌문〉제13장 주희의 주에 "'또한〔亦〕'이라는 말은 지극한 것이 아니니 아마도 자로가 미칠 수 있는 것에 나아가 말한 듯하다. 만일 그 지극한 것을 논한다면 인도(人道)를 다한 성인이 아니면 완성된 사람이라고 말할 수 없다.〔亦之爲言, 非其至者, 蓋就子路之所可及而語之也. 若論其至, 則非聖人之盡人道, 不足以語此.〕"라는 내용이 보인다.

277 자공왈 관중(子貢曰管仲) :《논어집주》〈헌문〉제18장에 "자공이 말하였다. '관중은 인(仁)한 자 아닐 것입니다. 환공이 공자 규를 죽였는데 죽지 못하고 또 환공을 도와주기까지 하였습니다.' 공자가 말하였다. '관중이 환공을 도와 제후의 패자가 되게 하여 한 번 천하를 바로잡아 백성들이 지금까지 그 혜택을 받고 있으니, 관중이 없었다면 우리는 머리를 풀고 옷깃을 왼편으로 하는 오랑캐가 되었을 것이다. 어찌 필부필부들이 작은 신의를 행하여 스스로 목매 죽어서 시신이 도랑에 뒹굴어도 사람들이 알아주는 이가 없는 것과 같이 하겠는가.〔子貢曰: 管仲非仁者與! 桓公殺公子糾, 不能死, 又相之. 子曰: 管仲相桓公霸諸侯, 一匡天下, 民到于今受其賜, 微管仲, 吾其被髮左衽矣. 豈若匹夫匹婦之爲諒也, 自經於溝瀆而莫之知也?〕"라는 내용이 보인다.

〔문 39〕 "성인(聖人 공자)이 필부필부(匹夫匹婦)의 작은 신의를"279 운운

〔답〕 이 장의 문답에서는 애초에 소홀(召忽)의 죽음을 언급하지 않았는데, 필부필부를 소홀에 비견한 것이라고 한 것은 무엇 때문입니까?

〔문 40〕 "자언위령공(子言衛靈公)"280 운운

〔답〕 축타(祝鮀)가 종묘를 다스린 것은 변두(籩豆)의 일에 익숙한 것을 취한 것일 뿐이니, 어찌 그가 능히 정성과 공경을 극진히 하였다고 말하겠습니까.281

---

278 인(仁)하지……듯합니다 : '두 사람이 본 바'는 관중(管仲)의 인물에 대해 자로(子路)는 인하지 못하다고 보고 자공(子貢)은 인한 자가 아니라고 본 것을 이른다. 이와 관련하여 《논어집주》〈헌문〉 제17장에 "자로가 말하였다. '환공이 공자 규를 죽이자 소홀은 죽었고 관중은 죽지 않았으니, 관중은 인하지 못할 것입니다.'〔子路曰: 桓公殺公子糾, 召忽死之, 管仲不死, 曰未仁乎!〕"라는 내용이 보인다. 관중에 대한 자공의 평은 461쪽 주277 참조.

279 성인(聖人)이……신의를 : 461쪽 주277 참조.

280 자언위령공(子言衛靈公) : 《논어집주》〈헌문〉 제20장에 "공자가 위나라 영공의 무도함을 말하자, 강자가 말하였다. '이와 같은데도 어찌하여 지위를 잃지 않습니까?' 공자가 말하였다. '중숙어가 빈객을 다스리고, 축타가 종묘를 다스리고, 왕손가가 군대를 다스립니다. 이와 같은데 어찌 그 지위를 잃겠습니까.'〔子言衛靈公之無道也, 康子曰: 夫如是, 奚而不喪? 孔子曰: 仲叔圉治賓客, 祝鮀治宗廟, 王孫賈治軍旅, 夫如是, 奚其喪?〕"라는 내용이 보인다.

281 축타(祝鮀)가……말하겠습니까 : 축타는 자가 자어(子魚)이다. 위(衛)나라의 대부로 말을 잘하여 위나라 영공(靈公)의 중용을 받았다. 〈헌문〉 제20장은 주희의 주에

〔문 41〕 "자왈 고지학자(子曰古之學者)"²⁸² 운운

〔답〕 '자신을 위하는 것〔爲己〕'과 '남을 위하는 것〔爲人〕'은 군자와 소인이 나뉘는 큰 분수령이니 변별하는 것이 또한 그다지 어렵지 않습니다. 걱정은 자세히 살피지 못하는 데 있을 뿐이니, 자세히 살핀다면 어찌 스스로 알지 못할 사람이 있겠습니까. 천리(天理)와 인욕(人欲)은 포괄적으로 말한 것이니, 단지 '자신을 위하는 것'과 '남을 위하는 것'만이 아닙니다. 천리와 인욕의 변별은 종종 단지 털끝 사이에 있을 뿐이니, 이것은 분별하기가 참으로 매우 어렵습니다. 주신 편지의 말씀은 거꾸로 된 듯합니다.

〔문 42〕 "혹왈 이덕보원(或曰以德報怨)"²⁸³ 운운

따르면 "세 사람은 모두 위나라 신하로 반드시 어진 것은 아니지만 그 재능이 쓸 만하였고, 영공이 이들을 등용함에 또 각각 그 재능에 맞게 하였다.〔三人皆衛臣, 雖未必賢, 而其才可用, 靈公用之, 又各當其才.〕"는 말이다. '변두(籩豆)의 일'은 종묘의 제사를 이른다. 변(籩)은 마른 음식을 담는 그릇이며, 두(豆)는 젖은 음식을 담는 그릇이다. 이와 관련하여 《논어집주》〈옹야(雍也)〉 제14장에 "축타의 말재주와 송조와 같은 미모를 갖고 있지 않으면 지금 세상에서 환난을 면하기 어렵다.〔不有祝鮀之佞, 而有宋朝之美, 難乎免於今之世矣.〕"라는 내용이 보인다.

282 자왈 고지학자(子曰古之學者) : 《논어집주》〈헌문〉 제25장에 "공자가 말하였다. '옛날에 배우는 자들은 자신을 위해서 했는데 지금에 배우는 자들은 남을 위해 한다.〔子曰: 古之學者爲己, 今之學者爲人.〕"라는 내용이 보인다.

283 혹왈 이덕보원(或曰以德報怨) : 《논어집주》〈헌문〉 제36장에 "어떤 사람이 말하였다. '덕으로 원망을 갚는 것이 어떻습니까?' 공자가 말하였다. '무엇으로 덕을 갚을까? 정직함으로 원망을 갚고 덕으로 덕을 갚아야 한다.'〔或曰: 以德報怨, 何如? 子曰: 何以報德? 以直報怨, 以德報德.〕"라는 내용이 보인다.

〔답〕 '가리키는 뜻이 곡절이 있고 반복된다'는 것은 이 장의 뜻을 통틀어 논한 것이니,[284] 어찌 단지 '원망을 갚는 것〔報怨〕'에만 나아가 말한 것이라고 하겠습니까.

〔문 43〕 "자왈 현자피세(子曰賢者避世)"[285] 운운

〔답〕 성인(聖人 공자)의 출사(出仕)와 은둔은 어찌 감히 함부로 추측하겠습니까. 우선 배우는 자의 떳떳한 법으로 논한다면 상(商)나라 주왕(紂王)의 포학한 정사는 그저 피해야 할 뿐이겠지만, 주(周)나라 말기로 말한다면 쇠란(衰亂)이 비록 심하였으나 그래도 바로잡을 만한 이치가 있었으니 스스로 자기 역량을 살펴 혹은 은둔하고 혹은 드러내는 것이 좋을 듯합니다.

〔문 44〕 "원양이사(原壤夷俟)"[286] 운운

---

284 가리키는……것이니 : 《논어집주》〈헌문〉 제36장 주희의 주에 "이 장의 말은 명백하고 간략하면서도 그 가리키는 뜻은 곡절이 있고 반복되어서 마치 조화의 간이함이 알기는 쉽지만 미묘한 진리가 무궁한 것과 같으니, 배우는 자들은 마땅히 자세히 음미해야 할 것이다.〔此章之言明白簡約, 而其指意曲折反覆, 如造化之簡易易知而微妙無窮, 學者所宜詳玩也.〕"라는 내용이 보인다.

285 자왈 현자피세(子曰賢者避世) : 《논어집주》〈헌문〉 제39장에 "공자가 말하였다. '현자는 세상을 피하고, 그다음은 지역을 피하고, 그다음은 용색을 보고 피하고, 그다음은 말을 어기면 피한다.'〔子曰 : 賢者辟世, 其次辟地, 其次辟色, 其次辟言.〕"라는 내용이 보인다.

286 원양이사(原壤夷俟) : 《논어집주》〈헌문〉 제46장에 "원양이 걸터앉아서 공자를 기다리자, 공자가 말하였다. '어려서는 공손하지 못하고, 장성해서는 칭찬할 만한 일이

〔답〕 원양(原壤)은 노자(老子)의 무리로서 스스로 예법의 밖에 노닌 자였으니,[287] 그 도가 본래 이와 같았기 때문에 성인(聖人 공자)이 심하게 꾸짖지 못하고 우선 옛 친구의 정을 온전히 한 듯합니다. 저의 생각은 이와 같습니다.

없고, 늙어서도 죽지 않는 것이 바로 적이다.' 그리고 지팡이로 그의 정강이를 두드렸다.〔原壤夷俟, 子曰: 幼而不孫弟, 長而無述焉, 老而不死, 是爲賊. 以杖叩其脛.〕"라는 내용이 보인다.

287 원양(原壤)은……자였으니 : 《논어집주》〈헌문〉 제46장 주희의 주에 "원양은 공자의 벗이니, 어머니가 죽었는데 노래를 불렀다. 노자의 무리로서 스스로 예법의 밖에 있는 방탕한 자였던 듯하다.〔原壤, 孔子之故人, 母死而歌. 蓋老氏之流, 自放於禮法之外者.〕"라는 내용이 보인다.

도기서원의 강유에게 답하다 6[288]

答道基書院講儒

〔문 1〕 "지덕자선(知德者鮮)"[289] 운운

〔답〕 사람이 능히 덕을 알면 환난과 근심이 그 마음을 동하게 할 수 없습니다. 자로(子路)는 단지 덕을 알지 못했기 때문에 성난 얼굴로 공자를 본 것[290]일 뿐이니, 천명(天命)을 받아들이지 못했다고 말하는 것은 꼭 들어맞는다고 볼 수 없습니다.

〔문 2〕 "자장문행(子張問行)"[291] 운운

288　도기서원(道基書院)의 강유(講儒)에게 답하다 6 : 이 편지는 《논어집주》 구절에 대해 〈위령공(衛靈公)〉 5조목, 〈계씨(季氏)〉 1조목, 〈양화(陽貨)〉 2조목, 〈미자(微子)〉 5조목, 모두 13조목의 문답으로 이루어져 있다.

289　지덕자선(知德者鮮) :《논어집주》〈위령공(衛靈公)〉 제3장에 "공자가 말하였다. '유야, 덕을 아는 자가 드물구나.'〔子曰: 由, 知德者鮮矣.〕"라는 내용이 보인다. '유(由)'는 자로(子路)의 이름이다.

290　성난……것 : 공자가 위(衛)나라를 떠나 진(陳)나라로 갔을 때 진나라에서 양식이 떨어져 곤란을 겪게 되자 자로가 성을 낸 일을 이른다.《논어집주》〈위령공〉 제1장에 "공자가 진나라에 있을 때 양식이 떨어지자 따르던 자들이 병들어 일어나지 못하였다. 자로가 성난 얼굴로 공자를 뵙고 물었다. '군자도 궁할 때가 있습니까?' 공자가 말하였다. '군자는 참으로 궁한 때가 있으니, 소인은 궁하면 넘친다.〔在陳絶糧, 從者病, 莫能興. 子路慍見曰: 君子亦有窮乎? 子曰: 君子固窮, 小人窮斯濫矣.〕"라는 내용이 보인다.

291　자장문행(子張問行) :《논어집주》〈위령공〉 제5장에 "자장이 행해짐을 묻자, 공자가 말하였다. '말이 진실되고 신의가 있으며 행실이 돈독하고 공경스러우면 비록 오랑

〔답〕《중용》주에서는 '독공(篤恭)'을 '공경을 두텁게 하는 것〔篤厚其敬〕'으로 보았지만,[292] 《논어》에서는 '진실되고 신의가 있는 것〔忠信〕'과 상대적으로 말하였으니,[293] '돈독하고 공경스럽다'는 뜻으로 보는 것이 좋을 듯합니다.

〔문 3〕 "인무원려(人無遠慮)"[294] 운운

〔답〕 시간으로 말한 것과 공간으로 말한 것, 두 가지 뜻이 모두 들어 있지만, 시간으로 말하는 것은 사람들이 모두 알기 쉬운 반면 공간으로 말하는 것은 혹 놓치고 지나갈 수도 있기 때문에 《집주(集註)》가 이와 같은 것일 것입니다.[295] 둘 중 하나만 거론해도 또한 두루 겸할

캐의 나라라 하더라도 행해질 수 있다. 그러나 말이 진실되고 신의가 있지 못하며 행실이 돈독하고 공경스럽지 못하다면 자기 마을이라 하더라도 행해지겠는가.〔子張問行, 子曰: 言忠信, 行篤敬, 雖蠻貊之邦, 行矣. 言不忠信, 行不篤敬, 雖州里, 行乎哉?〕"라는 내용이 보인다.

292 중용……보았지만 :《중용장구》제33장 제5절에 "《시경》에 이르기를 '드러나지 않는 덕을 여러 제후들이 본받는다.' 하였다. 이 때문에 군자가 공손함을 돈독히 하면 천하가 태평해지는 것이다.〔詩曰: 不顯惟德, 百辟其刑之. 是故君子篤恭而天下平.〕"라는 내용이 보이는데, 주희의 주에 "공손함을 돈독히 한다는 것은 그 공경을 드러내지 않음을 말한다.〔篤恭, 言不顯其敬也.〕"라고 하였다.

293 논어에서는……말하였으니 : 466쪽 주291 참조.

294 인무원려(人無遠慮) :《논어집주》〈위령공〉제11장에 "공자가 말하였다. '사람이 먼 생각이 없으면 반드시 가까운 근심이 있다.〔子曰: 人無遠慮, 必有近憂.〕"라는 내용이 보인다.

295 시간으로……것입니다 :《논어집주》〈위령공〉제11장 주희의 주에 소식(蘇軾)의 설을 인용하여 "사람이 밟는 것은 발을 용납하는 곳 외에는 모두 쓸모없는 땅이

수 있습니다.

〔문 4〕 "수훼수예(誰毁誰譽)"²⁹⁶ 운운

〔답〕 "오늘날 이 사람들은 삼대 시대에 정직한 도를 가지고 시행했던 사람들이다."라는 것은 귀결이 바로 '사람들〔民〕'에 있으니, '일찍이 이와 같은 일을 거친 사람들〔曾經如是之民〕'이라고 말하는 것과 같습니다. 보내온 의견은 옳지 않습니다.

〔문 5〕 "사면현(師冕見)"²⁹⁷ 운운

〔답〕 성인(聖人 공자)의 불구자를 가엾게 여기는 뜻²⁹⁸이 어찌 신분의

되지만 버릴 수가 없다. 그러므로 생각이 천 리 밖에 있지 않으면 화가 안석 아래에 있게 된다.〔人之所履者, 容足之外, 皆爲無用之地, 而不可廢也. 故慮不在千里之外, 則患在几席之下矣.〕라고만 하였는데, 이것은 '원근(遠近)'을 공간으로만 해석하고 시간으로는 해석하지 않은 것이다.

296 수훼수예(誰毁誰譽) :《논어집주》〈위령공〉제24장에 "공자가 말하였다. '내가 남에 대해 누구를 헐뜯고 누구를 과찬하겠는가. 만일 칭찬하는 바가 있다면 시험해봄이 있어서이다. 오늘날 이 사람들은 삼대 시대에 정직한 도를 가지고 시행했던 사람들이다.'〔子曰: 吾之於人也, 誰毁誰譽? 如有所譽者, 其有所試矣. 斯民也, 三代之所以直道而行也.〕"라는 내용이 보인다.

297 사면현(師冕見) :《논어집주》〈위령공〉제41장에 "악사인 면이 공자를 알현할 때 계단에 이르자 공자가 계단이라고 말하였고, 자리에 이르자 공자가 자리라고 말하였고, 모두 앉자 공자가 아무개는 여기에 있고 아무개는 여기에 있다고 말하였다.〔師冕見, 及階, 子曰階也. 及席, 子曰席也. 皆坐, 子告之曰某在斯某在斯.〕"라는 내용이 보인다.

298 성인(聖人)의……뜻 :《논어집주》〈자한(子罕)〉제9장 주희의 주에 범조우(范

높고 낮음과 나이의 많고 적음에 차이가 있겠습니까. 의심할 바가 아닙니다.

〔문 6〕 "사왈욕지(舍曰欲之)"[299] 운운

〔답〕 앞에 나온 '욕(欲)' 자는 단지 전유국(顓臾國)을 치고자 하는 일일 뿐이지만, 이 구절의 '욕' 자는 곧바로 사람이 이익을 탐하는 것을 말한 것이니,[300] 그 뜻의 깊이가 같지 않습니다.

〔문 7〕 "〈양화(陽貨)〉 편 첫 장"[301] 운운

祖禹)의 설을 인용하여 "성인의 마음은 상(喪)이 있는 이를 슬퍼하고, 관작이 있는 이를 높이고, 불구자를 가엾게 여긴다.〔聖人之心, 哀有喪, 尊有爵, 矜不成人.〕"라고 말한 내용이 보인다.

299 사왈욕지(舍曰欲之) :《논어집주》〈계씨(季氏)〉 제1장에 "계씨가 전유국을 치려 하였다.……공자가 말하였다. '구야, 이것은 너의 잘못이 아니냐?'……염유가 말하였다. '부자께서 하시려는 것이지 저희 두 신하는 모두 하고자 하지 않습니다.'……공자가 말하였다. '구야, 군자는 그것을 원한다고 말하지 않고 굳이 변명하는 것을 미워한다.'〔季氏將伐顓臾.……孔子曰: 求, 無乃爾是過與?……冉有曰: 夫子欲之, 吾二臣者皆不欲也.……孔子曰: 求, 君子疾夫舍曰欲之, 而必爲之辭.〕"라는 내용이 보인다. '부자(夫子)'는 계씨(季氏)를 가리킨다. '구(求)'는 염유(冉有)의 이름이다.

300 앞에……것이니 : '앞에 나온 욕 자'는 "부자께서 하시려는 것이지 저희 두 신하는 모두 하고자 하지 않습니다.〔夫子欲之, 吾二臣者皆不欲也.〕"에 나오는 '욕(欲)'을 가리킨다. '이 구절의 욕'은 "그것을 원한다고 말하지 않고〔舍曰欲之〕"의 '욕(欲)'으로, 주희의 주에 "'욕지'는 그 이익을 탐하는 것을 이른다.〔欲之, 謂貪其利.〕"라고 한 내용이 보인다.

301 양화(陽貨) 편 첫 장 :《논어집주》〈양화(陽貨)〉 제1장에 "양화는 공자를 만나고

〔답〕양화(陽貨)는 비록 본래 가신(家臣)이었지만 이미 나라의 정사를 전횡했다면 이미 대부가 되었을 것입니다. 대부의 예(禮)로 대하는 것이 또한 마땅하지 않겠습니까.[302]

〔문 8〕"민유삼질(民有三疾)"[303] 운운

〔답〕습속의 물듦이 또한 어찌 없었겠습니까. 그러나 성인(聖人 공자)이 이미 '병폐〔疾〕'라고 하였다면 이것은 기질로 말한 것입니다. 이

자 하였으나 공자가 만나주지 않자 공자에게 삶은 돼지를 선물로 보냈다. 그러자 공자도 그가 없는 틈을 타 사례하러 갔다.〔陽貨欲見孔子, 孔子不見, 歸孔子豚, 孔子時其亡也而往拜之.〕"라는 내용이 보인다.

302 양화(陽貨)는……않겠습니까 : 《논어집주》〈양화〉 제1장 주희의 주에 "양화는 계씨의 가신이니, 이름은 호이다. 일찍이 계환자를 가두고 나라의 정사를 전횡하였다. 그는 공자로 하여금 찾아와서 자신을 만나주기를 바랐으나 공자는 가지 않았다. 양화는 예(禮)에 '대부가 사(士)에게 선물을 보내면 사가 자기 집에서 직접 받지 못하였을 경우 대부의 집에 찾아가 사례하여야 한다.'라고 하였기 때문에, 공자가 집에 없는 틈을 엿보아 삶은 돼지를 선물하여 공자로 하여금 자기가 있는 곳에 와서 사례하게 하여 공자를 만나고자 한 것이다.〔陽貨, 季氏家臣, 名虎, 嘗囚季桓子而專國政. 欲令孔子來見己, 而孔子不往, 貨以禮, 大夫有賜於士, 不得受於其家, 則往拜其門, 故瞰孔子之亡而歸之豚, 欲令孔子來拜而見之也.〕"라는 내용이 보인다.

303 민유삼질(民有三疾) : 《논어집주》〈양화〉 제16장에 "공자가 말하였다. '옛날에는 백성들이 세 가지 병폐가 있었는데 지금은 이것마저도 없구나! 옛날의 광(狂)은 작은 예절에 구애하지 않았는데 지금의 광은 방탕하기만 하고, 옛날의 긍(矜)은 행동에 모가 있었는데 지금의 긍은 사납기만 하고, 옛날의 우(愚)는 정직했는데 지금의 우는 간사하기만 할 뿐이다.'〔子曰: 古者民有三疾, 今也或是之亡也. 古之狂也肆, 今之狂也蕩; 古之矜也廉, 今之矜也忿戾; 古之愚也直, 今之愚也詐而已矣.〕"라는 내용이 보인다.

때문에 진씨(陳氏 진력(陳櫟))의 설³⁰⁴이 이와 같은 것입니다.

〔문 9〕 "미자거지(微子去之)"³⁰⁵ 운운

〔답〕 이른바 "어려움과 쉬움으로 선후를 삼은 것이다."³⁰⁶라는 것은, 미자(微子)의 처신을 쉽게 보고 기자(箕子)와 비간(比干)의 처신을 어렵게 본 것이니, 주신 의견은 거꾸로 된 듯합니다. 기자의 처신은 참으로 매우 어려운 것이지만 사람에게는 살신(殺身)보다 더 어려운 것이 없으니, 비간의 처신을 가장 어려운 것으로 보는 것도 또한 안

---

304 진씨(陳氏)의 설 : 대전본(大全本)《논어집주》〈양화〉 제16장 소주에 "옛날의 병폐는 이미 기질에 치우친 병폐였지만 지금은 옛날의 병폐마저도 아울러 모두 없어졌으니, 이는 이미 사욕의 거짓으로 흘러 옛날과 더욱 멀어져서 선을 회복하는 것이 더욱 어렵게 된 것이다. 부자(공자)는 아마도 이 때문에 슬퍼한 것이리라!〔古之疾, 已是氣質之偏, 今併與古之疾而無之, 蓋已流於私欲之僞, 去古益遠, 而復乎善益難矣. 夫子所以傷之歟!〕"라는 진력(陳櫟)의 설이 보인다.

305 미자거지(微子去之) :《논어집주》〈미자(微子)〉 제1장에 "미자는 떠나가고, 기자는 종이 되고, 비간은 간하다가 죽었다. 공자가 말하였다. '은나라에 세 인자가 있었다.'〔微子去之, 箕子爲之奴, 比干諫而死. 孔子曰 殷有三仁焉.〕"라는 내용이 보인다.

306 어려움과……것이다 : 대전본(大全本)《논어집주》〈미자〉 제1장 소주에 "《사기(史記)》〈은본기(殷本紀)〉를 살펴보면 미자가 먼저 떠나자 비간이 간하다가 죽고, 그런 뒤에 기자가 거짓으로 미친 척하여 종이 되어서 주왕에게 갇히게 되었다.……《사기》에 보이는 세 사람의 일이 부자(공자)의 이 말과 선후가 같지 않은 것은,《사기》에서 기록한 것은 일의 사실인 반면 여기에서는 일의 어려움과 쉬움을 가지고 선후를 삼아서일 뿐이다.〔按殷紀, 微子先去, 比干乃諫而死, 然後箕子佯狂爲奴, 爲紂所囚.……史記三子之事, 與夫子此言先後不同者, 史所書者, 事之實, 此以事之難易爲先後耳.〕"라는 주희의 설이 보인다.

될 것이 없습니다.

〔문 10〕 "유하혜위사사(柳下惠爲士師)"307 운운

〔답〕유하혜(柳下惠)가 말한 것은 단지 사리(事理)를 평온하게 말한 것이어서 노기를 띤 뜻〔悻悻〕308이 없기 때문에 '온화하고 여유롭다〔雍容〕'고 말한 것309뿐입니다.

〔문 11〕 "장저걸닉(長沮桀溺)"310 운운

307 유하혜위사사(柳下惠爲士師) : 《논어집주》〈미자〉 제2장에 "유하혜가 옥관(獄官)이 되어 세 번 내침을 당하자, 어떤 사람이 말하였다. '그대는 아직 떠날 만하지 않은가?' 유하혜가 말하였다. '도를 곧게 하여 사람을 섬긴다면 어디를 간들 세 번 내침을 당하지 않겠으며, 도를 굽혀 사람을 섬긴다면 어찌 굳이 부모의 나라를 떠날 필요가 있겠는가.〔柳下惠爲士師, 三黜. 人曰: 子未可以去乎? 曰: 直道而事人, 焉往而不三黜, 枉道而事人, 何必去父母之邦?〕"라는 내용이 보인다.

308 노기를 띤 뜻 : 《맹자집주》〈공손추 하(公孫丑下)〉 제12장에 "내 어찌 이 소장부와 같이 군주에게 간하다가 받아주지 않으면 노하여 붉으락푸르락 그 얼굴빛에 노기를 나타내어 떠나면 하루 종일 갈 수 있는 힘을 다한 뒤에 유숙하는 것처럼 하겠는가.〔予豈若是小丈夫然哉, 諫於其君而不受, 則怒, 悻悻然見於其面, 去則窮日之力而後宿哉?〕"라는 내용이 보인다.

309 온화하고……것 : 《논어집주》〈미자〉 제2장 주희의 주에 "유하혜가 세 번 내침을 당했는데도 떠나가지 않고 그 어기가 온화하고 여유로운 것이 이와 같았으니, 화(和)하다고 이를 만하다.〔柳下惠三黜不去, 而其辭氣雍容如此, 可謂和矣.〕"라는 내용이 보인다.

310 장저걸닉(長沮桀溺) : 《논어집주》〈미자〉 제6장에 "장저와 걸닉이 함께 밭을 갈았는데, 공자가 지나가다가 자로를 시켜 나루를 묻게 하였다. 장저가 말하였다. '저 수레 고삐를 잡고 있는 분이 누구인가?' 자로가 말하였다. '공구(孔丘)이십니다.' '이분이 노나라의 공구인가?' '그렇습니다.' '이분은 나루를 알 것이다.' 걸닉에게 묻자, 걸닉

〔답〕 네 사람[311]의 우열은 알 수 없지만, 장저(長沮)와 걸닉(桀溺)이 곧바로 성인(聖人 공자)의 성과 이름을 부르고 그 말이 지극히 무례한 것을 보면 아마도 함께 말을 나눌 수 없었을 것입니다.

　　〔문 12〕 "태백(泰伯)과 우중(虞仲)"[312] 운운

이 말하였다. '그대는 누구인가?' '중유라고 합니다.' '그대가 바로 노나라 공구의 무리인가?' '그렇습니다.'〔長沮、桀溺耦而耕. 孔子過之, 使子路問津焉. 長沮曰: 夫執輿者爲誰? 子路曰: 爲孔丘. 曰: 是魯孔丘與? 曰: 是也. 曰: 是知津矣. 問於桀溺. 桀溺曰: 子爲誰? 曰: 爲仲由. 曰: 是魯孔丘之徒與? 對曰: 然.〕"라는 내용이 보인다.

311 네 사람 : 이 장에 보이는 장저(長沮)와 걸닉(桀溺), 바로 앞 장인 제5장에서 공자의 수레 앞을 지나가며 봉황의 덕이 쇠했다고 노래한 초(楚)나라의 광인(狂人) 접여(接輿), 제7장에서 지팡이에 대바구니를 메고 가면서 공자를 일컬어 오곡을 분별하지 못하는 자라고 비판한 하조장인(荷蓧丈人)을 이른다.

312 태백(泰伯)과 우중(虞仲) : '태백'은 주(周)나라 태왕(太王)의 장자(長子)이다. 태왕이 제후왕의 지위를 셋째 아들 계력(季歷)에게 물려주고 다시 계력의 아들 창(昌)에게 물려주고 싶어 하자, 이를 알아채고 아우인 중옹(仲雍)과 함께 형만(荊蠻)으로 달아났다. 뒤에 창, 즉 문왕(文王) 시대에 이르러 주나라는 천하의 3분의 2를 차지하게 되었고, 문왕의 아들인 발(發), 즉 무왕(武王)에 이르러 주나라가 창건되었다. 태백에 대해 《논어집주》〈태백(泰伯)〉 제1장에 "태백은 지극한 덕이 있다고 이를 만하다. 세 번 천하를 사양하였으나 백성들이 그 덕을 칭송할 수 없게 하였구나!〔泰伯其可謂至德也已矣. 三以天下讓, 民無得而稱焉!〕"라는 공자의 평이 보인다. '우중'은 태왕의 둘째 아들인 중옹이다. 중옹은 〈미자〉 제8장 주희의 주에 따르면 형인 태백과 함께 형만으로 달아났다가 뒤에 오(吳)나라 지역에 은거하면서 머리를 깎고 문신을 하며 벌거벗는 것으로 꾸밈을 삼았다고 한다. 〈미자〉 제8장에 "일민은 백이, 숙제, 우중, 이일, 주장, 유하혜, 소련이었다.〔逸民, 伯夷、叔齊、虞仲、夷逸、朱張、柳下惠、少連.〕"라고 하여 일민(逸民)으로 구분하고 있으며, 같은 장에 "숨어 살면서 말을 함부로 하였으나, 몸은 깨끗함에 맞았고 벼슬하지 않음은 권도에 맞았다.〔隱居放言, 身中淸, 廢中權.〕"라는 공자의 평이 보인다.

〔답〕 태백은 단지 일민(逸民)으로만 칭할 수 없지만, 유하혜(柳下惠)[313]는 어질면서도 낮은 자리에 숨었으니 또한 일민이라고 말할 수 있습니다.

〔문 13〕 "유하혜(柳下惠)와 소련(少連)"[314] 운운

〔답〕 유하혜는 백이(伯夷)와 숙제(叔齊)[315]에 비하면 비록 뜻을 낮추

---

313 유하혜(柳下惠) :《맹자집주》〈만장 하(萬章下)〉제1장 주희의 주에 따르면 노(魯)나라 대부 전금(展禽)으로, 유하(柳下)에 살았고 시호가 혜(惠)여서 유하혜라고 불렸다. 유하혜와 관련하여 〈만장 하〉제1장 제3절에 "유하혜는 더러운 군주를 섬기는 것을 부끄러워하지 않았으며, 작은 벼슬을 사양하지 않았으며, 출사하면 어짊을 숨기지 아니하여 반드시 그 도리대로 하였으며, 벼슬길에서 버림받아도 원망하지 않았으며, 곤액을 당하여도 근심하지 않았다.……그러므로 유하혜의 풍도를 들은 자들은 비루한 사람은 너그러워지고 박한 사람은 인심이 후해졌다.〔柳下惠不羞汙君, 不辭小官, 進不隱賢, 必以其道, 遺佚而不怨, 阨窮而不憫.……故聞柳下惠之風者, 鄙夫寬, 薄夫敦.〕"라는 내용이 보인다.

314 유하혜(柳下惠)와 소련(少連) : '유하혜'는 위의 주313 참조. '소련'은 〈미자〉제8장 주희의 주에 따르면 동이(東夷) 사람이다. 주희의 주에서는 또 《예기》〈잡기(雜記)〉를 인용하여 "소련은 거상을 잘하여 3일을 게을리하지 않았고, 3개월을 해태하지 않았으며, 1년을 슬퍼하였고, 3년을 근심하였다.〔善居喪, 三日不怠, 三月不解, 朞悲哀, 三年憂.〕"라고 하였다. 〈미자〉제8장에 "뜻을 굽히고 몸을 욕되게 하였으나, 말이 윤리에 맞고 행실이 사려에 맞았으니 이뿐이다.〔降志辱身矣, 言中倫, 行中慮, 其斯而已矣.〕"라는 공자의 평이 보인다. '소련(少連)'의 '소(少)'는 저본에는 '소(小)'로 되어 있으나, 인명의 오류이므로 바로잡아 번역하였다.

315 백이(伯夷)와 숙제(叔齊) :《논어집주》〈공야장(公冶長)〉제22장 주희의 주에 따르면 고죽국(孤竹國) 군주의 아들로, 맹자는 이들을 일컬어 "악한 임금의 조정에 벼슬하지 않았고, 악한 사람과는 함께 말하지 않았으며, 무식한 시골 사람과 서 있을

고 몸을 욕되게 하였다고 말할 수는 있지만, 그 낮추고 욕되게 했다
는 것이 더러운 군주를 섬기는 것을 부끄러워하지 않고 작은 벼슬을
낮게 여기지 않은 종류에 지나지 않습니다. 어찌 도를 굽히는 데에까
지 이르렀겠습니까.

때 그의 관(冠)이 바르지 않으면 뒤도 돌아보지 않고 떠나버려 마치 자기가 더러워질
것처럼 여겼다.〔不立於惡人之朝, 不與惡人言, 與鄉人立, 其冠不正, 望望然去之, 若將
浼焉.〕"라고 하였다.〈공야장〉제22장에 "백이와 숙제는 남이 옛날에 저지른 잘못을
생각하지 않았다. 이 때문에 원망하는 사람이 드물었다.〔伯夷、叔齊, 不念舊惡, 怨是用
希.〕"라는 공자의 평이 보인다.

집성사의 유생에게 답하다[316]
答集成祠儒

한수재(寒水齋 권상하(權尙夏)) 선생의 도덕 연원(淵源)으로 말하면 선생을 이 사당에 배향하는 것에 대해 어느 누가 마땅하지 않다고 말하겠습니까. 더구나 도유(道儒)의 태학(太學) 통문(通文)이 있으니 한 시대의 공론을 또한 볼 수 있습니다. 그러나 제가 우려하는 것은, 당초 사당을 건립하고 '집성(集成)'이라고 명명했던 선생의 뜻에 과연 어떨지 유독 모르겠다는 것입니다. 이것은 지극히 중대한 일이니 다시 당대의 식견 있는 분들에게 두루 문의하여 십분 온당한 결론을 구한 뒤에 행하는 것이 마땅할 듯합니다.

이미 제향을 드릴 길일(吉日)이 정해졌는데 이렇게 의견을 드리니 매우 송구합니다. 그러나 이는 실로 조심하고 삼가는 뜻에서 말씀드리는 것이니 양해해주시는 것이 어떻겠습니까.

고축(告祝)하는 글은 논의가 정해진 뒤에 청하여도 늦지 않을 것입니다. 지금 저는 병중이라 또한 스스로 이 글을 지을 힘도 없습니다.

---

316 집성사(集成祠)의 유생에게 답하다 : 집성사는 1709년(숙종35)에 예산(禮山)의 유생들에 의해 예산 비곤리(飛鵾里)에 건립된 사당 이름이다. 북벽(北壁)에 주희(朱熹, 1130~1200)의 영정을 봉안하고 그 왼쪽에 우암(尤庵) 송시열(宋時烈, 1607~1689)을 배향하였다. 1713년(숙종39)에 관봉(冠峯) 아래 검계(黔溪) 가로 옮겼다. 뒤에 우암의 제자인 한수재(寒水齋) 권상하(權尙夏, 1641~1721) 및 권상하의 제자인 남당(南塘) 한원진(韓元震, 1682~1751)과 병계(屛溪) 윤봉구(尹鳳九, 1681~1767)를 배향하였다. 권상하를 배향하는 일과 관련한 저자의 논의가 《삼산재집》 권6 〈임성백에게 답하다〔答任聖白〕〉에 자세하다. 《宋子大全 附錄 卷12 年譜》 《寒水齋集 卷22 集成祠記》

고산서원의 유생에게 답하다[317]

答孤山院儒

제가 이 일에 대해 매번 관청의 판결에 따르시라고 말씀드린 것은 일을 회피하는 것이 아니라 단지 제가 먼 곳에 있어 직접 그 형국을 살필 길이 없어서입니다. 다만 피차 논변하는 사이에 또한 말은 안 해도 짐작되는 바는 있습니다.

주맥(主脈)의 내룡(來龍)[318]은 비록 어떠한지는 알지 못하겠으나 눌러 임한다고 하면 눌러 임한 것입니다. 단지 이 눌러 임한 것만으로도 이미 온당치 못할 뿐만이 아니니, 사림(士林)의 의론이 어찌 그칠 수 있겠습니까. 다만 중간에 행한 언행에 잘못이 많음으로 인해 혹은 먼저 허락했다가 뒤에 후회하기도 하고 혹은 사사로이 멋대로 훼철하기도 하여 윤씨(尹氏)로 하여금 심복(心服)하려 하지 않게 만들고 말았습니

---

317 고산서원(孤山書院)의 유생에게 답하다 : 고산서원은 같은 이름이 여러 개여서 이 글에서 말하는 서원이 어느 서원을 가리키는지 자세하지 않다. 고려의 충신 이존오 (李存吾, 1341~1371)를 기리기 위해 1686년(숙종12) 경기도 여주(驪州)에 건립한 서원, 이황(李滉)과 정경세(鄭經世)의 학문과 덕행을 추모하기 위해 1694년(숙종20) 대구에 창건한 서원, 당시 현령이던 오도일(吳道一)을 기리기 위해 1693년 경상북도 울진에 생사(生祠)로 지었던 것을 1715년(숙종41)에 사액을 받아 승격한 서원 등이 있다. 이 편지는 고산서원 주체로 선현의 원우(院宇)를 윤씨의 옛터에 건립하는 과정에서 일어난 윤씨 집안과의 분쟁에 대해 먼저 원우의 중요성을 들어 윤씨 집안을 설득하고, 이것이 성사되지 않으면 관청의 판결을 기다리라고 고산서원의 원유(院儒)들에게 권하는 내용이다.

318 내룡(來龍) : 풍수지리학의 용어로, 종산(宗山)에서 내려온 산줄기를 이른다.

다. 그리하여 마침내 서로 버티는 계책을 내어 갈수록 더욱 격해지면서 이내 다투게까지 되었으니, 이 점은 피차가 함께 그 책임을 나누어 져야 할 것입니다.

비록 그렇다고는 하나 사림이 추대하는 것은 선현의 원우(院宇)이고 윤씨가 아까워하는 것은 사가(私家)의 옛터이니, 대체(大體)의 경중이 이와 같다면 필경 그 승부는 또한 알기가 어렵지 않습니다. 윤씨가 참으로 생각이 여기에까지 미칠 수 있다면 틀림없이 지금 잘 처리하는 방도를 모색할 것이니, 어찌 관청의 판결을 기다린 뒤에 그렇게 하겠습니까. 모쪼록 이 뜻으로 분명히 말하고 잘 타일러서 저들이 생각을 바꿀 것을 기약해야 할 것입니다. 그러나 이와 같이 했는데도 여전히 따르지 않는다면 관청의 판결 외에는 더 이상 다른 방책이 없으니, 제가 할 수 있는 바가 아닙니다.

함창의 유림에게 답하다[319]

答咸昌儒林

공자와 주자(朱子), 두 부자(夫子)의 영정(影幀)을 봉안(奉安)하는 일에 대한 편지를 받았습니다마는 몽매한 식견을 지닌 제가 어찌 감히 이 일에 참여하여 논의할 수 있겠습니까. 그러나 이미 질문을 받았으니 대답이 없을 수 없습니다.

선성(先聖 공자)의 영정은 사가(私家)에서도 많이 봉안하니, 횡거(橫渠 장재(張載)) 선생 이후로 이미 그런 일이 있어왔습니다.[320] 더구나 많은 선비들이 강송(講誦)하는 곳에 영정을 봉안하는 일이 어찌 온당치 않을 이치가 있겠습니까. 조정에서 비록 영당(靈堂)이나 정사(精舍)를 금했다고는 하나[321] 이것은 제향하는 한 가지 일인 듯합니다.

---

319 함창(咸昌)의 유림에게 답하다 : '함창'은 경상북도 상주(尙州)의 옛 지명이다. 이 편지는 공자와 주자의 영정을 봉안하는 일에 대해 답한 것으로, 서원의 설립과 제사를 금한 나라의 금령이 있지만 제사를 지내는 것이 아니고 단지 보관해두고서 공경을 표하는 것뿐이라면 문제 될 것이 없다는 내용이다.

320 횡거(橫渠)……있어왔습니다 : 북송(北宋)의 학자 장재(張載)는 "옛사람들은 또한 영정을 쓰지 않았다. 그림으로 그린 것은 진짜 모습이 아니라서 세대가 멀어지면 내다 버리게 되어 설만하게 됨을 면치 못해서이다.[古人亦不爲影像, 繪畫不眞, 世遠則棄, 不免於褻慢也.]"라고 하였는데, 이에 근거하면 당시 습속에 영정을 사용했던 듯하다. 《張子全書 卷8 喪紀》

321 조정에서……하나 : 사우(祠宇)나 서원을 중복하여 설립하거나 사사로이 설립하는 것을 금한 1714년(숙종40) 갑오년의 금령을 가리킨 듯하다. 서원은 1542년(중종37) 주세붕(周世鵬, 1495~1554)이 백운동서원(白雲洞書院)을 세워 안향(安珦, 1243~1306)을 향사한 이래 전국 각지에 건립되어 후진 양성과 선현 제향의 역할을 수행하였

지금 이미 이런 일이 없는 데다 단지 궤(櫃)에 보관하여 때때로 바라보고 공경하는 정도에 그칠 뿐이라면 의당 이 금령의 조목에 들어가지 않을 것입니다. 그리고 애초에 모셔오지 않았다면 그만이지만, 이미 모셔온 뒤에 갑자기 다시 의심하여 일찍이 논의한 적도 없는 곳에 오랫동안 임시 안치한다면 도리에 있어 과연 어떻겠습니까.

저의 뜻은 이러하니, 만일 미심쩍게 여겨진다면 예조(禮曹)에 올려 그 금령의 본래 뜻이 제향에 있는지의 여부를 자세히 알아본 뒤에 다시 논의하는 것이 더욱 완전할 듯합니다.

으나, 조선 후기에 와서 교육 기관으로서의 기능은 쇠퇴한 반면 국가 재정이 낭비되고 붕당의 온상지로 변모하는 등 폐단이 많아지자 1644년(인조22)에 서원을 새로 설립할 때 허가를 받도록 하였고, 1713년(숙종39)에는 중복하여 설립하는 것을 엄히 금하였으며, 1714년(숙종40)에는 사사로이 설립하는 것을 금하고 이를 어길 경우 훼철을 시행하였다. 이후 1741년(영조17)에 전국적인 서원 훼철을 단행할 때 숙종 연간의 갑오정식을 기준으로 시행하였다. 《仁祖實錄 22年 8月 4日》《肅宗實錄 39年 7月 21日, 40年 7月 11日》《英祖實錄 17年 4月 8日》

호남의 도유에게 답하다[322]

答湖南道儒

지금 이 세 현자[323]를 추향(追享)하자는 논의는 실로 덕을 숭상하는 사림(士林)의 뜻에서 나온 것이니 사람으로 하여금 감탄하게 합니다. 그러나 원우(院宇)를 새로 건립하는 것은 이미 조정의 금령(禁令)[324]이 있으니 만약 겸천서원(謙川書院)[325]에 합쳐 제향을 드린다면 또한 좋을 것입니다. 다만 세 신위의 제사를 수백 년 뒤에 일시에 함께 거행하는 것은 사안이 지극히 중대하니 삼가지 않을 수 없습니다.

성향(姓鄕)[326]에 사당을 설립하는 것은 비록 광주(光州)의 가까운

---

322 호남의 도유(道儒)에게 답하다 : 이 편지는 김종서(金宗瑞), 박중림(朴仲林), 박팽년(朴彭年) 세 사람을 위해 새로 사당을 건립하여 모시려는 호남 유생의 의견에 대해 나라의 금령(禁令)을 들어 반대하고, 이왕에 있는 겸천서원(謙川書院)에 이들을 합쳐 제향하되 그 위차(位次)는 백세의 논의를 기다려 정하기를 권하는 내용이다.

323 세 현자 : 본관이 전라남도 순천(順天)인 김종서(金宗瑞, 1383~1453), 박중림(朴仲林, ?~1456), 박팽년(朴彭年, 1417~1456)을 이른다. 박중림은 사육신의 한 사람인 박팽년의 아버지이다.

324 조정의 금령(禁令) : 사우(祠宇)나 서원을 중복하여 설립하거나 사사로이 설립하는 것을 금한 1714년(숙종40) 갑오년의 금령을 말한다. 479쪽 주321 참조.

325 겸천서원(謙川書院) : 1710년(숙종36)에 조유(趙瑜, 1346~1428), 조숭문(趙崇文, ?~1456), 조철산(趙哲山, ?~1456) 등 옥천(玉川) 조씨(趙氏) 3대의 충절을 기리기 위하여 호남 사림의 발의로 전라남도 순천시(順川市) 주암면(住岩面)에 건립하였다. 자세한 것은 483쪽 주327 참조.

326 성향(姓鄕) : 시조가 난 곳을 이른다. 관향(貫鄕)이라고도 한다. 여기에서는 세 현자의 관향인 전라남도 순천(順天)을 이른다.

사례가 있으나 실로 고금에 통행되는 일은 아닙니다. 그리고 세 신위의 위차(位次)로 말하면, 수립(樹立) 순으로 하든 연갑(年甲) 순으로 하든 모두 위태하여 편안치 않은 점이 있습니다. 제 생각에는, 자세히 살피지 못한 상황에서 경솔하게 거행하여 혹여 비방을 초래하는 것보다는, 차라리 이 일을 우선 보류해두고 백세의 논의가 정해지는 날을 기다리는 것이 사의(事宜)에 합당할 듯합니다.

그리고 여러 현자들은 이미 각각 사액서원(賜額書院)이 있으니, 비록 급급하게 이곳에서 다시 제향을 드리지 않는다 하더라도 또한 충분히 후인(後人)의 추모하는 정을 위로할 수 있어 크게 흠결된 일이 되는 데에까지는 이르지 않을 것입니다. 오직 잘 헤아려서 처리하는 데 달려 있을 뿐입니다.

겸천서원의 유생에게 답하다[327]

答謙川院儒

세 선생[328]을 추향(追享)하는 예(禮)가 이미 이루어졌으니 사림(士林)의 다행이 응당 다시 어떠하겠습니까. 다만 당초 어렵게 여기고 삼가야 한다고 말씀드린 것은 실로 선현을 위해 사체(事體)를 중히 하자는 뜻에서 나온 것인데 지금에 와서는 논할 가치도 없는 이견이 된 것을 면치 못하고 말았으니 너무도 부끄럽고 송구하여 몸둘 곳이 없습니다.

그리고 본원(本院)에서 이러한 큰일을 치르는데 제가 직책을 띠고서도 논정(論定)하는 날 참여하지 못하였으니 이런 산장(山長)[329]은 있으나 없으나 마찬가지입니다. 오늘부터는 부디 '산장'이라는 이 두 글자를 덧붙이지 말아주시는 것이 어떻겠습니까. 보내주신 번육(膰肉)과 품목(稟目)을 삼가 이에 돌려드립니다.

---

327 겸천서원(謙川書院)의 유생에게 답하다 : 겸천서원은 1710년(숙종36)에 조유(趙瑜, ?~?), 조숭문(趙崇文, ?~1456), 조철산(趙哲山, ?~1456) 등 옥천(玉川) 조씨(趙氏) 3대의 충절을 기리기 위하여 호남 사림의 발의로 건립되었다. 전라남도 순천시(順川市) 주암면(住岩面)에 있다. 뒤에 김종서(金宗瑞, 1383~1453), 박중림(朴仲林, ?~1456), 박팽년(朴彭年, 1417~1456)을 추향(追享)하였다. 1868년(고종5) 서원철폐령으로 훼철되었다가 1920년 옛터에 복원하였다. 이 편지는 자신이 띠고 있는 겸천서원의 산장(山長) 직임을 해소해달라고 요청하는 내용이다.

328 세 선생 : 김종서, 박중림, 박팽년을 이른다. 위의 주327 참조.

329 산장(山長) : 서원의 원장을 이른다.

순창 화산사의 유림에게 답하다[330]

答淳昌華山祠儒林

질문하신 사우(祠宇)의 위차(位次)에 대한 의문은 저 역시 앞서 들은 바가 있어 곰곰이 생각해보았지만 꼭 들어맞는 도리를 전혀 얻지 못하였으니, 지금 감히 잘 알지도 못하는 것을 억지로 옳다 그르다 단정적으로 말씀드려 한갓 참람한 죄만 짓는 짓을 못하겠습니다. 그리고 귀도(貴道)의 유림에 대해 현재 삼가야 할 일이 있어[331] 더욱 쉽게 입을 열 수가 없으니 양해해주시는 것이 어떻겠습니까.

삼인대(三印臺)[332] 아래에 별도로 사우 하나를 건립하는 논의는 참으

---

330 순창(淳昌)……답하다 : 화산사(華山祠)는 1570년(선조3)에 박수기(朴秀基), 박상(朴祥), 김정(金淨), 박지견(朴枝堅), 박순(朴淳), 박지효(朴之孝) 등의 절의를 기리기 위해 순창군 유림에 의해 건립된 사당이다. 현재 전라북도 장수군 계남면 화음리에 있으며 1984년 전라북도 문화재자료 제34호로 지정되었다. 이 편지는 삼인대(三印臺)의 선비를 기리기 위하여 새로 사우(祠宇)를 건립하는 것은 나라의 금령에 저촉되니 재고하기를 바란다는 내용이다.

331 귀도(貴道)의……있어 : 겸천서원(謙川書院)의 원장에서 물러나려는 저자의 현재 처지를 이른다. 483쪽 〈겸천서원의 유생에게 답하다[答謙川院儒]〉 참조.

332 삼인대(三印臺) : 1515년(중종10) 3월에 장경왕후(章敬王后) 윤씨(尹氏)가 사망하자 순창 군수(淳昌郡守) 김정(金淨, 1486~1521), 담양 부사(潭陽府使) 박상(朴祥, 1474~1530), 무안 현감(務安縣監) 유옥(柳沃, 1487~1519) 등 세 사람이 순창 강천산(剛泉山) 계곡에 모여 중종의 폐비인 신씨(愼氏)의 복위를 청하는 상소문을 작성한 곳이다. 1744년(영조20)에 이를 기리고자 홍여통(洪汝通), 윤행겸(尹行謙) 등 순창군의 선비들이 발기하여 삼인대비(三印臺碑)를 세웠다. 비문은 이재(李縡)가 지었으며, 민우수(閔遇洙)가 글씨를 썼고, 유척기(兪拓基)가 전액(篆額)을 썼다. 김정과

로 일리가 있습니다만 새로 건립하는 것은 이미 금령(禁令)³³³이 있습니다. 그리고 사림(士林)이 충암(沖菴 김정(金淨))을 높이고 받드는 이유가 을해년(1515)의 상소 한 가지 일 때문만은 아니니, 그렇다면 지금 두 공³³⁴의 제향을 위해 이곳에서 저곳으로 옮기는 것 역시 괜찮을지 모르겠습니다. 두루 논의하여 살펴서 처리하시기 바랍니다.

박상의 이름으로 올린 봉사(封事)가 《중종실록》 10년 8월 8일(임술) 기사에 보인다. '삼인'은 이들이 상소를 결의할 때 삭탈관직을 각오하고 직인(職印)을 풀어 소나무에 걸어두었다는 뜻에서 유래하였다.

333　금령(禁令) : 사우(祠宇)나 서원을 중복하여 설립하거나 사사로이 설립하는 것을 금한 1714년(숙종40) 갑오년의 금령을 가리킨다. 479쪽 주321 참조.

334　두 공 : 김정(金淨)과 박상(朴祥)을 가리킨다.

신항서원의 원임에게 답하다[335]

答莘巷院任

관첩(官帖)은 보고 돌려드립니다. 저의 의견은 연전에 아뢴 글에 자
세하니 지금 굳이 다시 많은 말을 허비하여 마치 이렇다 저렇다 논의
하는 것처럼 할 필요가 없을 것입니다. 만일 관부의 명령을 감히 따
르지 않으면 안 된다고 말씀하신다면, 명단에서 저의 이름을 속히 제
거하여 율옹(栗翁 이이(李珥))의 문하에 죄를 얻지 않도록 해주십시오.
그런 뒤에는 자신의 뜻을 마음대로 행할 수 있을 것입니다.

---

335 신항서원(莘巷書院)의 원임에게 답하다 : 신항서원은 충청북도 청주(淸州)에 있
는 서원으로, 1570년(선조3)에 남계(南溪) 경연(慶延), 강수(江叟) 박훈(朴薰, 1484~
1540), 충암(冲菴) 김정(金淨, 1486~1521), 규암(圭庵) 송인수(宋麟壽, 1487~1547)
등 4인을 기리기 위하여 청주의 사림에 의해 건립되었다. 처음에는 서원이 위치한 마을
이름을 따라 유정서원(有定書院)이라고 하였다가 1660년(현종1) 사액을 받으면서 '신
항서원'으로 이름이 바뀌었다. 뒤에 청주 출신의 기묘명현의 한 사람인 한충(韓忠,
1486~1521), 임진왜란 때의 충신인 송상현(宋象賢, 1551~1592), 목은(牧隱) 이색(李
穡, 1328~1396), 율곡(栗谷) 이이(李珥, 1536~1584)를 추향하였다. '신항'은 신지(莘
摯)와 항안(巷顔)의 준말이다. '신(莘)'은 유신(有莘)이며 '지(摯)'는 이윤(伊尹)의 이
름으로, 이윤이 유신의 들판에서 농사를 지었다고 한다. '항(巷)'은 누항(陋巷)이며
'안(顔)'은 안연(顔淵)으로, 안연이 누항, 즉 누추한 거리에서 안빈낙도(安貧樂道)를
즐긴 것을 가리킨다. 주희(朱熹)의 〈백록동부(白鹿洞賦)〉에 "진실로 유신 이윤의 뜻을
품으며 삼가 누항의 안연 지조를 지킨다.〔允莘摯之所懷, 謹巷顔之攸執.〕"라는 내용이
보인다.

지은이 김이안(金履安)

1722(경종2)~1791(정조15). 18세기에 활동한 문인으로, 본관은 안동(安東), 자는 원례(元禮), 호는 삼산재(三山齋), 시호는 문헌(文獻)이다. 서울 지역에 세거한 안동 김문의 적통으로서 김창협(金昌協)의 증손자이자 김원행(金元行)의 아들이다. 가학을 잘 계승하여 김장생(金長生)과 김집(金集) 부자에 비유되곤 하였다. 1759년(영조35) 38세에 진사시에 합격하여 이후 보은 현감, 금산 군수, 밀양 부사 등을 역임하였다. 학행(學行)으로 천거되어 경연관에 기용되었다. 63세 되던 1784년(정조8)에는 지평, 보덕, 찬선 등을 거쳐 1786년 좨주에 제수되었으나 모두 사직소를 올리고 나가지 않았다. 북학파 학자인 홍대용(洪大容), 박제가(朴齊家), 아버지의 문인이자 성리학자인 박윤원(朴胤源), 이직보(李直輔), 오윤상(吳允常) 등과 교유를 맺었다. 예설과 역학에 조예가 깊었다. 저서로 《삼산재집》 12권이 있다.

옮긴이 이상아(李霜芽)

1967년 전북 정읍에서 태어났다. 공주사범대학 중국어교육과, 성균관대학교 한문고전 번역협동과정 석사와 박사과정을 졸업하였다. 민족문화추진회 부설 국역연수원 연수부 및 상임연구부에서 한문을 수학하였다. 한국고전번역원 번역전문위원을 거쳐 현재 성균관대학교 대동문화연구원에 재직하고 있다. 석사 논문은 〈다산 정약용의 『가례작의』 역주〉, 박사 논문은 〈다산 정약용의 『제례고정』 역주〉이다. 번역서로 《무명자집 7, 8, 15, 16》, 《삼산재집 1, 2》, 《일성록》(공역), 《국역 기언 1》(공역), 《대학연의 1, 2, 3, 4, 5》(공역), 《국역 의례(상례편)》(공역), 《교감학개론》(공역), 《주석학개론 1, 2》(공역), 《사고전서 이해의 첫걸음》(공역) 등이 있다.

권역별거점연구소협동번역사업 연구진

연구책임자	이영호(성균관대학교 HK 교수)
공동연구원	이희목(성균관대학교 한문학과 교수)
	진재교(성균관대학교 한문교육과 교수)
	안대회(성균관대학교 한문학과 교수)
책임연구원	김채식
	이상아
	이성민
선임연구원	이승현
	서한석
연구원	임영걸
교열	임정기(한국고전번역원 자문위원)
윤문	정미경

삼산재집 3

김이안 지음 | 이상아 옮김

2018년 12월 31일 초판 1쇄 발행

편집·발행 성균관대학교 출판부 | 등록 1975. 5. 21. 제1975-9호

주소 (03063) 서울시 종로구 성균관로 25-2

전화 760-1253~4 | 팩스 762-7452 | 홈페이지 press.skku.edu

조판 김은하 | 인쇄 및 제본 영신사

ⓒ 한국고전번역원·성균관대학교 대동문화연구원, 2018

Institute for the Translation of Korean Classics · Daedong Institute for Korean Studies

값 25,000원

ISBN 979-11-5550-299-0 94810

   979-11-5550-204-4 (세트)